아웃랜더

2

OUTLANDER SERIES
1

아웃랜더 2

OUTLANDER

다이애나 개벌돈 지음 심연희 옮김

orangeD

1권

제1부 1945년 인버네스

제2부 리오흐성

제3부 길에서

차례

2권

제4부 유황 내음

제5부 랄리브로흐

제6부 추적

제7부 안식처

일러두기

1. 주석은 모두 옮긴이 주이다.
2. 원문에서 이탤릭체로 강조한 곳은 **진하게** 표시했다.
3. 단행본과 정기간행물 등은 『 』, 시와 단편 등은 「 」, 회화는 〈 〉, 노래 제목은 ' '로 구분 지어 표기하였다.

제4부
유황 내음

24
나의 따끔 대는 엄지손가락들 때문에

우리가 갑자기 도착해서 결혼했다고 선언하는 바람에 분위기가 잠시 떠들썩해졌지만, 곧바로 더 중요한 사건이 일어나는 바람에 결혼 소식은 가려지고 말았다.

다음 날, 우리는 거대한 홀에 모여 저녁을 들면서 모두에게 결혼 축하를 받으며 축배를 들고 있었다.

"부여허스, 모 카리지."*

제이미는 방금 건배사를 한 이에게 우아하게 절하고 여기저기서 계속 일어나는 박수갈채를 받으며 앉았다. 제이미의 무게를 받은 나무 벤치가 흔들렸고, 그는 눈을 깜빡였다.

"너무 많이 마셨나요?"

나는 속삭여 물었다. 제이미는 우리의 결혼을 축하하는 건배사에 일일이 인사하며 잔을 비웠다. 반면에 나는 알아들을 수 없는 게일어 건배사에 환한 미소를 지었을 뿐, 이제껏 입술을 축이는 정도에 그쳤다.

* Buidheachas, mo caraid, 게일어로 '고마워, 친구들아'라는 뜻.

제이미는 눈을 뜨고 빙그레 웃으며 나를 보았다.

"내가 취했냐고 묻는 거예요? 아뇨. 난 이 술을 밤새껏 마실 수도 있어요."

"이제까지 밤새껏 마신 거나 다름없어요."

나는 우리 앞의 탁자에 죽 늘어선 빈 와인 병과 맥주병을 가만히 바라보다 덧붙였다.

"시간도 꽤 되었고요."

콜럼의 식탁 위에 놓인 불붙은 촛대는 어느새 낮아져 있었고, 녹아내린 밀랍은 황금빛으로 빛났다. 서로 고개를 맞댄 채 낮은 목소리로 대화를 나누는 매켄지 형제들은 촛불 빛을 받아 그림자와 황금빛 피부를 조각조각 덧붙인 것처럼 보였다. 지금 모습은 저 거대한 벽난로 앞에 있는 지혜로운 선조들의 머리 조각상과 무척 닮기도 했다. 저 조각상 중에서 조각가를 후원한 역대 매켄지 영주들의 실제 모습을 담은 건 얼마나 될까? 어쩌면 조각가가 나름의 유머 감각이 있었거나…… 유전적으로 다들 아주 닮았을 수도 있겠지.

제이미는 약간 불편한 기색으로 얼굴을 찌푸리며 자리에서 몸을 폈다.

"술은 계속 마실 수 있지만, 조금 있으면 방광이 터지겠어요. 잠깐 다녀올게요."

그는 두 손을 의자에 얹고 재빨리 일어서더니 아래쪽 [illegible] 복도로 사라졌다.

옆을 돌아보자 게일리스 덩컨이 에일을 담은 은잔을 점잖게 홀짝이고 있었다. 그녀의 남편 아서는 이 지역 검찰관의 자격으로 콜럼 옆에 자리를 잡았지만, 게일리스는 내 옆에 앉겠다고 고집을 부렸다. 저녁 식사 내내 남자들의 이야기를 들으며 지치고 싶지 않다는 이유였다.

아서는 퀭한 눈동자를 게슴츠레 떴고 눈두덩은 푸르뎅뎅하게 처져 있었으며, 와인과 피로에 취한 채였다. 그는 옆자리에 앉은 매켄지 부부를 무시한 채 팔에 몸을 있는 대로 기댔다. 매켄지 영주와 그의 동생은 빛을 받아 섬세하게 조각한 부조 작품처럼 돋보였던 반면에, 아서 덩컨은 빛을 받아 더욱 뚱뚱하고 아파 보일 뿐이었다.

"남편분 얼굴이 안 좋아 보여요. 혹시 위장병이 더 심해지셨나요?"

그의 증상은 다소 알쏭달쏭했다. 위궤양은 아닌 것 같고, 암도 아닌 것 같았다. 암이라면 저토록 살이 붙을 리 없으니까. 어쩌면 게일리스가 항상 말하듯 만성 위염일지도.

게일리스는 남편을 보는 둥 마는 둥 하더니 나를 보며 어깨를 으쓱였다.

"아, 그이는 이 정도면 건강한 거예요. 어쨌든 더 나빠지진 않았어요. 그건 그렇고, **당신** 남편은 어때요?"

"어, 어떠냐니요?"

나는 조심스레 되물었다. 게일리스는 친근한 태도로 내 옆구리를 팔꿈치로 쿡 찔렀다. 그런데 그 팔꿈치가 제법 아팠다. 그녀 앞 탁자에 놓인 술병이 꽤 되는 걸 보면 왜 아픈지 납득이 되었다.

"자, 어떻던가요? 옷을 벗겨 놓아도 겉보기처럼 근사하던가요?"

"음……."

나는 게일리스가 목을 길게 빼고 입구 쪽을 바라보는 동안 잠시 대답을 머뭇거렸다.

"그런데 당신은 조금도 제이미를 좋아하지 않았다고 우기고 있네요! 참으로 영리하기도 하지. 이 성 아가씨들 절반이 당신 머리털을 죄다 뽑아 버리고 싶어 해요. 내가 당신이라면 음식을 조심하겠어요."

"음식을 왜요?"

나는 당황하며 앞에 놓인 나무 접시를 내려다보았다. 다 먹은 접시에는 기름 얼룩과 먹고 남은 삶은 양파뿐이었다.

"누군가 독을 탈 거란 소리죠."

게일리스는 짐짓 극적으로 내 귓가에 쌔근거렸다. 그녀의 숨결에서 브랜디 향이 진하게 훅 끼쳤다. 나는 그녀에게서 물러나며 조금 냉정하게 대꾸했다.

"말도 안 돼요. 누가 내 음식에 독을 탄다고요? 내가 아무리…… 음……."

나는 어떻게 말해야 할지 몰라 조금 당황하다가 그제야 깨달았다. 나 역시 생각보다 술을 많이 마셨나 보네.

"어휴, 정말. 게일리스. 이 결혼은…… 내가 계획한 것도 아닌 거 알잖아요. 난 원한 적 없어요!"

이건 거짓말이 아니었다.

"이건 그저…… 일종의…… 사업상 필요에 의한 합의였다고요."

이렇게 말했지만 얼굴이 빨개져 버렸다. 촛불 빛에 홍조가 드러나지 않으면 좋으련만.

"하! 하지만 난 다 알거든요? 침대에서 만족한 여자가 어떤지는 딱 보면 알아요."

게일리스는 냉소적으로 대꾸하더니 제이미가 나간 아치형 통로를 슬쩍 바라보며 덧붙였다.

"당신 신랑 목덜미에 난 사막의 벌레에 물린 거라고 믿을 것 같아요?"

그녀는 은빛 눈썹을 치켜뜨며 나에게 계속 말했다.

"만약 그게 사업상의 합의였다 해도, 당신은 본전을 톡톡히 찾은 거라고요."

그러더니 이제는 다시 내게 가까이 몸을 숙이며 속삭여 물었다.

"그게 정말이에요? 엄지손가락 이야기가 사실이던가요?"

"엄지손가락이요? 게일리스, 대체 무슨 소리를 하는 거예요?"

그녀는 작고 곧게 솟은 코를 지그시 숙인 채로 집중하듯 눈살을 찌푸리며 날 바라보았다. 아름다운 회색 눈동자는 살짝 초점이 흐트러졌다. 이러다가 쓰러지는 건 아닌가 모르겠네.

"당신도 알잖아요? 다들 아는 건데! 남자의 엄지손가락 크기를 보면 거시기 크기를 알 수 있다는 거요. 엄지발가락도 마찬가지고요."

그녀는 사려 깊게 덧붙였다.

"하지만 보통 발가락을 보고 판단하기는 힘들어요. 신발 같은 걸 신고 있으니까. 아시겠어요, 이 여우 같은 아가씨야?"

게일리스는 아치형 통로에 고갯짓했다. 제이미가 방금 다시 들어오고 있었다.

"아마 저 바지춤 안에 기다란 호박만 한 걸 달고 다니겠죠? 엉덩이도 튼실하던가요?"

그녀는 나를 다시 쿡 찔렀다.

"게일리스 덩컨, 당신…… 입 좀…… 닥쳐요! 누가 들으면 어쩌려고!"

나는 얼굴이 새빨개진 채로 다급히 속삭였다.

"아, 누가 듣는다고……."

그녀는 말하다 말고 무언가를 빤히 바라보았다. 제이미는 우리를 보지도 못했다는 것처럼 우리 탁자를 곧바로 지나는 중이었다. 창백하게 변한 얼굴 위로 굳게 다문 입술은 마치 어떤 불쾌한 임무를 수행하는 표정이었다. 게일리스가 물었다.

"뭐 때문에 얼굴이 저렇죠? 꼭 생순무를 먹은 아서랑 표정이 똑같네."

"모르겠어요."

나는 의자를 뒤로 젖히면서 일어나 볼까 망설였다. 제이미는 콜럼의 자리로 가고 있었다. 따라가야 하나? 분명 무슨 일이 일어난 것 같은데.

게일리스는 방 뒤쪽을 살펴보다가 갑자기 내 소매를 붙잡더니 제이미가 나왔던 방향을 가리켰다.

아치형 통로 아래에는 어떤 남자가 서서 나처럼 망설이고 있었다. 진흙과 먼지가 묻은 행색으로 보아 여행자 같았다. 전령이구나. 그리고 어떤 소식인진 몰라도 그 소식을 제이미에게 전했고, 이제 제이미는 콜럼의 귓가에 속삭이려는 참이었다.

아니, 콜럼이 아니었다. 두걸이었다. 붉은 머리가 어두운 머리들 사이로 고개를 숙였다. 이제는 꺼져 가는 촛불 빛 아래 세 남자의 수려한 이목구비는 비현실적으로 닮아 보였다. 그들을 가만히 지켜보던 나는 문득 깨달았다. 저들이 닮아 보이는 이유는 뼈와 힘줄에 드러난 유전적 형질 때문이 아니구나. 저들이 공통적으로 지을 줄 아는 충격 어린 슬픔의 표정 때문이구나.

게일리스는 내 팔뚝을 꽉 잡으며 말했다.

"안 좋은 소식이군요."

그건 나도 이미 알고 있었다.

"24년이라. 오랜 결혼 생활이었군요."

나의 조용한 말에 제이미도 고개를 끄덕였다.

"네, 맞아요."

따스한 바람이 우리 위로 드리운 나뭇가지를 휘젓더니, 내 어깨에 드리워진 머리카락을 흩날려 얼굴을 간지럽혔다.

"내가 살아온 것보다 더 긴 세월이에요."

제이미의 말에 나는 그를 슬쩍 바라보았다. 방목장 울타리에 기댄 그는 늘씬하고 우아한 체격에 튼튼한 골격을 갖춘 청년이었다.

하지만 너무나 자신감이 넘치고 유능한 모습이라, 난 이 남자가 얼마나 젊은지 잊곤 한다.

제이미는 방목장의 질척질척한 진흙에 지푸라기를 던지며 말했다.

"그런데 두걸이 실제로 아내와 보낸 시간은 3년 정도밖에 안 될 거예요. 보통 이곳 성에서 살거든요. 아니면 영지 여기저기를 돌아다니며 콜럼의 일을 대신 봐 주니까요."

두걸의 아내 모라는 그들의 영지인 비야너흐에서 죽었다. 갑자기 열병에 걸렸다고 했다. 두걸은 새벽에 네드 고언과 전날 밤 소식을 전했던 심부름꾼을 데리고 영지로 떠났다. 장례식을 준비하고 아내의 재산을 처분하기 위해서였다.

"부부 사이가 정답지는 않았군요?"

궁금한 마음에 묻자, 제이미는 어깨를 으쓱였다.

"대부분이 그렇지 않을까요. 모라는 아이를 낳고 집안일을 돌보느라 바빴으니까요. 남편을 무척 그리워했을 것 같지는 않아요. 물론 두걸이 집에 오면 반가워하긴 했지만요."

"맞아요. 당신도 두걸의 집에서 잠시 살았지요?"

나는 조용히 생각에 잠겼다. 대부분이 그렇다는 말, 자녀를 낳기 위해 가끔 만날 뿐 평소에는 떨어져 사는 삶이 제이미가 생각하는 결혼 생활일까. 하지만 그가 가끔 하는 말을 들어 보면 본인 부모님의 결혼 생활은 정답고 사랑이 있었던 것 같은데.

내 생각을 읽는 묘수라도 있는지, 제이미가 말했다.

"하지만 우리 집안은 달랐어요. 두걸의 경우는 중매결혼이었죠. 콜럼도 마찬가지고요. 서로를 원하는 마음에서라기보단 영토 획득과 사업이 더 중요했죠. 하지만 우리 부모님은, 음, 두 분은 사랑해서 결혼했어요. 양가의 반대를 무릅쓰고요. 그래서 우리는…… 집안과 절연한 건 아니었지만, 우리끼리 랄리브로흐에서 지낼 때가 않았어요. 우리 부모님은 친척을 자주 방문하거나 외부 사업을 하지 않으셨어요. 그래서 두 분은 일반적인 남편과 아내 사이보다는 더 가까웠다고 생각해요."

제이미는 내 등에 손을 얹고 나를 가까이 다가오게 이끌었다. 그리고 고개를 숙여 내 귀 위에 입술을 슬쩍 스치며 속삭였다.

"우리도 필요해서 합의한 결혼이긴 했지만, 그래도 난요…… 언젠가는……."

그는 어색하게 말을 끊었다. 그리고 더는 말 않겠다고 손짓하며 비뚜름히 웃었다.

제이미가 이런 식으로 생각하게 부추기고 싶지 않았다. 나는 최대한 뜻 없는 미소를 지으며 방목장으로 돌아섰다. 내 옆의 선 그의 존재감이 느껴졌다. 날 건드리지 않고, 커다란 손으로 울타리 맨 윗단을 잡고 선 그의 모습. 그의 손길을 잡고 싶은 마음을 억누르려나도 두 손으로 울타리를 잡았다. 사실은 너무나 그에게로 돌아서고 싶었다. 그래서 마음을 위로해 주고, 우리 사이는 그저 사업상의 합의 이상이라고, 몸으로 또 말로 확신시켜 주고 싶었다.

하지만 진실이 나를 가로막고 말았다.

제이미의 말이 떠올랐다. "우리 사이 말인데요, 내가 당신을 만질 때나, 당신이 나와…… 잘 때? 남녀 사이는 항상 그런 식이 되나요?" 아니. 그건 절대로 일반적이지 않았다. 그건 내가 처음 생각했던 단순한 열정도 아니었다. 그 무엇도 단순하지 않았다.

나는 엄연히 다른 사람의 여자였다. 서약을 했고 충실한 마음이 있고 법적으로도 엮였다. 또한 그를 사랑했다.

그래서 할 수가 없었다. 제이미에게 나의 감정을 말할 수가 없었다. 이렇게 고백해 버린 다음 떠나야 한다면, 난 떠날 수밖에 없는데, 얼마나 잔혹한 짓인가. 그렇다고 거짓을 말할 수도 없었다.

"클레어."

제이미는 돌아서서 나를 바라보며 말했다. 보지 않아도 느낄 수 있었다. 나는 아무 말 없이 그저 얼굴을 들어 그가 내게 입맞춤하도록 했다. 어느 쪽으로도 그에게 거짓을 말할 수가 없어서, 아무 말도 하지 않았다. 결국 어렴풋이 든 생각이 있었다.

나, 솔직하기로 약속했었잖아.

순간, 방목장 울타리 뒤에서 커다랗게 "에헴!" 소리가 들려 분위기가 깨졌다. 깜짝 놀란 제이미는 소리 나는 쪽으로 휙 돌아서며 본능적으로 나를 뒤로 숨겼다. 그러다 갑자기 행동을 멈추고 씩 웃었다. 푸른 눈동자를 번뜩이며 우리를 냉소적으로 바라보는 인물은 바로 더러운 바지 차림의 늙은 앨릭 맥마혼이었다.

노인은 무시무시해 보이는 거세용 가위를 들어 올리며 비딱하게 인사했다.

"난 이 가위로 마호메트를 잘라 줄 생각인데, 여기서도 한번 써 볼까 싶군, 응? 그러면 물건을 떼 버린 네 녀석이 열심히 일 생각을 할 것 아니냐?"

그가 묵직한 날을 보란 듯이 서걱거리자 제이미는 빙긋 웃었다.

"농담이라도 그런 소리 마세요. 저 데리러 오신 거죠?"

앨릭은 부숭부숭한 송충이 같은 눈썹 한쪽을 치켜떴다.

"아니야, 무슨 소리냐? 난 혼자서 두 살짜리 망할 놈을 거세시키고 싶다고. 재밌잖냐?"

그는 자기가 한 말에 혼자서 피식 웃더니 성 쪽으로 가위를 흔들었다.

"이만 가 보시오, 아가씨. 남편은 저녁 먹을 때 보면 되잖소. 남편은 저녁때쯤이면 뭐에 쓰든 쓸모가 있으니."

앨릭의 마지막 말을 믿지 못하겠다는 듯, 제이미는 기다란 팔을 뻗어 가위를 단단히 움켜쥐고 늙은 앨릭에게 눈썹을 치켜떴다.

"가위는 제가 가져가야 마음이 놓일 것 같네요. 이만 가요, 새서나흐. 앨릭이랑 일을 모두 마치고 나면 당신을 찾아갈게요."

그는 내 뺨에 입을 맞춘 후 속삭였다.

"마구간으로 와요. 해가 높이 떠 있을 때요."

리오흐성의 마구간은 내가 두걸과 함께 여행하면서 봤던 수많은 오두막집보다 더 잘 지은 건물이었다. 돌바닥에 돌담을 쌓아 만든 건물은 한쪽 끝에만 좁게 창이 나 있었는데, 두꺼운 초가지붕 아래로 난 가느다란 틈은 건초 속의 쥐들을 잡아먹는 부엉이들이 드나들게끔 만든 통로였다. 하지만 그 창으로도 빛과 공기가 충분히 들어와 마구간은 캄캄하다기보단 아늑하게 어두운 정도였다.

지붕 바로 아래의 높다란 건초 더미 쪽은 빛이 훨씬 환하게 들어와서 켜켜이 쌓인 건초 위로 노란색 빛줄기를 드리웠다. 햇살 속에서 둥둥 뜬 먼지들은 마치 황금 가루가 쏟아지는 것만 같았다. 창틈으로 따스하게 흘러 들어오는 공기에 실려 온 수염패랭이꽃 향기와 바깥 정원에서 기르는 마늘 냄새는 아래에서 풍겨 오는 건초와 말들의 기분 좋은 향기와 뒤섞였다.

제이미는 내 손 아래를 더듬어 일어나 앉았다. 그늘에 있던 그의 머리가 눈부신 햇살 쪽으로 움직이자 마치 촛불이 켜진 것 같았다.

"왜 그래요?"

나는 나른한 기분으로 제이미가 바라보는 쪽을 돌아보며 물었다.

"꼬마 헤이미시가 왔어요. 자기 조랑말을 타고 싶나 봐요."

그는 다락 끄트머리에서 마구간 아래를 내려다보며 조용히 말했다.

나는 어색하게 몸을 굴려 그의 옆으로 엎드린 다음 잠옷 자락을 끌어 올려 몸을 얌전히 덮었다. 물론 저 아래에서는 내 머리밖에 보이지 않으니, 이러는 건 바보 같은 생각이었다.

콜럼의 아들인 헤이미시가 저 아래 마구간 통로를 천천히 걸어오고 있었다. 그 애는 칸막이 근처에서 머뭇대는 것처럼 보였지만, 호기심 많은 적갈색 말과 밤색 말들이 주둥이를 내밀어 자신을 관찰해도 싹 무시했다. 분명히 뭔가를 찾는 것이다. 문제는 그게 자신의 통통한 갈색 조랑말이 아니라는 데 있었다. 조랑말은 마구간 문 옆 칸막이에서 태연하게 짚을 씹고 있었으니까.

"헉, 이런! 도너스를 노리고 있잖아!"

제이미는 킬트를 서둘러 두른 다음 다락 끝에서 몸을 휙 돌렸다. 그리고 귀찮게 사다리 따위 타지 않고 손을 빙글 돌린 다음 바닥으로 그대로 뛰어내렸다. 지푸라기 깔린 돌바닥에 제이미는 가볍게 착지했지만, 쿵 소리가 크게 나서 헤이미시는 깜짝 놀라 숨을 헉 들이쉬며 돌아섰다.

주근깨 난 소년의 얼굴은 제이미를 알아보고 다소 누그러졌지만, 새파란 눈빛에는 여전히 경계심이 서렸다.

"우리 사촌 동생, 형이 좀 도와줄까?"

제이미가 기분 좋게 물었다. 그는 말을 넣어 둔 칸막이로 가서 기둥에 기대었다. 그래서 헤이미시와 그 애가 가려는 칸막이 사이를 막아설 수 있었다.

헤이미시는 주저하다가 몸을 꼿꼿하게 펴고 턱을 치켜들었다.

"난 도너스를 탈 거야."

그는 결심을 애써 그러모은 목소리를 냈지만, 어쩐지 결심은 조금 모자라게 들렸다.

도너스. 그 이름은 '악마'란 뜻이었고, 그건 아무렇게나 붙인 이름이 절대 아니었다. 그 말은 마구간 저 끝, 주위에 아무 말도 없는 빈 칸막이 안에 설치한 말 운반용 화물칸에 갇혀 있었다. 크고 사악한 성미의 밤색 종마는 아무도 등에 태우지 않았고, 늙은 앨릭과 제이미만이 가까이 갈 수 있을 뿐이었다. 도너스가 갇힌 어두운 그늘 속에서 짜증 섞인 새된 비명이 들려오더니, 갑자기 거대한 구릿빛 머리가 불쑥 튀어나와 커다란 노란 이빨을 마구 딱딱거렸다. 그놈은 눈앞에 떡하니 드러난 제이미의 맨 어깨를 어떻게든 물어뜯으려고 헛되이 날뛰었다.

제이미는 도너스의 주둥이가 자기에게 닿을 수 없다는 걸 알기 때문에 꼼짝도 하지 않았다. 헤이미시는 비명을 지르며 뒤로 확 물러섰다. 번들거리는 괴물 같은 머리가 불쑥 나타나 말도 못 하게 놀란 모양이었다. 말은 충혈된 눈을 마구 굴리며 콧김을 뿜어 댔다.

"탈 수 없을 것 같은데."

제이미는 부드럽게 말하더니, 아래로 손을 뻗어 꼬마 사촌의 어깨를 잡은 다음 말에게서 물러서게 했다. 도너스는 이제 발을 마구 차며 반항했다. 사람을 거뜬히 때려죽일 수 있는 발굽이 나무를 마구 쳐 대며 칸막이 판자가 쿵쿵 울리자, 헤이미시는 몸을 부르르 떨었다.

제이미는 소년을 자기와 마주 보게 돌린 다음 킬트를 두른 허리에 손을 얹고 아이를 가만히 바라보며 단호하게 말했다.

"자, 왜 그런지 말해 봐. 도너스를 꼭 타고 싶은 이유가 뭐야?"

헤이미시는 고집스레 이를 악물었지만, 제이미의 표정은 어서 말해 보라는 단호한 기색을 보였다. 그는 소년의 어깨를 주먹으로 슬쩍 쳤고, 헤이미시는 대답 대신 작게 미소를 지었다.

"야, 말해 봐. 내가 아무한테도 말 안 한다는 거 알잖아. 너 혹시 무슨 바보짓이라도 했어?"

제이미가 부드럽게 말하자, 꼬마의 하얀 얼굴이 발갛게 물들었다.

"아냐. 난…… 아니야. 음, 좀 바보 같긴 했어."

조금 더 설득하자, 드디어 꼬마는 이야기를 털어놓기 시작했다. 처음에는 머뭇거리던 아이는 어느새 헐레벌떡 고백을 늘어놓았다.

어제, 헤이미시는 다른 아이들과 함께 밖에 나갔다. 다들 말을 탔고, 헤이미시 역시 조랑말을 타고 갔다고 했다. 그중 나이가 많은 아이들이 누가 더 높이 장애물을 뛰어넘는지 겨뤄 보자고 했다. 그러다 헤이미시는 질투심을 이기지 못하고, 가만히 있어야 할 상황에서 객기를 부리고 말았다. 뚱뚱하고 작은 조랑말로 돌담을 어떻게든 넘어 보려고 했던 것이다. 하지만 그럴 마음도 능력도 없었던 조랑말은 울타리 앞에서 우뚝 멈추고 머리 위로 헤이미시를 확 집어 던져 울타리 너머로 넘겨 버리고 말았다. 그래서 아이는 창피하게도 건너편에 있던 엉겅퀴 수풀로 곤두박질쳤다는 것이다. 엉겅퀴에 찔리고 친구들의 야유에 마음이 상한 헤이미시는 오늘 '제대로 된 말'을 타고 나오기로 결심했다는 이야기였다.

"내가 도너스를 타고 나오면 애들은 비웃지 않을 거야."

아이는 울적한 가운데서도 그 장면을 꿈처럼 상상했다. 제이미는 고개를 끄덕였다.

"그래, 웃지 못할 거야. 얼떨떨한 가운데서도 널 다시 보게 되겠지."

이윽고 제이미는 사촌 동생을 바라보며 고개를 천천히 저었다.

"그런데 말해 둘 게 있어. 말을 잘 타려면 용기와 감각이 필요해. 넌 용기가 있긴 하지만 감각이 살짝 부족해. 아직은 말이야."

그는 헤이미시의 어깨를 다정히 감싸고 마구간 끝으로 데려갔다.

"날 따라와. 건초를 같이 풀어 줘. 그리고 일단 코어르랑 친해지자. 네 말이 맞아. 넌 준비가 되었다면 더 좋은 말을 타야지. 하지만 말을 탈 수 있을지 없을지 무턱대고 알아보려다간 죽는 수가 있거든. 그럴 필요는 없잖아."

그는 다락 아래를 지나가며 눈짓을 하더니 어깨를 힘없이 으쓱였다. 나는 웃으면서 그에게 손을 흔들어 괜찮다고, 계속하라고 신호했다. 잠시 후 제이미가 문 옆에 보관한 낙과 바구니에서 사과를 꺼내는 모습이 보였다. 그리고 구석에서 쇠고랑을 집은 다음 다시 마구간 가운데로 헤이미시를 데려갔다.

"자, 여기 서자."

그는 걸음을 멈추며 말했다. 그리고 잇새로 부드럽게 휘파람을 불자 이마가 넓은 적갈색 말이 머리를 쑥 내밀더니 콧김을 뿜었다. 말의 짙은 눈동자는 커다랗고 온화했으며, 귀는 살짝 앞으로 젖혀져 있어서 사람을 경계하긴 하지만 친근감도 있다는 분위기를 주었다.

"자, 코어르, 키머러 하 우*?"

제이미는 말의 늘씬한 목덜미를 탁탁 두드리며 젖혀진 귀를 긁어 주었다. 그리고 사촌 동생에게 손짓했다.

"이리 와. 그래, 내 옆으로. 얘가 네 냄새를 맡을 수 있게 가까이 와. 말들은 냄새 맡기를 좋아하거든."

"나도 알아."

헤이미시의 새된 목소리가 되바라지게 들렸다. 그 애의 키는 말의 코에 간신히 닿았지만, 손을 뻗어 말을 토닥였다. 아이가 자리를 잡고 서자, 말은 커다란 머리를 숙이고 그 애의 귓가 냄새를 흥미롭게 맡으며 머리카락을 헝클어뜨렸다.

"나한테 사과 줘."

헤이미시는 제이미에게 말했고, 곧 사과를 건네받았다. 말의 부드러운 벨벳 입술이 헤이미시의 손바닥에서 과일을 우아하게 낚아채고 커다란 어금니로 넘기자, 과일은 와그작거리며 으깨졌다. 제이미는 잘했다는 눈빛으로 바라보았다.

"그래, 앞으로도 잘하게 될 거야. 그럼 계속 얘랑 친해져 봐. 나는 다른 말들 먹이를 줄게. 그런 다음에는 얘를 데리고 나가서 타도 좋

* Ciamar a tha thu, 게일어로 '잘 있었어?'라는 뜻.

아."

"나 혼자서 타도 돼?"

헤이미시는 간절한 목소리로 물었다. '거품'이라는 뜻인 코어르는 유순한 성미였지만 기운차고 팔팔한 데다 체고가 14핸드*나 되는 말로, 자그마한 갈색 조랑말과는 확연히 차이가 났다.

"내가 봐 줄 테니까 코어르를 타고 방목장을 두 바퀴 돌아. 그동안 말에서 떨어지거나 고삐를 홱 당기지 않는다면, 혼자서 타도 괜찮아. 하지만 내 허락 없이는 장애물 넘기는 하면 안 돼."

뒤편에 길게 난 창을 통해 따스한 황혼의 빛이 마구간을 비추는 동안, 제이미는 건초 더미를 쇠고랑으로 풀어 칸막이마다 나눠 주었다. 그리고 허리를 편 후 사촌 동생을 보며 미소를 지었다.

"나도 사과 하나 줄래?"

그는 쇠고랑을 칸막이에 세워 놓고 받아 든 사과를 먹었다. 둘은 정답게 마구간 벽에 나란히 기대어 사과를 먹었다. 먹기를 다 마친 제이미는 곁에서 주둥이를 내민 밤색 말에 남은 사과 속을 준 다음 다시 쇠고랑을 들었다. 헤이미시는 그를 따라가며 천천히 과일을 씹었다.

한동안 말이 없었던 헤이미시가 조심스럽게 입을 열었다.

"우리 아버지도 말을 잘 타셨댔어. 예전에, 그러니까 아버지가 못 타게 되기 전에."

제이미는 사촌 동생을 슬쩍 쳐다보았지만, 묵묵히 건초를 말이 든 칸막이에 던졌다. 이윽고 나온 말은 동생에게 하는 대답이라기보단 자신의 속마음인 것 같았다.

"나도 삼촌이 말을 타는 모습을 본 적은 없어. 하지만 말이야, 너희 아버지 콜럼은 대단한 용기를 가지고 일하시는 분이야. 그런 용

* 말의 키를 재는 단위로, 1핸드는 10.16센티미터에 해당한다. 14핸드는 약 1.4미터다.

기가 필요한 만큼 힘든 일이 나한테는 안 생겼으면 좋겠어."

헤이미시의 눈빛이 제이미의 상처투성이 등을 호기심 가득히 쳐다보는 게 보였지만, 제이미는 아무 말도 하지 않았다. 그러다 사과를 두 개째 먹고 나자, 아이의 머릿속은 다른 화제를 떠올린 듯했다. 헤이미시는 사과를 한입 가득 베어 물으며 말했다.

"루퍼트가 그랬어. 형이 결혼해야 했다고."

"난 결혼**하고** 싶었어."

제이미는 단호하게 말하며 벽에 쇠고랑을 돌려놓았다.

"아, 그럼…… 좋은 거네."

헤이미시는 예상하지 못했던 대답에 당황한 듯 어정쩡하게 대답했다.

"난 그냥 궁금했어……. 혹시 기분이 나쁘지는 않았어?"

"기분 나쁠 게 뭐 있어?"

이 대화가 금방 끝나지는 않을 것을 알아차린 제이미는 건초 더미에 앉았다.

건초 더미에 앉은 헤이미시의 발은 바닥에 닿지 않았다. 일부러 발을 달랑거리는 것인지도 모른다. 어쨌든 아이는 뒤꿈치로 단단한 건초 표면을 가볍게 차면서 사촌 형을 빤히 바라보며 말했다.

"그러니까, 결혼하면 매일 밤 숙녀랑 같이 자야 하잖아. 그게 기분 나쁘지 않아?"

"아니, 안 나빠. 사실 아주 즐거워."

제이미의 대답에 헤이미시는 의심스러운 표정을 지었다.

"난 그렇게 좋을 것 같지 않아. 하긴 내가 아는 여자애들은 모두 막대기처럼 빼빼 말랐고, 보리차 냄새가 나. 하지만 클레어라는 숙녀분은, 그러니까 형의 신부는 말이야……."

꼬마는 누가 헷갈리기라도 한다는 듯 급히 덧붙였다.

"그분은, 음, 같이 자면 좋을 것 같아. 그러니까, 부드러울 것 같아."

제이미는 고개를 끄덕였다.

"응, 맞아. 그리고 냄새도 좋아."

어둑어둑한 빛 가운데서도 제이미의 입가 근육이 움찔움찔 경련을 일으키는 게 보였다. 하지만 차마 내가 있는 다락 쪽을 올려다볼 배짱은 없었다.

그러자 아주 긴 침묵이 흐르다, 헤이미시가 다시 물었다.

"어떻게 알았어?"

"뭘?"

"어떤 아가씨랑 결혼해야 하는지 어떻게 알았냐고."

아이는 조바심 내며 물었다.

"아, 그거."

제이미는 몸을 뒤로 흔들어 돌벽에 기대고는 머리 뒤로 두 손을 괴었다.

"나도 우리 아빠한테 똑같은 걸 물어본 적이 있어. 그랬더니 다 아는 수가 있다셨어. 어떤 아가씨를 만났는데 내 짝인지 잘 모르겠다면, 그 여자는 나랑 맞는 짝이 아니랬어."

"으으음."

주근깨가 흩어진 자그마한 얼굴에 떠오른 표정을 보면, 제이미의 대답은 그다지 만족스러운 설명이 아닌 듯했다. 헤이미시도 뒤로 기대앉더니, 의식적으로 제이미의 동작을 따라 했다. 스타킹을 신은 아이의 발이 건초 더미 가장자리로 불쑥 튀어나와 보였다. 아직 몸집은 작아도 탄탄한 뼈대를 보면 언젠가는 사촌 형만큼 건장한 체격이 될 것 같았다. 네모난 어깨 모양이나 단단하고 우아한 두개골이 살짝 기울어진 모습이 아주 비슷했으니까.

그러다 제이미가 엄하게 물었다.

"그런데 너, 신발은 어쨌어? 또 목초지에 두고 온 건 아니겠지?

신발을 잃어버리면 너희 어머니에게 얼굴을 얻어맞을 거라고."

하지만 헤이미시는 이런 말이 대수롭지 않다는 듯 어깨를 으쓱이기만 했다. 지금 머릿속에는 뭔가 더 중요한 생각이 있는 듯했다.

"존 있잖아…… 존이 그랬는데……."

아이는 말을 꺼내며 뭔가 골똘히 생각하듯 모래빛 눈썹을 찌푸렸다.

"어떤 존을 말하는 거야? 마구간지기 존? 부엌 하인 존? 아니면 존 캐머런?"

제이미의 질문에 헤이미시는 이야기에 집중하겠다는 듯 손을 내저으며 대답했다.

"마구간지기 존. 하여튼 존이 그랬는데, 어, 결혼을 어떻게 하는 건지 말해 줬어……."

"으음?"

제이미는 어서 말해 보라는 추임새를 냈지만, 눈치껏 고개는 돌렸다. 그리고 위를 쳐다보다가 아래를 내려다보던 나와 눈이 마주쳤다. 나는 그에게 방긋 웃어 보였고, 제이미는 마주 웃지 않으려고 입술을 깨물어야 했다.

헤이미시는 심호흡을 하더니 단박에 숨을 내쉬며 마치 속사포처럼 마구 말을 퍼부었다.

"존이그러는데 남자는아가씨한테 종마가암말에게하듯 해줘야한대, 나는그말을못믿겠는데 그게정말사실이야?"

나는 소리 내어 웃지 않으려고 손가락을 있는 힘껏 깨물었다. 하지만 제이미는 안타깝게도 나처럼 안 보이는 곳에 있는 게 아니라서 손가락으로 허벅지를 마구 꼬집어야 했다. 얼굴은 헤이미시만큼이나 빨개져서, 건초 더미에 나란히 앉은 사촌 형제 둘의 모습은 마치 채소 선발 대회에 출품한 잘 익은 토마토 같아 보였다.

"어, 맞아……. 음, 어떻게 보면 그런데……."

제이미는 목 졸린 듯한 소리를 냈다. 그러다 다행히 자제심을 되찾고 단호하게 말했다.

"응, 맞아. 그렇게 해."

헤이미시는 겁에 질린 듯한 얼굴로 근처 칸막이를 슬쩍 보았다. 그곳에는 거세한 밤색 말이 쉬고 있었는데, 거죽 아래로 생식기가 30센티미터 남짓 튀어나와 있었다. 아이는 의심스럽다는 듯이 자기 다리를 내려다보았고, 나는 웃지 않으려고 입에 천을 물어야 했다.

"사람은 말과 다른 점이 있어."

제이미는 말을 시작했다. 이제 얼굴 홍조는 차츰 가라앉았어도 입가는 아직도 불길하게 떨렸다.

"일단 첫 번째 다른 점으로, 사람의 행위는…… 좀 더 부드럽지."

"그러면 목을 물어뜯지 않는다는 거야? 가만히 있게 하려고 물 필요가 없다고?"

헤이미시는 조심스레 메모하는 사람이 보일 법한 진지하고 열띤 표정을 지었다.

"어…… 안 물어. 보통은 그래."

제이미는 적지 않은 의지를 발휘하면서, 동생에게 제대로 된 지식을 알려 준다는 책임감을 당당히 받아들였다. 그리고 나를 쳐다보지 않으려고 조심하면서 말을 이었다.

"그리고 또 다른 점도 있어. 보통은 뒤에서 하지 않고 얼굴을 마주 보고 해. 숙녀는 그 편을 좋아하거든."

하지만 헤이미시는 의심하는 눈치였다.

"숙녀가 좋아한다고? 나는 뒤에서 하는 편이 좋을 것 같아. 그런 짓을 하는 동안 누가 나를 본다고 생각하니까 마음에 안 들어. 형은 웃음을 참는 거 안 힘들어?"

아이는 계속 물었다.

그날 밤 잠자리에 들었을 때도 나는 여전히 제이미와 헤이미시에 대해 생각했다. 그리고 몰래 미소를 지으며 두꺼운 퀼트 이불을 젖혔다. 창문으로 시원한 바람이 불어와서 나는 이불 속으로 들어가 따스한 제이미의 온기를 느끼며 포근하게 자고 싶었다. 제이미는 추위를 느끼지 못할 뿐만 아니라, 몸 안에 작은 용광로를 품은 것처럼 피부가 언제나 따스했다. 어떨 때는 뜨겁기까지 해서, 나의 차가운 손길이 닿을 때마다 한층 열렬하게 타오르는 것만 같았다.

난 이곳에서 여전히 낯선 이방인이었지만, 이젠 성의 손님 취급을 받지 않게 되었다. 결혼한 여자들은 내가 이제 자기네 중 하나가 되어 다소 친근하게 굴었지만, 젊은 아가씨들은 내가 저들 가까이 있던 쓸 만한 총각을 채 갔다는 사실에 상당히 분개하는 것 같았다. 사실, 차가운 시선과 뒷담화는 내게 전혀 의미가 없었고, 오히려 제이미 맥타비시가 성에 얼마 머물지 않은 기간 동안 얼마나 많은 하녀들과 함께 은밀하게 벽감에 들어갔는지가 더 궁금했다.

물론 이제는 맥타비시가 아니었다. 성 주민들은 대부분 제이미가 누군지 알고 있었고, 내가 잉글랜드의 첩자든 아니든 이젠 나도 필요에 따라 그의 성을 알게 되었다. 그래서 제이미는 다시 모두의 앞에서 프레이저로 돌아왔고, 나 역시 그의 성을 따랐다. 프레이저 부인이란 지위로 나는 주방 위에 있는 유부녀들의 방에서 환영을 받았다. 여자들은 그곳에서 바느질하고 아기를 어르며 육아 지식을 나누고 아주 솔직한 의도를 담아 나의 허리선을 관찰했다.

난 예전부터 임신이 잘 되지 않았던지라, 제이미와 결혼하기로 합의했을 때도 임신 가능성을 생각해 본 적이 없었다. 하지만 생리할 때가 돌아오기까지 다소 초조하게 기다리긴 했다. 이번에 드디어 생리하며 느낀 감정은 전적으로 안도감뿐이었고, 평소 느꼈던 슬픔 따위는 전혀 없었다. 그렇지 않아도 복잡한 현재의 나의 삶에 아기까지 들어온다니 안 될 말이었다. 어쩌면 제이미는 약간 아쉬워하는 기색이었을지도 모르겠다. 물론 그도 겉으로는 안심했다고 말하긴 했지만. 아버지가 된다는 건 제이미 같은 처지의 남자가 감당할 수 없는 사치였으니까.

이윽고 문이 열리더니 제이미가 들어왔다. 그는 여전히 머리카락을 리넨 수건으로 문지르고 있었는데, 젖은 머리에서 물방울이 떨어져 셔츠를 적셨다.

"어디 갔다 왔어요?"

나는 놀라서 물었다. 리오흐성은 마을이나 시골 농가 거주지에 비하면 호화로운 편이지만, 이곳에는 콜럼이 아픈 다리를 담글 때 쓰는 구리 욕조와 그보다는 살짝 더 큰 욕조를 제외하면 이렇다 할 목욕 시설이 전혀 없었다. 게다가 큰 욕조는 숙녀들이 아기를 낳을 때 사생활을 지켜 주어야겠다는 생각이 들 때만 물을 채우는 데 주로 쓰이곤 했다. 다른 용도로 몸을 씻으려면 대야와 주전자를 쓰거나 바깥에 가서 씻어야 했다. 그래서 사람들은 호수 아니면 정원에 설치된 돌바닥 방을 주로 이용했고, 젊은 아가씨들은 보통 정원에 벌거벗은 채로 서서 친구들이 양동이로 끼얹어 주는 물로 씻었다.

"호수에 갔다 왔어요."

그는 축축한 수건을 단정하게 창턱에 널면서 가라앉은 목소리로 말했다.

"**누군지** 몰라도 칸막이 문을 열어 놓고 나갔더라고요. 게다가 마구간 문까지. 그래서 코어르가 황혼에 수영을 좀 했죠."

"오, 그래서 저녁 식사 자리에 안 나타났군요. 하지만 말은 수영을 좋아하지 않잖아요?"

내가 묻자, 그는 고개를 저으며 손가락으로 머리칼을 쓸어 넘겨 말렸다.

"응, 안 좋아하죠. 하지만 말도 사람처럼 다 제각각이에요. 그리고 코어르는 어린 수초를 좋아해요. 그래서 물가에서 수초를 뜯다가 마을에서 온 개들 무리에게 쫓겨 호수로 들어가 버렸어요. 나는 개들을 쫓아 버리고 물속으로 들어가서 코어르를 잡았죠. 이제 꼬마 헤이미시를 손 좀 봐야겠어요. 또 문을 열어 놓고 어디 한번 가보라지."

제이미는 비장한 마음으로 말했다.

"콜럼에게 이야기할 건가요?"

나는 어쩐지 꼬마에게 일말의 동정심이 느껴졌다. 하지만 제이미는 고개를 저으며 스포란 안을 뒤져 롤빵과 치즈 한 덩이를 꺼냈다. 방으로 올라오는 길에 주방에서 슬쩍한 것 같았다.

"아뇨. 콜럼은 아들에게 꽤 엄격해요. 헤이미시가 그토록 부주의하게 굴었다는 소리를 들으면, 한 달 동안 말을 못 타게 할걸요. 매질도 당하는 건 물론이고요. 어휴, 너무 배고프네."

그는 빵을 게걸스레 베어 물며 가루를 흘렸다. 나는 퀼트 이불로 슬그머니 들어가며 말했다.

"침대에 가루를 흘리지 말아요. 그럼 헤이미시를 어떻게 할 건가요?"

제이미는 남은 롤빵을 삼키고 내게 미소 지었다.

"걱정하지 말아요. 내일 저녁 식사 전에 걔들 호수에 데려가 배에 태운 다음 던져 버리려고요. 물가로 와서 옷을 다 말릴 때가 되면, 식사 시간은 지나 버리겠죠."

제이미는 치즈를 세 입 만에 끝내고 아이처럼 손가락을 빨았다.

"홀딱 젖고 배고픈 채로 자면 얼마나 좋을지 알려 줘야죠."

그는 사악한 결론을 내렸다. 그리고 혹시 내가 사과나 간식거리를 넣어 두지 않았을까 싶어 책상 서랍을 기대하며 열어 보았다. 하지만 오늘 밤엔 아무것도 없어서 그는 한숨을 쉬며 서랍을 닫았다.

"아침 먹을 때까지 살아 있기는 하겠지. 죽기야 하겠어."

그는 금욕주의 철학자처럼 한탄하고서 재빨리 옷을 벗고 덜덜 떨며 내 옆으로 기어 들어왔다. 얼음장 같은 호수에서 헤엄치느라 팔다리가 차가웠지만, 몸은 여전히 기분 좋을 정도로 따뜻했다.

"으음, 당신은 안고 있기 참 좋아요."

그는 이렇게 중얼거렸지만, 나를 안고만 있지는 않았다.

"오늘은 다른 향기가 나네요? 혹시 식물을 심었어요?"

"아뇨. 나는 당신에게서 나는 거라 생각했는데. 이 냄새 말이에요."

난 좀 놀랐다. 톡 쏘는 허브 향이 기분 나쁘지는 않았지만 어쩐지 낯설었다. 제이미는 손등을 맡아 보며 대꾸했다.

"나한테서는 비린내가 나는데요? 젖은 말 냄새랑."

그는 내게 기대어 향기를 맡았다.

"아니, 당신 냄새도 아니야. 하지만 가까이에서 나는데요."

이윽고 침대에서 내려온 제이미는 퀼트 이불을 들춰 냄새의 근원을 찾았다. 그러다 내 베개 아래에서 무언가를 찾아냈다.

"이게 대체……."

나는 문제의 물체를 들었다가 곧바로 떨어뜨렸다.

"아야! 가시가 있어요!"

그건 뿌리째 거칠게 뽑은 자그마한 식물 다발로, 검은 실에 한데 묶여 있었다. 식물은 시들었지만, 축 늘어진 이파리에서는 여전히 자극적인 냄새가 났다. 이 작은 다발에는 꽃도 한 송이 있었다. 짓이겨진 앵초였다. 그 줄기에 달린 가시가 내 엄지를 찔렀던 것이다.

나는 아픈 손가락을 빨면서 다른 손으로는 다발을 조심스럽게 돌려 보았다. 제이미는 가만히 선 채로 다발을 빤히 바라보더니, 갑자기 그걸 집어 들어 열린 창문 너머로 휙 던져 버렸다. 다발은 어두운 밤으로 휙 날아갔다. 그는 침대로 돌아와 식물 뿌리에서 떨어진 흙 부스러기를 손바닥에 싹싹 쓸어 담은 다음, 다발을 버린 창문 밖에 털어 버렸다.

"이제 없어졌어요. 침대로 와요, 새서나흐."

내가 묻지도 않은 대답을 하며 제이미는 침대에 다시 올라갔다. 나는 그의 옆에 누우며 물었다.

"그게 뭐였어요?"

"장난인 것 같은데요. 좀 질이 나쁘긴 하지만, 장난일 뿐이에요."

그는 한쪽 팔꿈치를 짚고 몸을 일으켜 촛불을 끄며 덧붙였다.

"이리 와요, 모 니인 돈. 나 추워요."

장난 같은 저주를 당해서 불안하긴 했어도, 문에 든든히 빗장을 지르고 제이미에 품에 안겨 겹겹이 보호를 받은 채 깊이 잠들었다. 동이 터 올 무렵, 문득 나비가 가득 찬 초원의 꿈을 꾸었다. 노란색과 갈색, 하얀색과 주황색 나비들이 가을날 낙엽처럼 내 둘레를 빙글빙글 돌며 머리와 어깨에 가볍게 내려앉거나 빗방울처럼 슬며시 내 몸을 쓸어내렸다. 나비의 자그마한 다리가 피부를 간지럽히고, 벨벳 같은 날개는 내 심장에 희미한 파장을 일으키며 퍼덕였다.

그러다 서서히 부드럽게 현실로 돌아오자, 내 배 위에 느껴지는 나비의 다리는 사실 붉고 부드러운 제이미의 머리카락이 곱슬곱슬하게 닿아 오는 느낌이었고, 허벅지 사이에 갇혀 파닥대는 나비는 그의 혀라는 걸 알게 되었다.

그러다 한참 후에 나는 입을 열었다.

"으음, 아, 나는 정말 좋기는 한데, 당신 얼른 가야 하지 않아요?"

그는 내 손을 치우며 씩 웃었다.

"자꾸 그렇게 잔소리를 한다면야 말해 줄게요. 45초 후에 가야 해요. 하지만 나는 느긋하게 하고 싶어요. 천성이 느리고 철저한 인간이라서 말이죠. 그러니 오늘 저녁에 나와 같이 있어 주시겠소, 부인?"

나는 머리 뒤에 팔을 괴고서 눈을 내리깔고 도전하듯 그를 바라보았다.

"그럼 그러시죠. 내가 보기엔 당신이 이젠 너무 노쇠하여 하루에 한 번 이상은 못 하겠다고 말하는 것 같긴 하지만요. 그렇다면 어쩔 수 없죠."

제이미는 침대 끝에 앉아 눈을 가늘게 뜨고 날 바라보았다. 그러더니 갑자기 하얀 치아를 번뜩이며 내게 달려들었고, 난 어느새 이불 깊숙이 몸이 눌렸다.

그는 내 머리카락을 헝클어뜨리며 말했다.

"아, 그렇군요. 나 도발하지 말아요, 난 분명히 경고했어요."

하지만 2분 30초 후에, 제이미는 신음을 흘리며 눈을 질끈 감았다. 양손으로 얼굴과 머리를 마구 문질러서 짧은 머리카락이 고슴도치 가시처럼 삐죽삐죽 섰다. 그러더니 나지막이 게일어로 욕설을 지껄이고 마지못해 이불 속에서 나가 옷을 입기 시작했다. 차가운 아침 공기에 그는 몸을 부르르 떨었다.

"있잖아요, 앨릭에게 아프다고 말하고 그냥 침대로 돌아오면 안 되겠죠?"

내가 혹시나 해서 묻자, 제이미는 웃으며 내게 키스한 다음 침대 아래를 뒤져 스타킹을 찾았다.

"나도 그랬으면 좋겠어요, 새서나흐. 하지만 수두나 전염병에 걸린 것도 아니고 심각한 상해를 입은 것도 아닌데 아프다는 변명은 안 통할 것 같아요. 만약 내가 죽어 간다 하더라도 피를 철철 흘리지 않는다면, 늙은 앨릭이 당장 올라와서 날 끌어내리고 같이 벌레를 잡게 시킬걸요."

제이미가 늘씬하고 긴 다리 위로 스타킹을 단정하게 신고 윗부분을 접는 광경을 난 가만히 지켜보다가 넌지시 말했다.

"심각한 상해라. 내가 그건 어떻게든 만들어 줄 수 있긴 한데요."

제이미는 다른 쪽 스타킹을 신으며 중얼거렸다.

"음, 나에게 엘프의 화살이라도 쏠 건가요? 그렇다면 조심해서 던져요. 너무 높이 겨누었다가 그곳이라도 상하면, 나나 당신이나 좋을 게 없으니까요."

나는 한쪽 눈썹을 치켜뜨고 퀼트 이불로 쏙 들어갔다.

"걱정하지 말아요, 무릎 위로는 절대 해치지 않을 테니까."

그는 이불 위로 볼록 튀어나온 내 엉덩이를 두드리고는 마구간으로 떠났다. 가는 길에 '언덕 위 헤더 덤불 속에서'를 부르는 목소리가 커다랗게 울려 퍼졌다. 노래의 후렴구가 계단에서 아스라이 들려왔다.

"작은 아가씨를 내 무릎 위에 끌어안고 앉았는데—
호박벌이 날 쏘았다네, 무으릎 한참 위쪽으을 —
벤디키 언덕 위 헤더 덤불 속에서!"

제이미 말이 맞았어. 정말로 노래를 참 못하는구나.

나는 오롯이 혼자가 된 시간을 기분 좋게 잠시 즐기며 잠에 빠졌지만, 얼마 되지 않아 아침을 먹으러 아래로 내려갔다. 성 주민들은 벌써 식사를 마치고 일하러 간 참이었다. 아직도 홀에 남은 이들은 나를 반갑게 맞이했다. 비열한 장난이 얼마나 잘 먹혔는지 알아보려고 이쪽을 곁눈질하는 시선도, 적개심을 감춘 표정도 보이지 않았다. 그렇지만 난 사람들을 조심스레 지켜보았다.

아침나절엔 바구니와 막대기를 들고 정원과 들판에서 혼자 일했다. 가장 많이 쓰는 약초가 부족한 참이었다. 마을 사람들은 아플

때 주로 게일리스 덩컨에게 가지만, 요즈음엔 마을 주민 중에서도 내 진료소에 오는 이들이 있어서 조악한 약이라도 처방이 밀리곤 했다. 게일리스는 아픈 남편을 돌보느라 바빠서 단골 관리를 잘 안 하는 모양이었다.

오후에는 진료실에서 일했다. 오늘은 환자가 거의 없었다. 지속적인 습진 환자 하나, 엄지가 탈구된 환자 하나, 그리고 뜨거운 수프 냄비를 한쪽 다리에 쏟은 주방 도우미 소년 하나가 왔을 뿐이다. 그래서 난 스틸링지아와 붓꽃으로 만든 연고를 발라 주고, 엄지손가락을 맞추어 붕대를 감아 주고, 비턴이 쓰던 작은 막자로 스톤루트라는 식물을 빻아 약을 만들었다. 그 식물은 이름 그대로 돌처럼 단단해서 빻느라 애를 먹었다.

지루한 일이었지만, 오늘처럼 나른한 오후에는 딱 맞는 일이기도 했다. 날씨는 맑았고, 탁자 위에 서서 창밖을 내다보자 서쪽 느릅나무 아래로 길게 늘어진 푸른 그림자가 보였다.

진료소 안에는 유리병들이 질서 정연하게 줄지어 빛났고, 옆 진열장에는 곱게 개킨 천과 압박 붕대가 놓여 있었다. 약장은 완전히 청소하고 소독을 끝내서 지금은 마른 이파리와 뿌리, 버섯 등을 거즈 주머니에 깔끔하게 넣어 보관해 두었다. 나만의 성소에서 풍기는 알싸한 향을 깊이 들이마시자 만족스럽게 한숨이 나왔다.

그러다 문득 빻기를 멈추고 막자를 내려놓았다. 나, 만족하고 있다고? 순간 깨달은 충격이 너무 컸다. 이곳의 삶은 불안정한 일이 무수하게 일어나는데도, 기분 나쁜 저주를 당하는데도, 언제나 마음속으로는 프랭크를 그리워하며 아픈 마음이 작게나마 있는데도, 나는 불행하지 않았다. 오히려 그 반대였다.

그러자 곧바로 수치심과 더불어 남편을 배신했다는 자괴감이 들었다. 프랭크는 지금 걱정으로 제정신이 아닐 텐데, 나는 어떻게 행복할 수 있지? 사실, 내가 없어도 시간이 흘러간다고 가정한다면,

아니, 가정이 아니라 당연히 그렇겠지만, 나는 근 네 달 가까이 실종된 상황이다. 프랭크가 스코틀랜드 농촌 지역을 수색하고 경찰에 신고하고 어떤 단서라도 기다리면서 내 소식이 들리기를 바라는 모습이 선하게 떠올랐다. 지금쯤 프랭크는 희망을 버리고 내 시신이 어딘가에서 발견되었다는 소식을 기다리고 있겠지.

나는 막자를 내려놓고 좁은 진료소를 이리저리 거닐면서 죄책감 어린 슬픔과 후회로 온몸을 떨며 손을 앞치마에 문질렀다. 진작에 도망쳤어야 했어. 돌아가려고 더 열심히 노력해야 했어. 하지만 나도 노력하지 않은 게 아니었잖아. 계속 시도했었어. 하지만 그래서 어떻게 되었느냔 말이야.

그래, 이걸 보라고. 나는 스코틀랜드 수배범과 결혼했고, 나와 남편은 둘 다 사디스트 용기병 대위에게 쫓기는 신세야. 게다가 야만인들이 잔뜩 모인 곳에서 살고 있잖아. 제이미를 지켜보고 있다가, 그들의 소중한 씨족 후계에 위협이 된다고 생각하는 즉시 죽여 버리려는 사람들과 말이야. 게다가 온갖 안 좋은 상황 중에서도 최악은 바로 내가 행복하다는 사실이었다.

나는 자리에 앉아 세워 둔 병과 단지를 하릴없이 바라보았다. 리오흐성으로 돌아온 후, 나는 일부러 이전의 삶을 떠올리지 않으며 하루하루를 살았다.

마음속 깊은 곳에서는 알고 있었다. 이제 곧 어떻게든 결정을 내려야겠지. 하지만 난 제이미와 함께하는 즐거움에 빠져, 그의 품 안에 불확실한 상황을 묻어 둔 채 하루하루 차일피일 그 필요성을 미루며 주저하고만 있다.

그때였다. 바깥 복도에서 갑자기 쿵 부딪치는 소리와 함께 욕설이 들려왔다. 급히 일어서서 문으로 가 보니, 마침 제이미가 비틀거리며 들어왔다. 팔을 벌려 늘어뜨린 양옆으로 늙은 앨릭 맥마흔과 마구간 젊은이 하나가 보였다. 젊은이는 여윈 몸집으로 간신히 그를 부축했다. 제이미는 왼쪽 발을 뻗은 채로 내 의자에 털썩 앉더니 불쾌한 기색으로 발을 보며 찡그렸다. 그 표정은 아프다기보단 짜증 난다는 기색이 더 커서, 나는 그리 큰 걱정 없이 무릎을 꿇고 아픈 발을 검사했다.

나는 대충 살펴본 다음 말했다.

"인대가 살짝 늘어났네요. 왜 이렇게 됐어요?"

"떨어졌어요."

제이미는 간단하게 대답했다.

"울타리에서요?"

놀리듯 묻자, 제이미는 나를 째려보았다.

"아뇨. 도너스를 타다 떨어졌어요."

"그걸 탔단 말인가요? 그렇다면 발목 인대가 늘어난 걸로 끝나서 천만다행이네요."

나는 믿을 수 없다는 듯 되묻고는 붕대를 들고 발목 관절을 감싸기 시작했다. 옆에서 늙은 앨릭이 신중하게 말했다.

"으음. 그렇게 나쁘지는 않았어. 얘야, 넌 사실 그놈을 잠깐이나마 아주 잘 탔다고."

"저도 알아요. 그런데 벌이 그놈을 쐈어요."

내가 붕대를 꽉 묶자 제이미는 이를 악물며 쏘아붙였다. 그러자 앨릭은 숱 많은 눈썹을 치켜떴다.

"아, 그래서였냐? 어쩐지 그놈, 무슨 엘프의 화살에라도 맞은 것처럼 날뛰더라 했다."

앨릭은 나에게 상황을 솔직하게 말했다.

"그놈은 네 다리를 모두 공중으로 들어 펄쩍 뛰다가, 다시 내려와서는 여봐란듯이 미친 짓을 하더라니까. 꼭 병 속에 들어간 호박벌처럼 방목장을 뛰어다녔지. 그런데 이 녀석이 그 위에 딱 달라붙어 있지 뭔가."

앨릭은 고갯짓으로 제이미를 가리켰다. 제이미는 대답 대신 새로이 불쾌한 표정을 지었다.

"하지만 결국 그 누런 덩치 놈은 울타리 너머로 도망쳐 버렸다오."

"울타리 너머로요? 그럼 지금 도너스는 어디에 있나요?"

나는 일어서서 손의 먼지를 털며 물었다. 제이미는 발을 내려놓고 조심스럽게 몸무게를 실어 보며 대답했다.

"아마 지옥으로 가고 있지 않을까요. 거기서 환영을 받고 눌러앉겠지요."

하지만 제이미는 아직 아픈지 얼굴을 찌푸리더니 다시 앉았다. 앨릭도 한마디 거들었다.

"제아무리 악마라도 길들이다 만 말을 타고 다닐 수 있을지 모르겠군. 악마는 필요하다면 직접 말로 변신할 수 있으니까."

"어쩌면 도너스는 정말로 악마가 변신한 말일지도 모르죠."

나는 웃으며 말했다. 그러자 제이미는 아픈 와중에도 평소의 유머 감각을 되찾기 시작했다.

"과연 그럴까요. 악마는 예로부터 검은 종마로 변신했었잖아요?"

앨릭이 거들었다.

"아, 그렇지. 커다랗고 검은 종마로 변신해서, 남자와 여자 사이를 오가는 생각만큼 빠르게 움직이곤 하지."

앨릭은 제이미에게 상냥하게 웃고는 일어서서 떠날 때 내게 윙크하며 말했다.

"말이 나왔으니 말인데, 내일은 마구간에 나오지 마라. 침대에 딱 붙어 있으라고, 녀석아. 그리고…… 쉬든지."

나는 심술궂고 늙은 조마사의 뒷모습을 바라보며 물었다.

"왜 다들 우리가 서로와 잠자리를 같이하는 것 말고는 머릿속에

든 게 없다는 식으로 생각하죠?"

제이미는 다시금 아픈 발에 몸무게를 실어 보며 탁자로 몸을 지탱했다.

"일단은, 우리가 결혼한 지 한 달도 안 된 신혼부부라서고요. 또 다른 이유로는……."

그는 나를 올려다보더니 고개를 저으며 빙긋 웃었다.

"내가 전에도 말했잖아요, 새서나흐. 당신이 무슨 생각인지 얼굴에 다 티가 난다고."

"이런, 제길."

다음 날 아침이었다. 응급 환자를 보러 진료소에 잠깐 갔다 온 것 말고는, 나는 오전 내내 다소 까다로운 나만의 환자 수발을 들어 주며 보냈다.

"당신은 좀 쉬어야 한다니까요."

결국 나는 나무라듯 그에게 잔소리했다.

"쉬고 있잖아요. 적어도 내 발목은 쉬고 있다고요. 안 보여요?"

스타킹을 신지 않은 긴 정강이가 허공으로 솟았다. 다음으로 뼈만 남은 앙상한 발이 앞뒤로 흔들렸다. 그런데 흔들리던 발이 갑자기 멈추더니 나지막이 "윽" 하는 소리가 났다. 그는 발을 내리고 아직도 부은 발목을 부드럽게 마사지했다.

나는 담요 아래로 내 다리를 흔들면서 말했다.

"거봐요. 자, 이제 따라와요. 당신은 침대에 너무 오래 누워서 쉰내나 풍겨 댔어요. 이젠 상쾌한 공기를 마셔야 해요."

그는 얼굴 위에 머리카락을 잔뜩 드리운 채 일어났다.

"나한테 필요한 건 휴식이라면서요?"

"상쾌한 공기를 마시면서도 휴식할 수 있어요. 일어나요. 내가 지금 침대 정리하고 있잖아요."

내가 평소에도 무정하다는 둥, 심각한 부상을 당한 환자에 대해 배려가 부족하다는 둥 불평을 하면서도, 옷을 입고 앉은 제이미는 내가 약한 발목에 붕대를 묶어 주는 동안 그새 평소처럼 자연스러운 활기가 드러나기 시작했다.

"비가 부슬부슬 내리네요."

그는 창문 밖을 슬쩍 내다보며 말했다. 약하게 내리던 가랑비는 이제 본격적인 폭우로 변해 가고 있었다. 그는 대뜸 한다는 소리가 이랬다.

"우리 같이 옥상으로 올라가요."

"옥상이요? 아, 그러시겠죠. 발목을 삐었을 땐 6층 높이 계단을 올라가는 것보다 더 좋은 치료법이 어디 있겠어요."

"옥상까지는 5층이에요. 그리고 난 지팡이도 있어요."

제이미는 문 뒤에서 문제의 지팡이를 보란 듯이 의기양양하게 꺼내 들었다. 그건 오래된 산사나무 막대기였다.

"그건 어디서 났어요?"

나는 지팡이를 살펴보며 물었다. 가까이에서 본 지팡이는 생각보다 심하게 닳은 90센티미터 길이의 단단한 나무였다. 오래되어 굳은 나무는 다이아몬드만큼 단단했다.

"앨릭이 빌려줬어요. 노새를 몰 때 쓰죠. 이쪽을 보라고 하면서 미간을 딱 때리는 용도예요."

나는 잔뜩 흠이 난 지팡이를 바라보며 말했다.

"아주 효과적일 것 같네요. 나도 나중에 그렇게 해 봐야겠어요. 당신한테요."

마침내 우리는 석판으로 만든 지붕의 돌출부 바로 아래, 아무에게도 보이지 않는 자그마한 공간에 다다랐다. 작은 망루의 가장자리에는 낮은 난간이 둘려 있었다.

"아, 참 아름답네요!"

비바람이 몰아치는 가운데서도 옥상의 풍경은 아주 훌륭했다. 눈앞으로 넓은 은빛 호수와 그 너머 우뚝 솟은 바위들이 보였다. 잿빛 하늘로 솟은 바위들은 마치 손가락 사이 고랑이 팬 검은 주먹 같았다.

제이미는 난간에 기대어 아픈 발에 실리는 무게를 줄였다.

"응. 정말 아름답죠. 예전에 성에 살았을 때 가끔 여기 올라오곤 했어요."

그는 추적대는 빗줄기 너머로 호수 저편을 가리켰다.

"저기 두 바위산 사이의 움푹 들어간 부분 보여요?"

"산 사이에요? 그래요, 보여요."

"저기가 랄리브로흐로 가는 길이에요. 예전에 집이 그리울 때면 가끔 여기에 올라와서 저곳을 바라보곤 했어요. 내가 까마귀처럼 날 수만 있다면, 저 골짜기를 지나 산과 들판이 보이는 산의 반대편으로 내려가서 골짜기 끝에 있는 영지의 집으로 갈 텐데, 하는 상상을 많이 했죠."

나는 그의 팔을 부드럽게 어루만졌다.

"집으로 돌아가고 싶나요, 제이미?"

그는 고개를 돌려 내게 미소를 지었다.

"음, 생각 중이에요. 내가 정확히 뭘 원하는 건지 나도 모르겠지만, 아무래도 우리는 그래야겠죠. 거기 가면 어떻게 될지는 확실히 말해 줄 수가 없어요, 새서나흐. 하지만…… 그래요. 난 이제 결혼했으니까. 당신은 브로흐 투어러흐 영주의 아내가 된 거예요. 그러니 내가 수배자든 아니든, 난 돌아가야 해요. 이 상황을 바로잡는 데 제아무리 오랜 시간이 걸린다 하더라도요."

온몸에 전율이 흘렀다. 리오흐성과 온갖 음모에서 벗어날 수 있다니, 안도감과 불안감이 섞인 전율이었다.

"그럼 언제 가게 되나요?"

내 질문에 제이미는 얼굴을 찌푸리며 손가락으로 난간을 두드렸다. 짙은 색의 돌난간은 비에 젖어 미끄러웠다.

"음, 일단은 공작이 올 때까지 기다려야 할 것 같아요. 그가 내 사건을 처리해 주면서 콜럼에게 호의를 베풀 가능성이 있으니까요. 날 완전히 석방시켜 줄 수는 없다 해도, 사면장을 얻게 해 줄 수도 있죠. 그렇다면 랄리브로흐로 돌아가는 게 훨씬 안전해질 거예요."

"음, 그렇군요. 그런데요……."

내가 주저하며 말을 잇지 못하자, 제이미는 나를 날카로운 눈빛으로 바라보았다.

"뭔데 그래요, 새서나흐?"

나는 심호흡을 했다.

"제이미…… 앞으로 내가 들려주는 이야기를 어떻게 알게 되었는지 묻지 않겠다고 약속해 줄래요?"

나를 두 팔로 잡고 얼굴을 들여다보는 제이미의 머리카락에 맺힌 빗방울이 옆얼굴로 주르르 흘러내렸다. 그는 날 보고 미소를 지었다.

"내가 말했잖아요. 당신이 말하고 싶지 않은 게 있다면 묻지 않겠다고요. 약속할게요."

"일단 앉죠. 그 발로 너무 오래 서 있으면 안 돼요."

석판 지붕에 가려 비를 맞지 않는 좁은 부분으로 돌아간 우리는 벽에 등을 기대고 편안하게 앉았다. 이윽고 제이미가 물었다.

"자, 새서나흐. 말해 봐요. 뭔데요?"

"샌드링엄 공작 말인데요."

난 말해 놓고 입술을 깨물었다.

"제이미, 그자를 믿지 말아요. 그에 대해 모든 걸 아는 건 아니지만, 한 가지는 확실히 알거든요. 그자에겐 뭔가 있어요. 뭔가 그릇된 것이요."

"당신이 그걸 안다고요?"

제이미는 깜짝 놀란 표정이었다. 이제는 내가 제이미를 빤히 바라보고 말았다.

"이미 그자에 대해서 알고 있었다는 소리인가요? 만난 적 있어요?"

이렇게 묻고서 나는 안심했다. 어쩌면 샌드링엄 공작과 자코바이트 간의 미묘한 연결 고리는 프랭크와 교구 목사가 생각했던 것보다 훨씬 더 잘 알려져 있었나 보네.

"아, 네. 여기 온 적 있었어요. 내가 열여섯 살 때 방문했었죠. 내가⋯⋯ 성을 떠났을 때요."

"성을 왜 떠났어요?"

나는 궁금했다. 문득 숲에서 게일리스 덩컨을 처음 만났을 때, 그녀가 했던 말이 떠올랐기 때문이다. 콜럼의 아들인 헤이미시의 진짜 아버지는 제이미라는 이상한 소문 말이다. 나는 제이미가 아버지가 아니라는 걸 안다. 그럴 리 없잖은가. 하지만 정말로 사실을 아는 이는 이 성에서 오로지 나밖에 없을 수도 있었다. 그런 의혹이 있다면 곧바로 두걸이 제이미를 죽이려고 했을 것이다. 어쩌면 그래서 코리야이락 패스에서 제이미가 공격을 당한 것일지도 모른다.

"혹시⋯⋯ 러티샤 때문은 아니죠?"

나는 살짝 주저하며 물었다.

"러티샤요?"

제이미는 어딜 봐도 깜짝 놀라는 기색이었다. 그래서 나도 모르게 꽉 뭉쳤던 속이 단박에 풀렸다. 물론 게일리스의 가설이 진짜라고 생각하지는 않았지만, 그래도⋯⋯.

제이미는 궁금한 듯 물었다.

"대체 왜 러티샤 이야기를 하는 거예요? 내가 리오흐성에서 1년간 사는 동안 러티샤와 이야기를 했던 기억은 단 한 번뿐인가 그래요. 나를 자기 방으로 불러다가 아주 거친 말을 퍼부었죠. 자기의 장미 정원에서 신티*를 했다면서요."

게일리스가 한 말을 들려주자, 제이미는 웃으면서 비 내리는 차가운 공기에 입김을 뿜었다.

"맙소사, 내가 그럴 배짱이라도 있으면 모를까."

"콜럼이 그런 의심을 했다는 생각은 안 해 봤어요?"

내가 묻자 그는 단호하게 고개를 저었다.

"아뇨, 안 했어요, 새서나흐. 만약 그런 일을 조금이라도 눈치챘다면, 난 열일곱 살 때 이미 죽었을 거예요. 스물셋까지 늙도록 내버려 두지 않았겠지요."

나 역시 콜럼이 그랬을 거라고 생각했지만, 제이미의 말을 듣고 어느 정도 확인이 되어서 안심했다. 그런데 제이미는 골똘히 생각에 잠긴 표정을 짓는 바람에 푸른 눈동자가 멍해졌다.

"그런데 생각해 보니까, 내가 왜 갑자기 성을 떠났는지 콜럼이 알기는 하나 싶네요. 그리고 게일리스 덩컨이 그런 소문을 계속 퍼뜨리고 있었다면……. 새서나흐, 그 여자는 말썽꾼이에요. 마을 사람들 말대로 마녀인지는 모르겠지만, 소문을 퍼뜨리고 쫑알대는 건 확실해요. 뭐, 어쨌든 콜럼이 그 이야기를 들었는지 확인해 보는 게 좋겠네요."

제이미는 처마에서 주룩주룩 쏟아지는 물줄기를 슬쩍 바라보았다.

"이제 내려가는 게 좋겠어요, 새서나흐. 날씨가 조금씩 누눅해져 가네요."

* 하키와 비슷한 스코틀랜드의 스포츠.

우리는 이번에 다른 길로 내려갔다. 옥상을 가로질러 바깥쪽 계단을 이용하여 주방에 딸린 정원으로 내려갔는데, 비가 너무 심하게 오지 않는다면 거기 자라는 보리지를 조금 뽑고 싶었기 때문이다. 우리는 성벽 아래에 서서 비를 피했다. 저 위로 돌출된 창턱이 있어서 빗방울을 흩뜨려 젖지 않는 곳이었다.

"보리지로 뭘 하려고요, 새서나흐?"

제이미는 빗줄기에 맞아 쓰러진 채로 여기저기 놓인 넝쿨과 식물을 바라보고 흥미를 보이며 물었다.

"보리지는 그냥 두면 아무 쓸모가 없어요. 먼저 말린 다음에……."

순간, 정원 벽 너머에서 개 짖는 소리와 고함치는 소리가 끔찍하게 뒤섞여 들려왔다. 나는 폭우를 뚫고 벽으로 달려갔다. 제이미도 뒤에서 천천히 절뚝이며 따라왔다.

마을 사제인 베인 신부가 발밑을 첨벙이며 오솔길을 달려오고 있었다. 그 뒤를 컹컹 짖으며 쫓아오는 개 떼가 보였다. 그는 결국 풍성한 수단* 자락 때문에 발을 헛디뎌 넘어졌고, 사방에 물과 진흙을 확 튀기고 말았다. 잠시 후 개들이 그에게 으르렁대고 이빨로 마구 물려 하며 달려들었다.

플래드가 내 옆의 벽을 훌쩍 뛰어넘는가 싶더니, 제이미가 시야에 들어왔다. 그는 지팡이를 들고 게일어로 소리를 질러 그렇지 않아도 시끄러운 아수라장을 더 시끄럽게 만들었다. 고함과 욕설은 별 효과가 없었어도, 그가 든 지팡이는 효과가 있었다. 지팡이에 북슬북슬한 몸통을 맞은 개들은 새된 비명을 질렀고, 결국 개 떼는 후퇴하다가 마침내 방향을 트고 마을로 돌아갔다.

제이미는 눈앞에서 머리카락을 쓸어 올리며 숨을 헐떡였다.

"저놈들은 늑대만큼 지독하죠. 콜럼에게 이미 저 개들 이야기를

* 사제가 입는 평상복.

했어요. 이틀 전에 호수로 코어르를 몰아간 것도 저 개들이에요. 사람을 죽이기 전에 총으로 쏴 죽이는 게 제일 좋은데."

쓰러진 신부 곁에 무릎을 꿇고 진찰하는 나를 내려다보며 제이미가 말했다. 빗방울이 머리카락 끝에서 뚝뚝 떨어지면서 숄이 흠뻑 젖어 가고 있었다.

"이분을 죽이지는 않았어요. 몇 군데 물린 자국이 있지만, 기본적으로 상태는 괜찮아요."

한쪽이 쭉 찢어진 베인 신부의 수단 사이로 털 없는 허연 허벅지가 보였다. 거기에 길게 난 흉한 상처와 몇 군데 물린 자국에서 피가 배어났다. 충격을 받아 얼굴이 하얗게 질린 신부는 힘겹게 일어서고 있었다. 그러니 심하게 다친 건 아니었다.

"저와 함께 진료소로 가시지요, 신부님. 제가 상처를 치료해 드릴게요."

뚱뚱하고 자그마한 신부의 수단 자락이 펄럭이면서 아가일 무늬 양말이 드러나, 나는 자꾸만 나오려는 웃음을 참고서 제안했다.

베인 신부의 얼굴은 상태가 가장 좋을 때조차도 꽉 쥔 주먹처럼 생겼다. 그런데 지금 피가 나는 상처를 본 신부가 늘어진 턱살에 주름을 잡고 뺨과 입가 사이에 팔자 주름을 진하게 내보이자 더더욱 주먹과 닮아 보였다. 마치 남들 보는 앞에서 추태를 부렸다고 내가 눈치를 줬다는 듯이 신부는 이쪽을 노려보았다.

분명히 내가 눈치를 주기는 줬나 보다. 이어지는 말은 다음과 같았으니까.

"뭐요? 하느님의 종인 나더러 지금, 민감한 부분을 드러내고 여자에게 맡기라는 것이오? 자, 한 말씀 드리리다, 부인. 그대가 이사 온 그 지역에서 대체 어떤 부도덕한 행위가 자행되는지 내 모르오만, 내가 이 교구의 영혼들을 돌보는 한, 이곳에서 그런 일은 절대로 용납되지 않는다는 점을 알아 두시오!"

그는 돌아서서 발을 쿵쿵거렸다. 그리고 애써 몸을 가리려 했지만, 심하게 절뚝이는 바람에 찢어진 수단 자락 사이로 안이 훤히 드러났다. 나는 그의 뒤에 대고 소리쳤다.

"맘대로 하세요. 하지만 상처를 소독하지 않으면 곪을 거예요!"

신부는 대답하지 않았다. 다만 둥근 어깨를 구부리고 마치 펭귄이 얼음판을 깡충깡충 뛰는 것처럼 정원 계단을 한 번에 하나씩 뛰어올랐다.

"저분은 여자를 과도하게 꺼리지 않나요?"

내가 제이미에게 말하자, 그는 대답했다.

"직업이 직업이니만큼, 그러는 게 낫겠죠. 우린 가서 뭘 좀 먹어요."

점심 식사를 한 후, 나는 제이미를 다시 침대에 눕혀 쉬게 했다. 그리고 덩치 큰 환자의 항의에도 아랑곳하지 않은 채 이번에는 혼자 진료소에 내려갔다. 폭우가 내린 탓에 내 일도 한가해졌다. 사람들은 쟁기 날에 발을 찧거나 지붕에서 떨어지는 일 없이 안전하게 성 안에 머물렀다.

나는 데이비 비턴이 기록한 책을 읽으면서 즐겁게 시간을 보내고 있었다. 그런데 책을 막 다 읽었을 무렵, 문가에 나타난 방문객이 빛을 가렸다.

방문객의 형체가 문가에 꽉 차는 바람에 말 그대로 방이 어두워졌다. 눈을 가늘게 뜨고 어둑해진 쪽을 바라보자, 앨릭 맥마흔의 모습이 보였다. 외투와 숄 위로 다소 묘하게 말 담요까지 덮은 옷차림이 상당히 특이했다.

천천히 앞으로 다가오는 앨릭의 모습을 보자, 콜럼이 나와 진료소를 처음 왔을 때가 떠올랐다. 순간, 앨릭이 어디가 아픈지 짐작이 갔다.

"류머티즘 때문에 오셨죠?"

앨릭이 숨죽인 신음을 흘리며 진료소 의자에 뻣뻣하게 앉자, 나는 측은한 마음으로 물었다.

"그렇소. 뼈에 습기가 들어서 말이오. 어떻게 방도가 있겠소?"

노인은 커다랗고 마디 굵은 손을 탁자 위에 올리며 손가락에서 힘을 뺐다. 밤에 피는 꽃처럼 천천히 펴지는 손가락 안으로 굳은 손바닥이 보였다. 나는 마디 굵은 손가락 하나를 잡아 부드럽게 앞뒤로 돌리며 펴 준 다음, 굳은살 박인 손바닥을 주물렀다. 마사지를 하자 노인의 주름진 얼굴은 손바닥을 내려다보며 잠시 일그러졌지만, 처음의 고통이 지나가면서 이내 풀어졌다.

"나무처럼 딱딱하네요. 위스키를 한 잔 드시고 세게 안마를 받는 게 제일 좋아요. 쑥국화 차도 그럭저럭 괜찮지만요."

앨릭은 어깨에서 숄을 스르르 벗으며 웃었다.

"위스키라 했소? 솔직히 아가씨가 얼마나 잘하겠나 의심했는데, 이제 보니 훌륭한 치료사의 자질이 있군."

나는 약장 안쪽에서 리오흐성 양조장에서 받아 온 무늬 없는 갈색 병을 꺼냈다. 그리고 탁자 위에 뿔잔과 함께 탁 올려놓았다.

"쭉 드세요. 그리고 본인이 민망하지 않으실 정도까지 옷을 벗고 탁자 위에 누우세요. 춥지 않게 불을 피워 드릴게요."

노인의 푸른 눈동자는 고마운 기색으로 술병을 바라보았다. 앨릭은 이내 굽은 손으로 천천히 병목을 잡으며 조언했다.

"아가씨도 한 잔 드시오. 일이 꽤 고될 거요."

내가 그의 왼쪽 어깨에 몸무게를 실으며 근육을 푼 다음, 아래에서 어깨를 들어 올려 몸통을 4분의 1쯤 돌리자 앨릭은 고통과 만족이 뒤섞인 신음을 흘렸다.

"우리 아내도 내 등을 다리미로 안마해 줬다오. 요통이 있어서 말이오. 하지만 지금 안마가 훨씬 나아. 아가씨는 아주 손힘이 세군. 나중에 아들을 낳으면 그 앤 훌륭한 조마사가 되겠어."

"칭찬으로 받을게요."

나는 떨떠름하게 대답하며 기름과 수지를 섞어 따뜻하게 데운 혼합물을 손바닥에 붓고 앨릭의 하얗고 넓은 등에 펴 발랐다. 걷어 올린 셔츠 소맷단이 끝나는 지점의 피부는 금을 그어 놓은 듯 확연히 차이가 났다. 셔츠 밖으로 드러나는 팔의 피부는 얼룩덜룩하고 검버섯이 핀 갈색 피부였지만, 셔츠가 가리는 어깨와 등은 하얀 우윳빛이었다.

"으음, 소싯적엔 아주 새하얀 미남이셨겠어요. 등 피부가 저만큼이나 하얗네요."

그러자 낮게 키득대는 웃음소리가 손 아래 잡히는 살을 흔들었다.

"지금은 절대 그렇게 안 보이지? 맞아, 언젠가 엘런 매켄지는 내가 망아지 출산을 돕느라 셔츠를 벗은 몸을 보고서, 선하신 주님께서 내 몸뚱어리에 머리를 잘못 붙였다고 말한 적 있소. 내 어깨 위로 우유 푸딩 자루를 붙였어야 했는데, 엉뚱하게 조각상 얼굴을 붙였다고 말이오."

그가 말하는 조각상이란 건 성당에 있는 분리대*의 조각을 말하는 것이겠지. 그 위에는 죄인들을 고문하는 흉측한 악마가 잔뜩 조각되어 있었다.

"엘런 매켄지는 하고 싶은 말을 다 하시는 분이었나 봐요."

나는 제이미의 어머니에 대해 적지 않게 궁금했다. 제이미가 가끔 이야기하는 소소한 일화를 들어 보면 그의 아버지 브라이언에 대해 어렴풋이 상상할 수 있었지만, 그는 어머니 이야기를 한 번도

* 성당에서 제단과 신도석을 나누기 위해 설치하는 칸막이.

한 적이 없었다. 그래서 젊었을 적 아이를 낳다가 죽었다는 것 외에는 아무것도 몰랐다.

"아, 엘런은 아주 거침없이 혀를 놀렸지. 그에 걸맞게 머리도 좋았고."

나는 앨릭의 바지 허리띠를 풀어 내린 다음 노인의 근육질 종아리를 주무르기 시작했다.

"하지만 그만큼 상냥한 사람이어서 아무도 기분 나빠하지 않았소. 그녀는 콜럼이나 두걸의 말을 그다지 신경 쓰지도 않았고."

"으음, 그렇다고 들었어요. 남자와 야반도주를 했죠?"

나는 엄지로 무릎 뒤의 힘줄을 꾹 눌렀고, 앨릭은 격이 떨어지게 꽥 소리를 질렀다.

"아, 맞아. 엘런은 매켄지 남매 중 장녀였소. 콜럼보다 한 살인가 두 살이 많았고, 늙은 제이컵의 눈에 넣어도 아프지 않을 딸이었지. 그래서 아주 오랫동안 결혼하지 않았던 거요. 혼인을 해야 했다면 존 캐머런이나 맬컴 그랜트 등등의 신랑감이 얼마든지 있었지만, 엘런의 아버지는 딸의 뜻을 꺾는 정략결혼은 강요하지 않았소."

하지만 늙은 제이컵이 죽자, 뒤를 이은 콜럼은 누나의 기벽을 두고만 보지 않았다. 그는 아직 씨족 내부를 완전히 장악하지 못한 자신의 불안정한 권력을 강화하기 위해 필사적이었고, 북부의 먼로 씨족이나 남부의 그랜트 씨족과의 동맹을 모색했다. 두 가문 모두 도움이 될 만한 젊은 족장들이 있었다. 그래서 아직 열다섯 살밖에 되지 않은 여동생 조캐스터는 존 캐머런의 구혼을 순순히 받아들여 북부로 갔다. 하지만 엘런은 스물두 살이라 노처녀가 되기 직전이었는데도, 중매에 전혀 협조하지 않았다 했다.

"2주 전에 우리를 습격했던 걸 보면, 맬컴 그랜트의 구혼은 아주 단호하게 퇴짜를 맞았나 보군요."

내 말에 늙은 앨릭은 웃었다. 내가 더 깊숙이 안마를 하자, 그 웃음은 만족스러운 신음으로 변했다.

"그렇소. 난 엘런이 그에게 뭐라고 했는지 직접 듣지는 않았지만, 아주 신랄한 말을 퍼부었을 거라고 생각하오. 두 사람이 만난 건 대모임 때였소. 둘은 밤에 장미 정원으로 나갔고, 모두는 과연 엘런이 그의 구혼을 받을지 말지 알아보려고 기다렸소. 그런데 날이 어두워졌는데도 둘은 나오질 않았지. 날이 완전히 저물어 등불을 전부 켜고 노래가 시작되었는데도 엘런도 맬컴 그랜트도 전혀 보이질 않는 거요."

"어머나, 대단한 대화가 오갔나 보군요."

앨릭의 어깨뼈 사이에 통증 완화용 도찰제를 조금 더 붓자, 그는 따스한 유액의 감촉에 기분 좋게 중얼거렸다.

"그런 것 같았소. 하지만 시간이 아무리 지나도 둘이 돌아오질 않자, 콜럼은 혹시 그랜트가 엘런과 도망친 건 아닌지 걱정하기 시작했소. 그러니까, 납치했다고 생각했지. 결국 장미 정원에 들어가 보니 아무도 없었기 때문에 그런 결론밖에 나지 않았소. 그래서 콜럼은 내가 있던 마구간으로 사람을 보냈소. 아니나 다를까, 나는 그랜트의 부하들이 말을 가지러 왔다고, 그들은 모두 잔뜩 화가 난 채로 작별 인사도 없이 사라졌다고 말해 주었지."

그러자 당시 열여덟 살이었던 두걸은 무시무시하게 분노하며 곧바로 말에 올라 맬컴 그랜트를 추적하러 떠났다. 다른 이들과 함께 가지도 않았고, 콜럼과 상의하지도 않은 채로 말이다.

"두걸이 그랜트를 잡으러 떠났다는 소식을 들은 콜럼은 나와 다른 사람들을 보내서 두걸을 뒤쫓으라고 했소. 콜럼은 두걸의 성질을 잘 알고 있었고, 결혼 공고를 내기도 전에 미래의 매형을 길에서 죽이고 싶지 않았으니까. 그리고 맬컴 그랜트가 왜 그랬는지 나름대로 추측했소. 엘런을 말로 설득해서 결혼할 수 없다는 걸 알자, 자기 방식대로 그녀를 데려다가 억지로 결혼하게 하려고 했구나,

싶었던 거지."

앨릭은 생각에 잠겨 말했다.

"두걸이 보기에 그런 행동은 당연히 모욕일 뿐이었지. 하지만 내가 보기엔 콜럼은 전혀 언짢아하지 않았소. 솔직히 말하자면 모욕이든 뭐든 상관없었던 거요. 이러면 나름대로 문제가 풀리는 거였거든. 그랜트가 엘런을 지참금도 없이 데려간 건 물론이고 오히려 콜럼에게 배상금을 내야 할 처지가 되었으니 더 좋았지."

앨릭은 냉소적으로 코웃음을 쳤다.

"콜럼은 기회를 두고만 보는 사람이 아니오. 눈치가 빠르고 무자비하기로 둘째가라면 서러울 정도지."

그는 움츠린 어깨를 돌리고 얼음장처럼 새파란 한쪽 눈으로 날 바라보며 말했다.

"당신도 그 점을 명심하는 게 좋을 거요."

"저도 그 점은 좀처럼 잊을 수 없을 거예요."

나도 다소 음울한 목소리로 고개를 끄덕였다. 콜럼의 명령에 따라 벌을 받았던 제이미의 일화를 떠올리자, 어쩌면 그게 제이미의 어머니가 보였던 반항적인 태도에 대한 복수를 아들에게 한 건 아니었을까 하는 생각마저 들었다.

하지만 콜럼은 누나를 그랜트 씨족의 영주와 혼인시킬 기회를 얻지 못했다. 날이 밝을 무렵, 두걸은 큰길가에 부하들과 함께 야영 중인 맬컴 그랜트를 찾아냈다. 그는 플래드를 덮고 가시금작화 덤불 아래에서 자고 있었다.

나중에 앨릭 일행이 달려와 보니, 두걸과 맬컴이 둘 다 웃통을 벗고 싸움의 상처를 잔뜩 단 채로 길가에서 비틀거리는 모습을 보게 되었다. 그들은 서로가 가까이 다가올 때마다 마구 주먹을 휘두르고 있었다 했다. 날이 점점 밝아 오는 가운데, 그랜트의 부하들은 길가에 부엉이처럼 한 줄로 쭉 앉아 고개를 이쪽저쪽 돌리면서 두

서없이 진행되며 끝나 가는 싸움을 구경 중이었단다.

"둘 다 얻어맞은 말처럼 마구 콧김을 뿜고 있었소. 싸늘한 냉기 가운데 몸에서 김이 일었지. 그랜트는 코가 두 배쯤 부풀어 올랐고, 두걸은 한쪽 눈을 맞아 뜨지도 못할 정도였소. 둘 다 가슴 위에 말라붙은 피 위로 또 피를 뚝뚝 흘리고 있었지.

콜럼의 부하들이 나타나자, 그랜트의 부하들은 모두 일어서서 칼을 뽑았소. 그 자리에서 하마터면 심각한 유혈 사태가 일어날 뻔했지. 하지만 매켄지 쪽의 눈썰미가 뛰어난 젊은이 하나가 그랜트 사람들 사이에 엘런 매켄지가 없다는 걸 알아차렸소.

음, 그래서 맬컴 그랜트에게 물을 부어 정신을 차리게 만드니까, 두걸이 다짜고짜 달려들어 미처 듣지 못했던 사건의 진상을 맬컴이 그럭저럭 알려 주었다오. 엘런은 장미 정원에서 그와 15분밖에 함께 있지 않았다는 거였소. 둘 사이에 무슨 일이 있었는지는 말하지 않았지만, 무슨 일이 있었든 아주 화가 났기 때문에 홀에 얼굴도 비치지 않고 곧바로 떠나 버렸겠지. 그때 맬컴은 엘런을 정원에 그대로 둔 다음에는 보지 못했고, 앞으로도 자기 앞에서 엘런 매켄지의 이름도 절대로 듣고 싶지 않다 했소. 그 말을 남기고 맬컴은 말에 올라탔다오. 여전히 정신이 오락가락한 상태였는데도 곧장 떠나 버렸지. 그 후로 맬컴은 매켄지 씨족 사람과는 절대로 친하게 지내지 않는다오."

나는 넋을 잃고 이야기를 들었다.

"그러면 대체 엘런은 어디에 있었나요?"

늙은 앨릭은 마구간 문 경첩이 삐걱거리는 듯한 소리로 웃었다.

"언덕 너머로 멀리멀리 떠났던 거지. 하지만 사람들은 금방 알아차리지 못했소. 우리는 다시 성으로 얼른 달려가서 엘런을 못 찾았다고 전했소. 콜럼은 앵거스 모어에게 기댄 채 안뜰에 서서 하얗게 질려 버렸지."

당연히 혼란은 더욱 커졌다. 손님으로 만실이 된 성의 모든 방은 물론이고 다락방과 작은방, 주방과 벽장까지 샅샅이 뒤졌다. 성 안의 사람이 하도 많았던지라 누가 사라졌는지 찾기란 불가능해 보였지만, 콜럼은 하인들을 전부 모아 놓고 전날 밤 누가 어디에서 언제 나타났는지 꼬치꼬치 캐물었다. 마침내 주방 하녀 하나가 저녁 먹기 직전 뒷길에서 어떤 남자를 본 기억을 떠올렸다.

하녀는 그 남자가 너무 잘생겼기 때문에 보게 되었다고 말했다. 키가 크고 건장한 데다 검은 실키 같은 머리카락에 고양이 같은 눈을 지닌 남자였기 때문이다. 하녀는 그가 길을 내려오는 모습을 감탄하며 바라보다가, 바깥 문에서 누군가와 만나는 걸 봤다고 했다. 머리부터 발끝까지 검은 옷을 차려입고 후드 달린 망토로 몸을 감싼 여자를 말이다.

"실키가 뭔가요?"

내가 묻자, 앨릭은 눈꼬리를 찌푸려 눈을 가늘게 뜨고 날 바라보았다.

"잉글랜드에선 바다표범이라고 부르는 것 말이오. 그 후로 꽤 오랫동안 마을 사람들 사이에서 소문이 돌았소. 엘런 매켄지가 바다로 끌려가서 바다표범과 같이 살고 있다고. 심지어 진상이 밝혀진 다음에도 소문은 그치지 않았지. 실키들이 뭍으로 나올 때 가죽을 벗고 사람처럼 걸어 다닌다는 이야기를 알고 있소? 그래서 실키의 가죽을 찾아 숨겨 놓으면 수컷은, 아니 암컷도 마찬가지로 다시는 바다로 돌아가지 못하고 인간과 함께 뭍에서 살게 된다는 전설이지. 그래서 이런 이야기대로 가죽을 숨기고 바다표범을 사람 꼴로 만들어 아내로 맞이하면 좋다고들 하지. 요리도 아주 잘하고, 자식들에게 더없이 헌신적인 어머니가 된다고 하거든."

앨릭은 신중한 목소리로 이야기를 이었다.

"하지만 콜럼은 누나가 바다표범과 함께 떠났다는 소문을 믿지 않는 듯했고, 실제로 믿지 않는다고 말했지. 그래서 손님을 일일이 불러서 하녀가 말한 대로 생긴 남자를 아느냐고 물어보았소. 아주 오래 조사한 끝에, 그 남자의 이름이 브라이언이라는 것까지는 알아냈지만, 어느 씨족 사람이고 성이 뭔지는 아무도 몰랐다오. 그 남자가 시합에 참여하긴 했는데, 다들 브라이언 두라고만 불렀다더군."

그래서 한동안 이 문제는 진전이 없어 보였다. 수색한다 해도 어디를 찾아야 할지 알 수가 없었기 때문이다. 하지만 제아무리 능숙한 사냥꾼이라 해도 숲을 헤매다가 가끔은 민가에 들러서 소금 한 움큼이나 우유 한 잔 정도는 달라고 부탁할 일이 생기기 마련이다. 게다가 엘런 매켄지는 평범하게 생긴 여자가 아니었기 때문에, 결국 두 남녀의 이야기는 리오흐성까지 전해지게 되었다.

앨릭은 등에 바른 유액의 온기를 만끽하며 멍한 목소리로 말했다.

"머리카락은 불타오르듯 붉고, 콜럼처럼 회색인 눈동자 주위로 검은 속눈썹이 달려 아주 예뻤지만, 눈빛은 사람의 가슴을 후벼 팔 것처럼 강렬했다오. 엘런은 키도 아주 컸소. 당신보다도 훨씬 컸지. 게다가 쳐다보면 눈이 아플 정도의 미인이었다오.

나중에야 그 둘이 대모임 때 만났다는 이야기를 들었소. 첫눈에 보자마자 그 자리에서 이 세상에 서로가 단 하나뿐인 짝이라고 마음을 정했다고 하더군. 그래서 둘은 계획을 세우고 도망쳤던 거요. 콜럼 매켄지와 손님 300명의 코앞에서 말이오."

앨릭은 옛 기억을 떠올리며 갑자기 웃었다.

"두걸은 마침내 그들을 찾아냈소. 둘은 프레이저 영토의 끄트머리에 있는 소작농의 오두막에 살고 있었지. 그들은 엘런이 임신해서 누구 아이인지 의심의 여지가 없어질 때까지 숨어서 사는 게 유일한 방법이라고 여겼소. 그러면 콜럼은 좋든 싫든 어쩔 수 없이 결혼을 축복해 줄 거라고 생각했지. 그런데 콜럼은 그러지 않았다오."

앨릭은 씩 웃었다.

"혹시 소작료를 걷으러 다니다가, 두걸의 가슴팍에 난 상처를 본 적 있소?"

있었다. 어깨부터 갈비뼈까지, 그의 심장 부분을 가로질러 하얗고 가느다란 흉터가 있었다.

"브라이언이 낸 건가요?"

"아니, 엘런이 냈소."

앨릭은 내 표정을 보고 빙긋 웃으며 말을 이었다.

"두걸이 브라이언의 목을 따 버리려던 걸 못하게 하려고 막다가 그랬지. 내가 당신이라면, 두걸에게 그 이야기는 언급하지 않을 거요."

"네, 그러지 말아야겠죠."

다행히도 둘의 계획은 성사되었다. 두걸이 엘런을 발견했을 때는 이미 임신한 지 다섯 달째가 되었으니까.

"이 사건에는 처리해야 할 일이 많았소. 리오흐성과 뷸리로 불쾌한 편지들이 수없이 오갔지. 하지만 결국은 합의가 이루어져서 엘런과 브라이언은 아이가 태어나기 일주일 전에 랄리브로흐에 집을 갖게 되었소."

앨릭은 나중에야 떠올랐다는 듯 덧붙였다.

"그들은 집 앞마당에서 결혼했지. 그래서 브라이언은 그녀를 아내로서 안아 들고 문지방을 넘을 수 있었다오. 나중에 말하기를, 엘런을 들다가 허리가 부러질 뻔했다고 하더군."

"제이미의 부모님들을 아주 잘 아시는 것 같네요."

나는 수건으로 미끌미끌한 액체를 닦아 내며 말했다.

"아, 조금 알고 있소."

앨릭은 따뜻한 기운에 꾸벅꾸벅 졸며 대답했다. 노인의 눈꺼풀이 자꾸만 감기면서, 언제나 뭔가 좀 불편한 듯 무척 사납게 보이던 주름진 얼굴이 부드럽게 풀렸다.

"당연히 엘런은 잘 알고말고. 몇 년 후에 브라이언이 제이미 놈을 성으로 데려와 살게 했을 때, 우리는 알고 지내게 됐소. 말을 잘 다루는 좋은 사람이었소."

앨릭의 목소리가 점점 잦아들더니, 눈꺼풀이 스르르 감겼다.

나는 엎드린 노인의 몸에 담요를 덮어 준 후, 그가 벽난로 옆에서 행복한 꿈을 꾸게 놔두고 진료실을 살금살금 빠져나왔다.

———

앨릭을 자게 두고 우리 방으로 올라왔지만, 와 보니 제이미 역시 자고 있었다. 오늘처럼 흐리고 비가 오는 날에는 실내에서 즐길 만한 일이 한정되어 있는지라, 제이미를 깨우거나 나도 같이 잠들지 않는다면 남는 일은 독서와 바느질뿐이었다. 하지만 나는 바느질을 그럭저럭 봐 줄 만큼도 못했기 때문에, 콜럼의 서재에서 책을 한 권 빌리기로 마음먹었다.

리오흐성은 참으로 독특하게도 기본적으로 직선을 혐오하는 구조였기 때문에, 콜럼의 서재로 이어지는 계단은 두 번이나 직각으로 구부러졌고 그곳마다 작은 층계참이 있었다. 하인은 보통 두 번째 층계참에서 대기하고 있다가 영주의 심부름을 하거나 여러 일을 도왔지만, 오늘은 근무하지 않았다. 위층에서는 웅성대는 소리가 들렸다. 콜럼이 하인과 함께 있나 보네. 그래서 난 들어가야 하나 말아야 하나 마음을 정하지 못하고 문밖에서 기다렸다.

"두걸, 네가 바보라는 건 진작 알고 있었다만, 이토록 바보일 줄은 몰랐다."

콜럼은 어릴 때부터 가정 교사들과 함께 컸고, 동생처럼 군인과 평민들 사이에 섞여 살며 모험을 떠나는 일에 익숙하지 않았기 때문에 그의 말씨는 두걸과 달리 강한 스코틀랜드 억양이 거의 없었다. 하지만 지금 들려오는 말투에는 교양이 다소 사라졌고, 두 남자의 목소리는 분노 때문에 걸걸해진 참이라 구별이 되지 않았다.

"네가 스무 살이라면 이런 행동을 했어도 이해했겠지만, 맙소사, 넌 지금 마흔다섯 살이잖아!"

"뭐, 이런 문제를 형이 어떻게 이해하겠어?"

두걸의 목소리에는 추한 조롱이 담겨 있었다. 그러자 콜럼은 날카로운 어조로 대답했다.

"맞아, 이해 못 하지. 난 이런 몸이라서 이제껏 주님께 감사할 수가 없었지만, 결국 내 생각보다는 감사해야 할 일인 것 같군. 남자는 거시기가 발딱 서면 뇌가 작동을 안 한다는 이야기를 자주 듣긴 했어도 믿을 수는 없었는데, 알고 보니 일리가 있는 이야기였어."

의자가 뒤로 밀리면서 돌바닥을 커다랗게 긁는 소리가 났다.

"만약 매켄지 형제가 거시기와 두뇌 중 하나씩 골라 가질 운명이었다면, 난 두뇌를 골라서 참으로 다행이라 생각한다!"

참으로 사적인 이 대화에 누군가 끼어든다면 분명 반갑지 않으리란 생각에, 나는 문에서 살며시 뒤로 물러나 계단으로 내려갔다.

그러다 첫 번째 층계참에서 치맛자락이 바스락대는 소리가 들렸다. 나는 영주의 서재 바깥에서 대화를 엿듣는 도중 들키고 싶지 않은 마음에 문 쪽으로 돌아섰다. 넓은 층계참의 한쪽 벽에는 천장부터 바닥까지 태피스트리가 걸려 있었다. 여기에 숨어야겠어. 발이 보이긴 하겠지만 어쩔 수 없지.

나는 태피스트리 뒤에 쥐처럼 숨은 채, 아래에서 올라오는 느릿한 발소리를 들었다. 이윽고 발소리는 층계참의 저 끝에서 멈추었다. 누군지는 모르겠지만, 나처럼 매켄지 형제의 사적인 대화 내용을 들었기 때문이다.

이제 콜럼은 한결 차분해진 목소리로 말했다.

"아니, 당연히 안 돼. 그 여자는 마녀야. 마녀 아니라도 그 비슷한 거지."

"그래, 하지만……."

두걸이 무어라 대답하기도 전에, 콜럼은 성급한 어조로 말을 가로챘다.

"내가 알아서 한다고 했잖아. 동생아, 넌 그 문제를 걱정할 필요 없어. 그 여자를 제대로 처리할 방법을 찾아 보마."

콜럼의 목소리에는 마지못한 애정이 묻어 나왔다.

"그리고 할 말이 있다. 공작에게 얼릭 위쪽 영토로 사냥하러 오면 어떻겠냐고 편지를 썼다. 공작은 거기서 무척 사슴 사냥을 하고 싶어 했으니까. 나는 제이미를 공작에게 딸려 보낼 마음이야. 어쩌면 공작은 아직 그 녀석에게 마음이 있을지도 모르고……."

그러자 두걸은 불쑥 게일어로 무어라 말했다. 분명히 더러운 말이었을 것이다. 콜럼이 웃으며 이렇게 말했기 때문이다.

"아니, 제이미도 이제 자기 앞가림을 할 정도로는 컸다고 생각해. 하지만 공작이 국왕 폐하에게 중재할 마음이 있다면, 이건 그 녀석이 사면받을 수 있는 아주 좋은 기회야. 원한다면 공작 각하께 너도 간다고 전해 주지. 그러면 마음껏 제이미를 도와줄 수 있잖느냐. 내가 여기에서 문제를 처리하는 동안 너는 잠시 떠나 있도록 해."

층계참 저편에서 쿵 소리가 들렸다. 나는 위험을 무릅쓰고 바깥을 내다보았다. 소리를 낸 건 리어리였다. 그녀의 얼굴은 뒤쪽의 벽처럼 창백했다. 손에는 디켄터를 올려놓은 쟁반을 들었는데, 올려놓은 주석 잔 하나가 카펫 위에 떨어져 있었다. 내가 방금 들은 건 그 소리였다.

"무슨 소리지?"

갑자기 콜럼의 목소리가 서재 안에서 날카롭게 들렸다. 리어리는 서둘러 쟁반을 문 옆 탁자에 놓아 두다가 디켄터도 떨어뜨릴 뻔했다. 그녀는 급히 몸을 돌려 도망쳤다.

문으로 다가오는 두걸의 발소리가 들리자, 이젠 계단을 내려가기도 전에 들킬 수밖에 없었다. 나는 문이 열리기 전에 숨은 곳에서 빠져나와 떨어진 잔을 간신히 주워 들 수 있었다.

두걸은 날 보고 약간 놀란 듯했다.

"오, 당신이로군. 콜럼이 하도 소리 질러 목이 쉬었을까 봐 피츠 부인이 보낸 것이오?"

나는 입담 좋게 둘러댔다.

"네, 부인께선 영주님 목이 곧 나아지시기를 바라신답니다."

순간, 느릿한 걸음으로 뒤따라온 콜럼이 문가에 나타났다. 그는 날 보고 미소 지었다.

"그러리다. 피츠 부인에게 고맙다 전해 주시오. 그리고 술을 가져온 부인께도 고맙소. 내가 한잔할 동안 잠시 같이 앉겠소?"

우연히 대화를 엿듣는 바람에 원래 여기 왔던 목적을 까맣게 잊고 있었다. 책을 빌리러 왔다는 게 다시금 떠올랐다. 이윽고 두걸은 자리를 떴고, 나는 콜럼을 따라 천천히 그의 서재로 들어갔다. 콜럼은 내게 책장을 보라고 안내해 주었다.

콜럼은 여전히 얼굴이 상기되어 있었고, 동생과 다투던 기색이 마음에 여전히 남은 채였다. 하지만 내가 책에 대해 묻자, 그는 평소의 태도를 비슷하게 유지하며 묻는 말에 대답했다. 다만 빛나는 눈빛과 특유의 긴장된 자세에 속마음이 비쳐 보였다.

나는 책장에서 재미있어 보이는 약초 의학서를 한두 권 발견해 따로 빼 둔 다음, 소설책 한 권을 뒤적였다.

콜럼은 그동안 새장으로 갔다. 평소 습관대로 작고 아름다운 자기도취적인 생명체가 나뭇가지 사이를 폴짝폴짝 뛰면서 자신만의 세계에 몰두하는 모습을 바라보며 마음을 달래려는 게 분명했다.

문득 밖에서 고함이 들려왔다. 이 방은 높은 곳에 있어 저 호수까지 이어지는 성 뒤쪽 들판이 한눈에 보였다. 비가 퍼붓는 동안 말을 탄 남자들이 흥분한 상태로 소리를 지르며 호수 끝자락을 돌고 있었다.

그들이 성 가까이 다가오자, 말 탄 이들이 어른이 아니라 모두 아이들이라는 걸 알아차렸다. 주로 10대였지만, 조랑말을 탄 꼬마 하나도 여기저기 기웃대며 형들을 따라잡으려고 안간힘을 쓰고 있었다. 혹시 헤이미시도 저 안에 있는 걸까 생각하던 내 눈에 유독 밝은 머리색이 보였다. 그 애는 무리 가운데서 머리카락을 마구 번뜩이며 코어르를 타고 있었다.

아이들 무리는 성을 향해 돌진했다. 그들이 향하는 곳은 밭 사이를 가르는 수많은 돌담 중 하나였다. 하나, 둘, 셋, 넷, 큰 아이들은 차례대로 별 주의를 기울이지 않고도 익숙하게 돌담을 뛰어넘었다.

코어르가 다른 말들을 열심히 따라왔기 때문에, 순간 잠시 뒤처져 보인 건 그저 기분 탓이리라 생각했다. 말은 돌담을 향해 돌진하며 몸을 세우고 단단히 준비한 다음 뛰어올랐다.

코어르는 다른 말들과 똑같이 뛴 것 같았지만, 결국 일이 터지고 말았다. 아마도 위에 탄 아이가 주저한 나머지 고삐를 너무 세게 당겼거나, 아니면 제대로 앉아 있지 않아서일 것이다. 불과 몇 센티미터 차이로 말의 앞발굽이 벽에 부딪쳤고, 말과 위에 탄 아이 할 것 없이 모두 이제껏 내가 본 것 중 가장 대단한 기세로 포물선을 그리며 공중제비를 돌았다.

"아!"

내 비명에 놀란 콜럼은 고개를 돌려 창문을 보다가, 코어르가 옆구리로 쿵 쓰러지는 장면을 때마침 목격했다. 헤이미시의 작은 몸이 그 아래 깔렸다. 콜럼은 불편한 다리로 아주 빠르게 다가왔다. 그리고 말이 제대로 일어서려고 몸부림치기도 전에 내 옆에 서서 창문을 내다보았다.

비바람이 몰아치며 콜럼의 벨벳 코트가 흠뻑 젖었다. 그의 어깨 너머로 걱정스레 들판을 바라보자, 아이들이 한데 모여 서로를 밀치락달치락하면서 열심히 돕는 모습이 보였다. 참으로 오래 기다린 끝에, 작고 튼튼한 아이의 형체가 몰려들어 미는 사람들을 헤치고 비틀거리며 일어섰다. 배를 감싼 아이는 도와주겠다는 손길에도 고개를 저으며 비틀비틀 벽으로 다가가더니, 몸을 굽히고 심하게 토했다. 그리고 벽에 스르르 기대앉아 젖은 잔디밭 위에 다리를 쭉 펴고 고개를 들어 얼굴에 비를 맞았다. 떨어지는 빗방울을 받으려 혀를 내민 모습이 보이자, 나는 콜럼의 어깨에 손을 얹었다.

"아이는 괜찮아요. 잠시 숨이 막혔던 것뿐이에요."

콜럼은 눈을 감고 한숨을 내쉬었다. 갑자기 긴장이 풀린 몸이 축 처졌다. 나는 안쓰러운 마음으로 그를 바라보았다.

"저 애를 친아들처럼 아끼시는군요?"

나의 물음에 그의 회색 눈동자가 화르르 타올랐다. 더없이 경계심 어린 눈빛이었다. 아주 잠시, 서재 안에는 적막이 흘렀다. 들리는 소리라고는 선반에 놓아둔 유리 시계의 초침 소리뿐이었다. 이윽고 물방울이 콜럼의 코를 타고 또르르 흘러 코끝에 반짝이며 맺혔다. 내가 무심코 손수건으로 물방울을 닦으려 하자, 그의 얼굴에서 긴장감이 깨졌다.

"그렇소."

그는 짧게 대답했다.

결국 나는 제이미에게 공작과 함께 사냥을 보내려는 콜럼의 계획에 대해서만 말했다. 이제는 리어리에 대한 제이미의 감정이 그저 기사도적인 마음에서 우러나는 친근감일 뿐임을 알지만, 그래도

더는 말하지 않았다. 하지만 자신의 삼촌이 그 아가씨를 유혹해서 아이를 배게 했다는 사실을 알면 과연 어떻게 나올까. 분명히 콜럼은 위급 상황에서 게일리스 덩컨의 도움을 받을 계획은 아닐 것이었다. 그렇다면 리어리는 두걸과 결혼할까? 아니면 콜럼은 리어리가 임신한 티가 나기 전에 다른 남자와 맺어 줄까? 어쨌든 제이미와 두걸을 며칠 동안 사냥용 오두막에 함께 치워 버릴 계획이라면, 제이미 모르게 리어리의 일이 처리되는 게 그나마 나을 것 같았다.

제이미는 생각에 잠겨 말했다.

"흠. 해 볼 만하네요. 종일 사냥하고 돌아와 밤에는 모닥불 앞에서 위스키를 마시고 있으면 서로 아주 친해지기 마련이니까요."

그는 내 드레스 뒤쪽 끈을 다 묶은 다음 어깨에 살짝 입맞춤했다.

"당신을 두고 간다니 속상할 거예요, 새서나흐. 하지만 그 편이 최선이겠죠."

"내 걱정은 하지 말아요."

제이미가 떠나면 당연히 혼자 성에 남겨진다는 생각을 이제껏 하지 못했던지라, 난 살짝 불안해졌다. 하지만 그게 제이미를 위하는 길이라면 어떻게든 견뎌야겠지.

"저녁 먹으러 갈래요?"

내가 묻자 제이미는 내 허리를 쓰다듬었다. 그에게로 돌아서자, 제이미는 잠시 후에 말했다.

"으음, 난 그냥 배가 고프고 싶은데요."

"어, **난** 아니에요. 그러니 당신은 기다리도록 해요."

나는 식탁을 쭉 훑어본 다음 홀을 가로질러 걸었다. 이제 나는 이곳 사람들을 대부분 알게 되었고, 몇몇과는 친해지기도 했다. 이들

의 생김새는 참으로 다양했다. 프랭크가 이 모임을 봤다면 아주 흥미로워했겠지. 얼굴형이 다들 제각각이니까.

프랭크를 떠올리는 건 아픈 이를 건드리는 것 같아서 솔직히 생각을 안 하고 싶었다. 하지만 더는 지체할 수 없는 때가 다가오고 있기에, 나는 억지로 남편을 생각하며 조심스레 그의 얼굴을 떠올렸다. 길고 매끄러운 호를 그리는 프랭크의 눈썹을 나도 한때 내 손으로 쓸어 보지 않았던가. 비록 그이 생각을 하다 순간 더 수북하고 짙은 눈썹과 그 아래 깊이 박힌 파란 눈동자가 떠올라 손끝이 얼얼해질 때가 있었지만.

이런 어지러운 생각이 떠오를 때의 해결책으로 나는 바로 옆에 있는 얼굴을 급히 바라보았다. 그러다 우연히 머타의 얼굴을 보았다. 음, 적어도 머타는 내 생각을 어지럽히는 두 남자 중 어느 쪽과도 닮지 않았다.

머타는 키가 작고 호리호리하지만 긴팔원숭이처럼 근육이 불거졌고 팔도 길어서 더더욱 원숭이같이 보였다. 게다가 이마도 좁고 턱도 뾰족한지라 그를 보면 프랭크의 역사책에 나오는 동굴 거주민과 초기 인류 그림이 떠올랐다. 하지만 네안데르탈인 같은 부류가 떠오른 건 아니고, 고대 픽트인이 이렇지 않을까 싶었다. 이 자그마한 씨족 남자에게는 아주 오랫동안 전해져 내려오는 무언가가 있어서, 어쩐지 비바람에 닳은 고대의 석소 기둥을 떠올리게 되고 했다. 지금도 교차로와 묘지 앞에 끈질기게 서서 그 지역을 수호하는 기둥 말이다.

이런 생각에 즐거워진 나는 자리에 앉은 다른 사람들을 둘러보며 지역적 특징을 따져 보았다. 예를 들어, 벽난로 근처에 앉은 존 캐머런이라는 남자는 노르만계 사람이었다. 물론 난 노르만계 사람을 한 번도 본 적이 없지만, 어쨌든 그는 광대뼈가 튀어나왔고 이마는 좁고 높이 올라붙었으며 아랫입술이 길었고 피부는 갈리아인처럼 어두웠다.

여기저기에 묘한 아름다움을 지닌 색슨족 사람들도 보였다……. 아, 바로 리어리가 그 전형적인 예였다. 하얀 피부에 파란 눈동자와 살짝 통통한 몸집……. 나는 자꾸만 비판적으로 그녀를 관찰하고픈 마음을 삼갔다. 리어리는 조심스레 나나 제이미 쪽을 보지 않으려 하면서 저쪽 식탁에서 친구들과 활기차게 수다를 떨었다.

반대 방향으로 고개를 돌려 다른 식탁을 바라보았다. 두걸 매켄지는 이번엔 콜럼과 같이 앉지 않고 그곳에 앉아 있었다. 저 남자는 빌어먹을 바이킹의 후예다. 아주 큰 키와 넓적하고 판판한 광대뼈를 보면, 나는 두걸이 용선을 지휘하며 안개 너머로 바위투성이 어촌 마을을 들여다보며 푹 꺼진 눈에 탐욕과 욕정을 한껏 담아 번뜩이는 모습을 쉽게 떠올릴 수 있었다.

구릿빛 잔털로 손목을 덮은 커다란 손이 내 앞을 지나쳐 쟁반에서 작은 귀리 빵 한 덩이를 집었다. 제이미 역시 북유럽인의 모습을 보여 주었다. 그를 보면 한때 스코틀랜드를 거닐며 북부의 대지 위에 긴 뼈를 뉘었던 거인족이 있었다는 베어드 부인의 이야기가 떠올랐다.

대화는 언제나처럼 일상적인 이야기였고, 사람들은 입안 가득 음식을 우물거리며 삼삼오오 수다를 떨었다. 그런데 순간, 근처 식탁에서 흘러나오는 이야기 중에 아는 이름이 들려왔다. 샌드링엄. 이건 머타의 목소리 같아서 돌아보았다. 그는 열심히 음식을 씹고 있는 네드 고언의 옆에 앉아 있었다.

"샌드링엄? 아, 사내놈 엉덩이를 따먹는 늙은 변태 말이군."

네드는 생각에 잠긴 듯 말했다.

"뭐라고요?"

이 말을 들은 젊은 병사 하나가 맥주를 마시다 사레가 들리고 말았다.

"우리의 고상하신 공작께선 어린 남자에 대한 남다른 취향이 있으시지. 내가 알기론 그래."

"음음."

루퍼트는 입안 가득 음식을 담은 채 고개를 끄덕이더니, 내용물을 삼킨 후 덧붙였다.

"여기 있는 젊은 제이미를 눈여겨본 적도 있었지. 내 기억이 맞다면 지난번에 이 지역을 방문했을 때 그랬어. 그게 언제였지, 두걸? 1738년이던가? 1739년이던가?"

"1737년이었어."

옆 식탁에서 대답한 두걸은 눈을 가늘게 뜨고 조카를 바라보았다.

"넌 열여섯이었지, 제이미? 그땐 참 예쁜 남자애였지."

제이미는 음식을 씹으며 고개를 끄덕였다.

"네, 그리고 방탕하기도 했죠."

웃음이 한바탕 일었다가 잦아들자, 두걸은 제이미를 놀리기 시작했다.

"난 네가 공작의 총애를 받았을 줄은 몰랐다, 제이미. 공작에게 엉덩이를 내주는 대가로 토지와 관직을 받았다는 사람들이 여럿 있는데 말이야."

"내가 받을지 못 받을지 두고 보시라고요."

제이미가 씩 웃으며 대답하자, 더욱 큰 폭소가 터졌다.

"뭐야? 그럼 둘이 가까워진 적이 없었다는 거야?"

루퍼트는 우적우적 음식을 씹으며 물었다.

"아뇨, 솔직히 말하자면 아주 가까워질 뻔한 일이 있기는 있었죠. 내가 원치 않아서 그렇지."

"아, 그럼 너는 얼마나 가까워지길 바랐던 거냐?"

누군가 저 너머 멀찍이 떨어진 식탁에서 고함을 질렀다. 그 말은 키가 크고 갈색 수염을 기른 남자가 했는데, 내가 모르는 사람이었다. 다시금 더 큰 웃음과 상스러운 언사가 나왔다. 제이미는 사람들의 놀림에도 끄떡하지 않고 편안하게 웃으며 빵을 한 덩이 더 집어 들었다.

이윽고 루퍼트가 물었다.

"그래서 갑자기 성을 떠나 아버지한테로 간 거냐?"

"네."

"제이미, 그런 문제가 있었다면 나한테 말을 했어야지."

두걸은 짐짓 걱정하는 척 말했다. 제이미는 목구멍 깊숙이 나오는 스코틀랜드 특유의 낮은 소리를 냈다.

"능구렁이 노인네 같은 소리 하시네요. 내가 삼촌에게 말했다면, 분명히 날을 잡아 저녁 식사 자리에서 내 술잔에 양귀비즙을 슬쩍 넣었을 거면서. 그리고 공작 각하의 침대에 약소한 선물이라며 눕혀 두지 않았겠어요?"

그러자 식탁에선 엄청난 소리가 터졌고, 제이미는 두걸이 던진 양파를 슬쩍 피했다.

루퍼트는 눈을 가늘게 뜨고 제이미를 바라보았다.

"이 녀석아, 네가 집으로 가기 전에, 날이 저물 무렵 공작의 방으로 들어가는 걸 내가 봤다. 정말로 우리한테 숨기는 거 없냐?"

이번에는 제이미가 양파를 들어서 루퍼트에게 던졌다. 양파는 빗나가서 데굴데굴 굴러갔다. 제이미는 웃으면서 대꾸했다.

"아니에요. 나는 아직 경험이 없다고요. 뒤로는 말이죠. 하지만 너무 알고 싶어서 잠을 못 잘 정도라면, 내 기꺼이 말씀드리죠, 루퍼트."

그러자 사람들은 "말해라! 말해라!"라고 소리쳤고, 제이미는 느긋하게 맥주를 따른 다음 으레 이야기꾼들이 그러듯 의자에 기대앉았다. 상석에 앉은 콜럼이 고개를 앞으로 숙이고 이야기를 듣고 싶어 하는 모습이 보였다. 그는 우리 식탁에 앉은 마부들과 군인들만큼이나 흥미가 있어 보였다.

"음, 네드가 말한 건 진짜로 사실이에요. 공작 각하께서 나를 특별하게 보고 있다는 건 알았죠. 그때 나는 아무것도 모르는 열여섯 살이긴 했지만요."

자기를 순진했다고 기억하는 제이미의 발언에 빈정대는 목소리가 수없이 들려와 이야기를 가로막았다. 제이미는 목소리를 높여서 이야기를 계속했다.

"아, 그러니까 그런 쪽으로 순진했다는 말이라고요. 난 공작이 뭘 하려는 건지 전혀 몰랐어요. 하지만 그런 내가 봐도 좀 이상했죠. 공작 각하가 언제나 나를 강아지처럼 쓰다듬고 싶어 하고, 내 스포란 안에 뭐가 있는지 너무 궁금해하셨으니까요."

"아니, 스포란 아래가 궁금했겠지!"

누군가 술 취해서 소리쳤다.

"한번은 내가 강에서 목욕하고 있는데, 공작 각하가 와서 내 등을 씻겨 주고 싶어 하더라고요. 그때도 참 이상하다고 생각했어요. 그러다 그분이 내 등을 다 씻기고 나머지 부분에도 손을 댔을 때는 좀 불안해지기 시작했어요. 급기야 내 킬트 아래로 손이 들어오자 드디어 이게 뭔지 감을 잡고 말았죠. 내가 좀 순진했을지는 몰라도, 아예 바보는 아니잖아요.

그래서 난 킬트를 입은 채로 물속에 풍덩 뛰어들어 헤엄을 쳤었어요. 그리고 반대편으로 건너갔죠. 공작 각하는 비싼 옷에 진흙과 물을 묻히고 싶어 하지 않더라고요. 어쨌든, 그 이후에는 그분과 단둘이 있지 않으려고 극도로 조심했어요. 공작은 한두 번인가 정원이나 안뜰에서 날 보았지만, 거긴 도망칠 데가 많아서 괜찮았죠. 그래서 내 귀에 키스를 당한 것 외에는 별일 없었어요. 나빴던 때는 딱 한 번이었는데, 마구간에 혼자 있던 나를 공작이 발견했을 때였죠."

“내 마구간에서 말이냐?”

늙은 앨릭은 경악하고 말았다. 그는 몸을 어정쩡하게 일으킨 채 홀 저편 상석으로 소리쳤다.

“콜럼, 그 인간을 내 마구간에 오지 못하게 하시오! 공작이고 나발이고 우리 말들을 놀라게 할 인간은 두고 볼 수 없어! 아, 우리 마구간 애들도 마찬가지고!”

그는 말뿐만 아니라 사람도 걱정해야 한다는 걸 한발 늦게야 깨달은 모양이었다.

제이미는 방해에도 아랑곳하지 않고 이야기를 계속했다. 아직 10대인 두걸의 딸들은 입을 멍하니 벌리고 넋이 나간 듯 귀를 기울였다.

“난 그때 말수레 안에 있었어요. 그래서 달리 도망칠 구석이 없었죠. 게다가 구유 위로 허리를 굽히고 있었다고요. (이 부분에서 더욱 야한 말들이 터져 나왔다.) 구유 바닥에서 찌꺼기를 퍼 올리고 있었죠. 그런데 뒤에서 소리가 들리더라고요. 내가 몸을 들기도 전에 킬트가 허리 위로 확 걷히더니, 뭔가가 내 엉덩이를 강하게 눌렀어요.”

한층 소란이 일자, 제이미는 손을 저어 좌중을 가라앉히고 이야기를 계속했다.

“뭐, 말수레 안에서 비역질을 당하는 게 아무리 싫었어도, 그땐 도망칠 구석이 없었죠. 그래서 이를 악물고 그냥 너무 아프지만 않았으면 좋겠다고 생각했어요. 그런데 그때 수레에 말이 매여 있었단 말이죠. 네드, 거세한 커다란 흑마 기억나죠? 당신이 브로클버리에서 샀던 거요. 나중에 콜럼이 브레달빈에게 팔았던 말이요. 하여튼 그 말이 공작 각하께서 내시는 소음에 이의를 제기했죠. 말들은 대부분 사람과 이야기하는 걸 좋아하잖아요. 그 말도 좋아하긴 했지만, 특이하게도 아주 높은 소리는 무척 싫어했어요. 그래서 안뜰에 아이들이 있을 때는 그 말을 데리고 갈 수가 없었어요. 아이들이 꽥꽥 지르는 소리에 신경을 곤두세우고 발을 막 굴러 댔으니까요.

여러분도 기억하겠지만 공작 각하는 목소리가 높잖아요. 그리고 그때는 약간 흥분한 상태라서 평소보다 더 높이 소리를 질렀죠. 음, 당연히 말이 좋아하지 않더라고요. 나도 마찬가지였지만요. 그래서 말이 막 발을 구르며 힝힝대기 시작하더니, 몸을 획 돌려서 공작 각하를 말수레 벽으로 콱 짓뭉갰어요. 공작이 날 놓아주자마자 난 얼른 구유를 뛰어넘어 말의 반대쪽으로 슬그머니 빠져나왔죠. 공작 각하는 알아서 나오게 놔두고요."

제이미는 잠시 숨을 쉬고는 맥주를 한 모금 마셨다. 이제 온 방 안 사람이 그를 주목했고, 이쪽으로 돌린 모두의 얼굴 위로 횃불 빛이 번들거렸다. 잉글랜드 정부의 대단히 지체 높은 귀족이 저지른 일을 듣고 간혹 눈살을 찌푸리는 사람이 있었지만, 이 추문에 그저 태평하게 즐거워하는 이들이 대다수였다. 리오흐성에서는 공작이 그다지 인기 있는 사람이 아닌 듯했다.

"여러분 말마따나 그렇게 가까워지고 나자, 공작 각하께서는 무슨 일이 있어도 나를 가져야겠다고 결심하셨죠. 그래서 다음 날 매켄지가 사람들에게 자기 시종이 병에 걸렸으니, 목욕과 옷 시중을 들도록 나를 보내 달라고 부탁했어요."

콜럼은 짐짓 당황한 듯 얼굴을 가렸고, 사람들은 모두 즐거워했다. 제이미는 루퍼트에게 고갯짓했다.

"그날 밤 공작 각하의 방에 들어가는 나를 보셨던 거겠죠. 명령을 받았으니까요."

"나한테 말하지 그랬느냐, 제이미. 그럼 안 보냈을 거다."

콜럼이 나무라는 기색으로 외치자, 제이미는 어깨를 으쓱이더니 씩 웃었다.

"삼촌, 저는 날 때부터 겸손한 성품이라 어쩔 수가 없었어요. 게

다가 삼촌이 공작과 거래를 트려 한다는 것도 알았고요. 만약 공작님께 조카의 엉덩이를 건드리지 말라고 말해야 한다면, 삼촌의 협상에 문제가 생길지도 모른다고 생각했거든요."

콜럼은 건성으로 대답했다.

"아주 사려 깊은 자세로구나, 제이미. 그러니까 나의 이익을 위해 스스로를 희생했다 이거냐?"

제이미는 맥주잔을 들고 건배하는 시늉을 했다.

"저는 언제나 삼촌의 이익을 최우선으로 생각한답니다."

비록 제이미의 어조에는 장난기가 서려 있었지만, 그 말에는 뼈가 있었다. 나만큼이나 콜럼 역시 알아차렸을 것이다.

제이미는 맥주잔을 비우고 내려놓더니, 입을 닦으며 말했다.

"하지만요, 이 경우에는 아무리 가족 간의 의무를 다해야 한다고 해도 너무하다고 생각했죠. 그래서 공작의 방에 가긴 갔어요. 삼촌이 시키는 대로요. 하지만 아무 일도 없었어요."

루퍼트가 믿지 못하겠다는 기색으로 물었다.

"그럼 이번에도 뒷구멍을 뚫리지 않고 나왔단 말이냐?"

제이미는 씩 웃었다.

"네, 안 뚫렸죠. 거기 가라는 소리를 듣자마자 피츠 부인에게 가서 무화과 시럽이 한 모금 꼭 필요하다고 말했거든요. 그래서 부인에게 시럽을 받은 다음 병이 어디 있는지 봐 두었다가 잠시 후에 와서 한 병을 통째로 마셨어요."

방 안엔 다시금 폭소가 터졌다. 피츠 부인은 너무 웃어서 얼굴이 새빨개진 나머지 혹시 경련이 일어난 건 아닌가 싶었다. 그녀는 우아한 자세로 자리에서 일어나 뒤뚱거리며 식탁으로 다가오더니 사람 좋은 몸짓으로 제이미의 귀를 잡고 흔들었다.

"그래서 내 특효 설사약이 없어진 거로구나! 이 못된 녀석아!"

그녀는 허리에 손을 얹고 고개를 저으며 잠자리처럼 툭 불거진 초록색 눈으로 윙크했다.

"내가 만든 것 중에 그 약이 최고라고!"

"아, 정말 효과가 좋았어요."

제이미가 그녀의 말에 맞장구쳐서 부인은 커다란 몸으로 마구 웃었다.

"당연히 그렇겠지! 설사약을 그렇게 많이 먹고 네 속이 어떻게 되었을까 생각하면 참 기겁할 일이다만, 그럴 만한 가치가 있었기를 바란다. 그 후로 며칠 동안은 몸이 말이 아니었을 거야."

제이미는 여전히 웃으며 고개를 저었다.

"네, 좋지 않았죠. 하지만 내가 그 꼴이 되는 바람에 공작 각하께서 품고 계시던 계획도 어그러졌어요. 내가 나가게 해 달라고 빌었을 때 기분 나빠하지 않았거든요. 하지만 이 짓을 또 할 수는 없을 거라고 생각해서, 배가 좀 나아지자마자 마구간에서 말을 타고 도망쳤죠. 집까지 가는 데는 오래 걸렸어요. 배탈 때문에 10분에 한 번마다 멈춰야 했거든요. 하지만 다음 날 저녁 먹을 때쯤엔 집에 도착했죠."

두걸은 맥주병을 하나 더 달라고 손짓한 다음, 받은 술을 제이미에게 밀어 주며 애석한 미소를 지었다.

"그래, 너희 아버지가 후에 보낸 편지를 보면, 네가 지금으로선 성의 생활을 충분히 배운 것 같다고 생각한다는 말이 있었지. 그때의 어조를 보면 내가 모르는 일이 있는 것 같다고 여겼지."

이때 루퍼트가 피츠 부인의 옆구리를 은근하게 쿡 찌르며 끼어들었다.

"음, 그렇다면 부인이 무화과 시럽을 새로 만들어 놓았기를 바라야겠군. 공작 각하께서 하루 이틀 후에 여기 오실 테니 말이야. 아니면 제이미, 이번에는 새로 얻은 아내가 네 녀석 몸을 지켜 줄 거라고 생각하냐?"

루퍼트는 나를 곁눈질하며 덧붙였다.

"아무리 봐도 너는 아내를 지켜야 할 것 같다. 내 듣기로 공작의 하인은 주인과 취향이 다르다던데. 게다가 아주 왕성한 남자란 말이야."

제이미는 벤치를 뒤로 밀며 식탁에서 일어서더니 내게 손을 내밀었다. 그는 팔로 내 어깨를 감싼 다음 루퍼트에게 미소를 지었다.

"아, 그렇다면야 우리 둘이서 등을 맞대고 싸워야겠죠."

그러자 루퍼트는 경악한 기색으로 눈을 휘둥그레 뜨더니 마구 소리쳤다.

"뭐? 등을 맞대? 남녀는 자고로 배를 맞대야지! 네 녀석 결혼 전에 우리가 말해 준다는 걸 깜빡했군! 어쩐지 아이가 아직도 안 생기더라니!"

제이미는 손으로 내 어깨를 꽉 잡더니 나를 아치형 통로 쪽으로 돌려세웠다. 우레와 같은 웃음과 추잡한 잔소리가 들려오는 가운데, 우리는 그 자리를 떴다.

어두운 복도 바깥으로 나오자, 제이미는 돌벽에 등을 기대고선 배를 잡고 웃었다. 나는 서 있을 수가 없어 제이미의 앞에 주저앉아 하릴없이 깔깔 웃었다.

"우리 이야기를 루퍼트에게 한 건 아니죠?"

제이미는 마침내 숨을 헐떡이며 물었다. 나는 고개를 저었다.

"당연히 아니죠."

여전히 작게 신음하면서 나는 그의 손을 더듬어 찾았고, 그는 나를 일으켰다. 나는 이내 제이미의 가슴에 몸을 맡겼다.

"내가 제대로 이해했는지 볼게요."

그는 내 얼굴을 두 손으로 잡고 이마를 지그시 맞대었다. 너무나 가깝게 보이는 얼굴 위로 제이미의 두 눈이 하나의 커다란 푸른 빛깔 구슬처럼 흐릿해졌고, 뺨에 따스한 숨결이 닿았다.

"얼굴과 얼굴을 맞댄다는 게, 이거 맞을까요?"

이제 나의 핏속에서 웃음기는 사그라들고, 대신 아주 강렬한 감정이 피어올랐다. 나는 제이미의 입술에 혀끝을 대고 두 손을 아래로 더듬어 내려갔다.

"얼굴을 맞대는 건 중요한 게 아니에요. 하지만 잘하고 있어요."

다음 날, 나는 진료소에 앉아 마을에서 온 노부인의 이야기를 참을성 있게 듣고 있었다. 부인은 수프 요리사의 친척으로, 며느리와 싸웠는데 그래서 목이 아주 쓰라리다는 말을 밑도 끝도 없이 자세하게 늘어놓았다. 현재 노부인의 증상은 이론적으로는 편도선염 같아서, 나는 며느리와의 싸움과 편도선염이 무슨 상관인지 이해할 수 없었다. 그런데 마침 누군가의 그림자가 문가에 나타나 노부인이 줄줄 읊어 대는 온갖 증상을 끊었다.

고개를 들자 놀랍게도 제이미가 앨릭과 함께 다급히 진료소로 들어왔다. 둘 다 걱정스럽고 흥분한 표정이었다. 제이미는 내가 쥐고 있던 설압자를 휙 뺏더니 날 일으켜 세운 다음 내 두 손을 자기 손으로 쥐었다.

"지금 뭘……."

나는 입을 열었지만 제이미의 어깨 너머로 내 손을 들여다보는 앨릭에게 선수를 빼앗겼다. 제이미는 그에게 내 손을 보여 주었다.

"그래, 아주 좋아. 하지만 팔은 어떠냐? 일에 적합한 팔이냐?"

"보세요."

제이미는 내 손을 잡더니 팔을 쭉 펴서 자기 팔과 비교했다. 앨릭은 의심스럽다는 눈빛으로 팔을 살펴보았다.

"음, 할 만하겠군. 그래, 할 수 있을 거야."

"이게 뭐 하는 건지 말 좀 해 주실래요?"

내가 미처 질문을 끝맺기도 전에 두 남자는 나를 끌고 계단을 올라갔다. 이제껏 내가 진료하던 노부인은 어리둥절한 기색으로 입을 벌린 채 남겨졌다.

잠시 후, 나는 커다랗고 반짝이는 갈색 말의 하반신을 코앞에서 미심쩍은 눈으로 바라보게 되었다. 대체 무슨 일인지는 마구간으로 가는 길에 설명을 들었다. 제이미가 설명하면 옆에서 늙은 앨릭이 말을 거들었고, 잘못된 정보를 바로잡으며 참견하는 식으로 이해를 도왔다.

로스건은 예전부터 좋은 새끼를 낳아 콜럼의 마구간에서 귀한 대접을 받아 온 암말로, 현재 산통을 겪고 있었다. 나도 거기까지는 알아보았다. 옆으로 누운 암말은 반짝이는 옆구리를 주기적으로 부풀리며 거대한 몸을 부르르 떨었다. 말의 하반신 앞에 무릎을 꿇고 앉아 두 손을 대자, 질 입구가 수축할 때마다 약간씩 틈이 보였지만 더는 진전이 없었다. 자그마한 발굽이 보이거나 촉촉이 젖은 섬세한 코가 질 입구에 나타나야 했건만 보이지 않았다. 제때 태어나지 않는 망아지는 분명히 옆이나 뒤쪽으로 몸을 뒤집은 것이다. 앨릭은 망아지가 머리를 옆구리 쪽으로 두었다고 생각했고, 제이미는 뒤를 돌아 있다고 생각했다. 그러다 둘은 잠시 논쟁을 멈추었고, 결국 나는 참지 못하고 물었다. 망아지가 옆으로 향했든 뒤로 향했든, 내가 뭘 해 주기를 바라느냐고 말이다.

제이미는 내가 약간 멍청한 질문을 했다는 식으로 바라보면서 차근차근 대답해 주었다.

"그야 망아지 방향을 돌려 달라고 불렀지요. 앞다리를 찾아서 앞으로 돌려 줘요. 그러면 나올 수 있을 테니까."

"아, **그런** 부탁이었나요?"

나는 말을 바라보았다. 우아한 이름처럼 들리는 로스건은 실은

'개구리'란 뜻이었다. 로스건은 말치고는 뼈대가 가냘팠지만, 어쨌든 무시무시하게 덩치가 컸다.

"어, 그러니까 저 안으로 손을 넣으란 말이죠?"

나는 슬그머니 손을 바라보았다. 분명히 들어갈 것 같았다. 질 입구는 충분히 컸다. 하지만 그런 다음엔 어떻게 해야 하는 거지?

두 남자 모두 저 안에 손을 넣기에는 손이 너무 컸다. 그리고 보통 이런 까다로운 상황에서 일에 동원되었던 마구간지기 청년 로더릭은 이틀 전 오른팔을 다쳐 내가 부목을 대고 팔걸이 붕대를 걸어준 상황이었다. 다른 청년 윌리는 그럼에도 로더릭을 데리고 왔다. 옆에서 조언해 주고 사기를 북돋우기 위해서였다. 이윽고 로더릭은 너덜너덜한 바지만 걸친 채 마구간에 도착했다. 어두운 마구간 안에서 그의 야윈 가슴이 하얗게 빛났다.

자기가 하던 일을 내가 맡게 되었다는 말을 듣자, 로더릭은 미심쩍은 기색으로 말했다.

"이거 힘든 일인데. 까다롭다고요. 요령은 물론이고 힘도 있어야 해요."

그러자 제이미가 자신 있게 말했다.

"그건 걱정하지 마. 클레어는 너보다 훨씬 힘이 세다고, 이 마른 잡초 같은 녀석아. 넌 그냥 뭘 만지고 어떻게 해야 하는지만 알려줘. 그럼 클레어가 곧바로 알아들을 거야."

나를 이토록 좋게 봐 주는 건 감사하지만, 솔직히 내가 잘 해낼 거란 생각이 들지 않았다. 이건 복부 수술을 도왔을 때보다 나쁜 상황이 아니라고 단단히 마음을 먹고 나서, 마구간 칸막이로 들어가 드레스를 벗고 바지와 삼베로 만든 거친 작업복 상의로 갈아입었다. 그리고 손부터 팔을 거쳐 어깨까지 쇠기름을 발랐다.

"음, 이건 좀 심하잖아."

나는 나지막이 투덜대며 손을 안으로 슥 밀어 넣었다.

안은 뭔가를 하기에 너무 좁았다. 처음에는 이게 무엇의 감촉인지 분간도 되지 않았다. 하지만 눈을 감아 집중하며 조심스럽게 안쪽을 더듬자 무언가 부드럽고 넓은 부분이 있었고, 좀 울퉁불퉁한 부분도 있었다. 매끄러운 부분은 몸통과 허벅지 아니면 머리겠지. 내가 찾아야 할 건 다리, 정확하게 말하자면 앞다리였다. 나는 점차 내부의 감촉에 익숙해졌고, 자궁이 수축하면 가만히 있어야 한다는 점도 알게 되었다. 자궁 근육의 힘이 어찌나 센지 죔쇠처럼 내 손과 팔에 꽉 달라붙어, 수축이 풀리기를 기다리는 동안 뼈를 마구 쥐어짰다. 수축이 풀리면 안쪽을 계속 더듬었다.

그러다 마침내 손가락에 느껴지는 게 뭔지 확실하게 알 수 있었다. 나는 의기양양하게 소리쳤다.

"방금 코를 만졌어요! 머리를 찾았어요!"

"잘했소, 아가씨! 그걸 놓치지 마!"

앨릭은 옆에서 불안한 마음으로 웅크려 앉아, 다시 자궁을 수축하는 암말을 토닥이며 안심시켰다. 말 근육의 힘에 손목이 으스러지는 것 같았지만, 나는 이를 악물고 윤기 나는 엉덩이에 이마를 댄 채 참았다. 이윽고 수축이 완화되었지만, 나는 주먹을 풀지 않았다. 그리고 조심스레 위를 더듬어 올라가 눈두덩과 이마를 찾아냈고, 볼록 솟은 접힌 귀 부분도 찾았다. 다시 수축이 오기를 기다리면서 나는 망아지의 목선을 따라 어깨로 내려갔다.

"망아지가 머리를 어깨 뒤로 젖히고 있어요. 머리는 그래도 제대로 방향을 잡았네요."

"좋아요."

제이미는 말머리 옆에 서서 땀을 흘리는 밤색 목덜미를 달래듯 쓸었다.

"그렇다면 다리는 가슴 아래 접혀 있을 거예요. 무릎을 잡을 수 있는지 알아 봐요."

계속 더듬으며 망아지를 느끼고 더듬어 올라가다 보니 어깨까지 말의 따스한 내부에 넣게 되었다. 암말의 엄청난 산통의 압박과 수축이 풀리며 다행히 이완되는 과정을 오롯이 느끼며, 나는 어떻게든 무릎을 찾으려 애썼다. 마치 내가 산통을 겪는 듯한 느낌이었고, 이 일도 산통만큼 지독히 힘들었다.

마침내 말굽에 손이 닿았다. 둥근 표면이 느껴지면서 아직 펴지지 않은 접힌 무릎 관절이 잡혔다. 옆에 선 남자들은 걱정스레 조언했고, 때로 그들의 조언은 상반되긴 했지만, 나는 최선을 다해 그들의 말을 따라 밀고 끌기를 번갈아 진행했다. 다루기 힘들게 온몸을 말은 망아지를 돌려 한쪽 발을 앞으로 끌고 다른 발을 뒤로 밀어 가며 암말과 함께 땀 흘리고 신음했다.

그러던 어느 순간, 갑자기 모든 게 잘되어 갔다. 수축이 풀리는 순간, 안에 든 망아지가 매끄럽게 제자리로 돌아간 것이다. 나는 움직이지 않고 다음 수축이 오기를 기다렸다. 이윽고 수축이 시작되자, 촉촉하게 젖은 자그마한 코가 불쑥 튀어나오면서 내 손을 밖으로 밀었다. 새로이 느껴지는 감각에 흥미가 생긴 듯, 자그마한 콧김을 훅 뿜은 망아지의 코는 다시 안으로 쏙 들어갔다.

"다음번엔 낳겠군!"

앨릭은 너무 기뻐서 춤이라도 출 기세였다. 류머티즘에 걸린 노인의 몸뚱이가 건초 안에서 위아래로 흔들거렸다.

"자, 로스건, 힘내라, 우리 귀여운 개구리 아가씨!"

그 말에 대답하듯 암말은 다시금 경련을 일으키며 끙끙거렸다. 말이 뒷다리를 확 구부리던 순간, 알록달록한 다리와 커다란 귀를 지닌 망아지가 깨끗한 건초 위로 부드럽게 미끄러져 나왔다.

나는 건초 위에 주저앉아 바보처럼 웃었다. 몸에 쇠기름을 치덕치덕 바르고 점액과 피를 잔뜩 묻힌 채, 온몸이 노곤하고 쑤신 상태에 말의 불쾌한 체취를 강하게 풍기긴 했어도 난 너무 행복했다.

로더릭이 한 손으로 윌리를 거들어 태어난 망아지를 지푸라기로 닦아 주며 함께 돌보는 모습을 지켜보았다. 로스건이 돌아서서 망아지를 핥자 다들 함께 환호했다. 어미가 새끼의 엉덩이를 부드럽게 때리고 코로 밀자, 마침내 망아지는 큼직한 다리를 후들거리며 일어섰다.

"아주 잘했소, 아가씨! 지랄맞게 잘했다고!"

앨릭은 너무나 기뻐하며 축하의 의미로 말의 분비물이 묻지 않은 내 손을 힘껏 들어 올렸다. 하지만 그의 팔에 잡힌 내가 앉은 자리에서 힘없이 흐느적거리는 데다 남들 앞에 내놓을 꼴이 전혀 아니라는 걸 이제야 알아보고, 돌아서서 부하 하나에게 소리쳐 물을 가져오라 시켰다. 그리고 내 뒤로 돌아가서 앙상하고 주름진 손을 어깨에 얹었다. 그는 놀라울 정도로 능숙한 솜씨로 내 어깨를 주무르고 쓰다듬으며 어깨의 긴장과 목덜미의 뭉친 곳을 풀어 주었다.

"자, 아가씨, 많이 힘들었지?"

그는 마침내 이렇게 말하며 나를 보고 웃더니, 이제는 새로 태어난 망아지를 사랑스럽게 바라보며 함박웃음을 지었다. 그는 새끼를 얼러 주었다.

"잘생긴 녀석이로군. 이놈의 예쁜 짝은 누가 되려나?"

제이미는 내가 몸을 씻고 옷을 갈아입는 동안 옆에서 도왔다. 내 손가락이 너무 뻣뻣해진 나머지 보디스의 단추조차 채울 수 없었다. 내일 아침이 되면 팔 전체에 새파랗게 멍이 들겠지만, 그래도 지금은 너무나 평화롭고 만족스러웠다.

비는 영원히 그치지 않을 것처럼 내렸다. 그래서 마침내 날이 밝고 화창하게 개자, 나는 오랜만에 땅 위로 나온 두더지처럼 햇살에

눈이 부셔 눈을 가늘게 떴다.

제이미는 내 배 위로 아른거리는 햇살을 손으로 어루만지며 말했다.

"당신 피부는 너무 고와서 아래로 피가 흐르는 게 다 보여요. 손에서 심장까지 이어지는 혈관을 알아볼 수 있을 정도네요."

그는 손가락으로 내 손목부터 시작해서 팔꿈치의 구부러진 곳을 쓸어 올라가더니, 팔뚝 안쪽을 지나 쇄골 아래 가슴 둔덕을 간지럽혔다.

"그건 쇄골하정맥이에요."

나는 코끝으로 내려다보이는 그의 손가락을 바라보며 말했다.

"그래요? 아, 맞아, 쇄골 아래에 있어서 그렇군요. 다른 것도 알려 줘요."

그의 손가락이 천천히 아래로 움직였다.

"라틴어로 무슨 단어인지 듣는 게 좋아요. 의사와 사랑을 나누는 게 이토록 즐거울 줄은 꿈에도 몰랐네요."

"그건 아레올라*예요. 지난주에 말해 줬을 텐데."

나는 점잖게 말하자, 제이미가 중얼댔다.

"그랬죠. 그럼 다른 걸 알려 줘요. 이건 뭘까요?"

그의 환한 색 머리카락이 아래로 내려가더니, 손가락이 닿던 자리에 혀가 닿았다. 혀는 아래로 내려가기 시작했다.

"움빌리쿠스**."

나는 숨을 헉 들이켜며 말했다. 이제 제이미는 나의 투명한 피부에 대고 입술을 움직여 미소를 지었다.

"음, 그럼 이거는요?"

"알잖아요. 말해 봐요."

* 라틴어로 '유륜'이라는 뜻.

** 라틴어로 '배꼽'이라는 뜻.

나는 제이미의 머리를 움켜쥐며 말했다. 하지만 그는 말할 수 있는 상황이 아니었다.

얼마 후, 나는 진료실 의자에 느른히 앉아 햇볕을 쬐고 있었다. 머릿속으로는 햇살 가득한 침대에서 깨어나는 기억을 몽롱하게 떠올렸다. 해변의 모래처럼 눈부시게 하얀 모래톱에 침대 시트가 느른하게 떨어지는 기억이었다. 나는 한쪽 손을 가슴에 얹고 유두를 만지작거리며 손바닥 아래, 보디스의 얇은 캘리코 천을 밀며 솟아오르는 감촉을 즐겼다.

"혼자서 하고 있군요?"

문가에서 빈정대는 목소리가 들려와 벌떡 일어나다가, 그만 선반에 머리를 찧었다.

"아, 게일리스구나. 또 누군가 했네요. 여긴 어쩐 일이에요?"

나는 퉁명스레 대답했다. 진료실 안으로 스르르 들어오는 게일리스는 마치 발 대신 바퀴라도 단 것 같았다. 물론 그녀는 발이 있다. 직접 본 적도 있으니까. 하지만 아무리 봐도 걸을 땐 다리에서 발을 떼어 내고 바퀴를 단 것처럼 빨라서 볼 때마다 그저 놀라웠다.

"피츠 부인에게 스페인산 사프란을 가져다주러 왔어요. 공작이 오는 바람에 사프란이 필요하다고 했거든요."

나는 다시금 유머 감각을 되찾고 대꾸했다.

"향신료가 또 필요하시대요? 피츠 부인이 준비한 음식의 반만 먹어도, 공작은 집까지 굴러가야 할 정도로 뚱뚱해질걸요."

"지금도 아주 뚱뚱하긴 해요. 듣기에 아주 피둥피둥 둥그렇다던데요."

게일리스는 이제 공작의 몸매 이야기는 그만두고, 근처 언덕을 탐험하러 가지 않겠느냐고 물었다. 그녀는 손마디가 매끈하고 기다란 손가락을 우아하게 흔들며 말했다.

"이끼가 좀 필요할 것 같아서요. 이끼를 양털 조금과 우유랑 같이 끓이면 아주 좋은 핸드크림을 만들 수 있어요."

나는 진료실의 길다란 창을 올려다보았다. 창문 안으로 비쳐 든 햇살 속으로 황금빛 먼지가 미친 듯이 춤을 추고 있었다. 잘 익은 과일 향과 갓 벤 건초 냄새가 산들바람에 실려 왔다.

"그러죠."

내가 바구니와 병을 가지러 가는 동안, 게일리스는 진료실을 어슬렁거리며 물건을 집었다가 아무렇게나 놓았다. 그러더니 작은 탁자 앞에 서서 거기 있는 무언가를 들고 눈살을 찌푸렸다.

"이건 뭐예요?"

나는 하던 일을 멈추고 게일리스 옆으로 갔다. 그녀는 자그마한 말린 식물 다발을 들고 있었다. 검은색과 하얀색, 빨간색 실 세 가닥을 꼬아 만든 다발이었다.

"제이미가 그러는데 이건 저주래요."

"맞아요. 이건 어디서 났어요?"

나는 침대에서 이 작은 식물 다발을 찾은 일을 말해 주었다.

"다음 날 창문 아래로 가서 제이미가 던진 곳을 찾아봤어요. 당신 집에 가져가서 이게 뭔지 아느냐고 물어보려 했다가 깜빡했네요."

게일리스는 손톱으로 앞니를 탁탁 치며 골똘히 생각에 잠겼다가 고개를 저었다.

"아뇨, 나도 이게 뭔지는 모르겠어요. 하지만 누가 당신 침대에 그걸 넣었는지 알아낼 방법은 있을 것 같아요."

"정말요?"

"네. 내일 아침에 우리 집으로 오세요. 그럼 알려드리죠."

그녀는 더 이상 말하려 하지 않았다. 그리고 녹색 망토를 휙 나부끼며 돌아서서 먼저 나갔고, 나는 그 뒤를 따랐다.

게일리스는 나를 구릉 지대로 잘 안내했다. 길이 좋을 때는 말을 달렸고, 길이 없을 때는 느릿느릿 걸어갔다. 마을에서 한 시간쯤 말을 타고 달린 다음, 멈춰 선 곳은 버드나무가 드리워진 작은 개울가였다.

우리는 개울을 지나 언덕으로 올라갔다. 그곳에서 아직도 남아 있는 늦여름의 열매와 함께 초가을에 익은 베리들과 그늘진 작은 언덕의 나무 둥치에 돋아난 두껍고 노란 버섯을 땄다.

내가 바구니에 사시나무 껍질을 긁어 넣으려고 걸음을 멈춘 동안, 게일리스는 저 위 고사리 들판으로 사라졌다. 종잇장 같은 나무 껍질에 말라붙은 수액 방울이 마치 얼어붙은 핏방울처럼 보였다. 찬란하게 빛나는 진홍색 방울엔 햇살이 갇혀 있는 듯했다.

그러다 무슨 소리가 들렸다. 깜짝 놀란 나는 소리가 나는 듯한 방향으로 언덕을 올려다보았다.

다시금 소리가 들렸다. 칭얼거리는 새된 소리였다. 저 위쪽, 언덕 꼭대기 근처의 바위틈에서 흘러나오는 소리 같았다. 나는 바구니를 내려놓고 올라가기 시작했다.

"게일리스! 이리 와 봐요! 누가 아기를 두고 갔어요!"

내가 소리치자, 언덕 위에서 마구 팔을 휘젓고 나직하게 욕설을 지껄이는 소리가 들리더니 산등성이에 얽혀 있는 덤불을 힘겹게 헤치고 게일리스가 나타났다. 하얀 얼굴은 찡그린 채 붉게 달아올랐고, 머리에는 잔가지가 붙어 있었다.

"대체 무슨……."

그녀는 말을 잇다 말고 앞으로 후다닥 달려왔다.

"이런, 제길! 어서 내려놔요!"

게일리스는 내 품에서 급히 아기를 빼앗아 내가 아기를 발견한 움푹 팬 바위에 다시 눕혔다. 대접 모양으로 매끄럽게 팬 돌바닥은 폭이 채 1미터도 되지 않았다. 움푹한 바닥의 한쪽에는 신선한 우유가 반쯤 든 얕은 나무 대접이 있었고, 아기의 발치에는 빨간 끈으로 묶은 작은 야생화 다발이 있었다.

나는 다시 아기에게 몸을 굽히며 항의했다.

"아기가 아파요! 누가 아픈 아기를 여기에 혼자 놔두고 간 거예요?"

아기는 겉으로 봐도 매우 아파 보였다. 작고 여윈 얼굴은 녹색으로 변했고, 눈두덩 아래는 검게 움푹 팼으며, 이불 아래로 작은 주먹은 힘없이 움직였다. 내가 아기를 들어 올렸을 때도 이미 내 팔에 힘없이 늘어졌었다. 아기에겐 울 힘조차 없어 보였다.

게일리스는 내 팔을 잡아 제지하며 대뜸 말했다.

"아이 부모가 두고 간 거죠. 놔둬요. 그리고 여기서 나가자고요."

"부모가요? 하지만……."

내가 분개하자, 그녀는 참지 못하고 소리쳤다.

"이건 체인질링changeling이에요. 놔두고 가요. 어서!"

게일리스는 나를 질질 끌고 덤불 속으로 몸을 피했다. 나는 반항했지만, 결국 그녀를 따라 정신없이 비탈길을 내려왔다. 숨도 제대로 못 쉬고 얼굴이 새빨개진 채 언덕 아래까지 내려와서야 그녀를 잡아 세웠다.

"왜 이래요? 우리는 아픈 아이를 버리고 가서는 안 돼요. 이렇게 바깥에 두면 안 된다고요. 그리고 체인질링이라니, 그게 무슨 말이에요?"

내가 대들자 그녀는 버럭 소리쳤다.

"체인질링이라니까요. 당신도 분명히 체인질링이 뭔지 알잖아요? 요정이 인간 아이를 훔쳐 가는 대신, 자기네들 중 하나를 인간의 집에 남겨 둔다고요. 아이가 자꾸 울면서 계속 보채고 제대로 자라지도 커지지도 않으면 체인질링이라는 걸 알게 되는 거잖아요."

"물론 나도 그게 뭔지는 알아요. 하지만 당신은 그런 헛소리를 믿어요?"

게일리스는 갑자기 이상한 눈빛으로 나를 바라보았다. 경계심과 의혹이 서린 눈초리였다. 그러더니 다시 얼굴이 펴지면서 평소 표정으로 돌아왔다. 반쯤은 즐기는 듯한 예의 냉소적인 표정이었다.

"아뇨. 나는 안 믿죠. 하지만 이곳 사람들은 믿어요."

그녀는 순순히 인정하고는 산등성이를 불안한 눈빛으로 슬쩍 보았지만, 바위틈에서는 더는 아무런 소리도 들리지 않았다.

"가족들이 여기 어딘가 있을 거예요. 그러니 어서 가요."

나는 마지못해 게일리스를 따라 마을 방향으로 끌려갔다.

작은 개울을 건너기 전, 바위 위에 앉아 스타킹을 벗으면서 나는 물었다.

"왜 아이를 거기에 두었을까요? 요정이 와서 아이를 치료해 주기를 바라는 건가요?"

내 마음은 여전히 아기 때문에 괴로웠다. 아주 아파 보였으니까. 어디가 아픈 건지는 모르겠지만, 어쩌면 내가 고칠 수 있을지도 몰라.

잘만 하면 게일리스를 마을에 데려다 놓고 내가 다시 아이를 찾으러 올 수도 있을 텐데. 하지만 빨리 해야겠지. 동쪽 하늘을 올려다보자, 부드러운 회색 비구름이 보랏빛 황혼을 빠르게 물들이고 있었다. 서쪽에는 여전히 분홍빛 하늘이 남았지만, 이제 30분도 되지 않아 사라질 것이다.

게일리스는 버들 바구니의 꼬인 손잡이를 목에 걸고 치맛자락을 올린 채 개울에 발을 들였다. 그리고 차가운 물에 몸을 덜덜 떨며 말했다.

"아뇨. 어떻게 보면 그렇기도 하지만요. 저건 요정의 언덕 중 하나예요. 거기서 자는 건 위험하죠. 그곳에 체인질링을 놓고 가면, 밤사이 요정들이 와서 자기 아이를 데려간 다음 훔쳐 갔던 인간 아이를 도로 놓고 간다는 이야기가 있어요."

"하지만 아니잖아요. 저 아이는 체인질링이 아니니까요. 그냥 아픈 아이일 뿐인데. 야외에서는 하룻밤도 살지 못하고 죽을지도 몰라요!"

나는 눈 녹은 물에 발을 들이자마자 숨을 헉 들이켜며 말했다. 그녀는 짧게 대답했다.

"그렇겠죠. 내일 아침이면 죽을 거예요. 그리고 제발 우리가 거기 간 걸 아무도 몰랐으면 좋겠네요."

나는 신발을 다시 신다가 우뚝 멈추고 말았다.

"애가 죽는다고요! 게일리스, 난 아무래도 다시 가 봐야겠어요. 아기를 그냥 두고 올 수가 없어요."

나는 돌아서서 개울을 건너기 시작했다.

순간, 게일리스는 나를 뒤에서 덥석 잡고 내 얼굴을 얕은 물가에 처박았다. 나는 허우적대고 숨을 헐떡이면서 간신히 무릎을 딛고 일어나다가 사방에 물을 튀겼다. 게일리스는 종아리까지 개울에 담그고 서서 치마를 흠뻑 적신 채로 나를 노려보며 소리쳤다.

"이 빌어먹을 돼지같이 고집 세고 멍청한 잉글랜드인아! 당신이 할 수 있는 건 아무것도 없다고! 내 말 알아들어? 못 알아듣겠지! 저 애는 죽은 거나 다름없다고! 난 당신이 사리 분별도 못 하고 날뛰다가 자기 목숨은 물론이고 내 목숨까지 위협하는 꼴을 가만히 두고 보지 않을 거야!"

그녀는 콧김을 뿜으며 나지막이 투덜대면서, 손을 뻗어 나를 양손으로 일으켰다. 그리고 내 팔을 흔들며 다급하게 말했다.

"클레어, 내 말 잘 들어요. 그 아이에게 가까이 갔는데, 아이가 죽는다면…… 결국 죽을 수밖에 없어요, 그 애는. 난 그런 애들을 많이 봤단 말이에요. 어쨌든 아이가 당신 근처에서 죽는다면, 가족들은 당신이 죽였다고 생각할 거예요. 얼마나 위험한지 알겠어요? 마을 사람들이 당신을 두고 뭐라는지 알기는 해요?"

나는 저녁 노을 진 하늘 아래 차가운 바람을 맞으며 덜덜 떨었다.

내가 위험해질까 봐 걱정하는 게일리스의 분명한 두려움과, 아무도 도와주는 이 없이 어둠 속에서 발치에 꽃을 두고 홀로 천천히 죽어가는 아이 사이에서 이러지도 저러지도 못한 채.

결국 나는 얼굴에서 젖은 머리카락을 털어 내며 말했다.

"아뇨, 게일리스, 그럴 수 없어요. 조심할게요. 약속해요. 하지만 가 봐야겠어요."

나는 그녀의 손아귀에서 벗어나 저 먼 둑을 향해 돌아섰다. 그리고 강둑의 그림자가 흐릿하게 보이는 가운데 넘어지고 물을 첨벙거리며 개울을 건넜다.

내 뒤로 아스라이 분노 어린 외침이 들려오더니, 이윽고 반대 방향으로 마구 첨벙대는 소리가 났다. 뭐, 적어도 게일리스가 더는 나를 방해하지 않겠구나.

날은 빠르게 저물어 가고 있었다. 나는 최대한 빠르게 덤불과 잡초를 헤치며 나아갔다. 언덕에 다다르기 전에 날이 어두워지면 과연 언덕을 제대로 찾을 수 있을까. 모르겠다. 근처엔 비슷한 높이의 언덕이 여러 개 있었다. 게다가 요정의 언덕이든 아니든, 홀로 어두운 이곳을 헤매는 상황은 나 역시 원치 않았다. 아픈 아기를 어떻게 성까지 데리고 가느냐는 그때 가서 생각할 문제였다.

마침내 나는 그 언덕 아래에서 보았던 어린 낙엽송 숲을 찾아냈다. 이제 날은 완전히 캄캄해졌고 밤하늘엔 달도 없었다. 나는 비틀거리고 넘어지기를 몇 번이고 거듭했다. 옹기종기 모여 자란 낙엽송들은 밤바람에 가지를 딱딱거리고 한숨 쉬듯 이파리를 떨며 조용히 이야기하는 듯했다.

역시 무시무시한 곳은 조용하구나. 머리 위로 잎사귀들의 대화를 들으며 나는 늘씬한 나무줄기 사이를 이리저리 나아갔다. 이러다가 다음 나무 뒤에서 유령이 나온다 해도 놀라지 않을 것 같아.

그러나 난 결국 놀라고 말았다. 사실, 어두운 형체가 슬그머니 나타나서 나를 잡았을 땐 머릿속이 새하얘질 정도로 무서웠다. 나는 날카로운 비명을 지르며 그 형체를 때렸다.

"하느님 맙소사, 여기서 뭐 하는 거예요?"

나는 제이미를 보고 안도하고 말았다. 물론 갑자기 나타나서 너무나도 무서웠지만, 어쨌든 잠시 그의 가슴팍에서 스르르 무너져 내렸다.

그는 낮은 목소리로 말했다.

"당신을 데리러 왔어요. 밤이 되어서 당신을 만나러 내려오는 길이었어요. 그러다 세인트 존 개울에서 게일리스 덩컨을 만났죠. 당신이 어디 있는지 말해 줬어요."

"하지만 아기가……."

나는 입을 열며 언덕을 향해 돌아섰다. 제이미는 나를 돌려세우며 말했다.

"아기는 죽었어요. 내가 먼저 올라가서 확인해 봤어요."

이윽고 난 반대하지 않고 그를 따라 돌아가기 시작했다. 아기가 죽었다는 사실에 괴로웠지만, 결국 요정들의 언덕 꼭대기에 올라갔다가 다시 먼 길을 홀로 내려오지 않아도 되어서 안도감도 들었다. 어둠과 속삭이는 나무에게 위축된 채로, 나는 다시 개울을 건너기 전까지는 아무 말도 하지 않았다. 아까 이미 흠뻑 젖어 버렸기 때문에 옷은 여전히 축축했다. 나는 굳이 스타킹을 벗지 않은 채 거침없이 물살을 헤쳤다. 하지만 제이미는 하나도 젖지 않았기 때문에 강둑에서 물살 가운데 솟은 바위로 뛰더니, 다시금 훌쩍 몸을 날려 단번에 내가 서 있는 둑으로 뛰어내렸다.

"이렇게 밤에 혼자 밖을 돌아다니면 얼마나 위험한지 알고는 있어요, 새서나흐?"

내게 묻는 제이미의 말투는 화난 기색이 아니었다. 그저 궁금한 듯했다.

"아뇨…… 그러니까, 안다는 말이에요. 걱정 끼쳐서 미안해요. 하지만 아기를 내버려 둘 수가 없었어요. 그럴 수 없었다고요."

"그래요, 알아요."

그는 나를 잠시 껴안더니 말을 이었다.

"새서나흐, 당신은 마음씨가 상냥해요. 하지만 여기서 자신이 뭘 상대하고 있는지는 전혀 모르네요."

"대체 뭘 상대하는데요? 내가 요정을 상대하고 있다는 뜻인가요? 난 미신 따윈 안 믿어요."

피곤한 데다 이 사건 때문에 마음이 심란했지만, 난 짐짓 경박한 척 대꾸했다. 그러다 퍼뜩 드는 생각이 있었다.

"혹시 당신, 요정이 있다고 믿나요? 체인질링 같은 걸 다 믿어요?"

제이미는 잠시 머뭇대다가 대답했다.

"아니, 아니죠. 그런 건 안 믿어요. 물론 그렇다고 요정의 언덕에서 자도 상관없겠냐고 하면 그건 절대로 아니지만요. 나는 교육받은 사람이에요, 새서나흐. 두걸의 집에서 독일 가정 교사에게 가르침을 받았죠. 나에게 라틴어와 그리스어 등등을 가르쳐 준 좋은 분이셨죠. 그리고 열여덟 살 때는 프랑스에 갔어요. 음, 거기서는 역사와 철학을 공부했죠. 스코틀랜드의 언덕배기와 황무지와 호수 속에 산다는 물말 같은 것 말고도 드넓은 세상에 배울 게 참 많다는 것도 알게 되었고요. 하지만 이곳 사람들은……."

제이미는 우리 뒤로 펼쳐진 어둠을 향해 팔을 뻗었다.

"태어나서 지금껏 나고 자란 집을 하룻길 이상 떠나 본 적 없는 이들이에요. 씨족의 대모임 같은 큰 행사를 제외하면요. 게다가 그런 행사는 평생 한두 번밖에 일어나지 않아요. 주민들은 언덕과 호숫가에 모여 살면서, 일요일에 성당에 가서 베인 신부님이 하시는 설교 이상의 것을 배우지 못하죠. 사람들에겐 설교와 옛이야기가 지식의 전부라고요."

그는 오리나무 가지를 옆으로 치웠고, 나는 그 아래로 몸을 숙여 걸어갔다. 우리가 지금 걷는 길은 아까 나와 게일리스가 왔던 사슴길*이었다. 제이미는 어둠 속에서도 길을 찾는 능력이 있구나. 새로운 사실을 알게 되자 마음이 든든했다. 요정의 언덕에서 꽤 멀리 떨어진 곳에 오자 그는 다시 원래 목소리 크기로 말했고, 가끔 가는 길에서 발목을 잡는 수풀을 헤치려고 멈출 때 말고는 이야기를 계속했다.

"홀에 앉아 라인산 와인을 마시며 귈린의 하프 연주에 맞추어 듣는 옛이야기들은 그저 재미있을 뿐이죠."

앞길을 인도하며 내게 말하는 그의 목소리는 서늘한 밤공기를 뚫고 부드럽고도 힘차게 들려왔다.

"하지만 이런 곳에서나 심지어 마을에서는 그렇지 않아요. 옛이야기는 중요해지죠. 사람들은 민담에 의지해서 산다고요. 그중에는 어느 정도 진실이 담긴 이야기가 있는 것 같고요."

문득 물말의 호박색 눈동자가 떠올랐다. 그렇다면 어느 것이 진실일까.

제이미의 목소리는 점점 줄어들어서 나는 귀를 쫑긋 세워야 했다.

"그리고 아닌 것들도 있고⋯⋯ 뭐. 그렇죠. 그 아기의 부모 같은 경우에는 차라리 죽은 아기가 체인질링이라고 믿고, 진짜 아이는 건강하고 행복하게 요정들 사이에서 영원히 산다고 믿는 게 마음이 편할 수도 있어요."

이윽고 우리는 말을 묶어 놓은 곳에 도착했다. 말을 타자 30분도 되지 않아 리오흐성의 불빛이 어둠 속에서 우리를 반겼다. 지금껏 그 황량한 건물이 선진 문명의 전초 기지라고 생각해 본 적은 전혀 없었지만, 지금은 마치 개화의 등불 같아 보였다.

* 사슴이 밟아 생긴 오솔길.

그런데 가까이 다가가자, 이토록 환한 불빛이 보였던 이유를 깨달았다. 바로 다리 난간을 따라 활활 타오르는 등불을 쭉 달아 놓았기 때문이었다.

"무슨 일이 있었군요."

나는 제이미를 돌아보며 말했다. 그리고 불빛 아래에서 그를 처음으로 제대로 보자, 평소 입던 낡은 셔츠와 지저분한 킬트 차림이 아니라는 걸 알아보았다. 그의 새하얀 리넨 셔츠가 등불을 받아 빛났고, 안장에 걸쳐 놓은 한 벌뿐인 제일 좋은 벨벳 코트도 보였다.

제이미는 고개를 끄덕였다.

"맞아요. 그래서 당신을 데리러 온 거예요. 드디어 공작이 왔어요."

공작을 보자 다소 놀라웠다. 내가 이제껏 무슨 기대를 한 건진 나도 정확히 모르겠지만, 어쨌든 리오흐의 홀에서 만난 공작은 허세 가득하고 쾌활하며 스포츠를 좋아하는, 얼굴이 불그레한 사람이 아니었다. 그는 다소 무뚝뚝해도 정감 있는 태도에다 햇빛에 거칠어진 피부를 지닌 남자였고, 하늘색 눈동자를 약간 가늘게 뜬 모습이 마치 눈부신 햇살 너머로 꿩이 날아가 버린 자취를 좇는 사람 같았다.

나는 잠시 의아해졌다. 전에 공작에 대해 사람들이 보인 우스운 언사는 과장이었던 걸까. 하지만 홀 안을 둘러보니, 18세 미만의 소년들이 다들 살짝 경계하는 표정을 지으면서 콜럼과 두걸을 거느리고 활기차게 웃고 떠드는 공작을 주시하는 모습이 보였다. 그렇다면 이야기는 과장이 아닌 모양이었다. 분명히 경고를 받은 것이다.

이윽고 공작에게 소개된 나는 무표정하게 있기가 좀 힘들었다. 그는 몸집이 크고 다부지고 건장한 몸매의 남자로, 술집에 있다 보면 자주 보이는 유형이었다. 자신의 주장을 커다랗게 외치면서 상대방이 반대 주장을 펼치면 큰 소리로 자기 이야기를 반복하여 상대를 찍어 누르는 부류의 사람 말이다. 물론 제이미의 이야기를 들으며 조심하라는 경고는 받았지만, 건장한 체격에서 오는 인상이 상당히 압도적이었다. 그래서 공작이 내 손 위로 고개를 숙이며 잔뜩 긴장한 쥐새끼 같은 목소리로 "이토록 외진 곳에서 동포 여인을 만나니 어찌나 좋은지 모르겠소, 부인"이라고 말하자, 난 사람들 앞에서 웃음을 터뜨리는 망신을 당하지 않으려고 볼 안쪽 살을 세게 물어야 했다.

여행길에 지친 공작 일행은 일찍 잠자리에 들었다. 하지만 다음 날 밤, 저녁 식사 후에 음악을 들으며 대화하는 자리가 생겼고, 제이미와 나는 콜럼과 두걸과 더불어 공작과 함께했다. 샌드링엄 공작은 콜럼의 라인산 와인을 들자 말이 더욱 많아져서, 하일랜드 지방의 여행길이 얼마나 무시무시한지와 자연 경관이 참으로 아름답다는 이야기를 동등하게 설명하며 떠들썩하게 수다를 떨었다. 우리는 공손히 귀를 기울였고, 공작이 그의 여행 이야기를 새된 소리로 설명하는 동안 나는 애써 제이미와 눈을 마주치지 않았다.

"스털링 외곽에서 마차 차축이 부러진 거요. 그래서 우리는 비가 퍼붓는 가운데 사흘을 꼼짝도 못 했다오. 결국 내 하인이 대장장이를 불러다가 차축을 고치게 했지. 그런데 출발한 지 반나절도 되지 않아, 길에 난 구멍에 또 빠졌지 뭐요. 세상에 그렇게 커다란 구멍은 내 생전 처음이었소. 그래서 또 망할 놈의 바퀴가 망가졌다고! 그 후엔 또 말 한 마리가 편자를 벗어 던지는 바람에 다시 마차를 세우고 걸어가야 했소. 절룩이는 말을 끌고 진흙 길을 걸어갔다오. 그다음엔 또……."

이야기는 불운에 불운을 거듭하며 이어졌다. 나는 점점 키득키득 웃고 싶은 충동이 들어서 그때마다 와인을 마시며 참았다. 하지만 그러지 말았어야 했다.

"하지만 여긴 사냥감이 있지, 매켄지! 사냥감 말이오!"

어느 순간, 공작은 황홀한 표정으로 눈을 희번득거리며 외쳤다.

"나는 믿을 수가 없었소. 그러니 그대가 이토록 거한 상을 내온 것도 이해가 간다오."

공작은 커다랗고 단단한 배를 부드럽게 두드리며 말을 이었다.

"우리가 이틀 전에 봤던 수사슴 같은 걸 잡을 수만 있다면야 내 송곳니를 빼 줄 수도 있소. 참으로 멋진 짐승이었소. 그야말로 멋지지 않소. 수풀에서 튀어나와 우리 마차 앞으로 껑충 뛰어 지나가는데! 오, 세상에."

그는 나를 보며 은근히 말했다.

"말들이 그놈을 보고 어찌나 깜짝 놀라던지 하마터면 우리가 또 길에서 벗어날 뻔했다니까!"

콜럼은 종 모양 디켄터를 들면서 궁금하다는 듯 짙은 색 눈썹을 치켜떴다. 그리고 내민 잔에 술을 따르며 말했다.

"음, 그렇다면 저희가 공작 각하를 위해 사냥을 열어 보겠습니다. 제 조카가 능숙한 사냥꾼이니 말입니다."

콜럼은 눈길을 홱 돌려 제이미를 지그시 바라보았다. 둘 사이에는 알아차릴 듯 말 듯한 끄덕임이 오갔다.

콜럼은 뒤로 몸을 기대앉아 디켄터를 놓으며 태연히 말했다.

"예, 그럼 되겠군요. 다음 주 초가 괜찮겠지요. 아직 꿩 사냥을 하기에는 이릅니다만, 수사슴 사냥에는 좋을 겁니다."

그는 한쪽에 놓인 푹신한 의자에 기대 누운 두걸을 바라보았다.

"제 아우가 동행해 드릴 수도 있지요. 북쪽으로 여행하고 싶으시다면, 일전에 논의했던 토지를 아우가 보여 드릴 수 있습니다."

"그것참 멋지군! 좋소!"

공작은 기뻐했다. 그리고 제이미의 다리를 두드렸다. 다리 근육이 움찔하는 게 보였지만, 그는 움직이지 않았다. 다만 평온하게 웃기만 했다. 공작은 제이미의 다리 위를 쓰다듬는 손길을 아주 오랫동안 거두지 않았다. 그러다 남편을 바라보는 내 눈빛을 알아채고는, 내 쪽을 보며 즐겁게 웃었다. 그 표정이 꼭 '한번 찔러볼 만한 남자잖아?'라고 묻는 것만 같았다. 나는 꾹 참고 같이 미소를 지어 보였다. 그리고 참으로 놀랍게도, 난 공작이 꽤 마음에 들었다.

공작이 도착했다는 소식에 너무 흥분한 나머지, 누가 내게 저주를 보냈는지 알려 주겠다는 게일리스의 제안을 깜빡 잊고 있었다. 게다가 요정의 언덕에서 체인질링 아이를 두고 불쾌한 일이 있었던지라, 게일리스의 제안을 받아들여도 괜찮은 건지 역시 알 수가 없었다.

그래도 의심보단 호기심이 앞섰는지라, 콜럼이 제이미에게 마을로 내려가 이틀 후에 있을 공작의 연회에 덩컨 부부가 참석하도록 모시고 오라고 명령하자 나도 같이 따라갔다.

그래서 목요일에 나와 제이미는 덩컨 저택의 응접실에서 접대를 받게 되었다. 아서 덩컨이 어색하게 친한 척을 하면서 우리를 맞이하는 동안 게일리스는 위층에서 몸단장을 했다. 지난번 위경련을 겪었던 아서는 그럭저럭 회복되었지만, 그래도 여전히 아주 건강해 보이지는 않았다. 뚱뚱했다가 갑자기 살이 쭉 빠진 남자들이 으레 그렇듯, 아서는 뱃살이 아니라 얼굴 살이 빠져 있었다. 그의 복부는 초록색 실크 프록코트 아래로 불룩 솟아 있는 반면에, 얼굴 피부는 주름이 늘어지고 축 처졌다.

"저는 위층으로 올라가서 게일리스의 머리 손질을 도우면 어떨까 싶어요. 제가 새 리본을 가져왔거든요."

나는 이렇게 말했다. 게일리스와 단둘이 이야기할 핑곗거리가 있어야 할 듯해서 작은 꾸러미를 챙겨 온 참이었다. 난 꾸러미를 꺼내 보이며 아서가 무어라 딴말을 하기 전에 얼른 계단으로 통하는 문으로 들어갔다.

게일리스는 나를 기다리고 있었다.

"자요, 내 개인 방으로 올라가요. 서둘러야 해요. 하지만 오래 걸리지는 않을 거예요."

나는 게일리스를 따라 좁고 구불구불한 계단을 올랐다. 계단 층은 높이가 제각각이었다. 어떤 계단은 너무 높아서 걸려 넘어지지 않으려면 치맛자락을 들어야 했다. 17세기 목수들은 측정 기술이 엉망이든지, 아니면 유머 감각이 무척 풍부하든지 둘 중 하나가 분명했다.

게일리스의 개인 방은 저택의 꼭대기에 있는 외딴 다락방으로, 하인들의 숙소 위에 있었다. 문은 잠겨 있었고, 게일리스는 앞치마 주머니에서 어마어마한 열쇠를 꺼내 문을 열었다. 넓적한 머리 부분에 포도 넝쿨과 꽃무늬 장식이 있는 열쇠는 적어도 500그램은 나가 보였고, 열쇠 날 부분을 쥐고 휘두르면 무기로 써도 좋을 만큼 컸다. 자물통과 경첩에는 모두 기름칠을 잘 해 두어서 두꺼운 문이 소리 없이 안으로 열렸다.

작은 다락방 바깥으로는 집 앞에 불쑥 튀어나온 지붕창이 다닥다닥 붙어 있었다. 벽마다 빼곡하게 이어진 선반에는 온갖 단지와 병, 플라스크와 유리관, 비커들이 가득했다. 말린 허브 묶음은 서로 다른 색실에 잘 묶여 천장 서까래 위에 단정히 보관되어 있어, 아래를 지날 때마다 머리카락에 향기로운 먼지가 쓸렸다.

하지만 이곳은 아래층 약방의 깨끗하고 사무적인 분위기가 전혀 아니었다. 어수선하고 붐비는 방 안은 지붕창이 달려 있는데도 어두웠다.

선반 한곳에는 책이 꽂혀 있었다. 대개 책장이 부스러질 정도로 낡았고, 책등에는 아무런 글씨도 없었다. 궁금한 마음에 줄지어 꽂힌 가죽 정장 책들을 손가락으로 쓸어 보았다. 책은 대부분 송아지 가죽 표지였지만, 그중 두세 권은 다른 가죽이었다. 뭔가 부드러우면서도 불쾌하게 끈적거리는 촉감이랄까. 그중 하나는 딱 봐도 생선 가죽으로 되어 있었다. 나는 그 책을 꺼내 조심스럽게 펴 보았다. 글씨는 고대 프랑스어와 훨씬 오래된 라틴어를 섞어서 손 글씨로 쓴 것이었지만, 제목은 알아볼 수 있었다. 『생제르맹 백작의 마법서』.

나는 가벼운 충격을 느끼며 책을 덮어 다시 선반에 놓았다. 마법서라니. 정말로 마법을 연구하는 책이라니. 등 뒤로 게일리스의 시선이 따갑게 느껴졌다. 장난기와 경계심이 뒤섞인 눈빛이었다. 이제 알았으니 어떡하지?

나는 미소를 지으며 대답했다.

"그렇다면 소문이 거짓은 아니로군요? 당신은 정말로 마녀였어."

과연 이게 어디까지 나간 걸까. 게일리스는 정말로 마법을 믿는 걸까, 아니면 아서와의 지루한 결혼 생활을 달래기 위해 정교한 신앙에 잠시 의탁한 것에 불과할까. 그리고 대체 어떤 종류의 마법을 부리는 걸까? 마법이 아니라면 대체 무슨 사상을 행하는 거고?

게일리스는 활짝 웃으며 말했다.

"아. 백마법이에요. 당연히 흑마법은 아니죠."

내 얼굴에 생각이 그대로 드러난다던 제이미의 말이 맞나 보네. 다들 알아채는 것 같아.

"음, 그렇다면 다행이네요. 나는 자정에 모닥불 둘레를 춤추고 빗자루를 타는 거 싫거든요. 악마의 엉덩이에 키스하는 건 더더욱 사양하겠어요."

게일리스는 고개를 젖히고 즐겁게 웃었다.

"내가 본 바로는, 당신은 다른 사람에게 키스를 많이 하는 편이 아니던데요. 나도 그래요. 하지만 당신 남편같이 귀엽고 사나운 악마랑 잘 수 있다면 키스를 안 하겠다고 말하지는 못하겠지만요."

"말이 나왔으니 말인데요……."

내가 입을 열었지만, 그녀는 이미 돌아서서 혼자 중얼거리며 무언가를 준비했다.

게일리스는 문이 잘 잠겨 있는지 확인한 다음, 박공 창문으로 다가가서 창가 자리에 붙박이로 설치한 상자 안을 뒤졌다. 그리고 커다랗고 얕은 냄비와 도자기 촛대에 꽂힌 길쭉한 하얀 초를 꺼냈다. 이어서 상자를 더 뒤진 그녀는 낡은 퀼트 이불도 꺼내어 먼지와 나무 파편이 묻지 않도록 바닥에 깔았다.

"지금 뭘 하려는 거예요, 게일리스?"

나는 그녀가 준비하는 것들을 의심스럽게 살피며 물었다. 언뜻 보기에는 냄비나 촛불, 퀼트 이불에서 그다지 사악한 의도가 느껴지지 않았지만, 그래도 나는 마법에 대해서는 문외한이기 때문이다.

"소환이요."

그녀는 이불 모서리를 이리저리 잡아당겨 바닥 널빤지와 일직선으로 맞추었다.

"누구를 소환하는데요?"

누구를, 아니 무엇을 소환하려는 걸까.

그녀는 일어서서 머리를 뒤로 묶었다. 아기의 머리카락처럼 곱고 매끄러운 그녀의 머리카락은 핀에서 자꾸 흘러내렸다. 그녀가 투덜대면서 머리핀을 확 잡아당기자 곧고 반짝이는 짙은 크림빛 머리카락이 찰랑이며 넘실거렸다.

"아, 유령과 악령과 환영을 소환할 거예요. 필요한 건 뭐든지요. 처음에는 뭐든 똑같이 시작해도, 각각 뭘 부르느냐에 따라 약초와

주문이 달라지죠. 우리가 지금 소환하려는 건 환영이에요. 누가 당신을 저주했는지 보려고요. 그런 다음 그 저주를 상대에게 다시 돌려줄 거예요."

"어, 글쎄요……."

나는 정말이지 복수하고 싶은 마음은 없었지만, 그래도 궁금하긴 했다. 대체 그 소환이라는 게 무엇인지, 그리고 누가 내게 저주를 남겼는지 알고 싶었다.

게일리스는 냄비를 이불 가운데 놓은 다음 단지를 기울여 물을 부으며 설명했다.

"환영을 잘 보려면 커다란 그릇을 사용하면 돼요. 종류는 어떤 것이든 상관없어요. 마법서에는 은색 대야를 사용하라고 하지만요. 야외에 있는 연못이나 물웅덩이도 이런 소환에 사용될 수 있어요. 하지만 주변에 아무도 없어야 해요. 소환을 하려면 평온하고 조용한 곳이어야 하거든요."

그녀는 이쪽 창문과 저쪽 창문으로 빠르게 움직이며 두툼한 검은 커튼을 쳤고, 결국 방 안의 빛이 싹 사라져 완전히 캄캄해졌다. 어둠 가운데로 게일리스의 가녀린 형체가 휙휙 움직이는 게 간신히 보이더니, 촛불이 켜졌다. 그녀는 촛불을 퀼트 이불로 가져왔고, 불빛은 그녀의 얼굴을 비추어 오뚝 솟은 코와 깎은 듯한 턱선 아래로 날카로운 그림자를 드리웠다.

그녀는 내게서 멀리 떨어진 옆쪽에 물을 담은 냄비를 두었고, 그 옆에 촛불을 두었다. 그리고 아주 조심스럽게 냄비에 물을 채웠는데, 넘칠 듯 채운 물이 냄비 테두리 위로 볼록 솟아 표면 장력으로 흘러내리지 않을 정도까지 부었다. 고개를 숙여 보니, 성에 있는 거울보다도 얼굴이 훨씬 더 잘 비쳤다. 마치 내 마음을 또 읽었다는 듯, 게일리스는 이게 영혼을 소환하는 데 쓰이는 것 외에도 머리를 단장할 때 거울 대용으로 아주 좋다고 설명했다.

"건드리지 말아요. 안 그럼 흠뻑 젖을지도 모르니까."

그녀는 촛불에 불을 붙이려고 집중하느라 눈살을 찌푸리며 말했다. 그 목소리가 어찌나 현실적이고도 또 평범하던지, 이런 초자연적인 마법 준비를 하는 상황과 어울리지 않았다. 그러자 문득 누군가가 떠올랐다. 부싯깃 위를 우아하게 굽어보는 게일리스의 가냘프고 창백한 형상을 보면서 처음에는 누구와 닮았는지 쉽사리 떠오르지 않았다. 하지만 나중에는 분명해졌다. 바로 그레이엄 부인이었다. 물론 웨이크필드 목사의 서재에 찻주전자를 가지고 오던 촌스러운 아주머니와 게일리스는 확연히 달랐지만, 그 어조만큼은 정확히 그레이엄 부인과 똑같았다.

어쩌면 이들은 모두 이런 태도를 지녔을지도 모른다. 신비한 행위를 그저 날씨 같은 평범한 현상에 불과하다고 여기는 실용주의적 태도 말이다. 물론 날카로운 식칼을 다루는 사람들처럼 조심스러운 태도로 접근하기는 하지만, 무서워하거나 피해야 한다고는 전혀 생각하지 않는 태도였다.

아니면 라벤더 향수 냄새 때문에 공통점을 느끼는 것인지도 모른다. 게일리스의 치렁치렁한 드레스 자락에서는 언제나 그녀가 증류한 마리골드, 캐모마일, 월계수 잎, 감송, 민트와 마저럼 진액의 향기가 풍겼다. 하지만 오늘 입은 하얀 드레스 주름에서 풍기는 향기는 라벤더였다. 그레이엄 부인의 간소한 푸른 면직물 원피스에 배어 있고 앙상한 가슴골에서 흘러나온 향기와 똑같았다.

게일리스가 상반신에 가슴 보정 코르셋을 찼는지는 모르겠지만, 목선을 깊이 판 드레스를 입었는데도 코르셋은 전혀 보이지 않았다. 게일리스 덩컨의 실내복 차림을 본 건 이번이 처음이었다. 그녀는 으레 아주 수수하고 풍성한 가운을 입었으니까. 목 끝까지 단추를 채운 차림은 검찰관의 아내답게 단정했다. 그런데 지금 풍만한 가슴을 보자 조금 놀라웠다. 입고 있는 드레스와 같은 색조인 크림빛 가슴을 보니 어째서 아서 덩컨 같은 남자가 출신도 분명치 않은 무일푼 여자와 결혼했는지 알 것 같았다. 나는 마지못해 단정하게 이름표가 붙은 단지가 놓인 벽으로 고개를 돌려 초석이 어디 있나 찾아보았다.

게일리스는 선반에서 단지 세 개를 골라 자그마한 금속 화로 그릇 안에 조금씩 부었다. 그리고 촛불로 그 아래 있는 숯에 불을 붙인 다음, 피어오르는 불꽃에 숨을 불어 불을 지폈다. 이윽고 불길이 세지면서 향긋한 연기가 피어올랐다.

다락방 공기는 전혀 흔들림이 없어서 회색 연기는 옆으로 퍼지지 않고 곧장 위로 올라갔다. 연기는 커다랗고 하얀 촛대처럼 기둥 모양이 되었다. 게일리스는 두 기둥 사이에 자리 잡고 마치 신전의 사제처럼 우아하게 다리를 접어 앉았다.

"자, 그럼 잘된 것 같네요."

손가락에 묻은 로즈메리 부스러기를 탁 털어 내며 게일리스는 만족스럽게 이 장면을 훑어보았다. 신비로운 상징을 그려 넣은 검은 휘장을 창가에 쳐 두어 햇빛은 전혀 들어오지 않았기에, 공간을 비추는 것은 촛불뿐이었다. 잔잔한 물이 담긴 냄비에 불꽃이 비쳐 반사되었다. 냄비 역시 그저 빛을 반사한다기보단 그 자체가 발광하고 있는 듯했다.

"이제 뭘 하나요?"

내가 묻자, 커다란 회색 눈이 기대감을 한껏 담은 채 냄비 속 물처럼 빛났다. 그녀는 수면을 가로질러 손을 흔들고 나더니 두 다리 사이를 오므렸다.

"잠시만 조용히 앉아 있어요. 당신의 심장 박동을 들어 보세요. 들리나요? 편안하게 숨을 쉬세요. 느리고 깊이요."

게일리스의 표정에는 생기가 넘쳤지만, 목소리는 느리고 차분했다. 늘 그녀가 던지던 명랑한 대화와는 사뭇 다른 목소리였다.

시키는 대로 하자, 호흡이 고르게 안정되면서 심장 박동이 느려지는 느낌이었다. 연기 속에서 로즈메리 향이 났지만 다른 허브 두 가지는 뭔지 알 수 없었다. 디기탈리스인가? 아니면 양지꽃일까? 보라색 꽃을 보면 가지과 식물인가 싶었지만, 그건 확실히 아니었다. 그게 뭔지는 몰라도, 내 호흡이 느려진 건 게일리스의 말을 들었기 때문만은 아닌 것 같았다. 가슴뼈가 체중에 짓눌리는 느낌이 들면서 원치 않게 호흡이 느려졌다.

게일리스는 미동도 없이 앉아, 눈도 깜빡이지 않으면서 나를 바라보았다. 그녀가 한번 고개를 끄덕이자, 나는 고분고분하게 움직이지 않는 수면을 바라보았다.

이윽고 그녀는 말을 시작했다. 대화하듯 평온한 목소리를 들으니 환상열석 가운데서 태양을 향해 말하던 그레이엄 부인이 떠올랐다.

그 말은 영어가 아니었지만, 영어가 아닌 것도 아니었다. 이상하게 들리는 언어를 듣고 있자니 이게 무슨 말인지 알아야 할 것만 같은 느낌이었다. 마치 내 청력 바로 아래 단계에서 들릴 듯 말 듯 이어지는 말 같았다.

이제는 손이 저려 오기 시작했다. 무릎 위에 포갠 손을 움직이고 싶었지만 손이 말을 듣지 않았다. 게일리스의 나지막한 목소리는 부드럽고 설득력 있게 이어졌다. 이제는 그녀가 무슨 말을 하는지 알겠는데도, 그 말을 마음속 수면 위로 소환할 수가 없었다.

그러다 어렴풋이 깨달았다. 지금 난 최면에 빠졌거나, 특정 약물에 취한 것이구나. 머릿속은 달콤한 향이 나는 연기의 이끌림에 저항하며 의식의 마지막 발판을 붙잡았다. 물에 비친 내 모습은 동공이 점처럼 줄어들고 눈동자는 눈부신 햇살을 받은 올빼미처럼 커졌다. 희미한 생각 속으로 '아편'이란 단어가 떠돌았다.

"당신은 누군가요?"

우리 중 누가 그 질문을 했는지는 알 수 없었다. 하지만 내 목이 나도 모르게 움직이면서 대답이 나왔다.

"클레어요."

"누가 여기로 당신을 보냈죠?"

"내가 왔어요."

"왜 왔죠?"

"모르겠어요."

"왜 몰라요?"

"아무도 내 말을 믿지 않을 테니까요."

내 머릿속 목소리가 더욱 부드럽고 친근하며 매혹적으로 변했다.

"당신을 믿을게요. 날 믿어요. 당신은 누군가요?"

"클레어요."

순간 커다란 소리가 들려와 마법이 깨졌다. 게일리스는 깜짝 놀라 무릎을 대야에 부딪쳤고, 물에 비친 모습 역시 놀란 듯 흐트러졌다.

"게일리스? 여보?"

문 뒤에서 누군가의 목소리가 들려왔다. 머뭇거리면서도 명령이 깃든 소리였다.

"우리는 가야 하오, 여보. 말이 기다리고 있다고. 그런데 당신은 드레스도 안 입었구려."

게일리스는 숨을 죽이고 욕실을 [illegible]더니, 일어나서 창문을 훽 열었다. 신선한 공기가 얼굴에 확 밀려들자, 나는 눈을 깜빡였고 뿌옇던 머릿속도 다소 맑아졌다.

그녀는 일어선 채 나를 찬찬히 내려다보더니, 몸을 굽혀 날 일으켜 주었다.

"일어나요. 갑자기 좀 이상한 기분이 들었죠? 가끔 이렇게 되는 사람이 있어요. 내가 옷을 갈아입는 동안 침대에 누워 있는 게 좋겠어요."

나는 그녀의 침실 아래에 있는 이불 위에 몸을 쭉 펴고 누워 눈을 감았다. 그리고 게일리스가 작은 드레스 룸에서 바스락거리는 소리를 들으면서, 대체 이게 뭐 하자는 짓일까 생각했다. 이건 저주의 정체가 뭔지, 누가 보냈는지와 전혀 상관없지 않은가. 그저 나의 정체를 밝혀내려는 시도였을 뿐. 서서히 정신이 명료하게 들기 시작하면서, 어쩌면 게일리스가 콜럼의 첩자일지도 모른다는 생각이 들었다. 그녀의 지위가 지위이니만큼 이 지역 전체의 사업과 비밀을 들었겠지. 게다가 콜럼 말고 또 누가 내 출신에 이토록 관심이 많단 말인가?

아서가 소환을 방해하지 않았다면 어떻게 되었을까? 향기로운 연기를 마시며 몽롱해진 가운데, 으레 최면술사가 하는 것처럼 "당신은 깨어나면 아무것도 기억하지 못하게 됩니다"라는 말을 듣게 되었을까? 하지만 지금 나는 기억이 났고, 그래서 궁금했다.

그러나 지금은 게일리스에게 물어볼 기회가 사라지고 말았다. 침실 문이 활짝 열리더니 아서 덩컨이 들어왔기 때문이었다. 그는 게일리스의 드레스 룸으로 다가가 노크를 한 번 하고는 급히 안으로 들어갔다.

순간, 안에서 깜짝 놀란 비명이 작게 들리더니 이내 쥐 죽은 듯 고요해졌다.

잠시 후 아서 덩컨이 다시 문으로 나왔다. 휘둥그레진 두 눈은 초점 없이 어딘가를 빤히 보고 있었다. 얼굴이 너무 창백해서 혹시 심장마비가 온 건 아닌가 싶기도 했다. 그가 문틈에 풀썩 몸을 기대자 나는 벌떡 일어서서 그쪽으로 급히 다가갔다.

하지만 내가 가까이 가기도 전에, 아서는 문에서 몸을 일으키더니 살짝 비틀거리며 방을 나갔다. 그는 마치 나를 보지 못한 것처럼 휙 지나갔다.

나는 드레스 룸의 문을 두드렸다.

"게일리스! 괜찮아요?"

안에서 잠시 고요함이 이어지더니, 더없이 침착한 목소리가 들려왔다.

"네, 그럼요. 금방 나갈게요."

드디어 우리가 아래층으로 내려가자, 아서는 어느 정도 진정이 된 모습으로 제이미와 브랜디를 마시고 있었다. 그는 뭔가를 생각하는 듯 약간 멍해 보였지만, 아내의 외모를 부드럽게 칭찬한 다음 마부를 보내 말을 가져오게 했다.

우리가 성에 도착했을 땐 연회가 막 시작된 참이었다. 아서와 게일리스는 손님 자격으로 상석에 앉았다. 제이미와 나는 그보다는 약간 낮은 자리를 배정받아 루퍼트와 네드 고언과 같은 테이블에 앉았다.

피츠 부인은 보통 때보다 훨씬 더 솜씨를 발휘했고, 음식과 음료를 비롯하여 갖가지 차림에 쏟아지는 찬사를 받으며 만족스럽게 함박웃음을 지었다.

음식은 정말로 맛있었다. 꿀에 절인 밤으로 속을 채워 구운 꿩 요리는 처음 먹어 보았다. 그래서 세 조각이나 먹자 네드 고언은 내가 잘 먹는 모습을 즐겁게 지켜보면서 새끼 돼지 구이도 먹어 보지 않겠느냐고 권했다.

내가 막 대답하려던 순간이었다. 홀의 저 끝에서 소란이 일었다. 콜럼이 자리에서 일어나 나에게 다가오고 있었다. 곁에는 늙은 앨릭 맥마혼이 따라왔다.

"당신의 재능에는 끝이 없다는 걸 들었소, 프레이저 부인."

콜럼은 살짝 고개를 숙이며 말했다. 활짝 웃는 표정이 눈길을 끌었다.

"상처를 치료하고 아픈 이들을 고쳐 주는 것에서부터 암말의 출산까지 돕다니. 우리는 머지않아 당신에게 죽은 자도 살려 달라고 부탁할지도 모르겠소."

이 말에 사람들은 쿡쿡 웃었지만, 베인 신부 쪽에 앉은 사람 중 이쪽을 초조하게 흘끔거리는 사람도 두엇 보였다. 오늘 밤 베인 신부는 한쪽 구석에서 구운 양고기를 열심히 발라 먹고 있었다.

콜럼은 코트 주머니에 손을 넣으며 말했다.

"어쨌든, 내가 감사하는 마음으로 준비한 작은 증표를 받아 주기 바라오."

그는 나에게 자그마한 나무 상자를 주었다. 뚜껑에 매켄지가의 휘장이 새겨진 상자였다. 로스건이 얼마나 귀한 암말이었는지 미처 몰랐던지라, 나는 그 당시 상황을 굽어보아 아무 사고도 없게 해 준 친절한 정령들에게 속으로 감사했다. 그 정령이 무엇이었든 간에 말이다.

나는 상자를 돌려주려 하면서 대답했다.

"말도 안 됩니다. 저는 방해만 되지 않았을 뿐이에요. 제가 손이 작아서 다행이었죠."

하지만 콜럼의 태도는 확고했다.

"그렇더라도 받아 주시오. 자그마한 결혼 선물이라고 생각해도 좋소. 부디 받아 주길 바라오."

제이미가 고개를 끄덕여서, 나는 마지못해 상자를 받아 열어 보았다. 안에는 흑옥으로 만든 아름다운 묵주가 있었다. 알알이 정교한 무늬를 새긴 묵주에는 은으로 상감한 십자가가 달려 있었다.

"정말 아름답네요."

나는 진심으로 말했다. 이걸로 뭘 해야 할지는 전혀 알 수 없었더라도 말이다. 나는 명목상 천주교 신자이기는 했으나, 불가지론자의 완벽한 전형인 램 삼촌 아래서 자란 덕분에 묵주의 중요성에 대해서는 거의 아는 게 없었다. 하지만 나는 콜럼에게 따스한 마음으로 감사를 표했고, 스포란에 보관하라고 제이미에게 묵주를 건네주었다.

나는 예를 갖추어 콜럼에게 절했다. 그러다 내가 앞으로 엎어지는 일 없이 우아하게 절하는 법을 터득했다는 사실을 깨닫고 기분이 좋아졌다. 콜럼이 이제 정중히 가 보겠다고 말하려던 찰나, 내 뒤에서 뭔가 쿵 쓰러지는 소리가 들려왔다.

뒤를 돌아보자 보이는 것은 사람들의 등과 뒤통수뿐이었다. 다들 자리에서 벌떡 일어나 소란의 진원지로 모여든 참이었다. 콜럼은 힘겹게 탁자를 돌더니 조급하게 손을 저으며 사람들을 헤쳤다. 모인 이들이 정중하게 길을 비켜 주자, 바닥에 쓰러진 통통한 아서 덩컨이 보였다. 그는 사지를 펄떡이며 경련을 일으켰고, 도와주겠다는 손길을 모두 쳐 냈다. 게일리스는 수군대는 사람들을 밀치고 나가 남편의 옆에 주저앉으며 그의 머리를 무릎 위에 감싸 안으려 했지만 헛수고였다. 괴로워하는 남자는 발뒤꿈치로 바닥을 마구 비벼 대고 등을 활처럼 구부렸고, 목구멍을 꾸르륵거리며 목 졸린 소리를 냈다.

게일리스의 초록색 눈동자가 위로 슬쩍 향하더니, 누군가를 찾는 것처럼 사람들을 걱정스레 훑어보았다. 그녀가 찾고 있는 게 나라는 생각에, 나는 제일 쉽게 다가갈 수 있는 길을 택했다. 그래서 탁자 밑으로 들어가 손과 무릎을 대고 아래로 기어갔다.

게일리스의 옆에 다다른 나는 아서의 얼굴을 두 손으로 잡고 턱을 비틀어 열어 보려 했다. 그가 내는 소리를 들었을 땐 고기 조각에 질식했다는 생각이 들었기 때문이다. 어쩌면 고기가 아직 기관지에 걸려 있을지도 모른다.

하지만 그의 턱은 굳게 닫힌 채 열리지 않았다. 파랗게 질린 입술 사이로 거품 침이 묻어 있었다. 그렇다면 질식이 계속되지는 않은 듯했다. 물론 그는 지금 질식한 상태이긴 했다. 통통한 가슴은 어떻게든 숨을 쉬어 보려고 헛되이 들썩거렸다.

"빨리 이분을 옆으로 뉘어요."

내가 말하자 곧바로 여럿이 손을 뻗어 도왔다. 육중한 남자의 몸이 잽싸게 돌아가자, 검은 모직물 코트를 걸친 넓은 등판이 보였다. 나는 손바닥 아랫부분으로 그의 날개 뼈 사이를 세게 밀었고, 둔탁한 소리가 나도록 그 부분을 반복해서 쳤다. 거대한 등판은 맞을 때마다 가늘게 떨렸지만, 현재로서는 갑자기 막혔던 것이 뚫리고 다시 숨을 헐떡이는 일은 벌어지지 않았다.

나는 남자의 두툼한 어깨를 잡고 그의 등을 다시 펴 보았다. 게일리스는 눈을 빤히 뜬 얼굴 위로 몸을 굽히고 남편의 이름을 부르며 얼룩덜룩한 목을 주물렀다. 이제 아서의 두 눈은 뒤로 까뒤집혔고, 바닥에 딱딱 부딪치던 뒤꿈치의 소리가 점점 잦아들기 시작했다. 그는 고통스레 움켜쥔 손을 갑자기 확 휘둘러, 옆에서 웅크리고 앉아 걱정스레 구경하던 어떤 이의 얼굴을 후려쳤다.

결국 꾸르륵거리는 소리가 그치면서 아서의 건장한 몸집은 돌바닥 위에 놓인 보릿자루처럼 힘없이 털썩 쓰러졌다. 나는 축 늘어진 손목에서 미친 듯이 맥을 찾았고, 정신없는 와중에도 게일리스 역시 나처럼 맥박을 찾으려고 아서의 면도한 둥근 턱을 들어 손끝을 턱뼈 아래 살 속으로 꾹 눌러서 경동맥을 찾았다.

그러나 우리의 노력은 모두 소용없었다. 지난 오랜 세월 동안 육중한 몸집에 혈액을 공급하려고 무척 혹사당했던 아서 덩컨의 심장은 이제 그 힘든 투쟁을 포기해 버렸다.

이래 봤자 이젠 소용없다는 것을 알면서도, 나는 온갖 심폐소생술을 다 했다. 팔을 마구 흔들어도 보고, 흉부 압박도 해 보고, 심지어 인공호흡도 했다. 정말로 역겹기 그지없었지만, 그쯤은 각오하고 벌인 일이었다. 그러나 아서 덩컨은 완전히 죽어 버렸다.

내가 지친 채로 몸을 일으켜 뒤로 물러서자, 베인 신부는 나를 심술궂은 눈초리로 바라보면서 검찰관 옆에 무릎을 꿇고 급히 마지막

의식을 행하기 시작했다. 등과 팔이 아팠고, 얼굴은 묘하게 감각이 없었다. 내 주위에서 떠들썩한 소리가 들렸지만, 마치 커튼이 그들과 내 사이에 쳐진 듯 나는 이상하게 고립된 느낌이었다. 나는 눈을 감고 저릿한 입술을 손으로 문지르면서 죽음의 맛을 지우려 했다.

———

검찰관이 죽고 사후 의식과 매장 절차가 이어졌지만, 공작의 수사슴 사냥은 일주일도 미뤄지지 않았다.

제이미가 곧 떠날 거라고 생각하니 너무나 우울했다. 하루 일과를 마치고 저녁 식사에서 제이미를 마주치면 그동안 얼마나 보고 싶었는지, 낮 동안 예상치 못하게 그를 마주치면 얼마나 심장이 뛰는지, 성의 복잡한 생활 가운데서도 그가 있어 얼마나 든든하고 또 그의 존재가 얼마나 안심이 되는지 비로소 깨달았다. 게다가, 아주 솔직히 말하자면 매일 밤 내 침대에서 느끼는 매끈하고 따스한 그의 힘을 얼마나 좋아했는지, 그리고 아침마다 비뚜름한 미소가 어린 그의 입맞춤을 받으며 일어나는 게 얼마나 행복했는지도 비로소 알게 되었다. 그가 없을 거라 생각하니 그저 아득했다.

제이미는 나를 꼭 껴안았다. 나는 그의 턱 아래로 머리를 아늑히 누이며 속삭였다.

"보고 싶을 거예요, 제이미."

그는 나를 더욱 힘껏 껴안고 아쉬운 듯 쿡쿡 웃었다.

"나도 그래요, 새서나흐. 솔직히 말하면 이럴 줄은 몰랐지만요. 당신을 두고 가야 한다니 마음이 아파요."

그는 내 등을 부드럽게 쓰다듬었다. 그리고 손가락으로 나의 오돌토돌한 등뼈를 어루만졌다.

"제이미…… 조심할 거죠?"

가슴 깊이 재미있다는 소리를 내며 그가 대답했다.

"뭘요? 공작을요? 아니면 말을요?"

내가 알기로 그는 도너스를 타고 수사슴 사냥을 떠날 계획이었다. 그 거대하고 사나운 밤색 짐승이 완전히 고개를 잘못 돌려 낭떠러지에서 추락하거나, 치명적인 발굽으로 제이미를 짓밟는 상황이 상상되었다. 난 건성으로 대답했다.

"둘 다요. 말이 당신을 내동댕이쳐서 다리가 부러지면, 꼼짝없이 공작의 손아귀에 들어가게 될 거 아녜요."

"그건 그래요. 하지만 두걸이 있을 테니까요."

나는 피식 웃었다.

"두걸이라면 다른 쪽 다리도 부러뜨릴걸요."

제이미는 웃으면서 고개 숙여 내게 입맞춤했다.

"조심할게요, 모 니인 돈. 그러면 당신도 똑같이 약속해 줄래요?"

나는 진심으로 대답했다.

"그럴게요. 근데 당신은 누가 저주를 했는지 안다는 뜻이에요?"

잠시간 감돌던 즐거운 분위기가 그새 사라졌다.

"알 것 같아요. 물론 당신이 위험하다고는 생각하지 않아요. 그랬다면 당신을 두고 가진 않을 거예요. 하지만 그래도…… 아참. 게일리스 덩컨과는 거리를 둬요."

"뭐라고요? 왜요?"

나는 몸을 살짝 젖히고 제이미를 올려다보았다. 지금은 어두운 밤이라 그의 얼굴이 잘 보이지는 않았지만, 말투는 아주 진지했다.

"그 여자는 마녀라고들 하죠. 그리고 들려오는 소문이…… 음, 남편이 죽은 후로 한층 더 안 좋아졌어요. 당신이 그 사람 가까이 가지 않았으면 좋겠어요, 새서나흐."

"게일리스가 마녀라고 생각해요? 진심으로?"

나는 대뜸 물었다. 제이미의 억센 손이 내 엉덩이를 붙잡고는 날 가까이 끌어당겼다. 나는 그에게 팔을 두르고 남자의 몸통이 주는 매끈하고 단단한 촉감을 즐겼다.

"아뇨. 하지만 내가 보기에는 그러는 게 당신에게 안전할 것 같아서요. 약속해 줄래요?"

"알았어요."

사실 나 역시 약속하지 못 할 건 없었다. 체인질링 사건도 그렇고 소환 사건도 있었기에, 게일리스를 방문할 마음은 별로 없었으니까. 난 제이미의 유두에 입을 대고 혀로 가볍게 건드렸다. 그는 나직하게 신음을 흘리더니 나를 꽉 끌어안고 속삭였다.

"다리를 벌려요. 내가 없는 동안 날 기억하게 해 주고 싶으니까."

얼마나 시간이 흘렀을까. 문득 서늘한 느낌에 잠에서 깼다. 잠결에 퀼트 이불을 더듬자, 아무것도 만져지는 게 없었다. 그 순간, 무언가가 내 위로 불쑥 다가왔다. 깜짝 놀란 나는 한쪽 팔꿈치를 짚고 몸을 일으켜 주위를 둘러보았다.

"미안해요. 깨우려던 건 아니었어요."

"뭐 해요? 왜 일어나 있어요?"

나는 눈을 가늘게 뜨고 뒤돌아 그를 바라보았다. 아직 날은 밝지 않았지만, 어둠에 익숙해진 시야로 제이미가 약간 소심한 표정을 짓고 있는 것이 보였다. 그는 완전히 잠에서 깨어 침대 옆 의자에 앉아 몸에 담요 대신 플래드를 걸치고 있었다.

"그냥…… 그게요, 꿈을 꿨는데 당신이 사라졌어요. 그런데 찾을 수가 없더라고요. 그래서 잠에서 깨서…… 당신이 보고 싶었어요. 그뿐이에요. 당신을 내 머릿속에 담아 두고 떠난 다음에도 기억하고 싶어서요. 내가 이불을 걷어 버렸네요. 춥게 해서 미안해요."

"괜찮아요."

밤공기는 차가웠고, 또 아주 고요했다. 마치 이 세상에 우리 둘만 있는 기분이었다.

"침대로 와요. 당신도 춥겠어요."

내 말에 제이미는 옆으로 슬그머니 들어와 내 등에 몸을 둥그렇게 대었다. 그의 손이 하나는 내 목과 어깨를, 또 다른 손은 허리와 엉덩이를 쓰다듬으며 내 등과 몸의 곡선을 더듬었다.

"모 니인 돈. 하지만 지금은 '모 에레거더흐'라고 불러야겠네요. 나의 은빛 존재라는 뜻이죠. 당신 머리카락은 은빛을 씌워 놓은 것 같아요. 피부는 하얀 벨벳 같고요. '칼라만 기알'. 이건 하얀 비둘기란 뜻이에요."

나는 그를 맞이하듯 하반신을 그에게 밀어붙였다. 이윽고 그의 몸이 나와 맞닿으며 단단한 분신이 나를 가득 채웠다. 그는 가슴에 내 등을 그러안고 천천히, 또 깊숙이 함께 움직였다. 내가 살짝 숨을 헐떡이자 제이미는 꽉 안은 품을 슬며시 놓으며 중얼거렸다.

"미안해요. 아프게 하려던 건 아니었어요. 하지만 당신 안에 들어가고 싶었어요. 아주 깊이, 당신 안에 머물고 싶었어요. 당신 깊숙이 파고드는 나를 느끼면서 씨를 뿌리고 싶었어요. 새벽이 올 때까지 이렇게 당신을 안으며 있고 싶어요. 그리고 당신이 잠든 새 떠나고 싶어요. 내 손에 따스한 당신의 품을 기억한 채로요."

나는 그의 몸에 단단히 몸을 붙이며 말했다.

"아파하지 않을게요."

제이미가 떠난 후로 나는 맥 빠진 채 성을 돌아다녔다. 진료실에서 환자를 보았고, 정원에서 힘 닿는 대로 열심히 일했다. 콜럼의 도서관을 둘러보면서 어떻게든 제이미 생각을 안 하려 했다. 하지만 시간은 너무나도 느릿느릿 흘러갔다.

그렇게 2주 가까이 홀로 지내던 어느 날, 나는 주방 바깥 복도에서 리어리와 마주쳤다. 콜럼의 서재 바깥 층계참에서 본 후로 난 이따금 그녀를 공공연히 바라보았다. 리어리는 혈색이 좋아 보이기는 했지만, 어딘지 긴장한 기색도 쉽게 알아챌 수 있었다. 정신을 다른 데 둔 듯하고 침울해 보였으니까. 그러는 것도 당연하다고, 참 불쌍하다고 난 속으로 측은하게 여겼다.

그런데 오늘, 그녀는 다소 흥분한 듯했다.

"프레이저 부인! 전해 드릴 소식이 있어요."

그녀의 말에 따르면 남편을 잃은 덩컨 부인이 병이 나서 내게 전갈을 보냈다고 했다. 와서 자기를 좀 봐 달라고 말이다.

순간 제이미의 명령이 떠올라 주저했지만, 환자를 봐야 한다는 열정에다 지루함까지 겹쳐서 나는 한 시간도 되지 않아 안장 뒷좌석에 약 상자를 묶은 채로 말을 타고 마을로 향했다.

내가 도착했을 때 덩컨의 저택에는 황량한 기운이 감돌았다. 집 전체에 어쩐지 무질서한 기운이 퍼져 있었다. 문을 두드렸지만 아무런 대답이 없어서 열고 들어가 보니, 현관 입구와 응접실에는 책과 더러운 잔들이 여기저기 흩어져 있었고, 깔개는 비딱하게 놓였으며 가구 위에는 먼지가 수북했다. 하녀를 불러 봐도 나오지 않았고, 주방 역시 저택의 다른 부분처럼 텅 비고 어수선했다.

점점 더 불안해진 나는 위층으로 올라갔다. 앞쪽 침실에도 아무도 없었지만, 층계참 건너편의 식료품 저장실에서 희미하게 무언가를 뒤지는 소리가 들렸다.

문을 열어 보자 게일리스가 보였다. 그녀는 편안한 의자에 앉아 탁자에 발을 올려놓고 있었다. 그리고 탁자 위에 잔과 디켄터를 놓아둔 채 술을 마시는 중이었다. 방에는 브랜디 향이 진하게 감돌았다.

게일리스는 날 보더니 깜짝 놀라 일어나려 하면서도 미소를 지었다. 눈빛에 살짝 초점이 없는 것 같네. 하지만 어딜 봐도 멀쩡해 보이는데?

"무슨 일이에요? 아픈 거 아니었어요?"

그녀는 재미있다는 기색으로 나를 빤히 바라보았다.

"아프다고? 내가? 아뇨. 하인들은 전부 떠났고, 집에 먹을 게 아무것도 없지만 술은 잔뜩 있어요. 당신도 한잔할래요?"

게일리스는 디켄터 쪽으로 몸을 돌렸다. 나는 그녀의 소매를 잡았다.

"당신이 전갈을 보낸 것 아니었어요?"

"아닌데요."

그녀는 눈을 휘둥그레 뜨고 나를 빤히 바라보았다.

"그럼 왜……."

내가 질문을 마치기도 전에 바깥에서 소음이 들려왔다. 저 멀리서 무언가 우르릉 울리는 듯한, 수군대는 듯한 소리였다. 전에도 이 소리를 들은 적 있어. 바로 이 방에서. 곧 폭도들을 마주해야 한다는 생각에 손바닥에 땀이 차올랐다.

나는 치맛자락에 손을 닦았다. 소리가 점점 가까워졌다. 지금은 질문할 이유도, 시간도 없었다.

25
마녀를 살려 두지 말지니라

어둠 속에서 칙칙한 색 옷을 걸친 사람들의 어깨가 내 앞에서 갈라졌다. 팔꿈치가 나무에 얼얼한 소리를 내며 부딪쳤고, 나는 거칠게 문지방 같은 데로 떠밀린 다음 어둡고 악취 나는 공간으로 곤두박질쳤다. 그곳엔 무언가 보이지 않는 형체가 살아서 마구 꿈틀거렸다. 나는 비명을 지르고 몸부림치며, 자그맣고 셀 수 없이 많은 발이 버둥거리는 곳에서 벗어나려 했다. 그러다 무언가 더 큰 것과 부딪쳤고, 그것은 꽥 소리를 지르며 내 허벅지를 세차게 때렸다.

나는 얼른 몸을 굴려 피했지만, 겨우 50센티미터 정도 움직이다 흙벽에 부딪쳤다. 머리 위로 먼지가 우수수 쏟아져 내렸다. 나는 최대한 몸을 웅송그리고 헐떡거리지 않으려고 참았다. 그래야 나와 함께 이 악취 나는 구덩에에 갇힌 게 무엇인지 알 수 있을 테니까. 그게 뭐든, 몸집이 컸고 거칠게 숨을 쉬고 있었다. 하지만 으르렁대지는 않는 걸 보니, 혹시 돼지인가?

"거기 누구예요?"

칠흑 같은 어둠 속에서 목소리가 들려왔다. 겁먹었지만 반항적이리만큼 커다란 목소리였다.

"클레어? 당신 맞아요?"

"게일리스!"

나는 숨을 헐떡이며 그쪽을 더듬거렸다. 이윽고 게일리스의 손이 닿았다. 그녀도 나처럼 손을 더듬대고 있었다. 우리는 서로를 꽉 끌어안고 어둠 속에서 앞뒤로 몸을 흔들었다.

"여기에 우리 말고 또 누가 있나요?"

나는 조심스레 주위를 둘러보며 물었다. 이제 눈이 어둠에 익숙해졌는데도 보이는 건 거의 없었다. 위쪽 어딘가에서 희미한 빛줄기가 드문드문 새어 들었지만, 어깨 아래로는 그저 어두운 그림자뿐이었다. 조금 떨어진 앞에 서서 눈높이를 맞춘 게일리스의 얼굴만 간신히 보였다.

그녀는 약간 떨리는 목소리로 웃었다.

"생쥐 몇 마리랑 독충이 좀 있겠죠. 그리고 족제비도요. 여긴 기절할 만큼 악취가 나네요."

"나도 냄새는 알겠어요. 대체 여기가 어디예요?"

"도둑의 굴이에요. 물러서요!"

머리 위로 끼익 소리가 나더니 갑자기 불빛이 확 비쳐 들었다. 나는 벽에 몸을 바짝 붙여서 감방 천장에서 작은 구멍을 통해 마구 떨어지는 진흙과 오물 세례를 피할 수 있었다. 이윽고 뭔가가 오물 위로 털썩 떨어지는 소리가 났다. 게일리스는 허리를 굽혀 바닥에서 그것을 집어 들었다. 구멍이 닫히지 않고 그대로 있어서, 그녀가 손에 든 것이 작고 오래된 빵이란 걸 알아보았다. 빵은 썩은 내가 나고 각종 오물이 묻어 있었다. 그녀는 치맛자락으로 빵을 조심스럽게 털었다.

"저녁 식사네요. 배고픈가요?"

위쪽 구멍은 열려 있었지만 아무것도 보이지 않았다. 가끔 지나가는 행인들이 미사일처럼 뭔가를 던져 댔을 뿐이다. 가랑비가 내렸고, 살을 에는 듯한 바람이 불었다. 춥고 눅눅한 이곳에 있으니 너무나 비참했다. 내가 보기에 이곳은 온갖 악당들을 가둬 두기 적합한 장소였다. 도둑과 부랑자, 신성 모독자와 간통죄를 저지른 자…… 그리고 마녀로 의심받는 여자들까지.

게일리스와 나는 한쪽 벽에 붙어 서로를 꼭 안고 온기를 나눴지만, 말은 별로 없었다. 그저 참고 기다리며 우리의 영혼을 간직하는 것 외에는 서로에게 할 말이 있지 않았다.

날이 저물자 구멍은 점점 어두워졌고, 결국 사방이 새카맣게 변했다.

"여기에 우리를 얼마나 오래 가둬 둘까요?"

게일리스는 자세를 바꿔 다리를 쭉 뻗었다. 아침 햇살이 줄무늬 리넨 치마 위를 길게 비추었다. 원래 산뜻한 분홍색과 흰색이었던 치마는 지금 보니 입을 수 없을 정도로 더러워져 있었다.

"오래는 아닐 거예요. 아마 교회 심판관이 도착하기를 기다리고 있을 거예요. 아서가 지난달에 편지로 요청했거든요. 10월 둘째 주에 오기로 되어 있어요. 그러니 곧 올 거예요."

게일리스는 두 손을 비벼 따뜻하게 만든 다음 간신히 햇살이 비추는 무릎 위에 올려놓았다.

"심판관에 대해서 알려 줘요. 정확히 어떤 일이 벌어지나요?"

"나도 정확하게는 몰라요. 마녀재판을 본 적은 없거든요. 물론 이야기는 많이 들었죠."

그녀는 잠시 골똘히 생각에 잠겼다가 입을 열었다.

"아마 마녀재판을 열 거라곤 생각 못 하고 올 거예요. 토지 분쟁을 해결하러 오는 거니까요. 그러니 마녀 꼬챙이는 가지고 오지 않겠죠."

"마녀 뭐요?"

"마녀들은 고통을 느낄 수 없다잖아요. 찔러도 피도 안 나오고요."

게일리스가 설명했다. 마녀 꼬챙이란 다양한 종류의 핀과 랜싯을 비롯한 온갖 뾰족한 도구들로, 이런 상황에서 시험용으로 사용되었다. 나는 프랭크의 책에서 그런 걸 보았던 것이 어렴풋이 기억났지만, 지금이 아니라 17세기의 관습이라고 생각했다. 하지만 한편으로 또 생각해 보면, 크레인스뮤어가 문명이 아주 발달한 곳은 아니었다.

"그렇다면 오히려 꼬챙이가 없다는 게 안타깝군요. 우리는 어렵지 않게 그 검사를 통과했을 텐데요. 적어도 난 통과했겠죠."

나는 반복해서 무언가에 찔린다는 생각에 몸을 살짝 움츠리고는 신랄하게 덧붙였다.

"하지만 당신을 찌르면 피 대신 얼음물이 나올 테죠."

게일리스는 내가 던진 모욕적인 발언에도 아랑곳하지 않고 곰곰이 생각에 잠겨 말했다.

"글쎄요, 그것도 확신할 순 없어요. 마녀 꼬챙이에는 특별한 핀 장치가 되어 있다고 들었거든요. 살갗에 닿으면 핀이 도로 들어가는 장치라서, 찔려도 피가 안 나는 것처럼 보이게 만들었대요."

"하지만 왜요? 왜 사람을 고의적으로 마녀로 몰아요?"

태양은 이제 뉘엿뉘엿 지고 있었다. 하지만 오후의 빛은 우리가 갇힌 굴속을 어슴푸레한 빛으로 가득 채우고도 남았다. 게일리스의 우아한 달갈형 얼굴에는 나의 순수함이 참 딱하다는 기색이 그득했다.

“아직도 모르겠어요? 정말? 그들은 우리를 죽이려는 거예요. 혐의가 뭐든 크게 상관없어요. 증거도 소용없고요. 우리는 다 똑같이 화형당할 거라고요.”

전날 밤, 나는 폭도들의 공격과 우리가 처한 상황이 너무 비참하다는 사실에 충격을 받아서 게일리스와 함께 딱 달라붙어 날이 밝기를 기다리는 것밖에 할 수 없었다. 하지만 날이 밝자 영혼에 남아 있던 제정신이 깨어나기 시작했다.

“왜 그렇죠, 게일리스? 왜 그런지 당신은 알아요?”

나는 다소 숨이 차는 듯한 기분으로 물었다. 우리가 있는 구멍의 공기는 썩은 오물과 축축한 흙의 악취가 가득했다. 너무 단단해서 뚫을 수 없는 흙벽은 잘못 판 무덤처럼 언제라도 우리 위로 와르르 무너져 내릴 것만 같았다.

게일리스는 어깨를 으쓱였다. 보는 것보다 움직이는 느낌이 먼저 다가왔다. 태양의 움직임에 따라 머리 위로 비치는 빛도 함께 움직이는지라, 이제 빛은 감옥 벽을 비추고 우리를 차가운 어둠 속에 남겨 두었다.

게일리스는 건성으로 말했다.

“사실을 알려 주면 당신에게 큰 위안이 될지는 모르겠지만, 당신은 잡혀갈 운명이 아니었던 것 같아요. 이건 나와 콜럼 사이의 문제거든요. 마을 사람들이 왔을 때 당신이 운 나쁘게 이곳에 있었던 것뿐이죠. 만약 당신이 콜럼과 있었다면, 새서나흐든 아니든 안전했을 거예요.”

‘새서나흐’라는 말은 평소 경멸의 의미로 쓰이지만, 문득 난 애정 어린 목소리로 나를 이렇게 부르던 남자가 너무나 간절하게 보고 싶었다. 나는 온몸을 감싼 외로운 공포를 억누르려고 몸에 팔을 두르고 꼭 껴안았다.

“우리 집엔 왜 온 거예요?”

게일리스는 궁금한 듯 물었다.

"당신이 나를 불렀다고 생각했어요. 성에 있는 여자애 하나가 당신이 나를 부른다고 알려 줬거든요."

그러자 그녀는 가만히 생각하다 말했다.

"아, 리어리가 그런 거 맞죠?"

나는 진흙으로 치덕치덕하고 냄새나는 흙벽이 너무 싫었는데도 앉아서 벽에 등을 기댔다. 나의 움직임을 느낀 게일리스는 가까이 다가왔다. 친구인지 적인지 상관없이, 우리는 결국 이 굴속에서 유일한 온기가 되어 주고 있기에, 온 힘을 다해 서로를 꼭 껴안았다.

"리어리라는 건 어떻게 알았어요?"

내가 몸을 덜덜 떨며 묻자, 게일리스가 대답했다.

"그야 당신 침대에 저주를 둔 애가 걔니까요. 내가 처음부터 말했잖아요. 당신이 그 붉은 머리 청년을 채 가서 싫어하는 여자가 많다고요. 리어리는 당신이 사라지면 다시 제이미를 차지할 기회를 얻을 테죠."

그 말에 어찌나 깜짝 놀랐던지 한동안 목소리가 나오지 않았다.

"리어리가 절대로 그랬을 리 없어요!"

춥고 목마른 상황이라 목소리가 쉬긴 했지만, 게일리스의 웃음에는 여전히 은빛 날이 서렸다.

"맞거든요? 그 남자가 당신을 바라보는 눈길을 보면 알 수 있죠. 하지만 내가 보기에 리어리는 그런 걸 깨닫기에는 세상 물정을 잘 모르는 것 같더라고요. 남자랑 한두 번 자 보면 알 텐데. 하지만 지금은 아니니까."

나는 버럭 소리쳤다.

"그 말이 아니에요! 리어리가 원하는 건 제이미가 아니에요. 그 애는 두걸 매켄지의 아이를 가졌다고요."

"뭐라고요?"

게일리스는 잠시 무척 충격을 받았다. 내 팔을 어찌나 꽉 잡았던지 손가락이 살을 파고들었다.

"당신이 그걸 어떻게 알아요?"

나는 리어리를 콜럼의 서재 층계참에서 봤던 이야기를 해 주었다. 그래서 내가 그런 결론을 내렸노라고 말이다.

하지만 게일리스는 코웃음을 쳤다.

"하! 리어리가 들은 콜럼과 두걸의 대화는 나에 대한 이야기예요. 그래서 얼굴이 하얗게 질렸던 거라고요. 자기가 나한테 저주를 사러 온 걸 콜럼이 들었다고 생각해서 말이죠. 콜럼이 알았다면 리어리를 피가 날 정도로 채찍질했을 테니까. 그는 저주 같은 걸 사람들이 사지 못하게 막거든요."

"리어리에게 저주를 준 게 **당신**이었어요?"

나는 깜짝 놀랐다. 게일리스는 그 말에 몸을 홱 돌렸다.

"엄밀히 말하자면 준 적은 없어요. 팔았지."

점점 어두워지는 가운데서도, 나는 그녀와 어떻게든 눈을 마주치려 했다.

"그 차이가 뭔데요?"

게일리스는 짜증스레 말했다.

"당연히 차이가 있죠. 그건 순수한 장사니까요. 그리고 난 고객의 비밀을 누설하지 않아요. 게다가, 리어리는 그 저주를 누구에게 쓴지 말하지 않았어요. 그리고 당신에겐 내가 분명히 경고도 했고요."

나는 빈정대는 어조로 대꾸했다.

"그것참 고맙군요. 하지만……."

난 새롭게 얻은 정보를 다시금 따져 보며 머리를 굴려 보았다.

"하지만 리어리가 내 침대에 저주를 두었다면, 원하는 사람은 제이미였겠죠. 그래서 나를 당신 집으로 보냈군요. 하지만 두걸은 그때 무슨 이야기를 한 거죠?"

게일리스는 잠시 주저하다가 마음을 먹은 것 같았다.

"그 여자애는 두걸 매켄지의 아이를 임신하지 않았어요. 당신이 아닌 것만큼, 그 애도 아니죠."

"어떻게 그리 확신하죠?"

게일리스는 어둠 속에서 내 손을 더듬어 잡았다. 그리고 자기 쪽으로 끌어당겨 드레스 아래로 부풀어 오른 배에 턱 갖다 대더니, 짧게 대답했다.

"임신한 건 나니까요."

"리어리가 아니었군요. 당신이었어."

"그래요. 나예요."

게일리스는 평소 보이던 가식적인 태도 없이 아주 간결하게 대답했다.

"콜럼이 뭐라 말했다고 했죠? '그 여자를 제대로 처리할 방법을 찾아 보마'라고 했던가요? 음, 그렇다면 그가 생각한 제대로 된 처리 방법이 바로 이거겠네요."

나는 한참 동안 묵묵히 생각에 잠겼다가, 마침내 입을 열었다.

"게일리스, 당신 남편의 위장병 말인데요……."

그녀는 한숨을 쉬었다.

"하얀 비소를 썼어요. 아이가 너무 커져서 티 나기 전에 목숨이 끝날 줄 알았는데, 남편이 내 생각보다 오래 버티더라고요."

아서 덩컨이 죽던 날, 아내의 드레스 룸에서 뛰쳐나왔을 때 지었던 공포와 깨달음이 뒤섞인 표정이 기억났다.

"그렇군요. 아서는 공작의 연회가 열리는 날, 당신이 옷을 벗은 걸 보기 전까지는 당신의 임신을 몰랐군요. 그리고 사실을 알자…… 그렇다면 아서는 자기 아이가 아니라는 걸 알 만한 이유가 있었군요?"

그러자 저쪽 구석에서 희미한 웃음소리가 들렸다.

"초석이 참 비싸긴 했지만, 돈값을 톡톡히 했죠."

나는 부르르 몸을 떨면서 벽에 웅크려 기댔다.

"하지만 사람들이 다 보는 앞에서, 연회 도중에 죽여야 했던 거군요. 그렇지 않으면 아서는 당신이 간통을 저질렀다고, 그리고 독살을 하려 했다고 고발했을 테니까요. 아니면 당신 남편이 비소에 대해서 알고 있었나요?"

"아, 아서는 알았죠. 하지만 당연히 사실을 인정하지는 않았을 거예요. 심지어 본인도 믿지 않았으니까. 하지만 분명히 알고는 있었어요. 우리는 넓은 식탁에서 서로 멀찍이 마주 보고 앉아요. 그럴 때면 내가 묻죠. '여보, 컬런 스킨크*를 좀 더 드실래요?'라든가 '에일 한잔하시겠어요?'라고요. 그러면 그는 나를 삶은 달걀 같은 눈으로 바라보고는 아니라고, 별로 입맛이 없다고 말하죠. 그리고 접시를 밀어 놔요. 하지만 나중에 몰래 주방 찬장 앞에 서서 아무도 안 보는 줄 알고 마구 음식을 먹어 치우죠. 그래야 목숨이 안전하다고 생각하면서요. 내 손을 거친 음식은 절대로 먹지 않거든요."

그녀의 목소리는 마치 따끈따끈한 소문을 이야기하듯 가볍고 즐거웠다. 나는 다시 몸을 떨면서 나와 함께 어둠을 공유하던 저 사람으로부터 몸을 피했다.

"아서는 자기가 복용하던 강장제가 문제였다는 걸 눈치채지 못했어요. 그이는 내가 만든 약은 먹지 않았죠. 그래서 런던에서 특허받고 판매하는 강장제를 주문했어요. 비용이 어마어마하게 들었죠."

* 훈제한 해덕에 감자와 양파, 우유 등을 넣고 끓인 스코틀랜드식 수프.

게일리스의 목소리는 그런 사치스러움에 분개했다.

"그런데 애초에 그 강장제에 비소가 들었더라고요. 내가 매일 조금씩 더 탔는데도 아서는 맛을 구별하지 못했어요."

살인자들이 항상 지닌 약점이 바로 허영심이라는 말을 언제나 듣곤 했다. 지금 보니 그 말이 맞는 것 같았다. 게일리스는 우리의 상황이 이런데도 자부심 어린 태도로 자신의 업적을 줄줄 늘어놓았으니까.

"사람들이 다 보는 앞에서 그를 죽이는 건 좀 위험했지만, 뭔가 빨리 수를 써야 했어요."

하지만 비소를 썼다면 그렇게 죽을 수 없었다. 나는 파랗고 딱딱하게 변한 검찰관의 입술을 떠올렸다. 그리고 내 입술에 닿았던 무감각한 느낌도. 그건 아주 효과가 빠르고 치명적인 독이었다.

지금 와서 생각해 보면, 그때 나는 두걸이 리어리와 불륜을 저질렀다고 고백하는 줄 알았다. 하지만 따져 보니, 콜럼이 못마땅하게 여길 수는 있겠지만 두걸이 그 여자애와 결혼하고 싶다면 막을 방법이 아무것도 없었다. 두걸은 아내를 잃은 후라 자유로웠으니까.

하지만 검찰관의 아내와 불륜이라면? 그건 또 별개의 문제로, 당사자들에겐 아주 난처한 상황이었다. 간통죄 형벌은 아주 가혹했다는 기억이 어렴풋이 떠올랐다. 콜럼은 그 정도로 엄청난 사건을 말끔하게 처리할 수 없을 것이다. 그렇다고 콜럼이 동생을 공개적으로 채찍질하거나 추방할 것 같지는 않았다. 그리고 게일리스는 뜨거운 쇠로 얼굴을 지지는 형벌을 받고 감옥에서 하루에 열두 시간 삼베를 두드리며 몇 년씩 갇혀 있느니, 차라리 살인을 고려하는 편이 합리적인 대안이라고 여길 만했다.

그래서 게일리스는 나름의 예방 조치를 취했고, 콜럼은 콜럼대로 예방 조치를 취한 것이다. 그런데 사이에 내가 끼어 버렸구나.

"그렇지만 아기는요? 분명히……."

그러자 어둠 속에서 음울하게 키득거리는 소리가 들렸다.

"살다 보면 사고가 일어나게 마련이죠, 친구분. 다들 그렇잖아요. 그리고 일단 벌어진 일은……."

보지 않아도 그녀가 어깨를 으쓱이는 것을 느낄 수 있었다.

"난 아이를 지우려고 했어요. 그런데 생각해 보니 만약 아서가 죽으면 두걸이 아이를 이유로 나와 결혼할 수도 있겠다 싶더라고요."

순간, 아주 끔찍한 의혹이 머리를 스쳤다.

"하지만 그때 두걸의 아내는 살아 있었잖아요. 게일리스, 혹시 당신이……?"

그녀가 고개를 젓자 드레스가 바스락거렸다. 희미하게 빛나는 머리카락도 느껴졌다.

"그러려고 했죠. 하지만 하느님께서 그런 수고를 덜어 주시더라고요. 오히려 그게 징조처럼 보일 정도였어요. 콜럼 매켄지만 아니었더라도, 모든 게 아주 잘 돌아갔을 거예요."

나는 추위를 느끼며 팔꿈치를 꼭 껴안았다. 이제는 그저 정신을 딴 데 돌리려고 이야기를 이을 뿐이었다.

"당신이 원한 건 두걸이었나요? 아니면 그의 지위와 돈뿐이었나요?"

그러자 게일리스는 아주 만족한 목소리로 대답했다.

"아, 난 돈은 아주 많았어요. 아서가 서류와 지폐를 어디에 보관하는지 알거든요. 그리고 그이는 글씨체가 고왔답니다. 그건 칭찬할 만해요. 그래서 서명을 위조하기가 아주 쉬웠죠. 지난 2년 동안 나는 1만 파운드를 그럭저럭 빼낼 수 있었어요."

"하지만 뭐 하러요?"

나는 너무 놀라서 물었다.

"스코틀랜드를 위해서요."

"뭐라고요?"

잠시, 나는 잘못 들은 줄 알았다. 그러다 우리 둘 중 하나가 약간 미친 게 아닌가 싶었다. 가만히 증거를 따져 보니, 미친 건 내가 아니었다.

"스코틀랜드라니, 그게 무슨 소리예요?"

나는 그녀에게서 조금 더 떨어져 앉으며 조심스레 물었다. 이 여자가 얼마나 미친 건지 알 수가 없었다. 혹시 임신해서 정신이 불안정해진 건지도 모르지.

"무서워하지 말아요. 난 미치지 않았으니까."

재미있다는 듯 빈정대는 목소리를 듣자 얼굴이 그만 빨개졌다. 어두워 보이지 않아 다행이었다. 나는 그녀에게 쏘아붙였다.

"아, 그래요? 그러면 스스로 인정했듯이 당신은 사기와 절도, 살인을 저질렀어요. 당신이 미쳤다고 생각하는 것도 많이 봐주는 거라고요. 미친 게 아니라면—"

"미친 것도 아니고 타락하지도 않았어요. 나는 애국자라고요."

그녀가 단호하게 말했다. 이제야 서서히 이해가 되었다. 나는 광기 어린 공격을 받을까 봐 참았던 숨을 내쉬었다.

"자코바이트로군요. 이런 제길, 당신은 빌어먹을 자코바이트였어!"

그렇다. 이젠 어느 정도 설명이 되었다. 평소엔 형의 의견을 그대로 따르던 두걸이 어째서 스튜어트 왕가를 위해 주도적으로 모금을 벌였던 것인지. 게일리스 덩컨은 어느 남자든 골라서 결혼할 만한 자질을 한껏 갖추고 있는데도, 어째서 아서 덩컨과 두걸 매켄지라는 너무나 상반된 부류를 선택한 것인지. 한 남자는 돈과 지위를 얻기 위해 택했고, 다른 남자는 여론을 형성할 수 있는 권력을 얻기 위해서 택했구나.

"콜럼이 더 좋았을 텐데. 참 안타까워요. 콜럼의 불행은 나의 불행이나 마찬가지예요. 내가 가졌어야 할 사람은 콜럼이라고요. 제대로 된 내 짝이라고 봤던 유일한 남자인데. 그와 함께라면, 우리는…… 뭐, 어쩔 수 없죠. 내가 원하는 남자인데도 내가 가진 무기를 발휘하여 건드릴 수 없는 세상에 사는 남자라니."

"그래서 당신은 대신 두걸을 골랐군요."

게일리스는 깊은 생각에 잠겨 말했다.

"아, 맞아요. 강하고 권력도 어느 정도 있는 남자죠. 재산도 있고요. 사람들 말을 들어줄 줄도 알고. 하지만 솔직히 말하면, 두걸은 다리 멀쩡하고 가운데 거시기가 달렸다 뿐이에요."

그녀는 잠깐 웃다가 말을 이었다.

"콜럼 매켄지에게 없는 것을 가졌다뿐이라고요. 진짜 권력은 콜럼에게 있어요. 내가 가진 것만큼이나 많은 권력이죠."

게일리스의 뽐내는 말투가 난 거슬렸다.

"내가 보기엔, 콜럼은 당신에게 없는 것도 많이 가졌어요. 동정심 같은 게 그렇죠."

내 말에 그녀는 비꼬는 어투로 말했다.

"오, 그래, '마음에서 우러나오는 자비와 동정심'이 있다 이거죠? 확실히 콜럼에겐 도움이 되겠네요. 그 남자 어깨엔 죽음이 도사리고 앉아 있으니까. 당신도 척 보면 알 수 있잖아요. 그는 새해를 넘기고 2년 정도 더 살 수 있을 거예요. 그 이상은 못 살아요."

"그러는 당신은 이제 얼마나 더 오래 살 것 같나요?"

내가 묻자 비꼬는 말투는 쏙 들어갔지만, 날 선 목소리는 여전했다.

"그보다는 좀 짧게 살다 가겠죠. 하지만 별로 상관 안 해요. 난 내 시대에서 대단한 일을 해냈거든요. 1만 파운드가 프랑스로 흘러 들어갔고, 이 지역은 찰스 왕자를 지지해요. 곧 봉기가 일어나겠죠. 내 덕분이라는 걸 직접 알게 될 거라고요. 그때까지 산다면요."

게일리스는 이제 천장 구멍 아래에 섰다. 이제 어둠에 완전히 적

응한 나의 눈에 그녀의 창백한 형상이 보였다. 흐릿하고 되다 만 모양이 꼭 형체가 없는 유령 같았다. 순간, 그녀가 내 쪽으로 홱 돌아섰다.

“심판관이 무슨 판결을 내리든, 나는 후회하지 않아요, 클레어.”

“나는 후회가 되네요. 조국에 바칠 목숨이 하나밖에 없는 게 안타깝지 않나요?”

나는 빈정대며 물었다.

“멋진 표현이네요.”

“그렇죠?”

날이 더욱 어두워지자 우리는 말이 없어졌다. 머리 위 검은 구멍은 진짜 힘이라도 있는 것처럼 내 가슴을 차갑고도 무겁게 누르고 죽음의 향기로 폐를 꽉 막았다. 결국 나는 최대한 몸을 웅크리고 무릎에 머리를 얹은 채, 자지 않고 버티기를 포기했다. 그리고 추위와 공황의 경계에서 불안하게 꾸벅꾸벅 졸기 시작했다.

“그 남자를 사랑하는 거죠?”

게일리스가 갑자기 물었다.

나는 깜짝 놀라 무릎에서 고개를 들었다. 지금은 몇 시쯤 되었을까. 머리 위로는 희미한 별빛이 하나 반짝였지만, 구멍까지 빛을 보내 주지는 못했다.

“누구요? 제이미 말인가요?”

게일리스는 시큰둥하게 대꾸했다.

“그럼 또 누가 있어요? 당신이 자면서 계속 그 이름만 부르던데.”

“내가 그랬나요? 몰랐어요.”

“자, 그래서 사랑해요?”

너무 추워서 그런지 이러다 죽을 것처럼 졸음이 쏟아졌지만, 게일리스의 따끔한 목소리를 듣자 실신할 것 같은 상태에서 조금 벗어났다.

나는 무릎을 끌어안고 앞뒤로 몸을 조금씩 흔들었다. 머리 위로 비치는 빛은 초저녁의 은은한 어둠 속으로 이미 사라졌다. 심판관들은 아마 내일이나 모레쯤 도착하겠지. 내 생각에는 아무리 핑계를 댄다 해도 일정이 조금 늦어지고 있었다. 다른 사람이 봐도 마찬가지일 것이다. 내가 정말로 죽을지 모르는 심각한 위험에 처했다는 걸 인정하기란 아직도 어려웠지만, 사형수들이 왜 집행일 전에 고해 성사를 하고픈 본능을 느끼는지 점점 이해가 되었다.

게일리스는 끈질기게 물었다.

"정말로 그 남자를 사랑하냐 이거예요. 그냥 같이 자고픈 것만이 아니라요. 당신이 그 남자랑 자고 싶어 하는 거야 내가 알죠. 그쪽도 그럴 테고요. 다들 그러니까요. 하지만 그 남자를 사랑하기도 하나요?"

그를 사랑하냐고? 육체적인 충동을 넘어서서? 이 어두운 구멍이라면 고백해도 비밀이 지켜질 것 같았고, 죽음을 목전에 둔 영혼에는 거짓을 말할 여유가 없었다.

"그래요."

나는 이렇게 대답하고는 고개를 다시 무릎에 얹었다.

얼마간 침묵이 이어졌다. 다시금 잠의 수렁으로 빠져들려는데, 게일리스의 말소리가 들렸다. 그건 혼잣말 같았다.

"그렇다면 가능하지."

생각에 잠긴 목소리였다.

심판관들은 하루 후에 도착했다. 어두운 도둑의 굴속으로 심판관이 도착하며 벌어지는 소동 소리가 들려왔다. 마을 사람들의 고함과 하이 스트리트의 돌바닥을 또각또각 걷는 말발굽 소리였다.

행렬이 거리를 지나 저 먼 광장으로 향하자 시끄러운 소리는 점점 아스라해졌다.

"왔군요."

게일리스는 위쪽에서 들려오는 흥겨운 소리를 들으며 말했다. 우리는 반사적으로 손을 잡았다. 원한은 두려움에 파묻혀 버린 채였다.

나는 허세를 부리며 말했다.

"뭐, 여기서 얼어 죽느니 화형이 나을지도 모르겠어요."

하지만 재판을 받는 내내 우리는 추위에 떨어야 했다. 다음 날 정오가 되어서야 감옥 문이 벌컥 열렸고, 우리는 구덩이에서 끌려 나와 재판에 넘겨졌다.

재판은 덩컨의 집 앞 광장에서 열렸다. 구경꾼들을 모으기 위해서가 분명했다. 게일리스는 무표정한 얼굴로 저택 응접실의 다이아몬드 모양 창문을 슬쩍 올려다보다 고개를 돌렸다.

교회 심판관은 두 명으로, 광장에 가져다 놓은 탁자 뒤에 쿠션을 덧댄 의자를 두고 앉아 있었다. 한 명은 비정상적이다 싶게 키가 크고 말랐고, 다른 한 명은 작고 땅딸막했다. 그들을 본 순간 어쩔 수 없이 예전에 봤던 미국 만화 캐릭터가 떠올랐다. 저들의 이름이 뭔지 몰라서 나는 머릿속으로 커다란 재판관을 머트, 작은 재판관을 제프라고 부르기로 했다.

광장엔 마을 주민 대부분이 모여 있었다. 둘러보니 예전에 내게 왔던 환자들이 꽤 많이 보였다. 하지만 성 주민들은 거의 보이지 않았다.

크레인스뮤어 마을의 감옥 열쇠 관리인인 존 맥레이는 교회 법정에서 마녀로 기소된 게일리스 덩컨이라는 자와 클레어 프레이저라는 자에 대한 기소장을 낭독했다. 그는 단호하고 변함 없는 목소리로 말했다.

"피고인이 마법을 써서 아서 덩컨을 죽였음을 증거로 제시한다. 또한 이들은 재닛 로빈슨의 태아를 죽도록 알선했으며, 토머스 매켄지의 배를 침몰시키고, 크레인스뮤어 마을에 심한 위장병을 일으킨 죄가……."

죄목은 한동안 이어졌다. 콜럼이 치밀하게 준비를 해 두었구나.

기소장을 낭독한 후에는 증인이 소환되었다. 대부분 내가 모르는 마을 사람들이었고, 내 환자는 하나도 없었다. 그 사실에 나는 고마움을 느꼈다.

증인들이 내놓은 증언은 터무니없는 것들이 많았다. 어떤 증인은 돈을 받고 매수된 게 분명했다. 하지만 그중에는 진실성이 깃든 증언도 있었다. 예를 들어, 아버지에게 잡혀 재판정으로 끌려온 재닛 로빈슨은 창백한 얼굴 한쪽 뺨에 자주색 멍을 달고 오들오들 떨면서 고백했다. 자신이 유부남의 아이를 가져서, 아이를 떼려고 게일리스 덩컨의 진료실에 갔다는 것이다.

"저 여자가 나에게 생맥주를 주면서 마시라고 한 다음, 달이 떠오르면 주문을 세 번 외우라고 했어요."

소녀는 중얼거리며 게일리스와 자기 아버지를 두려운 듯 번갈아 바라보았다. 둘 중 누가 더 큰 위협이 될지 확신이 서지 않는 기색이었다.

"저 여자 말로는 그러면 생리가 다시 시작된다고 했어요.

"그래서 시작되었나?"

제프를 닮은 심판관이 흥미를 보이며 물었다. 소녀는 초조하게 고개를 끄덕이며 대답했다.

"처음에는 아니었습니다, 심판관님. 하지만 달이 저물어 갈 때 그 맥주를 다시 마셨더니 생리가 시작되었어요."

그러자 나이 든 여자 하나가 끼어들었다. 딱 봐도 소녀의 엄마 같았다.

"생리가 시작돼? 애는 죽을 정도로 피가 났었다고요! 자기가 죽을 것 같으니까 나한테 사실을 털어놓았단 말이에요."

로빈슨 부인은 고통스러웠던 세부 사항을 낱낱이 말할 마음이었지만, 어렵사리 입을 다물었다. 다른 증인들도 증언할 기회를 주기 위해서였다.

나에 대해 특별히 할 말이 있는 사람은 아무도 없는 것 같았다. 내가 아서 덩컨이 죽던 자리에 있었고, 죽기 전에 그에게 손을 댔기 때문에 분명히 뭔가 연관이 있을 거라는 애매한 비난이 있었지만 그뿐이었다. 이젠 서서히 깨달음이 왔다. 나는 콜럼의 목표가 아니라는 게일리스의 말이 옳았구나. 그렇다면 나는 이 자리에서 벗어날 가능성이 있었다. 하지만 그런 생각도 잠시, 언덕에 아기를 두었던 여자가 나타났다.

앞으로 나온 여자는 마르고 구부정한 체구에 노란 숄을 걸치고 있었다. 그녀를 본 순간, 나는 우리가 심각한 문제에 빠졌다는 느낌을 받았다. 그녀는 마을 주민이 아니었다. 나는 그녀를 한 번도 본 적이 없었다. 길가의 먼지를 덕지덕지 묻힌 맨발로 그녀는 앞으로 걸어 나왔다.

"여기 선 여자들 중에 고소할 이가 있는가?"

키 크고 마른 심판관이 말했다.

여자는 겁에 질려 있었다. 눈을 들어 심판관을 쳐다보지도 못했다. 하지만 고개를 짧게 끄덕였고, 군중은 그녀의 증언을 듣기 위해 말소리를 낮추었다.

증인의 목소리가 너무 작아서 머트를 닮은 심판관은 거듭 물어야 했다.

그녀와 남편에겐 병든 아이가 있었다고 했다. 태어날 때는 건강했지만, 아이는 점차 자라지도 않고 아무리 먹여도 소용이 없었다고 했다. 마침내 부부는 아이가 요정의 체인질링이라는 결론을 내린 다음, 크로히 고롬 언덕에 있는 요정의 자리에 가져다 두었다. 그리고 요정이 자신들의 원래 아이를 돌려놓을 때 되찾을 수 있도록 지켜보고 있었는데, 여기 있는 숙녀 둘이 요정의 자리로 다가와서 아기를 들어 올리더니 이상한 주문을 외웠다고 했다.

그녀는 여윈 두 손을 앞치마 아래에서 배배 꼬면서 증언을 계속했다.

"우리는 밤새껏 지켜봤습니다, 심판관님. 날이 저물자마자 거대한 악마가 다가왔어요. 소리도 없이 그림자 속에서 커다랗고 어두운 형체가 오더니, 우리가 아기를 놓은 자리를 살펴보았습니다."

군중들은 두려운 기색으로 수군거렸다. 나는 그녀가 말한 '거대한 악마'가 아기가 여전히 살아 있는지 보러 간 제이미라는 걸 아는데도, 목 뒤쪽 머리카락이 쭈뼛 섰다. 나는 이어질 증언 내용을 알고서 마음을 단단히 먹었다.

"다음 날 해가 뜨자, 남편과 저는 아기를 보러 갔습니다. 하지만 언덕에는 체인질링 아기만 죽어 있었어요. 우리의 아기는 찾아볼 수 없었습니다."

이 말을 하며 여자는 울음을 터뜨렸다. 그리고 얼굴 위로 앞치마를 덮어 눈물을 감추었다.

체인질링의 어머니가 뭔가 신호라도 주었다는 듯, 군중이 양편으로 갈라지며 마부 피터가 나타났다. 그를 본 순간 속으로 신음하고 말았다. 여자의 말을 들은 군중이 내게 돌아서는 느낌을 받았으니까. 지금 이 남자가 법정에서 물말에 대해 말한다면 엎친 데 덮친 격이 되겠지.

마부는 모두의 주목을 한껏 즐기면서 몸을 추스르고 극적으로 나를 가리켰다.

"이 여자는 마녀가 분명합니다, 나으리들! 제가 직접 봤습니다. 이 여자가 사악한 호수에서 물말을 불러내 명령하는 걸 봤다고요!

아주 거대하고 무시무시한 괴물이었습니다, 나으리들. 소나무처럼 크고, 커다란 푸른 뱀처럼 목이 길쭉한 데다 사과만큼 큰 눈이 달렸는데, 사람의 영혼을 훔칠 것만 같은 눈빛이었습니다."

심판관들은 그의 증언에 감동한 듯 몇 분간 서로 속삭였다. 그동안 피터는 나를 반항적으로 노려보며 '두고 보라고!'라는 눈빛을 쏘았다.

마침내 뚱뚱한 심판관은 회의를 마치고 존 맥레이에게 위압적으로 손짓했다. 존은 혹시나 무슨 일이 생길까 긴장한 채 옆에 서 있었다.

"관리인!"

심판관은 돌아서서 마부를 가리키며 명령했다.

"저자를 공공장소에서 음주를 행한 죄로 잡아다가 입을 다물리고 칼을 채우게! 이곳은 엄숙한 법정이다. 우리는 위스키에 심하게 취한 주정뱅이가 물말을 봤다는 경박한 모함 따위로 심판관의 시간을 낭비하지 않을 것이다!"

마부 피터는 너무 놀라서 관리인이 성큼성큼 다가와 그의 팔을 잡을 때도 저항조차 하지 못했다. 그저 입을 딱 벌린 채로 내 쪽을 황망하게 노려보며 끌려갔을 뿐이다. 나는 그만 참지 못하고 손가락을 들어 그에게 작게 경례를 붙였다.

이 사건으로 살짝 긴장감이 깨졌나 싶었지만, 상황은 급격하게 나빠졌다. 소녀들과 여자들이 줄지어 나와서 게일리스 덩컨에게 부적과 사랑의 묘약을 샀다고 증언했기 때문이었다. 이들은 병을 일으키거나 원치 않는 아기를 떼거나 남자를 사랑에 빠뜨리려고 그녀를 찾아갔다고 했다. 그리고 모두 예외 없이 부적이 효과가 있었다고 증언했다. 가정의학과 의사가 봤다면 부러울 만한 기록이겠군, 하고 냉소적인 생각이 들었다. 물론 나에게는 그런 증언을 하지는 않았지만, 그중 몇몇은 내가 덩컨 부인의 허브 보관소에서 약을 만들고 허브를 빻는 모습을 봤다는 증언을 했다. 그건 사실이었다.

그래도 이런 증언이 내게 치명적이지는 않았던 것 같다. 날 고발하는 사람과 비슷한 수의 사람들은 내가 그들을 고쳐 주었다며, 사용했던 약도 다 일반적인 것이었고 주문이나 부적 같은 헛된 마법을 쓴 적은 없다고 증언해 주었다. 나를 위해 앞에 나와 증언하는 데는 용기가 필요했기에, 그들에게 고마운 마음이 들었다.

너무 오래 서 있다 보니 발이 아팠다. 심판관들은 비교적 편안하게 앉아 있는 반면에, 죄수들에겐 의자를 주지 않았다. 하지만 다음 증인이 나타난 순간, 나는 발의 통증을 싹 잊고 말았다.

콜럼에 필적할 만큼 극적인 순간을 자아내려는 본능으로, 베인 신부가 성당 문을 벌컥 열고 광장으로 나왔다. 그는 떡갈나무 목발을 짚고 절뚝이며 걸어왔다. 광장 한가운데로 천천히 다가온 신부는 심판관들에게 고개 숙여 인사하고는 뒤돌아 군중을 둘러보았다. 이글거리는 신부의 눈빛을 받은 군중은 떠들기를 그치고 불안한 듯 작게 수군거렸다. 이윽고 입을 연 신부는 채찍처럼 날카로운 목소리로 좌중을 갈랐다.

"이것은 너희들을 향한 심판이로다, 크레인스뮤어 주민들이여! '흑사병이 하느님을 앞서가고, 열병이 그분 발꿈치를 따른다.' 그렇다. 너희는 스스로를 미혹된 행동을 하여 정의의 길에서 벗어났도다! 너희는 바람을 뿌렸으니, 너희 사이에서 회오리가 몰아치리라!"

나는 생각지도 않은 현란한 수사법에 깜짝 놀라 신부를 바라보았다. 혹시 이 사람은 위기가 닥쳤을 때만 이런 웅변을 늘어놓는 능력이 생기는 걸까. 화려한 말이 우렁차게 울려 퍼졌다.

"너희에게 전염병이 닥치리라. 죄를 씻지 않는 한, 너희는 죄 가운데서 죽을 것이다! 너희 가운데 바빌론의 창녀를 맞아들였으니!"

이글거리는 눈빛으로 날 쏘아보는 걸 보니, 지금 말하는 바빌론의 창녀란 바로 나 같았다.

"너희는 영혼을 너의 적들에게 팔아넘겼고, 잉글랜드의 독사를 네 품에 두었으니, 이제 전능하신 주 하느님의 복수가 네게 임하리라. '지혜가 있으면 낯선 여자에게서, 매끄러운 말을 하는 모르는 여자에게서 빠져나오게 되리라. 그 여자의 집은 죽음으로 깊어지고 그 길을 따르면 죽게 되느니.' 너무 늦기 전에 회개하라! 무릎을 꿇고 용서를 구하라! 잉글랜드 창녀를 추방하고 사탄의 자식들과 거래를 끊으라!"

그는 허리띠에서 묵주를 확 빼 들고는 거대한 나무 십자가를 내 쪽으로 휘둘렀다.

이 모든 상황이 참 재미있었지만, 그 와중에도 머트를 닮은 심판관의 언짢은 기색이 보였다. 아마도 전문가끼리 가질 법한 질투가 아니었을까.

심판관은 베인 신부 쪽으로 살짝 고개를 숙이며 말했다.

"에에, 신부님. 이 여인들에 대한 고소 증거를 가져오셨소?"

"있습니다."

초기의 폭발적인 웅변을 마친 후, 자그마한 신부는 이제 차분해졌다. 그는 내 쪽으로 엄지를 위협적으로 치켜들었고, 나는 한 발짝 뒤로 물러서고픈 마음을 막으며 단단히 대비했다.

"2주 전 화요일 정오, 나는 리오흐성의 정원에서 이 여인을 만났습니다. 이 여자는 초자연적인 힘으로 개 떼에게 명령을 내려 나를 덮치게 했고, 나는 개들 앞에 쓰러져서 죽을 위기에 처했습니다. 다리에 심한 부상을 당한 채로, 나는 여자의 곁에서 벗어났습니다. 이 여자는 나를 자신의 죄악으로 꾀려 했습니다. 나와 단둘이 있으려고 어딘가로 데려가려 했단 말입니다. 하지만 내가 그 속임수에 저항하자, 내게 저주를 내렸습니다."

나는 너무 화가 나서 소리쳤다.

"말도 안 되는 소리입니다! 이런 터무니없는 말을 이제껏 들어 본 적이 없어요!"

베인 신부는 열병에 걸린 듯 어두운 눈을 번뜩이더니, 심판관들을 보던 고개를 홱 돌려 나를 보았다.

"여인아, 이런 말을 했던 걸 부정하는가? '저와 함께 가시지요, 신부님. 안 그러면 상처가 곪아서 썩을 거예요'라고 하지 않았나?"

"아, 그런 어조로 말하지는 않았어요. 하지만 그 비슷한 말을 한 것 같네요."

내가 인정하자, 의기양양하게 턱에 힘을 준 신부는 그의 수단 자락을 확 걷었다. 허벅지 위로 말라붙은 피에다 누런 고름으로 축축하게 젖은 붕대가 감겨 있었다. 다리의 허연 살점은 붕대 위아래로 부풀어 올랐고, 드러나지 않은 상처 주위로 불길해 보이는 붉은 선이 뻗어 나왔다.

나는 그 광경에 충격을 받고 말했다.

"어머나, 세상에! 패혈증에 걸렸잖아요! 당장 치료하지 않으면 죽을 거예요!"

순간 군중들은 충격 어린 기색으로 낮게 수군거렸다. 심지어 머트와 제프 심판관도 놀란 눈치였다.

베인 신부는 천천히 고개를 젓더니, 당당하게 외쳤다.

"들으셨소? 이 여인의 무모함은 도를 넘었소. 하느님의 사세인 이 몸에게 죽음의 저주를 내리다니! 그것도 성당에서 열린 재판 자리에서!"

군중은 흥분으로 더욱 크게 웅성였다. 베인 신부는 소음에 맞서 목소리를 살짝 높이며 다시 말했다.

"신사 여러분, 심판은 여러분의 판단에 맡기겠습니다. 그리고 주님의 명령을 잊지 마십시오. '마녀를 살려두지 말지니라!'"

―

베인 신부가 극적으로 내보인 증거 이후 증인은 나오지 않았다. 아마 아무도 그만한 볼거리를 넘어설 준비가 되지 않아서겠지. 심판관들은 잠시 휴정을 선언하고 여관에서 가져온 다과를 들었다. 하지만 피고인에겐 아무런 편의를 제공하지 않았다.

나는 마음을 다잡고 내 손을 묶은 줄을 시험 삼아 당겨 보았다. 끈의 가죽이 살짝 늘어나긴 했지만, 매듭은 풀릴 기미가 전혀 없었다. 밀려오는 공포를 애써 누르며 나는 냉소적으로 생각했다. 이건 분명히 늠름하고 젊은 왕자가 말을 타고 달려와 군중을 헤치고 기절하려는 여주인공을 안장에 태우기 직전의 상황이야.

하지만 나의 늠름하고 젊은 왕자님은 지금쯤 숲속 어딘가에서 늙은 남색가 귀족 나으리와 맥주를 꿀꺽꿀꺽 마시고 죄 없는 사슴을 도살하고 있을 터였다. 나는 이를 악물며 생각했다. 제이미가 때맞춰 돌아올 것 같지 않아. 내가 불에 타 사방으로 흩어지고 장례식을 치를 재도 사라져 버린 다음에야 돌아올 것 같아.

점점 두려움이 커져서 정신이 없었는지라, 처음에는 말발굽 소리가 들리는지도 몰랐다. 그러다 군중이 수군대면서 고개를 돌리기 시작하자 비로소 나는 정신을 차렸고, 하이 스트리트의 돌바닥을 울리는 규칙적인 말발굽 소리를 들었다.

놀라는 소리는 더욱 크게 웅성거렸다. 군중 끝부분이 갈라지면서 말 탄 이를 앞으로 보내기 시작했지만, 여전히 멀어서 알아볼 수 없었다. 아까는 그토록 절망했건만, 지금은 비논리적인 희망이 희미하게 비치기 시작했다. 제이미가 일찍 돌아온 걸까? 공작이 너무 노골적으로 다가와서 뿌리치고 올 수밖에 없었을까? 아니면 사슴이 너무 드문드문 있어서 사냥을 그만두었을까? 이유야 어쨌든, 나는 발끝에 힘을 주고 서서 말 위에 탄 사람의 얼굴을 보려 했다.

튼튼한 밤색 말이 기다란 코로 사람들의 어깨를 밀치자 줄지어 선 사람들은 마지못해 길을 비켜 주었다. 모두들 굉장히 놀랐다. 나도 마찬가지였다. 말에서 재빨리 내리는 빼빼 마른 인물은 바로 네드 고언이었다.

제프를 닮은 심판관은 앞에 선 야위고 말쑥한 남자를 놀라움을 담아 찬찬히 바라보았다.

“당신은 누구십니까?”

심판관이 마지못해 예의를 갖추어 물은 것을 보니, 새로 온 이가 신은 구두의 은 버클과 벨벳 코트를 보고 그러는 게 틀림없었다. 매켄지 씨족의 영주 아래에서 일하는 자들이 후한 대접을 받은 결과였다.

“제 이름은 에드워드 고언이라고 합니다, 심판관님. 저는 변호사입니다.”

머트를 닮은 심판관은 어깨를 구부리고 살짝 꿈틀댔다. 그가 받은 의자에는 등받이가 없었기에, 기다란 상체가 긴장하는 게 느껴졌다. 나는 그를 빤히 바라보며, 부디 그의 허리 디스크가 터지기를 기원했다. 만약 내가 사악한 눈을 가져서 화형될 처지라면, 적어도 이 사악한 눈으로 진짜 마법을 부려야 하지 않겠는가.

“변호사라고? 변호사가 여긴 웬일이오?”

그는 투덜대었다. 네드 고언이 더없이 정확한 자세로 공식적인 절을 하자 회색 가발이 살짝 기울어졌다.

“저는 겸손히 저의 능력을 발휘하여 프레이저 여사를 변호하고자 합니다, 심판관님. 제가 이제껏 본 바에 따르면, 이분은 더없이 친절하고 우아한 숙녀입니다. 또한 유익하게도 정통한 의학 지식을 지녀 의술을 펼쳐 왔습니다.”

아주 좋아요. 나는 속으로 고개를 끄덕였다. 우선 우리 쪽에서 일격을 가해 보자고.

광장 건너편을 보니, 게일리스가 반쯤은 감탄하고 또 반쯤은 조롱하는 듯한 미소를 슬쩍 짓고 있었다. 네드 고언은 모두가 백마 탄 왕자님으로 원할 만한 인물이 아니라 해도, 지금 나는 까다롭게 후보를 따지고 싶지 않았다. 누구든 나를 위해 싸워 준다면 얼른 반길 것이다.

고언 씨는 심판관들에게 절을 한 다음, 나에게도 정중함을 잃지 않고 절했다. 그리고 평소 선 자세보다 훨씬 더 몸을 꼿꼿이 세운 다음 양쪽 엄지손가락을 허리춤에 딱 대고 연륜과 용맹함에서 우러나오는 온갖 낭만주의적인 자세를 발휘하며 전투에 임할 준비를 했다. 물론 그의 무기는 듣기에 몹시 고통스러울 정도로 재미없는 법률이었다.

그의 말은 참으로 지루하기 짝이 없었다. 자동 절단기처럼 한 치의 오차도 없는 꼼꼼함을 발휘하여 그는 모든 기소장의 죄목을 정밀함이라는 판 위에 올려놓고 배열한 다음, 법이라는 칼날과 판례라는 절단기로 무자비하게 조각냈다.

그것은 고귀한 공연이었다. 고언은 말하고 또 말했다. 끝난 것 같으면 또 말하고, 때로는 심판관의 지시를 받으려고 정중하게 멈추는 것 같으면서도 알고 보니 다시금 맹공을 펼치기 위해 숨을 돌린 것뿐이었다.

삶이 위태로운 상황에서 나의 미래가 이 깡마르고 작은 남자의 웅변에 전적으로 달려 있는 처지이니, 나라도 그의 말 한마디 한마디에 푹 빠져들어 마땅했다. 하지만 실상은 입을 가리지도 못한 채 나도 모르게 형편없는 꼴로 하품을 해 대고 발이 아파 번갈아 가며 무게 중심을 옮겼고, 차라리 이럴 바에야 곧바로 나를 화형시켰으면 좋겠다고, 그러면 지겨운 변론을 그만 들을 것 아니겠냐는 마음마저 간절하게 들고 말았다.

군중 역시 나와 같은 기분인 듯했다. 아침나절만 해도 드높았던

홍분은 사라지고 권태만이 남은 채, 고언 씨의 작고 단정한 목소리만이 계속해서 울려 퍼졌다. 사람들은 갑자기 젖을 짜 주어야 하는 짐승과 빗자루질 해야 하는 바닥을 떠올리고는 서서히 흩어졌다. 저 지루하기 짝이 없는 목소리가 들리는 동안은 재미있는 일이 전혀 일어나지 않으리란 확신이 들었기 때문이다.

네드 고언이 마침내 첫 변론을 끝내자 저녁 먹을 때가 되었다. 내가 제프라고 이름 붙인 땅딸막한 심판관은 내일 아침 다시 법정을 열겠다고 선포했다.

네드 고언과 제프 심판관, 관리인 존 맥레이가 모여 잠시 수군대며 회의한 다음, 나는 건장한 마을 사람 둘을 대동하고 여관으로 끌려갔다. 뒤를 슬쩍 돌아보니 반대 방향으로 끌려가는 게일리스가 보였다. 그녀는 등을 곧게 펴고 서둘러 움직이지 않았다. 아니, 정확히 말하자면 주변 환경에 전혀 반응하지 않고 있었다.

어두운 여관 뒷방에 들어가자, 마침내 결박이 풀리고 촛불이 놓였다. 이윽고 네드 고언이 맥주 한 병과 빵과 고기가 담긴 접시를 들고 들어왔다.

"몇 분밖에 있을 수가 없소. 그것도 힘들게 얻어 냈지. 그러니 잘 들으시오."

자그마한 남자는 은밀한 이야기를 나누려는 듯 일렁이는 촛불 아래로 가까이 몸을 숙였다. 그의 눈빛은 밝았고, 가발이 살짝 비뚤어진 것 외에는 지치거나 힘든 기색이 전혀 없었다.

"고언 씨, 와 주셔서 정말 기뻐요."

나는 진심으로 말했다.

"그래, 그렇겠지, 아가씨. 하지만 지금은 이럴 시간이 없소."

그는 친절하지만 형식적인 태도로 내 손을 두드렸다.

"저들이 당신의 사건을 덩컨 부인의 사건과는 별개라고 생각하도록 만드는 데는 성공했소. 그러니 도움이 될 거요. 저들은 당신을 체포할 의도는 없었던 것 같지만, 덩컨 부인과의 관계 때문에 잡혀간 듯하니 말이오."

그는 재빨리 말을 이었다.

"하지만 아직도 당신은 위험하오. 솔직히 말하겠소. 마을 여론은 지금 당신에게 조금도 호의적이지 않소. 대체 왜 그 아이를 만진 거요?"

내가 대답하려고 입을 열었지만, 그는 조급하게 손을 내저어 대답을 막았다.

"아, 됐소. 이젠 중요한 게 아니니까. 우리가 앞으로 해야 할 일은 당신의 잉글랜드스러움을 부각시키는 것이라오. 물론 여기서 말하고자 하는 건 이상하단 게 아니라 무지하다는 점이오. 그래서 최대한 시간을 끌어 보고자 하오. 알다시피 시간은 우리 편이오. 왜냐하면 최악의 재판은 히스테리 안에서 벌어지거든. 피에 굶주린 사람들이 나오면 증거가 제아무리 건전해도 무시당하기 마련이니까."

피에 굶주린 사람들. 폭도들의 얼굴에서 흘러나오던 감정을 정확히 포착한 말이었다. 여기저기에 의심이나 동정심을 보이는 기색도 있었지만, 군중 앞에 서서 맞설 이는 드물었다. 그리고 크레인스뮤어는 그런 유형의 사람이 별로 없었다. 아니, 있긴 있다고 해야겠지. 여기에 바짝 마르고 작은 에든버러 출신 변호사가 있지 않은가. 튼튼하고 질기기로는 오래된 부츠에 맞먹을 정도다.

고언 씨는 사무적으로 이야기를 계속했다.

"우리가 오래 끌수록, 사람들은 성급한 행동을 취하지는 않게 될 것이오. 그러니까……."

그는 무릎에 두 손을 얹으며 말을 맺었다.

"내일 당신은 그저 입을 다물고만 있으시오. 말은 내가 전부 하리다. 그리고 효과가 있기를 하느님께 기도해야겠지."

"그 정도만 해도 충분할 것 같아요."

나는 지친 모습으로 애써 미소를 지어 보려 했다. 그리고 여관 문 앞을 슬쩍 보았다. 그곳에선 언성이 높아지고 있었다. 내 시선을 본 고언 씨는 고개를 끄덕였다.

"그래요, 난 이제 떠나야겠소. 여기서 하룻밤 묵을 수 있도록 손을 써 놨소."

그는 미심쩍은 듯 주위를 둘러보았다. 이곳은 여관에 딸린 작은 헛간으로, 온갖 잡동사니와 남는 물품을 보관하는 장소였다. 춥고 어둡긴 해도, 도둑의 굴보다야 몇 배는 좋은 곳이었다.

이윽고 헛간 문이 열리더니, 어둠 속에서 여관 주인의 형체가 흐릿하게 보였다. 그는 일렁이는 촛불의 창백한 불빛 뒤에서 어둠 속을 들여다보고 있었다. 고언 씨가 떠나려고 일어났던 순간, 나는 그의 소매를 잡았다. 아직 알아야 할 것이 하나 있었다.

"고언 선생님, 콜럼이 날 도와주라는 명령을 해서 오신 건가요?"

그는 대답을 망설였지만, 그의 직업상 흠잡을 데 없이 정직한 사람이었다.

"아니오."

퉁명스러운 대답이었다. 주름진 얼굴에 민망한 기색을 드러내며 그는 덧붙였다.

"나는…… 자의로 왔소."

그는 모자를 머리에 푹 눌러쓰고 문 쪽으로 돌아서서 나에게 짧게 "잘 있으시오"라고 인사하고는 여관의 부산한 불빛 속으로 사라졌다.

내가 묵을 곳은 전혀 준비되어 있지 않았지만, 그래도 작은 와인 단지 하나와 빵 한 덩이가 커다란 통 위에 놓여 있었다. 이번에는 깨끗한 빵이었다. 그리고 통 아래 바닥에는 개켜 놓은 낡은 담요가 보였다.

나는 담요로 몸을 감싸고 작은 통 하나에 앉아 저녁을 먹었다. 그리고 별것 없는 식사를 씹으며 곰곰이 생각에 잠겼다.

고언을 보낸 건 콜럼이 아니었구나. 고언 씨가 여기 올 마음이 있었다는 걸 콜럼은 알기는 했을까? 아마도 콜럼은 성 주민들에게 마을로 내려가지 말라고 명령했을지도 모른다. 자칫 마녀사냥에 휘말릴 것을 우려해서 말이다. 마을을 휩쓴 히스테리와 공포는 선연했다. 그런 감정들이 마치 내가 자는 헛간의 얇은 벽을 두드려 대는 느낌이었다.

문득 근처 주점에서 들리는 시끄러운 소리에 생각이 멈췄다. 어쩌면 내가 죽을 날이 하루 연기된 것뿐일지도 모른다. 하지만 결국 맞을 파멸의 끝자락이라면, 한 시간이라도 더 주어지는 건 감사해야겠지. 나는 이불 위로 몸을 굴려 여관에서 흘러나오는 소음을 막으려고 머리까지 뒤집어썼다. 그리고 어떻게든 감사한 마음만을 가져 보려 했다.

몹시 안절부절못하며 밤을 보내고, 동이 트자마자 나는 다시 일어나 광장으로 끌려갔다. 하지만 심판관들은 한 시간이나 지나서야 도착했다.

호화롭고 기름진 아침 식사를 실컷 든 심판관들은 곧바로 일에 착수했다. 제프를 닮은 심판관은 피고인 뒤쪽에 자리 잡은 존 맥레이를 바라보았다.

"우리는 제시된 증거만으로는 유죄 판결을 내릴 수 없음을 깨달았다."

벌써 나름의 결론을 내린 군중들 사이에서 분노의 함성이 일었지만 그도 잠시, 머트를 닮은 심판관이 맨 앞줄에 있던 젊은 일꾼에게 송곳 같은 시선을 던지자, 시끄럽게 짖던 개가 찬물을 흠뻑 맞아 조용해지는 것처럼 야단법석을 떨던 군중은 잠잠해졌다. 좌중의 소란이 가라앉자, 심판관은 각진 얼굴로 관리인을 바라보았다.

"죄수를 호숫가로 끌고 가 주시오."

그러자 기대감에 찬 흐뭇한 소리가 일었고, 나는 최악의 상황을 예상하게 되었다. 내 팔과 게일리스의 팔을 각각 잡은 존 맥레이가 우리를 인도하자, 그를 기꺼이 도와 우리를 끌고 가려는 아주 많은 손길이 거들었다. 악랄한 의도를 가진 손들이 내 드레스를 찢고 날 꼬집고 밀쳤다. 끌려가는 동안 어떤 바보는 북을 가져와 마구 쳐 댔다. 군중은 북소리에 맞추어 거친 박자로 구호를 외쳤는데, 다들 아무렇게나 소리를 지르는 바람에 무슨 말인지 하나도 알아들을 수 없었다. 솔직히 뭐라고 하는지 알고 싶지도 않았다.

초원을 따라 아래로 내려간 행렬은 작은 나무 부두가 물속으로 쭉 뻗은 호숫가에 다다랐다. 부두 양편에 심판관이 하나씩 자리를 잡고 선 가운데, 우리는 그 끝으로 끌려갔다. 제프를 닮은 심판관은 호숫가에서 기다리는 군중을 바라보았다.

"줄을 꺼내라!"

여기저기서 중얼거리는 소리가 들렸다. 기대감에 찬 사람들은 서로를 바라보았다. 그러다 누군가가 길고 가느다란 밧줄을 가지고 급히 달려왔다. 맥레이는 줄을 받아 들고는 약간 주저하는 기색으로 내게 다가왔다. 하지만 심판관들을 힐끔 쳐다보더니, 결심을 굳힌 모양이었다.

"부인, 부디 신발을 벗어 주시지요."

그의 명령에 나는 팔짱을 끼며 되물었다.

"아니, 대체 뭐 하려요?"

그는 내가 저항하리라고는 전혀 예상하지 않았다는 듯 눈을 깜빡였고, 심판관 중 하나가 대답을 가로챘다.

"이것은 물의 심판을 위한 적절한 절차다. 마녀 혐의를 받은 여자는 왼쪽 엄지발가락과 오른손 엄지를 마 끈으로 묶어야 한다. 오른쪽 엄지발가락과 왼손 엄지도 마찬가지로 묶는다. 그런 다음엔……."

그는 무언의 웅변을 하듯 호수를 슬쩍 바라보았다. 어부 두 명이 맨발로 호숫가의 진흙 위에 서 있었다. 바지를 무릎까지 걷어 끈으로 고정한 차림이었다. 그중 하나가 나를 보며 은근한 웃음을 짓더니, 작은 돌을 주워 강철빛으로 빛나는 수면 위로 가로질러 던졌다. 돌은 한 번 튀더니 가라앉았다.

땅딸막한 심판관이 맞장구쳤다.

"물에 들어가면 진짜 마녀는 물에 뜨게 된다. 물의 순수함이 죄인을 거부하기 때문이다. 하지만 무고한 여인이라면 가라앉는다."

"그럼 제겐 마녀로 몰려 죽거나 무고한 여인으로 물에 빠져 죽는 선택지밖에 없군요? 그런 건 사양하겠어요!"

나는 이렇게 쏘아붙이며 몸을 꼭 껴안았다. 이제는 내 살의 일부가 된 것처럼 끊이지 않는 떨림을 어떻게든 가라앉히고 싶어서였다.

땅딸막한 심판관은 위협을 받은 두꺼비처럼 몸을 부풀렸다.

"너는 허락 없이 이 법정에서 발언할 수 없다, 여인이여! 감히 합법적인 검사를 거부하려 드는가?"

"그럼 물에 빠져 죽는 것도 거부할 수 없나요? 당연히 거부할 수 있지!"

하지만 나는 그제야 게일리스의 모습을 보고 말았다. 그녀는 미친 듯이 고개를 젓고 있어 금발이 얼굴 주위로 마구 휘감겼다.

판사는 맥레이를 바라보더니 짧게 말했다.

"여자를 벗겨서 치시오."

믿을 수가 없어 멍해진 가운데, 사람들이 일제히 숨을 헉 들이쉬는 소리가 들렸다. 충격으로 인한 실망감 때문일까. 아니, 사실은 기대 어린 쾌감이었겠지. 그제야 증오란 무엇인지 깨닫게 되었다.

증오란 그들이 아니라 내게 있는 것이었다.

그들은 굳이 마을 광장까지 나를 데려가지 않았다. 나는 지금으로선 잃을 것이 없었기에, 원하는 대로 순순히 굴어 주진 않을 작정이었다.

거친 손길이 나를 앞으로 떠밀더니, 블라우스와 보디스 끝을 마구 잡아당겼다.

"이거 놔, 이 빌어먹을 자식아!"

나는 소리를 지르며 날 거칠게 밀쳐 대는 남자 하나를 발로 찼다. 발길질은 가장 효과적인 곳에 제대로 먹혔다. 남자는 신음을 흘리며 주저앉았지만, 허리를 구부리며 쓰러진 남자 주위로 사납게 고함을 질러 대며 침을 뱉고 이쪽을 노려보는 얼굴들이 다가왔다. 더 많은 손들이 내 팔을 붙잡고 나를 앞으로 밀쳤다. 내 앞은 아수라장이 되었고, 넘어진 사람들 위로 나는 반쯤 들리다시피 옮겨져 걸을 수도 없는 좁은 틈으로 마구 밀려갔다.

누군가 내 배를 치자 숨이 막혔다. 내 보디스는 이때쯤 산산조각이 나 있었던지라 나머지를 벗기는 데는 크게 어려움이 없었다. 난 한 번도 정숙함을 과시한 적이 없었지만, 반나체로 나를 저주하는 군중의 야유를 받으며, 벗은 가슴 위로 땀 묻은 손자국을 달고 서 있자니 이제껏 상상해 본 적도 없는 증오와 굴욕감으로 가득 찼다.

존 맥레이는 내 손을 앞으로 묶고 손목에 밧줄을 감은 다음 끝을 몇 미터 남겼다. 그러면서 부끄러운 표정을 지어 보였지만, 나와 눈을 마주하지는 않았다. 그러자 이 사람에게서 도움이나 관용을 기대하면 안 된다는 게 명백해졌다. 그 역시 나만큼이나 군중에게 위협받고 있었기 때문이다.

게일리스도 내 주위에서 역시 비슷한 대접을 받고 있었다. 문득 불어온 바람에 날리는 그녀의 옅은 금발이 보였다. 이윽고 날 묶은 밧줄 끝이 커다란 떡갈나무 가지에 던져져 팽팽히 당겨지자, 팔이 머리 위로 높이 들렸다. 나는 이를 악물고 분노를 참았다. 두려움과 싸우려면 그 수밖에 없었다. 이제 숨죽인 기대감이 공기 중에 떠돌았다. 중간중간 흥분한 수군거림과 고함이 군중 사이에서 터질 뿐이었다.

"때려, 존! 어서 때리라고!"

누군가 소리쳤다.

존 맥레이는 극적인 장면을 연출해야 한다는 책임감에 예민하게 반응했다. 잠시 멈춰 서서 채찍을 허리 높이에 평평하게 들고 군중을 돌아본 그는 잠시 후 앞으로 걸어와 내 자세를 부드럽게 잡아 주었다. 이제 나는 나무줄기를 마주 본 채 거친 나무 껍질에 손끝이 닿을 정도로 세워졌다. 이윽고 그는 두 걸음 물러서서 채찍을 들고 내리쳤다.

고통보다 충격이 훨씬 심했다. 사실 몇 대 맞고 나자 관리인이 최선을 다해서 살살 때리고 있다는 것도 알게 되었다. 그래도 한두 대는 정말 심하게 때려서 피부에 상처가 났다. 매질의 충격이 남은 자리에 날카로운 얼얼함이 느껴졌다.

나는 눈을 꼭 감고 볼을 나무에 꾹 누른 채 이건 현실이 아니라고 애써 생각했다. 그러던 순간, 다시금 나를 현실로 부르는 목소리가 들렸다.

"클레어!"

손목을 묶은 밧줄이 약간 느슨했다. 그래서 내가 확 힘을 주면 돌아서서 군중을 마주 볼 수 있었다. 내가 갑자기 자리에서 벗어나자 관리인은 당황한 나머지 채찍을 공중에 휘두르다가 균형을 잃고 앞으로 고꾸라져 머리를 나뭇가지에 부딪치고 말았다. 이 모습에 폭도들은 무척 동요하더니 욕설을 지껄이며 그를 조롱하기 시작했다.

머리카락이 눈앞을 가렸다. 땀과 눈물에다 갇혀 있는 동안 묻은 오물 때문에 얼굴에서 떨어지지 않았다. 나는 고개를 흔들어 머리카락을 떼어 낸 다음, 귀로 들은 게 정말인지 확인해 보려고 애써 곁눈질을 했다.

천둥 같은 얼굴을 한 제이미가, 커다란 덩치와 근육을 무자비하게 이용하면서 앞을 가로막는 사람들을 헤치며 다가오고 있었다.

난 마치 바스토뉴에서 패튼 제3연대를 마주한 매콜리프 장군*이 된 기분이었다. 게일리스와 나, 이제는 제이미까지 끔찍한 위험에 처하게 되었는데도, 누군가를 보게 되어 이토록 행복했던 적은 없었다.

"마녀의 남편이다!"

"저 여자 남편이 맞아!"

"역겨운 프레이저 새끼!"

나와 게일리스를 향한 일반적인 욕설 외에도 비슷한 소리가 들리기 시작했다.

"저놈도 죽여!"

"다 화형시켜! 모두 화형시키라고!"

관리인의 실수로 잠시 열어졌던 군중의 광기가 다시금 극에 달하고 있었다.

관리인의 조수들이 제이미를 제지하려고 달라붙는 바람에 제이미는 꼼짝없이 멈춰 서야 했다. 제이미는 양팔에 사람을 하나씩 단 채 애써 허리띠에 손을 대려 했다. 그러자 제이미가 칼을 뽑으려 한다고 생각한 남자 하나가 그의 복부를 주먹으로 쳤다.

제이미는 살짝 몸을 굽혔다가 다시 일으키고는 자신을 때린 남자의 코를 팔꿈치로 가격했다. 이제 한 손이 잠시나마 풀리자, 그는 다른 쪽 팔에서 미친 듯이 할퀴는 남자를 무시하고 스포란에 손을 넣더니 팔을 들어 올려 던졌다. 제이미가 외치는 소리가 들리면서

* 제2차 세계 대전 당시 서부 전선에서 독일군 최후의 대반격 중 포위당했으나 끝까지 항전하여 고지를 지킨 미국의 육군 장군.

무언가 그의 손을 떠났다.

"클레어! **가만히** 서 있어!"

그렇지 않아도 달리 갈 곳이 없는걸. 이렇게 멍하니 생각한 순간, 무언가 검고 흐릿한 것이 내 얼굴로 곧바로 날아왔다. 나는 움찔 뒤로 물러서려 했지만, 다행히 제때 멈추었다. 흐릿한 물체는 내 얼굴을 찰싹 치더니 검은 구슬이 어깨 위로 떨어지면서 흑옥 묵주가 올가미처럼 목에 단정하게 걸렸다. 아니, 아주 단정하게 걸린 건 아니었다. 줄 한쪽이 내 오른쪽 귀에 걸렸으니까. 구슬에 얻어맞아 눈물이 핑 돈 채로 고개를 흔들자, 목걸이가 제대로 걸리면서 십자가가 내 벗은 가슴골 사이로 보란 듯이 호를 그렸다.

맨 앞줄에 있던 사람들이 공포에 질린 얼굴로 십자가를 바라보았다. 갑자기 앞줄이 조용해지자 뒷줄도 영향을 받았고, 이내 와글거리던 고성이 가라앉았다. 이어서 화난 상황에서도 언제나 부드럽게 들리던 제이미의 목소리가 침묵 속에 울려 퍼졌다. 하지만 지금 목소리엔 부드러운 기색이 전혀 없었다.

"여자를 풀어 줘!"

주위로 몰려들어 붙잡던 이들은 이미 떨어져 나갔다. 제이미는 반으로 갈라진 군중들 사이로 성큼성큼 걸어 나왔다. 관리인은 다가오는 제이미를 지켜보며 꼼짝도 못 한 채 입을 벌리고 서 있었다.

"말했잖아! 풀어 주라고! 어서!"

멍하니 있던 관리인은 붉은 머리칼을 한 죽음의 사신이 자신을 덮친다는 종말론적 환상에 사로잡혀 퍼뜩 정신을 차리고는 몸을 움직여 급히 단검을 더듬어 찾았다. 잘린 밧줄이 갑자기 부르르 떨며 확 끊어지자 두 팔이 막대기처럼 툭 떨어졌다. 갑자기 긴장이 풀린 팔이 아팠다. 나는 비틀거리다가 넘어질 뻔했지만, 강하고 익숙한 손이 내 팔꿈치를 잡고 일으켜 세웠다. 이윽고 내 얼굴이 제이미의 가슴에 닿자, 이제는 아무것도 중요하지 않았다.

잠시 정신을 잃은 걸까. 아니면 그렇게 여길 만큼 안도한 것뿐이었을까. 제이미의 팔은 내 허리를 힘 있게 감아 몸을 받쳤다. 몸 위를 두른 그의 플래드 덕에 마침내 마을 사람들의 시선에서 몸을 가릴 수 있었다. 사방에서 혼란스러운 목소리가 들려왔지만, 광기에 차서 흥분한 군중이 보였던 피를 보겠다는 열망은 아니었다.

머트일까, 아니면 제프였을까. 심판관의 목소리가 혼잡한 상황을 뚫고 들려왔다.

“당신은 누구요? 어찌 감히 법정 수사에 간섭하는 것이오?”

앞으로 밀치고 나오는 군중을 보지 않아도 느낄 수 있었다. 제이미는 덩치가 크고 무기가 있었지만, 결국 혼자였다. 나는 플래드 자락 아래로 그에게 몸을 움츠렸다. 제이미는 오른팔로 나를 꽉 안았지만, 왼손은 허리에 찬 칼집을 향했다. 은빛 푸른 칼날이 위협적으로 스르릉 소리를 내며 칼집에서 반쯤 나오자, 맨 앞에 섰던 이들이 갑자기 우뚝 멈추었다.

심판관들은 좀 더 배짱이 있었다. 제이미의 품에 안겨 슬쩍 내다보자 제이미를 노려보는 제프 심판관이 보였다. 머트 심판관은 갑자기 나타난 침입자에게 짜증이 났다기보단 어리둥절해 보였다.

“감히 신의 정의에 반대하여 무기를 휘두르려는 것인가?”

땅땅막한 판사가 쏘아붙였다.

제이미는 이제 검을 완전히 뽑은 다음, 칼끝을 땅에 확 찔렀다. 그 타격에 칼자루가 덜덜 떨렸다.

“나는 이 여인과 진실을 변호하기 위해 검을 뽑았소. 만약 여기에서 이 여인과 진실을 거스르는 자가 있다면 먼저 나를 상대해야 할 것이고, 그 다음에 하느님께 대답해야 할 것이오.”

심판관은 이 행동을 믿을 수가 없다는 듯 눈을 두어 번 깜빡였다. 그러다 다시금 공격을 감행했다.

“당신은 이 법정에서 아무런 권한이 없소! 당장 죄수를 내놓으시오. 당신이 저지른 행동 역시 곧 처분을 내리겠소!"

제이미는 냉정한 눈길로 심판관을 훑어보았다. 그의 품에 달라붙은 나는 뺨 아래로 고동치는 심장 박동을 느낄 수 있었다. 하지만 그의 손은 바위처럼 단단하고 흔들림이 없었다. 한 손은 칼자루를 잡고, 다른 손은 허리에 찬 단검에 닿아 있었다.

"그에 관해 말씀드리겠습니다, 심판관님. 저는 이 여인을 보호하겠다고 하느님의 제단 앞에서 맹세했습니다. 심판관님께서 본인의 권위가 전능하신 주님보다 크다고 생각하신다면, 저는 그 의견에 반대하는 바임을 몸소 알려드립니다."

침묵이 흘렀다. 뒤이어 당황한 듯 누군가가 킥킥 웃더니, 여기저기서 불안한 웃음소리가 메아리쳤다. 우리 쪽에 공감하지 않는다 해도, 우리를 재앙으로 몰고 가려던 군중의 기세는 이미 한풀 꺾였다.

제이미는 한 손으로 내 어깨를 잡고 돌려세웠다. 나는 차마 군중을 바라볼 수 없었지만, 그래야 한다는 걸 알았다. 그래서 턱을 있는 힘껏 들고, 시선은 사람들 너머로 보이는 저 호수 한가운데의 작은 배에 두었다. 그리고 눈에 눈물이 맺히도록 배를 노려보았다.

제이미는 플래드를 돌려 내 몸에 둘렀지만, 목과 어깨는 드러날 만큼 내렸다. 그리고 검은 묵주를 만지며 부드럽게 앞뒤로 흔들리게 했다.

"흑옥은 마녀의 피부를 태우지 않습니까? 게다가 우리 주님의 십자가는 더 그렇다고 생각합니다. 하지만 보십시오."

그는 심판관들에게 물으며 손가락을 묵주 아래에 넣어 십자가를 들어 올렸다. 내 피부는 새하얗기 그지없었다. 굴속에 갇혔을 때 묻은 더러운 자국을 제외하면 깨끗했다. 군중들은 여기저기서 숨을 몰아쉬며 속삭였다.

원초적인 용기, 냉정한 이성, 거기에 타고난 쇼맨십까지. 콜럼 매켄지가 제이미의 야심을 걱정한 것도 당연했다. 그리고 내가 헤이미시의 친부를 밝힐지도 모른다는 두려움이나, 내가 무엇을 아는지 짐작했다는 걸 따져 본다면 콜럼이 내게 이런 짓을 한 것도 이해가 갔다. 용서할 수는 없었지만 말이다.

군중들의 분위기는 이제 이리저리 흔들리며 불확실해졌다. 조금 전까지도 몰아치던 피를 보겠다는 열망은 옅어졌지만, 그래도 갑자기 밀려오는 파도처럼 몰아쳐서 우리를 덮칠지 어찌 알까. 머트와 제프 심판관은 결정을 내리지 못하고 서로를 힐끗 쳐다보았다. 일이 이렇게 전개되자 당황한 나머지, 순간적으로 상황 통제력을 잃은 것이다.

그때였다. 게일리스 덩컨이 이 틈을 타 앞으로 나섰다. 지금에 와서 과연 그녀에게 희망이 있을지는 알 수 없었다. 어쨌든, 게일리스는 금발을 반항적으로 한쪽 어깨 뒤로 휙 넘기고는 한마디 말로 목숨을 내던졌다.

"이 여자는 마녀가 아니야. 바로 내가 마녀다."

제이미의 쇼도 멋있었지만, 게일리스와는 비교가 되지 않았다. 엄청난 소요가 일었고, 심판관들이 질문하고 외치는 소리가 모두 묻혀 버리고 말았다.

게일리스는 대체 무슨 생각인 거지? 어떤 기분일까? 예전에도 그랬지만 지금도 마찬가지로 알 수가 없었다. 게일리스의 높고 하얀 이마는 환하게 빛났고, 커다란 녹색 눈은 즐겁다는 듯이 빛났었다. 그녀는 다 찢어지고 더러워진 옷차림으로 꼿꼿이 서서 자신을 고발한 이들을 바라보았다. 소요가 조금 잠잠해지자 그녀는 입을 열었다. 품위 없이 목소리를 높이지 않아도 기세등등한 모습에 사람들은 알아서 조용히 하고 그녀의 목소리를 들었다.

"나 게일리스 덩컨은 마녀이며, 사탄의 정부임을 고백한다."

이 발언에 다시금 사람들은 분노했지만, 그녀는 더없는 참을성을 보이며 군중이 조용해지기를 기다렸다.

“내 주인님의 명령을 따라, 나는 마법을 써서 내 남편 아서 덩컨을 죽였음을 고백한다.”

이 말을 하고 게일리스는 옆을 힐끗 돌아보며 나와 눈을 마주쳤다. 그 입술에는 웃음기가 스쳤다. 이윽고 그녀는 노란 숄을 걸친 여자를 바라보며, 누그러짐 없는 눈빛을 보냈다.

“나는 악한 마음으로 체인질링 아이에게 주문을 걸어 죽도록 만들었다. 그리고 아이와 바꿔치기당한 인간 아이는 요정들과 함께 살도록 했다.”

그녀는 이제 내 쪽을 돌아보며 손짓했다.

“나는 아무것도 모르는 클레어 프레이저를 이용했고, 내 뜻대로 움직이게 했다. 하지만 이 여자는 내 일에 관여하지 않았고 아는 바도 없으며, 내 주인님을 섬기지도 않았다.”

군중은 다시금 수군대기 시작했다. 사람들은 어떻게든 더 잘 보려고 서로를 밀치며 다가왔다. 게일리스는 두 팔을 펴고 손바닥을 보이며 말했다.

“물러서라!”

낭랑한 목소리가 채찍처럼 떨어졌고, 정말로 사람들은 채찍에 맞은 듯 물러섰다. 그녀는 고개를 하늘로 젖히더니 가만히 서서 마치 누가 듣기라도 하는 듯 외쳤다.

“들어라! 그분이 오시는 바람 소리를 들어라! 조심하라! 너희 크레인스뮤어의 주민들아! 나의 주인님이 바람 날개를 타고 오신다!”

게일리스는 고개를 숙이고 비명을 질렀다. 높고 섬뜩한 승리의 함성이었다. 커다란 녹색 눈은 무아지경에 빠진 듯 어딘가를 빤히 응시했다.

정말로 바람이 거세게 불어왔다. 폭풍우를 몰고 호수 저편에서 몰려드는 구름이 보였다. 사람들은 불안하게 주위를 둘러보았다. 몇몇 사람은 무리의 가장자리에서 떨어져 나갔다.

게일리스는 빙글빙글 돌기 시작했다. 바람에 머리카락을 나부끼며 마치 메이폴 축제에서 춤을 추듯 머리 위로 우아하게 손을 올린 채 돌고 또 돌았다.

그렇게 도는 동안 얼굴은 머리카락에 가려 보이지 않았다. 하지만 마지막으로 회전하던 순간, 게일리스는 고개를 홱 들어 금발 머리카락을 한쪽으로 넘겼고, 이쪽을 바라보는 그 얼굴이 내게 똑똑히 보였다. 무아지경에 빠졌던 표정이 일순간 사라진 얼굴로, 그녀는 내게 소리 없이 입 모양으로 말했다. 그러더니 고개를 홱 돌려 군중을 바라보고, 다시금 기괴한 비명을 지르기 시작했다.

그녀가 한 말은 이것이었다. “도망쳐!”

그 순간, 게일리스가 갑자기 회전을 멈추더니 미칠 듯이 기뻐하는 표정으로 남은 보디스를 두 손으로 잡고 앞부분을 확 찢었다. 찢겨 나간 부분을 통해 그녀의 비밀이 군중에게도 드러났다. 바로 내가 춥고 더러운 도둑의 굴에서 그녀와 달라붙어 있는 동안 알게 된 비밀이었다. 아서 덩컨이 죽기 몇 시간 전 알았던 그 비밀. 그가 죽을 수밖에 없었던 비밀. 그녀의 헐렁한 드레스 천이 찢어지면서 임신 6개월째의 부푼 배가 나타났다.

난 여전히 바위처럼 움직임 없이 지켜보고 있었지만, 제이미는 전혀 주저하지 않았다. 한 손으로는 나를, 다른 손으로는 칼을 움켜쥐고 군중 속으로 몸을 던졌다. 그리고 팔꿈치와 무릎, 칼자루로 사람들을 때려눕히고 호숫가를 향해 휘청이며 나아갔다. 이윽고 그는 잇새로 날카로운 휘파람을 불었다.

떡갈나무 아래에서 벌어진 구경거리에 푹 빠진 사람들은 지금 무슨 일이 일어나는지 처음에는 깨닫지 못했다. 그러다 한두 명씩 서서히 소리치며 우리를 잡으려 하자, 호숫가에 빽빽이 쌓인 흙 위로 말발굽 소리가 들렸다. 도너스였다.

도너스는 여전히 사람을 별로 좋아하지 않았다. 사람이 싫다는 마음을 기꺼이 증명해 보이겠다는 듯, 고삐를 잡으려고 처음 손을 뻗은 사람의 손을 덥석 물었으니까. 그 남자는 피를 뚝뚝 흘리며 고함을 지르면서 물러섰다. 말이 뒷발로 일어나 새된 소리로 울면서 허공에 발길질하자, 아직도 용감하게 말을 저지하려던 사람들도 갑자기 의욕을 잃고 말았다.

제이미는 나를 곡식 자루처럼 안장에 턱 싣고는 유려한 몸짓으로 단번에 말에 올라탔다. 그리고 검을 뽑아 사납게 휘둘러 길을 트면서 앞을 가로막는 군중들 사이로 도너스를 몰았다. 사나운 말의 이빨과 말굽, 칼날의 공격을 피해 사람들이 뒤로 물러서자, 우리는 속도를 내어 호수와 마을, 리오흐성을 뒤로 한 채 달렸다. 충격을 받아 숨이 턱턱 막히는 가운데, 나는 애써 말을 하려고, 제이미에게 소리를 지르려고 했다.

날 충격에 빠뜨린 건 임신을 밝힌 게일리스의 폭로가 아니었다. 날 뼛속까지 오싹하게 만든 사실은 따로 있었다. 게일리스가 빙글빙글 돌면서 하얀 팔을 높이 뻗었을 때 보고 말았으니까. 게일리스 역시 내 옷이 벗겨졌을 때 내 몸에서 보았던 것이었다. 바로 한쪽 팔에 난 자국. 이 시대에는 마법의 표식이자 주술의 자국이라고 여겨졌던 것. 작고 흉한 천연두 백신 흉터였다.

———

빗방울이 수면 위로 후드득 튀며 나의 부은 얼굴과 밧줄에 쓸렸던 손목을 부드럽게 매만졌다. 나는 개울물을 한 움큼 떠서 천천히 마시며, 목구멍으로 내려가는 시원한 물의 느낌을 고마운 마음으로 누렸다.

제이미는 몇 분간 사라졌다가, 진한 초록색 타원형 이파리를 한 움큼 가져오더니 입속에 넣고 씹었다. 그리고 으깨진 초록잎 덩이를 손바닥에 뱉더니, 나머지 이파리를 또 입에 넣은 채로 나를 돌려 앉혔다. 씹은 이파리 덩이를 내 등에 부드럽게 펴바르자, 따갑던 채찍 자국이 확 가라앉았다.

"이게 뭐예요?"

나는 애써 자제심을 발휘하며 물었다. 아직도 온몸을 덜덜 떨고 훌쩍이는 중이었지만, 하릴없이 흐르던 눈물은 점점 그치고 있었다.

"물냉이예요."

대답하는 목소리는 입안 가득한 이파리 때문에 살짝 먹먹하게 들렸다. 제이미는 씹은 것을 뱉어 내 등에 문지르며 말했다. 이번에는 입에 든 게 없어 발음이 더 정확했다.

"약초의 효능에 대해서는 당신만 아는 게 아니잖아요, 새서나흐."

"무슨, 무슨 맛이 나나요?"

나는 흐느낌을 삼키며 물었다.

"아주 맛없어요."

그는 간결하게 대답했다. 그리고 약초를 다 바른 다음 내 어깨 위에 플래드를 부드럽게 덮어 주었다.

"이건……."

제이미는 말을 하려다가 잠시 머뭇거렸다.

"그러니까, 상처는 깊지 않아요. 내, 내 생각에 당신 등은…… 흉터가 안 생길 거예요."

그는 퉁명스레 말했지만, 손길은 아주 부드러워서 나는 또다시 울고 말았다.

"미안해요."

나는 플래드 끝자락으로 코를 닦으며 중얼거렸다.

"내, 내가 왜 이러는지 모르겠어요. 왜 이렇게 눈물이 멈추지 않을까요."

제이미는 어깨를 으쓱였다.

"누군가 당신을 고의로 해치려던 게 이번이 처음이어서 그런 거 아닐까요, 새서나흐. 그럴 땐 고통만큼이나 충격도 큰 것 같거든요."

그는 플래드 끝을 들고 잠시 말을 멈추다가 무미건조하게 말했다.

"나도 그런 적 있어요. 사람들이 내 상처를 치료하는 동안 막 토하고 울고 그랬죠. 그런 다음엔 덜덜 떨었고요."

그는 플래드로 조심스레 내 얼굴을 닦아 준 다음, 손으로 내 턱을 잡고 들어 올려 자기와 마주 보게 했다.

"그리고 떨림이 멈췄을 때는 말이죠, 새서나흐. 그런 고통을 주신 하느님께 감사를 드렸어요. 그래도 결국 살았다는 뜻이니까요."

그는 손을 놓고 나에게 고개를 끄덕였다.

"떨림이 멈추면 말해요. 당신에게 하고 싶은 말이 한두 가지 있거든요."

제이미는 일어서서 개울가로 내려가더니, 피 묻은 손수건을 찬물에 빨았다.

"어쩌다 돌아온 거예요?"

그가 돌아온 다음 나는 물었다. 이제 울음도 그럭저럭 그쳤지만, 아직도 몸이 덜덜 떨려서 플래드 자락으로 몸을 꼭 감싸고 있었다.

제이미는 미소 지으며 말했다.

"앨릭 맥마혼이 알려 줬어요. 내가 없는 동안 당신을 돌봐 달라고 부탁했거든요. 마을 사람들이 당신과 덩컨 부인을 끌고 가자, 앨릭은 밤새도록 말을 타고 와서 다음 날 나를 찾았어요. 그리고 난 저 악마 같은 놈을 타고 돌아왔죠. 세상에. 저놈 진짜 좋은 말이에요."

그는 언덕 위에 있는 도너스를 기특한 눈길로 바라보았다. 둑 꼭대기에 있는 나무에 묶인 말의 젖은 털이 구릿빛으로 반짝였다.

제이미는 생각에 잠겨 말했다.

"녀석을 옮겨야겠어요. 누가 따라올 것 같지는 않지만, 여긴 크레인스뮤어에서 멀지 않으니까요. 이제 걸을 수 있겠어요?"

나는 그를 따라 가파른 비탈길을 힘겹게 올라갔다. 작은 바위들에 발에 차이고 고사리와 검은딸기나무 덤불에 발이 걸렸다. 비탈 꼭대기 근처에는 어린 오리나무 숲이 있었는데, 고사리 위로 낮은 가지들이 서로 맞물려서 초록 지붕을 이루었다. 제이미는 내가 안쪽 좁은 공간으로 기어 들어갈 수 있도록 가지를 위로 밀어 올리고, 입구 앞에 쓰러진 고사리들을 조심스레 세웠다. 그리고 뒤로 물러서서 꼼꼼히 은신처를 살피고는 만족한 듯 고개를 끄덕였다.

"아, 좋네요. 아무도 당신이 여기 있다는 걸 모를 거예요."

그는 돌아섰다가 다시 나를 바라보았다.

"잘 수 있으면 자 둬요. 내가 곧바로 돌아오지 않더라도 걱정하지 말고요. 오는 길에 사냥을 할 거라서요. 지금 가진 음식이 없는데, 근처 오두막에 들렀다가 눈길을 끌 순 없잖아요. 타탄을 머리 위로 뒤집어쓰고 있어요. 그리고 속옷을 완전히 가렸는지 꼭 확인하고요. 흰색은 멀리서도 보이니까요."

음식은 아무래도 상관없었다. 난 다시는 아무것도 먹고 싶지 않은 기분이었다. 그러나 잠은 또 달랐다. 등과 팔이 아직도 아프고, 밧줄에 묶였던 손목은 쓰라렸다. 온몸이 까지고 멍투성이었다. 두려움과 고통에 시달리고 탈진한 상태로 나는 곧바로 잠들었다. 고사리에서 풍기는 톡 쏘는 냄새조차 향기 같았다.

그러다 누군가 내 발을 잡아당기는 바람에 잠에서 깼다. 깜짝 놀란 나는 똑바로 앉다가 머리 위의 팽팽한 나뭇가지에 부딪쳤다. 나뭇잎과 잔가지가 온통 앞을 가리는 바람에 나는 팔을 마구 휘두르며 머리카락에 얽힌 잔가지를 떼어 내려 했다. 결국 긁히고 머리가 엉망이 된 채 짜증을 느끼며 은신처에서 나와 보니, 제이미가 재미있다는 듯 쪼그려 앉아 내가 나오는 모습을 지켜보는 중이었다.

지금은 해 질 무렵이었다. 해는 개울가 저 아래로 떨어져 바위 협곡은 이미 그늘에 가려졌다. 개울 옆 바위 사이에 피운 모닥불에서 고기 굽는 냄새가 풍겨 왔다. 토끼 두 마리가 날카롭게 다듬은 녹색 막대기에 꽂혀 노릇하게 구워지는 중이었다.

제이미는 언덕을 내려오게 도와주려고 내게 손을 내밀었지만, 나는 도도하게 그 손길을 거절하고 혼자 급히 내려왔다. 플래드 자락 끝에 걸려서 단 한 번 넘어졌을 뿐이다. 아까 느꼈던 메스꺼움은 어느덧 사라지고, 나는 게걸스레 고기에 달려들었다.

제이미는 토끼 몸통에서 뼈를 발라내며 말했다.

"저녁을 먹은 다음에는 숲속으로 올라갈 거예요, 새서나흐. 개울가에서 자고 싶지는 않거든요. 물소리 때문에 누가 오는지 알아챌 수 없으니까요."

우리는 별말 없이 식사를 마쳤다. 아침에 느꼈던 공포와 우리가 뒤에 두고 온 것들에 대한 생각에 둘 다 압박감을 느끼고 있었다. 난 내가 왜 이곳에 왔는지 알아낼 기회를 잃었을 뿐 아니라 친구 역시 잃었다. 하나밖에 없는 친구였는데. 종종 게일리스의 의도가 무엇인지 의심하곤 했지만, 오늘 아침 내 목숨을 구해 주었다는 것은 전혀 의심하지 않았다. 게일리스는 자신의 운명을 알면서도 최선을 다해 내게 탈출 기회를 주었다. 햇빛이 비칠 때는 잘 보이지 않던 모닥불이 날이 저물어 개울이 어둑해질수록 더욱 밝게 빛났다. 나는 불꽃을 바라보며 꼬치에 꿰인 토끼의 바삭바삭한 피부와 갈색 뼈를 응시했다. 부러진 뼈에서 피 한 방울이 흘러나와 불 속으로 떨어지며 치익 소리를 냈다. 순간 목에 고기가 턱 걸렸다. 나는 먹던 것을 급히 내려놓고 돌아서서 구역질을 했다.

우리는 여전히 별말 없이 개울에서 벗어나 숲속 공터 가장자리에서 편안한 장소를 찾아냈다. 주변에는 언덕이 물결처럼 솟아 있었지만, 제이미는 마을에서 나오는 길이 잘 보이는 높다란 곳에 자리를 잡았다. 땅거미 진 시골 풍경은 잠시 온갖 색채를 진하게 내비쳤고, 노을빛이 진 땅은 마치 보석처럼 빛났다. 움푹 들어간 곳은 은은한 에메랄드빛으로, 헤더꽃이 우거진 곳은 아름답고 진한 자수정 빛으로, 언덕을 둘러 붉은 열매를 단 마가목 나무가 자란 곳은 새빨간 루비처럼 빛났다. 마가목 열매는 특히 마법 약의 재료로 쓰인다고 한다. 저 멀리 벤 에이든 기슭에 선 리오흐성의 윤곽이 여전히 보였다. 하지만 빛이 사그라지자 성도 빠르게 희미해졌다.

제이미는 안전한 곳에 불을 피우고 옆에 앉았다. 내리던 빗줄기는 이제 공기를 뿌옇게 흐리는 가랑비로 잦아들었고, 자그마한 빗방울이 속눈썹에 맺혀 눈앞에 보이는 불꽃이 무지갯빛으로 일렁였다.

그는 한참 동안 불길을 응시하며 앉았다가, 마침내 무릎을 감싸 안은 채 나를 올려다보았다.

"전에 내가 말했잖아요. 당신이 말하고 싶어 하지 않는 건 묻지 않겠다고요. 지금도 묻고 싶은 마음은 없지만, 그래도 알아야겠어요. 나와 당신의 안전을 위해서요."

그는 잠시 머뭇거리다 말을 이었다.

"클레어, 이제껏 내게 거짓말을 했더라도, 이번만큼은 솔직하게 말해 봐요. 난 진실을 알아야 하거든요. 클레어, 당신은 마녀예요?"

나는 입을 벌리고 그를 바라보았다.

"마녀냐고요? 아니, 당신 정말로 내가 마녀냐고 물었어요?"

농담이 분명하다고 생각했다. 하지만 아니었다.

제이미는 내 어깨를 양손으로 잡고 꽉 쥐었다. 그리고 어서 대답하라는 듯 나를 빤히 바라보았다.

"난 **물어봐야겠어**, 클레어! 그러니 대답하라고요!"

나는 바짝 마른 입술로 되물었다.

"내가 정말로 마녀라면요? 당신이 날 정말로 마녀라고 생각한다면 어쩔 건데요? 그래도 나를 위해서 싸울 거예요?"

제이미는 거칠게 말했다.

"그래! 난 기꺼이 당신과 함께 위험을 무릅쓸 거라고! 꼭 그래야 한다면 지옥에라도 가겠어. 하지만 주 예수께서 나와 당신의 영혼에 자비를 베풀어 주실 수도 있으니, 어서 사실대로 말해!"

긴장감이 나를 와락 사로잡았다. 나는 그의 손아귀에서 벗어나 공터를 마구 달렸다. 하지만 멀리 가진 못하고, 숲의 끝자락에 멈췄을 뿐이다. 탁 트인 공간에서 내 몸을 차마 드러낼 수가 없었다. 나는 나무에 매달렸다. 두 팔로 줄기를 감싸 안고 손가락으로 껍질을 세차게 긁으며, 얼굴을 대고서 미친 듯이 웃으며 새된 소리를 질러 댔다.

제이미는 충격에 하얗게 질린 얼굴로 나무 반대편에서 모습을 드러냈다. 내가 낸 소리가 깔깔대는 것처럼 불안하게 들린다는 사실을 어렴풋이 알아챈 나는 아주 고된 노력을 들여 입을 다물었다. 그리고 숨을 헐떡이며 제이미를 잠시 바라보았다.

"그래요."

나는 뒤로 물러선 채, 여전히 불안하게 웃음 섞인 숨을 몰아쉬며 말했다.

"그래요, 나는 마녀예요! 당신이 보기엔 마녀가 틀림없겠죠. 난 천연두에 한 번도 걸린 적이 없는데도, 병에 걸려 죽어 가는 사람이 가득한 방을 걸어 다녀도 절대 옮지 않아요. 난 아픈 사람을 간호할 수 있고, 그들이 내쉬는 숨을 마시고 몸을 만져도 병에 걸리지 않는다고요. 난 콜레라도, 파상풍도, 죽을 것 같은 목감기도 안 걸려요. 하지만 당신들은 그게 마법이라고 생각할 수밖에 없겠죠. 백신이라는 걸 들어 본 적도 없을 테니까. 그러니 설명할 길이 없는 거예요. 내가 또 뭘 아는지 말해 줄까요……."

나는 뒷걸음질을 멈추고 가만히 서서 숨을 가쁘게 쉬며 어떻게든 몸을 추스르려 했다.

"난 잭 랜들을 알고 있어요. 들어 본 적이 있거든요. 그자가 언제 태어나서 언제 죽는지 알아요. 그자가 저지른 짓과 앞으로 저지를 짓도 알아요. 샌드링엄 공작에 대해서도 알고요. 왜냐하면…… 프랭크가 말해 줬으니까요. 프랭크는 랜들에 대해 알아요. 왜냐하면 프랭크는…… 그는…… 아, 세상에!"

구역질이 치밀 것만 같았다. 난 눈을 질끈 감았다. 머리 위로 빙빙 도는 별들을 보고 싶지 않아서였다.

"그리고 콜럼은…… 내가 마녀라고 생각해요. 헤이미시가 친아들이 아니라는 걸 내가 아니까요. 내가 어떻게 알았냐고요……? 콜럼은 아이를 만들지 못하는 몸이에요. 하지만 콜럼은 내가 헤이미시의 아버지가 누군지 안다고 생각해요……. 난 당신이 아버지일 수도 있다고 생각했어요. 하지만 그럴 리 없다는 걸 알고는……."

말이 점점 빨라지기만 했다. 내 목소리를 들으며 몰려오는 현기증을 어떻게든 참아 보고 싶었다.

스스로를 안심시키려는 것처럼, 나는 고개를 미친 듯이 끄덕이며 말했다.

"내가 이제껏 당신에게 말한 건 모두 사실이에요. 전부 다요. 난 그 어느 나라 사람도 아니에요. 그 어느 시대를 살지도 않았어요. 왜냐하면 난 아직 생기지도 않았으니까요. 내가 언제 태어났는지 알아요?"

나는 이렇게 물으며 위를 바라보았다. 머리카락이 미친 듯이 나부끼고, 눈은 희번덕거린다는 걸 알았지만 상관없었다.

"난 서기 1918년 10월 20일에 태어났어요. 내 말 들었어요?"

난 다급하게 물었다. 제이미가 내 말에 귀를 기울이지 않는 것처럼 그저 눈을 깜빡이고 있어서였다.

"1918년이라고! 지금으로부터 약 200년 후라고! 알아들었어?"

난 급기야 소리치고 있었다. 그는 천천히 고개를 끄덕였다.

"들었어요."

조용히 들려온 대답에 나는 흥분했다.

"그래! 들었구나! 내가 미쳤다고 생각하지? 솔직하게 말해! 그렇게 생각하잖아. 그렇게 생각할 수밖에 없을걸. 달리 나를 설명할 방법이 없을 테니까. 넌 날 **믿을 수 없어**. 감히 그럴 수 없을 거라고. 아, 제이미……."

나도 모르게 얼굴이 일그러지기 시작했다. 이제껏 진실을 숨겨오면서 깨달은 것이 있었다. 아무에게도 이걸 말할 수 없을 거란 점이었다. 그런데 이제 제이미에게, 내 사랑하는 남편에게, 그 누구보다도 내가 신뢰하는 남자에게 말할 수 있다는 걸 깨달은 순간이 오다니.

하지만 그는 나를 믿지 않을 것이었다. 제이미 역시 나를 믿지 못한단 말이다.

"바위가 있었어요. 요정의 언덕에요. 선돌이 있었어요. 멀린의 돌 말이에요. 난 그곳을 통해 왔어요."

나는 흐느끼다시피 숨을 헐떡이면서 시시각각 말에 두서가 없어졌다.

"옛날 옛적이라고 하잖아요. 사실은 그게 200년밖에 안 되는 거예요. 이야기 속에서는 언제나 그게 200년이라고요……. 하지만 이야기 속에서 사람들은 언제나 돌아가요. 그런데 난 돌아갈 수가 없었어요."

나는 돌아서서 비틀거리며, 숨을 헐떡이며 무언가 지지할 것을 찾았다. 그러다 바위에 주저앉아 어깨를 움츠린 채, 두 손에 얼굴을 떨구었다. 숲에는 오랫동안 침묵이 흘렀다. 얼마나 오랫동안 아무 말이 없었던지, 밤에 우는 작은 새들이 다시금 용기를 되찾고 서로에게 높고 가느다란 소리로 찍찍! 우짖으며 늦여름에 남은 곤충을 찾아 헤맸다.

나는 결국 고개를 들었다. 어쩌면 제이미는 벌써 날 두고 가 버렸을지도 몰라. 내가 밝힌 사실이 감당이 안 되어서 말이야. 하지만 그는 여전히 가만히 앉아 있었다. 두 손을 무릎에 두고, 골똘히 생각에 잠긴 채 고개를 숙이고 있었다.

그런데 팔에 난 털이 조명등 속 구리 선처럼 빳빳하게 선 채로 빛났다. 그 모습이 마치 개가 털을 세우듯 바짝 선 것 같았다. 날 무서워하고 있는 거야.

"제이미, 아, 제이미."

난 너무나 외로워서 가슴이 무너지는 것만 같았다.

결국 주저앉아 몸을 둥그렇게 웅크린 나는 고통의 핵심을 내 몸으로 어떻게든 감싸 보았다. 더는 아무것도 상관없었다. 그저 가슴이 터지도록 흐느꼈다.

제이미의 손이 내 어깨를 잡고 일으켜 얼굴을 마주 보게 했다. 눈물로 앞이 잘 보이지 않았어도, 제이미가 내적 갈등으로 지친 모습이 보였다. 지금 그는 잔뜩 긴장했던 단계를 애써 극복하고 차분한 확신의 상태로 접어들었다. 확고한 대답이 들려왔다.

"당신을 믿어요. 좀 이해는 안 됐지만, 아직까지는 그렇지만, 당신을 믿어요, 클레어. 믿는다고! 들어 봐요! 우리 사이에는 진실이 있어요. 당신과 나 사이에요. 당신이 무슨 이야기를 하든 난 믿을 거라고요."

그는 나를 부드럽게 흔들었다.

"그게 무슨 진실이든 상관없어요. 당신이 진실을 말해 줬잖아요. 지금은 그걸로 충분해요. 그러니 진정해요, 모 니인 돈. 누워서 쉬어요. 나머지는 나중에 말하면 돼요. 그때도 믿을게요."

나는 여전히 흐느끼고 있었던지라, 제이미가 무슨 말을 하는지 잘 알아듣지 못했다. 그래서 발버둥 치며 손길에서 벗어나려 했지만, 그는 나를 끌어당겨 몸에 꼭 안고 내 머리 위로 플래드 자락을 덮어 주며 "당신을 믿어요"라고 거듭 말했다.

마침내 완전히 지친 나는 어느 정도 침착함을 되찾고 고개를 들어 간신히 입을 열었다.

"하지만 정말 믿을 수는 없을걸요."

제이미는 미소 지으며 나를 보았다. 입술이 살짝 떨렸어도, 미소가 맞았다.

"내가 못 할 거라고 그만 말해요, 새서나흐."

잠시 말을 멈추나 싶더니, 그가 궁금한 듯 물었다.

"몇 살이에요? 물어본다는 생각을 전혀 못 했네요."

그 질문이 너무 터무니없게 들려서, 나는 족히 1분을 생각하다 말했다.

"난 스물일곱…… 아니 스물여덟쯤 됐을 거예요."

그러자 제이미는 잠시 불안해했다. 그래, 스물여덟이면 이 시대 여성에겐 중년을 앞둔 나이였으니까.

"아."

그는 외마디 말을 내뱉고는 심호흡을 했다.

"내 나이쯤 되는 줄 알았어요. 아니면 어리거나."

그리고 또 잠시 움직이지 않더니, 제이미는 날 내려다보며 희미하게 웃었다.

"생일 축하해요, 새서나흐."

어찌나 놀랍던지, 난 잠시 멍청하게 그를 바라보다 겨우 입을 열었다.

"뭐라고요?"

"생일 축하한다고요. 오늘이 10월 20일이에요."

"정말요? 시간이 가는 줄도 몰랐네요."

나는 바보같이 대답했다. 그리고 추위와 충격은 물론 이제껏 말을 마구 늘어놓았던 탓에 또 덜덜 떨고 말았다. 제이미는 나를 가까이 끌어당겨 안고, 커다란 손으로 머리카락을 살며시 쓰다듬으며 내 머리를 가슴에 꼭 껴안았다. 다시 울음이 터졌지만, 이번에는 안도의 눈물이었다. 모든 걸 폭로한 상황이니, 그가 내 진짜 나이를 듣고도 여전히 날 원한다면 모든 게 잘될 거라고 생각하는 게 논리적이겠지.

제이미는 나를 일으켜 어깨에 조심스레 들쳐 메고 모닥불 곁으로 데려갔다. 그곳에는 말안장이 놓여 있었다. 그는 안장에 기대앉은 다음 나를 가볍게 끌어안았다.

아주 오랜 시간이 흐른 것만 같던 순간, 제이미가 입을 열었다.

"좋아요. 이제 말해 봐요."

그래서 난 말했다. 가끔 멈칫할 때가 있었어도, 이번에는 일관성 있게 모두 다 말했다. 너무 지쳐서 멍한 기분이었지만 또 만족스러웠다. 쫓기던 토끼가 여우를 따돌리고 통나무 아래에 임시로 쉴 곳을 찾아낸 기분이랄까. 비록 이곳이 안식처는 아닐지라도 잠시의 쉼터는 되어 주었다. 그러다 프랭크 이야기도 했다.

제이미는 조용히 말했다.

"프랭크. 그러면 죽은 건 아니로군요."

"태어나지도 않았다고요."

갈비뼈 부근에서 다시 작게 히스테리가 일어나려고 했지만, 간신히 참았다.

"나도 실은 아직 안 태어난 거예요."

그는 내 등을 쓰다듬고 가만히 두드리며 침묵에 빠졌다. 가끔 게일어로 작게 중얼대는 소리만이 들릴 뿐이었다. 그러다 문득, 다시 말이 이어졌다.

"그럼 내가 포트윌리엄에서 당신을 랜들로부터 구했을 때, 당신은 돌아가려고 길을 떠났다가 잡혔던 거로군요. 선돌로 가려고. 그리고…… 프랭크에게 돌아가려고요. 그래서 숲을 떠났군요."

"맞아요."

"그런데 내가 당신을 때린 거고요."

제이미의 나지막한 목소리에는 후회가 들어 있었다.

"그때 당신은 아무것도 몰랐잖아요. 난 말할 수 없는 상황이었고."

지금 나는 너무나도 졸음이 쏟아졌다.

"그래요. 말할 수 있었을 것 같지 않네요."

제이미는 내 어깨에 플래드를 둘러 부드럽게 여며 주었다.

"지금은 자요, 모 니인 돈. 아무도 당신을 해칠 수 없어. 내가 여기 있으니까요."

나는 그의 따스한 어깨 굴곡 안에 파고들었다. 지친 마음을 망각의 틈으로 어서 떨어뜨리고 싶었다. 그러다 억지로 정신을 차리고 간신히 물었다.

"나를 정말로 믿어요, 제이미?"

그는 한숨을 쉬면서 나를 보고 서글프게 웃었다.

"응, 믿어요, 새서나흐. 하지만 당신이 차라리 진짜 마녀였다면 만사가 훨씬 더 쉬웠을 것 같네요."

나는 죽은 듯이 자다가 새벽이 지난 후 엄청난 두통과 온몸에 든 뻣뻣한 근육통에 시달리며 일어났다. 제이미는 스포란에 귀리를 몇 줌 넣은 봉투를 가지고 다녔고, 나에게 찬물에 귀리를 타서 만든 드라마흐를 억지로 먹였다. 먹다가 목이 막혔지만 애써 삼켰다.

제이미는 느릿하고 부드럽게 나를 대했지만, 말수가 확연히 적어졌다. 그는 아침을 먹은 후 재빨리 짐을 챙기고 도너스의 등 위에 안장을 얹었다.

최근 일어난 사건에서 받은 충격 탓에, 난 우리가 어디로 가는지 묻지도 않았다. 다만 제이미의 뒤에 올라타 그의 넓은 등에 얼굴을 기대고 쉬는 데 만족했을 뿐이다. 말의 움직임에 흔들리자 점차 아무 생각 없이 무아지경에 빠져들었다.

우리는 마도흐호 근처 비탈을 따라 내려왔다. 쌀쌀한 새벽 안개를 헤치자 고요한 회색빛 호숫가가 나왔다. 갈대밭에서 날아오른 기러기들이 제멋대로 떼를 지어 늪지대를 선회하면서 그 아래 아직 잠든 동료들을 꽥꽥대며 깨웠다. 그와는 대조적으로 잘 훈련된 기러기 떼가 쐐기 모양을 이루며 우리 위를 날아갔다. 새들의 소리는 구슬프고 적막했다.

둘째 날 정오 무렵 잿빛 안개가 걷히더니 희미한 햇살이 노란 가시금작화와 금작화가 가득 핀 초원에 내리쬐었다. 우리는 호수를 지나 몇 킬로미터 나아간 다음 좁은 길을 따라 북서쪽으로 향했다. 길은 다시 오르막이 되었고, 구불구불한 언덕길은 험준한 화강암 바위로 변했다. 가는 길엔 마주치는 여행자가 거의 없었고, 앞에서 말발굽 소리가 들릴 때마다 우리는 조심스레 덤불 속에 숨었다.

이제 초목은 소나무 숲으로 변했다. 날이 저물수록 쌀쌀해졌지만 나는 깊이 숨을 들이쉬며 상쾌한 송진 향을 만끽했다. 그날 밤은 길에서 조금 벗어난 곳에 있는 작은 공터에서 보냈다. 모은 솔잎을 펴서 담요를 깔고 둥지처럼 만든 다음 서로를 따뜻하게 꼭 껴안고 제이미의 플래드와 담요를 덮었다.

그러다 언젠가 제이미는 어둠 속에서 날 깨우고 사랑을 나누었다. 우리는 말없이 느릿느릿 부드러운 몸짓에 녹아들었다. 머리 위 검은 격자 같은 나뭇가지 사이로 반짝이는 별들을 바라보며, 제이미의 몸무게가 따스하게 내 몸을 누르는 느낌에 나는 편안한 기분으로 다시 잠들었다.

아침이 되자 제이미는 한층 명랑해 보였다. 그게 아니라 해도 마치 어려운 결단을 내린 것처럼 더 평온해 보이는 모습이었다. 그는 저녁에 따뜻한 차를 끓여 주겠다고 약속했고, 그 약속은 얼어붙을 듯한 공기를 느끼는 가운데 작은 위안이 되어 주었다. 나는 꾸벅꾸벅 졸며 그를 따라 오솔길로 돌아와, 치마에 묻은 솔잎과 작은 거미를 털었다. 아침 내내 걸은 오솔길은 길이라기보단 김의털*이 수북이 피어오른 험준한 바위 주변에 지그재그 꼴로 생긴 희미한 자취에 불과했다.

주변에 별 신경을 쓰지 않은 채 그저 꿈결처럼 따스한 햇살을 쬐고 있던 순간이었다. 갑자기 눈에 익은 바위 형상을 본 나는 무기력한 상태에서 화들짝 벗어났다.

여기가 어딘지 알아. 왜 왔는지도 알겠어.

"제이미!"

내가 외치는 소리에 그는 뒤를 돌더니, 궁금하다는 듯 물었다.

"모르고 있었어요?"

"여기에 오는 거요? 당연히 몰랐어요."

나는 약간 구역질이 났다. 크레이크 나 둔 언덕이 2킬로미터도 떨어져 있지 않다니. 아직 스러지지 않은 아침 안개 사이로 불룩 솟은 언덕이 보였다.

난 마른침을 꿀꺽 삼켰다. 지난 여섯 달 동안 이곳에 오려고 얼마나 노력했던가. 그런데 마침내 온 지금은, 정말이지 이곳에 있고 싶지 않았다. 아직은 아래에서 언덕 꼭대기의 선돌을 볼 수 없었지만, 그것들이 뿜어내는 미묘한 공포가 벌써 내게 닿아 오는 것만 같았다.

정상에 도달하기 한참 전부터 도너스가 올라가기에는 길이 너무

* 벼과의 여러해살이풀.

불안정했다. 우리는 말에서 내려 작은 소나무에 말을 묶고 걸어가기 시작했다.

나는 숨을 몰아쉬고 땀을 흘리며 편편한 화강암 지대를 올랐다. 제이미는 전혀 지친 기색이 없었지만, 그래도 셔츠 아래 목덜미에 희미한 홍조가 보였다. 이곳은 소나무 숲 위라 조용했지만, 바위 사이로 바람이 계속해서 희미하게 윙윙댔다. 제비들은 정상 위를 휙휙 날며 벌레를 사냥하러 바람 위로 불쑥 날아오르거나 늘씬한 날개를 활짝 펼치고 폭탄을 투하하는 폭격기처럼 급강하했다.

제이미는 내 손을 잡아 금이 간 바위 아랫부분에 있는 넓적하고 판판한 암반으로 끌어 올렸다. 하지만 손을 놓지 않고 나를 끌어당겨 유심히 보았다. 마치 내 얼굴을 기억하려는 듯이 말이다.

"왜요……?"

나는 숨을 몰아쉬기 시작했다. 제이미는 거칠게 말했다.

"여기가 당신의 장소예요. 그렇죠?"

"네. 똑같이 생겼어요."

나는 최면에 걸린 듯 환상열석을 응시했다.

제이미는 나를 따라 돌 사이로 다가왔다. 그리고 내 손을 잡고서 갈라진 돌로 성큼성큼 데려간 다음 대뜸 물었다.

"이 돌이에요?"

나는 물러서려 했다.

"맞아요. 조심해요! 너무 가까이 가지 말아요!"

그는 나에게서 시선을 돌려 돌을 바라보았다. 믿지 못하겠다는 기색이 역력했다. 어쩌면 당연한 반응일지도 모른다. 갑자기 나 역시 내 말이 사실일까 의심스러워졌다.

"나, 나는 아무것도 몰라요. 어쩌면 이게…… 뭔지는 모르겠지만…… 내 뒤에서 닫혔을지도 모르고요. 아니면 1년 중 특정한 때만 작동할 수도 있어요. 내가 지난번에 왔을 때는 벨테인이 다가올

시기였어요."

제이미는 뒤돌아 태양을 슬쩍 바라보았다. 얇은 구름 뒤에 가려진 태양은 판판한 원반처럼 하늘 높이 떠 있었다.

"이젠 사윈* 때가 다 됐어요. 만성절 말이에요. 그러면 나름 맞지 않아요?"

그는 농담을 던지고 싶은 기색이었지만 저도 모르게 몸을 부르르 떨었다.

"당신이…… 왔을 때 말이에요, 어떻게 했어요?"

나는 애써 기억해 보았다. 그러자 얼음장처럼 섬뜩한 느낌이 들어 두 손을 겨드랑이에 꼈다.

"환상열석 주위를 돌았어요. 돌을 보면서요. 하지만 정해진 순서 같은 건 없이 아무렇게나 돌았어요. 그리고 갈라진 바위 가까이 다가갔더니, 마치 벌처럼 윙윙대는 소리가 들려서……."

지금도 벌 같은 소리가 났다. 나는 뱀이 홱 움직였다는 듯 뒤로 펄쩍 물러섰다.

"지금도 소리가 나요!"

난 너무 겁에 질려 두 팔로 제이미를 덥석 안았지만, 그는 나를 단단히 잡아 떼어 낸 다음 하얗게 질린 얼굴로 다시 나를 돌 쪽으로 돌렸다.

"그런 다음엔 어떻게 했어요?"

바람이 마구 울부짖는 소리가 귓가를 날카롭게 스쳤다. 하지만 제이미의 목소리가 더 날카로웠다.

"돌에 손을 댔어요."

"그럼 대 봐요."

그는 나를 가까이 밀었다. 하지만 내가 아무런 반응이 없자, 내

* 겨울의 시작을 축하하여 11월 1일 무렵 행해졌던 고대 켈트족의 축제.

손목을 움켜쥐고 울퉁불퉁한 바위 표면에 손을 단단히 붙였다.

순간, 혼돈이 다가와 나를 붙잡았다.

빙빙 돌던 태양이 멈추더니 마침내 눈앞에서 사라지고, 귓가에 들리던 비명이 아스라이 멀어졌다. 그런데 끈질기게 들려오는 소리가 또 있었다. 내 이름을 부르는 제이미의 목소리였다.

너무 속이 울렁거려서 앉을 수도, 눈을 뜰 수도 없었다. 하지만 나는 힘없이 손을 내저어 내가 아직 살아 있다는 신호를 보냈다.

"난 괜찮아요."

"정말이에요? 오, 하느님, 클레어!"

제이미는 나를 가슴에 끌어안은 다음 꽉 껴안았다.

"맙소사, 클레어. 당신이 죽은 줄 알았잖아요. 당신이…… 갑자기…… 변해 버렸어요. 너무 무시무시한 표정을 지었다고요. 꼭 너무 무서워서 죽을 것처럼. 내, 내가 당신을 돌에서 도로 끌어냈어요. 못 가게 막았어요. 그러지 말았어야 했는데…… 미안해요."

눈을 슬며시 뜨자, 충격과 공포에 휩싸인 제이미의 얼굴이 내 위로 보였다.

"괜찮아요."

아직도 말하기가 힘들었다. 몸이 무겁고 그저 혼란스러웠지만, 점차 모든 게 또렷하게 인식되었다. 나는 웃어 보려 했지만, 그저 입술이 실룩이는 느낌이 날 뿐이었다.

"적어도…… 하나는 알았네요……. 저게 여전히 작동하고 있어요."

"오, 세상에. 그래요. 정말 작동하네요."

제이미는 두려운 듯 증오심을 품고 돌을 슬쩍 노려보았다.

그는 잠깐 나를 놔두고 돌이 움푹 팬 곳에 고인 빗물 웅덩이에 손수건을 적셔 왔다. 그리고 내 얼굴을 닦아 주면서 계속 안심하라고, 그리고 미안하다고 중얼거렸다. 마침내 기운을 회복한 나는 일어나 앉았다.

"결국 내 말을 안 믿었군요? 하지만 사실이잖아요."

나는 기진맥진한 상태였어도 어쩐지 주장을 인정받아 뿌듯한 기분이 들었다.

"그래요. 사실이었죠."

제이미는 내 옆에 앉아 몇 분이고 돌을 응시했다. 나는 아직도 어지럽고 기절할 것 같은 기분에 젖은 손수건으로 얼굴을 문질렀다. 그런데 문득 그는 벌떡 일어서서 돌로 다가가 자기 손을 척 가져다 대었다.

하지만 아무 일도 일어나지 않았다. 1분 후 그는 어깨를 축 늘어뜨리고 다시 내게로 돌아왔다.

나는 애매한 기색으로 대답했다.

"어쩌면 여자에게만 작동하는 걸지도 몰라요. 전설에는 항상 여자들이 나오잖아요. 아니면 나한테만 그럴지도 모르고요."

"음, 어쨌든 나는 안 되네요. 그래도 확실하게 해 봐야겠어요."

"제이미! 조심해요!"

난 소리쳤지만 그는 말을 듣지 않았다. 성큼성큼 돌로 걸어간 제이미는 다시 돌을 찰싹 친 다음 이제는 몸을 확 던져 보기도 하고 갈라진 틈으로 왔다 갔다 해 보기도 했지만, 돌은 그저 단단한 돌 이외의 다른 현상을 보여 주지 않았다. 하지만 나는 저 광기의 문으로 다시 다가간다는 생각만 해도 몸서리가 쳐졌다.

하지만 그래도 해야 했다. 아까 저 혼돈의 영역으로 처음 들어갔을 때, 나는 프랭크를 떠올렸다. 그리고 그의 존재를 정말로 느꼈다. 확실히 말이다. 그리고 어딘가 작게 빛나는 지점도 있었다. 아직도 내 옆에 가만히 앉아 돌을 바라보며 싸늘한 날씨에도 얼굴에 땀을 흠뻑 흘리고 있는 이의 빛이었다.

마침내 제이미는 나를 돌아보고 내 두 손을 꼭 잡았다. 그리고 입술에 가져가 하나씩 정중하게 입맞춤했다.

"나의 숙녀. 나의…… 클레어. 더 이상 끌어 봤자 소용없겠죠. 이제 당신과 헤어져야겠어요."

조용하게 들려오는 제이미의 말에 내 입술이 너무 굳어 아무 말도 나오지 않았다. 하지만 표정만큼은 언제나처럼 속마음이 다 드러나 있겠지.

그는 다급하게 말했다.

"클레어, 당신이 살던 시대는 저쪽…… 저것의 반대편이잖아요. 거기에 당신 집이 있고, 삶의 터전이 있어요. 익숙하게 누리던 것이 있고요. 그리고…… 프랭크도."

"그래요. 저기에 프랭크가 있어요."

제이미는 내 어깨를 잡고 일으킨 다음 부드럽게 흔들며 애원했다.

"하지만 이쪽에는 당신 것이 없어요, 아가씨! 그저 폭력과 위험밖에 없다고요. 그러니 떠나요!"

그는 나를 슬며시 밀어 환상열석 쪽으로 돌려세웠다. 하지만 나는 그의 손을 잡고 돌아섰다.

"정말로 여기엔 내 것이 없는 건가요, 제이미?"

나는 그의 눈빛을 마주 보며, 나에게서 돌아서지 못하게 막았다.

하지만 제이미는 대답 없이 손을 부드럽게 빼고는 물러섰다. 순간, 그의 얼굴이 다른 시대의 인물처럼 보였다. 마치 흐릿한 언덕을 배경으로 돌조각에 새긴 형상이 음영으로 인한 착시 현상 덕에 생생해 보이는 부조 같기도 했고, 잊힌 장소와 다 타 사라진 열정을 회상하며 화가가 그린 그림 속의 평면적인 이미지 같기도 했다.

나는 그의 눈동자를 들여다보았다. 고통과 그리움이 가득한 그 눈동자를. 그러자 제이미는 다시 생생하게 살아 있는 현실의 존재로 돌아왔다. 나의 사랑하는 이로, 남편으로, 남자로.

내 얼굴에 괴로운 마음이 다 드러났나 보다. 제이미는 잠시 망설이더니 동쪽으로 돌아서서 산비탈을 가리켰다.

"저 아래 작은 떡갈나무 숲 뒤쪽이 보이나요? 가는 길에 있는 거요."

숲을 보자 그가 가리키는 지점이 보였다. 그곳은 유령이 나오는 언덕의 다 쓰러져 가는 버려진 오두막이었다.

"난 저 집에 가 있을게요. 그리고 저녁까지 머물 거예요. 당신이 안전하게 갔는지 확인해야 하니까요."

그는 나를 보았지만, 손을 대려 하지 않았다. 다만 더는 나를 볼 수 없다는 듯 눈을 감았을 뿐이다.

"잘 가요."

제이미는 인사를 남기고 돌아서서 떠났다.

나는 멍하니 서서 그를 바라보다 문득 무언가를 떠올렸다. 해야 할 말이 있었다. 그래서 그를 불렀다.

"제이미!"

그는 걸음을 멈추고는 잠시 움직임이 없었다. 얼굴빛이 변하지 않게 무척 노력하는 기색이었다. 돌아서서 날 보는 창백하고 긴장한 얼굴과 입술엔 핏기가 하나도 없었다.

"네?"

"할 말이…… 그러니까, 해 줄 말이 있어요…… 떠나기 전에."

그는 눈을 잠깐 감았다. 몸이 살짝 흔들리는 것 같았다. 어쩌면 바람결에 킬트가 날리는 것뿐이었을지도 모른다.

"그럴 필요 없어요. 아뇨. 그냥 가요, 아가씨. 꾸물대지 말고요. 떠나요."

그는 다시 돌아섰지만, 난 옷자락을 잡았다.

"제이미, 내 말 들어요! 들어야 해요!"

하지만 그는 힘없이 고개를 저으며 나를 밀어내려는 듯 손을 들었다.

"클레어…… 안 돼. 그럴 수 없어요."

바람이 불어와 그의 눈가를 촉촉이 적셨다.

나는 다급하게 말하며 그의 팔을 흔들었다.

"봉기가 일어나요. 제이미, 잘 들어요. 프린스 찰리, 그 군대 있잖아요. 콜럼 말이 옳아요! 내 말 알겠어요, 제이미? 콜럼이 옳다고요. 두걸이 아니라요."

"응? 그게 무슨 소리예요?"

그는 이제야 나를 주목했다. 그는 소매로 얼굴을 문질렀다. 나를 내려다보는 눈빛은 날카롭고 또렷했다. 바람이 귓가에 노래하듯 불어왔다.

"프린스 찰리. 봉기가 일어날 거예요. 그것까진 두걸의 예상이 맞았지만 봉기는 성공하지 못해요. 찰리의 군대는 처음엔 승승장구하다가 결국 모두 학살당해요. 컬로든에서요. 거기서 끝날 거예요. 씨족, 씨족들은……."

머릿속에 씨족석이 떠올랐다. 전투 현장에 흩어져 있던 회색 바윗돌들. 각각의 돌마다 학살되어 이곳에 누운 이들의 씨족이 적혀 있었지. 나는 숨을 들이쉬고 그의 손을 꼭 잡아 내 마음을 가라앉혔다. 그의 손은 시체의 손처럼 차가웠다. 나는 부르르 떨면서 눈을 감고 집중하며 말을 이어 갔다.

"하일랜드 사람들, 찰리를 따르는 모든 씨족이 전멸할 거예요. 컬로든에서 씨족 사람들이 수없이 죽어갈 거고, 살아남은 사람들도 쫓기다 죽을 거예요. 씨족은 전멸되고…… 다시는 일어서지 못해요. 당신의 시대에서는요. 심지어 내 시대에서도."

눈을 뜨자, 무표정하게 나를 바라보는 제이미가 보였다.

나는 그에게 애원했다.

"제이미, 휘말리지 말아요! 할 수 있다면 사람들을 말려들게 하지 말아요. 제발…… 제이미, 만약……."

나는 말을 잇다 말았다. "제이미, 만약 날 사랑한다면"이라고 말하려 했지만, 할 수 없었다. 난 이제 그를 영영 떠나게 될 텐데, 그 전에 그에게 사랑을 말할 수 없다면 지금도 해서는 안 되는 거다.

"프랑스로도 가지 말아요. 미국으로 가요. 아니면 스페인이나, 이탈리아나. 당신을 사랑하는 사람들을 위해서라도, 제발 컬로든 전투에는 발도 들이지 말아요, 제이미."

나는 나지막하게 말했다. 그는 계속 나를 바라보고만 있었다. 내 말을 과연 들은 걸까.

"제이미? 내 말 들었나요? 다 이해했어요?"

잠시 후, 그는 멍하니 고개를 끄덕였다.

"네."

그는 조용히 대답했다. 너무나 조용한 목소리라서 바람이 칭얼대는 가운데 제대로 들리지도 않았다.

"그래요, 들었어요."

이윽고 그는 내 손을 놓았다.

"가요. 하느님께서 함께 하시기를…… 모 니인 돈."

제이미는 바위에서 내려가 가파른 경사로를 내려갔다. 뒤를 돌아보지 않은 채, 풀 더미에 걸리지 않도록 발에 힘을 주고, 균형을 잡으려고 나뭇가지를 잡으며 내려갔다. 나는 그가 떡갈나무 숲으로 사라질 때까지 지켜보았다. 상처 입은 것처럼 천천히 걷는 모습을, 걸어야 하는 걸 알기에 걷고 있지만, 상처를 움켜쥔 손가락 사이로 서서히 생명이 빠져나가는 걸 느끼며 움직이는 듯한 그 모습을.

무릎이 덜덜 떨렸다. 나는 천천히 화강암 바위에 다리를 꼬고 앉아 바삐 움직이는 제비들을 지켜보았다. 저 아래로 나의 과거를 담은 오두막의 지붕이 보였다. 등 뒤로는 갈라진 돌이 있었다. 그리고 나의 미래가 있었다.

나는 오후 내내 가만히 앉아서 모든 감정을 억누르고 애써 이성적으로만 생각했다. 내가 집으로 돌아가야 한다는 제이미의 말에는 분명히 나름의 논리가 있었다. 집과 안전, 프랭크가 있는 곳이라고 했지. 심지어 때때로 그립던 따뜻한 욕조 목욕과 실내 배관 같은 삶의 소소한 편의 시설은 물론이고, 적절한 의료 체계나 편리한 여행처럼 많이 고려해 보아야 하는 사항을 보더라도 그랬다.

하지만 이곳이 제아무리 불편하고 위험하더라도, 여기서 많은 면이 즐거웠다는 점 역시 인정해야 했다. 여행하기는 불편하지만, 이곳에는 자연을 쭉 덮은 거대한 콘크리트 건물도 없고, 시끄럽고 냄새 나는 자동차도 없었다. 삶은 훨씬 단순했고, 사람들도 마찬가지였다. 덜 지능적이긴 했지만, 그만큼 훨씬 직설적이었다. 콜럼 반 캠벨 매켄지 같은 몇몇 훌륭한 예외가 있긴 하지만 말이다. 나는 우울하게 그 점을 떠올렸다.

램 삼촌의 일 때문에 나는 아주 많은 곳에서 살아 봤고, 그중에는 지금보다 더 조악하고 시설이 없는 곳도 많았다. 나는 거친 환경에도 아주 쉽게 적응했고, '문명'과 멀리 떨어져 있어도 별로 그립지 않았다. 물론 전기 조리기나 온수 보일러 같은 세련된 시설에도 쉽게 적응하긴 했지만 말이다. 나는 찬 바람에 몸을 떨며 몸을 꽉 여미고 돌을 노려보았다.

이성은 별로 도움이 되는 것 같지 않았다. 그래서 감성을 따져 보며, 정말 싫었지만 나의 결혼 생활을 세세하게 재구성하기 시작했다. 처음에는 프랭크와의, 다음에는 제이미와의 생활을. 그러나 유일한 결론을 내린 나는 그만 갈기갈기 찢어진 마음으로 울기 시작했다. 얼굴 위로 눈물이 차갑게 흘러내렸다.

이성도 감성도 아니라면, 의무로 따져 보면 어떨까? 나는 프랭크에게 혼인 서약을 했다. 그땐 온 마음을 다해 진심이었다. 하지만 제이미에게도 같은 서약을 했다. 그땐 최대한 빨리 배신할 마음이었다. 그렇다면 이제 와서 누구를 배신해야 할까?

태양이 하늘 아래로 저물고 제비들이 둥지로 돌아갈 때까지 나는 계속 그 자리에 앉아 있었다.

검은 소나무 가지 사이로 저녁 별이 빛나기 시작할 때쯤, 이 상황에서 이성은 별 쓸모가 없다는 결론이 났다. 뭔가 다른 데 의존해야 해. 다만 그게 뭔지 알 수 없을 뿐이지만.

나는 갈라진 돌을 바라보며 한 걸음, 또 한 걸음, 그렇게 세 걸음을 나아갔다. 그러다 멈추고 이제는 반대 방향으로 돌아섰다. 한 걸음, 또 한 걸음, 세 걸음. 그러다 내가 미처 마음을 정하기도 전에, 정신을 차려 보니 비탈을 내리달려, 미친 듯이 수풀을 발로 차면서, 나는 화강암 바위틈을 미끄러지고 굴러떨어지듯 걷고 있었다.

오두막에 도착했을 때는 혹시 제이미가 벌써 가 버렸을까 무서워서 숨도 쉴 수 없었다. 그러다 도너스가 근처에서 서성이며 풀을 뜯는 모습에 안심했다. 말은 고개를 들고 나를 기분 나쁘다는 듯이 쳐다보았다. 나는 살며시 다가가 문을 밀었다.

제이미는 앞쪽 방에 있는 좁고 긴 떡갈나무 의자에서 자고 있었다. 평소처럼 등을 대고, 양손을 교차해 배에 얹은 채로 입을 살짝 벌리며 잠들었다. 내 뒤편 창문으로 마지막 햇살이 비쳐 들어 그의 얼굴을 비춘 모습은 마치 금속 가면을 쓴 것 같았다. 말라붙은 눈물 자국이 황금빛 살결 위에서 은빛으로 반짝였고, 구릿빛의 짧은 턱수염이 어슴푸레 빛났다.

무어라 형언할 수 없는 다정함을 가득 품고, 나는 잠시 제이미를 바라보며 섰다. 조심조심 소리 내지 않고 움직여, 그가 누운 좁은 의자에 같이 누워 꼭 붙었다. 잠결에 자주 그랬듯, 제이미는 내 쪽으로 고개를 돌리더니 날 가슴에 꼭 붙이고 턱을 내 머리카락에 얹었다. 그러다 비몽사몽간에 헝클어진 내 머리카락을 코끝으로 매만졌다. 그러다 문득 내가 있다는 걸 깨닫고 깜짝 놀라는 기척이 느껴지더니, 균형을 잃고 함께 바닥으로 쿵 떨어지고 말았다. 제이미가 내 위에 올라탄 채로 말이다.

이 남자가 어찌나 무겁고 단단한지 현실이라는 걸 조금도 의심할 수 없었다. 나는 그의 배를 무릎으로 밀면서 투덜대었다.

"저리 가요! 숨을 못 쉬겠어!"

하지만 제이미가 나에게 마구 입을 맞추는 바람에 더욱 숨 쉬기가 어려웠다. 따져 보니 이토록 중요한 순간에 나도 집중해야 마땅하기에, 일시적인 산소 부족쯤은 참기로 했다.

우리는 아무 말 없이 오랫동안 서로를 안고 있었다. 그러다 마침내 제이미는 내 머리카락에 입술을 파묻고 중얼거렸다.

"왜 온 건가요?"

나는 제이미의 뺨에 키스했다. 뺨은 축축하고 짠맛이 났다. 내 늑골에 맞닿은 그의 심장이 느껴졌다. 움직임도 사랑을 나누는 행위도 필요 없었다. 그저 같은 공기를 마시며 이렇게 영원히 함께 있고만 싶었다.

"와야 했으니까요."

나는 이렇게 말하고 살짝 몸을 떨며 웃었다.

"얼마나 아슬아슬했는지 당신은 모를걸요. 뜨거운 욕조 목욕이 하고 싶어서 돌아갈 뻔했다고요."

그리고 나는 울면서 조금 몸을 떨었다. 선택을 내린 지 정말로 얼마 되지도 않은 참이었으니까. 그리고 지금 내 품에 안은 이 남자가 너무 좋은 마음과 더불어, 이젠 다시는 볼 수 없는 남자를 떠올리며 눈물 겨운 슬픔이 일었기 때문이었다.

제이미는 나를 꼭 붙잡더니 마치 나를 보호하겠다는 듯, 환상열석에서 포효하던 힘에 끌려가지 않도록 나를 구해 주겠다는 듯 몸무게를 실어 눌렀다. 마침내 눈물을 다 흘린 나는 지친 채로 누워 따스하게 위로해 주는 그의 가슴에 머리를 기댔다. 벌써 날은 저물어 캄캄해졌지만 우리는 서로 꼭 붙어 있었다. 모닥불을 피우거나 촛불을 켜는 잠시의 시간조차도 떨어져 있고 싶지 않았으니까.

마침내 제이미는 일어선 다음 나를 일으켜 의자로 안고 가서 자기 무릎에 앉혔다. 아직 활짝 열려 있던 오두막 문 사이로 저 아래 계곡 너머 밝게 빛나기 시작하는 별들이 보였다.

나는 졸린 목소리로 말했다.

"저 별빛이 우리에게 도달하기까지 수천 년이 걸린다는 거 알아요? 사실, 우리 눈에 보이는 별 중에는 이미 죽은 것도 있을지 몰라요. 하지만 우리는 그 사실을 모르죠. 아직 그 빛이 보이니까요."

제이미는 내 등을 쓰다듬으며 대답했다.

"그런가요? 몰랐어요."

나는 그의 어깨에 머리를 얹고 잠이 들었다가, 나를 부드럽게 바닥에 눕히는 손길에 잠깐 깨었다. 그는 내 옆에 누워 다시 나를 꼭 끌어안고 속삭였다.

"어서 자요, 아가씨. 내일 아침이면 집에 데려다줄게요."

우리는 동이 트기 바로 전에 일어났고, 해가 뜰 때쯤엔 이미 길을 내려가고 있었다. 어서 크레이크 나 둔에서 벗어나고 싶었다.

"우리 어디 가는 거예요, 제이미?"

그를 붙잡고 함께 미래를 볼 수 있게 되어 기쁜 마음으로 나는 물었다. 비록 한때 나를 사랑했던 남자, 어쩌면 앞으로도 사랑할 남자에게 돌아갈 마지막 기회를 남겨 두고 떠나는 것이었어도.

제이미는 말을 타고 잠시 멈춰 서서 뒤를 슬쩍 돌아보았다. 이곳에서는 으스스한 환상열석이 보이지 않았지만, 바위와 가시금작화 수풀이 이리저리 솟은 험준한 언덕 면은 지나갈 수 없을 것같이 뒤로 우뚝 솟아 있었다. 이곳에서 보면 쓰러져 가는 오두막의 형체 역시 바위처럼 보였다. 화강암 덩어리 언덕이 주먹이라면, 오두막은 앙상한 뼈마디가 불쑥 튀어나온 부분에 해당했다.

"당신을 놓고 그와 싸울 수 있었다면 좋았을 텐데."

제이미는 나를 돌아보며 불쑥 말했다. 그의 푸른 눈동자는 어둡고 진지했다.

나는 감동받아서 그에게 미소 지었다.

"이건 당신의 싸움이 아니에요. 내 싸움이었지. 어쨌든 당신이 이겼어요."

내가 손을 내밀자, 제이미는 꽉 쥐었다.

"그래요. 하지만 그 말이 아니에요. 내가 그와 남자 대 남자로 싸워서 이겼더라면, 당신이 더는 후회할 필요가 없을 거잖아요. 만약에……."

제이미는 망설이다 말을 이었지만, 나는 단호하게 대답했다.

"세상엔 만약이란 없어요. 나는 어제 모든 가능성을 다 생각해 보고 여기 있는 거라고요."

"하느님, 감사합니다. 당신에게 하느님의 가호가 있기를."

그는 미소 지으며 말하더니 한마디를 덧붙였다.

"하지만 왜 그랬는지 난 절대 이해할 수 없을 거예요."

말이 마지막 가파른 비탈길을 미끄러지듯 내려가는 동안 나는 그의 허리에 팔을 두르고 꽉 잡았다.

"왜냐하면요, 제이미 프레이저. 난 당신 없이는 죽어도 안 될 것 같아서예요. 그뿐이라고요. 자, 이제 날 어디로 데려가는 거죠?"

내 말에 제이미는 안장에서 몸을 틀어 비탈길을 돌아보았다. 그리고 부드럽게 말했다.

"어제 저 언덕을 오르는 내내 기도했어요. 당신이 여기 있게 해 달라는 기도는 아니었죠. 그건 옳지 못하다고 생각했으니까. 다만 내가 당신을 떠나보내도 괜찮을 만큼 강하게 해 달라고 기도했어요."

그는 고개를 저으면서 계속 언덕을 응시했다. 아득한 눈빛이었다.

"이렇게도 기도했죠. '주님, 제 인생에서 용기를 낸 적이 한 번도 없었다면, 이제는 용기를 내야 할 때입니다. 부디 무릎을 꿇고 그녀에게 가지 말라고 빌지 않을 용기를 주세요'라고요."

제이미는 오두막에서 눈을 떼지 않은 채로 내게 잠시 미소를 지었다.

"이제껏 한 일 중에서 제일 힘들었어요, 새서나흐."

그는 다시 돌아앉아 말머리를 동쪽으로 돌렸다. 오늘은 보기 드물게 화창한 아침이라, 이른 아침의 태양이 사방을 금빛으로 물들였다. 고삐의 끝부분부터 말 목의 곡선, 제이미의 얼굴과 날렵한 턱선과 어깨선까지 모두가 가느다랗게 타오르듯 빛났다.

숨을 크게 들이쉰 제이미는 황야 쪽으로 고갯짓을 했다. 저 멀리 두 바위산 사이에 골짜기가 보였다.

"그래서 이제는 두 번째로 힘든 일을 할 수 있을 것 같아요."

그는 말에게 신호하며 부드럽게 몸뚱이를 찼다.

"집으로 갈 거예요, 새서나흐. 랄리브로흐로."

제5부
랄리브로호

26
영주의 귀환

처음에는 리오흐성에서 벗어나 둘이 함께 있다는 것만으로도 너무 행복해서 우린 별로 말이 없었다. 평탄한 황무지를 달리는 도너스는 우리를 무리 없이 태우고 달렸고, 나는 제이미의 허리에 팔을 두른 채 따스한 햇살을 받으며 내 뺨 아래에서 움직이는 근육의 감촉을 즐기며 말을 탔다. 앞으로 직면하게 될 문제가 뭔진 모르고, 사실은 문제가 참 많다는 걸 알지만, 우리는 지금 함께였다. 앞으로도 영원히. 그것으로 충분했다.

처음의 충격적인 행복이 무르익어 동반자라는 의식으로 빛나자, 우리는 다시 이야기를 시작했다. 처음에는 우리가 지나는 지역에 대해서 말하다가, 나중에는 조심스럽게 나에 대한 이야기로, 또 내가 온 시대의 이야기로 이어졌다. 내가 현대 생활을 묘사하자 제이미는 홀린 듯이 들었다. 물론 내 말이 그에게 마치 동화같이 들린다는 것도 알 수 있었다. 특히 자동차와 탱크, 비행기를 자세히 설명하자 아주 좋아하면서 최대한 세밀하고 반복적으로 묘사해 주기를 바랐다. 하지만 암묵적인 합의로 프랭크에 대한 언급은 싹 피했다.

시골길이 계속 이어질수록 대화는 우리의 현재 시대로 되돌아갔다. 콜럼과 성, 그리고 사슴 사냥과 공작에 대해서였다.

"그는 좋은 사람 같아요."

제이미가 말했다. 가는 길이 점점 험해져서, 제이미가 말에서 내려 나란히 걷고 있었기에 대화가 수월했다.

"나도 그렇게 생각해요. 하지만……."

내 대답에 그는 고개를 끄덕였다.

"아, 알아요. 요즘은 남자의 겉모습만 보고 너무 믿으면 안 되는 시대이긴 하죠. 그래도 우리는 잘 지냈어요. 저녁에 같이 앉아서 사냥용 오두막에 있는 벽난로에 둘러앉아 이야기를 나눴죠. 일단, 공작은 보기보다 더 밝은 사람이에요. 본인의 목소리 때문에 자신이 어떤 모습으로 보이는지 알더라고요. 공작은 그 목소리를 이용해서 스스로를 바보처럼 보이도록 한다는 인상을 받았어요. 하지만 속으로는 언제나 정신을 똑바로 차리고 있는 거죠."

"으음. 내가 걱정하는 게 그거예요. 그럼 혹시…… 이야기해 봤어요?"

제이미는 어깨를 으쓱였다.

"조금요. 공작은 물론 내 이름을 알고 있어요. 전에 성에 왔을 때부터요."

나는 예전에 있었던 일화를 떠올리고는 웃었다.

"그럼, 음, 그 옛날이야기도 했었나요?"

제이미는 씩 웃었다. 그의 머리카락 끝이 가을바람을 타고 얼굴 주위에서 나부꼈다.

"아, 좀 했죠. 내가 아직도 복통에 시달리고 있느냐며 묻기도 했어요. 난 얼굴을 똑바로 들고 대답했죠. 보통은 안 그런데, 갑자기 지금 좀 아픈 것도 같다고요. 그러니까 공작이 웃으면서 그러더라고요. 복통 때문에 나의 아름다운 아내를 괴롭히는 일은 없었으면 좋겠다고요."

나도 웃었다. 지금은 공작이 뭘 하든 말든 그다지 중요하지 않은 것 같았다. 그렇지만 그는 언젠가 쓸모가 있을 것이다.

제이미는 계속 말을 이었다.

"공작에게 조금 이야기했어요. 내가 수배 중이지만, 죄를 짓지는 않았다고요. 그런데 그걸 입증할 기회가 거의 없다고도 말했죠. 공작은 나를 딱하게 생각하는 것 같았지만, 나의 상황에 대해 이야기하는 건 조심스러웠어요. 내게 현상금이 걸렸다는 사실은 말할 것도 없고요. 공작을 믿고 나머지 이야기를 해도 될까 말까 고민하고 있는데……. 음, 늙은 앨릭이 갑자기 무시무시한 기세로 야영지에 들이닥쳤죠. 그래서 머타와 나는 그길로 떠났어요."

그러자 질문이 떠올랐다.

"머타는 어디 있어요? 당신과 함께 리오흐성으로 돌아오지 않았어요?"

나는 그 자그마한 씨족 사람이 콜럼이나 크레인스뮤어 마을 주민과 충돌하는 일은 없기를 바랐다.

"머타는 나랑 같이 길을 떠나긴 했지만, 머타의 말이 도너스와는 비교가 안 됐거든요. 그래, 너 참 멋진 녀석이야, 도너스 모 부야그*."

그가 반질반질한 밤색 말의 목을 찰싹 치자, 도너스는 콧김을 뿜으며 갈기를 휘둘렀다. 제이미는 나를 슬쩍 보고 미소 지었다.

"머타는 걱정 안 해도 돼요. 머타가 이 소리를 들으면 명랑하게 웃겠네요."

"명랑하게요? 머타가요?"

나도 스코틀랜드어로 '캔티canty'라는 단어가 명랑하다는 뜻임은 알고 있었다. 하지만 머타와 전혀 어울리지 않는 단어라서 물었다.

* mo buidheag, 게일어로 '내 친구'라는 뜻.

"머타가 웃는 걸 한 번도 본 적이 없는 것 같은데요. 당신은 있어요?"

"아, 있죠. 적어도 두 번은요."

"머타랑 얼마나 알고 지냈어요?"

"23년이요. 머타는 나의 대부예요."

"아, 그렇다면 이해가 되네요. 내가 걱정했다고 해서 별로 신경 쓸 것 같지는 않은데요."

제이미는 내 다리를 두드렸다.

"신경이야 당연히 쓰겠죠. 머타는 당신을 좋아해요."

"그렇다니 믿을게요."

우리의 대화가 최근에 일어난 사건으로 넘어가자, 나는 심호흡을 하고 너무나 알고 싶은 것을 물었다.

"제이미."

"응?"

"게일리스 덩컨 말인데요. 사람들이…… 정말로 화형을 시킬까요?"

제이미는 나를 슬쩍 올려다보고는 얼굴을 찌푸리며 고개를 끄덕였다.

"그럴 것 같아요. 하지만 아기가 태어날 때까지는 살려 둘 거예요. 그것 때문에 고민돼요?"

"그것도 마음에 담고는 있었죠. 제이미, 이걸 봐요."

나는 볼륨감 있는 소맷자락을 위로 끌어 올리려다 포기하고, 셔츠의 목깃을 잡아당겨 어깨를 드러내고 백신 자국을 보여 주었다.

"세상에."

내가 설명하자 그는 느릿하게 탄식했다. 그리고 나를 쏘아보았다.

"그래서…… 게일리스도 당신이 살던 시대에서 왔다 이거죠?"

나는 무력하게 어깨를 으쓱였다.

"모르겠어요. 내가 확실하게 말할 수 있는 건, 게일리스가 1920년 이후에 태어났을 가능성이 크다는 거예요. 그때 공공 예방 접종이 도입됐거든요."

뒤돌아보았지만, 낮게 깔린 구름에 산이 가려져서 우리와 리오 흐성 사이를 갈라놓았다.

"이젠 앞으로 알 수도…… 없겠죠."

제이미는 도너스의 고삐를 잡고 작은 소나무 숲 아래에 있는 조그마한 개울가로 이끌었다. 그리고 내 허리를 잡고 내려 준 다음, 꼭 안아 주며 말했다.

"그 여자 때문에 슬퍼하지 말아요. 사악한 여자인데요. 마녀는 아니라 해도 살인자라고요. 자기 남편을 죽였잖아요?"

"맞아요."

나는 아서 덩컨의 희번덕거리던 눈을 떠올리고는 몸서리를 쳤다. 제이미는 이해를 못 하겠다는 투로 고개를 저으며 말했다.

"게일리스가 왜 남편을 죽였는지 아직도 이해가 안 돼요. 돈도 있고 지위도 높은 남자였는데. 게다가 아내를 때릴 것 같지도 않았고요."

나는 갑자기 화가 치밀 정도로 놀라 제이미를 바라보았다.

"그게 좋은 남편의 조건인가요?"

이 물음에 그는 얼굴을 찌푸리며 대답했다.

"뭐…… 그렇죠. 또 달리 바랄 게 뭐겠어요?"

"또 달리 바랄 게 없다고요?"

너무 놀라 제이미를 잠시 바라보던 나는 결국 잔디밭에 주저앉아 웃기 시작했다.

"뭐가 웃겨요? 사람이 죽었는데."

그래도 제이미는 미소를 지으며 나에게 팔을 둘렀다.

나는 여전히 키득키득 웃으며 대답했다.

"그냥 생각하고 있었어요. 당신이 말하는 좋은 남편의 조건이라는 게 돈과 지위가 있고 아내를 때리지 않는 남자라니……. 그렇다면 당신은 어떤가요?"

그러자 제이미는 빙긋 웃었다.

"아아. 뭐, 새서나흐, 내가 언제 나를 좋은 남편이라고 했나요? 당신도 그렇게 말한 적 없으면서. 나한테 '사디스트'라고 했던 것 같은데요. 다른 말도 했지만 그건 품위에 어긋나니 굳이 들먹이진 않을게요. 하지만 좋은 남편이란 말은 안 했죠."

"좋아요. 그렇다면 당신을 청산가리로 독살할 필요는 없겠네요."

"청산가리? 그게 뭔데요?"

제이미는 궁금한 듯 나를 바라보았다.

"아서 덩컨을 죽인 물질이에요. 무척 빠르고 강력한 독이죠. 우리 시대에는 아주 흔했는데, 지금은 아닌 물질이에요."

나는 입술을 지그시 깨물었다.

"난 아서의 입술에서 청산가리 맛을 느꼈어요. 아주 적은 양으로도 내 얼굴 전체를 무감각하게 만들 정도였죠. 당신도 봤듯이 독은 즉시 들었어요. 진작 알아봤어야 했는데. 그러니까, 게일리스 말이에요. 아마 그 여자는 으깬 복숭아씨나 체리씨에서 청산가리를 추출했을 거예요. 과정이 아주 힘들었겠지만요."

"왜 그런 짓을 했는지 게일리스가 말해 줬나요?"

나는 한숨을 쉬면서 발을 문질렀다. 호숫가에서 발버둥 치다 신발을 잃어버렸다. 제이미처럼 굳은살도 없는 나는 길을 갈 땐 꼭 가시풀과 우엉을 골라 밟곤 했다.

"그거랑 이것저것 이야기를 많이 들었어요. 혹시 안장 가방에 먹을 게 있다면 좀 가져와 줘요. 그럼 다 말해 줄게요."

다음 날 우리는 브로흐 투어러흐 골짜기로 들어갔다. 산기슭에서 내려오자, 조금 떨어진 곳에서 홀로 말을 타고 우리 쪽으로 다가오는 사람이 나타났다. 크레인스뮤어를 떠난 후로 처음 본 사람이었다.

이리로 오는 남자는 건장한 몸집에 풍채가 좋았다. 튼튼한 회색 서지 코트 목깃 위로 새하얀 스톡 타이를 맸고, 길게 늘어진 코트 단이 온몸을 다 덮은 아래로 5센티미터 남짓 바지가 드러났다.

우리는 일주일 내내 여행을 한 참이었다. 이제껏 야외에서 자고, 차갑고 신선한 개울물로 씻고, 제이미가 잡은 토끼와 물고기에 내가 찾아낸 나무 열매와 먹을 수 있는 풀들을 먹었다. 우리 둘이 노력한 덕에 식단은 성에서 식사했을 때보다 신선하고도 상당히 다양했다. 이번엔 뭘 먹을지 모른다는 단점이 좀 있긴 했지만.

하지만 야외에서 잘 먹은 것과는 별개로, 우리의 행색은 남루하기 짝이 없었다. 그래서 말을 탄 신사가 머뭇거리며 인상을 찌푸리더니, 방향을 바꾸어 우리를 조사하기 위해 천천히 달려오는 모습을 보면서 나는 우리 차림을 급히 훑어보았다.

제이미는 말을 아껴야 한다는 이유로 여기까지 대부분 걸어오겠다고 고집을 부렸기 때문에, 바지는 무릎까지 붉은 먼지가 잔뜩 묻고 셔츠는 검은딸기나무 가시에 찢겼으며 일주일 동안 면도하지 않은 수염이 뺨과 턱에 잔뜩 나 있어서 꼴이 말이 아니었다.

게다가 머리는 지난 몇 달간 쭉 길렀기에 어깨까지 닿았다. 보통은 한데 모아 묶거나 뒤로 땋곤 했던 머리털은 아무렇게나 덥수룩하게 늘어졌고, 멋대로 헝클어진 머리칼 군데군데 작은 나뭇잎과 잔가지가 붙었다. 얼굴은 붉게 그을린 구리처럼 탔고, 부츠는 걷느라 다 갈라졌으며 단검과 장검을 허리띠에 찬 모습은 영락없는 야만적인 하일랜더였다.

내 모습 역시 나을 것이 없었다. 제이미의 가장 좋은 셔츠와 내

속옷 자락으로 몸을 얌전히 가리고 맨발에다 플래드를 두르고 있는 모습은 그야말로 누더기 꼴이었다. 빗질도 못 한 머리카락이 안개의 눅눅한 습기를 받자 곱슬기가 신나게 일어 산발이 되었다. 성에서 머무는 동안 한껏 자란 머리카락은 지금 구름에 둥둥 뜬 것처럼 엉켜서 어깨까지 닿았고, 바람이 뒤에서 불어올 때마다 눈가까지 휙 나부꼈다. 바로 지금처럼.

나는 시야를 가리는 머리카락을 걷어 내고 회색 옷차림 신사가 조심스러운 기색을 드러내는 모습을 지켜보았다. 제이미는 그를 보더니 말을 세우고 그가 말을 건넬 만큼 가까이 오기를 기다리며 내게 말했다.

"조크 그레이엄이네. 저 위의 머흐 나르다에 사는 사람이죠."

그 남자는 몇 미터 근방까지 다가와 고삐를 추스르고 앉아 우리를 조심스레 바라보았다. 투실투실한 눈두덩을 찌푸리며 제이미를 한동안 수상쩍게 바라보던 남자는 이내 놀라서 눈을 커다랗게 떴다.

"랄리브로흐 영주님이십니까?"

그는 믿을 수 없다는 눈치였다. 제이미는 친절하게 고개를 끄덕였다. 그리고 내 허벅지에 손을 얹더니 갑자기 어디에서 나왔는지 모를 소유주의 자부심을 내비치며 말했다.

"그리고 이분은 랄리브로흐의 새 안주인이고요."

조크 그레이엄은 입을 5센티미터가량 쩍 벌리더니, 허둥지둥 예를 갖추고 공손한 표정을 지었다.

"아…… 네…… 마님."

그는 뒤늦게 모자를 벗고 나에게 고개를 숙이고선 이어서 물었다.

"그럼, 에, 이제 집에 가시는 겁니까?"

그는 내 다리를 보고 홀린 듯한 시선을 애써 돌리며 말했다. 내 다리는 찢어진 속옷 틈으로 무릎까지 다 드러나 보이는 데다, 엘더베리 열매즙이 얼룩덜룩 묻어 있었다.

"그래요."

제이미는 뒤를 슬쩍 돌아보며 말했다. 뒤쪽으로 보이는 언덕 틈새길은 그가 전에 말해 주었던 브로흐 투어러흐로 향하는 입구였다.

"조크, 최근에 랄리브로흐에 가 본 적 있어요?"

그레이엄은 내게서 눈길을 돌려 제이미를 바라보았다.

"에? 아, 예. 그렇죠. 갔었습니다. 다들 잘 계세요. 영주님을 보면 다들 반가워하실 겁니다. 그럼 잘 가십시오, 프레이저 님."

그는 서둘러 말의 옆구리를 걷어차고는 방향을 돌려 골짜기로 향했다.

우리는 그의 뒷모습을 지켜보았다. 그러다 그가 갑자기 100여 미터 못 간 곳에서 멈췄다. 그리고 안장에 앉은 채로 몸을 돌리더니, 등자를 디디고 일어나 두 손을 입 앞에 모으고 소리쳤다. 바람결에 실려 오는 소리는 가늘지만 분명하게 들렸다.

"고향에 오신 걸 환영합니다!"

이 말을 남긴 채, 그는 오르막 너머로 사라졌다.

브로흐 투어러흐는 '북향 탑'이란 뜻이었다. 하지만 산 위에서 그쪽을 내려다보니, 그 탑이란 건 이름에 걸맞지 않게 그저 우리가 여행하며 봤던 언덕 기슭의 돌무더기와 다를 게 없었다.

우리는 험준한 두 바위 사이로 난 좁은 돌 틈으로 말을 이끌어 지나갔다. 이어서 나온 길은 평탄했고, 경사도 완만해지며 드문드문 오두막이 보이는 들판이 나왔다. 그러다 마침내 집으로 이어지는 구불구불한 작은 길로 들어섰다.

그곳은 예상했던 것보다 더 컸다. 애벌칠을 한 하얀 돌로 지은 아름다운 3층 저택이었다. 회색 자연석으로 창틀을 달고, 높다란 돌판 지붕에는 굴뚝도 여러 개 달아 놓았다. 저택 주위엔 자그마한 하얀 건물 몇 채가 옹기종기 모여 있었다. 집 뒤쪽의 작은 언덕에는 오래된 돌탑이 있었는데, 지면에서 18미터 높이로 솟은 탑은 꼭대기 부분이 마녀의 모자처럼 뾰족한 원뿔형이었고 자그마한 화살 모양 구멍이 세 줄 나 있었다.

우리가 가까이 다가가자, 갑자기 바깥에 있던 건물 방향에서 무시무시하게 짖는 소리가 들려와 도너스가 몸을 사리며 앞발을 일으켰다. 나는 말을 잘 타는 사람이 아니라서 곧바로 바닥으로 떨어져 민망한 모습으로 흙길에 주저앉았다. 제이미는 이럴 때 뭐가 더 중요한지 바로 알아채는 순발력이 있었던지라, 펄쩍 뛰어 착지하는 말의 고삐를 잡았다. 나는 알아서 일어나도록 내버려 두고 말이다.

내가 일어설 때쯤에는 개들이 이제 나에게 다가와 있었다. 놈들은 마구 짖으며 으르렁거렸다. 겁에 질린 채로 슬쩍 보아도 열 마리는 족히 넘어 보였고, 다들 이빨을 드러낸 사악한 표정이었다. 그러다 제이미가 소리쳤다.

"브랜! 루크! 쉬스*!"

그러자 개들은 어리둥절한 채로 내 몇 미터 앞에서 미끄러지듯 멈췄다. 그리고 아직 마음을 정하지 못한 채 으르렁거리며 맴돌았다. 제이미는 다시 말했다.

"쉬스, 모 마셰**! 가만히 있으라니까, 이 배은망덕한 녀석!"

그러자 개들은 멈춰 섰고, 그중 가장 커다란 개의 꼬리가 긴가민가 한두 번 흔들리기 시작했다.

"클레어, 말을 데려가요. 얘는 개들이 가까이 오게 놔두지 않을 거고, 개들이 반기는 건 나니까요. 천천히 걸어요. 개들은 당신을 공격하지 않을 거예요."

* Sheas, 게일어로 '멈춰'라는 뜻.

** Sheas, mo maise, 게일어로 '멈추라고, 예쁜아'라는 뜻.

제이미는 태연하게 말했다. 말도 개들도 더는 놀라게 하지 않으려는 말투였다. 나는 이 상황을 그다지 낙관할 수 없었지만, 주춤주춤 조심스레 말에게 다가갔다. 내가 고삐를 잡자 도너스는 고개를 홱 돌리며 눈을 굴렸지만, 나는 말의 성질을 받아 줄 기분이 아니라서 단단히 고삐를 잡아당기고 굴레 끈을 쥐었다.

두꺼운 벨벳 같은 말의 입술이 휙 젖혀지며 이빨이 드러났지만, 나는 고삐를 더욱 세게 잡아당겼다. 그리고 날 노려보는 커다란 금빛 눈동자에 내 얼굴을 가까이 대고는 같이 노려보며 경고했다.

"반항하지 마! 아니면 넌 개밥이 되고 말 테니. 그땐 널 구하려고 손 하나 까딱하지 않을 거야!"

한편 제이미는 주먹 쥔 손을 내밀며 개들 쪽으로 천천히 걸어갔다. 열 마리도 넘어 보이던 개 떼들은 알고 보니 겨우 네 마리였다. 작은 갈색 랫테리어 한 마리, 얼룩덜룩한 점박이 셰퍼드 두 마리, 그리고 커다란 흑갈색의 무시무시한 괴물처럼 생긴 개였는데, 누가 봐도 셜록 홈스 시리즈의 『바스커빌가의 개』에 나오는 살인 사냥개라고 여길 만했다.

침을 질질 흘리는 괴물 개는 내 허리보다 두꺼운 목덜미를 쭉 뻗고 제이미의 손가락 관절에 부드럽게 코를 킁킁거렸다. 선박의 케이블처럼 앞뒤로 움직이는 꼬리에 점점 더 열기가 일었다. 이윽고 개는 거대한 머리를 뒤로 젖히더니 기쁨에 겨워 주인을 향해 뛰어올랐고, 제이미는 그 기세에 길에 벌렁 넘어지고 말았다.

"'트로이 전쟁에서 귀환한 오디세우스를 알아본 것은 그의 충실한 사냥개였도다'라는 말이 있단다."

내가 도너스에게 말하자, 말은 짧게 콧김을 뿜었다. 호메로스의 서사시가 싫다는 걸까, 아니면 지금 길에서 벌어지는 품위 없는 감정의 발산이 우습다는 걸까.

제이미는 웃으면서 개들의 털을 헝클어뜨리고 귀를 잡아당겼다.

개들은 모두 동시에 그의 얼굴을 핥았다. 마침내 그는 개들을 물리치고 일어섰고, 좋아서 날뛰는 짐승들 사이에서 어렵사리 발을 떼었다.

그는 괴물 같은 개의 머리를 쓰다듬으며 씩 웃었다.

"뭐, 누군가 나를 보고 반가워하긴 하는군요. 아, 얘는 루크예요."

그는 랫테리어를 가리키며 말했다.

"그리고 얘네는 엘핀과 마스예요. 형제간이지요. 멋있게 생긴 목양견이죠."

그는 거대한 검은 머리에 다정히 손을 얹으며 말했다. 이제 그 개는 만족스레 침을 흘려 댔다.

"그리고 얘는요, 브랜이라고 해요."

"아무리 봐도 개가 아닌 것 같지만, 그렇다니 믿을게요. 무슨 종인가요?"

나는 조심스럽게 주먹 쥔 손을 뻗어 개가 냄새를 맡게 했다.

"스태그하운드요."

그는 쫑긋 선 개의 귀를 긁어 주며 시구를 읊었다.

"그리하여 핑걸은 사냥개를 선택하였네.
눈은 까맣고, 귀는 이파리 같고,
가슴은 말 같고, 뒷다리 관절은 낫 같고,
꼬리는 머리에서 멀리 떨어져 있는 개를."

나는 브랜을 살펴보았다.

"그게 사슴 사냥개의 자질이라면, 그 말이 딱 맞네요. 꼬리 관절이 머리에서 조금만 더 멀었다면 등에 탈 수 있겠는데요."

"내가 어렸을 때는 정말로 타기도 했어요. 물론 브랜을 탄 건 아니었고, 얘의 할아버지인 네른을 탔었죠."

제이미는 사냥개를 한 번 더 쓰다듬어 주고는 일어서서 집 쪽을 바라보았다. 그리고 반항적인 도너스의 고삐를 잡고서 내리막길로 향했다.

"오디세우스는 거지로 변장한 채 집으로 돌아갔다……."

그는 아까 내가 도너스에게 읊었던 『오디세이』의 구절을 받아 그리스어를 읊더니, 어두운 표정으로 목깃을 정리하며 덧붙였다.

"이젠 페넬로페와 구혼자들을 처리해야 할 때가 온 것 같네요."

개들이 우리 뒤에서 숨을 헐떡이는 가운데 현관에 도착하자, 제이미는 망설였다.

"문을 두드려야 할까요?"

내가 살짝 긴장한 채 묻자, 그는 놀란 기색으로 날 바라보았다.

"여긴 내 집인데 뭐 하러요."

그리고 문을 밀어젖혔다.

제이미는 나를 데리고 집으로 들어갔다. 깜짝 놀란 하인들을 무시한 채 우리는 계속 현관을 지나 작은 총기실을 가로질러 응접실로 들어갔다. 응접실에는 반질반질한 철제 장식을 단 커다란 벽난로가 늦은 오후의 햇살을 받으며 보란 듯이 빛났다. 잠시 나는 이 방에 아무도 없는 줄 알았다. 그런데 벽난로 옆쪽 구석에서 무언가 슬쩍 움직였다. 바로 제니였다.

그녀는 내 예상보다 작았다. 남동생인 제이미가 체격이 좋으니, 제니 역시 아무리 못해도 나 정도는 클 줄 알았다. 하지만 벽난로 옆에 선 여인은 겨우 150센티미터 정도밖에 안 되었다. 장식장 선반에 올려 둔 무언가를 잡으려고 손을 뻗는 뒷모습이 보였다. 드레스 허리띠 끝이 바닥에 닿을락 말락 했다.

제이미는 그녀를 보자 얼어붙고 말았다.

"제니."

그가 부르는 소리에 여자는 돌아섰다. 하얀 얼굴 위로 잉크처럼 까만 눈썹과 커다랗게 뜬 파란 눈동자가 언뜻 보이나 싶더니, 그녀는 이내 동생에게 와락 달려들었다.

"제이미!"

작은 몸집이었지만 제니가 확 달려들어 안는 바람에 제이미는 휘청였다. 그의 팔이 누나의 어깨를 반사적으로 감싸더니, 이내 둘은 잠시 꼭 껴안았다. 제니는 제이미의 셔츠 앞섶에 얼굴을 파묻었고, 제이미의 손은 누나의 목덜미를 부드럽게 감쌌다. 그의 얼굴에 뒤섞인 주저함과 그리움에서 비롯된 기쁨이 어찌나 크게 나타나던지, 나는 초대받지 못한 불청객이 된 기분이었다.

이윽고 제니가 게일어로 무어라 중얼거리며 제이미의 품에 파고들자, 그의 표정이 충격받은 기색으로 확 바뀌었다. 제이미는 누나의 팔을 잡고 품에서 떼어 내고 내려다보았다.

두 남매의 얼굴은 매우 비슷했다. 똑같이 묘하게 눈초리가 올라간 검푸른 눈매에 얼굴선이 각지고 날렵했다. 그리고 둘 다 가늘고 오뚝한 콧날이 아주 살짝 길었다. 하지만 제이미가 새하얀 피부인 반면에 제니는 거무스름한 피부였고, 초록색 리본으로 묶어 뒤로 늘어뜨린 머리카락은 검고 곱슬곱슬했다.

그녀는 이목구비가 뚜렷하고 고운 피부를 가진 미인이었다. 그리고 분명히 임신해서 배가 부른 상태였다.

제이미는 입술이 하얗게 질린 채로, 고개를 저으며 속삭였다.

"제니, 아, 제니. 모 흐리에*."

그때였다. 문가에 자그마한 아이가 나타나자 제니의 시선이 돌아가더니, 남동생의 안색이 바뀐 줄도 모르고 그의 품에서 물러났다. 그리고 꼬마의 손을 잡고서 방으로 데려오며 무어라 격려의 말을 중얼거렸다. 꼬마는 슬쩍 뒤로 물러나더니, 마음의 안정을 찾으

* Mo Chridhe, 게일어로 '내 소중한 이'라는 뜻.

려 엄지손가락을 입에 물고서 엄마의 치맛자락 뒤에 숨어 낯선 이들을 흘끔거렸다.

제니는 딱 봐도 이 애의 엄마였다. 아이는 엄마의 얼굴을 닮지는 않았지만, 굵고 곱슬곱슬한 까만 머리카락과 떡 벌어진 어깨를 지녔다.

제니는 자랑스럽게 아들을 내려다보며 말했다.

"얘는 꼬마 제이미야. 모 흐리에, 이분은 네 삼촌 제이미란다. 이분 이름을 따서 네 이름을 지었어."

"내 이름? 내 이름을 따서 얘 이름을 붙였다고?"

제이미는 방금 세차게 배를 얻어맞은 싸움꾼 같은 표정을 지었다. 엄마와 아들에게서 물러나 의자에 털썩 앉은 그는 다리의 힘이 풀린 것처럼 축 늘어졌다. 급기야 두 손으로 얼굴을 가렸다.

이때쯤 제니도 뭔가가 잘못되었다는 걸 눈치챘다. 그녀는 조심스레 동생의 어깨에 손을 얹었다.

"제이미, 내 동생, 왜 그래? 어디 아파?"

제이미는 누나를 올려다보았다. 그의 눈에는 눈물이 가득 고여 있었다.

"제니, 꼭 이래야만 했어? 그동안 내가 얼마나 괴로웠는지 몰라서 이래? 나 때문에 일어난 일 때문에 내가 얼마나 힘들었는데, 그런데 랜들의 사생아에게 내 이름을 붙여야 했어? 내가 살아 있는 동안 괴롭히려는 거야?"

그렇지 않아도 혈색이 창백했던 제니의 얼굴에서 핏기가 싹 가셨다. 그녀는 멍하니 대답했다.

"랜들의 사생아라니? 조너선 랜들 말이야? 그 빨간 코트 대위?"

"그래. 빨간 코트 대위. 그럼 또 누가 있단 말이야! 누나도 기억할 텐데?"

제이미는 이제 원래대로 평정심을 회복하고 빈정대기 시작했다.

제니는 한쪽 눈썹을 치켜들고 수상쩍은 표정으로 남동생을 빤히 바라보았다.

"이 자식이 미쳤나? 아니면 오다가 술을 진탕 처마셨어?"

"돌아오지 말 걸 그랬어."

제이미는 중얼거리며 일어서더니, 제니를 건드리지 않고 비틀거리는 발걸음으로 피해 가려 했다. 하지만 제니는 딱 버티고 서서 그의 팔을 붙잡고 천천히 말했다.

"내 말이 틀렸다면 말해 줘, 동생아. 그런데 지금 듣자 하니, 넌 지금 내가 랜들 대위에게 매춘부 노릇을 했다고 말하는 것 같은데? 그따위 말을 하다니 혹시 네 머릿속을 구더기가 파먹은 거니?"

제이미는 쓴웃음을 지으며 제니 쪽을 바라보았다.

"구더기라고 했어? 차라리 그랬으면 좋겠네. 누나가 이따위로 사는 걸 보느니 죽어서 무덤에 묻히는 게 낫겠다고."

그는 제니의 어깨를 잡고 살짝 흔들며 외쳤다.

"왜 그랬어, 제니? 왜? 날 위해서 누나가 신세를 망친 것만으로도 난 너무 부끄러워서 죽고 싶었어. 하지만 이건……."

그는 두 손을 떨구더니 주름 장식 아래로 부풀어 올라 볼록 튀어나온 배를 비난하듯 바라보며 절망 어린 몸짓을 지었다.

이윽고 제이미는 문 쪽으로 홱 돌아섰다. 그곳에는 어떤 노부인이 치맛자락에 아이 하나를 단 채로 열심히 귀를 기울이고 있다가 그의 눈빛으로 받고 깜짝 놀라 물러섰다.

"오지 말 걸 그랬어. 나 갈게."

그러자 제니는 날카롭게 말했다.

"이제 와서 가겠다니, 말 같지도 않은 소리 마, 제이미 프레이저. 내 말을 듣기 전엔 못 가. 이제 자리에 앉아. 그토록 알고 싶다니 내가 랜들 대위에 대해 다 말해 줄게."

"알고 싶지 않아! 듣고 싶지 않다고!"

제니가 다가오자, 제이미는 마당이 내다보이는 창문으로 고개를 홱 돌렸다. 제니는 그를 따라오며 말을 걸었다.

"제이미……."

하지만 그는 거친 손짓으로 누나를 물리쳤다.

"됐어! 말하지 마! 내가 차마 들을 수 없다고 했잖아!"

"아, 그러셔?"

제니는 남동생을 바라보았다. 지금 제이미는 다리를 쩍 벌리고 창가에 서서 창턱을 붙잡고 고집스레 누나에게 등을 돌렸다. 제니는 입술을 깨물더니 무언가 따져 보는 듯한 표정을 지었다. 그리고 허리를 굽히더니 번개처럼 빠른 손짓으로 제이미의 킬트 아래로 뱀처럼 손을 확 집어넣었다.

제이미는 어마어마한 분노를 담은 고함을 지르며 깜짝 놀라 몸을 곧추세웠다. 그리고 돌아서려 했지만, 제니가 물건을 잡은 손을 꽉 쥐자 얼어붙고 말았다.

그녀는 사악한 미소를 지으며 내게 말했다.

"여기를 잡으면 말이죠, 남자는 분별력이 생기고, 짐승은 고분고분 말을 듣게 되죠. 다른 방법으로는 말이 통하지 않으니, 불알을 잡는 수밖에 없잖아요?"

제니는 동생에게 말했다.

"자, 이젠 좀 공손하게 말을 들어 보겠어? 안 그럼 약간 비틀까 해. 그렇게 해 줄까?"

제이미는 얼굴이 시뻘게진 채로 가만히 서서 이를 악물고 거칠게 숨을 쉬었다.

"들을게. 그런 다음엔 누나 모가지를 비틀어 버리겠어, 제니! 이거 놔!"

제니가 손을 놓자마자 그는 홱 돌아서서 따졌다.

"대체 무슨 짓이야? 내 아내 앞에서 날 망신 주려는 거야?"

제니는 동생의 분노에도 태연한 기색이었다. 그리고 남동생과 나를 냉소적으로 바라보며 몸을 쭉 폈다.

"뭐, 이 여자분이 네 아내라면, 나보다 네 불알을 많이 봤을 텐데 뭘 그래? 그리고 난 네가 혼자 씻을 수 있기 전까지 직접 네 가랑이를 씻겨 준 적도 있었는걸. 그때보다 좀 커졌네?"

제이미의 얼굴은 대단히 변화무쌍해졌다. 마음 같아서는 누나의 머리를 후려치고 싶은 원시적인 욕구가 일었지만, 예의범절을 배운 사람으로서 차마 그럴 수 없다는 자제력이 발동하는 모양이었다. 마침내 이성이 이겼는지, 그는 이를 악물고 남은 위엄을 있는 대로 끌어모아 말했다.

"내 불알 이야기는 그만해. 그리고 내가 잠자코 들을 때까지 날 가만히 두지 않을 작정 같으니, 어서 랜들에 대해 말해 봐. 왜 내 명령을 거부하고 누나와 집안에 먹칠을 하는 길을 택했는지 말이야."

제니는 허리에 손을 얹고 어깨를 당당히 펴고서 전투에 나설 준비를 했다. 제이미보다는 느릿하게 화를 내긴 했어도, 제니 역시 무시무시하게 화가 났다는 건 의심의 여지가 없었다.

"아, 네 명령을 거부했다 이거지? 그래서 괴롭구나, 제이미, 그렇지? 네가 만사를 제일 잘 아는 사람이니까, 우리 모두 네 말을 듣지 않으면 결국 망할 거라는 거지? 네 말이 딱 그렇잖아."

제니는 화를 내며 마구 덤벼들었다.

"내가 그날 네 말대로 했었더라면, 넌 벌써 우리 집 마당에서 죽었을 거야. 그러면 아버지는 랜들을 죽인 죄로 교수형당하거나 감옥에 들어갔을 거고, 우리 땅은 잉글랜드 정부에게 몰수됐겠지. 나는 말할 것도 없고, 우리 집과 가족은 뿔뿔이 흩어져서 먹고살려고 샛길에서 구걸하게 됐을 거라고."

이제 제이미의 얼굴은 창백한 게 아니라 분노로 빨개졌다.

"아, 그래서 구걸하느니 차라리 몸을 팔았구나! 난 차라리 피 흘리며 죽어서 아버지랑 토지도 모두 지옥으로 같이 가는 편이 나았을 텐데. 누나도 그건 잘 알잖아!"

"그래! 내가 잘 알지! 넌 예전부터 지금껏 쭉 멍청하다는 것도!"

제니는 화가 나서 맞받아쳤다.

"그래, 말 잘했어! 누나는 본인 이름과 내 이름에 먹칠한 것도 모자라서, 계속 부끄러운 짓을 하잖아! 동네방네 본인 망신을 있는 대로 시키면서!"

"너 어쩜 나한테 그런 말을 하니? 제임스 프레이저! 아무리 내 동생이라도 봐줄 수가 없어! 본인 망신이라니, 대체 무슨 소리야? 이 천하의 바보가……."

"무슨 소리냐고? 정신 나간 두꺼비처럼 이만큼이나 배가 부른 채로 다니면서 뭘 물어?"

제이미는 경멸 어린 손짓으로 그녀의 배를 흉내 냈다.

제니는 한 걸음 뒤로 물러서더니, 팔을 있는 대로 뒤로 뻗었다가 온 힘을 다해 동생의 뺨을 쳤다. 강렬한 손힘에 제이미의 고개가 돌아갔고, 뺨에는 그녀의 손자국이 하얗게 남았다. 그는 누나를 응시하며 천천히 뺨에 손을 올렸다. 그녀의 눈빛은 위험하리만큼 번뜩였고, 가슴은 숨으로 부풀어 올랐다. 이윽고 하얀 치아를 악문 잇새로 봇물 터지듯 말이 흘러나왔다.

"지금 두꺼비라고 했냐? 이 냄새 나는 겁쟁이 새끼가, 너는 용기 따윈 전혀 없이 날 여기다 내버려 두고 도망쳤잖아. 난 네가 죽었는지 감옥에 갇혔는지 알지도 못했어. 그 다음 날부터 아무런 소식도 못 받았으니까. 그런데 떡하니 어슬렁어슬렁 돌아와서는, 그것도 아내까지 데리고, 응? 내 집 거실에 앉아서 날 두꺼비니 매춘부니 이따위 말로 부르고……."

"누가 언제 누나 보고 매춘부랬어? 하지만 딱 봐도 그렇잖아! 어떻게 누나는……."

키 차이가 확연히 나는데도, 두 남매는 거의 코를 맞대고 서로에게 숨죽인 소리를 질러 가며 대화했다. 낡은 저택에 본인들 목소리를 울리고 싶지 않은 모양이었다. 하지만 주방과 복도, 창문에서 조심스럽게 엿보는 얼굴들이 슬쩍 보이자, 남매의 노력은 전혀 쓸모가 없었다. 브로흐 투어러흐의 영주는 아주 요란하고 흥미진진한 귀환식을 벌이고 있었다.

나는 이 자리에 둘만 남겨 놓고 빠지는 게 최선이라 생각하고는, 조용히 복도로 나가서 노부인에게 어색하게 인사한 다음 마당으로 향했다. 그곳에는 벤치를 놓아둔 작은 나무 그늘이 있었다. 나는 그곳에 앉아 흥미로운 눈빛으로 주위를 둘러보았다.

나무 옆에는 여름 장미가 피어나는 벽으로 둘러싸인 작은 정원이 있었다. 그 너머는 제이미가 '두콧'이라고 불렀던 곳, 즉 비둘기장인 것 같았다. 건물 꼭대기에 뚫린 구멍으로 온갖 종류의 비둘기들이 날개를 펄럭이며 드나들었다.

헛간과 사일리지를 두는 창고도 있다고 들었다. 그 건물은 곡식창고와 양계장, 채소밭과 안 쓰는 성당과 함께 저택 반대편에 있을 것이다. 그렇다면 이쪽에 있는 작은 건물은 용도가 무엇일까. 순간, 가을바람이 산들산들 그쪽에서 불어왔다. 바람이 실어 오는 냄새를 흠뻑 들이켜자 홉과 누룩의 향이 진하게 났다. 이곳은 집안에서 마시는 맥주를 만드는 양조장이로구나.

대문을 지나는 길은 저 위 자그마한 언덕 너머로 이어졌다. 그곳을 보자, 언덕 꼭대기에서 작은 무리의 남자들이 보였다. 저녁 빛을 받아 형체만 보이는 남자들은 서로 헤어지며 인사를 나누는 듯 잠시 서성였다. 그들은 정말로 인사를 나누었던 것 같다. 그중 하나만 이쪽 집으로 내려오고, 나머지 일행은 저 멀리 있는 오두막집을 향해 들판을 가로질러 나아가고 있었다.

언덕을 내려오는 남자는 다리를 심하게 절었다. 이윽고 대문 안으로 들어온 그의 모습을 보니 이유가 드러났다. 오른쪽 다리 무릎 아래가 없어, 대신 나무 의족을 달아 놓았기 때문이었다.

절뚝이긴 했어도 남자는 아주 팔팔하게 움직였다. 나무 그늘로 가까이 다가오는 모습을 보니 아직 20대로 보였다. 남자는 제이미만큼 키가 컸지만, 어깨는 훨씬 좁았고 뼈밖에 없을 정도로 아주 말랐다.

그는 정자 앞에 멈춰 서서 격자에 몸을 기댄 채 나를 흥미롭게 바라보았다. 짙은 갈색 머리카락이 넓은 이마 위에 부드럽게 드리웠고, 움푹 팬 갈색 눈매는 참을성 많으면서도 사람 좋은 기색이 드러났다.

바깥에서 기다리는 동안 제이미와 누나의 목소리는 높아져만 갔다. 따스한 날씨라 창문을 활짝 열어 놓아, 남매의 대화가 정확히 무슨 말인지 알아들을 순 없어도 소리만큼은 나무 그늘까지 아주 잘 들렸다.

"남 일에 참견이나 해 대는 말 많은 년!"

제이미의 목소리가 부드러운 저녁 바람에 실려 커다랗게 울렸다.

"예의라곤 눈곱만큼도 없는……."

제니의 대답은 훅 불어온 산들바람에 흩어졌다.

새로이 등장한 남자는 집 쪽으로 태평하게 고갯짓을 했다.

"아, 제이미가 왔군요."

나는 내 소개를 해야 하는 건지 알 수 없어 그저 고개를 끄덕였다. 청년은 웃으면서 내게 고개를 숙였다.

"저는 제니의 남편인 이안 머리입니다. 그리고 제가 보니 당신은…… 그러니까……."

나는 그의 말을 받아 주었다.

"네, 저는 새서나흐 여자고, 제이미와 결혼했어요. 제 이름은 클레어예요. 혹시 알고 있었나요?"

나는 웃고 있는 남자에게 물었다. 머릿속이 정신없이 움직였다. 이 남자가 제니의 **남편**이라고?

"아, 네. 조 오르에게 소식을 들었어요. 조는 아르드레에서 온 땜장이에게 들었다고 했죠. 하일랜드에서는 비밀이 오래가는 법이 없거든요. 결혼한 지 한 달밖에 되진 않았겠지만, 당신도 이미 아시겠죠. 제니는 당신이 어떤 사람일까 몇 주 동안 궁금해했어요."

"이 매춘부야!"

제이미가 집 안에서 소리쳤다. 제니의 남편은 그 소리에도 눈 하나 깜짝하지 않고서 친근한 호기심을 품고 나를 계속 바라보기만 했다. 그리고 아주 솔직하게 날 보며 물었다.

"당신은 미인이시네요. 제이미를 좋아하시나요?"

"어…… 네. 좋아해요."

나는 약간 당황한 채 대답했다. 하일랜드인이라면 으레 보이는 직설 화법에 익숙해지고 있긴 하지만, 아직도 가끔 난 놀라곤 한다.

이안은 입술을 꾹 다물더니 흡족한 듯 고개를 끄덕이고 나서 벤치 옆자리에 앉았다.

"저 둘은 몇 분만 더 놔두는 게 좋겠습니다."

그는 집을 향해 손짓하며 말했다. 이제 남매의 대화는 게일어로 바뀌어 있었다. 저 둘이 왜 싸우고 있는지 이안은 전혀 궁금하지 않은 모양이었다.

"프레이저 사람들이 분통을 터뜨릴 때면 다른 사람 말을 전혀 안 듣거든요. 소리를 다 지르고 나면 이성을 되찾는 모습을 보이기는 하는데, 저 둘은 아직 그 수준까진 안 된 것 같아요."

"아, 저도 그건 알아요."

내가 덤덤하게 대답하자, 이안은 웃었다. 그리고 집안의 다툼은 싹 무시하고 오로지 나에게만 관심을 가지며 말을 이어 갔다.

"결혼하고 그걸 알 만큼은 산 거로군요? 두걸이 어떻게 제이미를 결혼시켰는지 이야기를 들었죠. 하지만 제니가 그러더군요. 제이미가 원치 않는 결혼을 한 거라면, 두걸 매켄지의 명령 말고도 뭐가 더 있을 거라고요. 그런데 당신을 보니 왜 제이미가 결혼했는지 알겠네요."

그는 눈썹을 치켜뜨며 무언가 설명을 더 해 달라는 눈치를 보였지만, 예의는 있어서 강요하지는 않았다.

"제이미도 나름의 이유가 있었겠지요."

나는 이렇게 대답하며 싸우는 소리가 계속 이어지는 집과 내 옆에 있는 이안을 둘 다 의식했다.

"저는 사실…… 그러니까, 저는……."

내가 주저하며 응접실 창문을 계속 흘끔거리자, 이안은 왜 내가 머뭇대는지 단번에 알아차렸다.

"아, 저 둘이 싸우는 건 당신과도 연관이 있겠지요. 하지만 당신이 여기 왔든 안 왔든 제니는 제이미를 탈탈 털었을 겁니다. 보다시피 동생을 아주 맹렬하게 사랑하거든요. 그래서 제이미가 떠난 다음에 무척 걱정을 많이 했어요. 특히 아버지가 갑자기 돌아가시고 난 다음에는요. 그 이야기도 아나요?"

이안은 날카로운 갈색 눈빛으로 나를 관찰했다. 마치 나와 제이미 사이의 신뢰가 얼마나 깊은지 가늠하는 기색이었다.

"네, 제이미가 말해 줬어요."

"아. 그렇군. 그리고 물론, 제니가 지금 임신 중이라서요."

그는 집 쪽으로 고갯짓을 했고, 나는 고개를 끄덕였다.

"네, 그것도 봤어요."

"하긴, 못 볼 수 없을 만큼 배가 나왔죠?"

이안은 씩 웃으며 대답했고, 우리는 둘 다 웃었다.

"임신해서 예민해졌어요. 그야 당연히 그렇겠지만요. 하지만 임신 아홉 달째인 여자랑 싸우는 건 보통 용기가 필요한 게 아니거든요. 나는 못 해요."

그는 느긋하게 등을 기대고는 의족 달린 다리를 앞으로 쭉 뻗었다.

"이 다리는 도미에에서 잃었어요. 퍼거스 닉 리오다스와 같이 나갔던 전투에서요. 산탄총에 맞았죠. 하루 일과를 마칠 무렵에는 아직도 좀 아파요."

그는 다리와 만나는 가죽 덧댄 의족 위쪽의 살덩이를 문질렀다.

"길리아드 발삼나무 진액을 발라 본 적이 있나요? 버들여뀌나 진한 운향 액을 발라도 좋아요."

내가 묻자 그는 흥미로운 기색으로 대답했다.

"버들여뀌는 발라 본 적 없는데요. 제니에게 혹시 만드는 방법을 아는지 물어볼게요."

"아, 제가 얼마든지 만들어 드릴 수 있어요."

나는 이안이 마음에 들었다. 하지만 다시금 집을 바라보고 덧붙였다.

"여기에 오래 머물게 된다면요."

하지만 과연 여기에 머물러도 될까. 우리는 잠시 잡담을 하면서 창문 안에서 벌어지는 싸움에 귀를 기울였다. 그러다 이안은 앞으로 다리를 뻗더니, 조심스레 의족을 다시 끼우고 일어섰다.

"이제 들어가 봐야 할 것 같네요. 둘 중 하나가 소리를 그만 지르고 한쪽의 말을 가만히 듣고 있으면 서로의 감정이 상할 테니까요."

"감정만 상하는 걸로 그치면 좋을 텐데요."

내 말에 이안은 키득키득 웃었다.

"아, 제이미가 제니를 때리지는 않을 겁니다. 도발에 맞서서 참기는 잘하거든요. 제니는 뺨을 때리긴 하겠지만, 더는 안 할 테고요."

"벌써 뺨은 때렸어요."

"으음. 하지만 총은 단단히 잠가 놨고, 칼은 모두 주방에 있어요. 제이미가 갖고 있는 칼이 있긴 하겠지만요. 그래도 제이미는 제니가 자기 칼을 뽑도록 가까이 다가오게 두지는 않을 테죠. 그러니 저 둘은 안전해요."

이안은 잠시 문 앞에서 멈춰 서더니 엄숙하게 윙크를 하며 덧붙였다.

"자, 하지만 당신과 내가 끼어들게 되면…… 문제는 또 달라지겠죠."

안으로 들어가자, 이안을 본 하녀들은 초조한 기색으로 흩어졌다. 하지만 가정부는 여전히 정신이 팔린 채로 응접실 문 옆을 서성이면서 풍만한 가슴에 꼬마 제이미를 꼭 안고 남매가 싸우는 장면을 열심히 바라보고 있었다. 어찌나 싸움 구경에 집중했던지, 이안이 다가가 말을 걸자 그녀는 모자 핀에 찔린 듯 깜짝 놀라며 두근대는 가슴에 손을 얹었다.

이안은 공손하게 그녀에게 고갯짓하고서 어린 소년을 자기 품에 안은 후 응접실로 들어갔다. 우리는 문 안으로 들어서자마자 현장을 둘러보려고 잠시 멈추었다. 남매는 잠시 숨을 돌리는 중이었고, 화가 잔뜩 난 두 마리 고양이처럼 털을 바짝 세우고 서로를 노려보았다.

꼬마 제이미는 엄마를 보자 이안의 품에서 내려오려고 마구 버둥대며 발길질을 했고, 바닥에 서자마자 귀소 본능이 깃든 비둘기처럼 곧장 제니에게 달려갔다.

"엄마! 안아 줘! 제이미 안아 줘!"

아이가 외치자, 제니는 돌아서서 꼬마를 안아 들더니 마치 어깨에 무기처럼 얹었다.

"아가, 삼촌에게 네가 몇 살인지 말해 볼래?"

그녀는 아이를 어르듯 소리를 낮추며 물었지만, 그래도 목소리에는 강철이 쨍강대는 기세가 여전히 등등했다. 아이도 그걸 느꼈는지 몸을 돌려 엄마의 목덜미에 얼굴을 파묻었다. 제니는 기계적으로 아이의 등을 두드리며 두 눈으로는 여전히 남동생을 노려보았다.

"아이가 이야기를 안 하니까, 내가 할게. 얘는 지난 8월에 두 살이 됐어. 네가 날짜를 따져 볼 만큼 머리가 총명한지는 솔직히 잘 모르겠지만, 어쨌든 계산해 보면 얘는 내가 우리 집 앞마당에서 랜들을 보고 나서도 여섯 달이나 지난 다음 잉태되었다는 걸 알 수 있지. 그놈이 대낮에 내 남동생을 검으로 후려치고 나서 여섯 달이라고."

하지만 제이미는 여전히 누나를 노려보았다.

"아, 그러셔? 난 좀 다른 이야기를 들었는데. 누나가 그놈을 침대로 데리고 간 건 다들 알고 있다고. 한 번이 아니라, 랜들의 애인이 되었다던데. 그 애는 그놈 자식이잖아."

제이미는 자기 이름을 딴 아이 쪽으로 경멸 어린 턱짓을 했다. 아이는 어머니의 턱 아래에서 고개를 돌려 커다랗고 시끄러운 낯선 자를 빤히 쳐다보았다.

"누나 배 속에 있는 사생아도 그놈 아이가 아니라고 하지 마. 랜들은 올해 3월까지 프랑스에 있었어. 그러니 그냥 매춘부도 아니고 이놈 저놈 가리지 않는 매춘부로군. 이번에는 또 누가 이 악마 같은 새끼의 아비야?"

그러자 내 옆에 서 있던 커다란 젊은이는 미안한 듯 기침을 하며 방의 긴장감을 깼다.

"나야. 재도 내 아들이고."

이안은 부드럽게 말했다. 의족 때문에 뻣뻣한 걸음걸이로 앞으로 나간 이안은 화가 잔뜩 난 아내에게서 아들을 받아다가 팔에 안았다.

"사람들 말로는 나를 닮았다던데."

사실, 나란히 있는 모습을 보니 이안과 소년의 얼굴은 거의 똑같았다. 다만 아이는 얼굴이 둥글고 통통했고, 아빠는 코가 구부러져 있는 것만 달랐다. 둘 다 이마가 높고 입술이 얇았으며, 움푹 들어간 그렁그렁한 갈색 눈망울 위로 굽은 눈썹 모양도 똑같았다. 제이미는 아빠와 아들을 빤히 바라보면서 모래주머니로 뒤통수를 얻어맞은 표정을 지었다. 그러더니 입을 다물고 마른침을 삼키는 모습을 보자, 이젠 무슨 말을 해야 할지 전혀 모르겠다는 게 역력했다.

"이안, 그럼 우리 누나랑 결혼한 거야?"

"아, 그렇지. 아니라면 어떡하겠어?"

이안은 제이미의 매형으로서 명랑하게 웃었다.

"그렇구나."

제이미는 작게 대답하더니 목을 가다듬고 이젠 매형이 된 이안을 향해 고개를 끄덕였다.

"그것참, 어, 정말 마음씨가 상냥하구나, 이안. 우리 누나를 맞아들이다니 말이야. 정말 고마워."

이 시점에서 그에게 얼마간의 정신적인 지지가 필요할 것 같았다. 그래서 나는 제이미의 곁으로 가서 그의 팔을 만졌다. 제니의 눈빛은 나를 관찰하고 있었지만 아무 말도 하지는 않았다. 제이미는 주위를 둘러보다가 나를 발견하고는 깜짝 놀란 것 같았다. 마치 나의 존재를 잊은 듯한 얼굴이었다. 하긴, 그럴 만도 하지. 어쨌든 그는 내가 방해해서 안심한 모양이었다. 그리고 손을 내밀어 나를 앞으로 이끌었다.

"나의 아내야."

그는 불쑥 말했다. 그리고 제니와 이안 쪽으로 고갯짓을 했다.

"우리 누나랑, 그리고, 누나의, 으음……."

그는 말꼬리를 흐렸고, 이안과 나는 공손하게 미소를 나누었다.

하지만 제니는 사회적인 예절에 전혀 휘말리지 않았다. 그녀는 인사도 무시하고 대뜸 물었다.

"너 지금 뭐라고 했어? 나를 맞아들여서 고맙다니? 내가 그게 무슨 뜻인지 모를 줄 알아?"

이안이 그녀를 미심쩍은 듯 바라보자, 제니는 경멸 어린 손짓을 제이미에게 휘둘렀다.

"얘 말은, 내가 더럽혀졌는데도 네가 나랑 결혼해 줘서 고맙다는 뜻이야!"

"더럽혀지다니?"

이안은 깜짝 놀란 표정이었다. 순간, 제이미는 몸을 숙이더니 누나의 팔뚝을 꽉 움켜쥐었다. 그리고 진심으로 충격받은 목소리로 말했다.

"랜들에 대해 말 안 했어? 제니, 어떻게 그럴 수가 있어?"

제니의 팔이 남동생의 목을 조르려고 휙 날아갔지만, 이안의 손이 가까스로 제니의 다른 팔을 잡아 제지했다. 이안은 그녀를 자기 뒤로 단단히 끌어당겼고, 돌아서서 꼬마 제이미를 엄마의 품에 안겨 주었다. 그래서 제니는 어쩔 수 없이 아이가 떨어지지 않도록 받아 들고 말았다. 그런 다음 이안은 한쪽 팔로 제이미의 어깨를 잡고 전략적으로 그와 안전거리를 유지했다.

이안은 낮은 목소리로 비난하듯 말했다.

"응접실에서 할 소리는 아니긴 한데, 너희 누나는 첫날밤을 치렀을 때 처녀였다고. 이젠 좀 흥미가 생기냐? 결국 이 말은 내가 해야 할 것 같아서."

이제 제니의 분노는 남동생과 남편 둘에게 모두 비슷하게 일고 말았다. 그녀는 마구 화를 내며 소리쳤다.

"이안 머리, 어떻게 내 앞에서 그런 말을 할 수가 있어? 둘 다 아주 제정신이 아니구나! 내 첫날밤에 대해 왈가왈부할 수 있는 사람은 나뿐이지, 너희들이 아니라고! 넌 몰라도 애 알 바는 분명히 아니야! 이러다간 내 첫날밤 침대 시트까지 보여 줄 기세네!"

이안은 제니를 달래듯 대답했다.

"음, 솔직히 시트를 보여 준다면 얘가 입을 다물기는 하겠지. 안 그래? 자, 미 두*, 걱정은 그만해. 아기에게 좋지 않잖아. 계속 소리 지르면 우리 꼬마 제이미도 힘들어해."

이안은 아들에게 손을 뻗었다. 꼬마 제이미는 이 상황에서 눈물을 흘려도 되는 건지 긴가민가한 채로 훌쩍이고 있었다. 이안은 나에게 고갯짓을 하면서 제이미 쪽으로 눈을 굴렸다.

나는 그 신호를 받아서 제이미의 팔을 잡고 멀찍이 떨어진 안락의자 쪽으로 끌고 갔다. 이안도 제니를 2인용 소파로 데려가 앉히고 옆에 앉아 어깨에 단단하게 팔을 걸치고 못 일어나게 만들었다.

"자, 한숨 돌리자고."

이안 머리는 겸손한 태도 가운데서도 무시할 수 없는 권위가 있었다. 제이미의 어깨에 손을 얹자 긴장을 푸는 기색이 느껴졌다.

문득 이 방이 흡사 복싱 링 같다는 생각이 들었다. 선수들이 각자 코너에 서서 쉴 새 없이 몸을 들썩이며 코치의 달래는 손길을 받으면서도 다시 맞붙을 신호를 기다리는 링 말이다.

이안은 이제 처남 쪽으로 미소를 지으며 고갯짓을 했다.

"제이미. 다시 만나서 반가워. 네가 집에 오니까 참 좋네. 그것도 아내까지 데리고 말이야. 안 그래, 미 두?"

그는 제니의 어깨를 눈에 띄게 꽉 잡으며 대답을 요구했다.

하지만 제니는 그런다고 말을 들을 사람이 아니었다. 그녀는 마치 봉인을 하듯 입술을 일자로 꾹 다물더니, 마지못해 입을 열어 외

* mi dhu, 게일어로 '나의 검은 아가씨'라는 뜻.

마디 말을 뱉었다.

"그야 두고 봐야지."

이렇게만 말한 제니는 다시 입을 꾹 다물었다.

제이미는 얼굴을 한 손으로 문지르더니, 고개를 들고서 새로이 싸움을 시작했다.

"누나가 랜들과 함께 집으로 들어가는 걸 봤다고. 그리고 나중에 랜들이 한 말도 있어. 어떻게 누나 가슴에 사마귀가 있다는 걸 그놈이 아는 건데?"

제이미가 고집스레 말하자, 제니는 사납게 코웃음을 쳤다.

"넌 그날 있었던 일 다 기억나? 아니면 대위가 칼로 후려치는 바람에 다 까먹었니?"

"당연히 다 기억나! 그걸 어떻게 잊겠어!"

"그럼 내가 그 와중에 대위의 가랑이를 무릎으로 확 걷어찼던 것도 기억하겠네?"

그러자 제이미는 경계심을 품고 어깨를 움츠렸다.

"어, 기억나."

제니는 의기양양하게 미소를 지었다.

"자, 그럼 여기 있는 네 아내가 말이야, 그러고 보니 넌 네 아내 이름도 알려 주지 않았구나, 제이미. 하긴 너한테 그런 예절 따위 있을 리 없지. 어쨌든, 네 아내가 비슷하게 네 가랑이를 무릎으로 찼다고 생각해 봐. 물론 넌 그런 짓을 당해도 싸지. 어쨌든, 그러면 과연 네가 곧바로 남편의 의무를 이행하는 게 가능하겠니?"

제이미는 무어라 말을 하려다가 갑자기 입을 꾹 다물었다. 그리고 누나를 한참 동안 바라보다 한쪽 입꼬리를 슬그머니 실룩였다.

"그야 두고 봐야지."

이렇게 말한 제이미는 다시 입가를 실룩였다. 이제까진 몸을 앞으로 웅크리고 앉아 있었지만, 지금은 편하게 기대 누운 채 그쪽을 반신반의하듯 쳐다보는 표정이 꼭 누나에게 동화를 듣는 남동생이 지을 법한 표정이었다. 이런 허무맹랑한 이야기를 믿기에는 본인이 다 컸다고 생각하면서도, 굳센 마음과는 반대로 슬그머니 믿어 버리게 되는 동생 말이다.

"정말이야?"

제이미가 묻자, 제니는 이안을 돌아보며 명령했다.

"가서 첫날밤 시트를 가져와, 이안."

제이미는 항복의 의미로 두 손을 들었다.

"아니야, 됐어. 믿을게. 그냥, 그 후에 랜들의 행동이 꼭……."

제니는 이제 의자에 등을 기대고 이안의 팔에 편히 안긴 채로, 불룩 나온 배가 허락하는 범위 내에서 아들을 꼭 껴안았다. 말하자면 승리를 우아하게 만끽하는 모습이었다.

"뭐, 그놈이 밖에서 뭐라고 떠들었는지는 모르겠지만, 자기 부하들 앞에서 안 섰다고 하긴 힘들었겠지. 안 그래? 그러니까 떠벌린 대로 다 했다고 말해야 하지 않았겠니? 이제 와서 하는 이야기지만, 그놈은 아주 불쾌한 짓을 했어. 나를 때리고 드레스를 찢었다니까. 사실 나를 반쯤 인사불성으로 만들어 놓고 시도를 했다고. 내가 다시 정신을 차리고 옷을 입고 나가 보니까, 잉글랜드 놈들은 너를 데리고 가 버린 후였어."

제이미는 긴 한숨을 내쉬고 잠시 눈을 감았다. 무릎에 얹은 커다란 두 손 중 하나를 살며시 잡아 주자, 그는 내 손을 잡고서 눈을 뜨더니 알았다는 듯 희미한 미소를 짓고 나서 누나를 바라보았다.

"알았어, 하지만 알고 싶은 게 있어, 제니. 그놈이랑 같이 들어갔을 때, 그놈이 누나를 해치지 않을 거라는 사실을 알고서 그랬던 거야?"

제니는 잠시 말이 없었다. 다만 동생의 얼굴을 빤히 바라보았을 뿐이다. 그러다 마침내 입가에 옅은 미소를 지으며 고개를 저었다.

그녀는 무어라 항의하려던 제이미 쪽으로 손을 번쩍 들어 말문을 막았다. 그리고 갈매기 날개 같은 눈썹을 우아하게 치켜뜨며 물었다.

"나의 명예를 위해서 네 목숨을 버려도 아깝지 않다고 생각했다면, 어째서 나는 너의 목숨을 위해서 나의 명예를 버리면 안 되는 건데? 말해 봐."

제니는 이제 눈썹을 지그시 모으고 얼굴을 찌푸렸다. 제이미 역시 누나와 똑같은 표정을 짓고 있었다.

"아니면 너, 네가 날 사랑하는 것만큼 나도 널 사랑한다는 생각을 안 하는 거니? 만약 그렇다면, 이 자리에서 당장 말해 줄게, 제이미 프레이저. 나도 너 똑같이 사랑하거든?"

제이미는 그녀의 말이 끝나기도 전에 입을 열려다가 이 결론을 듣고 그만 당황했다. 누나가 유리한 고지로 먼저 밀고 나가자, 그는 갑자기 입을 다물었다.

"내가 널 사랑해서 그랬다고. 너는 정말 멍청하고 머리도 잘 안 돌아가는, 뇌 용량이 부족한 바보니까. 네가 고집이 너무 세서 가만히 닥치고 있지도 못한다는 이유로 죽어 버리게 둘 수가 없단 말이야!"

푸른 눈동자가 또 한 쌍의 푸른 눈동자를 노려보았다. 남매의 눈빛은 서로 번뜩이며 사방으로 불꽃을 뿜었다. 제이미는 간신히 욕설을 삼키며 뭔가 이성적인 대답을 하려고 애썼다. 마음속으로는 뭔가 결심하는 듯한 얼굴이었다. 마침내 그는 체념한 듯 어깨를 쫙 폈다.

"알았어, 그럼, 미안해. 내가 잘못했어. 용서해 줘."

두 남매는 앉은 채로 서로를 오랫동안 지그시 응시했다. 하지만 제이미가 누나에게 무엇을 용서해 달라고 한 건지는 말하지 않았다. 제니는 입술을 깨물며 동생을 가만히 바라보았지만, 아무런 말이 없었다. 마침내 제이미는 조바심을 냈다.

"미안하다고 했잖아! 나한테 또 뭘 바라? 무릎이라도 꿇을까? 꿇으라면 꿇을 테니까 말을 하라고!"

제니는 여전히 입술을 깨문 채로 천천히 고개를 젓다가, 마침내 말했다.

"아니야. 여기는 네 집인데 네 무릎을 꿇릴 수야 없지. 대신, 일어나."

제이미는 일어섰다. 그러자 제니는 아들을 소파에 내려놓고는 방을 가로질러 동생 앞에 선 다음 명령했다.

"셔츠를 벗어."

"싫어!"

하지만 제니는 그의 킬트에서 셔츠 자락을 홱 잡아당긴 다음 단추를 풀려고 손을 뻗었다. 하지만 거세게 저항하지 않는 걸 보니, 제이미는 그 말에 순종하거나 누나가 옷을 벗기게 놔둘 모양이었다. 결국, 제이미는 최대한 위엄을 유지하면서 누나에게서 물러서더니 입을 꾹 다물고 문제의 셔츠를 벗었다.

제니는 동생의 뒤편으로 가서 등을 살펴보았다. 그녀의 얼굴은 제이미가 격한 감정을 숨길 때 종종 짓는 공허한 표정을 보였다. 그리고 오랫동안 의심했던 사실을 확인이라도 한 듯 고개를 끄덕였다.

"으음, 네가 바보처럼 굴었다면, 대가를 톡톡히 치른 것 같구나."

제니는 동생의 등에 부드럽게 손을 대고서 가장 심한 흉터를 감쌌다.

"아팠을 것 같아."

"아팠어."

"울었어?"

제이미는 옆구리에 늘어뜨렸던 손을 무심코 꽉 쥐었다.

"그래!"

제니는 다시 앞으로 돌아가 동생의 얼굴을 마주 보고는, 뾰족한 턱을 치켜들고 가느다란 눈을 밝고 커다랗게 떴다.

"나도 그랬어. 놈들이 널 잡아간 다음에 매일 울었어."

그녀가 조용히 속삭였다. 똑같이 생긴 각진 얼굴들이 다시금 같은 표정을 지었다. 두 남매의 표정을 본 나는 일어서서 조용히 주방으로 난 문으로 나갔다. 지금은 둘만 남겨 둘 수밖에 없었으니까. 이윽고 문이 닫히자, 제이미가 누나의 손을 잡고 게일어로 무어라 조용히 속삭이는 모습이 보였다. 제니는 동생의 품으로 안겼고, 덥수룩한 구릿빛 머리가 검은 머리 위로 내려앉았다.

27
마지막 이유

우리는 굶주린 늑대처럼 저녁을 먹은 다음, 커다랗고 바람이 잘 통하는 침실로 가서 곯아떨어져 잤다. 다음 날 아침에 일어나 보니 하늘이 좀 흐리긴 했지만 해는 중천에 떠 있었다. 사람들이 기운차게 각자 맡은 일을 하며 온 집 안에 부산을 떠는 느낌과 위층으로 올라오는 향긋한 냄새 덕분에 시간이 꽤 된 것을 알 수 있었다.

아침을 먹은 다음, 남자들은 소작인들을 방문하고 울타리를 점검하거나 마차를 수리하는 일을 하며 즐겁게 보냈다. 그리고 코트를 입으려고 현관 앞에서 잠깐 멈추었을 때, 이안은 현관 거울 아래 탁자에 놓인 제니의 커다란 바구니를 보았다.

"과수원에서 사과를 좀 따 올까, 제니? 그러면 네가 멀리 안 걸어도 되잖아."

그러자 제이미는 누나의 부푼 배를 가늠하며 말했다.

"좋은 생각이야. 누나가 과수원 오가다가 길에서 아이를 떨구면 안 되잖아."

"네 거시기는 이 자리에서 바로 떨궈 줄 수 있어, 제이미 프레이저."

제니는 그에게 쏘아붙이며 차분하게 코트를 들어서 이안이 입도록 도와주었다.

"한 번이라도 제발 쓸모 있는 인간이 좀 되라고. 이 말썽쟁이를 같이 밖에 데려가. 크룩 부인이 세탁소에 있으니까, 얘를 거기다 데려다줘."

제니는 치맛자락에 달라붙어 계속 "안아 줘, 안아 줘"라고 단조로이 읊어 대는 꼬마 제이미를 발을 움직여 떼어 냈다.

제이미는 고분고분하게 말썽쟁이의 몸통을 잡아 들고 바깥으로 휙 나갔고, 거꾸로 들린 아이는 즐거워서 꺅 비명을 질렀다.

"아아."

제니는 만족스럽게 한숨을 쉬더니, 몸을 숙이고 금테 거울에 비친 자신의 모습을 살펴보았다. 그리고 손가락에 침을 묻혀 눈썹을 매끈하게 다듬은 다음 목까지 꼼꼼히 단추를 채웠다.

"치마에 달라붙거나 무릎에 매달리는 아이 없이 옷을 다 차려입게 되어 좋네요. 가끔은 화장실도 혼자 못 가거나, 말 한마디 안 끊기는 일 없이 말하지 못할 때도 있어요."

그녀의 뺨은 살짝 붉었고, 파란 비단 드레스 위로 흘러내린 검은 머리카락이 은은히 빛났다. 이안은 제니를 보고 미소를 지으며, 따스한 갈색 눈동자에 그녀의 활짝 피어오른 아름다운 모습을 담았다.

"음, 그럼 이제 당신은 클레어랑 이야기할 여유도 있겠네."

그는 이렇게 말하며 내 쪽으로 눈썹을 찡긋했다.

"클레어가 상냥하게 들어 주겠지만, 절대로 네가 좋아하는 시 같은 건 이야기하지 마. 까딱하다간 제이미와 내가 돌아오기 전에 클레어가 런던 가는 마차를 잡아타고 도망갈지도 몰라."

남편이 놀리는데도 제니는 전혀 아랑곳하지 않고 그의 코 아래에서 손가락을 탁 튕겼다.

"내 걱정은 할 필요 없어. 내년 4월까지는 마차가 없잖아. 그리고 그때쯤이면 클레어도 익숙해질 거야. 어서 가. 제이미가 기다리잖아."

남자들이 볼일을 보는 동안, 제니와 나는 거실에서 낮 시간을 보냈다. 제니는 바느질하고, 나는 굴러다니는 실을 감고 비단 조각을 분류했다.

겉으로는 친근하게 굴었지만, 우리는 조심스레 상대를 빙빙 돌며 탐색하듯 서로를 곁눈질로 응시하면서 대화를 이어 갔다. 제이미의 누나와 제이미의 아내. 제이미는 빙빙 도는 우리의 생각이 가진 무언의 중심축이었다.

남매가 공유하는 어린 시절은 직물의 씨실과 날실처럼 둘을 영원히 이어 주었지만, 그 후 서로 떨어져 의심을 품고 살다가 각자 결혼까지 한 탓에 남매 관계라는 직조의 짜임새는 느슨해져만 갔다. 게다가 이안이라는 실은 처음부터 남매의 직조 안에 있었지만, 나라는 실은 새로 들어온 것이었다. 그렇다면 실과 실이 맞닿아 생기는 이 긴장감이 어떻게 새로운 짜임새를 만들어 낼까?

우리의 대화는 격의 없이 흘러갔지만, 단어마다 함축된 의미는 분명히 들렸다.

"어머니가 돌아가신 후로 혼자서 집을 꾸리셨다면서요?"

"아, 그래요. 열 살 때부터였죠."

나는 그 애가 어렸을 때부터 사랑으로 키웠어. 내가 이만큼 키워 놓은 애를 어떻게 할 셈이지?

"제이미가 그러는데 당신은 아주 보기 드물게 훌륭한 치료사라면서요."

"우리가 처음 만났을 때 제가 제이미의 어깨를 고쳐 줬어요."

그래, 난 능력 있고 친절한 사람이야. 내가 잘 돌볼게.

"두 사람 정말 빨리 결혼했다면서요."

혹시 내 동생의 토지랑 돈 보고 결혼했니?

"네, 정말 빨리 이루어졌죠. 전 결혼식 직전까지 제이미의 진짜 이름도 몰랐어요."

난 제이미가 이곳 영주인 줄도 몰랐어. 난 그저 그 남자 하나 보고 결혼한 거야.

그렇게 오전 시간을 보낸 다음에는 가볍게 점심을 들었고, 또 이어지는 오후 몇 시간 동안 우리는 잡담을 하고, 이런저런 정보도 나누고, 의견을 교환하고, 머뭇대며 슬쩍 농담도 던지면서 서로를 파악했다. 열 살 때부터 대저택의 살림을 꾸려 왔고, 또 아버지가 돌아가시고 남동생이 사라진 후에는 영지도 관리해 온 여자는 절대 가볍게 볼 만한 존재가 아니었다. 나는 제니가 나를 어떻게 생각하는지 정말 궁금했지만, 마음먹으면 속마음을 절대로 내색하지 않는 남동생만큼이나 그녀도 생각을 숨기는 데 능했다.

벽난로 위의 시계가 5시를 알리자, 제니는 하품하며 기지개를 켰다. 그녀가 수선하던 옷은 둥근 배의 경사면을 따라 바닥으로 미끄러졌다.

그녀는 어설프게 손을 뻗었지만, 나는 그녀 옆에 무릎을 꿇고서 옷을 집었다.

"괜찮아요. 내가 할게요."

"고마워요…… 클레어."

제니는 처음으로 내 이름을 부르며 수줍은 미소를 지었고, 나도 마주 웃어 주었다.

우리가 다시 대화를 시작하려던 순간, 가정부인 크룩 부인이 불쑥 들어왔다. 그녀는 기다란 코를 응접실에 빼꼼 들이밀고는 걱정스러운 기색으로 꼬마 주인님 제이미를 혹시 보았는지 물었다.

제니는 바느질감을 옆으로 치우고 한숨을 쉬었다.

"또 도망쳤군요? 걱정하지 말아요, 리지. 아빠 아니면 삼촌이랑 같이 있겠죠. 우리가 나가서 찾아볼게요. 같이 갈까요, 클레어? 저녁 들기 전에 바람을 좀 쐬면 좋으니까요."

그녀는 힘겹게 일어나 두 손으로 등허리를 꾹 눌렀다. 그리고 신음을 흘리며 내게 찡그린 미소를 지었다.

"3주쯤 남았는데, 더는 못 기다리겠네요."

우리는 천천히 바깥으로 나갔다. 제니는 양조장과 성당을 가리키며 저택의 역사와 각 건물이 언제 지어졌는지를 설명해 주었다.

우리가 비둘기장 모퉁이로 다가갔을 때, 나무 그늘에서 말소리가 들렸다.

"여기 있었네, 이 말썽쟁이가! 내가 잡아 올 때까지 기다려요!"

제니가 소리쳤지만, 나는 그녀에게 손을 얹었다.

"잠깐만요."

꼬마의 목소리 아래로 더 굵은 목소리가 들려왔다. 제이미의 목소리였다.

"걱정하지 말고, 녀석아. 너도 곧 잘하게 될 거야. 고추가 배꼽보다 더 튀어나오지 않으면 좀 어려워. 그렇지?"

모퉁이를 돌아보니, 제이미가 장작을 쪼갤 때 쓰는 모탕에 앉아 자기 이름을 딴 조카와 열심히 대화 중이었다. 꼬마는 셔츠 주름을 애써 남자답게 여미는 중이었다.

"아이랑 뭐 하는 거예요?"

내가 궁금한 기색으로 묻자, 제이미가 설명했다.

"우리 꼬마 제임스에게 발에 튀지 않고 오줌 누는 법을 가르쳐 주는 중이죠. 적어도 삼촌이 이 정도는 가르쳐 줄 수 있겠더라고요."

나는 한쪽 눈썹을 들어 올리고 대답했다.

"말로만 하는 건 안 돼요. 적어도 삼촌이라면 직접 보여 주기도 해야죠."

제이미는 씩 웃었다.

"음, 사실 몇 번 시범을 보여 주기도 했어요. 그러다 막판에는 작은 실수도 있었죠."

조카와 삼촌은 서로에게 비난의 눈초리를 지어 보였다. 그는 꼬마 제이미에게 말했다.

"왜 날 그렇게 보냐. 그건 다 네 잘못이었어. 내가 가만히 있으라고 했잖아."

"에헴."

제니는 웃음기 없는 소리를 내며 동생과 아들에게 똑같은 눈초리를 지었다. 꼬마 제이미는 머리 위로 셔츠 앞섶을 끌어 올리는 식으로 응수했지만, 어른 제이미는 전혀 당황하는 기색 없이 명랑한 표정으로 빙긋 웃더니 자리에서 일어나 바지에 묻은 흙을 털었다. 그리고 조카의 머리에 손을 얹고는 아이를 집 쪽으로 돌려세웠다.

"'모든 일에는 다 때가 있다. 세상에서 일어나는 일마다 알맞은 때가 있다'라고 하잖아. 먼저 일을 했으니, 이젠 씻어야겠지, 꼬마 제임스야. 그런 다음에는 참 고맙게도 저녁 먹을 때가 되겠네."

다음 날 오후가 되었다. 가장 급한 문제를 처리하고 한숨 돌린 제이미는 내게 집 안을 안내했다. 1702년에 지어진 저택은 당시로서는 꽤 현대적이었다. 도자기 스토브로 난방을 했고, 주방 벽에는 거대한 벽돌 오븐을 설치해 화덕 재 속에서 빵을 굽지 않아도 되는 등 혁신적인 시설을 갖추었으니까. 1층 현관과 계단 벽, 응접실 벽에는 그림을 쭉 걸어 두었다. 여기저기 목가적인 풍경화나 동물의 세밀화도 보였지만, 그림의 대부분은 가족과 친지의 초상화였다.

나는 제니의 어린 시절 그림 앞에 멈춰 섰다. 그녀는 빨간 잎사귀 넝쿨을 배경으로 정원 벽에 앉은 모습이었다. 어린 제니의 앞에는 벽을 따라 제비와 개똥지빠귀, 종달새는 물론이고 심지어 꿩까지 일렬로 쭉 늘어서 있었다. 새들은 웃고 있는 주인 아가씨 앞쪽으로 서로 밀치고 미끄러지며 자세를 잡았다. 다른 초상화 속 선조들이 대부분 목을 조를 것 같은 옷깃을 달고서 액자 바깥을 노려보며 근엄한 자세를 취한 모습과는 상당히 다른 그림이었다.

흥미롭게 그림을 바라보는 나를 눈치챈 제이미가 말했다.

"우리 어머니가 그린 그림이에요. 계단 벽에 걸어 둔 그림에는 어머니 작품이 아주 많아요. 하지만 여기에는 두 점만 걸어 놨죠. 어머니는 언제나 이 그림을 가장 좋아했어요."

커다랗고 뭉툭한 손가락이 붉은 이파리 덩굴의 선을 따라 부드럽게 캔버스 표면을 어루만졌다.

"이 새들은 제니가 길들였어요. 누구든 다리나 날개가 부러진 새를 찾으면 제니에게 데려왔죠. 그러면 며칠 안에 제니가 낫게 해 주고 손으로 먹이를 먹였어요. 특히 이 새를 보면 항상 이안이 떠올랐죠."

제이미는 손가락으로 꿩을 톡톡 쳤다. 꿩은 날개를 쭉 펴고 균형을 잡은 채, 검은 눈망울에 사랑을 가득 담아 꼬마 주인을 바라보는 모습이었다.

"당신 정말 못됐네요, 제이미. 그런데 여기에 당신 그림도 있나요?"

내가 웃으면서 물었다.

"아, 있어요."

그는 나를 반대편 벽 창가로 데려갔다.

그 그림은 빨간 머리칼에 타탄을 걸친 어린 소년 둘이 거대한 스태그하운드와 함께 앉아 엄숙하게 액자 바깥을 응시하는 모습을 담았다. 저 개는 브랜의 할아버지라는 네른이겠고, 소년들은 열한 살에 천연두로 죽었다는 형 윌리와 제이미가 분명했다. 이걸 그렸던 당시 제이미는 두 살밖에 되지 않았겠지. 형의 무릎에 앉은 아기 제이미는 한 손을 개의 머리에 얹고 있었다.

우리가 리오흐에서 여기로 오던 어느 날 밤, 외따로 떨어진 언덕 아래에 모닥불을 피워 놓고 제이미는 형 윌리에 대해서 말해 주었다. 그가 스포란에서 벚나무로 조각한 작은 뱀을 꺼내 보여 주었던 기억이 떠올랐다.

“이건 내가 다섯 살 때 윌리가 생일 선물로 준 거예요.”

그때 제이미는 구불구불한 뱀 조각의 곡선을 어루만지며 말했다. 예술적으로 몸을 비틀고 있는 작은 뱀은 재미있는 형상이었다. 고개를 돌린 모습은 마치 뱀에게도 어깨란 게 있어서 뒤를 돌아보고 있는 듯 보였다.

제이미는 내게 자그마한 뱀 조각을 건네주었고, 나는 궁금한 눈길로 조각을 돌려 보았다.

“아래엔 뭐라고 새긴 거예요? S-a-w-n-y. 소니?”

내가 묻자, 제이미는 약간 부끄러운 듯 고개를 숙이며 말했다.

“내 이름이에요. 음, 말하자면 내 두 번째 이름인 알렉산더를 줄여서 귀엽게 부르는 거죠. 윌리가 날 이렇게 부르곤 했어요.”

그림 속 형제의 얼굴은 무척 닮았다. 프레이저가 아이들은 자신의 가치를 저평가하지 말라고 경고하듯 모두 대범한 얼굴을 지녔다.

하지만 이 초상화에서 제이미의 뺨은 통통하고 콧날은 아직 어린애답게 납작한 반면에, 형인 윌리의 든든한 뼈대는 앞으로 건장한 남자로 자라리라는 전망을 보여 주었다. 하지만 그 전망은 현실이 되지 못했다.

“형을 좋아했나요?”

나는 제이미의 팔에 손을 얹으며 부드럽게 물었다. 그는 고개를 돌려 벽난로의 불꽃을 바라본 채 고개를 끄덕였다. 그리고 희미한 미소를 지었다.

“아, 그랬죠. 형은 나보다 다섯 살이 많았어요. 그땐 형이 하느님

같았죠. 하느님까진 아니더라도, 아들인 예수님 같았다고나 할까. 나는 형이 어딜 가든 졸졸 따라다녔어요. 뭐, 형이 오지 말란 곳은 못 따라갔지만."

제이미는 돌아서서 책장 앞을 서성였다. 나는 그에게 잠시 혼자만의 시간을 주고 싶어서, 가만히 머물러 창밖을 바라보았다.

저택의 이쪽 편에서 내다보니, 비가 내리는 가운데 저 멀리 정수리에 풀밭을 얹은 바위 언덕의 윤곽이 어렴풋이 보였다. 그러자 요정의 언덕이 떠올랐다. 선돌 사이를 지나서 마치 토끼 굴에서 떨어진 것처럼 이 세상에 떨어졌던 그때. 겨우 여섯 달 전의 일이었지. 하지만 너무나 오랜 시간이 흐른 것만 같았다.

어느새 제이미는 창가로 다가와 내 옆에 섰다. 그리고 마구 내리는 빗줄기를 멍하니 바라보다가 문득 입을 열었다.

"이유가 또 있어요. 가장 중요한 이유가."

"이유요?"

나는 멍청하게 되물었다.

"당신과 결혼한 이유요."

"그게 뭔데요?"

대체 무슨 말을 듣게 될까. 혹시 뒤틀린 가족사가 또 있는 걸까. 하지만 이어지는 제이미의 말은 그 나름대로 대단히 충격적이었다.

"당신을 원했기 때문이죠."

제이미는 창가에서 고개를 돌려 나를 마주 보았다.

"평생 무언가를 이토록 원했던 적이 없을 만큼 당신을 원했어요."

부드럽게 들려오는 말에 멍해진 채, 나는 그를 빤히 바라보았다. 무슨 말을 듣게 될까 예상했지만, 이건 전혀 예상치 못했다. 너무 놀라 멍하니 입을 벌린 내 얼굴을 보자 그는 가볍게 말을 이었다.

"아빠한테 이 여자가 내 짝인지 어떻게 알아볼 수 있냐고 물었을 때, 아빠는 때가 되면 안다고, 의심할 수 없이 딱 알게 된다고 하셨어요. 그리고 정말 난 그랬죠. 내가 리오흐로 가다가 한밤중에 나무 밑에서 정신을 차렸을 때, 당신은 내 가슴팍에 앉아서 죽을 만큼 피를 흘린다며 욕을 했죠. 그때 난 속으로 말했어요. '제이미 프레이저, 이 여자야. 어떻게 생겼는지 자세히 보이진 않아도, 몸무게가 짐수레 말만큼 무거워도, 이 여자라고.'"

나는 그에게 다가가기 시작했지만, 그는 뒤로 물러서며 빠르게 말을 이었다.

"난 속으로 말했어요. 몇 시간 안에 두 번이나 나를 고쳐 줬잖아. 매켄지 사람들 사이에서 살아야 한다면, 상처를 싸매 주고 부러진 뼈를 맞추는 여자와 결혼하는 것도 괜찮을 거야.' 그리고 또 이렇게도 생각했죠. '야, 제이미, 네 쇄골에 닿는 여자의 손길이 이렇게 좋은데, 저 아래에 닿는 손길은 얼마나 좋을지 상상해 봐…….'"

제이미는 의자 뒤로 잽싸게 몸을 피하며 말했다.

"물론 그때 이런 생각도 했죠. 수도원에서 여자 없이 넉 달을 보내다 보니 이런 걸지도 모르겠다고. 하지만 우리가 같이 말을 타고 어둠 속을 달렸을 때……."

그는 잠시 말을 멈추고 극적으로 한숨을 쉬었다. 하지만 그의 소매를 잡으려는 내 손길은 솜씨 좋게 피했다.

"내 허벅지 사이로 그 예쁘고 넓적한 엉덩이가 딱 들어맞는데……."

나는 제이미의 왼쪽 귀에 주먹을 날렸지만, 그는 슬쩍 피하면서 옆 걸음질 치며 낮은 테이블 뒤로 들어가 나를 가로막았다.

"그리고 돌처럼 단단한 머리가 내 가슴을 쾅쾅 쳐 대는데……."

내가 던진 작은 금속 장식이 그의 머리에 맞고 바닥으로 튀었다.

"그때 속으로 생각했죠……."

제이미는 이 대목에서 너무 심하게 웃어서 말을 하다 말고 숨을 마구 헐떡였다.

"제이미…… 이 계집이 새서나흐이긴 해도…… 살모사만큼 입이 사납긴 해도 말이야…… 엉덩이가 이토록 풍만한데…… 얼굴이 양대가리처럼 생겼다 해도 무슨 상관이겠어?"

순간, 나는 제이미를 깔끔하게 넘어뜨렸다. 집 안을 뒤흔들 만큼 쿵 소리를 내며 그가 바닥에 쓰러지자, 나는 그 위로 올라타 무릎으로 배를 눌렀다.

"그러니까 날 사랑해서 나랑 결혼했다는 말인가요?"

내가 묻자, 그는 애써 숨을 쉬며 눈썹을 치켜떴다.

"내가 방금…… 그렇게…… 말했잖아요?"

한 팔로 내 어깨를 그러안은 제이미는 다른 손으로 내 치마 속을 슬금슬금 더듬더니 방금까지 칭찬했던 나의 신체 부위를 사정없이 마구 꼬집었다.

그때였다. 반짇고리를 가지러 다시 돌아온 제니는 가만히 서서 재미있다는 눈초리로 남동생을 쳐다보았다.

"얘, 제이미, 너 지금 뭐 하는 거니?"

그녀는 한쪽 눈썹을 치켜뜨며 물었다.

"아내와 사랑을 나누는 중이야."

제이미는 키득대느라, 또 나와 마구 싸우느라 숨을 헐떡이며 대답했다. 그러제 제니는 다른 쪽 눈썹도 치켜뜨며 말했다.

"음, 그럼 어디 적당한 데 가서 해. 여기 나무 바닥에서 하다가는 엉덩이에 가시가 박힐 거야."

랄리브로흐는 평화로운 곳이었지만, 나름 분주하기도 했다. 이곳 사람들은 새벽닭이 우는 즉시 다들 주섬주섬 일어났고, 해가 질 때까지 복잡한 시계 장치가 맞물려 회전하듯 열심히 일했다. 해가

지고 나서야 사람들은 시계 속에서 톱니바퀴가 하나씩 떨어지듯 일을 마치고 어둠 속으로 굴러 들어와 저녁을 먹고 잠자리에 들었다. 그러다 아침이 되면 마법처럼 제자리를 찾아 일하기 시작하는 것이다.

남녀노소 할 것 없이 다들 이곳을 운영하는 데 너무나 중요한 역할을 하고 있는지라, 지난 몇 년간 주인도 없는 이곳이 어떻게 이다지도 매끄럽게 굴러온 건지 감히 가늠할 수조차 없었다. 제이미뿐만 아니라, 나 역시 이들의 일상에 완전히 들어맞았다. 전에는 그저 신기해 보이기만 했던 스코틀랜드의 여유로움 이면에는 엄격한 규정이 있다는 것을 나는 처음으로 이해하게 되었다. 아니, 나는 시간을 거슬러 올라왔으니 내가 본 여유로움은 전에 본 것이 아니라 200년 후에 본 것이라고 해야 할까. 여유를 부리며 나태하게 구는 것은 도덕적 타락의 징후일 뿐 아니라 자연법칙에 대한 모욕으로 보일 법했다.

물론 때때로 다른 순간도 있었다. 너무나 빨리 사라지긴 하지만, 만물이 가만히 정지하는 듯한 순간, 모든 존재가 완벽한 지점에서 균형을 맞추는 듯한 순간 말이다. 그 찰나엔 마치 빛과 어둠이 서로 자리를 바꾸면서, 그 둘이 공존하면서도 부재하는 듯이 느껴졌다.

이 농장에 도착한 지 이틀인가 사흘째 되는 날 저녁, 나는 바로 그런 순간을 만끽하고 있었다. 저녁 때 난간에 앉으니 탑 뒤쪽 저 너머 절벽 끝까지 펼쳐진 황갈색 들판이 보였다. 고갯길 저편으로 점점이 선 나무들은 진주빛 하늘 아래로 어둑하니 멀어졌다. 가까운 것과 저 멀리 떨어진 것이 마치 같은 거리에 놓인 듯 보이면서, 그들의 긴 그림자가 모두 땅거미 속으로 녹아들었다.

쌀쌀한 공기에는 곧 서리가 내릴 기미가 엿보였다. 이토록 고요하니 아름다운 공간을 떠나고 싶지 않았지만 그래도 곧 가야겠다는 생각이 들었다. 그러다 제이미가 오는 줄도 몰랐다. 그가 내 어깨에 두툼한 망토 자락을 슬그머니 걸쳐 줬을 때야 그를 알아보았다. 두꺼운 모직 천의 따스함을 느끼자 비로소 지금이 얼마나 추운지 실감이 났다.

제이미는 망토 덮인 어깨 위로 팔을 둘렀고, 나는 그의 품에 아늑하게 기대어 살짝 몸을 떨었다. 그는 내 손을 잡으며 말했다.

"집 안에서 내다보니 당신이 덜덜 떨고 있더라고요. 조심하지 않으면 감기에 걸릴 수 있어요."

"그럼 당신은요?"

나는 몸을 뒤척여 그를 바라보았다. 점점 공기가 싸늘해지는데도, 그는 셔츠와 킬트 차림으로도 더없이 편안해 보였다. 다만 지금이 따스한 봄날이 아니라는 증거로 코끝이 살짝 빨개져 있을 뿐이었다.

"아, 뭐, 나는 추위에 익숙해서요. 스코틀랜드 사람은 샌님 같은 남쪽 잉글랜드 사람과는 달리 혈기 왕성하니까."

그는 미소 지으며 내 턱을 살짝 들더니 코끝에 입을 맞추었다. 나는 그의 귀를 잡고 남자의 입술을 좀 더 아래로 내렸다.

어찌나 오랫동안 서로 안고 있었던지, 제이미가 나를 놓아 줄 때쯤 우리의 체온은 비슷해졌다. 울타리에 몸을 기대어 서자 후끈 달아오른 피가 귓가를 윙윙 울렸다. 뒤편에서 불어오는 산들바람에 얼굴 위로 머리카락이 흩날렸다. 제이미는 내 어깨에서 머리카락을 넘기고 구불거리는 머리털 한 움큼을 손가락으로 펴서 햇살에 비추더니, 조용히 속삭였다.

"이렇게 당신이 빛을 등지고 서 있으니까 후광이 드리워진 것 같네요. 황금빛 왕관을 쓴 천사 같아요."

"당신도요."

나는 작게 대답하며 제이미의 턱선을 쓸었다. 턱을 따라 돋아난 짧은 수염이 햇살을 받아 호박빛으로 반짝였다.

"왜 나에게 진작 말하지 않았어요?"

나는 뜬금없이 질문했지만, 그는 말뜻을 알아들었다. 그리고 한쪽 눈썹을 치켜뜨며 미소 지었다. 웃음 띤 얼굴 반쪽이 태양 빛에 빛났고, 다른 반쪽엔 그림자가 졌다.

"음, 당신은 나랑 결혼하고 싶어 하지 않는다는 걸 알았거든요. 그래서 당신에게 부담을 주고 싶지도 않았죠. 그 후엔, 당신이 나랑 같이 자는 이유가 그저 원치 않았던 부부의 맹세를 깨뜨리고 싶지 않아서였다는 게 뻔했잖아요. 그런데 내 마음을 고백해서 바보가 되고 싶지 않았어요."

제이미는 그늘진 얼굴 위로 하얀 치아를 드러내며 빙긋 웃었다. 내가 뭐라고 항의할 건지 이미 다 예상해서였다.

"적어도 처음에는 그랬다고요. 나도 남자의 자존심이란 게 있어요."

나는 손을 뻗어 제이미를 끌어당겼다. 그것도 아주 가까이 끌어당겨서, 울타리에 앉은 내 다리 사이로 그가 서게 되었다. 살짝 서늘한 남자의 살갗을 느끼면서, 나는 그의 허리에 두 다리를 감고 내 망토를 펴서 그의 몸을 감쌌다. 망토에 아늑하게 둘러싸인 채로 제이미의 팔이 내 몸을 꼭 껴안았고, 얼룩진 아마포 셔츠에 내 뺨이 꾹 눌렸다.

"내 사랑. 아, 내 사랑. 당신을 너무 원해요."

그의 속삭임에 나는 대답했다.

"그 둘은 다르지 않나요? 사랑하는 것과 원하는 것은 차이가 있잖아요."

그는 살짝 낮은 목소리로 웃었다.

"그래도 아주 비슷하죠, 새서나흐. 적어도 나한테는 다를 게 없어요."

나를 원하는 강렬한 마음이 느껴졌다. 세차고 다급한 욕망이었다. 제이미는 갑자기 뒤로 물러서더니, 허리를 굽혀 나를 울타리에서 번쩍 들었다.

"우리 어디 가요?"

지금 가는 곳은 저택 쪽이 아니었다. 느릅나무 숲 그늘에 옹기종기 모인 헛간 쪽이었다.

"건초 더미 있는 곳이요."

28
입맞춤과 속바지

나는 영지 운영에서 점차 내 자리를 찾아 갔다. 제니가 더는 소작인들의 오두막까지 멀리 다녀올 수 없게 되자, 그들을 방문하는 일은 내 몫이 되었다. 가끔은 마구간 일꾼과 갈 때도 있었고, 때로는 제이미와 이안과 동행하기도 했다. 나는 음식과 약품을 가지고 가서 아픈 사람을 최대한 치료하고 건강과 청결을 향상시킬 만한 조언을 해 주었고, 다양한 수준의 고마운 반응을 받았다.

랄리브로흐 저택 내에서도 할 일이 있었다. 나는 집과 주변을 여기저기 엿보면서 내가 도울 만한 곳을 최대한 찾아다녔고, 보통은 정원에서 일했다. 아름다운 장식용 정원 외에도, 영지에는 작은 허브밭과 순무, 양배추, 호박 등을 키우는 채원이라는 텃밭도 있었다.

제이미는 어디든 모습을 비추었다. 그는 회계 장부를 들고 서재에 있기도 했고, 소작인들과 밭에 있기도 했고, 이안과 함께 마구간에 있기도 하면서 그간의 부재를 벌충했다. 그의 행동에는 단순한 의무나 흥미 이상의 무언가가 있는 듯했다. 우리는 곧 떠나야 할 것이었다. 그러니 그가 없는 동안에도 계속 이곳이 잘 굴러가도록 기틀을 닦고 싶을 것이다. 그가, 아니, **우리**가 다시 완전히 돌아올 때까지 말이다.

그래. 떠나야 한다는 건 알고 있다. 하지만 랄리브로흐의 평화로운 집과 영지에 둘러싸여 제니와 이안, 꼬마 제이미와 즐겁게 지내다 보니, 나는 마침내 이곳이야말로 내 집이라는 기분이 들었다.

그러던 어느 날 아침, 식사를 마친 제이미는 마틴 맥이 팔려고 내놓은 말을 보기 위해서 계곡 위쪽까지 갈 거라고 말했다.

제니는 주방 탁자에서 돌아선 채 눈살을 지그시 찌푸렸다.

"과연 안전할까, 제이미? 지난달에 그 지역 곳곳에 잉글랜드 순찰대가 있었다고."

하지만 그는 어깨를 으쓱이면서 의자에 놓아둔 코트를 집었다.

"조심할게."

이안이 벽난로용 장작을 한 아름 들고 오며 말했다.

"아, 제이미. 물어보려다가 깜빡한 게 있는데, 혹시 오늘 아침에 방앗간에 같이 가 줄 수 있어? 어제 조크의 말로는 바퀴에 뭔가 이상이 생겼대. 내가 가서 슬쩍 보긴 했는데, 조크와 내가 고칠 수는 없더라고. 바깥쪽 장치에 쓰레기가 좀 낀 것 같아. 하지만 물 아래라서 안 보이더라고."

이안은 나무 의족으로 바닥을 쿵 치면서 내게 미소 지었다.

"감사하게도 여전히 걷고 말도 탈 수는 있는데, 수영은 못 하겠더군요. 물장구를 쳐 봐도 개미귀신처럼 그냥 뱅뱅 맴돌기만 하더라고요."

제이미는 매형의 설명을 듣고 미소를 지으며 코트를 다시 의자에 놓았다.

"그래도 아침부터 뼛속까지 차가운 물레방아 물 아래로 들어가지 않아도 되니까, 그 점은 좋잖아. 그래, 내가 갈게."

그는 나를 돌아보고서 내가 식물을 채집할 때 쓰는 거대한 고리바구니 쪽으로 익살스레 눈짓하며 말했다.

"나랑 같이 갈래요, 새서나흐? 오늘 아침은 화창하니까, 작은 바구니를 들고 와도 될 텐데. 난 셔츠를 갈아입고 올게요. 잠깐 기다려요."

그는 계단 쪽으로 가서 운동선수처럼 한 번에 세 칸씩 빠르게 뛰어올랐다.

이안과 나는 마주 보며 웃었다. 이안은 이제 제이미처럼 세 칸씩 계단을 뛰어오를 수는 없다는 아쉬움이 서린 것도 같았지만, 그래도 제이미의 활달한 모습을 즐거워하는 기색이 훨씬 컸다.

"재가 다시 와서 좋네요."

"우리가 여기 계속 있을 수 있다면 얼마나 좋을까요."

나는 안타까운 마음으로 말했다. 그러자 이안은 놀란 기색으로 갈색 눈썹을 지그시 모았다.

"그래도 당장 갈 건 아니죠?"

나는 고개를 저었다.

"아뇨. 당장은 아니에요. 하지만 눈이 내리기 전엔 떠나야 할 것 같아요."

제이미는 이미 프레이저 씨족의 근거지인 뷸리에 가는 게 최선이라는 결론을 내렸다. 어쩌면 제이미의 할아버지인 러버트 경이 도와줄지도 모른다. 하지만 도와주지 않는다 해도, 최소한 우리를 프랑스에 보내 줄 수는 있을 것이었다.

이안은 안심한 채 고개를 끄덕였다.

"아, 그렇군요. 그럼 몇 주 더 있다 가겠군요."

———

그날은 화창하고 아름다운 가을날이었다. 공기는 사과주처럼 상큼하고 새파란 하늘은 뛰어들고 싶으리만큼 맑았다. 우리는 천천히 걸으며 한가로이 이야기를 나누었고, 그래서 난 곁눈으로 늦게 핀 들장미와 토끼풀 머리를 지켜볼 수 있었다.

문득 제이미가 말했다.

"다음 주엔 사분기 결산일이 있어요. 그때쯤엔 당신 입을 새 드레스가 완성될까요?"

"그럴 것 같아요. 왜요? 무슨 일 있어요?"

쑥국화 줄기를 꺾으려고 허리를 굽힌 내 모습을 제이미는 미소를 지으며 내려다보았다.

"아, 있긴 있죠. 콜럼이 여는 대축제 같지는 않지만, 랄리브로흐 소작인들이 지대를 내러 올 예정이거든요. 새로이 맞이한 랄리브로흐 마님에게 인사도 드릴 겸요."

"당신이 잉글랜드 여자와 결혼해서 사람들이 놀랄 것 같네요."

"딸을 둔 아버지 중에는 실망하는 분이 있긴 할 거예요. 내가 포트윌리엄으로 끌려가기 전에 이 근처 아가씨 한두 명에게 추파를 던진 적이 있거든요."

"동네 아가씨랑 결혼하지 못해서 서운하죠?"

나는 은근한 목소리로 물었다.

"내가 '그렇다'고 대답할 거라고 생각해서, 지금 가지치기 칼을 꺼내고 선 거죠? 당신은 생각보다 나의 분별력을 무시하는 경향이 있어요."

나는 바구니를 뒤져 꺼냈던 가지치기 칼을 내려놓고 팔을 쭉 뻗은 다음 가만히 기다렸다. 제이미가 드디어 나를 놓아주자, 나는 칼을 다시 들고서 놀리듯 물었다.

"난 언제나 궁금했어요. 어떻게 당신 같은 남자가 그토록 오랫동안 경험이 없이 지냈을까요? 랄리브로흐에 사는 아가씨들은 모두 안 예쁜가요?"

제이미는 눈을 가늘게 뜨고 오전의 태양을 올려다보았다.

"아뇨. 그건 많은 부분 우리 아버지 때문이에요. 아버지와 나는 종종 저녁에 들판을 거닐면서 이런저런 이야기를 했죠. 그러다 내가 그런 쪽에 책임감을 가져야 할 만큼 나이를 먹었을 때, 아버지가 그러셨어요. 남자는 자기가 뿌린 씨에 책임을 져야 한다고요. 여자를 돌보고 보호하는 게 남자의 의무라면서요. 그래서 내가 그럴 준비가 되지 않았다면, 내 행동에 대한 결과를 여자에게 부담 지울 권리가 없다고 하셨죠."

그는 우리 뒤를 슬쩍 돌아 저택을 바라보았다. 그리고 탑 아래 근처에 있는 작은 가족 묘지를 바라보았다. 그의 부모님이 잠든 곳이었다.

"아버지는 남자의 인생에서 가장 위대한 일은 사랑하는 여자와 함께 눕는 거라 하셨죠."

제이미는 부드럽게 말하며 나를 보았다. 새파란 하늘 같은 푸른 눈빛이 미소 지었다.

"아버지 말씀이 맞았어요."

나는 그의 얼굴을 살짝 건드리며 뺨에서 턱으로 이어지는 선을 아래로 쓱 매만졌다.

"그렇지만요, 아버지 말씀 때문에 그토록 오래 기다렸다가 결혼해야 했다니, 당신에게 너무 가혹한 것 아닌가요."

내 말에 제이미는 빙긋 웃었다. 상쾌한 가을바람에 무릎 위로 그의 킬트가 펄럭였다.

"음, 성당에서는 자위가 죄라고 가르치긴 하는데요, 우리 아버지는 다르게 생각하셨죠. 자위하는 것과 불쌍한 여자에게 책임 못 질 일을 하는 것 중에서 골라야 한다면, 품위 있는 남자로서 자기 몸을 희생하는 게 좋겠다고 하셨어요."

나는 한참을 웃다가 겨우 멈추고 고개를 저었다.

"아뇨, 됐어요. 이젠 안 물어볼게요. 어쨌든 당신은 경험 없는 채로 살았군요."

"하느님의 은총과 아버지 덕분에 엄중히 나의 순결을 지켰죠. 하지만 열네 살쯤 됐을 땐 줄곧 여자 생각만 했던 것 같아요. 그러다 나는 비야너흐에 사는 두걸 밑에서 살도록 보내졌죠."

"거긴 여자가 없었나요? 내가 알기로 두걸의 딸들이 있잖아요."

"네, 그랬죠. 딸이 넷이에요. 그중 어린애 둘은 너무 어려서 눈에 들어오지도 않았지만, 장녀는 아주 멋진 아가씨였어요. 이름은 몰리였는데, 나보다 한두 살인가 많았죠. 그리고 내가 관심을 보여도 그다지 좋아하지 않았던 듯해요. 나는 저녁 식사 자리에서 몰리를 빤히 바라보곤 했지만, 몰리는 나를 우습다는 듯 깔보면서 목감기에라도 걸렸냐고 물어봤거든요. 만약 감기 걸렸다면 곧바로 자러 가라고 했어요. 그리고 감기에 걸린 게 아니라면 제발 입 좀 다물면 고맙겠다고 하더라고요. 식사 자리에서 내 목젖을 보고 싶지 않다면서요."

"어째서 경험 없이 지냈는지 좀 알 것도 같네요. 하지만 다른 여자들도 다 몰리 같지는 않았을 텐데요."

나는 치맛자락을 붙잡고 층계를 올라가며 말했다. 제이미는 계단 위에서 내게 손을 내밀어 도와주며 옛 기억을 떠올렸다.

"그건 아니었죠. 다른 여자애들은 내게 관심이 있었어요. 몰리의 동생인 타비사는 좀 더 호의적이었죠."

그는 아련한 미소를 지었다.

"타비사는 티비라고들 불렀는데, 어쨌든 그 애는 나의 첫 키스 상대였어요. 아니, 나한테 키스한 첫 번째 여자라고 해야 맞겠죠. 그때 나는 티비를 위해서 우유 통 두 개를 나르고 있었어요. 헛간에서 낙농장까지요. 머릿속으로는 어떻게 티비를 문 뒤로 데려갈까 계획을 짜고 있었죠. 도망칠 구석이 없는 곳이어서 거기서 키스할 마음이었어요. 그런데 두 손 모두 통을 들고 있어서, 티비가 나에게 문을 열어 줘야 들어갈 수 있었거든요. 그래서 결국 문 뒤로 간 건 내가 되었죠. 그때 티비가 내 앞으로 성큼 다가오더니, 양쪽 귀를 잡고 내게 키스하더라고요. 결국 우유를 다 쏟아 버리고 말았어요."

"기억에 남을 만한 첫 경험이군요."

내가 웃으며 말하자, 제이미도 빙긋 웃었다.

"걔는 내가 처음이 아니었던 것 같아요. 나보다 훨씬 많이 알더라고요. 하지만 우리는 많이 키스해 보지는 못했어요. 하루인가 이틀 후에, 걔 어머니가 식료품 저장고에서 우리를 잡아 냈거든요. 그분은 나를 째려보는 것 이상의 행동은 하지 않으셨고, 티비에게는 가서 저녁상을 차리라고 하셨죠. 하지만 틀림없이 두걸에게 말했던 것 같아요."

두걸 매켄지는 누나의 명예를 더럽혔다는 의혹에 아주 빠르게 반응하는 성미였으니, 자기 딸의 명예를 지키기 위해 어떤 행동을 했을지는 그저 상상만 되었을 뿐이다.

"생각만 해도 오싹하네요."

나는 방긋 웃으며 말했다.

"나도 그래요."

제이미는 몸을 부르르 떨었다. 그리고 수줍은 듯 나를 곁눈질하며 말했다.

"젊은 남자들은 가끔 아침에 일어나면…… 그러니까, 그게 말이죠……."

그는 얼굴을 붉혔다.

"응, 나도 알아요. 스물셋 먹은 늙은이도 마찬가지잖아요. 내가 모를 줄 알았어요? 당신이 얼마나 많이 서는지 자주 봤는데요."

"으으음. 뭐, 어쨌든 티비 어머니가 우리를 본 다음 날 아침, 난 새벽녘에 일어났어요. 그때 꿈을 꾸고 있었거든요. 티비 꿈이요. 그래서 내 거시기를 잡는 손길이 느껴져도 별로 놀라지 않았어요. 다만 놀랐던 건, 그게 내 손이 아니었다는 거죠."

"설마 티비의 손은 아니었겠죠?"

"음, 네. 아니었어요. 걔 아빠 손이었죠."

"두걸이요? 그게 대체 무슨……?"

"그게, 내가 눈을 번쩍 뜨니까 두걸은 날 내려다보고 기분 좋게 웃었어요. 그리고 내 침대에 앉아서 함께 즐거운 대화를 잠깐 나눴죠. 삼촌과 조카로서, 양아버지와 양아들로서 말이죠. 두걸은 내가 여기 있어서 본인이 얼마나 좋은지 말해 줬어요. 자기는 아들이 없으니까, 뭐 그런 말이었죠. 그리고 온 가족이 다 나를 좋아한다고도 했어요. 그리고 본인 딸들이 내게 품었을지도 모르는 아름답고 순수한 감정을 이용하는 상황이 생긴다는 생각만 해도 정말 싫다고 말했죠. 하지만 나를 친아들처럼 믿고 있기 때문에 참 든든하다고도 말했어요.

대화 내내 두걸은 나를 침대에 눕혀 놓고서, 한 손은 단검을 잡고 다른 한 손은 내 불알을 잡고 있었죠. 그래서 나는 말마다 네, 삼촌, 아뇨, 삼촌, 하고 단답으로 대답했죠. 드디어 두걸이 방에서 나간 다음에는 다시 퀼트 이불을 뒤집어쓰고 돼지 꿈을 꿨어요. 그리고 열여섯 살이 될 때까지는 다시는 여자애와 키스 같은 건 하지 않았고, 그 후에 리오흐로 갔죠."

제이미는 웃으며 나를 바라보았다. 머리카락은 뒤로 땋아 가죽끈으로 묶어 두었지만, 짧은 머리칼은 언제나처럼 머리 둘레로 왕관처럼 삐죽빼죽 나와 맑고 깨끗한 공기 중에 찬란한 붉은 빛으로 빛났다. 하얀 피부는 리오흐에서 크레이크 나 둔으로 가는 길에 금빛 띤 청동빛처럼 그을어서, 지금 모습은 마치 바람을 타고 즐겁게 춤추는 가을 낙엽 같았다.

"우리 예쁜 새서나흐 아가씨는 어땠나요? 당신 뒤를 졸졸 따라다니는 꼬마가 많았어요? 아니면 수줍고 단정한 소녀였나요?"

그가 싱긋 웃으며 묻자, 나는 조심스레 대답했다.

"첫 키스는 당신보다 조금 빨랐어요. 여덟 살 때였거든요."

"이런 음탕한 여자 같으니. 당신과 키스한 행운아는 누구였죠?"

"현지 통역관의 아들이요. 이집트였거든요. 걔는 아홉 살이었어요."

"오호, 뭐, 그렇다면 당신에게 뭐라 할 수는 없겠네요. 나이 많은 남자의 꾐에 빠진 것이니까요. 게다가 빌어먹을 이교도 남자에게요."

저 아래로 그림같이 예쁜 물방앗간이 보였다. 진한 붉은 빛 덩굴이 노란 회반죽 벽을 타고 올라갔고, 빛바랜 자그마한 초록색 덧문은 낮이라 열려 있었다. 물은 움직이지 않는 물레방아 밑의 수문을 향해 경쾌하게 흘러내렸다. 연못에는 심지어 오리들도 있었다. 청동빛 깃털에 금빛 눈을 한 오리들은 남쪽으로 날아가기 전 잠시 쉬는 중이었다.

나는 언덕 꼭대기에 멈춰 서서 제이미의 팔에 손을 대고 멈춰 세웠다.

"봐요. 참 아름답지 않아요?"

"물레방아가 돌아간다면 더 아름다운 광경이 되겠죠."

그는 별 감흥 없이 말하더니, 나를 내려다보고 미소 지었다.

"그래요, 새서나흐. 여긴 아름다운 곳이죠. 내가 어렸을 땐 여기에서 수영하곤 했어요. 개울 굽이 근처에 넓은 연못이 있거든요."

언덕 아래로 좀 더 내려가자 버드나무 사이로 연못이 보였다. 그곳엔 소년들도 있었다. 그들은 모두 네 명으로, 벌거벗은 채 서로 경주를 하며 물을 튀기고 소리를 질러 댔다.

"으으으."

나는 그 모습에 부르르 떨며 못마땅한 소리를 냈다. 날씨는 가을치고 따스했지만, 숄을 가져와서 다행이란 생각이 들 정도로 쌀쌀한 감이 있었다.

"수영하는 걸 보기만 해도 오싹해지네요."

"그래요? 음, 그렇다면 내가 따뜻하게 해 줄게요."

개울에 있는 아이들을 힐끗 내려다보며, 제이미는 나를 데리고 커다란 마로니에 나무 그늘로 데려갔다. 그리고 내 허리에 두 손을 얹고서 그림자 안으로 끌어들였다.

"당신은 내가 처음으로 키스한 여자는 아니지만요, 맹세컨대 내가 마지막으로 키스한 여자가 될 거예요."

그는 부드럽게 말하며 마주 본 얼굴 위로 고개를 숙였다.

———

방앗간 주인이 집에서 나와 성급하게 인사를 하고 나자, 나는 방앗간의 개울둑으로 물러섰고 제이미는 몇 분 동안 뭐가 문제인지 설명을 들었다. 주인이 방앗간 안으로 들어가 안에 있는 돌을 돌리려는 동안, 제이미는 잠시 서서 물풀이 무성한 어둡고 깊은 웅덩이를 응시했다. 그러다 마침내 어쩔 수 없다는 듯 어깨를 으쓱이고는 옷을 벗기 시작했다.

"어쩔 수 없어요. 이안 말이 맞네요. 수문 아래 뭔가 박혀 있어요. 내가 내려가서 봐야겠는데……."

내가 그만 숨을 헐떡이는 바람에, 제이미는 말을 잇지 못했다. 그는 돌아서서 내가 바구니를 들고 앉은 둑을 바라보았다.

"왜 그래요? 남자가 속바지만 입은 거 처음 봐요?"

"아니…… 그런 게 아니라…… **그게** 뭐예요!"

나는 웃음을 참느라 애를 먹으며 간신히 말을 꺼냈다. 제이미는 잠수할 수도 있겠다고 예상하고 킬트 아래에 짧은 바지를 입었는데, 그 바지란 게 두 눈을 의심할 정도로 낡은 것이었기 때문이다.

원래는 빨간 플란넬 천이었을 바지는 온갖 현란한 색상과 재질의 천으로 덕지덕지 기워져 있었다. 딱 봐도 이 속바지는 제이미의 몸통보다 몇 인치는 배가 더 나온 사람이 입던 것이었다. 바지가 그의 골반에 아슬아슬하게 걸려서 납작한 배 위로 V자 형태의 주름을 이루었으니까.

"당신 할아버지가 입으시던 건가요? 아니면 할머니?"

나는 깔깔 나오려는 웃음을 애써 참았지만 별 소용이 없었다.

"우리 아버지 건데요. 설마 내가 아내와 소작인들 앞에서 알몸으로 헤엄칠 거라고 생각했어요?"

제이미는 냉랭하게 말하며 나를 흘겨보았다.

이윽고 그는 상당히 위엄 있는 기세로 한 손에 주요 장비를 들고 물레방아 아래 웅덩이로 걸어 들어갔다. 그리고 바퀴 근처로 첨벙첨벙 다가가더니, 자세를 잡고 심호흡을 한 다음 몸을 거꾸로 숙이고 잠수했다. 마지막으로 본 모습은 아랫부분이 풍선처럼 부풀어 둥둥 뜬 빨간 플란넬 속바지였다. 방앗간 주인은 창문 밖으로 몸을 내밀고는, 매끈하게 젖은 머리가 숨을 쉬려 수면으로 올라올 때마다 격려하며 지시를 내렸다.

웅덩이 둑 가장자리에는 수초가 무성했다. 나는 채집용 막대기를 꺼내서 아욱과 작고 고운 이파리를 지닌 참터리풀을 캤다. 그렇게 바구니를 반쯤 채웠을 무렵, 뒤에서 예의 바르게 기침하는 소리가 들렸다.

돌아보니 아주 나이 든 노부인이 보였다. 실제 나이가 얼마나 되는지는 모르겠지만 겉모습은 그랬다. 노부인은 산사나무 지팡이를 짚고서 만든 지 20년은 더 되어 보이는 옷으로 몸을 감고 있었는데, 움츠러든 몸집에 비해 옷이 너무 컸다.

"안녕하슈."

그녀는 실을 감은 실패처럼 고개를 끄덕이며 인사했다. 머리에는 풀 먹인 하얀 케르치*를 써서 머리카락을 대부분 가렸지만, 시든 사과 같은 뺨 옆으로 진회색 가닥이 살짝 보였다.

"안녕하세요."

나도 인사를 건네며 허둥지둥 일어서려 했지만, 노부인은 몇 발짝 다가오더니 놀라우리만큼 우아한 몸짓으로 내 옆에 털썩 앉았다. 다시 일어서실 수 있으시려나.

"저는……."

자기 소개를 하려 했지만, 입을 채 열기도 전에 노부인은 말을 막았다.

"누군지 알아. 영주님 새색시 아니우. 나는 맥내브 부인이라고 하우. 하지만 우리 며느리들도 죄다 맥내브 부인이라 다들 날 맥내브 할멈이라고 부르지."

그녀는 마른 손을 뻗어 내 바구니를 자기 쪽으로 당기더니 안을 들여다보았다.

"아욱이로군. 감기에 좋지. 하지만 이건 쓰면 안 되시우, 아가씨. 이건 백합 뿌리처럼 보여도 아니라고."

그녀는 작은 갈색 덩이줄기를 쿡 찌르며 말했다.

"그럼 그건 뭔가요?"

"나도고사리삼이야. 그걸 먹으면 말이우, 아가씨. 배를 잡고 고꾸라져서 방 안을 데굴데굴 굴러다니게 되실 거라우."

노부인은 바구니에서 덩이줄기를 건져 웅덩이에 휙 던졌다. 그러더니 무릎에 바구니를 놓고 남은 식물을 능숙한 솜씨로 뒤적였고, 나는 흥미와 짜증을 동시에 느끼며 그 모습을 지켜보았다. 마침내 노부인은 만족스러운 기색으로 내게 바구니를 돌려주었다.

"으음, 아가씨는 새서나흐치고 그다지 바보는 아니시군. 그래도

* 리넨으로 만든 머릿수건으로, 스코틀랜드 지역의 결혼한 여인이 착용했다.

두루미냉이랑 명아주를 구별할 줄 아시니 말이우."

그녀는 웅덩이 쪽을 슬쩍 바라보았다. 제이미가 물개처럼 매끈하게 젖은 고개를 잠시 들더니, 이내 방앗간 아래로 사라졌다.

"영주님께선 아가씨 얼굴만 보고 결혼한 건 아닌 듯하시네."

"감사합니다."

나는 그 말을 칭찬으로 받아들이기로 하고 대답했다. 바늘처럼 날카로운 노부인의 눈빛이 나의 복부에 꽂히더니, 내게 대뜸 물었다.

"아직 애가 없으시우? 그럼 라즈베리 이파리가 특효약인데. 들장미 열매랑 같이 라즈베리 이파리를 한 움큼 물에 담갔다가 달이 4분의 1쯤 되었을 때부터 보름까지 드시우. 그런 다음에 보름달이 다시 반달이 될 때까지는 매자나무 열매를 좀 먹고. 그러면 자궁이 깨끗해진다우."

"아, 그게……."

노부인은 내가 말할 틈을 주지 않았다.

"영주님께 청이 좀 있는데, 지금 보니 바쁘신 듯하니, 대신 아가씨에게 말해야겠어."

"그러세요."

나는 힘없이 동의했다. 대체 어떻게 하면 이 할머니를 막을 수 있을지 알 수가 없었다.

노부인은 대리석 구슬처럼 반질반질하고 크기도 비슷한 회색 눈동자로 나를 빤히 바라보며 말했다.

"내 손자 때문이우. 내 손자 라비라는 애가 있다우. 나는 손주가 열여섯이고, 그중 셋이 이름이 다 로버트야. 하지만 부를 때 한 놈은 봅, 또 한 놈은 롭, 그리고 꼬마애를 라비라고 부른다우."

"손주가 많아서 좋으시겠어요."

나는 공손하게 말했고, 할머니는 이야기를 계속했다.

"나는 영주님이 그 애를 마구간에서 일하게 해 주셨으면 좋겠수."

"어, 제가 무어라 대답해야……."

그녀는 비밀 이야기를 하듯 내게 고개를 숙이고 말했다.

"걔 아비가 애를 너무 심하게 잡아서 말이우. 물론 좀 엄하게 키우는 게 나쁘다는 건 아니우. 매를 아끼면 아이를 망친다는 말을 내가 많이 하기도 했지. 선하신 주님께서도 사내 녀석들은 원래 맞아도 싼 놈들이라는 걸 잘 알고 계시고 말이지. 아니면 그놈들 머릿속에 사악한 생각을 그토록 많이 넣어 두셨을 리 있어? 하지만 애를 벽난로 앞에서 때려눕히고, 애 얼굴에 내 손만 한 멍이 들게 하고, 배넉 하나도 제대로 못 먹일 정도면……."

"라비의 아버지가 아이를 때린다는 말씀이신가요?"

내가 끼어들어 묻자, 노부인은 내가 말귀를 알아들었다는 데 기뻐하며 고개를 끄덕였다.

"그렇지. 내 말이 그거라우."

할머니는 한 손을 들었다.

"자, 보통 때 같으면 나는 당연히 간섭 안 했을 거라우. 남자는 자기가 옳다고 생각하는 대로 아들을 키울 수 있으니까. 하지만……그게, 라비는 내가 제일 좋아하는 손자라우. 그리고 걔 아비가 술주정뱅이인 건 아이 잘못이 아니잖우. 내가 부끄럽게도 그놈 어미가 되어서 할 말은 아니지만 말이우."

노부인은 검지손가락을 막대기처럼 세웠다.

"로널드의 아비도 가끔 술을 진탕 퍼마실 때가 있었지. 하지만 나나 애들한테는 절대로 손을 대지 않았다우. 아, 처음에는 딱 한 번 그랬지만, 그 후로는 아니었어."

그녀는 가만히 생각하다가 덧붙였다. 그리고 갑자기 나를 바라보며 눈빛을 반짝이자, 할머니의 자그마한 뺨이 여름 사과처럼 둥글고 단단해 보였다. 이분, 소싯적에는 아주 활달하고 매력적인 소녀셨겠어.

"그이는 나를 한 번 때렸수. 그때 나는 벽난로 가리개를 확 들어다가 머리를 내리쳤지."

노부인은 몸을 앞뒤로 흔들며 웃었다.

"때리고 보니 아이고, 내가 이이를 죽였구나, 하고 철석같이 믿고서 무릎 위에 그이 머리를 올리고 끌어안고 마구 울었지. 이제 나는 어쩌나, 먹여 살릴 애가 둘이나 딸린 과부가 되었구나, 싶어서 말이우. 그런데 남편이 다시 살아났어."

그녀는 단조로운 목소리로 말했다.

"그 후로는 나나 애들한테 다시는 손찌검을 하지 않더라고. 나는 애를 열셋 낳았다우. 다 키운 건 열이었고."

이제 노부인은 자랑스러운 기색이 되었다.

"정말 대단하시네요."

나는 진심으로 말했다. 그녀는 내 무릎에 자신 있게 손을 얹으며 말했다.

"라즈베리 이파리를 드시우. 명심해요, 아가씨. 라즈베리 이파리가 효험이 있다고. 만약 그게 안 들으면 나한테 찾아와요. 그러면 내 옥수수꽃이랑 호박씨랑 섞어 만든 물에다 날달걀을 타서 줄 테니. 그걸 마시면 남편 씨가 곧바로 자궁으로 쭉 빨려 들어가게 되거든. 부활절 때쯤엔 배가 호박만큼 불러 올 거유."

나는 얼굴이 좀 빨개진 채로 기침을 했다.

"으으음, 어쨌든 제이미가, 아니, 영주님께서 손자를 저택 마구간지기로 삼길 바라시는 거죠? 그래야 아버지에게 벗어날 수 있으니까?"

"응, 그래요. 라비 걔는 작지만 튼튼한 일꾼이라우. 영주님은 절대로……."

그때였다. 한창 활기차게 말하던 노부인의 얼굴이 확 굳었다. 뒤를 돌아본 순간 나 역시 얼어붙고 말았다. 빨간 코트들이 왔구나.

말을 탄 용기병 여섯 명이 조심스레 언덕을 내려와 방앗간으로 다가오고 있었다.

맥내브 부인은 참으로 감탄할 만큼 빠르게 상황 판단을 내리고는 벌떡 일어나 제이미가 벗어 둔 옷 위에 앉아 치맛자락을 쫙 펴서 옷을 모두 가렸다.

뒤편 방앗간에서 첨벙 소리가 나면서 숨을 훅 들이쉬는 소리를 내며 제이미가 다시 수면 위로 떠올랐다. 혹시나 용기병들이 웅덩이를 쳐다볼까 무서웠기에, 나는 소리를 지르거나 움직일 수가 없었다. 하지만 뒤편에서 갑자기 정적이 흐르는 것으로 보아, 제이미도 용기병을 본 듯했다. 곧이어 수면에서 외마디 말이 들렸다. 조용히 읊조렸으나 진심이 똑똑히 담긴 말이었다.

"**제길.**"

노부인과 나는 꼼짝도 않은 채로 얼굴을 굳히고는 언덕을 내려오는 군인들을 지켜보았다. 그들이 방앗간으로 향하는 마지막 굽이길을 돈 순간, 노부인은 재빨리 나를 바라보고는 검지를 주름진 입술 위로 꼿꼿이 세웠다. 내가 입을 열어 잉글랜드 말씨를 저들에게 들려주어서는 안 된다는 뜻이었다. 내가 고개를 끄덕일 새도 없이, 진흙투성이 말발굽이 몇 미터 앞에서 멈췄다.

"안녕하십니까, 숙녀분들."

용기병의 지휘관이 인사했다. 그의 계급은 상병이었지만 다행히도 호킨스 상병은 아니었다. 슬쩍 훑어본 결과 내가 포트윌리엄에서 본 사람은 아무도 없었다. 그래서 바구니를 꽉 쥐었던 손힘을 아주 살짝 풀었다.

"저 위를 지나다 방앗간을 봤습니다. 그래서 여기서 곡식 한 자루 살 수 있을까 생각했지요."

용기병은 이렇게 말하며 우리 가운데를 향해 어설프게 고개를 숙였다. 누구에게 말을 건네야 할지 확신이 없어서였다.

맥내브 부인은 쌀쌀맞지만 정중한 태도로 고개 숙여 인사하며 대답했다.

"안녕하시우. 하지만 곡식을 사러 오셨다면 참 안됐지만 그럴 수 없으시우. 물레방아가 지금 고장이 났거든. 다음에 이쪽에 들리시면 오시구려."

"아, 그렇습니까? 뭐가 문제인데요?"

작은 몸집에 안색이 팔팔한 젊은이인 상병이 문득 관심을 보였다. 그는 웅덩이 가장자리로 걸어가서 물레바퀴를 유심히 바라보았다. 마침 방앗간 주인이 창문으로 고개를 내밀어 맷돌이 지금 어떻게 되었나 말해 주려다가, 상병을 보자 황급히 안으로 들어갔다.

상병은 자기 부하 하나를 불렀다. 그리고 언덕으로 올라가 부하에게 손짓하자, 그는 고분고분하게 허리를 굽히고 상병을 자기 등에 태웠다. 상병은 두 손으로 지붕 가장자리를 잡고서 초가지붕 위로 꿈틀대며 올라갔다. 지붕 위에 서자, 커다란 물레바퀴 끝에 간신히 손이 닿을 정도가 되었다. 그는 팔을 뻗어 두 손으로 바퀴를 흔들었다. 그리고 허리를 굽혀 창문을 바라보고는 방앗간 주인에게 맷돌을 손으로 돌려 보라고 소리쳤다.

나는 마음을 단단히 먹고 수문 바닥을 보지 않으려고 했다. 물레방아의 원리에 대해 정확히는 모르지만, 갑자기 바퀴가 돌아가면서 근처에 있던 것이 속으로 빨려 들어 으스러지는 게 아닐까 걱정이 들었다. 내 걱정이 괜한 것이 아니었는지, 맥내브 부인은 우리 곁에 있던 군인에게 날카롭게 소리쳤다.

"젊은이, 상관 분에게 하지 말라고 하우. 그러다 방아가 상하고 저분도 다칠까 걱정되우."

그러자 군인은 태연하게 대답했다.

"아, 걱정하지 마세요, 부인. 실버 상병님 아버지가 햄프셔에서 물방앗간을 하시거든요. 상병님은 물방앗간에 대해서 모르는 게 없다고요."

맥내브 부인과 나는 불안한 표정을 주고받았다. 상병은 계속 위아래로 오르내리며 여기저기 흔들고 건드리기를 계속하다가 우리가 앉은 자리로 돌아왔다. 그리고 땀을 뻘뻘 흘리며 커다랗고 더러운 손수건으로 새빨개진 얼굴을 닦고는 우리에게 말을 걸었다.

"저 위에서는 움직일 수가 없겠는데요. 게다가 멍청한 방앗간 주인은 영어를 전혀 못 하는 것 같네요."

그는 맥내브 부인의 튼튼한 지팡이와 굽은 팔다리를 힐끗 보더니 나를 쳐다보았다.

"혹시 아가씨가 내 말을 주인에게 통역해 줄 수 있을까요?"

맥내브 부인은 나를 보호하듯 손을 뻗어 소매를 잡았다.

"죄송하지만 우리 며느리를 놔둬 주시우, 나으리. 얘는 지금 막내 아기를 사산한 다음에 정신이 나갔다우. 그래서 1년 동안 말 한마디 못 하고 있다우. 불쌍한 것. 그래서 내가 잠시라도 눈을 뗄 수가 없수. 슬픈 마음에 물에 몸을 던져 죽을까 봐 말이우."

나는 최대한 정신이 나간 얼굴을 지었다. 지금 상황이 너무나 급박해서 그런 표정을 짓기가 별로 어렵지 않았다.

상병은 당황한 기색이 역력했다.

"오, 그렇군요……."

그는 웅덩이 가장자리를 배회하며 찌푸린 얼굴로 수면을 바라보았다. 그러다 한 시간 전에 제이미가 지었던 표정을 지었다. 분명히 같은 결론을 내려서였다.

"그럼 어쩔 수 없지. 콜린스, 내가 저 아래로 들어가서 뭐가 끼었는지 봐야겠다."

그는 나이 든 용기병에게 말했다. 그리고 빨간 코트를 벗고 셔츠의 소매를 풀기 시작했다. 나와 맥내브 부인은 공포에 질린 표정으로 서로를 바라보았다. 방앗간 아래에는 살아남을 만한 공기가 충분할지는 몰라도, 몸을 숨길 곳은 전혀 없었다.

별로 먹힐 것 같지는 않았지만, 그래도 혹시 간질 발작을 일으키는 척할까 생각하던 순간이었다. 갑자기 머리 위에서 물레바퀴가 삐걱거렸다. 이어서 나무가 으스러지는 듯한 소리가 나더니, 커다란 바퀴가 반쯤 돌다 잠시 멈춰 섰다. 그리고 이어서 쉴 새 없이 회전하며 환한 물줄기를 경쾌하게 수문에 쏟아부었다.

상병은 옷을 벗다 말고 바퀴가 그리는 호를 감탄하며 바라보았다.

"저것 보게, 콜린스! 뭐가 끼어 있던 건지 궁금하지 않나?"

그 질문에 대답이라도 하는 듯, 바퀴 위로 무언가가 보였다. 빨간 천이었다. 주름지고 흠뻑 젖은 천에서는 물이 뚝뚝 떨어졌다. 천이 걸린 바퀴 부분이 물줄기를 때리며 수문으로 떨어지자, 걸렸던 천이 풀렸다. 제이미의 아버지가 입으셨던 속바지는 웅장한 자태를 뽐내며 방앗간 웅덩이 위로 둥둥 떴다.

나이 든 용기병은 막대기로 바지를 낚아서 상관에게 조심스럽게 건네주었다. 상병은 마치 죽은 물고기를 빼내야 하는 사람처럼 막대기 끝에서 바지를 빼냈다.

그는 속바지를 들어 올리고 날카로운 눈초리로 바라보며 말했다.

"흠, 대체 이게 왜 저기서 나왔지? 이게 축대 사이에 끼었던 게 틀림없군. 이런 천 쪼가리가 참으로 큰 문제를 일으킬 수 있다니 신기하지 않나, 콜린스?"

"예, 그렇습니다."

용기병은 스코틀랜드 물방앗간의 내부에는 별 관심이 없어 보였지만, 정중하게 대답했다.

천을 한두 번 돌려 본 상병은 어깨를 으쓱이고는 그 바지에다 손에 묻은 흙을 닦았다.

"그래도 좋은 플란넬 천이군. 물건 닦는 데 쓸 수는 있겠어. 기념품으로 어떤가, 콜린스?"

그는 천을 비틀어 물을 짰다. 그리고 맥내브 부인과 나에게 정중하게 인사한 후, 말을 타러 갔다.

용기병이 언덕을 막 넘어가자마자 웅덩이에서 첨벙 소리가 나더니 마치 이곳에 거주하는 물의 요정인 듯 머리가 쑥 솟아올랐다.

제이미는 핏기가 싹 가신 창백한 얼굴이다 못해 카라라산産 대리석처럼 새파랗게 질려 있었다. 치아가 어찌나 딱딱 부딪히던지 처음에는 뭐라고 말하는지 알아들을 수가 없었다. 어쨌든 게일어라서 이해할 수도 없었지만.

하지만 맥내브 부인은 알아듣는 데 전혀 문제가 없었기 때문에 주름진 턱을 쩍 벌리고 말았다. 하지만 이내 입을 다물고는 새로운 영주님에게 정중히 인사했다. 노부인을 본 제이미는 물가로 나오던 걸음을 멈추고 하반신을 얌전히 물속에 담근 채 섰다. 그리고 심호흡을 한 다음 덜덜 떨리는 치아를 힘주어 악물고 어깨에 붙은 좀개구리밥을 떼어 냈다.

"맥내브 부인."

그는 나이 든 소작인에게 허리 굽혀 인사했다.

"나으리. 날이 참 좋지 않수?"

그녀는 다시금 제이미에게 절했다.

"조, 조금 쌀쌀하네요."

제이미는 인사말에 대답하며 나를 보았다. 하지만 나는 어쩔 수 없다는 투로 어깨를 으쓱였다.

"영주님이 다시 고향에 돌아오셔서 참으로 기쁘다우. 우리 애들도 그렇고 저도 영주님이 속히 고향에 자리를 잡으시기를 바라고 있수."

"저도 그래요, 맥내브 부인."

제이미는 예의 바르게 말했다. 그리고 고개를 홱 돌려 나를 노려보았다. 나는 붙임성 있게 미소를 지었다.

노부인은 우리가 서로 치는 장난을 못 본 척, 마디진 두 손을 무릎 위로 모으고 품위 있게 자세를 다듬었다.

"영주님께 작은 청을 하나 드리고 싶은데. 제 손주……."

그녀가 말을 잇던 순간, 제이미는 물속에서 위협적으로 반걸음 나서며 말을 가로막았다.

"맥내브 할멈, 어서 내 셔츠를 주신다면 무슨 청이든 들어드리죠. 이러다 하반신이 얼어서 떨어지겠어요."

29
더욱 정직하게

저녁 식사 자리를 정리하고 나면 우리는 제니와 이안과 함께 응접실에 모이곤 했다. 그리고 이런저런 대화를 나누거나 제니가 들려주는 이야기를 들었다.

하지만 오늘 밤엔 내가 이야기를 들려주게 되었다. 맥내브 부인과 빨간 코트의 일화를 들려주자 제니와 이안은 넋을 잃고 빠져들었다.

"선하신 주님께서도 사내 녀석들은 원래 맞아도 싼 놈들이라는 걸 잘 알고 계시고 말이지. 아니면 그놈들 머릿속에 사악한 생각을 그토록 많이 넣어 두셨을 리 있어?"

내가 맥내브 할멈 흉내를 내자 다들 집이 떠나가라 웃었다.

제니는 웃다 못해 흘린 눈물을 닦았다.

"세상에, 맞는 말이긴 하죠. 할멈도 잘 알고 있네요. 그분에게 아들이 몇이었지, 이안? 여덟이었나?"

이안은 고개를 끄덕였다.

"응, 최소 여덟이었지. 아직도 걔네 이름을 다 외우지 못했다니까. 나랑 제이미가 어렸을 때는 맥내브 애들이 언제나 둘씩 다니면서 사냥이나 낚시를 하거나 수영하는 것 같았어.”

“둘이 같이 자랐나요?”

내가 묻자 제이미와 이안은 서로 은근한 표정을 지으며 활짝 미소 지었다. 제이미는 웃으며 설명했다.

“아, 응. 우리는 친하게 지냈죠. 이안의 아버지는 랄리브로흐에 없어서는 안 될 분이었어요. 지금의 이안처럼요. 무모했던 어린 시절에는 말이죠, 어쩌다 보니 여기 계신 머리 씨와 내가 나란히 서서 우리의 존경하는 아버지들을 앞에 모셔 놓고 이런저런 말씀을 드렸던 적이 많았어요. 이런 꼴이 이상해 보여도 사실은 그게 아니다, 알고 보면 사정에 따라 이야기가 달라진다, 하고 말이죠. 결국은 설득에 실패했지만요.”

“설득에 실패했다는 말이 나왔으니 말인데, 나는 어쩌다 보니 여기 계신 프레이저 씨와 울타리에 나란히 엎드려서 맞았던 적이 많았죠. 그리고 내가 맞을 차례를 기다리는 동안 이분이 고개를 쳐들고 바락바락 소리 지르는 걸 많이 봤죠.”

그러자 제이미가 분개하여 대꾸했다.

“내가 언제! 난 소리 지른 적 없어.”

그러자 이안은 친구답게 대답했다.

“뭐, 그럼 소리 지른 건 아니라고 해. 그래도 제이미, 넌 진짜 짜증 나게 시끄러웠어.”

제니도 한마디 보탰다.

“너희 둘 다 지른 소리가 사방 몇 킬로미터까지 들렸거든? 소리만 질렀으면 또 몰라. 울타리 앞에서 제이미가 항상 말싸움하는 것도 들렸다고.”

“그래, 넌 차라리 변호사가 되었어야 했어, 제이미. 하지만 내가 왜 항상 네가 말하게 뒀을까 모르겠다. 네가 하는 말 때문에 상황이 더 나빠지기만 했는데.”

이안이 고개를 저으며 말하자, 제이미는 다시 웃기 시작했다.

"혹시 탑 이야기야?"

"그래."

이안은 나를 바라보며 서쪽을 가리켰다. 집 뒤편 언덕에 솟아 있는 오래된 탑 방향이었다. 그는 눈을 흘기며 말했다.

"제이미의 말솜씨 덕분에 망했던 일화죠. 얘가 브라이언 아저씨에게 그랬거든요. 본인의 관점을 강요하려고 물리적인 폭력을 사용하는 건 미개하다고요. 체벌은 야만적이고 구식이라고 했어요. 의도치 않았던 파생, 그 뭐더라, 아, 파생 효과를 일으켰다는 이유만으로 타인을 구타하는 행위는 건설적인 처벌 형태가 아니라나 뭐라나……."

이쯤에서 모두는 웃었다.

"브라이언 씨가 그 이야기를 잠자코 듣고 계셨나요?"

내가 묻자, 이안은 고개를 끄덕였다.

"아, 그러셨죠. 나는 제이미 옆에 서서, 제이미가 마구 말을 늘어놓다가 숨차서 쉴 때마다 그 말이 옳다며 고개를 주억거리기만 했어요. 마침내 제이미가 할 말이 다 떨어지자, 아저씨는 기침 비슷한 소리를 내시더니 이러셨죠. '알겠다.' 그런 다음에 돌아서서 창밖을 바라보시며 뭔가 생각에 잠긴 것처럼 채찍을 휘두르며 고개를 끄덕이셨어요. 나와 제이미는 나란히 서서 땀만 뻘뻘 흘리고 있었죠. 마침내 아저씨가 돌아서더니 우리더러 마구간으로 따라오라고 하셨어요."

이어지는 이야기는 제이미가 했다.

"그리고 우리에게 빗자루와 솔, 양동이를 하나씩 주시고는 탑을 가리키셨죠. 그리고 내 주장에 동의하신다면서, 좀 더 '건설적인' 처벌을 결정하셨다고 하셨죠."

이안은 탑의 거친 돌덩이를 훑어보듯 눈을 천천히 위로 굴리고는 한숨을 내쉬며 말했다.

"그 탑은 높이가 18미터에 지름이 9미터예요. 3층 높이죠. 우리는 그걸 위에서부터 문질러 닦았죠. 다 닦는 데 닷새가 걸렸고, 그 후로 난 아직도 기침할 때마다 썩은 귀리 지푸라기 맛을 느껴요."

제이미는 머리를 조심스레 만지며 말했다.

"사흘째 되는 날 넌 나를 죽이려고 했잖아. 나 때문에 청소를 하게 되었다면서. 네가 빗자루로 때렸던 곳의 흉터가 남았다고. 귀 위에 끔찍하게 말이야."

이안은 편안한 기색으로 대꾸했다.

"아, 그건 네가 두 번째로 내 코를 부러뜨려서 때렸던 거잖아. 그러니 비긴 걸로 해."

"하여간 머리가家 사람들은 뭘 잊는 법이 없어."

제이미는 고개를 절레절레 흔들며 말했다. 나는 손가락을 하나씩 접으며 물었다.

"어디 보자, 듣자 하니 프레이저가는 고집불통이고, 캠벨가는 엉큼하고, 매켄지가는 매력적이지만 교활하고, 그레이엄가는 멍청한 것 같네요. 그렇다면 머리가의 특징은 뭔가요?"

"싸울 때 우리 편이면 든든하죠."

제이미와 이안이 한목소리로 대답하더니, 같이 웃었다. 그러다 제이미가 한참 웃고선 말했다.

"그런데, 머리가가 정말 우리 편이 맞는지는 두고 봐야 해요."

두 남자는 다시 한바탕 웃었다.

제니는 못마땅한 표정으로 고개를 저으며 남편과 남동생을 바라보았다. 그리고 바느질거리를 내려놓더니 자리에서 일어섰다.

"그러고 보니 우리 아직 와인도 안 마셨네. 이리 와요, 클레어. 크룩 부인이 포트와인과 같이 마실 비스킷을 구워 놨는지 보자고요."

15분 후 다과를 가지고 다시 응접실 앞으로 오자, 이안의 말소리가 들렸다.

"제이미, 넌 괜찮아?"

"뭐가?"

"우리가 네 동의도 없이 결혼한 거 말이야. 제니랑 나."

나보다 앞서 걷던 제니는 응접실 문 바깥에서 우뚝 멈춰 섰다.

제이미가 발 뻗고 누운 2인용 소파에서 피식 웃는 소리가 들렸다.

"내가 어디 있는지, 언제 돌아오기는 하려는지 둘은 모르는 상황이었잖아. 기다리지 않았다 해도 내가 뭐라 할 수 없지."

장작 바구니에 기대앉은 이안의 옆모습이 언뜻 보였다. 선량해 보이는 갸름한 얼굴을 그는 살짝 찌푸렸다.

"으음, 난 그게 옳다고 보지 않았어. 특히 내가 이렇게 다리를 다쳤으니……."

그러자 더 크게 코웃음 치는 소리가 들렸다.

"네가 양팔과 양다리를 다 잃었다 해도 제니에겐 네가 제일 좋은 남편감이었을 거야."

제이미는 불퉁하게 말했다. 이안은 부끄러운 기색으로 창백한 얼굴을 새빨갛게 물들였다. 제이미는 헛기침하고는 허리를 굽혀 바구니에서 떨어진 불쏘시개 장작을 집었다.

"그런 양심의 가책을 지니고서 결혼은 어떻게 한 거야?"

제이미가 한쪽 입가를 비틀어 웃으며 묻자, 이안은 항변했다.

"세상에, 이 문제를 두고 나한테 선택지가 있었을 거라고 생각해? 프레이저에게 반기를 들라고?"

이안은 친구에게 싱긋 웃으며 고개를 저었다.

"어느 날 들판에서 내가 바퀴 빠진 마차를 고치고 있었을 때였어.

제니가 나한테 오더라. 나는 진흙을 온몸에 잔뜩 묻힌 채로 마차 아래에서 기어 나왔는데, 제니가 온통 나비가 내려앉은 나무처럼 서 있더라고. 그리고 나를 위아래로 훑어보더니 이렇게 말했어…….”

이안은 잠시 말을 멈추고 머리를 긁었다.

“으음, 정확히 뭐라고 했는지는 기억이 안 나. 어쨌든 결론은 내가 흙먼지를 뒤집어쓰고 있는데도 제니가 나한테 키스를 하더라고. 그리고 말하더라. ‘좋아요. 그러면 우리는 성 마틴 축일에 결혼하는 걸로 하죠’.”

그는 짐짓 체념하는 얼굴로 두 손을 폈다.

“아직도 난 우리가 결혼하면 안 될 이유를 얼마든지 댈 수 있어. 그런데 정신을 차려 보니 신부님 앞에 서서 ‘나는 재닛 그대를 아내로 맞이하여’라고 말하고 있더라고……. 아주 얼토당토않은 맹세를 줄줄 읊어 댔지.”

제이미는 앉은 자리에서 몸을 흔들며 웃었다.

“아, 그 기분 알지. 약간 정신이 멍했지?”

이안은 부끄러운 기색을 잊은 채로 미소 지었다.

“정말 그랬지. 여전히 제니를 보면 그런 느낌이 들 때가 있어. 언덕에서 햇빛을 찬란하게 받고 선 모습이나, 나를 쳐다보지 않고 꼬마 제이미를 안고 있을 때를 보면 말이야. 그럴 때면 제니를 보면서 속으로 이렇게 생각하지. ‘아, 하느님, 저 여자가 정말로 내 아내가 맞단 말입니까’라고 말이야.”

이안은 고개를 저으며 갈색 머리카락을 이마 위로 쓸어 넘겼다.

“그러다 제니가 돌아서서 나를 보고 웃으면…….”

그는 고개를 들고 처남을 보며 씩 웃었다.

“음, 너도 알 거 아냐. 네가 클레어를 바라보는 모습이 나랑 똑같더라고. 클레어에겐…… 뭔가 특별한 게 있잖아?”

제이미는 고개를 끄덕였다. 여전히 미소 띤 얼굴이었지만, 지금의 미소는 사뭇 달랐다.

"그렇지. 맞아. 클레어는 그래."

그는 조용히 대답했다.

포트와인과 비스킷을 앞에 두고, 제이미와 이안은 함께 보냈던 어린 시절과 각자의 아버지를 추억했다. 이안의 아버지 윌리엄은 지난 봄에 돌아가셔서, 이안이 영지를 홀로 운영하게 되었다.

"너 기억나? 봄쯤에 네 아버지가 우리를 데리고 대장간에 가서 끌채 수리하는 법을 보여 주셨잖아?"

"응. 그때 왜 우리가 계속 꼼지락대며 안절부절못하는지 이해를 못 하셨지……."

"그래서 계속 물으셨잖아. 혹시 화장실에 가고 싶은 거냐고……."

두 남자는 이야기를 채 맺지도 못하고 심하게 웃었다. 그래서 나는 제니를 바라보았다. 그녀는 간단히 대답했다.

"두꺼비 때문에요. 저 둘이 각자 셔츠에다 두꺼비를 대여섯 마리씩 넣고 있었거든요."

"아, 세상에. 그때 한 놈이 네 목까지 기어 올라와서 셔츠 밖으로 뛰어나가 대장간에 떨어졌지. 나 그때 죽는 줄 알았어."

이안의 말에 제이미는 고개를 저으며 대꾸했다.

"내가 모가지 비틀려 마땅할 짓을 여러 번 저지르긴 했어. 왜 우리 아버지가 날 살려 두었는지 아직도 이해가 안 가. 내가 이렇게 자란 것도 기적이야."

이안은 벽난로 옆에서 나무 블록을 쌓으며 열심히 놀고 있는 아들을 가만히 바라보았다.

"앞으로 때가 되면 아들을 때려야 할 날이 올 테지만, 어떻게 재한테 그럴 수 있을지 모르겠어. 봐…… 쟤는 참, 작아도 너무 작잖아."

이안은 다부진 꼬마 쪽으로 힘없이 손짓했다. 아이는 부드러운 목을 굽히며 열심히 나무 블록을 만지는 중이었다.

제이미는 자기 이름을 딴 조카를 냉소적으로 바라보았다.

"조금만 기다려 봐. 쟤도 너나 나처럼 악마 같은 놈이 될 테니까. 따지고 보면 나도 한때는 작고 순수한 꼬마였던 때가 있었을 거라고."

"정말 그랬지."

제니가 불쑥 말했다. 그녀는 남편의 손에 사과주가 든 주석 잔을 쥐여 준 다음 남동생의 머리를 쓰다듬었다.

"너 어렸을 땐 얼마나 예쁜 아기였는지 몰라, 제이미. 아직도 네 침대 위에 서서 널 봤던 기억이 나. 그때 넌 아마 두 살도 안 됐을 거야. 엄지손가락을 입에 물고 잠든 모습이 얼마나 귀엽던지, 다들 너보다 예쁜 꼬마는 본 적 없다고들 했지. 통통한 뺨에 빨간 곱슬머리가 너무 귀여웠어."

한때 예쁜 꼬마였던 남자는 우습게도 두 볼을 장밋빛으로 붉혔고, 내 눈길을 피하며 사과주를 단번에 들이켰다.

제니는 동생을 바라보더니, 하얀 치아를 번뜩이며 다소 사악한 미소를 지었다.

"하지만 그 시절도 오래 가질 못했지. 제이미, 네가 몇 살 때 처음 맞았더라? 일곱 살이던가?"

"아니, 여덟 살 때였어."

제이미는 꺼져 가는 불씨에 새로 장작을 넣으며 대꾸했다.

"어휴, 그때 진짜 아팠다고. 엉덩이를 열두 대 맞았는데, 아버지는 중간에 쉬지도 않고 계속 때리셨어. 절대로 쉬는 법이 없었지."

그는 벽난로 앞에 쪼그려 앉아 손마디로 코를 비볐다. 활활 타오르는 장작불에 뺨은 붉게 달아오르고 눈빛이 환하게 빛났다.

"일단 다 맞고 나자, 내가 몸을 추스르는 동안 아버지는 조금 떨어진 바위에 앉으셨지. 내가 다 울고 나서 콧물을 흘리며 훌쩍이고 있으니까, 아버지가 나를 이리로 오라고 불렀어. 지금도 그때 무슨 말씀을 하셨는지 기억이 나. 이안, 나중에 너도 때가 되면 이 말을 꼬마 제이미에게 써먹도록 해."

제이미는 눈을 감고서 당시를 회상했다.

"아버지는 본인 무릎 사이에 나를 세우고 얼굴을 마주 보게 했어. 그리고 이렇게 말씀하셨지. '이제 시작이다, 제이미. 나는 너를 또 때리게 될 거다. 한 백 번쯤. 네가 다 자랄 때까지 말이야.' 아버지는 조금 웃더니 또 이러셨어. '우리 아버지도 못해도 그쯤 나를 때리셨거든. 너도 나만큼이나 고집이 세고 말을 안 들으니까 그만큼 맞겠지. 가끔은 너를 때리면서 기분 좋을 때도 있을 것 같구나. 네가 맞을 만한 짓을 한다면 말이야. 하지만 대개는 널 때리면서도 마음이 아플 거야. 그래도 난 널 때릴 거란다. 그러니 명심해라. 네 머릿속에 장난이 떠오르거든, 그 대가는 엉덩이가 치러야 한다.' 그리고 아버지는 나를 꼭 안아 주면서 말했어. '넌 멋진 녀석이다, 제이미. 이제 집으로 가서 어머니한테 위로해 달라고 해.' 나는 뭐라 말하려고 했지만, 아버지는 재빨리 말씀하셨어. '그게 아니야. 너는 위로가 필요 없을지 몰라도, 네 어머니는 너를 위로해 주고 싶을 거란 말이야. 어서 가.' 그래서 나는 집에 가서 어머니한테 잼 바른 빵을 받아 먹었지."

그러자 제니가 갑자기 웃기 시작했다.

"나도 기억나. 아빠가 네 이야기를 해 주셨거든, 제이미. 널 때렸을 때랑 아빠가 했던 말에 대해서. 그때, 네가 집으로 내려가다 말고 불쑥 멈추더니 아빠가 오기를 기다렸다고 했어. 그래서 아빠가 가니까, 네가 고개를 들고 물어 봤댔지. '아버지, 궁금한 게 있어요.

이번에 때릴 때 재미있었어요?' 그래서 아빠가 '아니'라고 하니까, 네가 고개를 끄덕이면서 '다행이네요. 나도 재미없었어요'라고 말했대."

우리는 족히 1분을 다 같이 웃었다. 이윽고 제니는 남동생을 보면서 고개를 저었다.

"아빠가 그 이야기를 얼마나 좋아했는지 몰라. 언제나 너 때문에 제 명에 못 살겠다고 하셨지, 제이미."

순간, 제이미의 얼굴에서 웃음기가 싹 사라졌다. 그는 무릎 위에 얹은 커다란 손을 바라보며 조용히 말했다.

"맞아, 정말로 나 때문에 돌아가셨지. 안 그래?"

제니와 이안은 당황한 눈빛을 주고받았다. 나는 무슨 말을 해야 할지 몰라서 가만히 눈을 내리깔았다. 잠시 침묵이 흘렀고, 장작 타는 소리만이 공간을 채웠다. 그러다 제니가 이안을 슬쩍 바라보더니, 잔을 내려놓고 동생의 무릎을 토닥였다.

"제이미, 그건 네 잘못이 아니야."

그는 누나를 올려다보며 약간 우울한 미소를 지었다.

"그래? 그럼 누구 잘못인데?"

제니는 숨을 깊이 들이쉬더니 입을 열었다.

"내 잘못이야."

"뭐?"

제이미는 깜짝 놀라 멍하니 그녀를 응시했다.

제니는 평소보다 좀 창백한 안색이었지만, 이내 침착한 모습을 되찾았다.

"내 잘못이라고 했어. 누군가 잘못이 있다면 나한테 있다고. 너에게 일어난 일 말이야, 제이미. 그리고 아버지에게도."

제이미는 누나의 손을 자기 손으로 부드럽게 감싸고 매만졌다.

"바보 같은 소리 마, 이 아가씨야. 누나는 날 구하려고 그랬던 거잖아. 누나 말이 맞아. 랜들과 같이 집에 들어가지 않았다면, 그놈은 그 자리에서 날 죽였을 거야."

제니는 동생의 얼굴을 가만히 바라보았다. 동그란 이마는 고민이 역력한 기색으로 주름이 졌다.

"아니, 랜들과 함께 집에 들어간 걸 후회하지는 않아. 심지어 그놈이…… 뭐, 그건 됐고. 사실은 그게 아니었어."

그녀는 다시 숨을 깊게 들이쉬고는 마음을 다잡았다.

"나는 그놈이랑 같이 집으로 들어온 다음에, 내 방으로 데려갔어. 근데 난, 난 뭘 어떻게 해야 할지 몰랐어. 그게…… 남자 경험이 없었으니까. 그런데 랜들 역시 아주 긴장한 것 같더라. 온통 얼굴이 새빨개져서는 자기도 어쩔 줄 모르겠다는 것처럼 말이야. 난 그게 이상해 보였어. 그놈은 날 침대로 밀친 다음에 가만히 서서 자기 물건을 문지르기 시작했어. 처음에는 내가 무릎으로 찍어서 거기가 심하게 손상된 줄 알았거든. 하지만 사실은 내가 그렇게 세게 찬 것도 아니었다고."

제니의 뺨이 슬그머니 빨개지기 시작했다. 그녀는 이안을 곁눈질한 다음 급히 눈길을 내리깔았다.

"그런데 이제 생각해 보니 그놈이 뭘 하려던 건지 알겠더라. 발기를 시키려는 거였지. 하지만 난 겁먹은 모습을 보이고 싶지 않았어. 그래서 침대에 똑바로 앉아 그놈을 빤히 쳐다보았지. 내 태도에 랜들은 화가 난 것 같더라. 나더러 돌아서라고 명령하는 거야. 하지만 난 그 말을 듣지 않고 계속 그놈을 쳐다봤어."

제니의 얼굴은 이제 현관 앞에 놓아둔 장미처럼 새빨개졌다.

"그놈이…… 단추를 풀자, 난…… 음, 난 그놈을 보고 막 비웃었어."

"뭐라고?"

제이미는 믿을 수 없다는 듯 되물었다.

"비웃었다고. 그러니까……."

제니의 눈빛은 남동생을 반항적인 기세로 쏘아보았다.

"나는 남자가 발기하면 어떻게 되는지 잘 알고 있었어. 네가 홀딱 벗은 것도 많이 봤고, 윌리나 이안 것도 봤단 말이야. 그런데 그놈은……."

제니의 입술에 아주 작은 미소가 스쳤다. 억지로 참아 보려 해도 웃음기를 감출 수 없는 듯했다.

"어찌나 웃겨 보이던지. 얼굴은 시뻘게져서 미친 듯이 거시기를 문질러도 남들의 반밖에 서지 않는데……."

이안은 목이 막힌 소리를 냈고, 제니는 입술을 깨물면서도 씩씩하게 이야기를 계속했다.

"내가 웃으니까 싫어하더라고. 그걸 딱 알겠는 거야. 그래서 더 웃었어. 그랬더니 놈은 나에게 달려들어 드레스를 쫙 찢었지. 나는 그놈 얼굴을 주먹으로 쳤어. 그놈은 내 턱을 쳤고. 어찌나 세게 쳤던지 눈앞에 별이 보이더라니까. 그랬더니 그놈은 기분이 좋아졌는지 살짝 신음을 흘리면서, 침대 위로 올라와서 나를 깔아뭉개려고 했어. 하지만 난 간신히 정신을 차리고 또 웃었지. 그리고 애써 무릎을 대고 일어서서는, 어, 그놈을 조롱했어. 딱 보니 넌 진짜 남자가 아니라고, 여자랑 할 줄도 모르는 놈이라고 마구 놀렸어. 난……."

제니는 고개를 더욱 푹 숙였다. 새빨개진 뺨 위로 검은 곱슬머리가 아래로 치렁치렁 늘어졌다. 그녀의 목소리는 더욱 줄어들어 이제는 속삭임처럼 들렸다.

"난…… 드레스를 쫙 벌리고는…… 내 가슴을 들이대면서 놈을 조롱했어. 나를 무서워하는 거 다 안다고, 네놈은 여자를 만지지도 못하는 놈 아니냐고, 짐승들과 남자애들이나 즐길 줄 아는 놈이라고……."

"아, 제니."

제이미는 힘없이 고개를 저으며 탄식했다. 제니는 고개를 들어 그를 바라보았다.

"뭐, 그랬다고. 그땐 그래야겠다는 생각밖에 들지 않았어. 그놈이 완전히 돌았다는 게 보였지만, 너무 빤히 알겠더라고……. 안 선다는 게. 그래서 난 그의 바지춤을 노려보면서 다시 웃었어. 랜들은 두 손으로 내 목을 조르고 날 때렸어. 난 머리를 침대 기둥에 찧었고……. 내가 깨어났을 땐 넌 그놈과 떠난 후였지."

제니는 아름다운 두 눈에 눈물을 글썽인 채로 제이미의 손을 꽉 잡았다.

"제이미, 날 용서해 줄래? 내가 랜들을 그토록 자극하지 않았다면, 그놈은 널 그토록 심하게 대하지 않았을 거고, 아버지도……."

"아, 제니, 사랑하는 누나, 모 흐리에, 그러지 마."

제이미는 그녀 곁에 무릎을 꿇고 제니의 얼굴을 자기의 어깨로 끌어당겼다. 맞은편에 앉은 이안은 돌처럼 변한 듯 꼼짝도 하지 않고 있었다.

제이미는 훌쩍이는 누나를 부드럽게 안고 얼렀다.

"그만 울어, 우리 착한 제니. 누나는 잘했어. 그건 누나 잘못이 아니야. 내 잘못도 아닐지 모르고."

그는 제니의 등을 쓰다듬으며 말을 이었다.

"잘 들어, 모 흐리에. 그놈은 여기에 명령을 받고 해를 끼치러 온 거야. 여기서 누굴 찾았든지, 나나 누나가 뭘 했든지 아무런 차이가 없어. 그놈은 분란을 일으키러 온 거야. 이 지역을 잉글랜드에게서 돌아서게 만들려고 말이야. 그게 그놈의 목적이야. 그리고 그놈을 고용한 자의 목적이고."

제니는 울다 말고 자세를 똑바로 한 다음 놀란 표정으로 제이미를 바라보았다.

"지역 주민을 잉글랜드에게서 돌아서게 만든다니? 뭐 하러?"

제이미는 다급하게 손짓했다.

"봉기가 다시 일어날 경우, 누가 프린스 찰리를 지지하는지 알아내려고. 하지만 랜들을 고용한 자가 어느 편인지는 아직 모르겠어. 만약 그자가 프린스 찰리를 따르는 사람들을 누군지 알아보고, 그들을 감시하다가 재산을 압류하려고 그러는지, 아니면 랜들을 고용한 자가 직접 프린스 찰리를 지지하고 때가 되면 하일랜드에 봉기를 일으켜서 전쟁을 벌이려는 건지는 알 수 없어. 나는 모르겠고, 지금 그게 중요한 것도 아니야."

제이미는 누나의 머리카락을 쓰다듬고 흘러내린 머리를 뒤로 넘겨 주었다.

"누나가 피해를 입지 않았고, 내가 집에 왔다는 게 중요하지. 조만간 다시 돌아와서 여기서 살 거야, 모 흐리에. 약속할게."

제니는 얼굴을 환하게 밝히고 그의 손을 잡아 입맞춤했다. 그리고 호주머니를 더듬어 손수건을 찾아서 코를 풀었다. 이윽고 그녀는 이안을 바라보았다. 제니의 곁에 있던 이안은 아직도 두 눈 가득 상처받고 분노한 기색을 지은 채 얼어붙어 있었다.

그녀는 남편의 어깨에 가만히 손을 얹었다.

"내가 진작 말했어야 한다고 생각하고 있구나."

이안은 움직이지 않은 채 그녀를 계속 바라보았다. 그리고 조용히 말했다.

"그래. 그렇게 생각해."

제니는 손수건을 무릎에 내려놓고 그의 두 손을 잡았다.

"이안, 있잖아, 당신을 잃고 싶지 않아서 말하지 않았던 거야. 내 동생도 떠나고, 아버지도 돌아가신 상황이었어. 내 심장의 피같이 소중한 너까지 잃고 싶지 않았어. 너는 우리 집과 가족보다 더 소중한 존재니까, 자기야."

그녀는 제이미에게 비뚜름한 미소를 지었다.

"이건 진심이야."

제니는 이안의 눈을 바라보며 애원했다. 그의 얼굴에서 사랑과 상처받은 자존심이 다투는 기색이 보였다. 제이미는 일어선 다음 내 어깨를 잡았다. 우리는 장작이 꺼지기 전에 둘을 남겨 두고 조용히 응접실을 나섰다.

청명한 밤, 높은 여닫이창으로 달빛이 한없이 비쳐 들었다. 나는 쉽사리 잠들지 못했고, 제이미도 밝은 달빛 때문에 깨어 있는 듯했다. 제이미는 가만히 누워 있었지만 숨소리를 들으면 잠들지 않았다는 걸 알 수 있었다. 그가 등을 돌리자, 나지막하게 웃는 소리가 들렸다.

"뭐가 그리 재미있어요?"

내가 조용히 묻자, 그는 고개를 나에게 돌렸다.

"아, 깼군요, 새서나흐? 미안해요. 그냥 뭐가 좀 생각나서요."

"나도 안 자고 있었어요."

나는 가까이 몸을 웅크렸다. 이 침대는 분명 한 매트리스 위에서 온 가족이 자던 시대에 만든 것이었다. 이토록 거대한 깃털 침대를 만들기 위해 거위 수백 마리의 털을 죄다 뽑아 냈겠지. 침대가 어찌나 넓은지 이 안에서 더듬댈 때마다 나침반 없이 알프스 산맥을 넘는 기분이었다.

"뭐가 생각났는데요?"

나는 그의 곁에 무사히 도착한 다음 물었다.

"아, 대개 아버지 생각이었어요. 아버지가 하신 말씀이요."

제이미는 머리 뒤로 손을 넣고 누워 낮은 천장을 가로지르는 굵은 대들보를 가만히 바라보며 말했다.

"이상하죠. 아버지가 살아 계실 때는 그다지 아버지 말을 잘 듣지 않았는데. 그런데 돌아가시고 나니까, 하셨던 말씀이 더 크게 다가오는 것 같아요."

제이미는 다시금 짧게 웃었다.

"방금까지 생각했던 건 아버지가 나를 마지막으로 때렸을 때였어요."

"그게 재미있어요? 세상에, 당신이 아주 독특한 유머 감각을 가졌단 소리 들은 적 없나요, 제이미?"

나는 이불을 더듬으며 그의 손을 찾다가 포기하고 내 손을 치웠다. 제이미는 내 등을 쓰다듬기 시작했고, 나는 그의 옆에 꼭 달라붙어 나직하게 만족스러운 신음을 냈다.

"그럼 당신이 맞을 만한 짓을 했을 때, 삼촌이 때리지 않으셨단 말이에요?"

그는 궁금한 듯 물었다. 삼촌이 나를 때린다니, 그 생각에 웃음이 나왔지만 참았다.

"세상에, 말도 안 돼요! 삼촌은 그런 생각만 해도 소름 끼쳐 했을 분이에요. 램 삼촌은 아이를 때리는 게 좋다고 생각하지 않았어요. 아이들도 어른을 대하듯 이성적으로 대해야 한다고 여기셨죠."

그러자 제이미는 스코틀랜드인 특유의 목구멍 소리를 냈다. 내 말이 터무니없어서 비웃음이 난다는 뜻이었다. 그는 내 배를 두드리며 말했다.

"그 말을 들으니 당신 성격이 왜 이 모양인지 확실히 알겠네요. 어릴 때 제대로 훈육을 받지 못해서 그렇군요."

"내 성격이 어디가 어때서요?"

내가 대뜸 묻자, 밝은 달빛 아래로 방긋 웃는 모습이 보였다.

"하나하나 다 말해 줘요?"

나는 그의 옆구리를 팔꿈치로 쿡 찔렀다.

"아뇨. 하지 말아요. 아버지 이야기를 해 줘요. 마지막으로 맞았을 때가 몇 살이었어요?"

"아, 열세 살인가 열네 살이었어요. 키 크고 깡마르고, 얼굴엔 여드름이 잔뜩 났을 때였죠. 그때 왜 맞았는지는 기억이 안 나요. 아마 뭘 잘못해서였다기보단, 말을 잘못해서 그랬을 거예요. 기억나는 거라고는 아빠랑 내가 둘 다 무척 화가 났다는 것뿐이죠. 그럴 때 아빠는 날 때리기 좋아했어요."

제이미는 나를 끌어당겨 자기 어깨에 바짝 눕히고는 팔로 감쌌다. 나는 그의 납작한 배를 쓰다듬으며 배꼽을 만지작거렸다.

"하지 마요. 간지러워. 내 이야기 듣고 싶지 않아요?"

"아, 듣고 싶어요. 그런데 만약 우리가 나중에 아이를 낳아 키우면, 그 애들을 이성적으로 대하겠어요? 아니면 때릴 건가요?"

그 생각에 가슴이 살짝 뛰었다. 물론 이것이 그저 이론적인 질문에 불과하지, 실제로 이루어질 거란 징조는 없었지만 말이다. 제이미는 내 손을 꼭 잡고서 자기 배에 가만히 두었다.

"그야 간단하죠. 당신은 이성적으로 대해요. 그리고 말을 안 들으면 내가 데리고 나가서 때릴게요."

"아이들을 좋아하는 줄 알았는데요."

"좋아해요. 우리 아버지도 날 좋아했어요. 내가 바보짓을 안 할 때는요. 그리고 내가 바보짓을 해서 흠씬 두들겨 팼을 때도 마찬가지로 사랑하셨죠."

나는 침대에 털썩 엎드렸다.

"그렇군요. 그 이야기를 해 줘요."

제이미는 일어나 앉아서 등 뒤로 편안하게 베개를 댄 다음, 머리 뒤로 깍지를 꼈다.

"음, 아버지는 평소처럼 나를 울타리로 데려갔죠. 언제나처럼 나를 먼저 올려 보냈어요. 그러면 아버지를 기다리는 동안, 내가 공포와 후회를 적당히 느낄 수 있기 때문이라고 말씀하셨죠. 그런데 그날은 아버지도 너무 화가 나서 날 바로 뒤따라왔어요. 나는 울타리에 몸을 숙이고 매를 맞았죠. 맞는 동안 이를 악물고서 아무 소리도 내지 않기로 단단히 마음먹었고요. 최대한 세게 울타리 나무를 쥐고 있느라 나무에 손자국이 팰 지경이었죠. 숨을 참느라 얼굴이 새빨개지는 게 보지 않아도 느껴졌어요."

제이미는 그때 못 쉬었던 숨을 이제 쉰다는 듯 심호흡을 하고는 다시 천천히 내쉬었다.

"보통은 매질이 언제 끝날지 감이 오거든요? 그런데 이번엔 아버지가 멈추질 않는 거예요. 그래서 나도 있는 힘을 다해 입을 꾹 다물고 있었죠. 그런데 맞을 때마다 점점 신음이 나고, 눈물이 핑 돌았어요. 아무리 눈을 깜빡여도 소용이 없더라고요. 하지만 그래도 죽을힘을 다해 버텼어요."

상반신을 다 드러낸 제이미는 달빛에 환히 빛났고, 은빛으로 물든 짧은 체모는 마치 서리가 내린 것 같았다. 내 손을 얹은 가슴뼈 바로 아래에서 맥박이 고르게 뛰었다.

"얼마나 더 맞아야 할지 알 수가 없었어요. 머지않아 끝나겠지만, 나한테는 너무나 길게 느껴졌죠. 그러다 마침내 아버지가 매질을 잠깐 멈추더니 소리를 지르셨어요. 너무 분노해서 제정신이 아니었죠. 나도 마찬가지로 화가 잔뜩 난 상태니까, 처음에는 아버지가 무슨 말씀을 하시는 건지 이해를 못 하다가 서서히 알아듣게 됐어요.

아버지는 고래고래 소리쳤어요. '제이미, 이 망할 녀석아! 왜 울질 않냐? 넌 이제 다 컸으니, 나도 이제 다시는 널 때릴 마음이 없단 말이야. 그렇지만 마지막으로 때리면서 된통 비명을 뽑아 냈으면 좋겠다고! 그래야 너한테 강렬한 인상을 남겨 줄 수 있을 거 아니야!'"

제이미는 마구 웃었고, 그 바람에 고르게 뛰던 맥도 요동쳤다.

"그 말을 들으니까 또 너무 화가 나더라고요. 그래서 몸을 일으키고 휙 돌아서서 아버지에게 소리쳤어요. '아니, 그럼 처음부터 그렇게 말을 하지 이게 무슨 짓이에요! 이 멍청한 인간아! 아프다고!' 그러다 정신을 차려 보니 내가 땅에 쓰러져 있더라고요. 귀가 윙 울리고 턱이 아팠어요. 아버지가 날 주먹으로 때렸던 거죠. 아버지는 숨을 헐떡이며 나를 내려다보고 있었어요. 머리카락하고 수염을 모두 바짝 세운 채로요. 그리고 손을 뻗어서 내 손을 잡고 일으켰어요.

그러더니 내 턱을 쓰다듬어 주고는, 여전히 숨을 가쁘게 쉬면서 그러시더라고요. '아버지한테 멍청하다고 해서 맞은 거야. 사실이 그럴 수도 있겠지만, 그래도 무례하단 말이다. 자, 이제 가서 씻고 저녁 먹자.' 아버지는 그 후로 다시는 나를 때리지 않았어요. 소리야 지르긴 했지만, 나도 소리치긴 마찬가지였죠. 그리고 대부분 남자 대 남자로 서로를 대했어요."

제이미는 편안하게 웃었고, 나는 그의 따스한 어깨에 기대어 미소 지었다.

"나도 아버님을 뵈었으면 좋았을 텐데."

하지만 곧바로 든 생각은 또 달랐다.

"아니, 안 뵈어서 다행일지도 모르겠네요. 당신이 잉글랜드 여자랑 결혼해서 안 좋아하셨을 수도 있으니까요."

제이미는 나를 꼭 끌어안고 벗은 어깨 위로 퀼트 이불을 덮어 주었다.

"아뇨, 마침내 내가 보는 눈이 생겼다고 여기셨을 거예요. 누굴 데려왔어도 아버지는 제 결정을 존중해 주셨겠지만……."

그는 내 머리카락을 쓰다듬더니, 고개를 돌려 내 이마에 부드럽게 입맞춤하며 말했다.

"당신을 무척 좋아하셨을 거예요, 나의 새서나흐."

이 말은 더없는 칭찬이었고, 나는 감사히 그 말을 받았다.

30
난롯가의 대화

어젯밤 제니가 밝힌 사실 때문에 이안과의 사이에 잠시 균열이 생겼을지는 몰라도, 다음 날엔 이미 다 치유된 것 같았다. 우리는 저녁 식사를 마친 다음 잠시 응접실에 앉았다. 이안과 제이미는 저쪽 구석에서 딱총나무 열매로 담근 와인을 디켄터에 담아 마시며 농장 일을 의논하고 있었고, 제니는 마침내 발받침 의자 위에 부은 발목을 얹고 쉬었다. 나는 일상 생활에서 해야 할 일들을 제니가 읊어 주면 그대로 받아 적어 설명서를 만들었고, 글을 쓰며 자세한 사항을 묻곤 했다.

나는 종이에 받아 적기 시작했다.

종기 치료법

쇠못 세 개를 시큼한 맥주에 일주일 동안 담가 둔다. 거기에 삼나무 부스러기를 한 움큼 넣고 놔둔다. 부스러기가 바닥까지 가라앉으면 용액이 다 만들어진 것이다. 반달이 뜨는 첫날부터 하루에 세 번씩 바른다.

다른 종이에는 새로운 내용을 적었다.

> 밀랍 초 만들기
> 벌집에서 꿀을 제거한다. 죽은 벌은 최대한 골라낸다. 커다란 가마솥에 물을 조금 넣고 벌집을 녹인다. 물 위로 떠오르는 벌과 날개 등등의 불순물을 제거한다. 그런 다음 물을 버리고 새로 물을 붓는다. 30분 동안 자주 저어 준 다음 굳힌다. 그때 나오는 물은 보관했다가 감미료로 쓴다. 이 과정을 두 번 더 반복해서 밀랍을 정화한다.

벌써부터 손이 아팠다. 아직 초 틀 만들기나 심지 꼬기나 틀에 부은 초를 말리는 법을 쓰지도 않았는데 말이다.

"제니, 초를 만드는 데 전부 다 해서 얼마나 걸리나요?"

내가 묻자, 그녀는 꿰매고 있던 작은 셔츠를 무릎에 내려놓고 곰곰이 생각했다.

"벌집을 모으는 데 반나절, 꿀을 빼는 데 이틀, 더울 때는 하루 만에 끝나기도 하지만요. 그리고 벌집을 정화하는 데 하루 걸리죠. 벌집이 많거나 더러우면 더 걸리고요. 밀랍을 녹이고 틀에 부어서 말리는 데 또 반나절 걸려요. 그러니까 총 일주일 정도 되겠네요."

하루 노동을 마친 다음 희미한 등불 빛 아래에서 깃털 펜을 사각거리며 글을 쓰자니 너무 벅찼다. 나는 제니 옆에 앉아서 그녀가 작은 옷 위에 거의 보이지도 않을 정도로 한 땀 한 땀 곱게 수놓는 모습을 보며 감탄했다.

그런데 갑자기 둥근 배가 들썩였다. 태아가 자세를 바꾼 것이다. 나는 그 모습에 매료되었다. 임신부와 이토록 오랫동안 같이 있어 본 적이 없어서, 배 속에서 얼마나 많은 일이 일어나는지 전혀 몰랐으니까.

"만져 볼래요?"

내가 자신의 복부를 빤히 바라보는 걸 알아챈 제니가 제안했다.

“어, 그래도…….”

내가 주저하자, 제니는 내 손을 잡아다가 자기 배에 턱 올렸다.

“여기예요. 잠깐 기다려요. 애가 또 찰 테니까. 태아는 엄마가 이렇게 눕는 걸 좋아하지 않거든요. 이러면 아기가 안절부절못해서 꿈틀댄다고요.”

아니나 다를까, 놀랍도록 힘찬 발길질이 느껴지며 내 손이 몇 센티미터나 쑥 밀렸다.

“세상에! 아이가 정말 힘이 세네요!”

내가 감탄하자, 제니는 자랑스러운 기색으로 배를 두드렸다.

“맞아요. 얘는 자기 형이나 아빠를 닮아서 아주 멋진 녀석이 될 거예요.”

그녀는 이안에게 미소를 지었다. 지금 이안은 말의 사육 기록을 보던 눈길을 돌려 아내와 곧 태어날 아기를 보고 있었다.

“아니면 아무짝에도 쓸모없는 빨간 머리 삼촌을 닮거나요.”

제니는 목소리를 살짝 높여 말하며 나를 슬쩍 찔렀다. 그러자 제이미가 장부를 보다 말고 고개를 들었다.

“응? 그거 나한테 하는 소리야?”

“‘빨간 머리’라는 소리를 들은 걸까요, 아니면 ‘아무짝에도 쓸모없는’이란 소리에 찔려서 저러는 걸까요.”

제니는 목소리를 낮추고 내게 말하며 다시금 날 찔렀다. 그리고 제이미에게 상냥한 목소리로 말했다.

“아무것도 아니야, 애. 우린 그냥 혹시나 태어날 아이가 불행하게도 삼촌을 닮으면 어쩌나 생각하던 중이었어.”

문제의 삼촌은 씩 웃으며 발받침 의자 쪽으로 다가와 앉았고, 제니는 다정하게 발을 움직여 그의 무릎 위에 놓으며 부탁했다.

“나 발 좀 주물러 줘, 제이미. 네가 이안보다 시원하게 하니까.”

제이미는 시키는 대로 했고, 제니는 소파에 편히 누워 눈을 감고 기분 좋게 안마를 즐겼다. 작은 셔츠를 얹어 놓은 둥근 배 속에서는 항의하듯 아이가 자꾸 움직였다. 제이미도 나처럼 그 움직임을 홀린 듯이 바라보았다.

"이러면 안 아파? 누가 배 속을 뒤집어 놓고 있는데도?"

순간 배 위로 크게 호를 그리는 움직임이 보였다. 제니는 눈을 뜨고 얼굴을 찌푸렸다.

"으음. 가끔 아기가 차서 간이 시퍼렇게 멍드는 기분이긴 해. 하지만 대개는 느낌이 좋아. 마치……."

그녀는 잠시 머뭇대다가 동생을 보며 방긋 웃었다.

"남자는 설명해도 이해하기 힘들긴 할 거야. 너희 남자들은 이런 신체 기관이 없으니, 아이를 밴 게 어떤지 잘 설명할 수 없을 것 같아. 네가 불알을 걷어차이면 얼마나 아픈지 나한테 설명해 줘도 모르는 것처럼."

"아, 그건 설명해 줄 수 있어."

제이미는 재빨리 몸을 웅크리고 자기 가랑이를 잡은 다음 끔찍한 목울음을 내며 눈을 까뒤집었다.

"이렇지 않아, 이안?"

그는 난로에 나무다리를 받치고 앉아 웃는 이안 쪽으로 고개를 돌리며 물었다.

제니는 동생의 가슴에 우아한 발을 대고는 그를 확 밀었다.

"알았어, 광대 같은 녀석아. 그렇게 아프다니, 나한테는 불알이 안 달려서 다행이네."

제이미는 몸을 일으키고 눈가를 가린 머리카락을 쓸어 넘겼다. 그리고 흥미로운 기색으로 물었다.

"아니, 정말로 그저 신체 기관의 차이뿐이야? 클레어에게 설명할 수 있잖아? 아직 아이를 가진 적은 없지만, 클레어도 여자니까."

제니는 나의 배를 가늠하듯 바라보았고, 나는 다시금 가슴이 찌릿 아파 왔다.

"으음, 그런가."

그녀는 생각에 잠겨 천천히 말했다.

"일단 온몸의 피부가 아주 얇아지는 느낌이 들어요. 그래서 몸에 뭔가 닿을 때마다 예민하게 느끼게 되죠. 옷에 피부가 쓸리는 것조차 거슬려요. 배만 그런 게 아니라 다리며 옆구리며 가슴 할 것 없이 다 그래요."

제니는 부풀어 오른 가슴을 감싼 엷은 면직물을 무의식적으로 쓸어 내렸다.

"가슴이 아주 무거워지고 부풀어 오르고⋯⋯ 끝부분이 아주 예민해지죠."

작고 뭉툭한 엄지손가락이 느릿느릿 가슴을 둥글게 어루만지자 천 아래로 유두가 솟아오르는 게 보였다.

"게다가 몸집도 커지고 행동이 굼떠져요."

제니는 아까 탁자에 부딪쳤던 엉덩이 부분을 문지르면서 서글프게 웃었다.

"평소보다 사방이 다 걸리적거리게 되고요."

이윽고 그녀의 손은 배를 감싸듯 올라갔다.

"하지만 여기, 여기가 가장 예민하게 느껴지는 곳이에요."

제니는 동그랗고 볼록하게 솟은 배가 자기 것이 아니라 마치 아이라는 듯 어루만졌다. 그녀의 손이 배 윗부분부터 아래까지 천 위를 몇 번이고 거듭 부드럽게 어루만지는 동안, 이안의 눈길도 두 손의 자취를 따랐다.

"임신 초기에는 배에 가스가 찬 느낌이 들어요."

그녀는 웃으면서 동생의 배를 발끝으로 쿡 찔렀다.

"바로 여기, 여기에서 거품이 막 부글부글 끓는 것 같죠. 하지만 나중에는 아이의 움직임이 느껴져요. 그게 꼭 낚싯줄에 걸린 물고기가 사라지는 것 같다니까요. 뭔가 확 움직이는데, 너무 빨라서 이게 진짜인지 확신이 안 드는 것과 비슷하죠."

하지만 엄마의 묘사가 불만인 듯, 보이지 않는 아기는 앞뒤로 몸을 흔들면서 엄마의 배를 이쪽저쪽 불쑥 튀어나오게 밀어 댔다.

"지금이면 분명히 확신할 것 같은데."

제이미는 태아의 움직임을 홀린 듯 바라보며 대꾸했다. 제니는 아기를 조용히 시키려는 듯, 불룩 튀어나온 한쪽 배에 손을 얹었다.

"오, 그렇지. 지금은 확실하지. 아기들은 한 번 자면 몇 시간이고 자요. 가끔 너무 오랫동안 움직이지 않으면, 혹시 죽었나 무서울 때가 있어요. 그럴 때는 깨우게 되죠."

그녀는 손으로 옆구리를 홱 밀었다. 그러자 아기는 대답이라도 하듯 곧바로 반대 방향을 힘차게 찼다.

"아이가 다시 발길질을 하면 기분이 좋아져요. 하지만 임신하면 아이만 크는 게 아니에요. 막달이 될수록 임신부도 온몸이 부어오르는 느낌이죠. 아프지는 않지만…… 너무 익어서 터질 것 같아요. 누가 아주 살짝 건드리기만 해도 확 터져서 쏟아져 버릴 것 같달까."

제니는 이제 나를 바라보지 않았다. 그녀는 눈길을 남편에게로 돌렸고, 더 이상 나나 남동생인 제이미를 의식하지 않았다. 그녀와 이안 사이에는 애틋한 분위기가 흘렀다. 자주 들었던 이야기이지만, 아무리 들어도 물리지 않는 아름다운 이야기이기에 그렇겠지.

이제 제니의 목소리는 나지막하게 줄어들었다. 두 손은 다시금 얇은 보디스 아래로 묵직하고 주체하기 힘들게 커진 가슴으로 올라왔다.

"막달쯤 되면 모유가 차기 시작해요. 아이가 움직일 때마다 조금씩 차는 게 느껴지죠. 그러다 갑자기, 가슴이 딱딱하고 둥글게 변해요."

그녀는 두 손으로 배를 쥐었다.

"아프지는 않아요. 다만 숨 쉬기가 힘들어지고, 누가 어서 빨아 주지 않으면 터질 것처럼 가슴이 따끔거려요."

제니는 눈을 감고 몸을 뒤로 젖히며 거대한 배를 쓰다듬었다. 그 손길은 마치 주문을 외울 때의 손짓처럼 리듬이 있었다. 그녀를 보고 있자니 문득 이런 생각이 들었다. 정말로 세상에 마녀 같은 게 있다면, 재닛 프레이저가 그중 하나일 거야.

탁한 공기가 가득 찬 방은 무아지경에 이르렀다. 욕망의 근본에 놓인 감정이자 합일을 이루어 존재를 창조하고자 하는 강렬한 열망이었다. 나는 제이미를 보지 않고도 그의 온몸의 체모를 셀 수 있을 것만 같았고, 가닥가닥 곤두선 머리카락이 몇 개인지 알 것만 같았다.

제니는 그늘진 검은 눈을 뜨고 남편에게 미소 지었다. 느릿느릿 피어오르는 진한 미소는 무한한 약속을 담았다.

"그리고 막달에 아이의 태동이 심해지면, 가끔 남편이 내 안에 들어온 느낌이 들어요. 남자가 안으로 깊숙이 들어와서 모든 걸 쏟아붓는 듯한 느낌이죠. 안에 깊숙이 들어온 남성이 고동치는 느낌 있잖아요, 그거랑 비슷한데 훨씬 크죠. 아이의 태동은 자궁벽에 온통 파문을 일으키면서 속을 가득 채우니까요. 그러다가 아이가 다시 조용해지면, 마치 아기가 아니라 남자의 분신이 안에 가득한 느낌이 들죠."

갑자기 제니가 나를 바라본 순간, 방을 지배하던 마법이 깨졌다.

"가끔 남자들이 원하는 건 그런 게 아닌가 싶어요. 원래 있던 자궁으로 돌아가고 싶은 거죠."

제니는 나의 눈을 바라보며 조용히 미소 지었다.

잠시 후 일어선 제니는 문으로 사뿐사뿐 걸어가면서 뒤를 슬쩍 돌아보았고, 그 시선을 받은 이안은 마치 자석에 끌려가는 쇳덩이처럼 그녀를 따라갔다. 제니는 문가에 멈춰 서서 그를 기다리면서, 아직도 벽난로에 앉아 있는 남동생을 돌아보았다.

"제이미, 불 안 꺼지게 봐 줄래?"

그녀는 등을 펴며 기지개를 켰다. 그러자 척추 곡선이 묘하게 나온 배의 곡선을 따라 반향을 일으켰다. 이안은 주먹 쥔 손마디로 그녀의 등을 따라 꾹꾹 눌러 주었고, 척추 아랫부분까지 마사지해 주는 손길에 제니는 신음을 흘렸다. 잠시 후 그들은 사라졌다.

나도 팔을 들고 기지개를 켜며 피곤한 근육을 상쾌하게 늘였다. 제이미의 손이 내 옆구리를 훑더니 둥근 엉덩이에 닿았다. 나는 그에게 등을 기대고 두 손을 앞으로 끌어당겼다. 속으로는 아직 태어나지 않은 아이의 부드러운 몸을 이 손이 꼭 잡으면 어떨까 상상을 했다.

고개를 돌려 그에게 키스하려던 순간, 저쪽 구석 나무 의자에 웅크리고 누운 아이의 몸이 보였다.

"봐요. 두 분이 꼬마 제이미를 깜빡 잊고 데려가지 않았어요."

꼬마는 보통 부모님 침실에 있는 아이용 침대에서 잤다. 하지만 우리가 와인을 마시며 이야기를 하는 동안 아이는 벽난로 곁에서 잠든 것이다. 그런데 아무도 아이를 데려다가 침대에 눕힐 생각을 하지 못했다. 그러자 나의 제이미는 꼬마 제이미 쪽을 돌아보며 콧등을 내 머리카락에 부드럽게 문질렀다.

"제니는 뭘 깜빡 잊는 성미가 아니에요. 지금은 이안과 누나가 아이를 돌보지 않을 것 같네요. 쟤는 당분간 저기서 자게 될걸요."

그의 손이 내 치마 뒤에 있는 끈으로 다가갔다.

"아이가 깨어나면 어쩌려고요?"

이제 느슨하게 풀린 보디스 자락 아래로 두 손이 더듬더듬 들어왔다. 제이미는 자그마한 조카를 보며 눈썹을 치켜떴다.

"그래도 상관없어요. 재도 언젠가는 본연의 임무를 배워야 하지 않겠어요? 삼촌처럼 아무것도 모르는 남자로 자라게 두고 싶지는 않잖아요?"

그는 벽난로 앞 바닥으로 쿠션을 몇 개 던진 다음 나를 안고 몸을 눕혔다.

제이미의 등에 난 흉터가 벽난로 불빛에 은빛으로 반짝였다. 언젠가 내가 당신 몸은 강철로 만들어진 줄 아느냐고 핀잔을 주었는데, 지금 보니 연약한 피부의 상처 아래로 단단한 금속이 든 것만 같았다. 나는 그 채찍 자국을 하나씩 어루만졌고, 내 손길에 그는 몸을 떨었다.

얼마 후, 문득 내가 물었다.

"제니 말이 맞을까요? 남자들은 정말로 자궁으로 돌아가고 싶어 해요? 그래서 우리 여자들과 사랑을 나누는 걸까요?"

그러자 웃음기 어린 숨결이 귓가를 간지럽혔다.

"음, 당신과 잠자리에 들 때는 보통 그런 생각이 떠오르지 않아요. 사실 전혀 아니죠. 그렇지만……."

제이미의 손이 내 가슴을 부드럽게 잡더니, 그의 입술이 한쪽 유두를 물었다.

"누나 말이 완전히 틀렸다고는 못 하겠네요. 가끔은…… 그래요, 가끔은 다시 배 속으로 들어가면 좋겠다 싶기도 해요. 안전하게…… 하나가 되는 거죠. 하지만 그럴 수 없으니까, 아이를 원하는 게 아닐까요. 우리가 다시 돌아갈 수 없다면, 우리 아들에게 그 소중한 경험을 선물로 주는 거죠. 잠시 동안이나마……."

그는 갑자기 털에 물을 맞은 개처럼 몸을 부르르 떨더니 중얼거렸다.

"괜한 말을 했네요, 새서나흐. 왜 이렇게 감상적이 됐는지 모르겠네. 딱총나무 와인을 마셔서 그런가 봐요."

31
사분기 결산일

문을 가볍게 두드리는 소리가 나더니, 제니가 안으로 들어왔다. 한쪽 팔에는 곱게 접힌 파란색 옷을, 다른 쪽 손에는 모자를 들고 있었다. 그녀는 남동생을 날카로운 눈초리로 훑어본 후 고개를 끄덕였다.

"그래, 그 셔츠면 되겠다. 그리고 너의 제일 좋은 코트 품을 늘려놨어. 마지막으로 봤을 때보다 어깨가 더 넓어진 것 같네."

그녀는 고개를 한쪽으로 기울인 채 곰곰이 생각했다.

"오늘 멋있네. 머리만 빼면 말이야. 저기 앉아. 머리를 다듬어 줄게."

제니는 창문 옆에 둔 의자를 가리켰다.

"내 머리? 내 머리가 어때서?"

제이미는 대뜸 물으며 손으로 머리를 만져 보았다. 이제 머리카락은 어깨에 닿을 만큼 자라서 평소대로 얼굴에 닿지 않도록 뒤로 모아 가죽끈으로 묶은 상태였다.

제니는 괜한 말로 시간을 낭비하지 않고 그를 밀어다 의자에 앉힌 다음, 가죽끈을 홱 풀고 거북이 등갑 빗으로 맹렬하게 그의 머리를 빗질했다.

"네 머리가 어떻냐고? 일단, 여기에 우엉이 붙어 있다고."

그녀는 동생의 말을 따라 하며 그의 머리에서 작은 갈색 물체를 조심스레 떼어 냈다.

"그리고 떡갈나무 이파리도 있네. 대체 어제 어디 갔다 왔어? 돼지처럼 나무뿌리를 파헤쳤니? 실타래를 빨아도 이것보다는 덜 엉키겠—"

"아야!"

"가만 있어, 로이."

제니는 눈썹을 지그시 모은 채로 집중하며 뒤엉킨 머리카락을 살살 풀어 빗겼다. 매끄럽게 빗은 머리는 밤색과 구릿빛, 계피색과 금빛이 한데 어우러진 타래처럼 창문으로 비쳐 드는 아침 햇살에 반짝반짝 빛났다. 제니는 두 손에 머리카락을 펼쳐 들고서 고개를 저었다.

"왜 선하신 주님께서는 잘 관리도 못할 남자에게 이토록 아름다운 머리카락을 주신 걸까. 참 아까워. 군데군데 붉은 사슴 털빛 같기도 하네."

제니의 말에 나는 고개를 끄덕였다.

"참 멋있죠? 보세요. 햇빛이 정수리에 비칠 때는 아주 예쁘게 금발 줄무늬도 나타나요."

우리가 감탄하며 바라보는 남자는 반대로 우리를 노려보았다.

"자꾸 그런 소리 하면 머리를 밀어 버릴 거야."

그는 위협하듯 화장대로 손을 뻗어 면도칼을 집으려 했다. 하지만 제니는 임신해서 거대한 배를 불룩 내민 몸으로도 재빠르게 손을 뻗어 동생의 손목을 빗으로 탁 때렸다. 그는 아프다며 소리를 질렀고, 제니가 그의 머리를 한 움큼 휘어잡자 다시 비명을 질렀다.

"가만히 있어."

제니는 명령한 다음 제이미의 머리카락을 세 갈래로 나눴다. 그리고 만족스럽게 선언했다.

“내가 근사하게 머리를 만들어 줄게. 소작인들 앞에서 널 야만인처럼 보이게 할 수는 없잖니.”

제이미는 나지막한 목소리로 반항적인 말을 중얼댔지만, 누나의 손길에 고분고분 머리를 맡겼다. 제니는 여기저기 벗어나려는 머리를 능수능란하게 넣어서 두껍게 땋은 다음 머리 끝을 아래로 넣어 실로 단단히 묶었다. 그리고 주머니에서 파란색 비단 리본을 꺼내 의기양양하게 머리에 달았다.

“됐다! 예쁘죠?”

그녀는 확인차 내 쪽으로 머리를 보여 주었고, 나는 솜씨를 인정할 수밖에 없었다. 한데 모아 촘촘히 묶은 머리카락은 그의 두상을 보여 주고 얼굴선을 과감하게 강조해 주었다. 거기다 새하얀 리넨 셔츠와 갈색 바지를 깔끔하고 단정하게 차려입으니 아주 멋진 모습이 되었다.

나는 웃음을 꾹 참으며 말했다.

“특히 리본이 예쁘네요. 제이미 눈동자 색이랑 똑같아요.”

제이미는 누나를 노려보더니 단칼에 말했다.

“싫어. 리본 안 해. 여기는 프랑스가 아니야! 잉글랜드 왕실도 아니고! 이게 성모님 망토 색이랑 똑같든 말든 뭐가 중요하냐고. 제발 리본 좀 달지 마, 제니!”

“아, 알았어. 까다롭기는. 자.”

그녀는 리본을 풀고서 뒤로 물러섰다.

“그래, 넌 됐네.”

제니는 만족한 기색으로 말하고는, 이제 꿰뚫는 듯한 푸른 눈으로 날 바라보았다. 그리고 발을 두드리며 생각에 잠겼다.

“흐음.”

나는 여기에 누더기와 다름없는 옷을 입고 왔기에, 최대한 빨리 새 드레스 두 벌을 만들어야 했다. 하나는 평소에 입는 일상복, 또 하나는 이런 상황에 대비한 비단 드레스였다. 내 바느질 솜씨는 천보다는 환자의 상처를 꿰매는 데 능숙했기에, 드레스 디자인과 바느질은 제니와 크룩 부인에게 맡기고 나는 옆에서 천을 자르고 핀을 꽂는 정도밖에 도울 수가 없었다.

두 사람의 솜씨는 상당히 훌륭했다. 연노랑 비단 드레스는 내 몸통에 장갑처럼 꼭 들어맞았다. 어깨 위로 풍성하게 잡힌 주름은 등쪽 천으로 내려가 나풀나풀한 치맛자락까지 이어졌다. 나는 코르셋 착용을 질색했기에, 두 사람은 마지못해 내 뜻에 따랐지만 대신 낡아 빠진 코르셋에서 조각조각 벗긴 고래 뼈로 나의 보디스 위쪽을 기발하게 강조했다.

제니는 나를 발끝부터 머리까지 천천히 훑어보았고, 그 눈길은 머리에 계속 머물렀다. 그리고 한숨을 쉬면서 빗을 집어 들었다.

"당신도 앉아요."

나는 얼굴이 새빨개진 채로 제이미의 눈을 피해서 자리에 앉았다. 제니는 나의 곱슬머리에서도 잔가지와 떡갈나무 이파리를 떼어 내 제이미의 머리에서 나온 것들을 올려 둔 화장대에 놓았다. 마침내 나의 머리카락을 잘 빗어서 핀으로 올린 다음, 제니는 주머니에서 작은 레이스 망을 꺼냈다.

그리고 망을 나의 곱슬머리 무더기 위에 단단히 씌워 핀으로 고정한 다음 말했다.

"자, 케르치까지 쓰니까 아주 고상해 보이네요, 클레어."

나는 그게 칭찬이라고 생각하고 고맙다는 말을 중얼거렸다.

"혹시 장신구가 있나요?"

제니의 물음에 나는 고개를 저었다.

"아뇨. 없어요. 우리 결혼식 때 제이미가 준 진주밖에 없었는데,

그게…….”

리오호에서 빠져나왔을 때, 진주 목걸이를 생각할 겨를이 전혀 없었다.

“아!”

순간, 제이미가 무언가 떠올린 듯 소리쳤다. 그리고 화장대 위에 둔 스포란을 뒤져 자랑스레 진주 목걸이를 꺼냈다.

“세상에나, 그게 어디서 났어요?”

내가 놀라서 묻자, 그는 대답했다.

“머타가 오늘 아침 일찍 가져왔어요. 재판이 열리는 동안 가져올 수 있는 건 죄다 가지고 리오호로 왔더라고요. 우리가 빠져나오면 필요할 거라고 생각하고요. 머타는 여기 오는 길에 우리를 찾았지만, 그때 우리는 그…… 먼저 언덕에 갔었으니 못 만났죠.”

“그럼 머타가 아직 여기 있어요?”

내 물음에 제이미는 뒤에 서서 목걸이를 채워 주며 말했다.

“아, 응. 아래층 주방에서 음식을 있는 대로 먹어 치우면서 크룩 부인을 마구 괴롭히고 있죠.”

이제껏 머타와 알고 지낸 동안, 노래를 멋지게 부를 때를 제외하곤 그의 입에서 나온 말이 서른 단어도 채 되지 않았다. 그런데 대꺼채이같이 빼빼 마르고 조그마한 그 남자가 누군가를 ‘마구 괴롭히다’니, 이상하게만 여겨졌다. 그렇다면 머타는 [illegible]호를 집처럼 편안하게 생각하고 있나 보네.

“그런데 머타는 누군가요? 그러니까, 여러분 친척인가요?”

제이미와 제니는 둘 다 놀란 표정이었다.

“아, 네.”

대답한 건 제니였다. 그녀는 남동생을 쳐다보았다.

“제이미, 머타가 정확히…… 뭐였지? 아빠의 육촌의 삼촌이셨나?”

"조카야. 기억 안 나? 레오 할아버지 아들이 둘 있었잖아. 거기서……."

제이미가 누나의 기억을 바로잡았다. 나는 보란 듯이 두 손으로 귀를 막았다. 내 모습을 본 제니는 순간 무언가를 떠올린 듯 손뼉을 치며 소리쳤다.

"귀걸이! 이 목걸이에 어울릴 귀걸이가 있었지! 바로 가져올게요."

제니는 언제나처럼 대단히 빠른 걸음으로 사라졌다.

"왜 제니는 당신을 로이라고 부르나요?"

나는 제이미가 거울을 보며 스톡 타이를 매는 모습을 가만히 바라보며 물었다. 지금 그의 모습은 흔히 남자들이 넥타이를 맬 때 짓는 표정을 그대로 보여 주었다. 바로 철천지원수를 전장에서 만나 싸울 때의 비장한 모습 말이다. 하지만 내 물음에 제이미는 다물었던 입을 움직이며 빙긋 웃었다.

"아, 그거요. 영어 이름 로이가 아니에요. 게일어 별명이죠. 내 머리카락이 빨갛잖아요. 게일어로 루어흐ruadh가 빨갛다는 뜻이거든요."

그가 단어 철자를 써 주며 몇 번이고 발음한 끝에야 나는 간신히 발음의 차이를 알아낼 수 있었다.

"하지만 내 귀에는 다 똑같이 로이라고 들려요."

나는 고개를 저으며 말했다.

제이미는 스포란을 들고 진주 목걸이를 꺼냈을 때 같이 딸려 나온 잡동사니를 다시 넣기 시작했다. 하지만 엉킨 낚싯줄을 발견하자, 그는 침대 위에 스포란을 뒤집어서 안에 있는 걸 전부 쏟았다. 그리고 줄과 끈을 정성스럽게 감고, 벌어진 낚싯바늘을 찾아내 원래 꽂아 두던 코르크 조각에 단단히 박으며 안에 든 것을 정리했다. 나는 침대로 다가가 정리된 물건을 하나하나 살펴보았다.

"살면서 이토록 많은 쓰레기를 본 건 이번이 처음이네요."

내 말에 제이미는 발끈했다.

"이거 쓰레기 아니거든요? 다 쓰는 거라고요."

"뭐, 낚싯줄과 바늘은 그렇네요. 올무 만드는 끈도 쓸모가 있죠. 쓸모를 널리 인정한다면, 와딩*과 총알도 쓸 데가 있긴 하죠. 당신은 가끔 권총도 갖고 다니니까요. 윌리가 준 뱀 조각도 이해해요. 하지만 돌은 왜 갖고 다녀요? 달팽이 껍질은 또 왜? 유리 조각은 뭐 하러요? 그리고……."

나는 허리를 굽혀 정체를 알 수 없는 짙은 색 북슬북슬한 덩어리를 자세히 보았다.

"대체 이게 뭔데…… 세상에, 이게 뭐야? 제이미, 도대체 왜 말린 두더지 발을 스포란에 넣어둔 거예요?"

"류머티즘에 안 걸리게 해 주잖아요."

그는 두더지 발을 내 코앞에서 휙 채가 다시 오소리 가죽 스포란에 넣었다.

"아, 그야 그렇겠죠. 쓸모야 있겠죠. 당신이 언제 갑자기 관절을 삐끗할지 모르는 일이니까요."

나는 흥미로운 눈초리로 제이미를 바라보며 고개를 끄덕였다. 그의 얼굴은 민망한 기색으로 살짝 붉어졌다. 제이미가 소중한 소지품을 잘 보관하는 동안, 나는 남은 잡동사니 가운데서 파낸 성경책을 들고 엄지로 책장을 넘겨 보았다. 그리고 면지에 쓰인 이름을 소리 내어 읽었다.

"알렉산더 윌리엄 로더릭 맥그리거. 제이미, 이 사람에게 마음의 빚이 있다고 했죠? 그게 정확히 무슨 뜻인가요?"

"아, 그거요."

* 총알 속 화약을 밀봉하는 데 쓰는 종이 조각.

제이미는 내 옆자리 침대에 앉아 작은 성경 책을 내 손에서 가져다가 가만히 책장을 넘겼다.

"이건 포트윌리엄에서 죽은 죄수의 소지품이었다고 내가 말했었죠?"

"그래요."

"내가 거기 가기 한 달 전에 이 젊은이는 이미 죽었어요. 하지만 내 등을 치료해 준 의사가 맥그리거에 대해서 말해 주며 이걸 줬죠. 의사는 누군가에게 이 이야기를 해야 한다고 생각했던 것 같아요. 그런데 수비대 사람에게는 전혀 말할 수가 없었던 거죠."

제이미는 성경 책을 무릎에 올려놓고 10월의 명랑한 햇살이 비쳐 드는 창밖을 응시했다.

알렉산더 맥그리거. 열여덟 즈음 된 그 젊은이는 소 절도를 저지른 공범으로 체포되었다. 그는 잘생기고 조용한 젊은이였고, 형기를 다 마치면 별 탈 없이 풀려날 것처럼 보였다. 하지만 석방되기 일주일 전, 목을 매단 시체로 발견되었다고 했다.

제이미는 작은 성경의 가죽 표지를 어루만지며 커다란 엄지손가락으로 책등을 쓸었다.

"자살이 분명하다고 의사가 말했어요. 하지만 왜 그렇게 생각하는지는 정확히 말해 주지 않았죠. 그런데 일주일 전에 랜들 대위가 그 젊은이와 사적으로 대화를 한 적이 있다고 말했어요."

나는 마른침을 삼켰다. 따스한 햇살을 받으면서도 문득 오한이 들었다.

"그러면 당신이 추측하기에는……."

제이미는 부드럽고도 단호한 목소리로 내 말을 막았다.

"아뇨. 추측이 아니라, 분명히 맞아요. 의사도 알고 있었고요. 그리고 하사관도 알고 있었던 것 같아요. 그래서 랜들이 죽인 거겠죠."

그는 두 손을 무릎 위에 펴고서 기다란 손마디를 내려다보았다.

크고 억세며 솜씨 좋은 농부의 손이자 전사의 손이었다. 그리고 다시 작은 성경 책을 스포란 안에 집어넣었다.

"이거 알아 둬요, 모 니인 돈. 나는 언젠가 이 두 손으로 잭 랜들을 죽일 겁니다. 그놈이 죽고 난 다음, 이 성경 책을 알렉산더 맥그리거의 어머니에게 돌려드릴 거예요. 아들의 원수를 갚았다고 말씀드리면서요."

그 순간, 제니가 불쑥 들어와 긴장감이 깨졌다. 그녀는 파란 비단 드레스로 아름답게 차려입고 머리에는 레이스 케르치를 쓴 채, 두 손에 낡고 빨간 모로코가죽을 씌운 커다란 상자를 들고 들어왔다.

"제이미, 커런가 사람들이 왔어. 윌리 머리와 제프리가 사람들도 왔고. 아래로 내려가서 그들과 다시 아침 식사를 드는 게 좋겠어. 내가 갓 구운 배넉과 절인 청어를 내놓았거든? 크룩 부인이 신선한 잼 케이크를 만들고 있고."

"그래, 알았어. 클레어, 준비되면 내려와요."

제이미는 급히 일어서더니 잠시 서서 짧지만 진한 입맞춤을 하고는 사라졌다. 그의 발소리는 첫 번째 층계참에서 마구 울리더니, 아래층에 가까운 두 번째 층계참에 다다를 즈음에는 영주님의 등장에 어울리게끔 차분하고 느릿하게 들려왔다.

제니는 동생의 뒷모습에 미소를 짓더니 이내 나를 바라보았다. 그녀가 상자를 침대에 내려놓고 뚜껑을 열어서 어지러이 뒤섞인 온갖 보석과 장신구가 보였다. 나는 좀 놀랐다. 이건 깔끔하고 정리정돈에 능한 제니 머리의 소유물다운 모습이 아니었다. 그녀는 새벽부터 해 질 녘까지 집안 살림을 순조롭게 꾸려 나가지 않던가.

그녀는 찬란한 잡동사니를 손가락으로 휘저으며, 내 생각을 읽었다는 듯 내게 미소를 지었다.

"나도 언젠간 이걸 정리해야지, 하는 생각을 항상 하거든요. 하지만 내가 어렸을 적에 어머니가 가끔 보석 상자 안에서 뭘 찾으라고 시키곤 하셨어요. 그때는 보물을 찾는 기분이었죠. 내 손에 어떤 게 딸려 나올지 알 수가 없었거든요. 그래서 이걸 정리하면, 그때의 마법 같은 기분이 사라질 것만 같은 기분이 들어요. 바보 같은 생각이죠?"

나도 미소를 지으며 제니를 마주 보았다.

"아녜요. 그 마음 정말 이해해요."

우리는 천천히 보석 상자를 뒤지며 4대에 걸쳐 전해진 여인들의 소중한 장신구를 들어 보았다.

"이건 우리 프레이저 할머니 것이었어요."

제니는 은 브로치를 들어 보이며 말했다. 그건 뇌문 세공 기법으로 새긴 초승달 모양 장신구로, 달의 끝부분 위에 별처럼 작은 다이아몬드를 박아 놓았다.

"그리고 이건요……."

그녀는 가느다란 금반지를 꺼냈다. 반지에 달린 붉은 루비 둘레를 찬란한 보석이 빙 둘러싸고 있었다.

"내 결혼반지예요. 이안은 이걸 사느라고 반년 치 수입을 썼어요. 나는 멍청한 짓을 했다고 말했지만요."

하지만 제니의 애틋한 표정을 보면 이안은 절대로 멍청한 짓을 한 게 아니었다. 그녀는 루비를 드레스 가슴 자락으로 닦은 다음 다시금 감탄하며 바라보고서 상자에 다시 넣었다. 그리고 얼굴을 찌푸리며 부푼 배를 쓰다듬었다.

"아이가 얼른 태어났으면 좋겠어요. 오늘 아침에는 손가락이 너무 부어서 반지를 끼기는커녕 옷 끈도 제대로 맬 수가 없었다니까요."

그런데 문득 상자 안에서 묘하게 금속이 아닌 광채가 보였다.

"저건 뭔가요?"

내가 가리키는 걸 보자, 제니는 다시 상자에 손을 넣었다.

"아, 이거요. 난 한 번도 차 본 적 없어요. 나랑 안 어울려서요. 하지만 클레어는 찰 수 있을 거예요. 우리 어머니처럼 키가 크고 당당하니까요. 이건 어머니 것이었거든요."

그건 한 쌍의 팔찌였다. 원형을 이루는 멧돼지의 엄니를 조각해서 만든 팔찌는 짙은 상아색으로 윤기 나게 빛났고, 끝부분에 달린 은제 장식에는 꽃무늬가 새겨져 있었다.

"세상에, 너무 멋지네요! 이토록, 뭐랄까…… 야성적으로 아름다운 장신구는 처음 봐요."

제니도 덩달아 즐거워했다.

"맞아요, 그렇죠. 누군가 어머니에게 이걸 결혼 선물로 주셨다는데, 누가 준 건지는 절대로 말씀을 안 하셨어요. 우리 아버지는 가끔 어머니를 따라다니던 구혼자를 들먹이며 놀리곤 하셨지만, 아버지에게도 말씀하지 않으시더라고요. 그저 저녁 식사로 크림을 먹은 고양이처럼 만족스레 웃기만 하셨죠. 자, 차 봐요."

시원한 감촉의 상아가 팔 위로 묵직하게 걸쳐졌다. 세월의 결이 보이는 그 진노란색 표면을 나도 모르게 쓸어 보았다.

제니가 보며 탄성을 뱉었다.

"응, 당신에게 잘 어울리네요. 그 노란색 드레스와도 잘 맞고요. 여기 귀걸이 받아요. 이걸 차고 내려가죠."

머타는 주방 식탁에 앉아 단검에 햄을 꽂은 채 열심히 먹고 있었다. 크룩 부인은 접시를 들고 그의 뒤를 지나면서 걸음을 멈추지도 않고 능숙하게 몸을 굽혀 갓 구운 뜨거운 배넉 세 개를 머타의 접시에 스르륵 올려 주었다.

제니는 손님맞이 준비와 감독을 하느라 이리저리 바삐 돌아다녔다. 그러다 잠시 걸음을 멈추고 머타의 어깨 너머로 슬쩍 눈길을 던져 빠르게 사라지는 음식을 바라보았다.

"사양하지 말고 많이 드세요. 햄 만들 돼지는 우리에 또 있으니까."

제니의 말에 머타는 음식을 계속 씹으면서 말했다.

"친척이 와서 좀 먹겠다는데 아깝냐?"

"제가요? 무슨 소리예요! 아저씨는 이제 겨우 네 접시밖에 안 드셨으면서."

그녀는 두 손을 허리에 짚고 대답하더니, 주방에서 나가려는 가정부를 불렀다.

"크룩 아주머니, 배넉 다 만드셨으면 여기서 배고파 죽어 가는 이분에게 귀리죽 한 그릇 주세요. 얼른 배 채우게요. 이러다 머타가 문간에서 쓰러져 죽으면 큰일이니까요."

머타는 문가에 서 있는 나를 보자 햄을 먹다 말고 사레가 들렸다.

"으으읍."

제니가 고맙게도 등을 두드려 준 덕에 겨우 한숨 돌린 머타는 우물거렸다. 그게 인사인 것 같았다. 나는 맞은편에 앉아 대답했다.

"저도 만나서 반가워요. 그리고 고맙습니다."

"으으응?"

꿀 바른 배넉 반쪽을 입에 물고 있던 머타가 끝부분을 올린 소리로 물었다.

"성에서 제 짐을 가져다주셔서요."

"음."

그는 감사의 말에 됐다는 듯 손을 내젓나 싶더니 버터 접시에 손을 뻗었다.

"당신이 쓰던 식물 같은 것도 가져왔소. 안마당에 가 봐. 안장 가방에 있어."

그는 창문 쪽으로 머릿짓을 했다.

"제 약상자를 가져오셨어요? 정말 잘하셨어요!"

무척 기뻤다. 약용 식물 중에는 희귀한 것도 있었다. 그걸 다시 찾아다가 제대로 손질하려면 적잖은 노력이 들었다.

"어떻게 이걸 다 챙겨 오셨어요? 가져오시느라 힘드셨던 게 아니었음 좋겠네요."

나는 그에게 물었다. 마녀재판의 공포에서 일단 벗어난 후에 나는 가끔 생각했었다. 성 사람들은 내가 갑자기 체포되어 떠난 걸 어떻게 받아들였을까.

"아, 그렇진 않았어."

그는 다시 음식을 한 입 크게 베어 물었다. 그리고 목구멍으로 천천히 들어갈 때까지 뜸을 들이다가 대답했다.

"피츠 부인이 이미 당신 물건을 챙겨 두었더군. 부인에게 먼저 갔었지. 성에서 날 어떻게 대할지 알 수가 없었거든."

"참 잘하셨네요. 피츠 부인은 당신을 보고도 소리를 지르지는 않으셨을 테니까요."

나는 고개를 끄덕였다. 배넉은 시원한 공기 가운데서 모락모락 김을 내며 아주 맛있는 냄새를 풍겼다. 배넉을 집으려 손을 뻗자, 묵직한 팔찌 한 쌍이 손목에서 부딪혔다. 머타의 눈길이 그곳으로 쏠리자, 나는 팔찌를 돌려서 그에게 세공된 은색 부분을 보여 주었다.

"예쁘죠? 제니 말로는 이게 어머니의 물건이었다고 해요."

머타는 다시 크룩 부인이 앞에 불쑥 놓아 준 귀리죽 그릇을 바라보았다.

"당신에게 잘 어울리는군."

그는 중얼거리더니 갑자기 아까 했던 이야기로 돌아갔다.

"그래, 피츠 부인은 나를 보고도 소리쳐 사람을 부르거나 하진 않았지. 나는 예전부터 글레나 피츠기번스와 잘 알고 지냈으니까."

"어머, 혹시 오래전에 사랑하던 사이셨나요?"

나는 그를 은근히 놀렸다. 피츠 부인의 포근하고 풍만한 품에 안긴 머타라는 있음 직하지 않은 장면을 떠오르자 재미있었다.

하지만 머타는 귀리죽을 먹다 말고 차가운 눈빛으로 날 슬쩍 노려보았다.

"그런 것 아니야. 그분에 대해서 말할 때는 예의를 갖춰 주면 고맙겠소. 부인의 남편은 우리 어머니의 오빠였어. 그리고 부인은 당신 생각에 아주 슬퍼했다는 걸 알아 두라고."

나는 부끄러운 마음에 눈을 내리깔고서 민망한 마음을 감추려 꿀단지에 손을 뻗었다. 굳었던 꿀을 녹이려고 토기 단지를 끓는 물을 담은 냄비에 넣었다가 내왔는지라, 꿀단지는 기분 좋게 따스했다.

"죄송해요. 저기, 궁금한 게 있는데요, 부인은 어떤 마음이셨나요? 제가 그렇게 됐을 때……."

나는 배넉 위로 뚝뚝 떨어지는 황금빛 꿀을 흘리지 않으려고 조심스레 바라보며 말했다. 머타는 나의 사과를 들은 척도 안 하고 딱딱하게 대답했다.

"처음에 사람들은 당신이 사라진 줄도 몰랐어. 당신이 저녁 식사 자리에 오지 않자, 들판에서 늦게까지 있다가 저녁도 안 먹고 방에 올라갔다고 생각했지. 문도 닫혀 있었으니까. 다음 날, 덩컨 부인을 사람들이 잡아갔다고 다들 떠들어 대느라 아무도 당신을 찾으려는 생각을 하지 못했지. 소식이 들려왔을 땐 덩컨 부인 이야기만 있었지, 당신 이야기를 해 준 사람은 없었어. 다들 흥분해서 당신을 찾아봐야겠다는 걸 미처 생각지 못했던 거야."

나는 생각에 잠겨 고개를 끄덕였다. 약이 필요할 때를 제외하곤 아무도 나를 찾지 않았겠지. 게다가 나는 제이미가 없는 동안 콜럼의 서재에서 대부분 시간을 보냈으니까.

"콜럼은 어땠나요?"

이 질문은 그저 순수한 호기심만은 아니었다. 게일리스의 생각대로, 정말 콜럼이 계획한 일일까?

머타는 어깨를 으쓱였다. 그리고 먹을 게 더 없나 식탁을 훑어보았지만, 마음에 드는 걸 찾지 못하자 몸을 뒤로 젖히고 두 손을 편안하게 여윈 배에 얹었다.

"콜럼은 마을 소식을 듣자 즉시 성문을 닫고서 성 안 사람들에게 절대로 마을에 내려가지 말라고 명령했소. 자칫 소동에 휘말릴까 봐 두려웠던 게지."

그는 몸을 뒤로 젖히고 나를 가만히 바라보았다.

"둘째 날이 되자, 피츠 부인이 당신을 찾아볼 생각을 하고서, 하녀들에게 전부 당신을 본 적이 있느냐고 물었지. 하지만 아무도 없었고, 다만 그중 하나가 말하기를, 당신이 마을에 내려간 것 같다고 하더라고. 아마 거기서 어느 집에 피신해 있지 않을까 싶다고."

그중 하나라. 나는 속으로 빈정거렸다. 내가 어디 있을지 아주 잘 알고 있는 여자애가 하나 있었지.

머타는 소리를 억누르려는 생각도 전혀 없이 작게 트림을 했다.

"피츠 부인이 성을 탈탈 털었다던데. 그리고 당신이 성에 없다는 확신이 들자, 콜럼을 시켜서 마을에 남자 하나를 보냈지. 거기서 무슨 일이 벌어졌는지 알아냈을 땐……."

머타의 어두운 얼굴에 즐거운 기색이 희미하게 스쳤다.

"부인이 나에게 전부 말해 준 건 아니지만, 상황을 보면 부인이 콜럼을 평소보다 더욱 심하게 괴롭혔던 것 같더군. 마구 잔소리를 하면서 인원을 동원해서 무력으로 당신을 구해 오라고 했다나. 하지만 별 소용이 없었어. 콜럼은 이미 상황이 자신이 손 쓸 수도 없게 심각해졌고, 이제는 심판관들의 손에 달린 일이라고, 뭐 그런저런 이야기를 하며 부인에게 맞섰지. 둘의 말싸움은 아마 볼 만했을 거야. 아주 고집불통인 양반들 둘이서 부딪쳤으니까."

그는 생각에 잠겨 말했다.

결국 둘 다 이기지도, 그렇다고 양보하지도 않은 듯했다. 네드 고언은 변호사다운 중재 수완을 발휘하여 둘 사이에서 타협점을 찾아 자신이 몸소 재판에 가겠다고 말했다. 영주의 대리인 자격이 아닌, 자의로 참석한 변호사로 말이다.

"부인은 내가 마녀라고 생각하셨나요?"

나는 궁금한 마음에 물었다. 머타는 짧게 코웃음을 쳤다.

"요즘 세상에 마녀가 있다고 믿는 아주머니들이 대체 어딨나. 젊은 여자들은 말할 것도 없지. 남자들 중에서는 마법을 부리고 주술을 쓰는 여자가 있을 거라고 믿는 사람이 있긴 하지. 여자들이란 타고난 요물이니 말이야."

"그런 말씀을 하시다니 왜 결혼을 안 하셨는지 알겠네요."

"그래?"

머타는 의자를 뒤로 확 밀치고 일어나더니, 플래드를 어깨 앞으로 걸쳤다.

"난 가 봐야겠다. 영주님에게 안부를 전해라. 걔는 바쁠 게 뻔하니까."

그는 소작인들에게 인사를 마치고 현관에서 들어온 제니에게 말했다.

제니는 그에게 주둥이를 묶은 커다란 천 자루를 건네주었다. 그 안에는 일주일은 거뜬히 먹을 식량이 담겨 있었다. 그녀는 머타에게 보조개가 보이도록 미소를 지으며 말했다.

"집으로 가시는 길에 좀 드세요. 우리 집이 아직 보이는 곳까지는 이 식량으로 버티실 수 있을 거예요."

머타는 자루의 매듭을 허리띠에 잘 묶고는 문 쪽으로 돌아서며 고개를 까딱였다.

"그래. 혹시 못 버틴다면 언덕배기쯤에서 쓰러져 죽을 테니, 잘 봐 둬라. 내 뼈를 뜯어 먹는 까마귀가 보일 거다."

머타의 대답에 제니는 그의 앙상한 체구를 바라보며 빈정대었다.

"그래도 까마귀들은 뜯어 먹을 게 많을 거예요. 비쩍 마른 몸치고는 제법 살집이 붙어 있잖아요."

머타의 침울한 낯빛에는 변함이 없었지만, 그 눈빛은 희미하게 번뜩였다.

"그러냐? 그렇다면 잘 들어 둬라……."

복도에서 다정히 던지는 농담과 신소리가 어우러지며 점점 잦아들다가, 현관 앞에서 메아리치며 사라졌다.

나는 잠시 식탁에 앉아서 이제는 따스해진 엘런 매켄지의 상아 팔찌를 하릴없이 만지작거렸다. 그러다 아스라이 문을 쾅 닫는 소리에 정신을 차리고 일어서서 랄리브로흐의 마님이라는 직책을 수행했다.

평소에도 바빴던 저택은 소작료 납기일을 맞이하여 정신없이 활기가 넘쳤다. 하루 종일 소작인들이 들락날락거렸다. 많은 사람들은 그저 소작료만 내고서 떠났지만, 어떤 이들은 하루 종일 저택에 머물며 바깥을 거닐고 친구를 만나며 응접실에서 음료를 들었다. 파란 비단 드레스로 차려입은 제니와 빳빳이 풀 먹인 하얀 리넨 드레스를 입은 크룩 부인은 주방과 응접실을 바삐 오가며, 귀리 케이크와 과일 케이크, 크럼블리*를 비롯한 각종 과자가 담긴 접시를 비틀비틀 나르는 하녀 둘을 감독했다.

제이미는 식당과 응접실에 있는 소작인들에게 격식을 갖추어 나

* 캐러멜과 비슷한 스코틀랜드 디저트로, 단단하고 거친 질감이 특징이다.

를 소개한 다음, 이안과 함께 서재에 들어가서 소작인들을 개별적으로 앉혀 놓고 봄 파종에 필요한 것이 무엇인지, 또 양모와 곡식 판매는 어떻게 할 것인지 상의하고, 영지 내의 활동을 파악하고, 다음 소작료 납기에 관한 사항을 결정했다.

나는 이곳저곳 즐겁게 돌아다니며 소작인들을 맞이하고 필요한 경우 다과를 같이 내가기도 하고 가끔은 뒷마당으로 나가 오가는 사람들을 그저 구경하기도 했다.

그리고 제이미가 물방앗간에서 노부인에게 했던 약속을 떠올리며, 다소 호기심을 품고 로널드 맥내브가 오기를 기다렸다.

그는 정오가 막 지날 무렵 커다랗고 굼뜬 노새를 타고 왔다. 뒤에는 작은 소년도 데려온 참이었다. 나는 응접실 문에 숨어서 그들을 바라보며, 그의 어머니가 한 평가가 얼마나 정확한지 알아보았다.

'술주정뱅이'라고 한 말은 좀 과장된 감이 있었지만, 그래도 맥내브 할멈은 대체로 아들을 정확하게 파악했다는 생각이 들었다. 로널드 맥내브는 길고 떡진 머리를 아무렇게나 뒤로 묶었고, 옷깃과 소매는 때가 타서 더러웠다. 제이미보다 한두 살 어린 게 분명했지만 얼굴은 열다섯 살도 더 나이 들어 보였고, 푹 주저앉은 뼈 위로 부은 얼굴 살 가운데 흐리멍덩하고 충혈된 작은 회색 눈동자가 보였다.

뒤따라온 아이 역시 꼬질꼬질 더러웠다. 내가 보기에는 아버지보다 더 심한 상태였다. 로널드가 뒤돌아 날카로운 말을 던지자, 고개를 숙이고 바닥에 눈을 내리깐 아이는 움츠러들었다. 서재 문으로 나타난 제이미 역시 그 모습을 보았고, 그의 부탁으로 술을 채운 디켄터를 가져온 제니와 날카로운 시선을 교환했다.

그녀는 아주 살짝 고개를 끄덕인 다음 디켄터를 건네주었다. 그리고 아이의 손을 꼭 잡고서 주방으로 데려가며 말했다.

"얘, 날 따라오렴. 크럼블리랑 먹거리 두어 개가 있단다. 아니면 과일 케이크 한 조각 먹을래?"

제이미는 로널드 맥내브에게 엄숙하게 고개를 끄덕이며 옆으로 비켜서서 그가 서재로 들어가게 해 주었다. 그리고 문을 닫으려고 손을 뻗다가 나와 눈을 마주치고는 주방 쪽으로 고갯짓을 했다. 나도 고개를 끄덕인 다음 제니와 꼬마 라비를 따라갔다.

주방에 가 보니 그들은 크룩 부인과 즐겁게 대화 중이었다. 부인은 커다란 가마솥에서 펀치를 퍼다가 크리스털 그릇에 담은 다음, 그릇을 나무 컵에 살짝 기울여 펀치를 따라 아이에게 주었다. 아이는 부인을 수상쩍게 바라보며 뒤로 물러서다가 결국 컵을 받아 들었다. 제니는 접시를 놓아두며 꼬마에게 아무렇지 않게 말을 걸었지만, 아이는 작은 소리로 중얼대기만 할 뿐이었다. 그래도 야생에서 자란 거나 다름없어 보이는 아이는 조금 긴장을 푼 것 같았다.

제니는 고개를 숙여 아이의 옷깃을 젖혀 살펴보았다.

"얘, 셔츠가 좀 지저분하구나. 어서 벗어. 네가 가기 전에 얼른 빨아다 줄게."

'지저분하다'라는 말은 턱도 없을 정도로 셔츠는 더러웠지만, 아이는 방어하듯 거절했다. 하지만 아이의 뒤에 있던 나는 제니의 손짓을 보고 그 애가 잽싸게 내빼기 전에 팔을 잡았다.

아이는 발길질을 하며 마구 울었지만 제니와 크룩 부인은 아이에게 다가왔고, 우리 셋은 힘을 합쳐 더러운 셔츠를 벗겼다.

"어머."

제니는 숨을 헉 들이켰다. 한쪽 팔로 소년의 머리를 단단히 잡은 아래, 앙상한 등이 모두 드러났다. 등뼈가 선명하게 보이는 등 양쪽으로 부풀어 오른 매 자국과 딱지가 보였다. 최근에 나은 상처뿐만 아니라 희미하게 남은 옛 상처들이 갈비뼈가 선명하게 보이는 몸에 가득했다. 제니는 아이의 목덜미를 꽉 잡고는 무언가 달래 주는 말을 한 다음 머리를 놓았다. 그리고 복도 쪽으로 홱 고갯짓을 하며 나를 보았다.

"제이미에게 말하는 게 좋겠어요."

나는 꿀을 뿌린 귀리 케이크 접시를 들고 조심스레 서재 문을 두드렸다. 제이미가 가격을 제시하는 소리가 아스라이 들리는 가운데, 나는 문을 열고 안으로 들어갔다.

나는 굳이 제이미와 잠깐 이야기 좀 하자고 물을 필요가 없었다. 맥내브를 대접하는 내 얼굴을 보자 상황이 충분히 파악되었던지, 제이미는 잠시 나를 골똘히 쳐다보고는 다시 맥내브와 이야기를 시작했다.

"음, 로니. 그건 곡식 할당량으로도 충분해. 하지만 하나 더 의논하고 싶은 게 있어. 라비라는 애가 있는 것 같던데. 내가 마구간에 딱 그만한 아이가 필요하거든. 걔를 우리 집에 보내 줄 수 있을까?"

제이미는 기다란 손가락으로 책상 위에 둔 거위 깃펜을 만지작거렸다. 이안은 한쪽에 있는 작은 테이블에 앉아 주먹으로 턱을 괸 채 흥미를 솔직하게 드러내며 맥내브를 바라보았다.

맥내브는 호전적으로 눈빛을 이글거렸다. 술 취하지는 않았지만 취하고 싶어 하는 남자가 보일 법한 짜증스러운 한이 엿보였다.

"아뇨. 전 그 애가 필요합니다."

그는 딱 잘라 말했다.

"음, 그 애가 받는 삯을 자네에게 줄게."

제이미는 의자에 느긋하게 기대앉아 두 손을 배에 대고서 말했다. 그러자 맥내브는 투덜대며 자세를 고쳐 앉았다.

"우리 어머니에게 이야기를 들으셨군요? 하지만 제가 싫다고 하면 싫은 겁니다. 걔는 내 아들이에요. 그러니 제가 하고픈 대로 할 겁니다. 제가 보기에 걔는 집에 있어야 해요."

제이미는 맥내브를 가만히 바라보았지만, 더는 논쟁하지 않고 그의 거래 내역서로 관심을 돌렸다.

오후 늦게 소작인들이 더 따뜻한 식료품 창고와 응접실로 가서 떠나기 전 다과를 드는 동안, 창가를 내다보자 제이미가 느긋한 태도로 돼지우리를 향해 가는 모습이 보였다. 그는 맥내브에게 친근하게 어깨동무를 하고 있었다. 두 남자는 잠시 돼지우리 뒤로 사라졌다. 뭔가 농사에 대한 관심사를 조사하기 위해서인 것 같았다. 그러다 일이 분쯤 뒤에 다시 집으로 다가왔다.

제이미는 여전히 작은 남자의 어깨에 팔을 두르고 있었지만, 이제는 그를 부축하는 기색이었다. 맥내브는 혈색 나쁜 잿빛 얼굴에 땀을 뻘뻘 흘리면서 아주 느릿느릿 걷고 있었는데, 몸을 제대로 펼 수가 없는 듯했다.

제이미는 둘의 말소리가 들릴 만큼 가까이 다가오자 쾌활하게 말했다.

"자, 그럼 잘됐네. 네 부인도 추가 수입이 생겨서 좋아할 거야. 그렇지, 로널드? 자, 여기 네 노새가 있네. 그놈 참 잘생겼네?"

맥내브 부자를 이곳 저택까지 데려온 노새는 좀이 파먹은 것 같은 모습으로 앞마당에서 어기적어기적 나왔다. 이곳에서 받은 환대를 꽤 즐긴 모양이었다. 입꼬리 한쪽으로 삐죽 나온 건초 줄기가 노새의 잇새 밖으로 불규칙하게 움직였다.

제이미는 맥내브가 노새에 앉을 수 있도록 발을 들어 주었다. 보아하니 도와주지 않으면 올라탈 수도 없었다. 제이미가 오늘 입버릇처럼 말했던 "잘 되길 빈다"라거나 "조심해서 가라" 같은 인사말에 그는 대답하거나 손을 흔들지 않았다. 다만 앞마당을 천천히 나오면서 멍하니 고개를 끄덕이는 맥내브의 모습은 무슨 비밀스러운 문제를 골똘히 생각하느라 정신이 없어 보였다.

제이미는 울타리에 기대서서 집으로 돌아가려는 다른 소작인들과 환담을 나누었다. 맥내브의 모습이 저 언덕 너머로 자그맣게 사라지자, 그는 몸을 일으키고 길을 내려다본 다음 돌아서서 휘파람을 불었다. 이윽고 조그마한 꼬마가 건초 수레 아래에서 기어 나왔다. 아이는 좀 찢어지긴 했지만 깨끗한 셔츠와 얼룩진 킬트를 입고 있었다.

제이미는 다정하게 말했다.

"자, 그럼 꼬마 라비야. 네 아버지는 결국 널 마구간 심부름꾼으로 보내기로 결정하셨나 보다. 열심히 일해서 아버지 체면을 세워 드릴 수 있지?"

소년의 더러운 얼굴은 말문이 막힌 듯했지만, 충혈되고 동그란 눈이 이쪽을 빤히 올려다보았다. 꼬마가 아무런 대답이 없자, 제이미는 손을 뻗어 어깨를 잡고 마구간 여물통으로 돌렸다.

"주방에 가면 저녁 식사가 차려져 있을 거야. 먼저 가서 씻어. 크룩 부인은 까다로운 여자거든. 아참, 라비야."

그는 고개를 숙여 꼬마의 귓가에 속삭였다.

"귀를 잘 닦도록 해. 안 그러면 크룩 부인이 억지로 닦을 테니까. 오늘 아침에 내 귀도 박박 문질러 닦아 줬거든."

제이미는 자기 귀 뒤에 손을 대고 아이를 향해 엄숙하게 젖혀 보였다. 그러자 꼬마는 수줍은 듯 미소를 짓더니 여물통 쪽으로 달려갔다.

나는 제이미의 팔을 잡고 저녁을 먹으러 가며 말했다.

"잘 처리해서 다행이에요. 라비 맥내브 말이에요. 그런데 어떻게 한 거예요?"

그는 어깨를 으쓱였다.

"로널드를 데리고 양조장 뒤로 가서 말랑한 데를 한두 방 때렸어요. 그리고 아들이랑 떨어질래, 아니면 간이 떨어질래 물었죠."

제이미는 나를 슬쩍 보더니 얼굴을 찌푸렸다.

"올바른 방법은 아니었지만, 다른 방도가 생각나지 않더라고요. 그리고 그 꼬마가 아버지와 돌아가는 것도 바라지 않았고요. 걔 할머니랑 약속한 것 때문만이 아니에요. 제니가 그 애 등에 대해서 말해 줬거든요."

그는 잠시 주저하다가 덧붙였다.

"있잖아요, 새서나흐. 우리 아버지도 필요하다고 생각할 때마다 나를 채찍질하긴 했어요. 내가 맞을 만하다고 생각했던 것보다 많이 맞고 컸죠. 하지만 아버지 말에 움찔 겁먹은 적은 없어요. 꼬마 라비가 나중에 커서 부인이랑 잠자리에 누워 그때 일을 생각하며 웃을 것 같지도 않았고요."

제이미는 어깨를 움츠리더니, 묘하게 어깨를 으쓱이다 말았다. 그의 이런 모습은 몇 달 만에 처음이었다.

"그런데 로널드 말이 맞긴 해요. 걔는 로널드의 아들이니까, 마음대로 할 수 있죠. 내가 하느님인 것도 아니고, 그저 영주일 뿐이잖아요. 영주는 하느님보다 훨씬 아래죠. 그래도……."

그는 비뚜름한 미소를 지으며 나를 내려다보았다.

"정의와 야만은요, 종이 한 장 차이예요, 새서나흐. 다만 내가 올바른 쪽이기를 바랄 뿐이죠."

나는 그의 허리에 한쪽 팔을 두르고 안아 주었다.

"올바른 일을 한 거예요, 제이미."

"그래요?"

"응."

우리는 서로 꼭 붙어서 집을 향해 걸어갔다. 하얗게 칠한 농장 건물들이 석양빛에 호박색으로 빛났다. 그런데 제이미는 집 안으로 들어가지 않고 나를 장원 뒤쪽의 작은 언덕으로 데려갔다. 들판 울타리 꼭대기에 앉아 아래를 내려다보자, 우리 앞에 펼쳐진 농장이 한눈에 보였다.

나는 제이미의 어깨에 머리를 기대고 한숨을 쉬었다. 그는 나를 품에 꼭 안아 주었다.

"제이미, 이런 올바른 결정을 내리기 위해 당신이 태어난 거잖아요?"

"그럴지도요, 새서나흐."

그는 들판과 건물, 농가와 길을 바라보다가, 다시금 눈길을 떨구더니 입가에 활짝 미소를 지었다.

"그럼 새서나흐, 당신은요? 무엇을 위해 태어났죠? 이 영지의 안주인이 되기 위해? 아니면 집시처럼 들판에서 자려고? 치료사가 되려고? 교수의 아내가 되려고? 아니면 범죄자의 마나님이 되려고?"

"난 당신을 위해서 태어났어요."

난 이렇게만 말하며 그에게 두 팔을 벌렸다.

마침내 내 품에서 벗어난 제이미는 가만히 날 바라보며 말했다.

"있죠, 당신이 이렇게 말한 건 처음이에요."

"당신도 말 안 하기는 마찬가지였어요."

"아니, 난 했어요. 우리가 온 다음 날에요. 그 무엇보다도 당신을 원한다고 말했잖아요."

"그래서 내가 그랬잖아요. 사랑하는 것과 원하는 것은 똑같은 게 아닐 수 있다고요."

내가 반박하자 제이미는 웃었다.

"그럴지도 모르죠, 새서나흐."

그는 내 얼굴에서 머리카락을 걷은 다음 이마에 입을 맞추고 말을 이었다.

"당신을 처음 본 순간에는 원했었고, 리오흐성에 처음 왔을 때 당신이 내 품에 안겨 울며 내게 위로를 받았을 땐 사랑했으니까."

검은 소나무가 늘어선 아래로 해가 저물고 밤하늘에 첫 별이 떴다. 지금은 11월 중순이라 낮은 아직 따스했어도 밤이 되면 추운 날씨였다. 울타리 반대편에 서 있던 제이미는 고개를 숙여 나와 이마를 맞대었다.

"먼저 말해요."

"아뇨, 당신이 먼저 말해요."

"왜요?"

"무섭거든요."

"뭐가 무섭죠, 나의 새서나흐?"

어둠이 들판에 밀려오며 땅을 가득 메우고 밤하늘과 맞닿으려 솟아 올라갔다. 새로 뜬 초승달 빛이 제이미의 얼굴을 가로지르자 눈썹과 콧날에 그늘이 졌다.

"시작하면 멈추지 못할까 봐 무서워요."

그는 뾰족한 달이 낮게 뜬 지평선을 슬쩍 바라보았다.

"이제 겨울이 다 됐고, 밤은 길잖아요, 모 니인 돈."

제이미는 울타리 너머로 몸을 숙여 손을 뻗었고, 나는 그 품으로 들어가 그의 체온과 심장 박동을 느꼈다.

"사랑해요."

32
난산

며칠 후 해 질 무렵, 나는 집 뒤편 언덕에서 작은 코리달리스 군락을 발견하고 구근을 캐고 있었다. 잔디밭 사이로 다가오는 발소리를 듣자, 제니나 크룩 부인이 저녁 식사를 하라고 나를 부르러 왔구나 싶어 뒤를 돌아보았다. 그런데 눈앞에는 제이미가 보였다. 그는 저녁을 들기 전에 목욕을 해서 머리가 젖어 있었고, 아직 벗지 않은 셔츠는 밭일을 하느라 허리춤에 묶은 채였다. 그는 내 뒤로 다가와 두 팔로 나를 그러안고 턱을 내 어깨에 얹었다. 우리는 함께 금빛과 보랏빛으로 찬란하게 빛나며 소나무 뒤로 지는 해를 바라보았다. 이윽고 주변 풍경은 서서히 색을 잃어 갔지만, 우리는 만족스러운 기분을 오롯이 누리며 그 자리에 가만히 서 있었다. 그러다 어두워지기 시작하자, 마침내 저 아래 집에서 제니가 부르는 소리가 들렸다.

"가야겠어요."

나는 마지못해 움직이며 말했다.

"으음."

제이미는 나를 안은 품에 힘을 주면서 짙어지는 그림자를 가만히 바라보았을 뿐, 움직이지 않았다. 그 눈빛은 돌 하나하나마다, 풀잎 한 떨기마다 다 기억 속에 남기려는 듯했다.

나는 돌아서서 그의 목을 그러안고 조용히 물었다.

"왜 그래요? 이제 곧 떠나야 하나요?"

랄리브로흐를 떠나야 한다는 생각에 가슴이 철렁 내려앉았지만, 너무 오래 머물러도 위험하다는 것 역시 알고 있었다. 언제든 빨간 코트들이 들이닥칠 수 있고, 그러면 더욱 심각한 결과가 일어나겠지.

"그래요. 내일이나 늦어도 모레는 떠나야 해요. 노크호일럼에 잉글랜드인들이 있거든요. 여기서 32킬로미터쯤 떨어져 있지만, 날씨가 좋으면 이틀밖에 안 걸려요."

나는 울타리에서 스르르 내려갔지만, 제이미는 내 무릎 아래로 팔을 슬며시 넣고 날 들어 가슴에 안았다.

그의 피부에는 아직도 햇살의 온기가 남아 있었고, 따뜻한 땀과 귀리 줄기가 섞인 텁텁한 내음이 났다. 제이미는 막바지 추수를 돕고 있었는데, 그 냄새를 맡으니 일주일 전 저녁 식사 자리가 떠올랐다. 언제나 친근했지만 거리감 있게 공손했던 제니가 마침내 나를 완전히 가족의 일원으로 받아들인 순간이었다.

추수는 고된 일이라, 이안과 제이미는 종종 저녁 식사 막바지에 고개를 떨구며 졸곤 했다. 한번은 디저트로 먹을 브로즈 푸딩*을 가지러 나갔다가 돌아오니, 둘 다 곤히 잠든 가운데 제니가 혼자서 조용히 웃고 있었다. 이안은 의자에 주저앉아 고개를 떨구고 가쁘게 숨을 쉬었다. 제이미는 포갠 두 팔 위에 뺨을 댄 채로 식탁 위에 엎어져 접시와 후추 통 사이에서 평화롭게 코를 골았다.

제니는 내게서 푸딩을 받아 들고 우리 둘 몫을 나누었다. 그리고

* 귀리와 크림에 꿀과 위스키 등을 섞어 만든 디저트.

잠든 남자들을 보며 고개를 저었다.

"둘 다 하품을 어찌나 많이 하던지, 문득 궁금해지더라고요. 내가 입을 다물면 어떻게 될까? 그래서 가만히 있었더니, 아니나 다를까 2분 후에 둘 다 완전히 나가떨어지더라고요."

그녀는 이안의 이마에서 머리카락을 부드럽게 쓸어 넘겼다. 그리고 나를 향해 음흉하게 눈썹을 치켜뜨며 말했다.

"그래서 이곳에는 7월에 태어나는 아이가 아주 드물어요. 11월 밤에는 남자들이 거사를 치를 만큼 오래 깨어 있질 못하거든요."

그건 확실히 사실이라 나는 웃었다. 제이미는 내 옆에서 뒤척이며 잠결에 피식 웃었고, 나는 그의 목 뒤에 손을 얹어 쓰다듬었다. 그 순간, 제이미의 입술이 슬쩍 움직이더니 반사적으로 부드러운 미소를 짓다가 이내 다시 잠에 빠졌다.

그 모습을 가만히 지켜보던 제니가 말했다.

"이거 재미있네요. 재가 저러는 거 아주 어릴 때 이후로 본 적이 없는데."

"뭘요?"

내 물음에 그녀는 고갯짓을 했다.

"저렇게 자면서 웃는 거요. 요람에 누워 있을 때 쓰다듬어 주면 언제나 저렇게 웃었어요. 나중에 아기 침대에서 잘 때도 그랬죠. 가끔 엄마랑 나는 돌아가면서 재 머리를 쓰다듬었어요. 만져 주면 웃나 안 웃나 보려고요. 재는 항상 웃었어요."

"신기하네요. 그렇죠?"

나는 다시금 부드럽게 그의 뒤통수와 목을 쓰다듬으며 시험해 보았다. 아니나 다를까, 곧바로 결과가 나타났다. 그 얼굴에 잠시 달콤한 미소가 피어오르더니, 이내 풀어지면서 다시금 제이미는 심각한 얼굴로 잠들었다.

"왜 이러는 건지 궁금하네요."

나는 그 모습에 매료되어 가만히 지켜보았다. 제니는 어깨를 으쓱이며 날 보고 방긋 웃었다.

"행복하다는 뜻이겠지요."

결국 우리는 다음 날 떠나지 못했다. 한밤중에 들려오는 낮은 대화 소리에 나는 잠에서 깨어났다. 몸을 뒤척이자, 이안이 촛불을 들고 침대를 굽어보며 말했다.

"아이가 나오고 있어요."

내가 깬 걸 보자 제이미가 일어나 앉아 하품을 했다.

"좀 이른 거 아니야, 이안?"

"언제 나올지는 아무도 모르지. 꼬마 제이미는 예정보다 늦게 태어났어. 늦는 것보다야 이른 게 낫다고 생각해."

이안이 잠깐 지었던 미소에는 긴장감이 어렸다.

"새서나흐, 아이 받을 수 있어요? 아니면 산파를 부르러 가는 게 좋을까요?"

제이미가 돌아보며 물었을 때, 나는 지체 없이 고개를 저으며 대답했다.

"산파를 불러요."

내가 간호사 교육을 받는 동안 아이가 태어나는 모습을 본 건 단 세 번뿐이었다. 그것도 다들 무균 수술실에서 진행되었고, 환자는 마취된 채 몸 위로 천을 늘어뜨리고 있었으며, 나는 괴상하게 부풀어 오른 회음부와 갑자기 쑥 나타난 머리 외에는 아무것도 보질 못했다.

제이미가 산파인 마틴스 부인을 데리러 가는 모습을 본 다음, 나는 이안을 따라 위층으로 올라갔다.

제니는 창문가에 둔 의자에 앉아 편안하게 등을 기대고 있었다. 낡은 잠옷을 입은 그녀는 침대에서 이불을 걷고 깃털 매트리스 위에 오래된 퀼트 요를 깐 다음 막 앉은 참이었다. 말하자면 준비를 다 마치고 기다리는 것이다.

이안은 초조하게 그녀 근처를 왔다 갔다 했다. 제니도 미소를 짓긴 했지만, 뭔가 정신이 산만하고 자기만의 세계에 빠진 모습이 마치 저 멀리서 들려오는, 그녀만 들을 수 있는 소리에 귀를 기울이고 있는 듯했다. 이안은 완전히 옷을 차려입은 채로 방을 안절부절못한 채 돌아다니며 괜스레 물건을 들었다 놨다 했다. 결국 제니는 남편더러 방에서 나가라고 명령했다.

"아래층에 가서 크룩 아주머니를 깨워, 이안. 아주머니에게 마틴스 부인에게 필요한 물건을 챙겨 달라고 해. 뭘 준비해야 할지 아실 거야."

제니는 나가라는 말을 부드럽게 돌려 말하며 미소를 짓다가, 갑자기 숨을 날카롭게 들이쉬면서 두 손을 불룩 나온 배에 얹었다. 나는 그녀의 배가 갑자기 팽팽해지며 둥그렇게 변하는 광경을 지켜보았다. 제니는 입술을 깨물고는 잠시 거칠게 숨을 쉬었다가 이내 긴장을 풀었다. 배도 다시 평소 형태인 양쪽 끝이 살짝 동그란 물방울 펜던트 같은 모양으로 돌아왔다.

이안은 아내에 어깨에 머뭇거리며 손을 얹었고, 제니는 그 손 위에 자기 손을 덮으며 미소를 지었다.

"그리고 아주머니에게 먹을 것을 달라고 해. 당신과 제이미는 좀 먹어 둬야 할 거야. 둘째는 첫째보다 빨리 나온다고 하니까, 아마도 아침 먹을 때쯤이면 낳을 것 같거든. 나도 뭣 좀 먹을 참이야."

이안은 아내의 어깨를 꼭 잡고서 키스하며 귓가에 무어라 속삭이고는 돌아서서 나갔다. 그러다 문가에서 또 주저하며 돌아섰지만, 제니는 단호하게 손을 내저었다.

제이미가 산파를 데리고 오는 데는 아주 오랜 시간이 걸리는 듯했다. 진통이 심해질수록 나는 더욱 초조해졌다. 원칙적으로는 둘째가 한결 빨리 태어난다고들 하잖아. 마틴스 부인이 도착하기 전에 아기가 나오면 어떡하지?

처음에 제니는 나와 가볍게 대화를 이어 갈 수 있었다. 수축이 올 때만 대화를 멈추고 배를 잡은 채 몸을 앞으로 살짝 숙였을 뿐이다. 하지만 곧바로 말할 여유가 없어지게 되었고, 뒤로 누운 채 어마어마한 통증을 견디다 수축이 멈추면 말없이 쉬기를 반복했다. 그러다 고통 때문에 앉은 자리에서 배를 잡고 고꾸라질 수준에 이르자, 제니는 일어서서 비틀비틀 걸었다.

"나 좀 부축해 줘요, 클레어."

앞으로 어떻게 해야 하는지 알지 못한 채, 나는 시키는 대로 그녀의 팔 아래를 꼭 붙잡고 몸을 똑바로 일으켜 주었다. 우리는 방을 천천히 몇 바퀴 돌다가, 수축이 올 때마다 멈춰 섰다가 다시 괜찮아지면 또 걸었다. 그리고 산파가 도착하기 직전, 제니는 침대에 누웠다.

마틴스 부인은 믿음직한 풍채를 지녔다. 키가 크고 마른 몸집에 어깨가 넓고 팔 근육이 발달한 모습이었으며, 그녀의 친절하고도 현실적인 표정에선 자신감이 보였다. 진회색 눈썹 사이에 파인 두 줄기 주름은 집중할 때마다 짙어졌다.

분만 전 검사를 할 때만 해도 부인의 주름 골은 깊어지지 않았다. 그때까진 모든 게 정상적이었다. 크룩 부인은 이미 깨끗이 빨아 다림질한 시트를 한 무더기 준비해 두었고, 마틴스 부인은 시트 한 장을 접혀 있는 그대로 제니의 아래에 깔았다. 제니가 몸을 살짝 일으키자 허벅지 사이로 검붉은 핏자국이 보여 나는 깜짝 놀랐다.

내 표정을 본 마틴스 부인은 걱정하지 말라는 듯 고개를 끄덕였다.

"아, 이걸 이슬이라고 하죠. 정상적인 거니 걱정하지 말아요. 피가 새빨간 색으로 한 번에 엄청나게 쏟아지지만 않는다면 괜찮아요. 이건 아무 문제 없어요."

우리는 모두 마음을 가라앉히고 기다렸다. 마틴스 부인은 진통이 진행되는 동안 제니에게 조용하고도 편안하게 말을 걸며 허리를 문질러 주고 수축이 올 때는 세게 눌러 주었다. 진통이 점점 잦아지자, 제니는 입을 꾹 다물고 코로 세찬 숨을 내쉬었다. 그리고 진통이 심하게 닥칠 때는 낮고 희미하게 신음을 흘렸다.

이제 제니의 머리칼은 땀으로 흠뻑 젖었고, 긴장감 어린 얼굴은 새빨갛게 달아올랐다. 그녀를 보고 있자니, 왜 '산고'라는 말이 있는지 속속들이 알 수 있었다. 아이를 낳는다는 건 참으로 힘든 일이었다.

이어지는 두 시간 동안에도 별 진전은 없었다. 다만 고통이 점점 심해질 뿐이었다. 처음에는 묻는 말에 대답도 했던 제니는 이제 진통이 멎을 때마다 누워서 숨을 헐떡였다. 힘을 줄 때 빨개졌던 얼굴은 몇 초 만에 하얗게 질리기를 반복했다.

다시금 진통을 견디는 동안 그녀는 이를 악물고 있다가, 통증이 멎자 나를 옆으로 불렀다.

"아이가 살아서 태어나면…… 여자애면…… 마거릿이라고 이름 지어 줘요. 이안에게 말해 줘요……. 마거릿 엘런으로 지으라고."

숨을 헐떡이며 말하는 제니를 나는 열심히 달랬다.

"네, 그럴게요. 하지만 나중에 직접 말할 수 있을 거예요. 이제 얼마 안 남았어요."

하지만 제니는 결연하게 아니라는 듯 고개를 젓기만 하다가, 다시금 진통이 찾아오자 이를 악물었다. 마틴스 부인은 내 팔을 잡고 옆으로 끌어내고서는 냉정하게 말했다.

"신경 쓰지 말아요. 산모들은 이때쯤 항상 자기가 죽을 거라고 생각하거든."

"아, 그렇군요."

나는 조금 안심이 되었지만, 이내 부인은 낮은 목소리로 덧붙였다.

"하지만 말이지, 가끔은 정말 죽기도 하죠."

진통이 계속되는데도 별 진전이 없자, 마틴스 부인마저도 약간 걱정인 눈치였다. 제니는 너무나 지쳐 있었다. 진통이 멈출 때마다 몸이 축 늘어진 채로 꾸벅꾸벅 졸기까지 하는 모습이 조금이나마 자면서 이 고통에서 벗어나고 싶어 하는 듯했다. 그러다가 다시금 무자비한 진통이 온몸을 움킬 때면 깨어나서 있는 힘껏 싸우며 신음을 흘렸고, 태어나지 않은 아이가 단단히 뭉쳐 들어 있는 배를 보호하듯 옆으로 몸을 비틀었다.

"혹시 아이가…… 거꾸로 있는 걸까요?"

나는 낮은 소리로 물었다. 경험 많은 산파에게 내가 이런 말을 해도 되나 주저하는 마음에서였다. 그러나 마틴스 부인은 내 말에 전혀 불쾌해하지 않는 듯했다. 다만 힘들어하는 제니를 바라보며 미간의 주름살을 더욱 모았을 뿐이다.

한 차례 진통이 또 지나가자, 마틴스 부인은 제니를 덮은 시트와 잠옷을 걷고 재빨리 작업에 들어가 거대한 배를 빠르고 능숙한 손가락으로 여기저기 눌러 보았다. 그렇게 누르는 손끝에도 제니가 고통을 느꼈기 때문에 검사는 여러 번 시도해야 했고, 또 세차게 수축이 진행되었을 때는 검사조차 할 수 없었다.

마침내 부인은 제니가 등줄기를 뒤틀며 신음을 두 차례 더 겪는 모습을 지켜보다 뒤로 물러섰고, 한쪽 발로 멍하니 바닥을 두드리며 생각에 잠겼다. 제니가 시트를 홱 잡아당기자, 팽팽하게 펴진 리넨 천이 갑자기 쭉 찢어졌다.

이게 마치 신호인 것처럼, 마틴스 부인은 결단을 내리며 내게 손짓했다.

"산모를 뒤로 눕혀요."

제니의 비명에도 마틴스 부인은 전혀 당황하지 않고 내게 지시했다. 이미 산모의 비명은 들을 만큼 들었기 때문이겠지.

수축이 풀리자, 마틴스 부인은 당장 행동에 들어갔다. 잠시 늘어진 자궁벽을 사이에 두고 아기를 잡더니, 그녀는 아기를 돌리듯 들어 올렸다. 다시금 진통이 시작되자 제니는 비명을 지르며 내 팔을 홱 잡아당겼다.

마틴스 부인은 계속 아기를 움직이려 했다. 시도는 한 번이 아니라 이어서 계속되었다. 이제는 힘을 계속 줄 수 없을 지경이 되었는데도, 제니는 있는 힘을 다 쥐어짜서 평소의 힘을 넘어선 수준으로 몸부림을 치며 아기를 억지로 세상에 밀어내려 했다.

그 순간, 효과가 나타났다. 갑자기 그녀의 배가 묘하게 꿀렁 움직이더니, 무정형 덩어리 같은 아기가 마틴스 부인의 손길 아래에서 방향을 바꾸었다. 그 즉시, 제니의 배 모양이 변하면서 모든 게 본론으로 접어드는 느낌이 났다.

"이제 힘을 줘요."

제니는 힘을 주었고, 마틴스 부인은 침대 옆에 무릎을 꿇고서 살펴보았다. 뭔가 진전이 일어나는 조짐이 분명히 보인 모양이었다. 부인은 벌떡 일어서서 들어올 때 탁자에 놓아둔 작은 병을 재빨리 집어 들었다. 그리고 오일로 보이는 액체를 손끝에 조금 바른 다음 제니의 다리 사이를 부드럽게 문지르기 시작했다.

제니는 다음번 진통이 시작되자 아래가 만져지는 것에 항의한다는 듯한 깊고 악에 받친 소리를 냈고, 마틴스 부인은 손을 뗐다. 제니는 무기력하게 몸을 늘어뜨렸고, 부인은 다시금 부드럽게 마사지를 시작하며 산모를 달랬다. 모든 게 다 잘될 테니, 잠시 쉬라고, 그리고 이제…… 힘을 줘!

이어지는 진통에서 마틴스 부인은 제니의 배 위에 손을 얹고 아래로 강하게 밀었다. 제니는 새된 비명을 질렀지만, 산파는 수축이 멎을 때까지 계속 배를 밀었다.

"다음번엔 나와 같이 밀어요. 거의 다 됐어요."

부인이 시키는 대로 나는 마틴스 부인의 위에 서서 제니의 배에 손을 대었고, 신호에 맞추어 우리 셋은 다 같이 힘을 주었다. 제니에게서 깊고 승리에 찬 신음이 들리더니, 순간 미끄덩한 덩어리가 허벅지 사이에서 쑥 빠져나왔다. 그녀가 매트리스 위에 다리를 쭉 뻗고서 다시금 힘을 주자, 마거릿 엘런 머리가 기름칠한 돼지처럼 세상에 불쑥 등장했다.

잠시 후, 나는 제니의 미소 짓는 얼굴을 물수건으로 닦아 주면서 창밖을 슬쩍 보았다. 벌써 해가 질 무렵이었다.

"나는 괜찮아요. 정말 괜찮아요."

제니는 태어난 딸을 환영하며 활짝 웃었다가, 이제는 깊은 만족감을 보이는 은은한 미소를 계속 짓고 있었다. 그녀는 떨리는 손을 들어 내 옷소매를 잡았다.

"이안에게 말해 줘요. 걱정할 테니까."

하지만 막상 가 보니, 나의 냉소적인 시선으로 보기에 이안은 그다지 걱정하는 것 같지 않았다. 이안과 제이미가 피신해 간 서재는 때 이른 축하연을 방탕하게 벌인 거나 마찬가지였다. 빈 디켄터와 술병 여럿이 탁자에 쭉 늘어서 있고, 서재 가득 강한 술 냄새가 뿌여 구름처럼 떠 있었다.

자랑스러운 아버지께선 기절한 듯 영주의 책상에 머리를 얹고 있었다. 영주께선 아직 정신이 있긴 했지만, 눈을 흐릿하게 뜨고 벽에 기대어 올빼미처럼 눈을 끔뻑였다.

난 너무 화가 나서 책상으로 저벅저벅 걸어가 이안의 어깨를 잡고 거칠게 흔들었다. 제이미가 몸을 일으키고 말을 걸었지만 대답하고 싶지 않았다.

"새서나흐, 잠깐만……."

이안도 완전히 정신을 잃은 건 아니었다. 마지못해 고개를 든 이안은 굳어 버린 얼굴에 암울한 눈망울 위로 애원하듯 텅 빈 눈빛으로 날 바라보았다. 그제야 난 깨달았다. 이안은 내가 제니의 죽음을 알리러 왔다고 생각하고 있구나.

나는 손을 놓고 대신 그를 부드럽게 쓰다듬으며 조용히 말했다.

"제니는 괜찮아요. 당신에게 딸이 생겼어요."

그는 다시 두 팔 위에 고개를 얹었다. 그에게서 물러서자, 이안의 가냘픈 어깨가 떨렸다. 제이미는 그의 등을 두드려 주었다.

이제 생존자들은 다시금 기운을 차리고 자리를 정돈했다. 머리-프레이저 가족은 제니의 방에 다 같이 모여 축하의 의미로 저녁을 들었다. 아기 마거릿은 잘 씻고 검사를 받은 다음 작은 담요에 싸여 아버지에게 건네졌고, 이안은 새로 태어난 아이를 경외하는 표정으로 안아 들었다.

"안녕, 꼬마 매기."

이안은 아기에게 속삭이며 손끝으로 자그마한 콧망울을 살짝 건드렸다.

새로 태어난 딸은 아버지의 자기소개가 마음에 들지 않았던지 집중한 표정으로 눈을 감고 몸을 굳히더니, 아버지의 셔츠에 오줌을 누었다.

방 안에 짧게 폭소가 퍼지다가 예의범절에서 살짝 어긋난 아기의 실수를 바삐 처리하는 동안, 꼬마 제이미는 그새 크룩 부인의 손에서 벗어나 제니의 침대에 털썩 달려들었다. 제니는 갑자기 불편해지는 바람에 살짝 신음을 흘렸지만, 한 손을 내밀어 아들을 안았다. 그리고 소년을 저지하려는 크룩 부인에게 손을 저어 물렸다.

"내 엄마야!"

아이가 이렇게 소리치며 옆을 파고들자, 제니는 현명하게 대답했다.

"그럼 그럼, 우리 제이미 엄마지 누구 엄마겠어? 자, 우리 아들."

그녀는 소년을 꼭 안아 주며 정수리에 입을 맞추었고, 아이는 안심한 듯 긴장을 풀고서 엄마에게 꼭 안겼다. 제니는 부드럽게 아이의 머리를 밀고 머리카락을 쓰다듬었다.

"이제 코 자야지. 잘 시간이 지났잖아. 어서 자자."

엄마 옆에서 편안함을 느낀 아이는 엄지를 입에 물고 잠들었다.

아기를 안아 볼 차례가 된 제이미는 의외로 대단히 솜씨 좋게 아이를 안았다. 그는 작고 복슬복슬한 조카의 두개골을 테니스공 쥐듯 손바닥에 단단히 받쳤다. 심지어는 아기를 다시 제니에게 돌려주고 싶어 하지 않는 눈치였다. 이윽고 아기를 품에 안은 제니는 부드럽게 아기를 얼렀다.

마침내 우리는 방으로 돌아갔다. 방금까지 이안이 아내의 침대 옆에 무릎을 꿇고서 한 손을 꼬마 제이미에게 얹고 있고, 제니가 갓 태어난 아기에게 젖을 먹이는 따스한 온 가족의 풍경을 보다가 둘만 있게 되자 이 방은 상대적으로 고요하고 텅 빈 느낌이었다. 이제야 내가 얼마나 피곤한지 처음으로 깨달았다. 이안이 깨워서 일어난 후로 거의 24시간 동안 쉬지도 못했구나.

제이미는 조용히 방문을 닫았다. 그리고 말없이 내 뒤로 다가와 드레스의 끈을 풀었다. 그의 두 팔이 나를 감쌌고, 나는 그의 가슴에 고마운 마음으로 기댔다. 이윽고 제이미는 고개를 숙여 내게 입을 맞추었고, 나는 돌아서서 두 팔로 그의 목을 그러안았다. 무척 피곤하긴 했지만, 지금 아주 예민하기도 했고, 조금도 슬프지 않았으니까.

"어쩌면 잘된 건지도 모르겠어."

제이미는 혼잣말하듯 느릿하게 말했다.

"뭐가 잘됐어요?"

"당신이 아이를 못 가지는 거요."

난 그의 가슴에 얼굴을 묻고 있어 제이미는 내 얼굴을 바라보지 못했지만, 내가 흠칫 몸을 굳히는 걸 느꼈을 것이다.

“그래요. 난 이미 오래전에 알고 있었어요. 게일리스 덩컨이 말해줬죠. 우리가 결혼한 직후에요.”

제이미는 내 등을 부드럽게 쓰다듬었다.

“처음에는 아쉬웠지만, 나중에는 차라리 잘됐다는 생각이 들기 시작했어요. 우리가 이렇게 살아야 한다면, 아이를 낳아 사는 게 정말 힘들 테니까요. 그리고 지금…….”

그는 살짝 몸을 떨었다.

“생각해 보니 다행이기까지 해요. 당신이 이렇게 고통받는 걸 바라지 않으니까.”

“난 상관없어요.”

나는 아주 오래 있다가 대답했다. 둥글고 복슬복슬한 머리와 자그마한 손가락을 떠올리면서 말이다. 제이미는 내 정수리에 입을 맞추었다.

“난 상관이 있어요. 이안의 얼굴을 봤거든요. 제니가 비명을 지를 때마다 자기 살이 찢어지는 듯한 얼굴을 하더라고요.”

나는 두 팔을 들어 그의 등에 난 흉터를 쓰다듬었다. 제이미는 조용히 말을 이었다.

“내 고통은 견딜 수 있어요. 하지만 난 당신이 고통받는 걸 견딜 수는 없어요. 내가 당하는 것보다 더 힘들 테니까요.”

33
워치

제니는 마거릿이 태어난 후 빠르게 회복했다. 심지어 출산 다음 날 아래층으로 내려오겠다고 고집을 부렸다. 하지만 이안과 제이미가 합심하여 반대하는 바람에, 마지못해 아무 일도 하지 않고 응접실 소파에 기대 누워 아기 마거릿이 잠든 요람을 옆에 둔 채 집안일을 감독했다.

하지만 빈둥대며 앉아 있는 걸 참지 못한 제니는 하루 이틀을 채우지도 못하고 주방까지 진출하더니, 이제는 뒷마당에도 나갔다. 그리고 벽에 기대앉아 천을 단단히 감은 아기를 포대기에 안고서 내 옆에 앉았다. 나는 제니와 말벗을 하며 집안 식구들의 빨래를 삶는 거대한 가마솥을 지켜보고 죽은 덩굴을 골라냈다. 크룩 부인과 하녀들은 이미 깨끗한 빨랫감을 꺼내어 걸어 말린 참이었다. 나는 물을 버릴 만큼 솥이 식기를 기다리고 있는 중이었다.

꼬마 제이미도 나를 '도와준답시고' 풀을 마구 뜯고 가지를 사방으로 휙휙 날려 댔다. 게다가 가마솥에 너무 가까이 다가가려 해서 나는 그 애를 말렸다. 하지만 아이가 내 말을 무시하는 바람에 얼른 따라갈 수밖에 없었다. 다행히 가마솥은 물이 따스한 정도로 식어 있었다. 나는 아이에게 어머니한테 돌아가라 으름장을 놓은 다음, 솥을 잡고 아래에 받쳐 둔 철제 받침대에서 떨어지지 않게 살짝 기울였다.

차가운 공기 가운데 김이 모락모락 피어오르며 더러운 물이 솥 가장자리에서 쏟아지자, 나는 뒤로 훽 물러섰다. 하지만 바로 내 뒤에 쪼그리고 앉아 있던 꼬마 제이미는 따스한 진흙에 두 손을 즐거이 쳐 댔고, 결국 내 치맛자락에 온통 검은 흙탕물이 튀고 말았다.

벽에 기대 있던 제니는 이리로 내려와 아이의 목깃을 홱 잡고서 등을 세차게 때렸다.

"넌 생각이 있는 거니, 이 녀석아? 이것 좀 봐! 셔츠를 다시 빨게 생겼잖아! 그리고 너 때문에 숙모 치마 더러워진 것 좀 봐! 이 말썽쟁이야!"

"난 괜찮아요."

꼬마 악당의 아랫입술이 부르르 떨리는 걸 보자, 나는 대신 항변해 주었다.

"흠, 나는 안 괜찮아요."

제니는 이렇게 말하며 아들을 날카로운 눈빛으로 바라보았다.

"숙모에게 죄송하다고 해. 그리고 집으로 가서 크룩 부인에게 좀 씻겨 달라고 해."

그녀는 이번에는 부드럽게 아들의 엉덩이를 친 다음 집 쪽으로 밀었다.

우리가 젖은 옷더미로 막 돌아서려던 순간, 길가에서 말발굽 소리가 들렸다. 나는 귀를 기울이며 말했다.

"제이미가 돌아왔나 봐요. 일찍 왔네요."

제니는 고개를 저으며 길가를 유심히 바라보았다.

"제이미 말이 아니에요."

그런데 언덕 꼭대기에 나타난 말은 제니도 모르는 말이었는지,

그녀는 눈살을 찌푸렸다. 위에 탄 남자는 낯선 이가 아니었다. 그녀는 내 옆에서 몸을 굳혔다가, 이제는 아기를 두 팔로 단단히 감싸 안고는 대문으로 뛰기 시작했다.

"이안이에요!"

제니는 나에게 외쳤다.

말에서 미끄러져 내린 이안은 온통 얻어맞고 먼지투성이에다가 얼굴에 멍이 들었다. 이마에 든 멍은 부풀었고, 끔찍한 상처가 눈썹까지 쭉 찢어져 있었다. 그가 바닥에 턱 내려오자 제니는 그를 부축했다. 그제야 이안의 의족이 없어진 게 보였다.

"제이미가 큰일 났어. 방앗간 근처에서 워치를 마주쳤어. 놈들이 우리를 기다리고 있었어. 우리가 온다는 걸 알고서."

숨을 헐떡이며 나온 이안의 말에 순간 속이 철렁했다.

"제이미는 살아 있나요?"

이안은 숨을 몰아쉬며 고개를 끄덕였다.

"그래요. 다치지도 않았어요. 놈들이 제이미를 서쪽을 끌고 갔어요. 킬린 쪽으로."

제니의 손가락이 그의 얼굴을 마구 훑었다.

"심하게 다쳤어?"

이안은 고개를 저었다.

"아니야. 놈들이 내 말과 의속을 가져갔어. 그러면 날 죽이지 않아도 내가 따라올 수 없을 테니까."

제니는 지평선을 슬쩍 바라보았다. 태양이 벌써 나무 위까지 내려왔다. 4시쯤 되었을까. 이안은 제니의 눈길이 닿는 곳을 보고 무슨 질문을 할지 알아챘다.

"우리는 놈들을 정오쯤 만났어. 말이 있는 곳까지 가는 데 두 시간이 걸렸거든."

제니는 잠시 가만히 서서 계산을 하더니, 결심한 눈빛으로 나를 바라보았다.

“클레어. 이안을 집에 데려다줄래요? 그리고 치료해야 할 곳이 있다면 최대한 빨리 해 줘요. 나는 아기를 크룩 부인에게 맡기고 말을 가져올게요.”

그녀는 우리가 뭐라 항변하기도 전에 사라졌다.

“그렇다면 제니는…… 아니, 제니는 이러면 안 돼요! 아기를 두고 어딜 돌아다니면 안 된다고요!”

나는 마구 소리쳤지만, 집으로 천천히 가는 동안 이안은 내 어깨에 무겁게 기댄 채로 고개를 저었다.

“안 되겠죠. 하지만 제니는 그렇다고 잉글랜드 놈들이 동생을 교수형시키도록 놔둘 수도 없을 겁니다.”

———

우리가 제이미와 이안이 매복한 워치를 만난 지점에 이르렀을 땐 날은 점점 어두워지고 있었다. 제니는 말에서 스르륵 내려 작은 사냥개처럼 덤불 속을 이리저리 뒤지며 나지막이 중얼거렸다. 그 말투는 제이미가 걸쭉하게 지껄였던 욕설과 흡사하게 들렸다.

“동쪽이에요.”

마침내 제니는 온통 긁히고 더러워진 채로 나무에서 나왔다. 그녀는 치마에서 낙엽을 털고 무감각해진 내 손에서 말고삐를 넘겨받았다.

“이 밤에 놈들을 따라갈 수는 없지만요, 적어도 어디로 가야 할지는 알고 있어요. 새벽이 오면 가죠.”

우리는 말을 묶어 놓고 작게 모닥불을 피워 간단히 야영지를 만들었다. 내가 제니의 효율적인 일 처리에 감탄하자, 그녀는 미소를 지었다.

"나는 제이미와 이안이 어렸을 때 그 둘에게 이것저것 알려 달라고 했어요. 불을 피우고 나무를 타고, 심지어 가죽을 벗기는 방법까지도요. 그리고 사냥감을 추적하는 방법도요."

그녀는 워치가 간 방향을 다시금 힐끗 바라보더니, 미소를 지으며 모닥불 곁에 앉았다.

"걱정하지 말아요, 클레어. 이 숲을 뚫고 말 스무 마리가 멀리 갈 수는 없어요. 하지만 두 마리라면 가능하죠. 보아하니 워치는 에스카데일 쪽으로 갔을 거예요. 우리는 언덕을 가로질러서 미드메인스 쯤에서 그들을 만나면 돼요."

그녀는 민첩한 손가락으로 드레스의 보디스를 잡아당겼다. 이어서 옷 주름을 펴고 블라우스를 내려 가슴을 드러내는 광경을 나는 놀란 채로 멍하니 바라보았다. 그녀의 가슴은 아주 크고 우유가 가득 차서 딱딱해 보였다. 나는 이쪽에 완전히 무지한지라, 젖먹이를 둔 어머니가 아이와 떨어진 경우 뭘 하는지 궁금해한 적조차 없었다.

"아기와 오랫동안 떨어져 있을 수는 없어요."

제니는 내 생각을 읽기라도 한 듯 대답하며 한쪽 가슴 아래를 쥐더니 얼굴을 찡그렸다.

"가슴이 터질 것 같거든요."

손길에 반응하듯, 충혈된 유두에서 묽고 푸르스름한 모유가 뚝뚝 떨어지기 시작했다. 제니는 주머니에서 커다란 손수건을 꺼내 가슴 아래에 받쳤다. 옆 바닥에는 제니가 아까 안장 가방에서 꺼내 둔 자그마한 백랍 컵이 있었다. 유두 바로 아래에 컵을 댄 제니는 부드럽게 두 손가락으로 가슴을 문지르며 유두 쪽을 부드럽게 짰다. 그러자 대답하듯 모유가 더욱 빠르게 나오더니, 순간 유륜이 수축하면서 모유가 자그마한 제트 분무기처럼 엄청난 힘으로 뿜어져 나왔다.

"그렇게 나올 줄은 몰랐어요!"

나는 넋을 잃고 바라보며 불쑥 말했다. 제니는 컵을 움직여 모유 줄기를 받으면서 고개를 끄덕였다.

"아, 맞아요. 아이는 처음에 젖을 힘껏 빨아야 하지만, 일단 모유가 나오기 시작하면 삼키기만 하면 돼요. 아, 이러니까 좀 낫네."

그녀는 안도감을 느끼며 잠시 눈을 감았다. 그리고 컵에 받은 우유를 바닥에 버린 다음 말했다.

"버리는 게 참 아깝지만, 달리 어떻게 할 방도가 없잖아요?"

그녀는 손을 바꿔 다른 쪽 가슴에 컵을 대고는 똑같은 과정을 반복했다. 그리고 아직도 자신을 바라보는 내 눈길을 마주하며 설명했다.

"좀 성가셔요. 아이를 키우는 건 정말 성가신 일이나 다름없어요. 그래도 아이를 낳을 거냐 묻는다면, 난 포기할 수 없겠죠."

"그래요. 포기할 수 없는 일이죠."

내가 조용히 대답하자, 제니는 모닥불 너머로 나를 바라보았다. 온화하고도 걱정스러운 얼굴이었다.

"아직 때가 아니라서 그래요. 하지만 언젠가는 클레어도 아이를 갖게 될 거예요."

나는 살짝 불안하게 웃었다.

"그 전에 먼저 애 아빠를 찾아야겠죠."

제니는 또 받은 모유를 버리고는 드레스를 다시 여몄다.

"아, 당연히 찾게 될 거예요. 내일요. 찾아야만 해요. 아기 매기를 두고 오랫동안 자리를 비울 수가 없으니까요."

"그럼 제이미를 찾은 다음엔요? 어떡해요?"

내가 묻자, 제니는 어깨를 으쓱이며 챙겨온 담요에 손을 뻗었다.

"그건 제이미에게 달렸죠. 그리고 놈들이 얼마나 제이미를 다치게 했냐에도요."

제니의 말이 옳았다. 다음 날 우리는 정말로 워치를 찾아냈다. 우리는 날이 밝기 전에 야영지를 떠났고, 그녀가 모유를 짤 때를 제외하고는 길을 멈추지 않았다. 그녀는 아무것도 없어 보이는 곳에서 흔적을 찾아낼 줄 아는 듯했고, 난 이의를 제기하지 않은 채 그녀를 따라 무성한 숲속을 나아갔다. 수풀이 우거진 길을 가느라 빠르게 이동할 수 없었지만, 제니는 우리가 워치를 그대로 따라가는 것보다 훨씬 더 빠른 지름길로 이동하고 있다고 안심시켰다. 그들은 수가 많으므로 큰길을 택해 빙 돌아가야 하기 때문이란다.

우리는 정오쯤에 그들을 따라잡았다. 전에 들었던 마구의 짤랑이는 소리와 태연한 목소리들이 들려왔다. 잠시 앞서가던 나는 손을 들어 뒤따라오는 제니를 세웠다.

"저 아래 개울에 여울이 있어요. 저놈들은 거기 멈춰서 말에게 물을 먹일 것 같네요."

제니는 이렇게 속삭이고 말에서 슬그머니 내려 양쪽 말의 고삐를 잡은 다음, 말을 나무에 묶어 놓고 나에게 따라오라 손짓했다. 그리고 뱀처럼 덤불 사이로 미끄러져 들어갔다.

제니가 나를 이끈 곳은 불쑥 튀어나온 작은 바위 지형으로, 여울이 내려다보이는 지점이었다. 우리는 워치의 일원을 거의 볼 수 있었다. 그들은 대부분 말에서 내려 삼삼오오 무리 지어 대화했고, 개중에는 바닥에 앉아 음식을 먹거나 두셋씩 물가로 말을 끌고 내려오기도 했다. 하지만 제이미는 보이지 않았다.

"혹시 제이미를 죽였을 수도 있을까요?"

나는 무척 겁에 질려 속삭였다. 혹시나 잘못 본 게 아닌가 싶어 모든 인원을 두 번씩 세어 보았다. 사람 스무 명에 말 스물여섯 필이었다. 여기서 보기에는 다들 또렷하게 보였다. 하지만 죄수 같아

보이는 사람은 없었고, 햇빛을 받아 붉게 빛나는 머리카락도 없었다.

"그렇지는 않을걸요. 어쨌든 알아볼 방법은 하나뿐이에요."

제니는 이렇게 대답하고는 바위 위에서 뒤로 슬금슬금 물러서기 시작했다.

"뭔데요?"

"물어보는 거죠."

여울에서 벗어나면서 길은 좁아졌다. 이제는 소나무와 오리나무가 우거진 사이의 흙투성이 오솔길 수준으로 변했다. 길이 좁아서 워치가 둘씩 나란히 말을 몰 수조차 없었다. 그래서 하나씩 줄지어 길을 지나야 했다.

줄의 마지막 남자가 오솔길의 굽이에 다다르자, 제니가 불쑥 길에 나와 남자의 앞을 가로막았다. 그의 말은 놀라 주춤거렸고, 남자는 애써 고삐를 잡으며 욕을 지껄였다. 이게 무슨 짓이냐며 남자가 화를 내려던 순간, 나는 뒤편 덤불에서 나와 바닥에 있던 나뭇가지로 그의 뒤통수를 단단히 후려쳤다.

깜짝 놀란 남자는 말이 다시 주춤거리자 균형을 잃고 길에 떨어졌다. 하지만 기절하지는 않았다. 나에게 맞아서 그만 고꾸라졌을 뿐이었다. 제니는 아직 정신을 잃지 않은 남자를 적당한 크기의 바윗돌로 내려쳤다.

그리고 말의 고삐를 잡은 다음 나에게 거칠게 손짓하며 속삭였다.

"서둘러요! 이놈이 없어진 걸 일행이 눈치채기 전에 길에서 끌어내요!"

그리하여 글렌 엘리브 워치 소속의 로버트 맥도널드가 정신을 차렸을 때, 그는 나무에 꽁꽁 묶인 채로 이전에 잡았던 죄수의 누나가 눈을 부릅뜨고 권총을 겨눈 모습을 맞닥뜨리게 되었다.

"제이미 프레이저에게 무슨 짓을 했지?"

제니가 묻자, 맥도널드는 멍하니 고개를 흔들었다. 그녀의 모습이 헛것이라고 생각한 모양이었다. 움직이려고 시도한 것을 보니 정말로 그렇게 생각한 듯했다. 그래서 또 한바탕 적절하게 욕설과 위협을 당하자, 그는 마침내 여기에서 풀려나려면 우리가 알고 싶은 걸 말해 주는 수밖에 없다고 납득하고 말았다.

"죽었어요."

맥도널드가 시무룩하게 말했다. 제니가 불길한 기세로 방아쇠에 얹은 손가락에 힘을 주자, 그는 갑자기 겁에 질려 덧붙였다.

"내가 죽인 게 아니에요! 본인 잘못으로 죽었다고요!"

그의 말에 따르면 제이미는 두 팔을 가죽끈으로 묶인 채 워치 일원 중 하나의 말에 타고 있었다. 양편으로 하나씩 말을 타고 그를 감시하며 갔다고 했다. 제이미가 얌전하게 구는 듯해서, 그들은 물방앗간에서 10킬로미터쯤 떨어진 강을 건널 때까지도 특별히 도주 예방 조치를 취하지 않았다고 했다.

"그 망할 놈의 멍청이가 말에서 몸을 던져 깊은 물속으로 뛰어내렸다고요."

맥도널드는 뒤로 팔이 묶인 채로도 최대한 어깨를 으쓱이며 말을 이었다.

"우리는 총을 쐈죠. 아마 맞았을걸요. 물에서 떠오르지 않았으니까. 하지만 여울 바로 아래는 물살이 빠르고 수심이 깊어요. 우리는 그를 얼마간 찾았지만 시체가 보이질 않았죠. 분명히 하류로 떠내려갔을 거예요. 그러니 이제 숙녀분들, 저를 제발 풀어 주시면 안 되겠습니까?"

제니가 거듭 협박했지만, 그의 이야기가 더 자세해지거나 달라지지 않자 우리는 그 말을 믿기로 했다. 하지만 제니는 맥도널드를 완전히 풀어 주는 걸 거부했다. 다만 결박을 느슨하게 해 주어, 애써 힘을 주면 시간이 좀 흐른 다음 알아서 풀려날 수 있게는 해 주었다. 그런 다음 우리는 도망쳤다.

"제이미가 죽었을까요?"

나는 말을 묶어 놓은 자리에 다다르며 숨을 헐떡였다.

"그런 생각은 안 해요. 제이미는 물고기처럼 수영을 잘하거든요. 한번은 3분 동안 숨도 참고 잠수하는 걸 본 적도 있어요. 어서 가요. 강둑을 조사해 봐야겠어요."

우리는 강둑을 오르락내리락하며 바위에 걸려 비틀대고 얕은 물을 첨벙이며 헤집고, 웅덩이에 가지를 드리운 버드나무에 손과 얼굴을 긁혀 가며 조사했다.

마침내 제니는 승리의 함성을 질렀다. 나는 강바닥에 쭉 늘어진 이끼 낀 바위를 위태롭게 밟으며 그리로 첨벙첨벙 다가갔다.

그녀는 손에 가죽끈을 들어 보였다. 여전히 동그랗게 묶인 끈이었다. 한쪽에 핏자국이 스며 있었다.

"몸을 비틀어서 빠져나왔군요."

제니는 손으로 동그란 가죽끈을 구부리며 말했다. 그리고 우리가 이제껏 지나온 삐죽빼죽 어지러이 난 바위와 깊은 웅덩이, 거품이는 급류를 바라보며 고개를 저었다. 그녀의 입에서 혼잣말이 흘러나왔다.

"대체 어떻게 빠져나간 거니, 제이미?"

이윽고 우리는 평탄한 풀밭을 찾아냈다. 도로변에서 멀지 않은 곳이라, 분명히 여기서 누워 쉬었을 것이다. 나는 근처의 사시나무 껍질에서 작은 갈색 얼룩을 발견했다.

"다쳤군요."

"그래요. 하지만 움직이고 있네요."

제니는 이렇게 대답하며 눈을 내리깔고 앞뒤로 서성였다. 나는 희망을 품고 물었다.

"추적을 잘하시나요?"

“나는 그다지 뛰어난 사냥꾼은 아니에요.”

그녀는 대답하며 다시 움직이기 시작했고, 나는 그 뒤를 바로 따랐다.

“하지만 제아무리 바보라도 제이미 프레이저만 한 덩치가 마른 고사리 사이를 지나간 흔적은 얼마든지 찾을 수 있죠. 그걸 못 찾으면 눈이 멀었다고 봐야죠.”

아니나 다를까, 언덕 옆으로 갈색 고사리가 널따랗게 으깨진 흔적이 보였다. 그의 자취는 빽빽한 헤더꽃 덤불로 사라졌다. 이 지점을 빙빙 돌아 보았지만, 더는 증거가 나오지 않았고 이름을 불러 봐도 답이 없었다.

“곧 사라지겠네요.”

제니는 통나무 위에 앉아서 부채질을 했다. 그 얼굴이 창백해 보인다는 생각이 들었다가 문득 나는 깨달았다. 출산한 지 일주일도 안 된 여자가 사람을 납치하고 무장한 군인을 위협하는 게 어떻게 쉬운 일이겠는가.

“제니, 이제 돌아가야 해요. 게다가 제이미가 랄리브로흐로 올 지도 모르잖아요.”

하지만 그녀는 고개를 저었다.

“아뇨, 그러진 않을 거예요. 맥도널드가 뭐라 말했든, 그놈들은 쉽사리 포기할 것 같지 않거든요. 손에 들어온 보상을 놓칠 리가 없죠. 아직 제이미를 추격하지는 않았지만, 그건 아직 여력이 없어서일 거예요. 그래도 누군가 사람을 보내서 농장을 감시하게 하겠죠. 혹시 모르니까요. 그러니 그곳으로 올 것 같지는 않아요.”

제니는 드레스 목깃을 잡아당겼다. 날씨는 추웠지만 제니는 약간 땀을 흘리고 있었다. 게다가 모유가 새어 나와 드레스 가슴 쪽이 검게 젖어 드는 모습이 보였다.

제니는 내 시선이 닿은 곳을 보고 고개를 끄덕였다.

"그래요. 난 곧 돌아가야 하겠죠. 크룩 부인이 아기에게 염소젖과 설탕물을 먹이고는 있지만, 내가 없으면 오래 버틸 수 없을 테니까요. 나 역시 마찬가지고요. 하지만 당신을 여기 혼자 두고 갈 수는 없어요."

나도 스코틀랜드 하일랜드 지방에서 어디에 있는지도 모르는 남자를 홀로 추적해야 한다는 생각이 과히 좋지는 않았지만, 그래도 대범한 표정을 지어 보였다.

"어떻게든 해 볼게요. 그래도 상황이 최악은 아니잖아요. 적어도 제이미는 살아 있으니까요."

"그건 그래요. 그래도 오늘 밤은 같이 있어 줄게요."

제니는 지평선으로 뉘엿뉘엿 저무는 태양을 슬쩍 바라보았다.

밤이 되었다. 우리는 모닥불 앞에 서로 붙어 앉았지만 말수는 별로 없었다. 제니는 두고 온 아이 생각에 몰두했고, 나는 앞으로 혼자서 어떻게 제이미를 찾아야 하나 고민 중이었다. 이곳 지리도 모르고 게일어도 모르는데 나 혼자 어떡해야 할까.

그때였다. 제니가 고개를 벌떡 들더니 어딘가에 귀를 기울였다. 나도 몸을 일으켜 앉아 귀를 기울여 보았지만, 아무런 소리도 들리지 않았다. 제니가 보고 있는 어두운 숲속을 아무리 바라보아 봤자, 저 깊은 곳에서 반짝이는 눈동자 같은 건 보이지 않았다. 그래서 다행이었다.

다시금 모닥불에 고개를 돌렸던 순간, 맞은편에 앉은 머타가 보였다. 그는 차분하게 앉아 두 손에 불을 쬐는 중이었다. 내가 지른 소리에 제니가 고개를 홱 돌리더니, 이내 놀라서 짧은 웃음을 터뜨렸다.

"너희 둘이 고개를 돌리기도 전에 둘 다 목을 따 버릴 수도 있었어."

머타는 우리를 지그시 바라보았다.

“아, 그럼 그러실래요?”

제니는 무릎을 모아 앉고는 두 손으로 발목을 쥐었다. 그러다 번개처럼 치맛자락에 손을 넣더니, 이내 모닥불에 스키언 두 칼날을 번뜩였다. 머타는 점잔 빼며 고개를 끄덕였다.

“나쁘지 않군. 이 자그마한 새서나흐도 그만한 솜씨가 있나?”

제니는 칼을 스타킹 속에 다시 넣으며 말했다.

“아뇨. 그러니 아저씨가 같이 가 주시는 게 좋겠어요. 이안에게 소식을 전해 듣고 오신 거죠?”

자그마한 남자는 고개를 끄덕였다.

“그래. 워치를 찾았나?”

우리는 머타에게 지금까지의 진행 상황을 알려 주었다. 제이미가 탈출했다는 말을 듣자 그의 입가에 근육 경련 같은 게 분명히 일어나긴 했지만, 그걸 미소라고 봐야 할지는 역시 논란의 여지가 있었다.

마침내, 제니는 일어서서 담요를 개켰다.

“어디 가려고요?”

나는 놀라서 물었다. 그녀는 머타 쪽으로 고갯짓을 했다.

“집에요. 아저씨가 이제부터 당신과 같이 다녀 줄 거예요. 그러면 나는 필요 없겠죠. 나는 돌봐야 할 아이가 있고요.”

머타는 하늘을 바라보았다. 안개구름 뒤로 이지러진 달이 희미하게 보였고, 우리 위쪽 소나무 가지로 보슬보슬 빗방울 소리가 들려왔다.

“아침에 가도 될 텐데. 바람이 거세지고 있어. 오늘 밤은 멀리 이동하기에 좋지 않아.”

하지만 제니는 고개를 저으며 머리카락을 케르치 아래로 넣었다.

“나는 길을 훤히 알거든요. 그리고 오늘 밤 아무도 먼 길을 떠나지 않는다면 내 앞을 가로막을 사람도 없을 거 아녜요?”

머타는 참지 못하고 한숨을 쉬었다.

"미안하지만, 넌 정말 동생 못지않은 황소고집이구나. 내가 보기엔 서두를 이유가 없다니까. 네 남편이 설마 너 없는 동안 첩이라도 들일 것 같냐? 그런 생각은 안 드는데."

하지만 제니는 날카롭게 대꾸했다.

"아저씨는 정말 한 치 앞을 못 보는 사람이네요. 이렇게 생각이 짧다니까. 그만큼 오래 살았으면서도 배고픈 아기와 젖먹이 엄마를 떼어 놓으면 안 된다는 걸 모르다니, 그렇게 분별력이 없어서 어떡해요? 헤더 덤불 사이에서 사람을 찾기는커녕 돼지 한 마리 사냥하지 못할 것 같네요."

머타는 결국 두 손을 들고 항복했다.

"아, 그러냐. 그럼 하고픈 대로 해라. 이제 보니 내가 사나운 암퇘지에게 사람이나 이해할 말을 하고 있었군그래. 암퇘지 엄니에 다리를 밀어 넣어 봤자 내 손해지."

이 말에 제니는 뜻밖에도 보조개를 지으며 웃었다.

"그렇게 말할 줄 알았어요, 이 못된 아저씨야."

그리고 허리를 굽혀 무거운 안장을 무릎 위로 들어 올렸다.

"그럼 우리 올케를 잘 부탁해요. 제이미를 찾으면 알려 주시고요."

그녀가 말에 안장을 얹으려고 돌아섰을 때, 머타가 덧붙였다.

"그런데 말이야, 집에 가면 새로 들어온 주방 하녀가 있을 거다."

제니는 돌아서서 그를 바라보더니, 안장을 천천히 바닥에 내려놓고 물었다.

"그게 누군데요?"

"맥내브 부인. 남편이 죽었거든."

머타는 조심스럽게 대답했다. 그녀는 한동안 가만히 서 있었다. 그녀의 손수건과 망토만이 불어오는 바람에 휘날릴 뿐이었다.

"왜 죽었죠?"

마침내 제니가 묻자, 머타는 허리를 굽혀 안장을 들었다. 그리고 전혀 힘들이는 기색 없이 단번에 말 등에 올리고 뱃대끈을 단단히 고정시켰다. 마지막으로 등자 가죽끈을 잡아당기며 그가 대꾸했다.

"불이 났어. 높은 들판을 지날 때 조심해라. 재가 아직도 따뜻하게 날아올 테니까."

그는 두 손을 모아 제니가 말에 올라타도록 발을 들어 주려 했지만, 그녀는 고개를 젓더니 대신 고삐를 잡고서 나에게 손짓했다.

"클레어, 괜찮다면 나랑 같이 언덕까지 가 줄래요?"

모닥불에서 물러서자 밤공기가 차갑게 어깨를 짓눌렀다. 바닥에 앉아 있던 터라 습기에 눅눅해진 치마가 걸음을 옮길 때마다 다리에 자꾸만 달라붙었다. 제니는 불어오는 바람에 고개를 숙였지만, 추위에 새파래진 입술을 굳게 다문 옆얼굴이 보였다.

"제이미를 워치에게 넘겨 준 게 맥내브였나요?"

마침내 내가 물었다. 제니는 천천히 고개를 끄덕였다.

"그래요. 어쨌든 이안이 누구 소행인지 알아냈을 거예요. 어떻게든 누군가는 알아낼 일이었죠."

지금은 11월 말이었다. 가이 포크스 데이*는 이미 한참 지났는데도, 갑자기 모닥불의 환상이 보였다. 성령의 혀처럼 초가지붕에서 넘실대고 통나무 벽을 휘감은 불꽃의 환영이었다. 하지만 은혜로운 성령의 불꽃과는 달리, 이 불꽃은 건물 안에서 갇혀 고함치는 신도들을 태워 죽이는 불길이었다. 이제 안에 있던 남자는 자신의 집 벽난로 앞에서 재투성이의 웅크린 인영으로 남아, 차가운 돌풍이 다시금 불어 뼈대만 남은 집을 덮치면 다 같이 검은 먼지로 스러지기를 기다리고 있겠지. **정의와 야만은요, 종이 한 장 차이예요.**

* 잉글랜드 국왕 제임스 1세의 암살을 모의했던 화약 음모 사건의 주모자 가이 포크스의 체포 기념일인 11월 5일. 현대 영국에서는 모닥불을 피워 이 날을 기념한다.

문득 나를 바라보는 제니의 시선이 느껴졌다. 그 눈빛에는 질문이 담겨 있어, 나는 고개를 끄덕이며 바라봐 주었다. 적어도 지금, 우리는 이 암울하고 자의적인 선상에서 같은 편에 서 있었으니까.

우리는 언덕 위에서 걸음을 멈추었다. 저 아래 모닥불에 앉은 머타는 까만 점으로 보였다. 제니는 치마 호주머니를 잠시 뒤지더니 작은 세무 가죽 주머니를 내 손에 쥐여 주었다.

"사사분기 소작료예요. 갖고 있으면 쓸 데가 있겠죠."

나는 돈을 돌려주려 했다. 영지 운영에 써야 할 돈을 받으면 제이미가 원치 않을 거란 이유에서였다. 하지만 그녀는 받지 않았다. 재닛 프레이저는 몸집이 남동생의 반밖에 되지 않으면서도 고집은 그보다 훨씬 더 센 사람이었다.

나는 제니와 상대가 되지 않았던지라, 결국 포기하고 돈주머니를 내 치마 속에 안전하게 넣었다. 그리고 제니가 고집을 부리며 손에 쥐여 주는 스키언 두 역시 받았다.

"이건 이안 거예요. 하지만 그이는 칼이 또 있으니까 괜찮아요. 이걸 스타킹 위에 꽂고 가터벨트로 고정해요. 절대로 몸에서 떼지 말아요. 잘 때도요."

그녀는 잠시 멈칫했다. 마치 무언가 할 말이 있다는 표정이었고, 정말로 있었다. 이윽고 그녀는 조심스레 입을 열었다.

"제이미가 그러던데요. 당신이…… 가끔 무슨 말을 해 줄 거라고요. 만약 당신이 무슨 말을 하거든 그대로 따르랬어요. 혹시…… 나한테 해 줄 말이 있나요?"

제이미와 나는 앞으로 재앙처럼 닥쳐올 봉기를 두고 랄리브로호와 영지민들이 대비해야 할 거라고 상의한 적이 있었다. 그래도 우리는 아직 시간이 있을 거라고 생각했었건만. 지금 내겐 시간이 없었다. 몇 분밖에 안 되는 시간 동안 시누이에게 앞으로 다가올 폭풍에서 랄리브로호를 안전하게 지킬 정보를 충분히 줄 수는 없었다.

예언자가 된다는 건 참으로 불편하구나. 이런 생각이 한두 번 든 게 아니었다. 이스라엘의 멸망을 예언한 『애가』를 지은 성서의 선지자 예레미야에게 크나큰 동정심이 느껴졌다. 트로이의 멸망을 예언한 카산드라가 왜 그토록 인기가 없었는지도 너무 잘 알 것만 같았다. 하지만 그 마음을 알아 봤자 무슨 소용인가. 나는 스코틀랜드의 언덕 꼭대기에 서서, 폭풍처럼 불어오는 가을바람에 머리카락과 치맛자락을 밴시처럼 휘날리며, 구름 낀 하늘로 얼굴을 들고 예언을 시작했다.

"감자를 심으세요."

제니는 놀라서 입을 살짝 벌렸다가, 이내 다물며 짧게 고개를 끄덕였다.

"감자라고요. 알았어요. 에든버러에나 가야 구할 수 있겠지만, 사람을 보내서 구해 올게요. 얼마나 심어요?"

"가능한 한 많이 심으세요. 지금 하일랜드에서는 감자를 심지 않지만, 곧 심게 될 거예요. 감자는 뿌리채소라서 오래 보관이 가능해요. 밀보다 수확량도 좋고요. 최대한 많은 땅에 심고 저장하세요. 곧 기근이 닥칠 거예요. 아주 심한 기근이 2년 동안 계속돼요. 만약 생산성이 좋지 않은 밭이나 토지가 있으면 금을 받고 파세요. 곧 전쟁이 일어나서 사람들이 무참하게 죽을 거예요. 이곳을 비롯한 하일랜드 전역에서 남자들이 사냥당하게 돼요."

나는 잠시 생각하다가 물었다.

"저택에 신부님이 쓰던 비밀 은신처*가 있나요?"

"아뇨. 이 집은 호국경 통치 한참 후에 지어졌어요."

"그럼 은신처를 하나 만드세요. 그게 아니라도 어디 숨을 데를 마련해 놓으세요. 제이미가 그걸 쓸 일이 없기를 바라지만요. 하지만

* 과거 영국에서 천주교가 불법이던 시절 가정집에 사제들이 숨어 지내던 곳.

누군가는 쓰게 될 수 있어요."

나는 그 생각에 마른침을 삼켰다.

"좋아요. 그게 전부인가요?"

흐릿한 빛에 비친 제니의 얼굴은 진지하고 강렬했다. 미리 누나에게 일러둘 생각을 한 제이미가 어찌나 고맙던지. 그리고 동생의 말을 믿어 준 그녀에게도 참 고마웠다. 제니는 내가 이런 미래를 어떻게, 어째서 알게 되었는지 묻지 않았다. 다만 내가 한 말을 주의 깊게 새겼을 뿐이다. 내가 급하게 말을 던졌지만, 제니는 따르리라는 걸 알 수 있었다.

"그게 전부예요. 어쨌든 지금 생각할 수 있는 건 이게 다예요."

나는 미소를 지으려 했지만, 내가 느끼기에도 너무나 어설퍼 보이는 얼굴이 되고 말았다.

그래도 제니는 그럭저럭 미소를 지어 보였다. 그녀는 내 뺨을 잠깐 어루만지며 작별 인사를 건넸다.

"하느님께서 함께 하시길, 클레어. 우린 다시 만나게 될 거예요. 당신이 내 동생을 데려왔을 때요."

제6부
추적

34
두걸의 이야기

제아무리 문명의 발달에 단점이 있다지만, 그 편리함은 부정할 수가 없구나. 나는 암울하게 생각했다. 예를 들어 전화가 그랬다. 아니면 신문이라도 있었다면 얼마나 좋을까. 물론 에든버러나 퍼스 같은 대도시에는 신문이 흔했지만, 스코틀랜드 하일랜드의 황야에서는 다들 그게 뭔지도 모르고 있었다.

이러한 대중 매체 방식이 없기에, 뉴스는 사람이 걷는 속도로 한 사람 한 사람씩 전파되었다. 물론 사람들이 알아야 할 사실은 대부분 언젠가 알게 되었지만, 몇 주나 지나야 했다. 그리하여 지금 제이미가 어디 있는가 찾아야 할 상황에 닥치자, 누군가 제이미를 우연히 마주쳤다가 랄리브로흐로 소식을 전해 주는 것 외에는 찾을 가능성이 없어 보였다. 이 과정이 몇 주가 걸릴지는 아무도 몰랐다. 곧 있으면 겨울이 될 텐데, 그러면 뷸리까지 여행할 수도 없게 된다. 나는 모닥불에 나뭇가지를 넣으며 여러 가지 가능성을 곰곰이 따져 보았다.

제이미는 어느 쪽으로 도망쳤을까? 물론 랄리브로흐로 돌아가지는 않았을 게 분명했다. 그렇다고 북쪽에 있는 매켄지 쪽으로 갔을

리도 없다. 남쪽 국경 지대로 내려가면 휴 먼로나 예전에 어울렸던 거친 동료들과 만날 수 있으려나? 아니, 가장 가능성 있는 곳은 북동쪽에 있는 뷸리였다. 하지만 내가 여기까지 추측했다면, 워치들 역시 추측할 수 있겠지.

머타는 나뭇가지를 한 아름 안고 돌아와 바닥에 내려놓았다. 그리고 플래드 자락 위에 양반다리를 하고 앉아 나머지 자락으로 몸을 덮어 추위를 막았다. 하늘을 슬쩍 바라보자, 빠르게 흩어지는 구름 뒤로 달이 빛나고 있었다.

그는 눈살을 찌푸리며 말했다.

"아직 눈이 오진 않을 것 같군. 한두 주 있다가 오겠지. 우리는 그 전에 뷸리에 갈 수 있을 거야."

음, 머타도 이렇게 말하는 걸 보면 나의 추리력이 괜찮은가 보구나.

"제이미가 거기 있을까요?"

머타는 자그마한 몸집을 으쓱였다. 어깨를 따라 플래드가 볼록 솟아올랐다.

"그야 모르지. 거기까지 이동하기는 제이미에게 쉽지 않을 테니. 낮에는 숨어 있어야 하고, 큰길로도 다닐 수 없을 테니까. 게다가 말도 없고."

그는 수염 난 턱을 긁으며 곰곰이 생각에 잠겼다.

"우리 쪽에서 제이미를 찾을 수는 없어. 제이미가 우리를 찾게 하는 편이 좋겠지."

"어떻게요? 봉화라도 피울까요?"

나는 빈정대며 대꾸했다. 머타에 대해서 이제 하나는 분명하게 알게 되었다. 내가 제아무리 시덥잖은 소리를 해도, 그는 들은 척도 하지 않았다.

"내가 당신의 작은 약상자를 가져왔고, 당신은 랄리브로호 인근에서 명성이 있으니, 근처 시골 지역에서도 대부분 치료사로 알려질 거야."

그는 바닥에 둔 안장 가방에 고갯짓을 하더니, 혼자 고개를 끄덕였다.

"그래, 그러면 될 거야."

머타는 더는 설명 없이 자리에 눕더니 플래드를 덮고 편안히 잠들었다. 나무 사이로 부는 사람도, 가볍게 내리는 빗줄기도, 나도 싹 무시하고서 말이다.

나는 곧 머타의 말뜻을 알아차리게 되었다. 큰길을 따라 보란 듯이 느릿느릿 여행하며, 우리는 오두막이며 마을이며 촌락 할 것 없이 나오는 곳마다 다 들렀다. 머타는 그곳에서 재빨리 마을 주민을 조사하고는, 아프거나 다친 이들을 모두 모아 나에게 고쳐 달라고 데려왔다. 이런 지역에는 의사가 거의 없어 먼 곳에서 데려와야 하는 처지라, 언제나 고쳐야 할 사람이 있었다.

내가 강장제와 연고를 가지고 정신없이 일하는 동안, 머타는 환자를 데려온 친구나 친지들과 환담을 나누면서 우리가 뷸리까지 가는 길을 공들여 자세히 설명하곤 했다. 혹시 간 곳에 환자가 없다 해도, 그날 밤을 묵으며 어디 오두막이나 주점에서 쉴 곳을 찾았다. 그런 곳에서는 머타가 노래를 불러서 주인장을 즐겁게 해 주고 저녁을 얻어먹었다. 그는 내가 가진 돈은 절대로 쓰지 말아야 한다고 완강하게 고집했다. 제이미를 찾을 때를 대비하여 필요하다는 것이었다.

그는 천성이 대화를 많이 하는 사람이 아니라서, 우리가 이곳저곳을 터벅터벅 지날 때 나에게 아는 노래를 몇 곡 가르쳐 주며 시간을 보냈다.

그러던 어느 날, 내가 '도위 덴스 오브 애로The Dowie Dens of Yarrow'*

* 스코틀랜드 민요.

를 그럭저럭 잘 부르게 되자 머타가 말했다.

"당신 목소리는 괜찮군. 훈련이 잘된 건 아니지만 강하고 진정성이 있어. 오늘 밤 나랑 같이 이중창을 한번 해 보지. 림레에 작은 선술집이 있으니까."

"이게 정말 잘될까요? 그러니까요, 제이미를 찾으려는 우리 작전 말이에요."

그는 안장에서 이리저리 몸을 움직이고 나서 대답했다. 그는 말타기를 잘할 만한 체구가 아니어서 볼 때마다 승마 훈련을 받은 원숭이 같았지만, 하루 종일 말을 타도 저녁때 아주 활기차게 말에서 내리곤 했다. 하지만 나는 하루가 끝날 즈음에는 말에서 비틀거리다 못해 쓰러질 지경이 되었다.

"아, 그럼. 곧 잘될 거야. 요새 아픈 사람들을 많이 고쳐 주지 않았나?"

마침내 나온 머타의 대답은 사실이긴 했다. 거기까진 나도 인정했다.

"뭐 그러니까, 당신이 치료사란 소문을 널리 퍼뜨리는 게 핵심이라고. 우리가 바라는 것도 그거고. 하지만 더 잘할 방법이 있긴 해. 그래서 오늘 노래를 부르라는 거야. 그리고 혹시……."

자신의 주장을 밀고 나가던 머타는 문득 말하기가 껄끄러운 듯 주저했다.

"혹시 뭐요?"

"혹시 점을 볼 줄 아나?"

그는 조심스레 물었다. 왜 망설였는지는 이해가 되었다. 크레인스뮤어에서 벌어졌던 마녀사냥의 광기를 머타도 보았으니까. 나는 미소를 지었다.

"조금요. 해 볼까요?"

"그래. 우리가 많은 걸 제공할수록, 사람들은 더 많이 찾아올 거야. 그리고 돌아가서 다른 이들에게도 소문을 퍼뜨리겠지. 우리 이야기가 널리 퍼지게 되면, 곧 녀석도 우리 소문을 들을 거고. 결국 우리는 제이미를 찾게 될 거라고. 해 볼 만하지 않나?"

나는 어깨를 으쓱였다.

"도움이 된다면야, 뭔들 못 하겠어요?"

그날 밤, 나는 림레에서 가수이자 점쟁이로 첫 선을 보였고, 결과는 꽤 성공적이었다. 그레이엄 부인이 내게 했던 말은 사실이었다. 점 치는 데 필요한 정보는 손금이 아니라 얼굴에 있었다.

우리의 명성은 조금씩 퍼지기 시작했다. 다음 주가 되자 우리가 마을로 들어서면 사람들은 오두막에서 뛰쳐나와 반겼고, 갈 때는 푼돈과 작은 선물을 잔뜩 안겨 주었다.

어느 날 밤, 나는 그날 번 돈을 잘 챙기며 말했다.

"있죠, 이걸로 정말 성공할 수도 있을 것 같아요. 근처에 극장이 없어서 정말 아쉽네요. 우리는 제대로 된 순회 공연을 할 수 있을 텐데요. 신비한 머타와 아름다운 조수 글래디스라고 이름도 붙여서 말이죠."

머타는 언제나 그렇듯 이 말도 들은 척 만 척 했지만, 사실이 그랬다. 우리 둘은 함께 꽤 좋은 공연을 했으니까. 우리 둘의 기본적인 성격은 아주 달랐지만, 추구하는 바가 같아 합심할 수 있어서가 아닐까 싶었다.

날씨가 점점 나빠지는 바람에 우리의 행보는 훨씬 더 느려졌고, 제이미에게선 아직 아무런 소식도 없었다. 그러던 어느 날 밤, 억수같이 쏟아지는 비를 맞으며 벨라드럼 외곽을 지나다가 우리는 진짜 집시 떼와 마주쳤다.

도로 근처 공터에 울긋불긋한 포장마차가 옹기종기 선 모습을 보자 나는 믿을 수가 없어 눈을 깜빡였다. 그곳은 마치 햄프스테드 다운에 매년 오는 집시 떼의 야영지와 똑같이 생겼다.

사람들의 모습 역시 똑같았다. 우글우글 모인 사람들은 명랑하고 시끄러웠으며 낯선 이를 환영했다. 우리의 마구가 짤랑이는 소리를 듣자, 어떤 포장마차 창문으로 여자의 머리가 불쑥 나왔다. 그녀는 우리를 잠시 바라보더니 고함을 질렀고, 갑자기 나무 아래는 활짝 웃는 갈색 얼굴로 북적였다.

"돈지갑을 나에게 줘. 안전하게 갖고 있어야 하니까."

머타는 웃음기 없는 얼굴로 우리에게 어슬렁어슬렁 다가오는 젊은이를 지켜보았다. 그 젊은이는 화려한 셔츠가 비에 흠뻑 젖은 것도 아랑곳하지 않고 즐거운 기색이었다.

"그리고 절대로 누구에게도 등을 보이지 마."

나는 경계심을 품었지만, 우리는 과장된 손짓을 수반한 환영을 받았고, 집시의 저녁 식사에 초대받았다. 스튜 같아 보이는 음식에선 맛있는 냄새가 났다. 머타는 이게 대체 무슨 고기일지 음침한 추측을 했지만, 나는 그 말을 무시하고 음식을 진심으로 고맙게 받아들였다.

그들은 영어를 거의 못했고, 게일어는 더 못했다. 그래서 우리는 주로 손짓을 통해 대화를 나누었고, 프랑스어에서 많이 유래한 듯한 이상한 언어도 섞어 썼다. 우리가 식사를 했던 포장마차 안은 따스하고 친근한 분위기였다. 남자와 여자, 아이 모두 격식을 차리지 않고 그릇에 음식을 담아 어디든 앉을 만한 곳에 앉은 다음, 빵 덩이를 국물 많은 스튜에 찍어 먹었다. 이 몇 주간 먹은 음식 중 가장 맛있었던지라, 나는 옆구리가 아프도록 배를 채웠다. 노래할 때는 어찌나 배가 찼던지 숨 쉬기도 어려웠지만, 어쨌든 최선을 다해서 노래를 불렀고, 어려운 부분에서는 허밍을 하며 머타가 알아서 노래를 이끌도록 놔두었다.

우리의 공연은 열렬한 박수갈채를 받았고, 집시들 역시 답례로 공연을 했다. 젊은이 하나가 고대의 바이올린 같아 보이는 악기의 반주에 맞추어 울부짖는 탄식 같은 노래를 불렀다. 그러다 여덟 살 쯤 되는 소녀가 탬버린을 진지하게 휘두르며 난입하는 바람에 공연이 잠깐 중단되기도 했다.

마을과 오두막을 방문했을 때는 신중하게 질문을 던지던 머타였지만, 집시들과는 거리낌없이 이야기를 나누었다. 놀랍게도, 그는 집시들에게 우리가 누굴 찾는지 솔직하게 말했다. 커다란 남자고, 머리카락은 불처럼 빨갛고, 눈은 여름날 하늘처럼 파랗다고 말이다. 집시들은 포장마차의 칸을 이리저리 쳐다보며 시선을 주고받았지만, 다들 아쉬운 기색으로 고개를 젓기만 했다. 그렇다면 이들도 보지 못한 것이로구나. 그래도…… 이곳의 지도자, 바로 우리를 환영해 주었던 보랏빛 셔츠를 입은 젊은이는 손짓으로 우리가 찾는 사람을 혹여 만나게 된다면 전령을 보내겠다고 했다.

나는 미소를 지으며 절했고, 머타는 정보를 받는 대가로 돈을 주겠다는 손짓을 했다. 이 거래는 웃으면서 성립되었지만, 추측하는 시선 역시 따라붙었다. 머타가 우리는 여기서 묵지 않겠다, 가야 한다, 그래도 고맙다고 확실하게 말해 주어 다행이었다. 그는 스포란을 뒤져 동전 몇 개를 꺼내면서, 본인에게는 구리 동전 몇 개밖에 없다는 사실을 조심스레 드러냈다. 저녁 식사 대접을 받아 감사하다는 의미로 동전을 나눠 주며 우리는 자리에서 일어섰고, 이어서 떠들썩한 작별 인사와 고맙다는 말, 안녕을 기원하는 말 등이 이어졌다. 적어도 나는 그렇다고 생각했다.

알고 보면 이들은 우리를 몰래 따라와 목을 베어 버린다는 말을 했을지도 모르겠다. 머타는 사실상 그러리라고 생각하고 최악의 상황에 대비했다. 우리는 3킬로미터 떨어진 교차로까지 전력으로 질주한 다음, 수풀로 몸을 숨겨 길을 크게 빙 둘러갔다가 다시 길가로 나왔다.

머타는 길을 이쪽저쪽 살펴보았다. 비에 흠뻑 젖어 희미하게 저

물어 가는 황혼 녘 길가에는 아무도 없었다.

"정말로 그들이 우리를 따라올까요?"

나는 궁금한 마음에 물었다.

"그야 알 수 없지. 하지만 그쪽은 열두 명이고 우리는 두 명밖에 되지 않으니, 당연히 따라올 거라고 생각하고 행동해야 하지 않나."

그 말은 타당하게 들렸기 때문에, 나는 별말 없이 머타를 따라 몇 번이고 몸을 숨기며 드디어 로스무어에 도착했고, 쉴 만한 헛간을 찾아냈다.

다음 날에는 눈이 내렸다. 방앗간 바닥에 흩어진 밀가루 정도로 가볍게 흩날리는 눈이었지만, 그래도 걱정이 되었다. 제이미가 워치에게 잡혔을 때 입었던 셔츠와 플래드 차림만으로 겨울의 차가운 바람을 견디며 혼자 헤더 덤불에 숨었을 거라고 생각하고 싶지 않았다.

그러다 이틀 후, 전령이 왔다.

태양은 여전히 지평선 위에 머물렀어도, 바위에 둘러싸인 언덕은 이미 저녁이 되었다. 이파리 하나 없는 나무 아래 드리워진 그림자가 너무 짙어서, 그렇잖아도 찾기 힘든 길이 거의 보이지 않았다. 점점 어두워지는 가운데 전령을 놓칠지도 몰라 두려운 마음으로, 나는 전령의 뒤에 바짝 붙어 걷다가 한두 번 그의 망토 자락을 밟기도 했다. 결국 그는 참을 수 없다는 듯 투덜거리며 휙 돌아서더니, 나를 앞으로 밀쳐 앞세우고 내 어깨에 묵직한 손을 얹은 채 어둠 속을 헤쳐 나가게 했다.

얼마나 걸었을까. 정말로 오랫동안 걸은 것 같았다. 우뚝 솟은 바위와 말라 죽은 울창한 덤불을 지나다 보니 방향 감각이 없어진 지

한참 되었다. 그저 머타가 저 뒤에 따라오고 있기를, 내가 보이지 않더라도 소리로 알 수 있을 정도로 거리를 두고 있기를 바랄 뿐이었다. 나를 데리러 선술집에 왔던 전령은 영어를 모르는 중년의 집시로, 오로지 나만 같이 가야 한다고 딱 잘라 고집을 부렸다. 그는 머타를 강조해서 가리키고는 바닥을 가리키며 그는 머물러 있어야 한다는 뜻을 전했다.

매년 이맘때는 밤이 빠르게 쌀쌀해졌다. 이윽고 탁 트인 공터로 들어서자 갑자기 찬 바람이 불었고, 두꺼운 망토를 입었지만 한기를 막기에는 부족했다. 그러자 제이미가 춥고 습한 가을밤에 쉴 곳도 없이 누워 있으면 어쩌나 하는 생각이 들어 너무 속상했지만, 곧 있으면 그를 다시 본다는 생각에 기쁜 마음도 교차했다. 등줄기로 흐르는 오싹한 기분은 추위 때문이 아니었다.

마침내 전령은 나를 멈춰 세우더니, 내 어깨를 꽉 쥐어 경고를 하고는 길을 벗어나 어디론가 사라졌다. 나는 최대한 인내심을 발휘하여 그 자리에 선 채로 손을 팔로 감싸며 몸을 녹였다. 여기까지 나를 이끌어 온 전령이 누구였든 곧 돌아오리라고 확신했다. 일단, 난 그에게 아직 돈을 주지 않았으니까.

여전히 불어오는 바람이 죽은 덤불을 뒤흔들었다. 마치 죽은 사슴의 유령이 아직도 사냥꾼에게 겁을 먹고 놀라 달아나는 모습 같았다. 부츠 솔기로 습기가 스며들었다. 방수를 위해 발라 놓은 수달 기름은 효능이 다한 지 오래였지만, 이제껏 덧바를 기회가 없었다.

그 순간, 떠날 때와 마찬가지로 전령이 다시 휙 나타났다. 나는 놀라서 소리를 지르려다가 혀를 깨물어 참았다. 그는 짧게 고갯짓을 하며 따라오라고 신호하더니, 죽은 오리나무 가지를 옆으로 헤치고 내게 길을 터 주었다.

동굴 입구는 좁았다. 튀어나온 돌 위로 타오르는 등불 아래, 커다란 인영이 보였다. 그는 고개를 돌려 동굴 입구에서 나를 맞이했다.

나는 앞으로 확 달려들었지만, 그를 만져 보기도 전에 제이미가 아니란 걸 깨달았다. 너무나 실망한 나머지 배에 주먹을 맞은 듯 아팠고, 어쩔 수 없이 뒤로 물러서며 목구멍에 치솟는 진한 신물을 억지로 삼켰다.

두 손을 불끈 쥐고 주먹으로 허벅지를 쿡 찌르며 정신을 차린 끝에, 나는 마음을 가라앉히고 입을 열었다.

"당신 영역을 꽤 벗어난 것 같군요. 아닌가요?"

내 목소리에 깃든 냉랭함에 나도 놀랐다.

두걸 매켄지는 어두운 얼굴에 애써 침착함을 되찾으려는 내 모습을 조금 딱하다는 듯 바라보았다. 이제 그는 내 팔꿈치를 잡고 동굴 안으로 날 데려갔다. 한쪽에는 짐이 많이 쌓여 있었는데, 말 한 필에 다 실을 수 없을 정도로 많았다. 그렇다면 두걸은 혼자가 아니라는 뜻이다. 그와 부하들이 뭘 가져왔는지는 모르겠지만, 여관 주인이나 숙소의 주인들의 호기심 어린 시선을 피해 운반해야 하는 물건인 듯했다.

"밀수를 하나 보죠?"

나는 짐을 턱으로 가리키며 물었다. 그러다 더 그럴듯한 생각이 들어서 스스로 대답했다.

"아니, 꼭 밀수는 아니겠군요. 이건 프린스 찰리에게 보낼 물건이죠?"

그는 굳이 대답하지 않았다. 그저 맞은편 바위에 앉아 무릎 위에 손을 얹었을 뿐이다.

"전해 줄 소식이 있소."

그가 불쑥 내뱉은 말에 나는 심호흡을 하며 마음을 다잡았다. 소식이라. 그런데 저 표정을 보면 좋은 소식은 아니겠구나. 나는 다시금 숨을 들이쉬고 마른침을 삼킨 다음 고개를 끄덕였다.

"말해 보세요."

"녀석은 살아 있소."

두걸의 말을 듣는 순간, 긴장으로 뭉쳤던 배 속에서 가장 커다랗고 차가운 덩어리가 확 풀렸다. 두걸은 한쪽으로 고개를 갸웃 숙이며 강렬한 눈빛으로 바라보았다. 내가 혹시 기절할까 봐 그러나? 어렴풋이 궁금하긴 했지만, 그건 중요하지 않았다. 기절하지 않았으니까.

두걸은 여전히 나를 바라보며 말했다.

"녀석은 2주 전에 킬토리티 근처에서 잡혔소. 개 잘못은 아니었고, 운이 나빴지. 길에서 빙 둘러가다가, 그만 용기병 여섯과 딱 마주친 거요. 그런데 그중 하나가 제이미를 알아보았소."

"다쳤나요?"

내 목소리는 여전히 차분했지만, 손은 덜덜 떨리기 시작했다. 나는 두 손을 다리에 넣고 진정시켰다.

두걸은 고개를 저었다.

"내가 듣기로 다치지는 않았소."

그는 잠시 말을 멈췄다가, 머뭇대며 이었다.

"지금 웬트워스 교도소에 있소."

"웬트워스라고요."

나는 멍하니 들은 말을 반복했다. 웬트워스 교도소라니. 원래 그곳은 16세기 후반쯤에 지어진 국경 지대의 튼튼한 요새로, 150년을 이어 오며 조금씩 증축되었다. 바위로 지어진 교도소 건물은 이제 거의 2450평 넓이에 달했고, 둘레는 1미터 두께에 육박하는 화강암 돌벽이 두르고 있었다. 하지만 제아무리 화강암 벽이라 해도 들어갈 문은 있는 법이다. 나는 고개를 들어 질문을 하려다가, 두걸의 얼굴에 짙게 드리워진 주저함을 보았다.

"또 무슨 소식이 남았나요?"

나는 어서 말해 달라 요구했다. 두걸의 헤이즐넛 빛깔 눈빛이 흔들림 없이 나와 마주쳤다.

"녀석은 사흘 전에 재판을 받았소. 그리고 교수형을 선고받았지."

아까 풀렸던 얼음장 같은 덩어리가 배 속을 다시금 파고들더니, 전보다 더한 기세로 커졌다. 나는 눈을 감았다.

"집행은 언제죠?"

이렇게 묻는 내 목소리가 아스라하게 들려오기만 했다. 다시 눈을 뜨고서 등불의 불빛을 바라보며 눈을 깜빡여 초점을 맞추었다. 두걸은 고개를 젓고 있었다.

"모르겠소. 하지만 머지않아 집행되겠지."

이 말에 숨 쉬기가 조금 편해졌다. 나는 다시금 주먹을 쥘 수 있었다. 그래서 여전히 차분한 목소리로 말했다.

"그럼 서둘러야겠군요. 부하들은 몇이나 데리고 오셨죠?"

하지만 대답 대신 두걸은 일어나서 내게로 다가왔다. 그는 손을 아래로 뻗어 내 손을 잡더니 나를 앉혔다. 그의 눈에 다시금 동정심이 깃들더니, 깊은 슬픔이 확 솟구쳐 올랐다. 그 눈빛을 보자 이제껏 그가 했던 어떤 말보다 한층 더욱 심한 두려움이 몰려왔다. 두걸은 천천히 고개를 저었다.

"아니야, 아가씨. 우리가 할 수 있는 일은 없소."

그는 조용히 말했지만, 난 겁에 질린 채로 그의 손을 뿌리쳤다.

"아니야! 있어! 반드시 있다고요! 이저 제이미가 살아 있다고 했잖아요!"

그는 날카롭게 쏘아붙였다.

"머지않아 집행될 거라고도 했잖소! 녀석이 갇힌 곳은 웬트워스 교도소요! 크레인스뮤어의 도둑 굴이 아니라고! 오늘 아니면 내일 집행될 수도 있고, 다음 주일 수도 있지. 언제가 될는지는 모르지만, 겨우 열 사람이 절대 웬트워스 교도소를 뚫고 들어갈 수는 없단 말이오!"

나는 다시금 부들부들 떨었다. 이번에는 분노 때문이었다.

"아, 그래요? 그걸 당신이 어떻게 알죠? 무슨 일을 할 수 있는지 어떻게 아냐고요! 당신은 다만 위험한 일에 목숨을 걸고 싶지 않은 것뿐이겠죠. 아니면 그 지긋지긋한…… 이익을 놓칠까 봐 그런 거죠!"

나는 비난하듯 팔을 휘둘러 쌓인 짐들을 가리켰다.

두걸은 마구 휘두르던 내 팔을 붙잡고 날 마주 보았다. 나는 슬픔과 분노에 겨워 미친 듯이 그의 가슴을 쳤다. 그는 내 주먹질에도 아랑곳하지 않은 채 날 그러안고 내가 발버둥을 그칠 때까지 단단히 잡았다.

"클레어."

그가 내 이름을 부른 건 이번이 처음이었다. 그래서 한층 더 무서워졌다.

"클레어."

그는 내 이름을 다시 부르더니 잡은 손을 놓았고, 나는 그를 올려다볼 수 있었다.

"내가 그 애를 풀어 줄 수만 있다면, 뭐든 다 할 거라는 생각은 안 해 봤소? 조금이라도 가능성이 있다면? 제길, 그 녀석은 나의 양아들이라고! 하지만 지금은 아무런 가망이 없소. 전혀!"

그는 나를 살짝 흔들며 말을 강조했다.

"제이미였다면 내가 좋은 이들의 목숨을 헛되이 희생하게 내버려 두지 않았을 것이오. 당신도 그 점은 나만큼 잘 알지 않소."

나는 이제 흐르는 눈물을 더는 참을 수가 없었다. 나는 차가운 뺨 위로 눈물을 줄줄 흘리며 두걸을 밀치고 그의 품에서 벗어나려 했다. 하지만 그럴수록 두걸은 날 꽉 안으며 내 머리를 억지로 자신의 가슴에 기대게 하더니, 한층 부드러운 목소리로 말했다.

"클레어, 이 아가씨야. 나도 그 녀석을 생각하면 마음이 쓰리오.

그리고 당신을 생각해도 그렇지. 나와 함께 가지 않겠소? 내가 당신을 안전한 곳에 데려다주겠소. 우리 집으로 말이오."

그는 내 몸이 굳는 것을 느끼고 서둘러 덧붙였다.

"리오흐는 아니오."

"당신 집이라고요?"

나는 느릿하게 말했다. 머릿속에 끔찍한 의혹이 떠오르기 시작했다.

"그렇소. 그럼 내가 크레인스뮤어로 데려갈 줄 알았소?"

그는 살짝 미소를 짓다가 이내 엄숙한 이목구비를 다시 진지하게 굳혔다.

"아니오. 당신을 비야너흐로 데려갈 거요. 그곳은 안전하겠지."

"내가 안전할까요? 어쩔 수 없어지는 게 아니라?"

내 어조를 듣자 두걸은 팔을 떨구었다.

"무슨 뜻이오?"

이제껏 친근했던 그의 목소리가 갑자기 차가워졌다. 내 몸에도 싸늘함이 느껴져서, 나는 그에게서 물러나 망토를 여몄다.

"당신은 제니가 랜들의 아이를 낳았다고 제이미에게 말했죠. 그래서 집에 돌아가지 못하게 만들었어요. 그래야 당신과 귀하신 형님께서 제이미를 그쪽 편으로 꾀어 들일 수 있으니까. 하지만 이제 잉글랜드인들이 제이미를 잡았으니, 그를 통해 영지를 관리할 기회를 잃어버린 거예요."

나는 마른침을 삼키며 한 발짝 더 물러섰다.

"당신은 누나인 엘런의 결혼 계약에 관여했잖아요. 당신과 콜럼이 브로흐 투어러흐는 여자 쪽으로 상속이 이어져야 한다고 주장했죠. 제이미가 죽으면 브로흐 투어러흐는 내 것이 될 거라고 생각했죠? 나를 유혹하거나 억지로 강요해서 당신과 결혼하게 되면 당신 것이 된다는 속셈 아니던가요."

그의 목소리는 믿을 수 없다는 기색이었다.

"뭐? 아니, 당신은…… 이게 다 음모라고 생각한다는 거요? 성 아그네스시여, 맙소사! 내가 당신에게 거짓말을 하고 있다는 소리요?"

나는 여전히 거리를 유지한 채 고개를 저었다. 하지만 그를 조금도 믿지 않았다.

"아뇨. 당신을 믿어요. 만약 제이미가 감옥에 갇히지 않았다면, 제이미가 감옥에 있다는 소리도 하지 못했겠죠. 쉽게 확인할 수 있는 일이니까요. 그리고 당신이 제이미를 잉글랜드인에게 밀고했다고 생각하지도 않아요. 아무리 당신이라도 핏줄에게 그런 짓을 할 수는 없겠죠. 게다가 정말로 그랬다가는, 자칫 그 일이 당신 부하들에게 알려지면 다들 곧바로 등을 돌릴 테니까요. 사람들이 당신을 많이 봐주고 있지만, 같은 동족을 배신하는 건 용납 못 할 일이겠죠."

말하다 보니 생각나는 게 있었다.

"작년에 국경 근처에서 제이미를 공격한 게 당신이었나요?"

그러자 두걸은 놀라서 두툼한 눈썹을 치켜떴다.

"내가? 아니오! 난 다 죽어 가던 녀석을 찾아서 구해 줬다고! 그게 녀석을 해치려는 것처럼 들리오?"

나는 망토 아래로 허벅지를 더듬었다. 불룩 느껴지는 단검의 감촉에 마음이 편안해졌다.

"당신이 아니라면 누구죠?"

"모르지."

그의 잘생긴 얼굴에는 경계심이 드리워졌지만, 뭘 숨기고 있지는 않았다.

"그때 제이미와 함께 떠돌던 남자는 셋이었소. 다들 험한 인간들이고 범죄자였지. 그 셋은 모두 서로가 범인이라고 우겨 댔소. 그리고 그땐 진실을 알아낼 방법이 없었소."

두걸은 어깨를 으쓱였다. 그 바람에 여행용 망토 자락이 한쪽 어깨에서 뒤로 넘어갔다.

"지금 와서도 중요한 건 아니게 되었소. 그중 둘은 죽고, 나머지 하나는 감옥에 갇혔으니까. 물론 다른 죄목으로 갇히긴 했지만, 별 차이는 없게 되었소. 안 그렇소?"

"네. 그런 것 같네요."

두걸이 무슨 짓을 저질렀는지는 몰라도, 일단 살인을 저지르려 했던 게 아니라 일면 다행이었다. 이젠 내게 거짓말할 이유가 없었으니까. 이제껏 그가 알기로, 나는 현재 철저하게 무력한 상황이었다. 나 혼자 있으니 그는 내게 무슨 짓이든 마음껏 할 수 있었다. 적어도 그렇다고 생각하겠지. 나는 단검 자루를 꽉 쥐었다.

동굴 안 불빛은 흐릿했지만, 나는 두걸을 주의 깊게 지켜보았다. 그래서 그가 다음 행동으로 넘어갈 때 순간적으로 우유부단한 기색이 스치는 게 보였다. 그는 손을 내밀며 내 쪽으로 다가왔지만, 내가 움찔 물러서는 모습에 걸음을 멈추었다.

"클레어, 귀여운 클레어."

그의 목소리는 이제 부드럽게 변했고, 그의 은근한 손길이 내 팔을 가볍게 쓸었다. 보아하니 강압보다는 유혹해 보기로 마음먹은 모양이었다.

"나에게 왜 그리 쌀쌀맞게 말하는지, 왜 나를 비난하는지 알고 있소. 내가 당신을 연모하는 걸 아니까 그렇겠지, 클레어. 그건 사실이오. 난 대모임 밤에 당신의 달콤한 입술에 키스한 다음부터 당신을 원했소."

그는 내 어깨 위에 손가락 두 개를 가볍게 얹었다. 그 손가락은 내 목덜미를 향해 조금씩 다가왔다.

"랜들이 당신을 위협했을 때, 내가 아내가 없었더라면 그 자리에서 당신과 결혼했을 거요. 그리고 당신을 위해 그놈을 곧바로 죽여 버렸겠지."

그의 몸이 점점 가까이 다가와 나를 동굴 벽으로 밀어붙였다. 그 손끝이 내 목덜미로 다가와 망토 깃을 어루만졌다.

그러다 내 얼굴을 보았나 보다. 두걸은 다가오기를 멈추었지만 손은 그대로 두었다. 목덜미에서 빠르게 뛰는 맥박 바로 위에 그의 손이 가볍게 머물렀다.

"내 마음이 이렇다는 거요. 이제는 더 이상 숨길 이유가 없으니 털어놓는 거요. 하지만 그럼에도 만약 제이미를 구할 희망이 조금이라도 있다면, 내가 그 애를 버렸을 것 같소? 제이미 프레이저는 내 아들이나 마찬가지인 애라고!"

"하지만 아들은 아니잖아요. 당신은 진짜 아들이 있으시면서. 정말로 제이미를 아들로 생각한다면 아들이 둘인 거겠죠?"

내 목덜미에 닿았던 손끝에 아주 잠깐 힘이 들어가더니, 이내 손이 떨어졌다.

"무슨 소리요?"

이제는 모든 가식도, 계략도 사라졌다. 헤이즐넛 색 눈빛이 강렬해지면서 적갈색 수염 속으로 보이는 두툼한 입술이 음울한 선을 그렸다. 두걸은 몸집이 아주 컸고, 나와 아주 가까이 있었다. 그러나 내가 이제 와서 몸을 사리기에는 이미 선을 넘어 버렸다.

"내가 헤이미시의 친부가 누군지 안다는 소리예요."

그는 나의 말을 어느 정도는 예상하고 있었기에 얼굴을 차분하게 유지했다. 하지만 나도 지난 한 달간 점쟁이 노릇을 하며 사람을 관찰한 보람이 있었다. 두걸은 충격으로 눈이 휘둥그레진 기색이 아주 살짝 엿보였고, 확 드러났다가 재빨리 사라지긴 했지만 분명 공포심 때문에 입가가 굳어졌다.

정곡을 찔렀군. 위험천만한 상황이었지만 나는 잠시나마 대단히 기뻤다. 내가 옳았구나. 이 사실을 아는 게 어쩌면 내게 필요한 무기가 되어 줄지도 모른다.

"그렇소?"

두걸은 조용히 물었다.

"그래요. 그리고 콜럼도 알고 있겠죠."

그 순간 두걸은 잠시 멈칫했다. 헤이즐넛 빛깔 눈매가 가늘어지는 모습에 나는 잠시 그가 무기를 소지했는지 궁금해졌다. 나는 그의 눈을 똑바로 바라보며 말했다.

"한때는 콜럼이 제이미가 헤이미시의 친부였다고 생각했을 수도 있겠죠. 그런 소문이 있었으니까. 당신이 퍼뜨린 게 분명해요. 게일리스 덩컨을 부추겨서요. 왜 그랬을까요? 콜럼이 제이미를 의심하고 러티샤를 추궁하기 시작해서였나요? 러티샤는 콜럼을 상대로 오래 버틸 수 없었겠지요. 아니면 게일리스가 의심했나요? 당신이 러티샤의 연인이라고? 그래서 게일리스의 의심을 잠재우려고 제이미를 친부라고 말했나요? 게일리스는 질투심이 많은 여자지만, 지금은 당신을 보호해 줄 이유가 전혀 없어요."

그러자 두걸은 잔인하게 웃었다. 눈빛에는 냉기가 떠나지 않았다. 그는 고개를 끄덕이며 조용하게 말했다.

"아니. 보호할 이유가 없지. 그 마녀는 죽었으니까."

"죽었다고요?"

내 목소리만큼이나 얼굴에도 충격이 어렸나 보다. 두걸은 더욱 환하게 웃었다.

"아, 맞아. 불에 타 죽었소. 먼저 역청 통에 발을 담근 다음 마른 토탄을 쌓았어. 그리고 기둥에 묶여서 횃불처럼 불이 붙어 죽었소. 불기둥에 휩싸여 악마에게 보내졌지. 마가목 가지 아래서 말이야."

무자비하게 세세한 장면을 그려 낸 설명을 듣고서 처음에는 나를 놀라게 하려는 의도인가 싶었지만, 그게 아니었다. 내가 한쪽으로 몸을 틀자, 등불이 다른 각도로 두걸의 얼굴을 비추었다. 그러자 그의 눈가에 새겨진 슬픈 주름이 보였다. 두걸의 말은 무시무시한 장면을 그저 나열한 것이 아니라, 스스로에게 가하는 채찍질이었다. 하지만 이 상황에서는 그에게 아무런 동정심이 느껴지지 않았다. 나는 그저 냉랭하게 말했다.

"그렇다면 게일리스를 좋아했던 거군요. 그녀에겐 큰 도움이 되었겠네요. 아이에게도요. 아이는 어떻게 했죠?"

그는 어깨를 으쓱였다.

"좋은 집에 보내는 걸 봤소. 아들이었지. 그 애 어미가 마녀에 상간녀인 것치고는 건강한 아기였소."

"그 애 아버지는 상간남에 배신자고요. 아내도 배신하고, 정부도 배신하고, 조카도 배신하고, 형도 배신하고. 당신이 배신하고 속이지 않은 사람이 있기는 하나요? 당신은…… 정말이지……."

나는 이렇게 쏘아붙이다가 그만 목이 멨다. 혐오감에 구역질마저 났지만 애써 차분하게 말을 이었다.

"하긴, 생각해 보면 놀랄 일도 아니군요. 당신은 왕에 대한 충성심이 없는 인간이니, 조카나 형에게 의리를 지키고 싶은 마음 역시 있을 리 없으니까."

두걸은 고개를 홱 돌리고 나를 노려보았다. 치켜뜬 짙은 눈썹은 콜럼과 같은 모양이었다. 제이미와 헤이미시와도 역시 같았다. 깊게 팬 눈, 각진 얼굴선과 아름다운 두상까지, 선조인 제이컵 매켄지의 유전자는 참으로 강력했다.

커다란 손이 내 어깨를 꽉 쥐었다.

"형을 들먹였소? 내가 형을 배신할 것 같소?"

무슨 이유에서인지, 그 말에 두걸은 발끈했다. 얼굴은 분노로 어두워졌다.

"당신이 방금 인정했잖아요!"

순간, 나는 진실을 깨달았다. 그래서 천천히 입을 열었다.

"둘이 공모했군요. 당신과 콜럼이 같이 벌인 일이군요. 언제나 그랬듯, 함께 일을 처리했군요."

나는 그의 손을 어깨에서 떼어 내고 확 밀쳤다.

"콜럼은 전쟁을 이끌 수가 없죠. 그래서 당신이 대신 전쟁에 나가는 거죠. 당신이 대신 여행을 다니며 소작료를 걷고 민원을 처리하지 않는다면 콜럼은 씨족을 하나로 묶을 수가 없죠. 게다가 족장 자리를 물려줄 아들도 낳을 수가 없었고요. 그런데 당신은 모라와의 사이에서 아들이 없었죠. 당신은 콜럼의 수족이 되겠다고 맹세했으니……."

이제 나는 살짝 히스테리마저 느끼기 시작했다.

"손발이 될 수 있다면 성기라고 왜 못 되겠어요?"

두걸은 이제 화가 풀려 있었다. 그래서 잠시 골똘히 나를 바라보며 섰을 뿐이다. 그러다 내가 아무 데도 갈 것 같지 않다고 생각하고는 짐 더미 위에 앉아서 내 말이 끝나기를 기다렸다.

"콜럼이 아는 상태에서 당신이 한 거로군요. 러티샤도 원하던가요?"

그들이 얼마나 무자비한 자들인지 알기에, 매켄지 형제가 러티샤에게 능히 강요하고도 남았으리란 생각이 들었다.

두걸은 고개를 끄덕였다. 분노는 싹 사라진 채였다.

"아, 그랬소. 기꺼이 바랐지. 나를 특별히 마음에 들어 한 건 아니었지만, 아이를 갖고 싶어 했으니까. 그래서 헤이미시를 임신하기까지 석 달 동안 나를 침대로 맞이할 만큼 아이를 바랐소. 그건 정말 지겹기 짝이 없는 일이었고."

두걸은 당시를 회상하며 부츠 뒤꿈치에서 진흙을 긁어내며 덧붙였다.

"차라리 따뜻한 우유 푸딩 그릇과 교접하는 편이 낫겠다 싶었지."

"콜럼에게도 그렇게 말했나요?"

나의 날 선 목소리를 듣자 그는 고개를 들었다. 나를 잠시 냉정하게 바라보던 그는 이내 얼굴에 희미한 미소를 띠었다.

"아니. 그렇게 말하진 않았지."

두걸은 조용히 말하더니 두 손바닥을 펴고 가만히 내려다보았다. 마치 손금 안에 숨겨진 비밀을 찾고 있는 듯한 눈빛이었다. 그는 나를 바라보지 않고 조용히 말했다.

"난 이렇게 말했소. 러티샤는 잘 익은 복숭아처럼 부드럽고 달콤하다고. 남자가 여자에게서 바랄 만한 모든 걸 갖추었다고."

그는 갑자기 손을 쥐더니 나를 바라보았다. 그 순간, 이제껏 콜럼의 동생이었던 자아가 사라지며 다시금 두걸 매켄지만의 냉소적인 모습이 드러났다.

"당신을 보면 부드럽고 달콤한 면은 별로 없지. 하지만 남자가 여자에게서 바랄 만한 걸 갖추긴 했으니……."

그는 나를 관찰했다. 깊디깊은 헤이즐넛 빛깔 눈동자는 천천히 내 몸을 아래로 훑기 시작하더니, 망토 자락 안으로 보이는 둥근 가슴과 엉덩이에 가만히 눈길을 두었다. 나를 바라보는 동안 무심코 앞뒤로 움직이는 손은 그의 허벅지 근육을 가볍게 쓸었다. 그는 혼잣말을 던지듯 말했다.

"누가 알겠어? 또 아들이 생길지. 이번에는 적법한 아들이겠지. 진짜 내 아들."

그는 내 배를 바라보며 고개를 슬쩍 기울였다.

"아직 제이미의 아이는 생기지 않았군. 당신은 불임일지도 모르겠어. 하지만 나의 운을 시험해 볼까. 어쨌든 딸려 오는 영지는 그만한 가치가 있으니."

그는 갑자기 일어서서 내게 한 걸음 다가왔다. 다시금 아주 조용한 속삭임이 들려왔다.

"누가 알겠소? 이 예쁘장한 갈색 머리의 고랑을 갈고 매일 깊숙이 씨를 뿌린다면……."

두걸이 한 발짝 더 다가왔던 순간, 동굴 벽에 드리워진 그림자가 홱 움직였다.

"어휴, 정말 느긋하게 구시는군요."

나는 짜증을 냈다. 두걸은 얼굴 위로 믿을 수 없다는 충격적인 표정을 확 지었다. 곧이어 그는 지금 내가 그의 등 뒤, 동굴 입구를 바라보고 있음을 알아차렸다.

"여기서 방해하면 예의가 아닌 것 같았지."

머타는 동굴 안으로 들어오며 말했다. 그는 장전된 화승총 한 쌍을 들고 있었다. 하나는 두걸을 겨눴고, 다른 하나는 손짓을 하는 용도였다.

"여기서 마지막으로 들은 제안을 수락할 마음이 아니라면, 여기서 나가. 하지만 그 제안을 받아들일 작정이라면, 내가 나가지."

머타의 말에 나는 단칼에 대답했다.

"아무도 여기서 못 나가요."

그리고 두걸에게도 명령했다.

"앉아요."

두걸은 귀신이라도 본 것처럼 머타를 빤히 바라보며 서 있기만 하다가, 간신히 목소리를 내어 물었다.

"루퍼트는 어디 있지?"

머타는 사려 깊은 태도로 총구로 턱을 긁었다.

"아, 루퍼트 말인가. 루퍼트는 지금 벨라드럼에 있을걸. 날이 밝기 전에는 돌아올 거야."

그는 알아 두라는 듯 덧붙였다.

"당신이 럼주 통을 가져오라고 시킨 줄 알고 있으니, 술을 갖고 오겠지. 나머지 부하들은 퀸브로에서 아직 자고 있고."

두걸은 마지못한 기색이었어도 체면을 구기지 않고 간신히 웃었다. 그리고 다시 앉아 무릎 위에 두 손을 얹더니, 나와 머타를 번갈아 가며 바라보았다.

잠시 동굴 안에 침묵이 흐르다가, 두걸이 입을 열었다.

“그래서? 이제 어쩔 건가?”

듣고 보니 좋은 질문이었다. 제이미를 만날 줄 알았는데 놀랍게도 두걸이 나온 데다, 그가 폭로한 이야기에 충격을 받은 것도 모자라 이어지는 제안에 너무 화가 난 나머지 이제 어떡해야 할지 생각할 겨를이 없었다. 다행히 머타는 나보다 할 말을 미리 준비해 두었다. 뭐, 나처럼 다가오는 호색한과 맞서 싸우느라 정신이 없지는 않았을 테니. 그는 지체 없이 말했다.

“돈이 필요해. 사람도 필요하고.”

그러더니 벽에 쌓인 짐 더미가 얼마나 되는지 바라보았지만, 가만히 생각에 잠겨 말했다.

“아니, 저건 제임스왕께 바칠 물건이지. 그래서 자네가 개인적으로 가진 돈을 받아 가야겠어.”

머타는 작고 검은 눈을 두걸에게 돌리며 총구를 부드럽게 돌려 두걸의 스포란 근처를 가리켰다.

하일랜드에 살다 보면 생기는 특징 중 하나는 바로 일종의 숙명론적 태도를 가지게 된다는 점이다. 두걸은 한숨을 쉬면서 스포란에 손을 넣어 내 발치에 작은 지갑을 던졌다. 그리고 내 쪽으로 눈썹을 치켜뜨며 말했다.

“금화 스무 닢과 실링 서른 개쯤 들어 있소. 가져가서 마음대로 쓰시오.”

내가 미심쩍은 표정을 짓자, 두걸은 고개를 저었다.

“아니, 정말이오. 나를 뭐라고 생각해도 상관없지만, 제이미는 우리 누나의 아들이오. 그리고 당신들이 제이미를 구해 낼 수 있다면 참 좋겠소. 못 하겠지만.”

그의 어조는 모든 게 끝났다는 투였다.

두걸은 여전히 총을 겨누고 있는 머타를 바라보았다.

“부하들은 데려갈 수 없어. 자네가 이 여자랑 자살하려고 한다면 내가 어떻게 막겠나. 제이미의 무덤 양옆에 묻어 줄 마음도 있어. 하지만 절대로 나의 부하들은 데려갈 수 없어. 총을 쏜다 해도 그건 안 돼.”

그는 팔짱을 끼고서 동굴 벽에 등을 기댄 채로 우리를 차분하게 바라보았다.

총을 쥔 머타의 손은 흔들림이 없었다. 하지만 그는 나를 슬쩍 바라보았다. 나는 머타가 총을 쏘기를 바라는 걸까?

“제안을 하나 하죠.”

내 말에 두걸은 눈썹을 치켜떴다.

“당신은 지금 나보다 제안에 유리한 위치에 있긴 하지. 뭘 바라오?”

“당신 부하들과 이야기를 하게 해 주세요. 그래서 그분들이 자의로 나와 함께 가시겠다고 한다면, 허락해 주시죠. 하지만 거절한다면 우리는 왔던 길로 도로 가겠어요. 그리고 당신 돈도 돌려드릴게요.”

두걸은 한쪽 입가로 일그러진 미소를 지었다. 나를 주의 깊게 바라보는 눈빛은 마치 내가 얼마나 설득력이 있고 웅변가적 자질을 갖추었는지 파악하는 듯했다. 그는 이내 무릎에 손을 얹은 채 등을 기대앉았다. 그리고 한 번 고개를 끄덕였다.

“그러지.”

그리하여 우리는 두걸의 돈과 부하 다섯을 데리고 동굴이 있는 언덕을 떠났다. 나와 머타에 더해 이제 루퍼트와 존 휘틀로, 윌리 맥머트리, 쌍둥이 형제 루퍼스 콜터와 조디 콜터가 합류했다. 루퍼트가 먼저 결심을 하자 나머지 이들도 마음을 먹었다. 땅딸막한 체구 위로 검은 수염 가득한 루퍼트가 나를 빤히 쳐다보다가, 허리춤에 찬 대형 권총을 두드리며 "그래, 아가씨. 못 할 게 뭐겠나?"라고 말했을 때, 두걸은 어떤 표정을 지었던가. 지금도 그 얼굴을 떠올리면 너무나 고소했다.

웬트워스 교도소는 여기서 56킬로미터 떨어진 곳이었다. 포장도로를 따라 빠른 차로 달리면 30분 만에 갈 거리였다. 하지만 말 등에 올라 반쯤 얼어붙은 진흙 길을 고군분투하며 달리는 데는 이틀이 걸렸다. **머지않아 집행되겠지**. 두걸이 했던 말이 귓가에 울렸다. 피로에 나가떨어질 지경이 되고도 남은 상태였지만, 나는 계속 안장 위에 앉아 달렸다.

길고 피곤한 여행길을 내내 말을 타고 달리느라 체력이 극한까지 내몰렸지만, 마음만은 마음껏 걱정을 했다. 이동 내내 제이미의 생각을 애써 누르며, 나는 두걸과 동굴에서 했던 대화를 떠올렸다.

그가 내게 마지막으로 남긴 말이 있었다. 작은 동굴 바깥에 서서 루퍼트와 동료들이 언덕 위에 숨겨 둔 말을 끌고 내려오기를 기다릴 때, 문득 두걸이 내게 돌아서서 말했다.

"당신에게 전할 말이 있소. 마녀가 해 준 말이오."

"게일리스가요?"

그 말에 나는 보통 놀란 게 아니었다. 어둠 속에서 두걸의 표정을 알아볼 수는 없었지만, 맞다며 고개를 끄덕이는 움직임은 보였다.

"한 번 만난 적이 있었소. 아기를 데리러 갔을 때였지."

그는 작은 목소리로 말했다. 다른 때 같았다면 그에게 동정심을 느꼈으리라. 이제 마녀로 몰려 화형당할 운명인 내연녀와 영영 헤어지게 되어, 둘의 결실이지만 절대로 그가 인정할 수 없을 아기를 안고 있는 남자라니. 하지만 내 목소리는 그저 싸늘했다.

"무슨 말을 남겼나요?"

두걸은 대번에 말을 꺼내지 못했다. 정보를 드러내고 싶어 하지 않을 뿐인 건지, 아니면 자신의 말에 확신이 서지 않는 건지는 알 수 없었다. 하지만 조심스럽게 말하는 모습을 보니 확신이 없어서 그런 듯했다.

"내가 혹시라도 당신을 다시 만나게 되거든, 두 가지를 말해 달라더군. 첫 번째는 '가능하다고 생각해요. 확실히는 모르겠지만'이라는 말이었소. 그리고 두 번째는 그저 숫자였소. 내가 확실하게 기억하도록 여러 번 반복해서 말하게 하더군. 숫자를 꼭 이 순서대로 말해야 한다면서. 그 수는 일, 구, 육, 칠이었소."

커다란 남자는 어둠 속에서 나를 바라보며 물었다.

"그 숫자가 당신에게 무슨 의미라도 있소?"

"아뇨. 없어요."

난 이렇게 대답하고는 내가 탈 말로 돌아섰다. 하지만 물론, 그 숫자는 내게 의미가 있었다.

'가능하다고 생각해요.' 게일리스가 뜻한 건 단 하나였다. 확신할 수는 없긴 해도, 환상열석을 통해서 내가 원래 있던 곳으로 돌아갈 수 있을 거란 뜻이었다. 분명히 게일리스는 직접 시도해 본 적은 없었던 것이다. 희생을 치르더라도 여기에 있기로 결정해서였다. 나름의 이유가 있었겠지. 혹시 두걸 때문이었을까?

숫자 역시 무슨 뜻인지 알 것 같았다. 게일리스는 숫자를 하나씩 떼어서 두걸에게 말했다. 그때쯤에는 비밀을 지켜야 한다는 걸 뼛속까지 새기고 있었을 테니까. 하지만 그건 사실 연속되는 숫자였다. 일, 구, 육, 칠. 1967년. 그녀가 과거로 사라졌던 해.

궁금한 마음에 오소소 소름이 돋았다. 그리고 깊은 후회 역시 느꼈다. 너무 늦게서야 게일리스의 팔에 있는 백신 자국을 알아차리다니, 얼마나 안타까운지! 하지만 그걸 빨리 봤다 하더라도 과연 그녀의 도움을 받아 환상열석으로 돌아갔을까? 제이미를 놔두고?

제이미. 제이미를 생각하면 밧줄 끝에 달린 추가 느릿느릿 흔들리듯 마음속이 납처럼 무거워졌다. **머지않아 집행되겠지**.

길은 우리 앞으로 끝도 없이 황량하게 펼쳐졌다. 그 길은 때로 얼어붙은 습지나 한때 목초지나 황무지였던 빙판 위로 자취를 감추기도 했다. 곧 눈으로 바뀔 차가운 이슬비를 맞으며, 우리는 둘째 날 저녁 무렵에 목적지에 도착했다.

흐린 하늘 아래 솟은 교도소는 시커멓게 보였다. 건물은 한 변이 120미터에 이르는 거대한 정사각형 모양이었고, 모서리마다 우뚝 탑이 솟았다. 죄수 300명과 수비대 병사와 지휘관 40명, 민간인 교도소장과 직원, 요리사 48명, 하인과 청소부를 비롯하여 시설 운영에 필요한 인원을 모두 수용하는 곳이 바로 웬트워스 교도소였다.

나는 밑받침이 족히 60센티미터 두께는 되는 무시무시한 녹색 아가일산 화강암 벽을 올려다보았다. 벽 이곳저곳에는 작은 창문이 나 있었다. 창문 중 몇 군데는 불빛이 깜빡였다. 하지만 감방인 듯한 부분의 창문은 그저 어두웠다. 나는 마른침을 삼켰다. 거대한 건물과 뚫을 수 없는 벽에다 으리으리한 정문, 그곳을 지키고 선 빨간 코트 경비병들을 보자 마음에 점점 의심이 들기 시작했다.

"만약에요."

입이 바짝 말라 와서 말을 멈추고 입술을 적셔야 했다.

"만약에 우리가 실패하면 어쩌죠?"

머타의 표정은 언제나처럼 변함이 없었다. 험상궂은 입매에 침울하고 뾰족한 턱이 셔츠 위로 솟은 음울한 목덜미로 지그시 들어

갔다. 그 모습 그대로, 머타는 나를 바라보며 대답했다.

"그러면 두걸이 우리를 녀석과 같이 묻어 주겠지. 양옆에 하나씩. 가자고. 할 일이 있으니까."

제7부
안식처

35
웬트워스 교도소

플레처 고든 경은 작달막하고 뚱뚱한 남자였다. 줄무늬 실크 조끼가 피부처럼 몸에 착 달라붙어 있는 몸집에 둥근 어깨와 불룩 나온 배 덕분에 그는 교도소장의 바퀴 의자에 앉은 커다란 햄처럼 보였다.

대머리에다 진분홍색 얼굴 역시 햄 같아 보이는 인상에 한몫했지만, 그래도 새파란 눈동자만큼은 전혀 햄 같지 않았다. 그는 신중하게 검지를 들고 느릿느릿 책상 위 서류를 넘겼다.

"예, 여기 있군요."

그는 이렇게 말하고는 잠시 멈추어 서류를 읽었다.

"프레이저, 제임스. 살인죄로 판결됨. 교수형 선고. 자, 형 집행장은 어디 있더라?"

그는 다시 말을 멈추고는 서류를 뒤적였다. 나는 무표정한 얼굴을 애써 유지하며 손가락으로 새틴 손가방을 꽉 쥐었다.

"아, 여기 있군. 집행일은 12월 23일. 그래요, 아직 죄수가 여기 있습니다."

나는 마른침을 삼키며 새틴 손가방에서 손을 떼었다. 속으로는 기쁨과 공포가 뒤섞여 마음이 심하게 어지러웠다. 제이미는 아직 살아 있구나. 하지만 이틀밖에 남지 않았어. 게다가 내가 들어온 이 건물 어딘가에, 근처에 있다니. 그걸 알게 되자 혈관에 아드레날린이 확 분출해서 손이 덜덜 떨렸다.

나는 방문객 의자에서 몸을 앞으로 숙이고 애써 애교 있는 표정을 지어 보였다.

"제가 그 사람을 만나 볼 수 있을까요, 플레처 경? 아주 잠깐이면 된답니다. 혹시…… 제가 그 사람 가족에게 말을 전달할 수도 있잖아요?"

알고 보니 내가 프레이저 가문의 잉글랜드인 친구로 가장하면 웬트워스 교도소에 그럭저럭 쉽게 출입이 가능하며, 민간인 교도소장인 플레처 경의 사무실에도 들어갈 수 있다는 게 밝혀졌다. 하지만 제이미를 만나게 해 달라는 건 위험한 일이었다. 내가 정체를 숨기고 왔다는 걸 제이미는 모르기 때문에, 아무런 사전 경고 없는 상황에서 날 보자마자 내 정체를 드러내게 만들 수 있었으니까. 어쩌면 그를 보는 순간 내가 스스로 정체를 드러내 버릴지도 몰랐다. 제이미를 마주하면 그렇잖아도 불안한 마음을 제어할 수 있을지 전혀 확신이 서지 않았다. 하지만 다음 단계는 분명했다. 제이미가 어디 있는지 알아내야 했다. 이곳은 거대한 석조 토끼 굴 같았기에, 아무런 정보 없이 그를 찾을 가능성은 전혀 없었다.

플레처 경은 눈살을 찌푸리고 생각에 잠겼다. 보아하니 그저 가족의 지인에 불과한 이의 요청이 귀찮은 모양이었지만, 이 남자는 그리 인정머리 없는 사람도 아니었다. 하지만 마침내 그는 주저하며 고개를 저었다.

"아니, 그건 안 돼요, 아가씨. 미안하지만 허락해 줄 수가 없어요. 현재 이곳은 좀 붐비는 편이라서, 사적인 대화를 허락하기에는 시설이 부족하니까요. 게다가 이 자는 지금……."

그는 다시 서류를 살펴보았다.

"서쪽 구역에 있는 커다란 감방에 갇혀 있단 말입니다. 다른 사형수들과 같이 있다고요. 거길 방문하는 건 너무 위험하죠. 안 되고말고요. 이 남자는 위험한 죄수란 걸 알지 않습니까. 여기 온 후로 계속 쇠사슬에 매어 두었다고 하네요."

나는 다시금 손가방을 꽉 쥐었다. 이번에는 교도소장을 후려치지 않으려는 의도였다.

그는 다시금 고개를 젓더니, 퉁퉁한 가슴을 들썩이며 힘겹게 숨을 몰아쉬었다.

"안 됩니다. 부인께서 그자의 가족이라면 모를까……."

그는 눈을 깜빡이며 나를 바라보았다. 나는 물러서지 않을 기세로 이를 꽉 악물었다. 분명히 이런 상황에서는 약간만 동요를 보여도 들킬 만했으니까.

"어쩌면 말입니다, 부인……."

그는 갑자기 무슨 생각이 난 것 같았다. 이윽고 육중한 몸을 일으키더니 안쪽 문으로 다가가 군복 입은 경비병에게 무어라 중얼거렸다. 경비병은 고개를 끄덕이고는 사라졌다.

플레처 경은 다시 책상으로 돌아오다가 캐비닛 위에서 디켄터와 잔을 꺼냈다. 나는 그가 주는 클라레 와인을 받았다. 사실 지금은 술이 필요했다.

우리가 둘 다 두 번째 잔을 반쯤 마셨을 즈음, 경비병이 다시 돌아왔다. 그는 들어오라는 말도 듣지 않고 성큼성큼 다가와 플레처 경 앞 책상에 나무 상자를 놓고는 돌아서서 다시 성큼성큼 나갔다. 그러다 경비병의 시선이 나를 계속 바라보는 걸 알아채고는 조신하게 눈을 내리깔았다. 지금 나는 루퍼트의 지인인 여성의 드레스를 빌려 입고 있었다. 이 드레스와 손가방에 밴 향기로 보아, 이 여성분의 직업이 뭔지는 나름 정확하게 추측할 수 있었다. 제발 경비병이 이 드레스를 알아차리지 못하기를 바랄 뿐이다.

플레처 경은 잔을 비우고 상자를 끌어당겼다. 연마하지 않은 목재로 만든 평범하고 네모난 상자에는 미닫이 뚜껑이 달려 있었다. 뚜껑 위에는 분필로 글자를 써 놓았다. 내가 앉은 자리에선 거꾸로 보였지만 글자를 읽을 수 있었다. '프레이저'라고 쓰여 있었다.

플레처 경은 뚜껑을 젖히고 안에 든 것을 잠시 바라보다가, 상자를 닫은 후 내게 밀며 설명했다.

"죄수의 개인 소지품입니다. 보통 우리는 사형을 집행한 다음 죄수가 친지로 알려 준 사람에게 보내 주지요. 그런데 이 남자는 말이죠……."

그는 고개를 저었다.

"가족 이야기를 전혀 하려 들지 않더군요. 딱 봐도 가족과 소원한 게지요. 물론 이런 경우가 드물지는 않습니다만, 현 상황에서는 유감이라 할 수 있죠. 이런 부탁을 드리기가 미안하지만 말입니다, 비첨 부인. 내 보기엔 아마 부인께서 그의 가족과 아는 사이시니 적당한 사람에게 그의 소지품을 직접 전달해 주시면 어떻겠습니까?"

차마 목소리가 나올 것 같지 않아서, 나는 고개를 끄덕이며 클라레 잔으로 고개를 푹 숙였다.

플레처 경은 안심한 눈치였다. 상자를 처리하게 되어서였을까, 아니면 내가 곧 떠날 거라고 생각해서였을까. 그는 의자에 등을 대고 앉아 끙끙대더니 나를 보며 활짝 웃었다.

"참 마음씨가 고우시군요, 비첨 부인. 젊은 여성분에게는 이런 일이 참 고통스러우시리란 점, 잘 알고 있습니다. 그러니 이 일을 맡아 주시는 부인의 친절한 마음을 제가 누구보다 잘 안다 자부합니다."

"아, 아녜요."

나는 더듬대며 말하고는 간신히 일어서서 상자를 들었다. 가로

20센티미터, 세로 15센티미터쯤 되고 높이가 10에서 12센티미터 정도 되는 크기였다. 한 사람의 목숨을 담기에는 참 작고 가볍지 않은가.

그 안에 뭐가 들었을지는 안다. 잘 감은 낚싯줄 세 개, 낚싯바늘이 꽂힌 코르크 하나, 부싯돌과 철, 모서리가 닳은 깨진 유리 조각, 신기하게 생겼거나 만지면 촉감이 좋은 작은 돌멩이들, 몸에 지니면 류머티즘에 걸리지 않는다는 말린 두더지 발 부적. 그리고 성경책. 아니, 성경 책은 갖고 있을까? 그러기를 바라. 만약 도둑맞지 않았다면 루비 반지도 여기 있겠지. 그리고 벚나무를 조각한, 아래에 '소니'라고 이름을 새긴 작은 나무 뱀 조각도.

나는 문에서 잠시 멈춰 서서 손으로 문틀을 잡고 몸을 지탱했다.

나를 정중히 배웅하려고 따라오던 플레처 경은 내 옆에 멈춰 섰다.

"비첨 부인! 기절할 것 같으십니까? 경비병! 의자를 가져오게!"

얼굴 양옆으로 식은땀이 솟아오르는 느낌이 들었지만, 간신히 미소를 지으며 제공된 의자를 거절했다. 어서 이곳에서 나가고 싶을 뿐이었다. 신선한 공기를 잔뜩 마시고 싶었다. 그리고 혼자서 엉엉 울고 싶었다.

나는 애써 설득력 있는 목소리를 냈다.

"아뇨, 저는 정말 괜찮아요. 그냥 좀…… 여기 있으니 답답해서 그런가 봐요. 저는 정말 아무렇지도 않아요. 어쨌든 제 마부가 밖에서 기다리고 있으니 가 보겠습니다."

나는 억지로 몸을 일으켜 미소를 지었다가, 문득 좋은 생각이 났다. 도움이 될지는 모르겠지만, 밑져야 본전이었다.

"저기, 플레처 경……."

초췌해진 내 모습에 여전히 걱정하고 있던 플레처 경은 정중한 태도로 귀를 기울였다.

"예, 왜 그러십니까?"

"갑자기 든 생각인데요……. 가족과 소원해진 젊은이가 이런 상황에 놓이다니 너무나 슬프답니다. 그래서 말입니다만…… 그 젊은이가 편지를 쓰고 싶다고 할 수도 있지 않을까요. 그러니까 화해의 편지 같은 걸 쓰고 싶을 것 아니겠어요? 그렇다면 제가 기꺼이 그 편지를 전달하고 싶어요. 그의 어머니에게 말이죠."

"어쩜 이토록 사려 깊으실까."

플레처 경은 아주 기뻐했다. 이젠 내가 그의 사무실 카펫으로 쓰러지지는 않을 것 같아 보여서였다.

"물론이지요. 제가 문의해 보겠습니다. 지금 어디 머물고 계십니까? 편지를 받는 대로 부인에게 보내 드리지요."

"아, 그게요."

나는 방긋 미소를 지었다. 비록 얼굴에 억지로 붙인 느낌이었지만, 아까보다는 좀 더 잘 웃을 수 있었다.

"현재로서는 숙소가 확실히 정해지지 않았답니다. 이 도시에 친지와 가까운 지인이 여럿 계셔서, 돌아가며 그분들 댁에 묵어야 할 것 같아서요. 저는 아무에게도 민폐가 되고 싶지 않은 마음이랍니다."

나는 작게 웃어 보이며 말을 이었다.

"그러니 심하게 폐가 되지 않는다면, 제 마부를 보내어 편지를 받아도 될까요?"

"오, 물론 그렇게 하셔도 되지요. 그러는 게 제일 좋겠습니다, 부인. 아주 좋습니다!"

그는 디켄터를 슬쩍 돌아보더니, 내 팔을 잡고 정문까지 배웅해 주었다.

"좀 나아졌소?"

루퍼트는 앞을 가린 내 머리카락을 젖히고 얼굴을 빤히 바라보았다.

"상한 돼지고기를 먹고 배탈 난 얼굴이로군. 자, 마시면 좀 나을 거요."

나는 그가 건넨 위스키 병을 거절하고 일어나 앉았다. 그리고 내 얼굴에 댄 젖은 헝겊으로 눈물을 닦았다.

"아뇨, 전 이제 괜찮아요."

마부로 변장한 머타의 호위를 받으며 겨우 교도소 근방에서 벗어났다. 그리고 말에서 미끄러져 내려 눈에 대고 토했다. 가슴에 제이미가 남긴 상자를 꼭 끌어안은 채 엉엉 울던 나를 결국 머타가 들어 올려 억지로 말에 태우고, 루퍼트가 구한 웬트워스시의 작은 여관으로 데려왔다. 우리가 묵는 위층 방에서는 점점 저물어 가는 황혼 녘 사이로 교도소 건물이 어렴풋이 보였다.

"그럼 녀석이 죽었소?"

수염으로 반쯤 가려진 루퍼트의 넓적한 얼굴은 진지하고도 상냥했다. 평소에 보이던 익살은 전혀 보이지 않았다. 나는 고개를 저으며 심호흡을 했다.

"아직은 아니에요."

이제껏 있었던 일을 이야기하자, 루퍼트는 입술을 달싹이며 방을 천천히 거닐었다. 머타는 평상시처럼 이목구비에 전혀 움직임 없이 가만히 앉아 있었다. 그가 원한다면 대단한 포커 선수가 되었을 거란 생각마저 들었다.

이윽고 루퍼트는 걸음을 멈추고 내가 앉은 침대에 털썩 앉아 한숨을 쉬었다.

"음, 녀석은 아직 살아 있군. 그게 제일 중요하지. 근데 문제는 앞으로 어떻게 할지 보이지가 않는다는 거야. 그곳에 들어갈 방도는 전혀 없으니까."

순간 머타가 말했다.

"아니, 있어. 여기 이 아가씨가 편지를 생각해 냈잖아."

"으으음. 하지만 한 명밖에 못 가잖나. 게다가 교도소장의 사무실까지만 들어갈 수 있지. 뭐, 그래도 거기서 시작하면 되겠지."

루퍼트는 단검을 뽑아 들더니 느긋한 기색으로 칼끝을 들어 숱 많은 턱수염을 긁으며 덧붙였다.

"문제는 그곳이 지랄맞게 넓어서 찾기가 힘들다는 거야."

"제이미가 어디 있는지 알아요. 적어도 어느 구역에 있는지는요."

나는 계획을 떠올리자 기분이 나아졌다. 그리고 제아무리 우리 일이 가망 없어 보여도 동료들이 포기하지 않는다는 생각에 기운이 났다.

"그래? 흐음."

루퍼트는 단검을 집어넣고는 다시 방 안을 서성이다가 걸음을 우뚝 멈추더니 물었다.

"아가씨, 가진 돈이 얼마나 있소?"

나는 드레스 주머니를 더듬었다. 두걸이 준 돈주머니와 제니가 억지로 쥐여 준 돈도 있고, 내 진주 목걸이도 있었다. 루퍼트는 목걸이를 받지는 않았지만, 돈주머니를 받아 들어 넓적한 손바닥에 동전을 좌르르 쏟았다.

"이거면 되겠군."

그는 시험 삼아 동전을 짤랑거리며 말했다. 그러더니 쌍둥이 콜터 형제들에게 눈짓을 했다.

"너희 두 녀석이랑 윌리는 나를 따라와라. 존과 머타는 아가씨랑 여기 있어도 돼."

"어디 가세요?"

그는 동전을 스포란에 넣더니, 한 닢을 손에 쥐고 공중에 던지면서 생각에 잠겼다. 그러더니 뜻 모를 소리를 했다.

"아. 이 마을 반대편에 여관이 하나 더 있어. 간수들은 비번일 때 거기에 들리곤 하지. 교도소에서 가깝고 술도 한 푼 더 싸거든."

루퍼트는 엄지로 동전을 튕기더니 손을 돌려 손가락 사이로 동전을 잡았다.

나는 그 모습을 지켜보다가 그가 무슨 생각인지 서서히 알아차렸다.

"혹시 그거예요? 설마 거기서 도박을 하신다는 건 아니겠지요?"

"그야 모르지, 아가씨. 내가 어찌 알겠어."

루퍼트는 이렇게 대답하더니, 동전을 한 번 더 던지고는 손뼉을 친 다음 두 손으로 동전을 잡았다. 하지만 손을 다시 펼치자, 동전은 온데간데없었다. 검은 수염 사이로 미소가 떠오르며 새하얀 이가 드러났다.

"그래도 가서 보면 알겠지. 안 그래?"

그가 다시 손가락을 튕기자, 사이에서 동전이 나타났다.

다음 날 오후 1시가 조금 지난 시각, 나는 16세기 후반에 웬트워스 교도소가 지어졌을 때부터 정문을 지켜 온 뾰족한 쇠창살 문 아래로 다시 들어갔다. 만들어진 지 200년이나 되었는데도 창살문은 무시무시한 기세를 조금도 잃지 않았다. 나는 용기를 내기 위해 주머니 속의 단검을 가만히 만져 보았다.

전날 루퍼트 일당이 술집에 놀러 가 교도관들에게서 빼낸 정보에 따르면, 플레처 경은 지금쯤 한창 점심 식사에 빠져 있을 것이었다. 루퍼트와 부하들은 동트기 직전에 눈이 시뻘게진 채로 술 냄새를 잔뜩 풍기며 비틀비틀 숙소로 돌아왔다. 어찌 되었느냐고 묻는 나에게 루퍼트는 그저 "윽, 아가씨. 이기려면 운만 있으면 된다고. 하지만 지는 데는 기술이 필요한 법이야!"라고만 말하더니, 한쪽 구석에 몸을 말고서 곤히 잠들었다. 그래서 나는 밤새껏 그랬듯 좌절감에 휩싸인 채 하릴없이 바닥을 서성이기만 했다.

그래도 루퍼트는 한 시간 후에 깨어났다. 다시금 맑아진 눈을 하고 정신을 차린 그는 계획의 기초를 설명했다. 바로 지금 내가 시행하려는 계획이었다.

"플레처 경은 식사 시간에는 절대로 방해해서는 안 된다고 명령한다더군. 그래서 볼일이 있는 사람은 그가 다 먹고 마실 때까지 꼼짝없이 기다려야 한다는 거야. 게다가 점심을 먹은 후에는 사무실로 돌아가서 낮잠을 좀 자는 습관도 있대."

나의 마부로 변장한 머타는 이미 15분 전에 교도소 안에 도착해 있었다. 벌써 플레처 경의 사무실에 들렀을 테고, 분명히 기다리라는 요청을 받았겠지. 머타는 거기서 사무실을 뒤질 계획이었다. 먼저 서쪽 구역의 지도를 찾는 것이 목표였다. 혹시 운이 좋다면 감방 열쇠를 찾아낼 계획도 있었다.

나는 잠시 걸음을 멈추고 하늘을 슬쩍 보며 시간을 가늠했다. 만약 플레처 경이 식사를 시작하기 전에 들어가게 된다면, 그와 함께 점심을 들자는 권유를 받을 수도 있었다. 그렇다면 계획대로 하기가 심하게 어려워진다. 하지만 루퍼트와 카드놀이를 했던 교도관들은 교도소장의 습관이 절대로 바뀌지 않는다고 장담했다. 만찬의 종이 정확하게 1시에 울리면, 수프는 5분 뒤에 나온다고 했다.

입구를 지키는 경비병은 전날과 같은 사람이었다. 그는 좀 놀란 눈치였지만 그래도 나를 공손히 맞았다.

"정말 짜증 나는 일이 생겨서요. 제 마부에게 플레처 경에게 드릴 작은 선물을 가져가라고 일러두었거든요. 어제 제게 친절하게 대해 주신 보답으로 말이죠. 그런데 그 멍청이가 글쎄 선물을 안 가지고 갔지 뭐예요. 어쩔 수 없이 제가 직접 가져오게 됐답니다. 중간에 따라잡기를 바라면서요. 제 마부가 혹시 벌써 왔나요?”

나는 가져온 작은 꾸러미를 들어 보이며 미소를 지었다. 내 얼굴에 보조개가 있었다면 더 좋았을 텐데. 하지만 보조개가 없으니, 없는 대로 나는 화사하게 치아를 드러내며 웃어 보였다.

그 미소도 충분히 효과가 있던 듯했다. 나는 출입 허가를 얻어 교도소 복도를 따라 교도소장의 사무실로 안내를 받았다. 교도소의 이쪽 부분은 괜찮게 치장을 해 놓았지만, 그래도 교도소라는 본질을 감출 수는 없었다. 이곳에는 특유의 냄새가 있었기 때문이다. 처음에는 이게 비참함과 공포의 냄새란 생각이 들었지만, 가만히 따져 보면 결국 오래 지속된 불결함과 배수구 부족 때문에 생긴 냄새 같았다.

경비병은 내가 먼저 복도를 앞서갈 수 있도록 한 다음, 내 망토 자락을 밟지 않으려고 적당히 거리를 두고 따라왔다. 그건 정말 다행스러운 일이었다. 플레처 경의 사무실로 이어지는 모퉁이를 돌자마자, 마침 머타가 열린 문틈으로 인사불성이 된 사무실 경비병을 커다란 책상 뒤로 끌고 가는 모습이 보였기 때문이다.

나는 한 발 뒤로 물러서서 돌바닥에 꾸러미를 떨어뜨렸다. 유리가 쨍그랑 깨지는 소리가 나면서 복도에 복숭아 브랜디의 향이 진하게 퍼졌다.

“어머나, 어쩜 좋아. 나 무슨 짓을 한 거지?”

경비병이 깨진 술병을 치우기 위해 죄수 하나를 불러내는 동안 나는 눈치껏 플레처 경의 사무실에서 기다리고 있겠다는 말을 중얼거린 다음, 슬그머니 안으로 들어가 얼른 문을 닫았다.

“대체 무슨 짓을 한 거예요?”

나는 머타에게 쏘아붙였다. 그는 내 말투에도 아랑곳하지 않고 경비병의 몸에서 무언가를 뒤지다 고개를 들더니 낮은 목소리로 말했다.

"플레처 경의 사무실에는 열쇠가 없었어. 하지만 이 녀석은 열쇠를 다 갖고 있지."

그는 경비병의 코트에서 커다란 열쇠 꾸러미를 짤랑거리지 않도록 조심스레 꺼냈다. 나는 그의 뒤에 풀썩 무릎을 꿇으며 말했다.

"오, 잘하셨어요!"

그러고는 엎드린 경비병을 바라보았다. 아직 숨은 쉬고 있었다.

"교도소 지도는요?"

그는 고개를 저었다.

"그것도 없었어. 하지만 여기 있는 이 친구가 기다리는 동안 좀 이야기를 해 줬지. 사형수 감방은 여기와 같은 층에 있어. 서쪽 복도 한가운데지. 거기엔 감방이 세 개 있다고 했는데, 더는 물어볼 수가 없었어. 나를 슬슬 의심하기 시작했거든."

"그 정도면 충분해요. 그러기를 바라야죠. 좋아요. 그럼 열쇠를 주고 나가세요."

"나더러 나가라고? 이봐, 아가씨. 당신이 나가야지. 그것도 지금 당장."

그는 문을 슬쩍 바라보았지만, 바깥에서는 아무런 소리도 들리지 않았다. 나는 열쇠을 잡으려고 손을 뻗으며 다급하게 말했다.

"아뇨. 내가 해야 해요. 들어 보세요. 만약 사람들이 아저씨가 열쇠 뭉치를 들고 어슬렁거리는 걸 보면 어쩌려고요. 게다가 여기서 경비병이 고등어처럼 축 늘어져 있는 것까지 본다면, 우리는 모두 끝이에요. 내가 여기 들어왔는데도 도와달라고 소리치지 않았잖아요?"

나는 열쇠를 낚아채 힘들게 주머니에 쑤셔 넣었다.

머타는 여전히 회의적인 기색을 보이면서도 자리에서 일어섰다.

"그러다 당신이 잡히면?"

그가 묻자 나는 재빨리 대답했다.

"기절했다고 할게요. 그리고 깨어나 보니, 어쨌든 결국 깨어날 테니까, 아저씨가 경비병을 죽이고 있는 것 같아서 겁을 먹고 도망쳤다고 할게요. 그런데 어디로 갈지 몰라 헤맸다고 하죠. 도움을 청하려다가 길을 잃었다고요."

머타는 천천히 고개를 끄덕였다.

"아, 알았어."

그는 문쪽으로 가다가 이내 멈추었다.

"그렇다면 나는 뭐 하러 여기에…… 아, 그렇지."

그는 재빨리 책상으로 가서 서랍을 하나씩 열고 한 손으로 안에 든 것을 잡아다가 바닥에 쏟았다.

"도둑질하러 온 걸로 꾸미면 돼."

머타는 이렇게 설명하며 문으로 다시 향했다. 그리고 문을 빼꼼 열고 바깥을 내다보았다.

"도둑질하러 왔다면서 왜 아무것도 안 가져가세요?"

나는 이렇게 물으며 간편히 가져갈 만한 작은 물건을 찾았다. 그러다 에나멜 코담뱃갑을 집어 들고 물었다.

"이건 어때요?"

머타는 여전히 문틈을 바라보며 성급한 손짓으로 어서 물건을 내려놓으라고 했다.

"안 돼, 이 아가씨야! 플레처 경의 물건을 훔쳤다가 발각되면 교수형이야. 하지만 절도 미수는 채찍질을 당하거나 손을 잘리는 정도에서 그친다고."

"아. 그렇군요."

나는 얼른 코담뱃갑을 내려놓고 머타의 뒤에 서서 바깥을 바라보았다. 복도에는 아무도 없는 것 같았다.

"내가 먼저 가지. 누군가를 만나면 적당히 끌어낼 테니, 서른까지

센 다음 따라와. 북쪽에 있는 작은 숲에서 만나자고."

그는 문을 연 다음 잠시 멈췄다가 뒤를 돌아보았다.

"혹시 잡히면, 반드시 열쇠를 던져 버려."

내가 무어라 대답하기도 전에, 머타는 뱀장어처럼 문틈으로 빠져나가 복도를 따라 그림자처럼 움직였다.

오래된 성의 복도를 이리저리 살피고, 모퉁이를 엿보고 기둥 뒤에 숨으며 서쪽 구역을 찾기까지는 정말이지 오랜 시간이 걸리는 것만 같았다. 하지만 여기까지 지나오면서 간수는 단 한 사람만 보았을 뿐이다. 그가 지나갈 때 나는 잽싸게 모퉁이 뒤로 몸을 돌려 벽에 몸을 딱 붙이고 두근대는 가슴을 진정시키면서 간신히 들키지 않았다.

하지만 일단 서쪽 구역을 찾자, 찾던 곳이 나왔다는 건 의심의 여지가 없었다. 복도에는 커다란 문이 세 개 있었고, 각 문마다 자그마한 쇠창살 창문이 달려 있었다. 창이 어찌나 작은지 안쪽을 속 시원히 들여다보는 건 불가능했다.

"어느 것을 고를까요, 알아맞혀 보세요."

나는 조용히 중얼대며 가운데 감방으로 향했다. 둥근 고리에 달린 열쇠들은 어느 것인지 표식이 달려 있지 않았지만, 다들 크기가 달랐다. 내 앞에 보이는 자물통에는 커다란 열쇠 중 하나가 맞을 것이다. 그렇다면 당연히 세 번째 열쇠겠지. 자물통이 찰칵 소리를 내며 열리자 나는 심호흡을 한 다음 손에 밴 땀을 치맛자락에 닦고 문을 열었다.

그런 다음 감방 안에서 악취를 내뿜는 남자들을 정신없이 뒤졌다. 나는 그들의 팔다리를 마구 밟으며 자꾸만 답답하게 앞을 가로

막는 육중한 몸을 밀쳤다. 내가 불쑥 들어오자 소란이 일기 시작하더니, 점점 커졌다. 더러운 바닥에서 자고 있던 남자들은 놀라서 수군대는 소리에 일어나 앉기 시작했다. 죄수 중에는 벽에 붙은 사슬에 매달린 이들도 있었다. 어슴푸레한 빛을 받으며 그들이 움직이자 사슬이 벽을 긁으며 철커덕거렸다. 나는 서 있던 남자 중 하나를 잡았다. 그는 다 떨어진 황록색 타탄을 걸치고 갈색 수염을 기른 씨족 남자였다. 손에 잡힌 팔은 깜짝 놀랄 정도로 피골이 상접했다. 잉글랜드인들은 죄수에게 여분의 음식을 조금도 허비하지 않는구나.

"제임스 프레이저는 어디 있나요! 커다란 빨간 머리 남자예요! 이 감방에 있나요? 어디 있죠?"

그는 쇠사슬에 묶이지 않은 다른 이들과 함께 벌써 문으로 다가가고 있다가, 잠시 멈추고 나를 슬쩍 보았다. 죄수들은 이제 상황을 알아차리고는, 서로를 바라보고 중얼대며 열린 문으로 물이 빠지듯 빠져나가는 중이었다.

"누구? 프레이저? 오, 놈들이 그자를 오늘 아침에 데려갔소."

남자는 어깨를 으쓱이더니 내 손을 밀쳐 뿌리치려고 했다.

하지만 나는 그의 허리띠를 단단히 잡아 가지 못하게 막았다.

"어디로 데려갔죠? 누가요?"

"어딘지는 몰라. 랜들 대위가 데려갔다는 것만 알지. 볼이 홀쭉하니 속내 모를 괴물처럼 생긴 놈 말이오."

그는 몸을 확 비틀어 내 손을 떼고는 오랫동안 이 날만을 기다려 왔다는 듯한 발걸음으로 문을 향해 나아갔다.

랜들이라니.

쇠사슬에 묶인 이들의 고함이 시끄럽게 울려대고 탈출하는 사람들에게 이리저리 떠밀리는 와중에도 난 너무 놀라 멍하니 서 있었다. 그러다 마침내 정신을 차리고 생각을 해 보았다. 조디는 새벽부터 이 교도소를 지켜보고 있었다. 오늘 아침에는 식량을 가지러 나온 주방 인부들 외에는 아무도 이곳에서 나오지 않았다고 했다. 그렇다면 지금도 여기 어딘가에 있다는 뜻이다.

랜들은 대위였다. 플레처 경을 제외하면 교도소 수비대에서 그보다 더 높은 지위인 자는 없을 것이다. 그러니 랜들은 이 교도소에서 재량권을 발휘하여 죄수를 마음대로 고문할 만한 적당한 곳을 제공받았을 것이다.

그래. 분명히 고문을 하겠지. 결국 마지막은 교수형을 시켜 죽인다 해도, 내가 포트윌리엄에서 봤던 그는 천성적으로 쥐를 갖고 노는 걸 좋아하는 고양이였다. 그놈은 자기 키나 눈동자 색을 바꿀 수 없는 것과 마찬가지로, 아니 그보다 더한 불가항력으로 사람을 갖고 놀 기회를 마다할 리가 없었다.

나는 심호흡을 하면서 오늘 아침 이후로 일어났을지도 모르는 끔찍한 일을 애써 생각하지 않기로 단단히 마음먹었다. 그리고 문을 향해 돌진하다가 안으로 급히 들어오는 잉글랜드 빨간 코트 병사와 전속력으로 부딪쳤다. 병사는 뒤로 휘청이면서 몸을 가누려고 잰걸음으로 비틀거렸다. 나 역시 균형을 잃고 문틀에 심하게 부딪쳐서 왼쪽 옆구리가 얼얼해지고 머리가 띵해졌다. 쓰러지지 않으려고 문설주를 움켜잡았던 순간, 귓가에 루퍼트의 목소리가 울려 퍼졌다. **상대가 놀랐을 때가 기회야. 놓치지 마!**

하지만 놀란 건 나도 마찬가지였다. 누가 더 놀랐을까. 나는 멍하니 생각하다가, 단검을 넣어 둔 주머니를 미친 듯이 더듬으며 감방에 들어왔을 때 미리 검을 뽑고 들어오지 않은 나의 멍청함을 마구 탓했다.

이제 잉글랜드 병사는 다시 몸을 가누고 있었으면서도 여전히 입을 떡 벌린 채 나를 노려보았다. 하지만 소중한 기회가 벌써 사라지고 있음을 난 직감했다. 그래서 좀처럼 손에 안 잡히는 단검은 포기하고, 대신 허리를 굽혀 스타킹에 꽂아 둔 스키언 두를 꺼내어 있는 힘껏 위를 향해 찔렀다. 허리띠에 손을 대려던 병사의 턱 아래로 나의 칼끝이 먼저 꽂혔다. 그는 두 손을 목으로 올리려다가 놀란 눈빛을 지은 채 벽으로 비틀거리며 물러서더니, 생명을 잃으며 느린 동작으로 서서히 주저앉았다. 그 역시 나처럼 무기를 먼저 꺼내 들지 않고서 감방을 조사하러 들어왔고, 그 작은 실수 때문에 목숨을 잃었다. 다만 나는 하느님의 보우하심으로 실수를 저질렀어도 살아난 것이다. 나는 심한 오한을 느끼며, 경련하는 병사의 몸뚱이를 조심스레 외면하며 그 위를 넘어갔다.

그리고 왔던 길을 되돌아 계단 옆 모퉁이까지 달려갔다. 벽 옆에는 내가 양편에서 들키지 않고 몸을 숨길 만한 공간이 있었다. 벽에 기대자 잠시간 온몸에 메스꺼움이 한껏 느껴졌다.

이윽고 나는 손에 찬 땀을 치맛자락에 닦고서 숨겨 둔 주머니에서 단검을 꺼냈다. 이제 내게 있는 유일한 무기였다. 아까는 스타킹에 지니고 다녔던 스키언 두를 되찾을 시간도 배짱도 없었다. 어쩌면 그냥 놔둔 게 나았을 거야. 나는 보디스에 손가락을 문지르며 생각했다. 칼을 꽂았을 때 참 놀랍게도 피가 거의 흐르지 않았으니까. 만약 그걸 뽑았다면 피가 확 솟구쳤을 거란 생각에 몸이 절로 움츠러들었다.

이제 손에 안전하게 단검을 든 채로, 나는 조심스레 복도를 내다보았다. 내가 무심코 풀어 준 죄수들은 왼쪽으로 사라졌다. 그들이 이제 뭘 할지는 모르겠지만, 어쨌든 소동을 벌이는 동안 잉글랜드 병사들은 그들에게 정신이 팔려 있겠지. 어디를 찾아봐야 할지 알 수도 없는 상황에서는 죄수들이 소동을 벌일 지점에서 최대한 멀리 떨어지는 게 상책이었다.

높은 틈새 창문으로 빛이 들어와 내 뒤로 비스듬히 떨어졌다. 그렇다면 이곳은 성의 서쪽이구나. 루퍼트가 남쪽 문 근처에서 날 기다리고 있을 테니, 나는 이 방향으로 계속 가야 했다.

계단이야. 나는 멍한 머리를 쥐어짜 생각하며 어디를 찾아야 할지 추론했다. 사람을 고문할 마음이라면 분명히 방음이 잘 되고 은밀한 곳이 필요하겠지. 두 가지 조건을 모두 충족하는 곳은 바로 고립된 지하 감옥일 확률이 컸다. 그리고 이런 종류의 성에는 보통 지하 감옥이 있었다. 엄청난 소리로 울부짖어도 바깥까지 잘 들리지 않고, 어두운 곳이라 아무리 잔인한 짓을 해도 관계자의 눈에 띄지 않기 때문이다.

복도 끝의 벽이 둥글게 휘어졌다. 네 군데 솟은 탑 중 하나에 도착했구나. 그리고 탑에는 응당 계단이 있는 법이다.

나선형 계단 길은 다시금 휘어졌다. 쐐기 모양의 계단을 걷자니 시야가 어지럽고 발목이 꼬였다. 게다가 엄청나게 높은 계단에 몸이 푹푹 빠지는 기분이었다. 그래도 복도에는 불빛이 어느 정도 있었는데, 갑자기 어두운 계단으로 빠지니 층계를 걸을 때마다 거리를 가늠하기가 훨씬 어려워서 나는 몇 번이고 미끄러지고 말았다. 그럴 때마다 몸을 가누느라 돌벽에 손바닥이 쓸리고 손마디가 벗겨졌다.

그래도 계단에는 하나 좋은 점이 있었다. 계단을 아예 어둡게 둘 수는 없기에 만들어 둔 좁은 창문으로 중앙 뜰이 보였다. 그래서 지금 어디로 가는지 방향을 가늠할 수 있었다. 병사 몇몇이 검문을 위해 반듯하게 줄 선 모습이 빨간 줄처럼 보였다. 하지만 스코틀랜드 반란자를 즉결 처벌하려고 모인 것은 아닌 듯했다. 뜰에는 검게 칠한 무시무시한 교수대가 보였지만, 아무도 달려 있지 않았다. 그걸 보자 배를 얻어맞은 듯 충격이 왔다. 내일 아침이야. 팔꿈치가 까지고 발끝이 부딪쳐 아파도 나는 아랑곳하지 않고 계단을 쿵쿵대며 내려갔다.

치맛자락이 바닥에 닿았을 때, 나는 멈춰 서서 귀를 기울였다. 사방에는 적막한 침묵이 흘렀지만, 그래도 이곳은 여전히 교도소에서 사용되는 곳이었다. 벽 돌출부마다 달린 횃불은 화강암 벽 위를 붉은 빛으로 둥글게 물들였고, 불꽃이 비추는 둥근 반경이 사라지며 가장자리가 암흑으로 변하다가 다시금 다음번 불꽃의 동그라미가 시작되곤 했다. 횃불이 타며 나는 회색 연기가 복도의 둥근 천장을 향해 소용돌이를 그리며 피어올랐다.

여기에서 보이는 길은 한 방향뿐이었다. 나는 단검을 단단히 잡고 앞으로 나아갔다. 이 복도를 가만히 걷자니 섬뜩한 기분이었다.

예전에 프랭크와 함께 고성을 방문하는 당일치기 여행을 했을 때, 이와 비슷한 지하 감옥을 방문한 적이 있었다. 그때는 거대한 아치형 천장 곳곳에 형광등이 밝게 빛나서 거대한 화강암 벽이 그다지 위협적으로 보이지 않았다. 하지만 한 세기 넘도록 사용되지 않은 작고 습한 방들을 보자 몸을 움츠렸던 기억이 떠올랐다. 예전에 쓰이던 끔찍한 고문의 잔재와 두꺼운 문, 벽에 걸린 녹슨 쇠고랑 등을 봤던 당시에는 이 감방에 갇혔던 자들의 고통을 어느 정도 상상할 수 있다고 생각했었다.

지금 생각해 보면 그때의 나는 어찌나 순진했던가. 두걸이 언젠가 했던 말대로, 상상할 수 있다는 건 틀린 생각이었다. 세상에는 상상할 수 없는 일도 있다.

나는 8센티미터 정도 두께의 빗장 달린 문 옆을 살금살금 지나갔다. 이 문은 안쪽에서 나는 소리를 전부 막아 낼 만큼 두꺼웠다. 나는 바닥에 허리를 굽히고 각 문의 아랫부분에서 한 줄기 빛이 새어 나오는지 확인했다. 죄수들은 어둠 속에서 썩어 가도록 방치될지 몰라도, 랜들은 자기가 고문하는 상대를 지켜보길 바랄 테니까. 이곳 바닥에는 오래된 얼룩이 찐득하게 붙었고, 성긴 먼지가 두껍게 쌓여 있었다. 언뜻 보면 이 구역은 교도소에서도 현재 사용하고 있지 않아 보였다. 하지만 횃불이 있는 걸 보면 누군가는 여기에 내려왔다는 뜻이나.

복도의 네 번째 문에서 내가 찾던 빛이 보였다. 나는 바닥에 무릎을 꿇고 문틈에 귀를 댄 채 귀를 기울였다. 하지만 불이 작게 타는 소리 외에는 아무 소리도 들리지 않았다.

문은 잠겨 있지 않았다. 그래서 살짝 열고 조심스레 안을 엿보았다. 안에는 제이미가 있었다. 한쪽 벽 바닥에 기대앉아, 끌어 모은 무릎 위로 고개를 대고서. 그는 혼자였다.

방은 작았지만 불을 환하게 밝혀 두었고, 정겨워 보이는 화로 안에서는 명랑하게 불꽃이 타올랐다. 지하 감옥치고는 놀라울 정도로 아늑한 분위기였다. 돌바닥은 그럭저럭 깨끗했고, 작은 야영용 침대도 한쪽 벽에 세워져 있었다. 방에는 의자 두 개와 탁자 하나가 더 보였고, 탁자 위로 커다란 백랍 병과 뿔잔을 비롯한 많은 물건이 놓여 있었다. 피가 뚝뚝 흐르는 벽과 쪼르르 기어가는 쥐들을 상상했다가 이런 광경을 보자 정말 놀라웠다. 수비대 장교들은 이런 안락한 방을 만들어 두고 감옥 안으로 꾀어 들일 수 있는 여자들과 함께 즐길 은신처로 삼은 것 같았다. 딱 봐도 막사에서 하는 것보다는 사생활이 보장된다는 이점은 있겠지.

"제이미!"

나는 조용히 그를 불렀다. 하지만 제이미가 고개를 들지도 않고 대답도 하지 않자, 와락 겁이 났다. 나는 문을 재빨리 닫고서 급히 그에게로 다가가 어깨를 건드렸다.

"제이미!"

이제야 그는 고개를 들었다. 핏기 없는 하얀 얼굴은 수염이 덥수룩하고 식은땀이 묻어 번들거렸다. 땀은 머리카락과 셔츠도 흠뻑 적셨다. 방 안은 공포와 토사물의 악취가 났다.

"클레어!"

그는 말라붙어 갈라진 입술 사이로 쉰 목소리를 냈다.

"어떻게 여길……. 당장 나가야 해요. 그놈이 곧 올 거라고요."

"말도 안 되는 소리 말아요."

나는 가능한 빠르게 상황을 파악하면서 마음속으로 간절히 바랐다. 당면한 작업에 집중하자. 그러면 숨 막힐 것 같은 느낌도 가라앉고, 차갑고 커다랗게 뭉친 배 속의 꼬임도 사라질 거야.

제이미는 벽에 달린 사슬 끝에 발목이 묶여 있었지만, 다른 곳은 묶여 있지 않았다. 탁자 위에 놓인 잡동사니 가운데는 밧줄이 보였다. 딱 봐도 사용된 것이었다. 그의 손목과 팔꿈치에는 쓸린 흔적이 있었으니까.

하지만 제이미의 상태를 보자 난 어리둥절해졌다. 분명히 멍한 상태에다가 온몸 마디마디가 고통을 역력히 드러냈지만, 눈에 보이는 부상은 없었다. 핏자국도, 상처도 보이지 않았다. 나는 무릎을 꿇고 앉아 내가 지닌 열쇠 꾸러미로 그의 발목에 채워진 쇠고랑을 하나씩 맞춰 보기 시작했다.

"그자가 무슨 짓을 했어요?"

나는 랜들이 돌아올까 봐 두려운 마음으로 목소리를 낮춰 물었다.

제이미는 눈을 감은 채 앉은 자리에서 몸을 뒤척였다. 온몸에 자그마한 진주처럼 땀방울이 맺혀 있었다. 곧 기절할 것 같아 보였지만, 내 목소리를 듣고 잠시 눈을 뜬 모양이었다. 그는 더없이 조심스럽게 움직이며 왼손으로 무릎에 안고 있던 것을 들었다. 그건 오른손이었다.

그의 오른손은 인간의 것이라고는 알아볼 수 없으리만큼 망가져 있었다. 기괴하게 부풀어 오른 손은 불룩한 주머니처럼 보였고, 여기저기 검붉게 얼룩이 졌으며, 손가락은 말도 안 되는 각도로 비틀린 채 매달려 있었다. 가운뎃손가락 피부를 찢고 하얀 뼛조각이 튀어나왔고, 손가락 관절에 얼룩진 핏방울이 터진 자리가 보조개처럼 움푹 패어 있었다.

인간의 손은 경이로우리만큼 정교한 공학 기관이다. 연결 기관과 도르래 구조가 복잡하게 얽힌 구조는 수백만 개의 자그마한 신경망을 통해 작동하고 제어되며, 아주 예민한 촉각을 지니고 있다. 손가락이 부러진다면 제아무리 힘센 남자라도 속이 뒤집힐 듯한 통증을 느끼며 주저앉고 만다.

"보복을 했어요. 내가 그의 코를 부러뜨렸으니까. 아주 재미있어 하면서 내 손을 망가뜨렸죠."

제이미의 대답에 나는 잠시 손을 바라보았다. 그리고 내 목소리 같지 않은 소리로 말했다.

"이런 짓을 하다니, 죽여 버리겠어."

제이미의 입가가 살짝 실룩였다. 아프고 어지러운 와중에도 장난기가 슬쩍 발동한 모양이었다.

"그땐 내가 옆에서 피가 묻지 않게 옷자락을 들어 줄게요, 새서나흐."

그는 이렇게 속삭이고는 다시 눈을 감고 벽에 기대어 축 늘어졌다. 나더러 여기서 나가라고 항의하기엔 너무 힘겨운 기색이었다.

이젠 손이 떨리지 않아 다행스러운 마음으로 나는 다시 쇠고랑을 여는 작업에 착수했다. 공포가 사라진 자리에 이젠 더없이 찬란한 증오가 자리잡았다.

쇠고랑의 잠금 부분에 열쇠들을 두 번씩 맞춰 보았지만 여전히 맞는 열쇠는 없었다. 가장 맞을 만한 열쇠를 다시 끼워 보면서 손에 땀이 차기 시작했고, 열쇠들은 피라미처럼 자꾸만 손가락 사이에서 미끄러졌다. 내가 욕설을 중얼대자 제이미는 혼미했던 정신을 조금 차리고 천천히 몸을 숙여 내가 뭘 하는지 지켜보았다. 그리고 어깨를 벽에 단단히 붙이고 쓰러지지 않게 몸을 세우며 말했다.

"그건 열쇠가 아니어도 열 수 있어요. 길이가 맞는 꼬챙이를 넣고 머리를 제대로 치기만 하면 열려요."

"이런 장치를 본 적 있어요?"

나는 제이미가 정신을 잃지 않고 계속 말하도록 두고 싶었다. 여기서 나갈 때는 걸어가야 할 테니 말이다.

"한 번요. 놈들이 나를 여기로 끌고 왔을 때, 다른 죄수들도 많이 수감된 커다란 감방에 넣고 사슬을 채웠거든요. 내 옆자리 사슬에 묶인 녀석은 레일리라는 애였는데, 렌스터 출신이었죠. 아일랜드에 있는 감옥엔 다 가 봐서 이젠 배경을 바꾸어 스코틀랜드 감옥도 가 보자고 마음먹었다더군요."

제이미는 계속 말을 하려고 안간힘을 썼다. 그 역시 나와 같은 생각으로, 정신을 차려야 한다는 걸 깨달아서였다. 그는 간신히 희미한 미소를 지었다.

"레일리는 자물쇠에 대해 잘 안다고 했어요. 그래서 우리가 찬 쇠고랑을 어떻게 풀 수 있는지 알려 주기도 했죠. 우리한테 적당한 금속 막대기만 있으면 된댔거든요. 근데 없어서 못 풀었죠."

"그럼 방법을 말해 봐요."

힘들여 말을 하며 제이미는 마구 땀을 흘렸지만, 그래도 더욱 정신을 차린 듯했다. 잠금장치를 푸는 일에 집중하니 정신 차리는 데 도움이 되나 보네.

제이미의 지시를 받으면서 나는 적당한 열쇠를 찾아 최대한 깊숙이 밀어 넣었다. 레일리의 말에 따르면, 열쇠 머리를 세차게 내리치면 끝부분이 회전판에 강하게 부딪치면서 쇠고랑이 풀린다고 했다. 나는 근처에 내리칠 만한 적당한 도구가 없나 살펴보았다.

"탁자에 둔 망치를 써요, 새서나흐."

제이미가 말했다. 그의 목소리에 밴 음울한 어조가 마음에 걸려서 나는 그의 얼굴을 슬쩍 보다가 탁자로 눈길을 돌렸다. 그곳에는 손잡이 부분에 타르를 칠한 노끈을 감은 중간 크기의 나무 망치가 있었다.

"이걸로 그럼……."

나는 깜짝 놀라 입을 열었다.

"맞아요. 벽에 쇠고랑을 단단히 고정시킨 다음에 쳐요."

나는 조심스럽게 망치 손잡이를 잡고 들어 올렸다. 이어서 한쪽이 벽에 붙도록 쇠고랑 위치를 잡아야 하는데, 잘 되지 않았다. 그러려면 제이미가 묶이지 않은 다리 아래로 쇠고랑 찬 발을 교차시킨 다음 벽에 무릎을 대고 있어야 했기 때문이었다.

처음 두 번은 너무 겁먹어서 세게 칠 수가 없었다. 하지만 망토를 여미듯 결심을 그러모은 다음, 나는 열쇠의 둥근 끝부분을 있는 힘껏 내리쳤다. 망치는 열쇠에서 미끄러져서 제이미의 발목을 세게 스치고 말았다. 그는 움찔 몸을 빼다가 균형을 잃고 쓰러졌고, 본능적으로 몸을 가누려고 오른손을 뻗고 말았다. 하지만 끔찍한 신음을 흘리며 오른팔을 몸 아래로 힘없이 구겼고, 바닥에 어깨를 부딪쳤다.

"아, 제길."

나는 지친 채 중얼거렸다. 제이미는 기절해 버렸고, 그건 어쩔 수 없었다. 현재 그가 움직일 수 없다는 걸 이용하여 나는 그의 발목을 돌려 쇠고랑을 단단히 잡은 후, 끈질기게 꽂힌 열쇠를 내리쳤지만 별 효과가 없었다. 아일랜드 열쇠공들이 과연 제대로 된 인간들인지 의심이 들기 시작하던 순간, 옆에 있던 문이 갑자기 훽 열렸다.

랜들의 얼굴은 프랭크처럼 속내를 드러내는 법이 없었다. 언제나 무미건조하고 파악할 수 없는 외양을 보일 뿐이었다. 그러나 지금 이 순간, 랜들 대위의 얼굴은 평소의 태연함을 잃었다. 문가에 서서 입을 떡 벌린 모습은 옆에 같이 데리고 온 자와 별다를 게 없었다. 랜들의 옆에는 아주 덩치 큰 남자가 더럽고 남루한 제복을 입은 채 서 있었다. 비스듬한 이마와 납작한 코, 커다랗고 힘없이 돌출된 입술은 지적 장애인에게서 특징적으로 나타나는 외양이었다. 그는 랜들의 어깨 너머로 방안을 들여다보면서도 표정에 변화가 없었고, 나나 바닥에 정신을 잃고 쓰러진 제이미에게 별다른 관심을 보이지 않았다.

이윽고 정신을 차린 랜들은 방으로 걸어와 손을 뻗더니, 제이미의 발목을 감싼 쇠고랑을 툭툭 쳤다.

"정부의 기물을 파손하셨군요, 아가씨. 이건 법적으로 처벌받는 범죄입니다. 위험한 죄수의 탈옥을 돕는 행위 역시 물론이죠."

그의 옅은 회색빛 눈동자에는 즐거운 기색이 감돌았다.

"당신에게 채울 만한 것도 마련해야겠군요. 그동안……."

랜들은 나를 벌떡 일으켜 세우더니 팔을 뒤로 꺾은 다음 스톡 타이로 손목을 묶었다.

저항해 봤자 소용없었지만, 나는 그의 발가락을 있는 힘껏 밟았다. 그저 내 좌절감을 표출하고 싶어서였다.

"윽!"

그는 돌아서서 나를 확 밀쳤고, 나는 침대에 다리를 부딪쳐 거친 담요 위로 반쯤 눕고 말았다. 랜들은 음산한 만족감으로 나를 바라보며, 흠집이 난 부츠 앞코를 리넨 손수건으로 문질렀다. 그를 노려보자 그는 짧게 웃었다.

"당신은 겁쟁이가 아니군요. 그건 인정합니다. 사실, 이자와 아주 잘 맞는 상대라고 할 수 있죠."

그는 고갯짓으로 꿈틀거리며 움직이기 시작한 제이미를 가리켰다.

"당신에게 그보다 더 좋은 칭찬이 어디 있겠습니까?"

랜들은 자신의 목덜미를 손끝으로 부드럽게 쓸었다. 셔츠 사이로 드러난 목덜미에는 검게 멍이 들어 있었다.

"내가 밧줄을 끄르자, 이놈은 날 죽이려고 했습니다. 한 손으로요. 게다가 하마터면 성공할 뻔했죠. 왼손잡이인 걸 몰랐다니 유감이었습니다."

“제이미가 참으로 부당한 짓을 저질렀군요.”

빈정대는 내 말에 랜들은 고개를 끄덕였다.

“정말 그렇습니다. 당신은 이토록 무례하리란 생각은 들지 않습니다만. 안 그렇습니까? 그래도 혹시 모르니…….”

그는 커다란 하인에게 고개를 돌렸다. 그자는 문틀에 어깨를 축 늘어뜨린 채 서서 명령을 기다리고 있었다.

“말리, 이리 와서 이 여자에게 무기가 있는지 살펴 봐.”

남자가 내 몸을 어설프게 더듬는 모습을 랜들은 재미있다는 듯 지켜보았다. 하인은 결국 내 단검을 찾아 꺼냈다.

“당신은 말리가 마음에 안 드나 봅니다?”

나를 너무 심하게 더듬는 남자의 뭉툭한 손가락을 애써 피하려는 날 보며 랜들 대위가 말했다.

“딱하군요. 말리는 당신에게 꽤 빠진 모양인데 말입니다. 말리는 애석하게도 여자 복이 없습니다. 안 그런가, 말리? 심지어 매춘부들도 말리를 받아 주질 않습니다.”

랜들 대위는 사악한 눈빛을 번들거리며 말하더니, 교활한 눈빛으로 나를 바라보며 음흉한 미소를 지었다.

“그 여자들 말로는, 너무 크다나요.”

그러더니 한쪽 눈썹을 치켜뜨며 눈짓했다.

“매춘부가 그런 평가를 내린다면, 상당히 정확하지 않겠습니까?”

그는 다른 쪽 눈썹도 치켜뜨며 자신의 말뜻을 분명히 전달했다.

내 몸을 수색하면서부터 거칠게 숨을 쉬던 말리는 행동을 멈추고 입에서 질질 흐르는 침을 닦았다. 나는 너무나 혐오감을 느끼며 최대한 몸을 멀리했다.

랜들은 나를 바라보며 말했다.

“우리의 대화가 끝나면 말리는 본인 방에서 당신을 개인적으로 접대하고 싶어 할 것 같군요. 물론, 나중에는 자신의 행운을 친구들과도 나누려 할 수 있겠습니다만, 그건 말리에게 달린 일이겠습니다."

"아, 당신은 보고 싶지 않은 모양이시군요?"

나는 빈정대며 물었다. 랜들은 정말 재미있다는 듯 웃었다.

"지금쯤이면 당신도 아시리라 생각합니다만, 나는 '자연스럽지 않은 취향'이라 부르는 것을 갖고 있다 할 수 있죠. 하지만 나에게도 나름의 미적 감각이라는 게 있습니다."

그는 더러운 옷을 입고 허리띠를 졸라맨 차림으로 어깨를 푹 수그린 거대한 하인을 슬쩍 올려다보았다. 축 늘어지고 부풀어 오른 입술은 마치 음식 조각을 먹고 싶다는 듯 계속 입맛을 다시며 중얼거렸고, 뭉툭한 손가락은 얼룩진 바지 사타구니를 초조하게 긁어댔다. 랜들은 살짝 몸을 떨었다.

"아니, 싫습니다. 당신은 말투가 더럽긴 해도 꽤 아름다운 여성입니다. 당신과 말리가 함께 있는 모습이라니, 어휴, 그건 별로 보고 싶지 않군요. 외모도 그렇지만, 말리의 개인적인 습관에는 아쉬운 점이 참으로 많으니까요."

"당신 습관 역시 마찬가지예요."

"그럴지도 모릅니다. 어쨌든, 내 습관은 당신과는 더는 상관없겠지요."

그는 잠시 말을 멈추고는 나를 내려다보았다.

"아시겠지만, 나는 여전히 당신이 누군지 알고 싶습니다. 자코바이트인건 분명한데, 하지만 어느 쪽입니까? 마리샬? 시포스? 러버트? 러버트 쪽일 가능성이 높군요. 당신은 프레이저 씨족과 함께 하니까요."

랜들은 광택 어린 부츠 끝으로 제이미를 부드럽게 건드렸지만, 그는 여전히 백을 차리지 못하고 누워 있었다. 규칙적으로 오르락

내리락하는 그의 가슴을 보면, 정신을 잃은 채로 스르르 잠든 것 같았다. 눈 밑의 어두운 피부는 최근까지 제대로 쉬지 못했다는 증거였다.

"당신이 마녀라는 소리도 여러 번 들었습니다."

랜들 대위는 말을 이어 갔다. 그의 어조는 가벼웠지만, 유심히 바라보는 눈초리는 내가 갑자기 부엉이로 변해서 날개를 펄럭이며 도망갈 것 같다는 기세였다.

"크레인스뮤어에서 문제가 있었던 모양이죠? 누가 죽었습니까? 하지만 의심의 여지 없이 그런 건 모두 미신일 뿐이지요."

랜들은 골똘히 생각에 잠긴 눈초리로 나를 바라보았다.

"당신이 협상을 하자면 할 수도 있을 듯합니다만."

불쑥 말을 내뱉은 그는 탁자에 걸터앉은 채 몸을 뒤로 젖히고 나에게 대답을 해 보라는 표정을 지었다. 나는 씁쓸히 웃었다.

"난 지금 흥정을 할 입장도 기분도 아니에요. 당신이 내게 뭘 줄 수 있죠?"

랜들은 말리를 슬쩍 바라보았다. 지적 장애를 가진 남자의 눈은 나를 빤히 바라보았고, 입에서는 나직한 중얼거림이 흘러나왔다.

"적어도 선택은 하게 해 줄 수 있습니다. 말해 보세요. 납득이 가게 해 달란 말입니다. 당신은 누구고, 누가 스코틀랜드로 보냈습니까? 여기선 뭘 했고 누구에게 무슨 정보를 보냈습니까? 말해 보십시오. 그러면 당신을 말리에게 주는 대신 플레처 경에게 데려다드리겠습니다."

나는 말리에게서 눈길을 피했다. 고름 주머니가 붙은 잇몸에 박힌 썩은 치아 뿌리를 이미 봤다. 저 입으로 나에게 키스한다는 생각만 해도 끔찍한데, 그보다 더한……. 그 생각에 숨이 막혔다. 랜들이 옳았다. 나는 겁쟁이가 아니었지만, 그렇다고 바보도 아니었다.

"나를 플레처 경에게 데려가실 수는 없을 텐데요. 그건 나만큼이나 당신도 알잖아요. 나를 경에게 데려갔다가 내가 이 일을 이야기라도 하면 그 위험을 어떻게 감당하려고?"

나는 고갯짓으로 작고 아늑한 방과 안락한 불길, 내 발치에 누운 제이미를 가리켰다.

"당신의 결점이 뭐든, 그것과는 별개로 부하가 죄수를 고문한다는 사실을 플레처 경이 공식적으로 용납할 거라곤 생각 안 해요. 제아무리 잉글랜드 군대라 해도, 나름의 기준은 있을 것 아닌가요."

랜들은 양쪽 눈썹을 치켜떴다.

"고문이라고요? 아, 저것 말입니까."

그는 무심하게 제이미의 손에 손짓했다.

"저건 사고였습니다. 이 자는 감방에서 넘어져서 다른 죄수에게 밟혔지요. 아시다시피 감방이 워낙 붐비지 않습니까."

그는 비웃음을 흘렸다. 나는 아무런 말을 할 수 없었다. 제이미가 사고를 당해 손이 망가졌다는 말을 플레처 경이 믿을지는 알 수 없지만, 일단 내가 잉글랜드 첩자로 밝혀진다면 내가 무슨 말을 해도 믿어 주지 않을 것이다.

랜들은 내 마음이 약해졌다는 기색을 찾으려고 이쪽을 유심히 지켜보았다.

"어떻습니까? 선택은 당신 몫입니다."

나는 한숨을 쉬고 눈을 감았다. 그를 바라보기조차 피곤했다. 선택은 나의 몫이 아니었지만, 왜 아닌지 말할 기운도 없었다. 나는 지친 기색으로 말했다.

"그건 중요하지 않아요. 난 말 안 할 테니까."

"조금 더 생각해 보십시오."

그는 일어서더니 주머니에서 열쇠를 꺼내 의식불명이 된 제이미에게 조심스레 발을 디뎠다.

"말리의 도움이 좀 필요할지도 모르겠습니다. 하지만 이 자를 감방으로 돌려보낼 겁니다. 그리고 당신이 협조할 의향이 없다면, 같이 보내 드리죠."

그는 허리를 굽혀 쇠고랑을 풀더니, 아주 낭창한 몸매이면서도 대단히 큰 힘을 발휘하여 축 늘어진 제이미의 몸을 일으켰다. 머리를 떨군 제이미를 구석에 있는 의자로 옮겨 앉히는 랜들의 새하얀 셔츠 아래로 팔 근육이 뚜렷이 드러났다. 그는 옆에 있던 물동이로 고갯짓을 했다.

"녀석을 깨워라."

그는 말없이 선 덩치 큰 하인에게 명령했다. 이윽고 찬물이 구석 돌바닥에 철썩 뿌려지면서 바닥에 물이 고여 더러운 물웅덩이가 생겼다.

"한 번 더 뿌려."

랜들은 제이미를 관찰하며 말했다. 이제 제이미는 작게 신음을 흘리며 돌벽에 고개를 대고 꿈틀댔다. 두 번째로 물벼락을 맞자 몸을 움찔하며 기침을 했다.

랜들은 앞으로 다가가 제이미의 머리채를 잡고 앞뒤로 흔들었다. 마치 익사한 동물에게서 물기를 털어 내는 듯한 그 손짓에 악취 나는 물방울이 벽에 튀었다. 제이미는 흐리멍덩한 눈을 가늘게 떴다. 랜들은 혐오스러운 듯 제이미의 머리를 뒤로 휙 던지고는 돌아서며 바지 옆면에 손을 닦았다. 그 순간, 무언가 찰나의 움직임을 포착했는지 랜들은 돌아서기 시작했지만, 커다란 스코틀랜드인의 공격에 대비하기에는 이미 늦었다. 제이미는 그에게 확 달려들었다.

제이미의 팔이 랜들의 목을 감쌌다. 오른손을 쓸 수가 없기에, 그는 왼손으로 오른쪽 손목을 움켜쥐고 팔뚝을 당겨 랜들의 목구멍을 졸랐다. 랜들의 얼굴이 보랏빛으로 변하며 몸이 축 늘어지기 시작하자, 제이미는 왼손을 푼 다음 곧바로 대위의 신장 부분을 확 쳤다. 제이미가 아무리 힘이 약해졌다 해도, 그 주먹질은 랜들을 쓰러뜨리기 충분했다.

축 늘어진 랜들 대위를 바닥에 떨군 제이미는 빙글 돌아 거대한 하인과 마주 보았다. 입을 헤 벌린 말리의 얼굴에는 이 상황에 관심을 보이는 기색이 전혀 없었다. 하지만 활기 없는 표정과는 반대로, 그는 몸을 움직여 탁자에서 망치를 집어 들었다. 제이미는 멀쩡한 왼손으로 의자 다리를 집어 들고 그에게 다가갔다. 말리의 얼굴에 어눌하지만 분명한 경계심이 서린 가운데, 두 남자는 서로의 틈을 노리며 마주 본 채 천천히 맴돌았다.

두 팔이 멀쩡한 말리가 먼저 제이미의 갈비뼈를 향해 망치를 휘둘렀다. 제이미는 빙글 몸을 돌려 피하더니 의자를 휘둘러 그를 문 쪽으로 몰았다. 그러자 말리는 이어서 살인적인 일격을 내리꽂았다. 만약 제대로 맞았다면 제이미의 두개골은 부서졌을 것이다. 대신 망치에 맞은 의자가 쪼개져서 한쪽 다리와 좌판이 잘려 나갔다.

제이미는 조급한 태도로 의자를 휘둘러 벽에 내리쳤다. 그걸 좀 더 부수어 작지만 더 다루기 쉬운 몽둥이로 만들기 위해서였다. 부서진 의자는 60센티미터 길이의 끝부분이 너덜너덜 갈라진 무기가 되었다.

감방 안의 공기는 횃불의 연기로 숨이 막힐 것만 같았지만, 두 사람의 헐떡이는 숨소리와 이따금씩 나무가 살을 치는 소리 외에는 그저 고요했다. 그렇지 않아도 불안한 제이미의 집중력을 흐트러뜨릴세라, 나는 말도 꺼내지 못하고 두 발을 침대 위로 끌어올린 채 벽에 기대 움츠려 그 싸움판에서 몸을 사렸다.

제이미는 빠르게 힘이 빠지고 있었다. 내게도 똑똑히 보였고, 말리 역시 그걸 깨닫고 기대감으로 희미한 미소를 지었다. 제이미는 싸움은커녕 서 있는 게 놀라울 지경이었다. 이 싸움이 머지않아 끝나리라는 건 우리 셋 다 분명히 알았다. 만약 제이미에게 조금이라도 기회가 있다면 당장 움직여야 했다. 그는 짧고도 격하게 의자 다리를 찔러 대며 조심스레 말리에게 다가갔고, 자기보다 덩치가 큰 그를 한쪽 구석으로 몰아 휘두르는 망치의 반경을 좁혔다. 이 사실을 본능적으로 알아차린 말리는 제이미를 다시 뒤로 물릴 생각에 악랄하게 수평으로 망치를 휘두르며 구석에서 빠져나왔다.

하지만 제이미는 물러서는 대신 앞으로 전진하며 왼쪽 측면으로 호를 그리며 말리의 관자놀이에 몽둥이를 있는 힘껏 쳤다. 나는 눈앞에서 벌어지는 광경에 몰두한 나머지 문 옆 바닥에 엎어져 있던 랜들에게는 전혀 관심을 기울이지 않았다. 하지만 말리가 비틀거리며 눈을 희번덕거리던 순간, 부츠가 돌바닥을 긁는 소리가 들리는가 싶더니 내 귓가에 가쁜 숨소리가 이어졌다.

"잘 싸웠다, 프레이저. 그래도 갈비뼈 몇 대는 부러졌겠지?"

랜들은 꽉 막힌 목으로 쉰 소리를 냈지만 언제나처럼 차분했다.

제이미는 벽에 기대어 흐느끼듯 숨을 몰아쉬며, 여전히 몽둥이를 잡은 채 팔꿈치로 옆구리를 세게 눌렀다. 그는 바닥을 바라보며 거리를 가늠했다.

"쓸데없는 짓은 하지 마, 프레이저. 네놈이 두 발짝도 떼기 전에 이 여자는 죽을 거야."

랜들의 목소리는 공허했다. 차가운 칼날이 가느다랗게 내 귓가를 스쳤다. 턱 모서리를 부드럽게 찌르는 칼끝이 느껴졌다.

제이미는 여전히 벽에 기대 선 채, 잠시 냉담한 눈빛으로 이쪽을 바라보았다. 그러다 갑자기 왈칵 힘을 내어 고통스럽게 몸을 들고서 휙 돌아섰다. 몽둥이는 돌바닥에 공허한 소리를 내며 떨어졌다. 칼끝에 힘이 아주 살짝 실렸지만, 제이미가 천천히 탁자로 다가가서 노끈을 감은 망치를 조심스레 집어 드는 동안에도 랜들은 가만히 서 있었다. 제이미는 두 손가락으로 망치를 대롱대롱 들고 있었다. 딱 봐도 공격할 의도는 없는 행동이었다.

망치는 내 앞에 놓인 탁자에 탁 떨어졌고, 손잡이는 세차게 회전해서 무거운 망치 머리 부분이 탁자 가장자리까지 움직였다. 평범하고 단단한 떡갈나무 탁자 위로 망치가 묵직하고 음산하게 놓였다. 탁자의 저쪽 끝부분에 제멋대로 쌓인 잡동사니 중에는 싸구려 못이 든 갈대 바구니도 하나 있었다. 이 방에 가구를 들인 목수들이 놓고 간 듯했다. 제이미는 성한 손으로 탁자 끝을 꽉 잡았다. 불빛을 받은 손가락 끝이 황금색으로 빛났다. 대체 어디서 힘이 나는 건지는 모르겠지만, 그는 의자에 천천히 앉은 다음 보란 듯이 양손을 펴서 흠집 난 나무 탁자 표면에 놓았다. 망치는 손 닿을 곳에 놓인 채였다.

고통스럽게 방을 걸어가 탁자에 앉는 동안, 제이미는 랜들과 내내 눈을 마주했다. 그 눈빛에는 조금도 흔들림이 없었다. 그는 나를 쳐다보지도 않은 채 내 쪽으로 짧게 고갯짓을 했다.

"그녀를 풀어 줘."

칼끝이 미세하게 느슨해지는 듯했다. 랜들의 목소리에는 재미있다는 기색과 호기심이 서렸다.

"내가 왜?"

제이미는 이제 완전히 자제력을 되찾은 것 같았다. 물론 얼굴은 하얗게 질렸고 땀은 마치 눈물처럼 주룩주룩 흘러내리고 있었지만 말이다.

"한 번에 두 사람을 죽일 수는 없을 테지. 여자를 죽이든지, 아니면 내버려 두고 날 죽이든지 하겠지. 그러면 난 널 죽일 거야."

제이미는 작은 소리로 말했다. 조용한 스코틀랜드 억양 아래에는 강철 같은 심지가 느껴졌다.

"난 너희를 한 번에 하나씩 죽일 수 있어. 왜 둘 다 못 죽일 거라고 생각하지?"

제이미의 이가 드러났다. 굳이 표현하자면 그건 미소라고 해야 하겠지.

"그래서 날 죽이고, 사형 집행관을 속이겠다고? 그럼 내일 아침에 설명하기가 좀 어렵지 않겠어?"

제이미는 정신을 잃고 바닥에 쓰러진 덩치 큰 말리를 턱으로 가리켰다.

"네놈이 내 손을 부러뜨리기 전에, 저 조그마한 조수가 날 밧줄로 묶어야 했다는 걸 기억할 텐데."

"그래서?"

칼끝은 여전히 내 귓가에 머물렀다.

"네놈 조수는 이제 별 도움이 안 될 거야."

그건 부정할 수 없는 사실이었다. 괴물 같은 하인은 한쪽 구석에 엎드린 채 누웠는데, 식식대며 코를 골 듯 가쁘게 숨을 쉬어 댔다. 심각한 뇌진탕이구나. 나는 멍하니 생각했다. 뇌출혈일 가능성도 있다. 하지만 그가 내 앞에서 죽는다 해도 난 조금도 개의치 않을 것이다.

제이미는 랜들의 체격과 체력을 평가하며 천천히 고개를 저었다.

"한 손이든 두 손이든 넌 나를 혼자 처치할 수 없어. 그렇게는 못 해. 난 너보다 크고 훨씬 더 싸움을 잘하니까. 적어도 육탄전을 벌인다면 말이야. 네가 여자를 붙잡고 있지만 않았더라도, 난 네놈의 작은 칼을 빼앗아 벌써 목에 쑤셔 넣었을 거야. 그건 너도 잘 알고 있겠지. 그러니 그녀를 해치지 못하는 거고."

"하지만 내가 여자를 붙잡고 있지 않나. 물론 너 혼자 도망칠 수는 있다. 가까이에 출구가 있거든. 이 여자가 네 아내라고 했던가? 물론 네가 떠나면 네 아내는 죽는다."

제이미는 어깨를 으쓱였다.

"나도 마찬가지야. 내가 얼마 가지도 못해서 수비대 전체가 날 따라오겠지. 바깥에서 총에 맞아 죽는 게 여기서 교수형당하는 것보다야 좋겠지만, 죽는 건 매한가지야."

제이미는 잠시 고통스러운 기색으로 얼굴을 찌푸리더니, 숨을 멈췄다. 그러다 다시 숨을 쉬었을 때는 얕게 헐떡였다. 커다란 충격을 받은 덕분에 최악의 고통을 잠시 느끼지 못한 듯했지만, 이제 충격의 효과는 다 사라져 가고 있었다.

랜들은 정확하게 배운 잉글랜드 말씨로 태연하게 말했다.

"그렇다면 우리는 교착 상태에 빠졌군. 혹시 제안할 것이 있나?"

냉정한 스코틀랜드 말씨가 무미건조하게 흘러나왔다.

"그래. 너는 날 원하지. 여자를 보내 줘. 그러면 날 갖게 해 주겠다."

칼끝이 슬쩍 움직이면서 내 귓가를 찔렀다. 따끔한 고통이 이어지며 따스한 피가 배어 나오는 느낌이 났다.

"내게 하고 싶은 대로 해. 저항하지 않겠다. 필요하다면 날 묶게도 해 주지. 그리고 내일 나가서도 이 일을 발설하지 않겠다. 하지만 먼저 여자를 이 감옥에서 안전하게 내보내 줘."

나의 시선이 제이미의 망가진 손에 닿았다. 가운뎃손가락 아래로 피 고인 작은 웅덩이가 점점 커지고 있었다. 순간, 엄청난 충격과 함께 이게 무슨 상황인지 깨달았다. 제이미는 일부러 다친 손가락을 탁자에 밀고 있었다. 고통을 느껴서 기절하지 않으려고 말이다. 자신을 이용해서 내 목숨을 얻어 내려고 흥정을 하고 있구나. 만약 지금 기절했다면, 단 하나의 기회조차 사라졌겠지.

랜들은 이제 완전히 긴장을 풀었다. 그리고 곰곰이 생각에 잠기며 내게 대었던 칼을 나의 오른쪽 어깨에 아무렇게나 놓았다. 어차피 나는 그의 앞에 있었으니까.

제이미는 내일 아침에 교수형을 당할 것이었다. 조만간 제이미가 감방에 없다는 것이 밝혀질 것이고, 그러면 교도소 안에서 수색이 이루어지겠지. 이곳에서 일하는 장교들과 민간인들이 어느 정도 죄수를 잔혹하게 다루어도 용인되곤 했다. 손이 부러지거나 등에 채찍질을 하는 것 정도는 넘어갈 수 있겠지. 하지만 랜들의 다른 성향이 밝혀진다면 그것까지 간과되지는 않을 것이다. 제아무리 제이미가 사형수라 해도, 그가 내일 아침 교수대에 서서 랜들의 손에 성적 학대를 당했다고 주장한다면, 제이미의 주장이 사실인지 조사가 이루어지겠지. 그리고 신체적 증거가 사실로 입증된다면, 랜들의 앞길은 끝장날 것이고, 그의 목숨 역시 무사하지는 못할 것이다.

하지만 제이미가 입을 다물겠다 맹세한다면…….

"정말 약속할 수 있나?"

거친 얼굴 위로 빛나는 제이미의 눈빛은 양피지 가운데서 타오르는 푸른 불꽃 같았다. 잠시 후 그는 천천히 고개를 끄덕였다.

"네가 먼저 약속을 한다면."

전혀 원치 않으면서도 동시에 전혀 저항하지 않는 희생자의 태도란 거부할 수 없는 매력이었다.

"좋아."

칼날이 내 어깨에서 벗어나더니, 스르륵 칼집으로 들어가는 날붙이의 소리가 들렸다. 랜들은 내 옆을 천천히 지나 탁자로 다가가며 망치를 집었다. 그리고 망치를 들어 올린 채, 아이러니한 말투로 물었다.

"네가 얼마나 믿을 만한지 잠깐 시험해 봐도 되겠나?"

"좋아."

제이미는 차분한 목소리로 대답했다. 그의 손 역시 탁자 위에 움직임 없이 뻗어 있었다. 나는 무어라 항의하고 싶었지만, 목이 말라 끈적한 침묵만을 흘렸을 뿐이었다.

랜들은 느긋하게 움직였다. 그리고 제이미의 옆으로 몸을 숙여 갈대 바구니에서 섬세하게 못을 하나 집었다. 그리고 조심스레 못을 놓은 다음 망치를 네 번 세차게 내리쳐, 제이미의 오른손을 탁자에 박았다. 부러진 손가락들이 경련을 일으키며 곧게 솟아오르는 모습은 마치 표본 전시판에 핀으로 꽂힌 거미의 다리 같았다.

제이미는 큰 충격에 멍한 눈을 휘둥그레 뜬 채 신음했다. 랜들은 조심스레 망치를 내려놓았다. 그리고 제이미의 턱을 손으로 잡아 얼굴을 들어 올렸다.

"이제 내게 키스해."

그는 조용히 말하며 얼굴을 내려 저항하지 못하는 제이미의 입술에 얹었다.

다시 고개를 든 랜들의 얼굴은 꿈꾸는 듯했다. 부드러운 눈은 저 먼 곳을 바라보듯 초점이 없었고, 기다란 입술엔 미소가 떠올랐다. 한때 난 저 미소를 사랑했었다. 꿈결을 담은 눈빛을 보면 기대감이 솟곤 했었다. 하지만 지금은 그저 구역질이 날 뿐이었다. 눈물이 입가로 주르르 흘렀다. 난 내가 울고 있는 줄도 몰랐다. 랜들은 잠시 멍한 상태로 서서 제이미를 내려다보았다. 그리고 이내 정신을 차린 후 다시금 칼집에서 칼을 뽑았다.

칼날이 내 손목을 묶은 끈을 아무렇게나 베어 피부를 스쳤다. 랜들이 내 팔뚝을 잡고 문 쪽으로 밀치며 나를 재촉하는 바람에, 묶였던 팔의 피가 통하도록 피부를 문지를 새도 없었다.

"잠깐!"

뒤에서 들려오는 제이미의 목소리에 랜들은 초조하게 뒤로 돌아섰다.

"작별 인사를 할 시간을 주겠나?"

그건 부탁이 아니라 의지가 담긴 발언이었고, 랜들은 잠시 주저하다가 이내 고개를 끄덕이고 탁자에 미동도 없이 앉은 제이미 쪽으로 날 밀었다.

제이미는 성한 팔로 내 어깨를 꽉 감쌌다. 나는 눈물 젖은 얼굴을 그의 목덜미에 파묻고 속삭였다.

"이러면 안 돼. 당신, 이러면 안 돼. 이렇게 당신을 보낼 수 없어."

그의 입술이 내 귓가에 따스하게 닿았다.

"클레어, 난 내일이면 교수형을 당해요. 지금부터 그때까지 무슨 일이 일어나도 상관없어요."

나는 뒤로 물러나 그를 노려보았다.

"난 상관 있다고!"

긴장한 입술이 파르르 떨며 미소 비스무리한 것을 지었다. 제이미는 성한 손을 들어 젖은 내 뺨에 대었다.

"알아요, 모 니인 돈. 그래서 당신이 지금 살아서 나가야 하는 거야. 그래서 누군가 나에게 마음 써 주는 사람이 아직도 있다는 걸 내가 알 수 있도록."

그는 나를 다시 끌어안고 부드럽게 키스한 다음 게일어로 속삭였다.

"놈은 당신을 풀어 줄 거야. 당신이 아무런 힘도 없다고 생각하니까. 하지만 아니라는 걸 난 알아."

제이미는 나를 놓아 주며, 다시 영어로 말했다.

"사랑해요. 이제 가요."

랜들은 나를 문 밖으로 안내하다가 잠시 걸음을 멈추었다.

"금방 돌아올게."

그의 목소리는 마치 연인을 두고 마지못해 자리를 뜨는 남자처럼 들려서, 나는 속이 울렁거렸다.

뒤편에 달린 횃불에 붉은 윤곽선으로 보이는 모습으로, 제이미는 못 박힌 손을 향해 우아하게 고개를 숙였다.

"여기서 기다리고 있겠어."

———

블랙 잭은 18세기에 악당과 불한당들에게 흔히 붙이던 별명이다. 로맨스 소설에 주로 등장하는 이런 이름을 들으면 매력적인 노상강도나 깃털 달린 모자를 쓰고 화려한 검술을 펼치는 칼잡이가 떠오르기 마련이다. 하지만 정반대되는 현실이 바로 내 옆에서 걷고 있었다.

낭만의 근간에는 무엇이 있는지 사람들은 끊임없이 생각한다. 비극과 공포는 시간이 지남에 따라 변한다. 거기다 필력을 가볍게 더하고 마음을 설레게 만드는 로맨스를 짠! 곁들이면 피가 끓으며 아가씨들은 한숨을 짓는다. 나의 피 역시 끓고 있는 건 맞다. 하지만 한숨을 쉬는 아가씨는 없었다. 다만 망가진 손을 감싼 채 한숨 쉬는 제이미만이 있을 뿐.

"이쪽입니다."

우리가 감방을 떠난 후로 말이 없던 랜들이 드디어 입을 열었다. 그는 횃불이 없는 좁은 벽감을 가리켰다. 아까 그가 제이미에게 말했던 출구로구나.

이제 나는 자제심을 어느 정도 되찾아 말할 힘이 났다. 그래서 말하기로 했다. 나는 횃불이 내 온몸을 비추도록 한 걸음 물러섰다. 그가 내 얼굴을 똑똑히 기억하게 해 주고 싶어서였다.

나는 목소리를 낮추어 담담히 말했다.

"대위, 내가 마녀라고 물었던가? 이제 대답해 주겠다. 그래, 난 마녀다. 마녀로서 나는 너를 저주하노라. 대위여, 너는 결혼을 하겠고 네 아내는 아이를 낳을 것이나, 너는 첫 소생을 보지 못하고 죽게 되리라. 너에게 앎의 저주를 내리노라, 잭 랜들. 지금부터 네가 죽을 시기를 알려 주겠다."

그의 얼굴은 그늘에 가려 잘 보이지 않았지만, 번뜩이는 눈빛을 보면 내 말을 믿는 기색이었다. 왜 안 믿겠는가? 나는 지금 그에게 진실을 말하고 있는데. 내가 아는 사실을 말이다. 마치 저 돌벽 사이에 난 회반죽 선 위에 프랭크의 가계도가 그려진 것처럼, 그 모든 이들의 이름이 똑똑히 떠올랐다.

나는 돌벽을 바라보며 내용을 조용히 읽어 나갔다.

"조너선 울버턴 랜들. 출생은 1705년 9월 3일. 사망은……."

그는 발작하듯 내게 달려들었지만, 내 입을 막을 만큼 빠르지는 못했다.

벽감 뒤쪽에 있던 좁은 문이 삐그덕 소리를 내며 벌컥 열렸다. 바깥은 이보다 더 캄캄할 줄 알았건만, 눈부시게 반짝이는 하얀 눈의 빛에 눈이 아찔하게 부셨다. 뒤에서 확 밀치는 손길에 나는 비틀거리다 흐르는 물속으로 머리부터 곤두박질쳤다. 이내 뒤에서 문이 쾅 닫혔다.

내가 쓰러진 곳은 교도소 뒤편의 도랑 비슷한 곳이었다. 내 주위의 물결은 무언가로 뒤덮여 흘렀다. 아마도 교도소에서 버린 쓰레기겠지. 그러다 내가 빠진 물살 아래로 뭔가 딱딱한 것이 느껴졌다. 나무인가. 내 위로 까마득하게 솟은 벽을 바라보니, 돌벽 아래로 난 줄무늬와 수로가 보였다. 12미터 위의 미닫이문에서 떨어진 쓰레기 자국이었다. 그렇다면 저곳이 주방이구나.

나는 몸을 돌려 애써 일어설 준비를 했다. 그러다 문득 커다랗게 뜬 파란 눈동자와 눈이 마주쳤다. 얼굴 역시 눈동자처럼 파랗고, 몸은 통나무처럼 단단했다. 그렇다면 내가 아까 느낀 게 나무가 아니었구나. 나는 숨이 막힌 채로 비틀거리며 일어서다가 뒷걸음질로 교도소 벽에 부딪쳤다.

고개를 숙여. 심호흡을 해. 나는 스스로에게 단호히 명령했다. 절대로 기절해서는 안 돼. 전에도 죽은 사람을 본 적 있잖아. 많이 봤잖아. 기절하면 안 된다고. 세상에, 저 남자도 눈이 파랗잖아. 마치……. **아니, 기절하면 안 된다고! 제길!**

마침내 호흡이 느려지고 맥박도 빨라졌다. 공황이 진정되자, 나는 경련하듯 치맛자락에 마구 손을 닦으며 불쌍한 시체를 다시금 억지로 바라보았다. 이걸 다시 바라본 이유가 동정심인지, 호기심인지, 아니면 단순히 충격을 받아서인지는 알 수 없었다. 갑작스럽게 놀라 그렇지, 죽은 자를 두고 두려워할 이유는 없었다. 언제나 그렇다. 사람이 제아무리 흉한 식으로 죽는다 해도, 끔찍한 것은 고통받는 인간 영혼의 존재이지 육체가 아니다. 영혼이 일단 사라지고 나면, 남는 시체는 그저 사물에 불과하다.

파란 눈의 낯선 시체는 교수형을 당해서 죽었다. 이 도랑에 있는 시체는 그것 하나만이 아니었다. 나는 굳이 도랑에서 다른 시체를 파헤칠 마음은 없었지만, 둥둥 떠 있는 것들이 뭔지 알고 나니 얼어붙은 사지의 윤곽과 눈 속에 묻힌 둥그런 머리가 똑똑히 보였다. 시체는 적어도 열두 구가 넘었고, 다들 여기 누워서 쉽게 매장할 수 있도록 땅이 풀릴 때를 기다리고 있었다. 아니면 그 전에 근처 숲에 사는 짐승들이 조악한 방식으로 시체를 처리할지도 모를 일이었다.

거기까지 생각이 미치자, 난 슬픔에 겨워 꼼짝 못 하던 상태에서 화들짝 벗어났다. 지금은 묘지 앞에서 묵념을 할 때가 아니야. 이러다 쌓여 가는 눈 사이로 멍하니 나를 바라보는 파란 눈동자를 다시 마주치게 될 뿐이야.

머타와 루퍼트를 찾아야 했다. 어쩌면 그 비밀 문으로 들어갈 수 있을지 모르지. 이 교도소의 정문이나 다른 출입구와는 달리 그곳은 무장하는 경비원이 없었다. 하지만 지금 나는 도움이 필요했다. 그것도 당장.

도랑의 가장자리를 슬쩍 올려다보았다. 낮게 뜬 태양은 나무 꼭대기 바로 위에서 흐린 구름 사이에 휩싸여 불타고 있었다. 습기가 가득한 공기는 묵직했다. 해 질 녘에는 다시 눈이 내릴 것 같았다. 동쪽 하늘에는 짙게 아지랑이가 끼었다. 한 시간쯤 지나면 빛이 사라질 것이다.

나는 도랑을 따라 내려가기 시작했다. 급경사 암벽은 가급적 오르고 싶지 않았다. 굽이쳐 흐르는 도랑은 곧 감옥에서 멀어졌고, 강으로 쭉 이어질 듯했다. 아마도 눈 녹은 물이 교도소의 쓰레기들을 실어 나르는 모양이었다. 이윽고 벽이 확 솟아오른 모퉁이까지 다다랐을 무렵, 뒤에서 희미한 소리가 들렸다. 뒤를 돌아보자, 도랑 가장자리에서 돌이 떨어지며 난 소리란 걸 알 수 있었다.

커다란 회색 늑대가 발로 돌을 민 것이다.

늑대의 관점에서 보자면, 나는 눈 아래에 얼어붙은 시체보다 훨씬 먹음직스러운 존재였다. 물론 난 움직일 수 있으니 잡기가 어려울 것이고, 저항할 가능성도 있었다. 하지만 다시 생각해 보면, 난 느리고 서투른 인간인 데다 몸이 얼어붙어 뻣뻣하고 상대를 찢을 만한 이빨도 없었다. 게다가 얼어붙은 쓰레기 사이에서 먹음직스럽게 따스하고 신선한 피 냄새를 풍기고 있었다. 내가 늑대였다 해도 망설이지 않았을 것이다. 내가 이 짐승과 나의 앞날에 대해서 결정을 내린 순간, 늑대 역시 마음을 먹었다.

펨브로크 병원에서 간호했던 환자 중에는 찰리 마셜이라는 미국인이 있었다. 미국인들이 다들 그렇듯 그는 유쾌하고 붙임성 있는 사람이었고, 그가 해 준 이야기 중 가장 재미있는 건 반려동물에 대한 일화였다. 찰리는 K-9 분대*의 하사였다. 그는 같이 일하던 군견 두 마리와 프랑스 아를 근처의 작은 마을 외부에서 대인 지뢰가 터지는 사고를 당했다. 개를 잃은 찰리는 무척 상심했고, 근무 중 여유 시간에 운 좋게 그와 마주하면 그는 내게 군견 이야기를 들려주며 마음을 달랬다.

지금처럼 급박한 순간에 그 이야기가 떠오른 이유는, 개에게 공격을 당했을 때 뭘 해야 하는지, 또 뭘 하면 안 되는지 찰리가 알려주었기 때문이다. 물론 돌 아래로 살금살금 내려오는 저 으스스한

* 미국의 군견 특수 부대.

짐승을 개라고 생각하려면 개의 범주를 아주 넓게 잡아야겠지만. 어쨌든 늑대 역시 인간에게 길들여진 동족과 아직까진 기본적인 공통점을 갖고 있어 주기를 바랄 수밖에 없었다.

"이 나쁜 놈아."

나는 늑대의 노란 눈을 바라보며 단호하게 말했다. 그리고 교도소 벽을 등지고 아주 천천히 뒷걸음질 치며 말을 이었다.

"있잖아, 넌 아주 못된 개야." (찰리가 '단호하고 큰 목소리로 말해야 해요'라고 하는 소리가 머릿속에 들렸다.) "이제껏 본 개 중에 네가 제일 나빠."

나는 단호하고 큰 목소리로 말했다. 그리고 계속 뒷걸음질하면서 한 손으로 돌벽을 더듬었다. 그리고 9미터쯤 떨어진 모퉁이를 향해 옆 걸음질을 쳤다.

나는 목에 맨 타이를 잡아당기고 망토를 고정한 브로치를 더듬었다. 그러면서 늑대에게 단호하고 큰 목소리로 나의 생각이 어떤지, 그의 조상 늑대와 친지 늑대들을 어떻게 생각하는지 말했다. 짐승은 혀를 축 늘어뜨리고 개처럼 헤실헤실 웃으면서 이쪽에 관심을 보였다. 놈은 서두르지 않았다. 심지어 가까이 온 모습을 보니 살짝 발을 절뚝였고, 지저분한 몸통은 말랐다. 사냥이 힘들 만큼 몸이 약해져서 먹을 것을 뒤지려고 교도소까지 온 모양이었다. 제발 그러기를 바랐다. 놈이 약할수록 좋을 테니까.

나는 벨벳 망토 주머니에서 가죽 장갑을 찾아 꼈다. 그리고 두툼한 벨벳에 고마움을 느끼면서, 묵직한 망토 자락을 오른손에 여러 번 감았다. 머릿속으로는 찰리가 해 준 조언을 계속 떠올렸다. '놈들은 목을 공격할 겁니다. 조련사가 달리 지시를 내리지 않는다면 말이죠. 계속 눈을 쳐다보세요. 그러면 언제 마음먹고 점프할 건지 알 수가 있거든요. 그때가 바로 기회입니다.'

샛노란 구슬같이 사악한 늑대의 눈 속에서 굶주림과 호기심, 추측을 비롯한 온갖 것이 보였지만, 아직 뛰어올라야겠다는 결단은 찾아볼 수 없었다.

"이 역겨운 놈아. 감히 내 목에 뛰어들려고 해?"

나는 속으로 다른 생각을 했다. 오른팔에 망토 자락을 여러 겹 감아 두어 망토는 커다랗고 헐렁하게 팔에 늘어져 있었다. 늑대의 이빨이 파고들었을 때 이것만으로도 충분한 완충재가 되기를 바랄 뿐이었다.

늑대는 말랐지만 왜소하지는 않았다. 무게는 아마 36에서 40킬로그램 정도 나가는 것 같았다. 나보다 가벼웠지만, 그렇다고 내가 많이 유리할 정도는 아니었다. 몸이 가볍다는 것은 분명히 늑대 쪽에 유리한 조건이었다. 미끄러운 눈밭에 섰을 때는 두 다리 달린 인간보다 네 다리 달린 짐승이 균형 잡기 더 좋기 때문이다. 내 뒤에 벽이 있다는 게 도움이 되기를 나는 속으로 빌었다.

순간, 등에 느껴지는 공허함을 파악하자 모퉁이에 왔다는 걸 알게 되었다. 이제 늑대는 6미터 앞까지 다가왔다. 지금이야. 나는 발밑으로 눈을 긁어서 바닥을 단단히 딛고 때를 기다렸다.

늑대가 땅을 박차는 순간은 보이지 않았다. 분명히 눈을 보고 있었지만, 그 눈빛에 뛰어올라야겠다는 의지가 들었더라도 이어지는 행동이 너무 빨라서 파악하지 못한 것이다. 생각이 아니라 본능으로, 나는 팔을 들어 올려 희뿌연 덩어리처럼 날 덮치는 늑대를 막았다.

이빨이 둘둘 감은 망토를 어찌나 세게 파고들었던지 팔에 멍이 들었다. 늑대는 생각보다 무거웠다. 나는 그 무게를 감당할 준비가 되어 있지 않아서 팔을 축 늘어뜨렸다. 원래 계획은 그놈을 벽에 내려칠 생각이었고, 그랬다면 늑대는 깜짝 놀랐을 수도 있었으리라. 하지만 나는 벽에 온몸을 부딪치며 돌벽에 늑대를 깔아뭉갰다. 그리고 늑대를 느슨한 망토로 감싸려고 안간힘을 썼다. 짐승의 발톱이 내 치마를 갈기갈기 찢고 허벅지를 긁었다. 나는 놈의 가슴을 무릎으로 세차게 걷어차며 목 졸린 비명을 질렀다. 그제서야 난 깨달았다. 지금 들리는 이상한 신음인지 으르렁 소리인지는, 늑대가 아니라 내가 내고 있었다.

아까만 해도 날 따라오는 늑대를 보며 겁에 질렸건만, 정말 묘하게도 지금은 전혀 두렵지 않았다. 마음속에는 단 하나의 생각만이 온통 들었을 뿐이다. 이 짐승을 죽여야 한다. 아니면 이놈이 나를 죽일 거야. 그러니까, 난 이놈을 죽일 것이다.

사람이 격한 육체적 사투를 벌이게 되면, 힘과 체력을 한계까지 밀어붙이게 되는 특이점이 온다. 이후에 어떤 결과를 초래할지 생각하지 않고 온몸을 던지게 되는 것이다. 여자들은 출산할 때, 남자들은 전쟁터에서 이런 경험을 하게 된다.

그 특이점을 넘어서는 사람은 고통이나 상처에 대한 두려움을 싹 잃게 된다. 그 시점의 삶은 아주 단순해진다. 해야 할 일을 하게 될 뿐이다. 아니면 하다가 죽게 된다. 어느 쪽이든 별 상관이 없다.

병동에서 간호 훈련을 받으며 이런 사투를 벌이는 사람을 본 적은 있었다. 하지만 이제껏 내가 직접 경험한 적은 한 번도 없었다. 지금 나의 집중력은 온통 내 팔을 물고 몸을 찢고 있는 악마 같은 늑대에게 쏠렸다.

짐승의 머리를 벽에 내려치기까지는 해냈지만, 그다지 큰 효과는 없었다. 나는 빠르게 지치고 있었다. 늑대가 건강한 상태였다면 나는 살아남을 수 없었을 것이다. 지금도 살 기회는 얼마 안 되었지만, 나는 그나마 약간 남은 가망을 부여잡았다. 그래서 늑대 위로 몸을 던져 놈을 내 아래로 깔고 단단히 잡고서 주먹으로 마구 쳐 썩은 숨을 몸에서 흠씬 두들겨 빼냈다. 늑대는 즉시 정신을 차리고 내 밑에서 몸을 꿈틀거렸지만, 한 차례 더 힘이 빠지자 나는 팔을 놈의 입에서 빼낸 다음 한 손으로 축축한 주둥이를 꽉 잡았다.

나는 악력을 다해 늑대의 입가에 손가락을 넣었다. 상대를 찢어발길 만한 사나운 이빨이었지만, 다행히도 어찌어찌 그 사이에 손가락을 넣지 않을 수 있었다. 내 팔 위로 침이 뚝뚝 떨어졌다. 나는 늑대 위에 지금 납작 엎드렸다.

교도소 한 모퉁이가 바로 50센티미터 앞이었다. 어쨌든 내 아래에서 들썩이며 꿈틀대는 털북숭이 짐승을 잡은 채로 거기까지 가야 했다.

나는 발을 질질 끌면서 온 힘을 다해 늑대를 누르며 조금씩 몸을 앞으로 움직였다. 나의 목덜미에 짐승의 송곳니가 닿을세라 끊임없이 신경이 곤두선 채로 말이다. 그 50센티미터를 이동하는 데는 실제로 몇 분 걸리지 않았겠지만, 뒷발로 내 다리를 할퀴며 내 배를 어떻게든 찢어발기려는 짐승과 육탄전을 벌이던 그 순간은 한평생이 걸린 듯 길게만 느껴졌다.

마침내 원하던 모퉁이가 보였다. 뭉툭한 돌벽 모퉁이가 바로 내 앞에 있었다. 이제부터가 어려운 구간이었다. 늑대의 몸을 조종하여 두 손으로 주둥이 아래를 잡아야 했다. 한 손으로는 절대로 필요한 만큼의 힘이 나오지 못할 테니까.

나는 불쑥 몸을 굴렸고, 그 즉시 늑대는 내 몸과 벽 사이의 빈 공간으로 쏙 들어갔다. 하지만 늑대가 일어서기도 전에 나는 무릎을 힘껏 들어 올렸다. 내 무릎에 옆구리를 맞은 늑대는 낑낑대며 잠깐이나마 벽에 몸을 붙였다.

이제 나는 양손을 놈의 턱밑에 대었다. 손가락 하나는 실제로 늑대의 입에 물렸다. 장갑 낀 손가락 관절 사이로 으스러지는 고통이 느껴졌지만 나는 아픔을 무시하고서 털북숭이 머리를 뒤로 계속 젖히고 또 젖혔다. 짐승의 몸이 지렛대라면, 각진 모퉁이 벽을 받침점으로 삼아서 그 머리를 젖혔다. 이러다 팔이 부러지겠다는 생각이 들었지만, 이게 유일한 기회였다.

소리는 나지 않았다. 하지만 목이 뚝 꺾이면서 온몸을 파고드는 울림이 느껴졌다. 힘을 주던 짐승의 사지와 방광에서 곧바로 힘이 빠졌다. 나의 두 팔에 견딜 수 없이 서렸던 긴장감도 함께 풀리고, 손을 놓은 나도 죽어 가는 늑대처럼 축 늘어졌다. 내 뺨 아래로 미세하게 떨리는 늑대의 심장이 느껴졌다. 죽어 가는 몸뚱어리에서 살려고 발버둥 치는 유일한 부분이었다. 끈적끈적한 털에서는 암모니아와 눅눅한 짐승 털 냄새가 났다. 나는 몸을 떼고 싶었지만 그럴 수가 없었다.

잠시 졸았나 보다. 이상하게 들리겠지만, 늑대의 시체를 베개 삼아 뺨을 얹고 잔 모양이다. 눈을 뜨자 코앞으로 푸르스름한 교도소 돌벽이 보였다. 저 벽 안쪽에서 무슨 일이 일어나고 있을까. 그 생각에 나는 자리에서 일어섰다.

이윽고 난 한쪽 어깨에 망토를 걸친 채로 비틀비틀 도랑을 걸었다. 눈 아래 숨은 돌에 발이 걸려 넘어지고, 반쯤 드러난 나무뿌리에 정강이가 아프도록 부딪쳤다. 나는 반쯤 정신이 나간 상태라서, 늑대는 보통 무리를 지어 다닌다는 사실을 미처 떠올리지 못했다. 내 뒤쪽 숲 위로 들려오는 늑대 울음소리에 놀랐던가. 그런 기억은 다시 생각해도 떠오르지 않는다. 그때 느꼈던 감각이라고는 내 앞길을 막고 좌절시키는 음모에 대한 새카만 분노뿐이었다.

그러다 소리가 들려오는 쪽으로 지친 채 돌아섰다. 이제는 교도소에서 한참 떨어진 바깥에 있었기에, 내 등을 기댈 벽도 없고 손에 든 무기도 없었다. 첫 번째 늑대를 만나 이겼던 것은 그저 행운에 불과했다. 지금처럼 맨손인 상태로 늑대를 또 죽일 수 있을 확률은 천 분의 일도 되지 않았다. 게다가 늑대는 몇 마리나 몰려오려나? 달빛이 비치는 여름밤 먹이를 뜯었던 늑대 무리를 봤을 때, 그들은 못해도 열 마리가 넘었다. 그들의 이가 먹잇감을 찢는 소리와 뼈가 부러지는 소리가 아직도 귓가에 선연했다. 이제 내게 남은 질문은 하나뿐이었다. 귀찮지만 맞서 싸울 것인가, 아니면 그냥 눈 속에 누워 삶을 포기할 것인가. 아무리 생각해 봐도 후자가 단연 매력적이었다.

그렇지만 제이미는 나를 교도소에서 빼내려고 목숨을 포기했잖아. 아니, 목숨보다 더한 것을 포기했잖아. 그를 생각한다면, 적어도 살려고 발버둥은 쳐야 할 거 아냐.

나는 다시금 천천히 물러서며 도랑 저 끝으로 내려갔다. 날은 이제 어둑어둑해졌다. 곧 도랑에는 짙은 그림자가 깔리겠지. 그러면 내게 도움이 되지 않을 것이다. 늑대는 분명히 나보다 밤에 더 잘 볼 테니까.

순간, 다시 늑대가 모습을 드러냈다. 무리의 첫 번째 주자는 앞서 나타났던 놈처럼 도랑 가장자리에 나타났다. 그는 온몸에 털이 덥수룩한 모습으로 미동도 없이 경계심을 드러냈다. 순간, 어마어마한 충격이 몰려오며 난 사태를 파악했다. 저 늑대 말고도 벌써 두 마리나 도랑 안으로 들어와, 서로 보조를 맞추듯 내 쪽으로 천천히 걸어오고 있었던 것이다. 놈들은 황혼 녘이 내려앉은 눈 더미와 똑같이 지저분한 잿빛이었다. 그래서 숨을 생각도 없이 움직였어도 눈에 보이지 않았다.

나는 움직임을 멈췄다. 도망쳐 봤자 소용이 없었다. 그래서 몸을 굽혀 눈밭에서 죽은 소나무 가지를 파냈다.

나뭇가지는 물에 젖어 새카맸고 장갑을 끼고 있어도 잡기에 거칠었다. 나는 나뭇가지를 머리 높이쯤 들고 흔들며 소리쳤다. 늑대들은 나에게 다가오다 걸음을 멈추었지만, 물러서지는 않았다. 가장 가까이 다가온 늑대가 귀를 납작하게 접는 모습이 마치 시끄러운 소리를 싫어하는 것 같았다.

"시끄럽니? 이 못돼 처먹은 놈아! 저리 꺼져! 이 망할 자식아!"

나는 쇳소리를 지르며 반쯤 묻힌 돌멩이를 집어 늑대에게 던졌다. 돌은 빗나갔지만, 늑대는 한쪽으로 휙 웅크렸다. 용기가 생긴 나는 돌멩이며 잔가지, 눈덩이 등등 손에 잡히는 걸 닥치는 대로 던지기 시작했다. 그리고 차가운 공기에 목이 막힐 때까지 비명을 지르며 늑대처럼 울부짖었다.

처음에는 내가 던진 것이 명중한 줄 알았다. 가장 가까이 있던 놈이 낑낑대며 경련을 일으키는 듯했으니까. 순간, 두 번째 화살이 내 바로 옆을 스쳤다. 무언가 내 옆에서 움찔하나 싶던 순간, 화살은 두 번째 늑대의 가슴에 정통으로 맞았다. 늑대는 그 자리에서 즉사했다. 첫 번째 늑대는 화살에 치명상을 입지는 않아서, 발길을 돌려 눈 속으로 힘겹게 도망치더니 이내 석양 속에서 묵직한 덩어리가 되어 사라졌다.

나는 얼마간 멍하니 서서 그 모습을 바라본 다음, 본능적으로 도랑 가장자리를 올려다보았다. 세 번째 늑대는 현명하게도 몸을 사려 숲속으로 물러났고, 곧이어 늑대의 떨리는 울음소리가 울려 퍼졌다.

여전히 어두운 숲을 바라보고 있을 때였다. 누군가 내 팔을 붙잡았다. 숨을 몰아쉬며 고개를 홱 돌리자, 낯선 이의 얼굴이 보였다. 듬성듬성한 턱수염 사이로 뾰족한 턱과 홀쭉한 뺨을 그대로 드러낸 남자는 아무리 봐도 처음 보는 이었지만, 플래드와 단검을 보면 스코틀랜드인이 분명했다.

"도와주세요."

나는 이 말을 남기고 그의 품에 쓰러졌다.

36
맥라노흐

어두운 오두막 한쪽 구석에는 곰 한 마리가 있었다. 무척 겁에 질린 나는 더는 맹수를 보고 싶지 않은 마음에 날 데리고 온 남자 뒤로 얼른 물러섰다. 하지만 그는 나를 오두막 안으로 확 밀었다. 불길 쪽으로 비틀거리며 걷자, 커다란 형체는 나를 향해 돌아섰다. 이제야 알고 보니 그는 곰 가죽을 쓴 커다란 남자였다.

정확히 말하자면 그는 곰 가죽으로 만든 망토를 두르고 있었다. 목 부분에는 내 손바닥만큼 커다란 은 도금 브로치를 달아 망토를 고정했는데, 브로치는 두 마리의 수사슴이 등을 아치형으로 구부리고 머리를 맞대어 원형을 이룬 채 뛰어오르는 모양이었다. 잠금 핀은 끝부분이 점점 가늘어지는 짧은 부채꼴 모양으로, 도망치는 사슴의 꼬리처럼 생겼다.

그 브로치를 자세히 보았던 건, 그게 바로 내 눈앞에 있었기 때문이었다. 고개를 들자, 나는 잠시 내가 잘못 본 줄 알았다. 이건 사람이 아니라 정말로 곰일지도 몰라.

하지만 진짜 곰이라면 브로치를 차지도 않을뿐더러 블루베리 같은 눈도 없겠지. 남자의 작고 동그란 눈은 짙푸른 색으로 빛났다.

움푹 들어간 눈 위로 볼살이 묵직하게 붙었고, 아래로 좁아지는 얼굴형 옆으로는 희끗희끗한 검은 머리칼이 무성했다. 곰 가죽 망토 빛깔과 비슷한 색의 머리카락은 육중한 어깨 위로 떨어져서 가죽과 이어졌다. 그래서 이미 벗겨져 망토가 된 가죽은 여전히 곰의 인상을 진하게 풍겼다.

날카로운 눈동자가 나를 슬쩍 보면서 후줄근한 복장이 원래는 좋은 옷이었다는 것을 알아보았다. 그리고 내가 낀 두 개의 결혼반지가 금과 은이라는 것도 파악했다. 곰 가죽 남자의 말투는 그에 따라 격식을 갖추었다.

"어려움을 겪으신 모양이오, 부인. 혹시 우리가 도와드릴 일이 있겠소?"

그는 미처 녹지 못한 눈을 머리카락에 매달고 거대한 고개를 숙이며 정중하게 말했다.

무어라 대답해야 할까 망설여졌다. 이 남자의 도움이 절실히 필요했지만, 입을 열었다가는 내가 잉글랜드인이라는 게 곧바로 드러나 의심을 받을 것이다. 그런데 나를 이리로 데려온 궁수가 선수를 쳤다. 그는 간결하게 설명했다.

"웬트워스 근처에서 이 여자를 찾았습니다. 늑대와 싸우고 있었죠. 잉글랜드 아가씨입니다."

그가 마지막으로 덧붙인 말에 이곳 주인장은 블루베리 빛깔 눈빛 깊숙이 다소 불쾌한 추측을 하며 나를 바라보았다. 나는 몸을 꼿꼿이 펴고 수간호사다운 태도를 최대한 끌어 올려 단호하게 말했다.

"태생은 잉글랜드인이지만, 결혼해서 스코틀랜드인이 되었습니다. 제 이름은 클레어 프레이저입니다. 제 남편이 지금 웬트워스 교도소에 수감되어 있고요."

곰 가죽 남자는 천천히 대답했다.

"그렇군. 음, 내 이름은 맥라노흐요. 부인은 지금 내 땅에 있소. 드레스를 보아하니 있는 집 출신이신 것 같은데. 어쩌다 이 겨울밤에 엘드리지 숲에 혼자 오게 되었소?"

나는 그 질문을 얼른 받아 설명을 시작했다. 나의 진실함을 증명할 수 있는 기회이자, 머타와 루퍼트를 찾을 기회이기도 했으니까.

"저는 남편의 가족 몇 사람과 함께 웬트워스에 왔습니다. 제가 잉글랜드 태생이기 때문에 우리는 교도소에 들어갈 수 있을 거라 생각했어요. 어쩌면 남편을 빼낼 방법이 있을 거라고도 생각했죠. 하지만, 저는 다른 길로 교도소에서 나왔습니다. 그리고 친구들을 찾는 도중에 늑대의 습격을 받았고, 여기 계신 친절한 신사분께서 저를 구해 주셨지요."

나는 빼빼 마른 궁수에게 고맙다는 미소를 애써 지어 보였고, 그는 묵묵히 그 인사를 받았다.

"확실히 날카로운 이빨을 지닌 짐승의 습격을 받으셨군."

맥라노흐는 나의 찢어진 치맛자락을 바라보며 고개를 끄덕였다. 의혹은 잠시 사라지고, 나에게 환대를 해 주어야 한다는 생각이 커졌다.

"그렇다면 다치셨소? 그저 긁힌 것뿐이라고? 음, 부인은 지금 몸이 차가울 거요. 좀 떠는 것도 같소만. 여기 불 옆에 앉으시오. 헥터에게 마실 것을 가져오라 하겠소. 그런 다음 당신 친구에 대해서 내게 말해 보시오."

그는 조악한 삼발이 의자를 한쪽 발로 끌어당긴 다음, 묵직한 손을 내 어깨에 얹어 의자에 단단히 앉혔다.

토탄 불은 별로 환하지 않았어도 편안할 만큼 따스했다. 얼어붙은 손 끝에 다시금 피가 돌기 시작하자 나도 모르게 몸이 부르르 떨렸다. 헥터가 마지못해 내준 가죽 병에서 술을 몇 모금 마시고 나자 몸 안에도 피가 돌기 시작했다.

나는 최대한 나의 상황을 설명했지만, 그다지 좋은 성과를 내지는 못했다. 어떻게 해서 교도소를 빠져나왔는지 그리고 그 후에 늑대를 마주쳐 어떻게 죽였는지 설명했지만 전혀 믿어 주지 않았다.

"부인이 웬트워스에 겨우 들어간 걸 보면, 플레처 경이 마음대로 그곳을 돌아다니게 됐을 리 없소. 게다가 랜들 대위가 지하 감옥에서 당신을 발견하고서도, 그저 뒷문을 열어 주었단 말이오?"

"그, 그자는 저를 보내 줘야 할 이유가 있었습니다."

"무슨 이유?"

블루베리 빛깔 눈동자에는 완강한 기색이 서렸다.

나는 포기하고 있는 그대로 사실을 말했다. 너무 지친 나머지 조심스레 말을 고르거나 빙빙 돌려 이야기할 수가 없었다.

맥라노흐는 반쯤은 내 말을 믿어 주는 것 같았지만, 그래도 행동에 나서기를 주저하며 나와 논쟁을 벌였다.

"그래, 부인의 걱정은 잘 알겠소. 하지만 그리 심하게 나쁘지는 않은 것 같은데."

"심하게 나쁘지 않다니요!"

나는 격분한 나머지 벌떡 일어섰다. 하지만 그는 피를 빼는 등에에 시달리듯 고개를 저었다.

"내 말은 말이오, 그자가 원한 게 젊은이의 엉덩이라면, 그리 심하게 해치지는 않았을 거란 뜻이오. 게다가 부인 앞에서 할 말은 아니지만, 비역질 좀 당한다고 죽는 것도 아니지 않소."

그는 수프 접시만 한 손을 들어 올리며 설명을 이어 갔다.

"자, 물론 부인의 남편이 즐겼을 리는 없다고 생각하지만, 분명히 말해 둘 것은, 젊은이의 엉덩이가 좀 뚫렸다는 이유로 플레처 경과 전면전을 벌일 수는 없다는 것이오. 눈치챘겠지만 나는 여기서 입지가 위태롭다오. 아주 위태롭지."

그는 볼을 불룩 부풀리고는 날 향해 미간을 찌푸렸다.

이 세상에 진짜 마녀가 없다는 게 정말 아쉽구나. 이런 적이 한두 번이 아니었다. 만약 내가 마녀였다면, 당장 이 남자를 두꺼비로 만들어 버렸을 텐데. 얼굴에 덕지덕지 사마귀가 붙은 뚱뚱한 놈으로 말이야.

나는 분노를 애써 삼키고 다시금 이성적으로 설득해 보았다.

"저도 이젠 남편의 엉덩이를 구하기에 너무 늦었다고 생각합니다. 제가 구하고 싶은 건 그의 목숨이에요. 잉글랜드인들이 내일 아침에 남편을 교수형시킬 예정입니다."

맥라노흐는 앞뒤로 몸을 비틀며 혼잣말을 중얼거렸다. 그 모습은 마치 너무 작은 우리에 갇힌 곰 같았다. 그러다 문득 내 앞에 멈춰선 그는 얼굴을 바싹 갖다 대었다. 난 너무 지친 나머지 몸을 뒤로 젖히지도 못했다. 그 자리에 가만히 서서 눈을 깜빡였을 뿐이다.

"내가 부인을 돕겠다고 하면, 어떤 이득이 있지?"

그는 버럭 소리를 지른 다음 다시 방향을 틀고 방 안을 서성이기 시작했다. 한쪽으로 두 걸음 갔다가 망토를 휙 날리며 돌아서고는 다시 다른 쪽으로 두 걸음 걷는 식이었다. 그렇게 걸을 때는 말을 하고, 멈춰 서서는 헐떡이며 계속 말을 이었다.

"내가 직접 플레처 경에게 간다 해도, 무슨 말을 하겠소? 여기 있는 당신 부하 중에 여가 시간마다 고문을 즐기는 놈이 있다고 말할까? 그래서 플레처 경이 그걸 어떻게 알았냐고 물으면, 길을 잃은 새서나흐 여편네가 알려 줬다고, 내 부하가 어둠 속에서 헤매는 여편네를 데려왔는데, 그 여자가 말하기를 당신 부하가 자기 남편에게 추잡한 짓을 한다고 알려 줬다고 하겠소? 그런데 그 남편이란 자가 목에 현상금이 걸려 있는 사형수라서, 곧 죽을 거라고 말하란 말이오?"

맥라노흐는 걸음을 멈추더니 앞발 같은 주먹으로 허술하게 만든 탁자를 쾅 내리쳤다.

"그리고 거기에 어떻게 부하들이 들어간단 말이오! 생각을 해 보시오. 우리야 안에 들어갈 수 있다지만—"

나는 말을 가로막았다.

"들어갈 수 있어요. 제가 길을 알려 드릴게요."

"으으음. 그럴 수도 있겠지. 하지만 안에 들어갔다 쳐도, 내 부하들이 자기 요새 안에서 어슬렁거리는 걸 플레처 경이 발견하면 어떻게 되겠소? 다음 날 랜들 대위에게 대포를 들려 보내서 내 성인 엘드리지 홀을 쑥대밭으로 만들어 놓을 거라고! 알겠소?"

그는 검은 머리칼을 휘날리며 고개를 저었다.

"안 되오, 부인. 나는 그 꼴을—"

그때였다. 갑자기 오두막 문이 확 열리더니 또 다른 궁수가 들어왔다. 그는 머타를 앞세우고 그 등에 칼끝을 겨눈 채였다. 맥라노흐는 걸음을 멈추고 놀라서 그들을 빤히 바라보며 물었다.

"이건 또 뭔가? 지금이 무슨 5월 축제라도 되나? 그래서 남녀가 모여 숲속에 꽃이라도 따러 왔나? 지금은 얼어 죽을 겨울이고 곧 눈이 온다고!"

"이분은 제 남편의 씨족이에요. 말씀드렸다시피—"

하지만 머타는 그닥 친근하지 않은 인사 자리에서도 별로 동요하는 기색 없이 곰 가죽을 입은 남자를 유심히 바라보았다. 마치 머릿속으로 남자의 희끗한 머리와 나이를 지우고 젊은 모습을 상상하는 듯했다.

그는 따지는 듯한 어조로 물었다.

"맥라노흐 아닌가? 오래 전 리오흐성에서 열린 대모임 때 오지 않았나?"

맥라노흐는 아주 놀랐다.

"그래, 오래 전에 갔었지! 근 30년이 다 되어 가지. 당신이 그걸 어떻게 알지?"

머타는 만족스레 고개를 끄덕였다.

"아, 그럴 줄 알았지. 나도 거기 있었으니까. 자네를 대모임 때 본 기억이 나. 자네가 그 모임을 기억하는 것과 같은 이유로 말이야."

맥라노흐는 주름이 자글자글한 머타의 얼굴을 빤히 바라보며 나이 든 얼굴에서 30년 전의 모습을 애써 떠올렸다. 마침내 그가 말했다.

"그래, 자네가 누군지 알겠어. 이름은 모르지만 기억이 나. 틴샬 때 단도로 단번에 상처 입은 멧돼지를 죽였지. 그놈 아주 용감무쌍한 멧돼지였는데. 맞아, 그래서 매켄지 씨족이 자네에게 엄니를 줬잖아. 거의 동그라미에 가깝게 구부러진 아름다운 엄니 말이야. 그때 참 멋진 사냥을 했었지."

아주 잠깐, 천연두 자국이 얽힌 머타의 뺨 위로 만족감이라고밖에 볼 수 없는 기색이 스쳤다.

나는 흠칫 놀랐다. 랄리브로흐에서 봤던 야성미 넘치는 팔찌가 생각났기 때문이다. "우리 어머니 거예요. 어머니를 흠모하는 남자가 줬대요"라고 제니가 말했던 그 팔찌. 나는 믿을 수 없는 눈초리로 머타를 바라보았다. 제아무리 30년의 세월이 흘렀다 해도, 머타는 부드러운 열정을 지닐 만한 남자로 보이지 않았으니까.

엘런 매켄지 생각을 하자, 내가 아직도 주머니 솔기에 꿰매어 갖고 다니던 그녀의 진주 목걸이가 떠올랐다. 나는 그 끝을 더듬어 찾아서 벽난로 불빛 앞에 꺼내 놓았다.

"제가 대가를 드릴 수 있어요. 아무런 이득 없이 부하들을 위험에 이끌고 가라는 말씀이 아니에요."

그러자 예상했던 것보다 훨씬 빠른 손짓으로, 맥라노흐는 내 손에서 진주 목걸이를 낚아챘다. 그는 믿을 수 없다는 눈빛으로 목걸이를 바라보다가 대뜸 물었다.

"이게 어디서 났소, 부인? 당신 이름이 프레이저라고 했소?"

나는 피곤한 와중에도 몸을 꼿꼿이 펴고 대답했다.
"네. 그 진주는 제 것이에요. 남편이 결혼식 때 선물로 줬답니다."
"그런가. 그랬나."
맥라노흐의 거친 목소리가 갑자기 쉬었다. 그는 진주를 든 채 머타를 돌아보았다.
"엘런의 아들이라고? 이 여자의 남편이 엘런의 아들인가?"
머타는 언제나처럼 감정을 드러내지 않고 말했다.
"그래. 딱 보면 알 수 있지. 아주 빼닮았으니까."
마침내 그는 움켜쥐고 있던 진주를 의식하고 손을 펴서 빛나는 보석을 부드럽게 쓰다듬었다.
"내가 이걸 엘런 매켄지에게 줬었다오. 결혼 선물이었지. 난 엘런을 아내로 맞이해서 이걸 주고 싶었지만, 엘런은 다른 곳을 선택하더군. 뭐, 나는 이 진주를 찬 그녀의 아름다운 목덜미를 너무 많이 상상했기 때문에, 이게 다른 여자 목에 걸린다는 걸 생각조차 할 수 없었소. 그래서 엘런에게 그냥 가지라고 했었지. 그리고 이걸 찰 때마다 내 생각을 해 달라고 부탁했었소. 흠!"
그는 옛 기억에 피식 웃은 다음, 진주 목걸이를 내게 조심스럽게 돌려 주었다.
"그러니 이제는 당신 것이 되었군. 음, 건강한 모습으로 차고 다니시오, 부인."
이 감상적인 장면에서 최대한 조바심을 내지 않으려고 노력하며 나는 대답했다.
"만약 제 남편을 구출하는 데 힘을 보태 주신다면, 이 목걸이를 차고 다닐 기회가 훨씬 더 많겠지요."
마커스 맥라노흐 경은 목걸이의 옛 주인 생각에 슬그머니 미소를 짓다가, 갑자기 장밋빛 입술을 꾹 다물었다. 그는 턱수염을 잡아당기며 입을 열었다.

"아, 알겠소. 하지만 아까도 말했듯이, 이걸 어떻게 해야 할지 모르겠단 말이오. 난 집에 아내와 애 셋이 있소. 마음 같아서야 엘런의 아들을 위해서 뭔가 하고 싶기는 하나, 부인이 말하는 건 너무 과하오."

순간 다리가 완전히 풀려 버리고 말았다. 나는 쿵 소리를 내면서 주저앉아 어깨를 축 늘어뜨리고 고개를 떨구었다. 절망은 나를 닻처럼 끌어내리고 저 깊은 곳으로 떨어뜨렸다. 나는 눈을 감고 마음속의 흐릿한 구석으로, 고통스러운 회색 공백만이 머무는 내면으로 침잠했다. 여전히 무어라 반박하는 머타의 목소리만이 희미한 지껄임처럼 아스라이 들릴 뿐이었다.

그때, 갑자기 들려온 소 떼의 울음소리에 멍한 상태에서 깨어났다. 고개를 들자 오두막에서 휙 나가려는 맥라노흐가 보였다. 그가 문을 열자, 겨울 바람이 세차게 들이닥치며 소 떼의 울음과 사람들의 고함 소리를 묵직하게 싣고 왔다. 거대한 털북숭이 남자는 밖으로 나가며 문을 쾅 닫았다. 나는 머타에게 돌아서서 이제 어떻게 해야 하느냐고 물으려 했다.

그런데 머타의 얼굴을 본 순간 난 말문이 막힌 채 멈춰 섰다. 이 분의 얼굴은 언제나 인내심 있는 시무룩한 표정만을 짓곤 했지, 다른 표정을 도통 드러낸 적이 없었다. 그런데 지금은 흥분을 꾹꾹 참으며 긍정적인 기색으로 낯빛을 밝히고 있지 않은가.

나는 그의 팔을 잡았다.

"뭔데 그래요? 빨리 말해 보세요!"

"그 암소가! 맥라노흐 거였어!"

이 말을 뱉기가 무섭게 맥라노흐가 호리호리한 젊은이를 앞으로 밀면서 오두막 안으로 휙 들어왔다.

그는 마지막으로 젊은이를 확 밀더니 오두막 벽에 똑바로 기대 세웠다. 보아하니 맥라노흐는 얼굴을 맞대는 자세의 효과를 잘 아는 모양이었다. 그는 아까 나에게 했던 대로 코가 닿을 정도로 얼굴을 가까이 밀어붙이는 방법을 썼다. 그 젊은이는 나보다 균형을 못 잡았는지 아니면 나보다 덜 피곤했던지, 초조하게 몸을 젖히며 벽에 등을 최대한 기댔다.

맥라노흐는 처음에는 말로 조곤조곤 논리를 펴기 시작했다.

"압살롬, 얘야. 난 널 세 시간 전에 보냈잖느냐. 소 떼 마흔 마리를 데려오라고 말이야. 그 소들을 꼭 찾아야 한다고 말했지? 망할 놈의 지독한 눈보라가 곧 닥칠 테니까."

처음에는 잘 참았던 목소리가 점점 높아졌다.

"그래서 바깥에서 암소 떼 소리를 듣고 내가 속으로 생각했단 말이다. 아, 마커스. 압살롬이 가서 소 떼를 다 끌고 왔구나. 참 착한 녀석일세. 이제 집에 가서 녀석들을 우리에 안전하게 넣고 불가에서 몸을 녹일 수 있겠다, 하고."

햄 덩이 같은 주먹이 압살롬의 재킷을 와락 움켜쥐었다. 뭉툭한 손가락 사이에 잡힌 천이 뒤틀리기 시작했다.

"그래서 밖에 나와 잘했다고 칭찬을 해 줬잖냐. 그리고 소 떼를 세기 시작했다. 그런데 압살롬아, 우리 잘생긴 꼬마야, 내가 센 게 몇 마리인 줄 아느냐?"

그의 목소리는 이제 있는 대로 커졌다. 그의 목소리가 특별히 굵은 건 아니었지만, 마커스 맥라노흐는 보통 체격의 남자 세 배에 해당하는 폐활량을 지녔다.

"열다섯이야!"

그는 불쌍한 압살롬의 멱살을 잡고 대롱대롱 들어 올렸다.

"마흔 마리가 있었는데 열다섯 마리밖에 없다고! 나머지는 어딨냐? 어딨냐니까? 저 추운 바깥에서 헤매다가 얼어 죽으면 어떡하라고!"

이 소동이 벌어지는 동안 머타는 조용히 저 구석의 그림자 속으로 숨어들었다. 하지만 나는 계속 머타의 얼굴을 바라보다가, 맥라노호의 말을 듣고서 즐거운 기색으로 번뜩이는 그의 눈빛을 보았다. 그 순간 머타가 내게 하려던 말이 뭔지 깨달았다. 루퍼트가 지금 어디 있는지도. 아니, 정확히 어디 있는지는 모르겠지만, 그래도 뭘 하고 있는지 알게 되었다. 그래서 살짝 희망을 품기 시작했다.

이제는 완전히 어두워졌다. 저 아래 보이는 교도소의 불빛은 난파하는 배의 등불처럼 흐릿하게 깜빡였다. 동료 둘과 숲속에서 기다리면서, 나는 일이 잘못될 경우를 수천 가지나 생각하고 또 생각했다.

맥라노호가 이 거래에서 자기의 역할을 잘 이행해 줄까? 본인이 아끼는 순종 하일랜드 소를 되찾고 싶다면 그래야겠지. 플레처 경은 맥라노호의 말을 듣고 아래층 지하 감옥을 즉시 수색하라고 명령을 내릴까? 그럴 가능성이 높았다. 남작 작위를 지닌 자의 말은 가볍게 여길 것이 아니니까.

소 떼가 사라지는 장면도 보았다. 한 번에 한 마리씩, 루퍼트와 부하들은 숙련된 솜씨를 발휘하여 소들을 도랑 아래로 몰고 숨겨진 문으로 데려갔다. 하지만 과연 저들이 그 문으로 소 떼를 넣을 수 있을까? 한 마리라도? 그리고 소 떼를 넣는다면 그 안에서 뭘 할까? 갑자기 눈부신 횃불이 비추는 석조 복도에 갇힌다면, 반쯤 야생화된 소들은 무슨 짓을 할까? 글쎄, 어쩌면 효과가 있을 것이다. 복도 자체는 횃불과 인간의 냄새가 가득하다는 점에서 소들이 원래 사는 돌바닥 우리와 별로 다를 것이 없겠지. 만약 소들이 거기까지 들어간다면, 계획은 성공할 수도 있다. 랜들 본인은 소들이 쳐들어온 걸 보아도 도와달란 요청을 하지는 못할 것이다. 자기의 은밀한 짓거리가 들킬까 봐 무서울 테니까.

조련사인 루퍼트 일당은 일단 소 떼들을 아무렇게나 감옥에 풀어 두어 마음껏 날뛰게 놔둔 다음, 최대한 빨리 감옥에서 빠져나와 말을 타고 죽어라 달려 매켄지 영토로 가기로 했다. 랜들은 어찌하든 상관없었다. 그 상황에서 자기 혼자 뭘 하겠는가? 하지만 소 떼의 소음을 듣고 교도소 수비대가 너무 빨리 들이닥친다면? 두걸은 웬트워스에 갇힌 조카조차 빼내고 싶어 하지 않는데, 매켄지 씨족 몇 사람이 교도소에 침입한 죄목으로 체포되었을 때 어떤 반응을 보일지 상상이 갔다. 루퍼트가 기꺼이 위험을 감수해 주긴 했지만, 나 역시 그 책임을 지고 싶지 않았다. 난 엄지를 깨물며 어떻게든 마음을 진정시켜 보려 했다. 지하 감옥과 위층 교도소 구역 사이에는 엄청난 양의 단단한 화강암이 있으니 소리가 잘 들리지 않을 거라 생각하면서.

물론 가장 걱정되는 점은 모든 게 다 잘되더라도, 결국 너무 때가 늦어 버린 건 아닌가 하는 두려움이었다. 교수형을 당할 사람이든 아니든, 랜들이 벌써 너무 심한 짓을 했을지도 모른다. 나는 포로수용소에서 돌아온 군인들의 이야기를 들은 적이 있기에, 그 점을 너무나 잘 알았다. 죄수가 '사고사'하는 경우란 비일비재했고, 민망한 공식적 취조가 일어나기 전에 시체는 편리하게 처리되었다. 취조가 일어나 랜들의 짓이 밝혀진다 해도, 나에게는, 그리고 제이미에게는 별 위안이 되지 못할 것이다.

그 방의 탁자 위에 있었던 평범한 물건들을 어찌 썼을까. 나는 그 상상을 단호하게 자제했다. 하지만 탁자를 밀어 대던 제이미의 산산조각 난 손가락 뼈가 어쩔 수 없이 계속 떠올랐다. 나는 손마디를 안장 가죽에 세차게 문대며 그 생각을 지우려 했다. 문득 약간 쓰라린 느낌이 들어 장갑을 벗고 늑대의 이빨이 할퀸 자국을 살펴보았다. 몇 군데 긁힌 것일 뿐, 별로 심하지는 않았다. 이빨 끝이 가죽을 뚫고 작은 구멍을 냈을 뿐이다. 나는 멍하니 상처를 핥았다.

내가 최선을 다했다고 말해 봤자 소용없는 일이다. 나는 할 수 있는 유일한 일을 했지만, 그렇다고 해서 지금 기다리는 이 시간의 무게가 가벼워지지는 않았다.

마침내 교도소 쪽에서 희미하고 불분명한 고함 소리가 들렸다. 맥라노흐의 부하 하나가 내 말고삐에 손을 얹더니 나무 사이 은신처 쪽으로 손짓했다. 땅 위에 쌓인 눈은 훨씬 가벼웠고, 서로 얽힌 관목 가지 아래로는 흩날림도 줄어들었다. 땅에 얇게 덮였던 눈은 낙엽이 뿌려진 돌투성이 땅에 이르자 갑자기 두꺼워졌다. 이곳에는 아까보다 눈이 덜 내리는데도, 시야는 여전히 너무나 흐릿했다. 그래서 작은 공터를 쉴새 없이 빙빙 도는 동안 불과 몇 미터 앞에 드리워진 나뭇가지가 불쑥 나타나거나, 분홍빛 사이에서 검은 나무줄기가 쑥 솟아오르는 것처럼 보였다.

폭설 때문에 소리가 잘 들리지 않는 가운데, 이쪽으로 들려오는 말발굽 소리가 나나 싶더니 이미 누군가가 앞에 나타났다. 맥라노흐의 부하 두 사람은 권총을 뽑아 들고 말을 나무 가까이 세운 채 기다렸지만, 소의 둔한 울음소리를 알아들은 나는 관목 숲에서 벗어나 앞으로 말을 몰았다.

마커스 맥라노흐 경은 얼룩무늬 말을 타고 곰 가죽 망토를 두르고 있었기에 구별이 되었다. 비탈길을 앞장서서 내려오는 말발굽 아래로 솟구치는 눈이 마치 작게 폭발하는 듯 보였다. 그의 뒤로 여러 명이 따라오고 있었는데, 소리를 들어 보니 다들 기분이 좋은 듯했다. 좀 더 뒤로는 더 많은 부하들이 말을 탄 채로 소 떼를 앞으로 서둘러 몰며 맥라노흐의 헛간에 있는 잘 꾸며진 쉼터로 데려가고 있었다.

맥라노흐는 내 옆에서 말을 세우더니 호탕하게 웃었다.

"프레이저 부인, 참으로 감사드리오. 덕분에 아주 즐거운 저녁 시간을 보냈소."

그는 눈을 뚫고 소리쳤다. 나를 맞이하는 얼굴은 의심의 기색이 사라지고 이제는 더할 나위 없이 상냥하기만 했다. 눈썹과 콧수염에 하얗게 눈이 쌓인 모습이 마치 홍청망청 즐거운 산타클로스 같았다. 그는 내 말고삐를 잡고 숲속 조용한 곳으로 이끌었다. 그리고 나와 같이 있던 부하 두 명에게 손짓해서 언덕으로 가 소 떼를 모는 걸 도우라 했다. 이윽고 그는 말에서 내리고는 나 역시 안장에서 안아 내리면서 계속 웃어 댔다.

그는 아주 황홀하다는 듯 배를 잡고 껄껄 웃었다.

"부인도 그걸 봤어야 하오! 내가 저녁 식사 자리에 쳐들어가서 당신이 다 알고도 내 재산을 훔쳐서 숨겨 놓고 있지 않냐며 소리쳤더니, 플레처 경이 목덜미부터 새빨개지는 게 꼭 울새 같더군. 우리가 결국 아래층으로 내려갔을 때, 천둥처럼 울리는 소 울음소리를 듣고서 어찌나 놀라던지! 분명 플레처 경은 바지에 오줌을 지렸을 거요. 글쎄—"

나는 초조하게 그의 팔을 흔들었다.

"플레처 경의 바지 이야기는 그만하세요. 제 남편을 찾으셨나요?"

맥라노흐는 소매로 눈물을 닦으며 살짝 흐느껴 울다시피 말했다.

"아, 그래. 찾았소."

"괜찮던가요?"

나는 차분하게 물었지만, 사실은 비명을 지르고 싶었다.

맥라노흐는 내 뒤편에 있는 나무를 향해 고갯짓을 했다. 뒤를 돌아보니 말을 탄 남자 하나가 조심스럽게 나무 아래를 지나고 있었다. 그의 안장 앞쪽으로 천을 덮은 커다란 형체가 축 늘어진 모습이 보였다. 나는 헐레벌떡 앞으로 달려갔고, 맥라노흐는 내 뒤를 따라오며 설명했다.

"그는 죽지 않았소. 적어도 우리가 발견했을 때는 말이오. 하지만 심하게 학대를 받았지. 불쌍한 젊은이."

나는 제이미의 머리에서 천을 벗기고는 불안한 마음으로 최대한 열심히 그를 검사했다. 그를 태운 말은 눈 덮인 추운 길을 걷는 것도 모자라 추가로 짐을 싣고 가는 바람에 흥분한 채 자꾸만 안절부절못했다. 그의 얼굴에서 짙은 멍과 헝클어진 머리카락 사이로 굳은 피딱지를 발견했지만, 주변이 어둑했던지라 그 이상의 상처는 보이지 않았다. 얼음장같이 차가운 목덜미에서 맥을 느낀 것도 같지만, 확실하진 않았다.

맥라노흐는 내 팔을 잡고 말에서 떼어 냈다.

"우리는 최대한 빨리 이 젊은이를 집 안으로 데려갈 거요. 나와 같이 갑시다. 헥터가 집으로 잘 데리고 올 테니."

맥라노흐의 집인 엘드리지 저택의 응접실에 들어온 헥터는 벽난로 앞에 깔린 러그 위에 가져온 짐을 내려놓았다. 그리고 담요 한쪽을 잡고 조심스럽게 돌돌 펴서 안에 든 사람을 꺼내자, 애너벨 맥라노흐 부인의 자랑이자 기쁨인 분홍과 노랑 꽃무늬 러그 위로 축 늘어지고 벌거벗은 몸이 털썩 떨어졌다.

하지만 애너벨 부인은 자신이 아끼는 비싼 오뷔송 양탄자에 피가 스며들고 있다는 걸 알아차리지 못한 것 같았다. 애너벨은 40대 초반의 자그마한 여인으로, 눈부신 노란 비단 실내복을 입은 모습이 황금방울새 같았다. 그녀가 짧게 손뼉을 치자 하인들이 사방으로 얼른 달려가 담요며 리넨 천, 뜨거운 물과 위스키를 가져와 내가 망토를 벗기 전에 내 앞에 대령했다.

마커스 맥라노흐 경은 커다란 위스키 병 두 개를 따르며 말했다.

"그를 엎드리게 하는 게 좋을 것 같소. 채찍을 맞아 등이 벗겨졌으니 등을 대고 누우면 무척 아플 거요. 물론 지금은 몸에 별 느낌이 없어 보이긴 하지만."

그는 제이미의 어두운 얼굴과 꾹 감은 푸르스름한 눈꺼풀을 자세히 들여다보더니 물었다.

"아직 살아 있는 게 확실하오?"

"네."

내 판단이 옳기를 바라며 나는 짧게 대답했다. 그리고 제이미를 일으키려 안간힘을 썼다. 의식을 잃으니 몸무게가 세 배쯤 늘어난 것 같았다. 맥라노흐가 도와주어서 우리는 그를 담요 위에 올려 다시 벽난로 쪽으로 뉘었다.

급히 진찰한 결과 그는 확실히 살아 있었다. 어디 잘린 부위도 없었고, 출혈 때문에 사망할 위험도 없다는 것까지 확인한 나는 한시름 놓았다. 이젠 다친 부분을 조금 여유롭게 조사해도 될 것 같았다.

애너벨 부인은 벽난로 앞에 시체처럼 누운 제이미를 의심스러운 눈길로 바라보며 말했다.

"의사를 부를 수는 있어요. 하지만 여기에 한 시간 안에 도착할 수 있는지는 의문이네요. 눈이 심하게 내리고 있으니까요."

그녀의 말투에 꺼리는 기색이 있는 건, 눈 때문만은 아니겠지. 의사는 이 집에 탈옥범이 있다고 위험한 증언을 할 수 있을 테니까. 나는 무심코 대답했다.

"굳이 부르실 필요 없어요. 제가 의사예요."

맥라노흐 부부가 둘 다 놀라는 눈길을 보였지만 무시했다. 그리고 아직 숨이 붙어 있는 남편 옆에 무릎을 꿇고 앉아 그를 담요로 덮고 뜨거운 물을 천에 적셔 밖으로 드러난 부분에 대었다. 지금 가장 급하게 해야 할 일은 그를 따뜻하게 하는 것이다. 등에 난 상처에서는 피가 느리게 흐르고 있었기 때문에 나중에 돌봐도 된다.

애너벨 부인은 이제 자리를 뜨면서 방울새 같은 높은 목소리로 하인들을 부르고 명령을 내리며 일을 시켰다. 그녀의 남편은 내 옆에 쭈그리고 앉아 제이미의 언 발을 커다랗고 뭉툭한 손으로 무심히 주무르기 시작했다. 그러다 가끔 멈추고는 위스키를 홀짝였다.

나는 담요를 조금씩 뒤집으며 상처를 살펴보았다. 제이미의 목덜미에서 무릎까지 가느다란 줄무늬가 나 있었다. 마치 마부의 채찍으로 때린 듯한 흔적은 헴스티치 장식처럼 작은 십자 표식을 그렸다. 흉터가 너무나 단정해 보여서 때릴 때마다 일부러 신경 써서 자국을 냈다고밖에 볼 수 없었다. 나는 분노에 속이 뒤집힐 것만 같았다.

어깨는 그보다 더 무거운 것, 아마도 지팡이 같은 것으로 아무렇게나 때린 것 같았다. 맞은 자리가 어찌나 심하게 패었는지 한쪽 쇄골 위로 뼈가 하얗게 드러나 보일 정도였다. 나는 가장 상처가 심한 곳에 두꺼운 린트천*을 대고서 검사를 계속했다.

망치에 맞은 왼쪽 몸뚱이에는 흉측한 타박상이 부풀어 올랐다. 검붉은 멍은 마커스 경의 손바닥보다 더 넓게 퍼졌다. 그곳 갈비뼈는 분명히 부러졌지만, 치료는 나중에 해도 되었다. 지금 나의 관심사는 목과 가슴에 난 시퍼런 부분이었다. 그곳의 피부는 오그라들어 붉은 기를 띠며 물집이 잡혔다. 그중 한쪽 끝은 새까맣게 그을려 있었고, 테두리엔 하얀 재가 붙었다.

“대체 이건 뭘로 한 거지?”

마커스 경은 그의 임무를 마치고는 아주 호기심 어린 시선으로 내 어깨 너머를 바라보았다.

“뜨거운 부지깽이요.”

힘없고 흐릿한 목소리가 들려왔다. 잠시 후에야 그게 제이미의 목소리라는 걸 깨달았다. 힘겹게 고개를 든 모습을 보자 왜 말하면서 힘들어하는지 이유가 보였다. 아랫입술 한쪽이 심하게 찢어져서 벌에 쏘인 것처럼 부어 있었다.

* 붕대용으로 쓰는 부드러운 면직물의 일종.

마커스 경은 아주 침착한 태도로 제이미의 목 뒤에 손을 대고 그의 입술에 위스키 잔을 대 주었다. 제이미는 독한 술이 찢어진 입에 닿자 얼굴을 찡그렸지만, 잔을 다 비우고서 다시 머리를 뉘었다. 그는 가늘게 눈을 뜨고 나를 바라보았다. 고통과 독한 위스키 때문에 살짝 눈물이 맺혔는데도 눈빛만은 즐겁게 빛나고 있었다.

그는 내게 물었다.

"소였어요? 정말로 소가 들어온 거 맞아요? 아니면 내가 꿈을 꿨나요?"

"음, 내가 그동안 할 수 있는 건 그뿐이었어요."

나는 제이미가 살아 있고 의식도 있어서 안심한 채 환하게 웃었다. 그리고 그의 머리에 손을 대고 돌려 가며 광대뼈 위에 난 커다란 멍을 검사했다.

"정말 끔찍한 꼴이네요. 기분은 좀 어때요?"

나는 오랫동안 간호사로 일했던 습관에 따라 불쑥 물었다.

"살아 있다는 기분이죠."

그는 한쪽 눈썹을 애써 치켜뜨며 마커스 경이 주는 위스키를 두 잔째 마시겠다는 표시를 했다.

"한 번에 그렇게 술을 많이 마셔도 되겠어요?"

나는 혹시 뇌진탕의 징후가 있나 검사하면서 물었다. 순간, 제이미가 눈을 감고 고개를 뒤로 젖히며 나를 저지했다.

"돼요."

그는 마커스 경에게 빈 잔을 건네주며 말했다. 경은 잔을 디켄터 쪽에 돌려 놓았다.

"술은 이제 그만 마셔도 될 것 같아, 마커스."

애너벨 부인이 동쪽에서 떠오르는 태양처럼 나타나더니, 지저귀는 듯한 목소리로 남편에게 명령했다.

"이 젊은이는 위스키가 아니라 뜨거운 차를 마셔야 해."

그녀 뒤로 하녀가 은주전자에 담은 차를 들고 따라왔다. 하녀는 잠옷 차림이었지만 타고난 당당함은 전혀 줄어들지 않았다.

나는 덧붙여 말했다.

"진한 차에 설탕을 많이 넣어 주세요."

"그리고 위스키를 한 방울 넣어도 좋겠지."

마커스 경은 찻주전자가 지나갈 때 뚜껑을 열고 디켄터 안에 든 술을 넉넉하게 따랐다. 김이 모락모락 나는 차를 감사하며 받아 든 제이미는 마커스 경에게 잔을 들어 보이며 소리 없이 고마움을 표한 다음 뜨거운 차를 조심스레 입으로 가져갔다. 하지만 손이 심하게 떨려서 내 손으로 그의 손가락을 감아 찻잔을 대 주어야 했다.

이어서 들어온 하인들은 이동식 침대와 매트리스, 담요와 붕대, 뜨거운 물과 집 안의 약품이 든 커다란 목재 상자를 가져왔다.

애너벨 부인이 새소리처럼 아름다운 목소리로 말했다.

"벽난로 앞에서 작업하는 게 제일 좋겠다고 생각했어요. 여기가 더 환하고, 이 집에서 가장 따뜻한 곳이니까요."

그녀의 지시에 따라 덩치 큰 하인 둘이 제이미가 깔고 누운 담요를 붙잡았고, 이어서 불 지핀 벽난로 앞에 둔 이동식 침대로 부드럽게 옮겼다. 다른 하인은 밤새껏 태우도록 쌓아 둔 석탄을 열심히 쑤시면서 불길을 지폈다. 차를 가져온 하녀는 탁자 위 가지 촛대에 꽂힌 밀랍 양초에 솜씨 좋게 불을 붙였다. 애너벨 부인의 외모는 지저귀는 새 같았지만, 영혼은 군 조직의 상사 같았다.

"네, 이제 남편이 깨어났으니 치료를 빨리 할수록 좋겠지요. 혹시 60센티미터 길이의 널빤지와 튼튼한 끈이 있을까요? 그리고 곧고 납작한 막대기도 있었으면 좋겠어요. 이 정도 길이쯤?"

나는 손가락을 벌려 10센티미터 정도 길이를 표시했다. 이윽고 하인 하나가 내 명령을 수행하러 떠나는 정령처럼 어둠 속으로 휙 사라졌다.

집 전체는 마법처럼 멋지고 신비하기만 했다. 찬 바람이 울부짖는 바깥과 이곳의 호사스러운 따스함 사이의 간극이 너무나 커서 그럴까. 아니면 이토록 오랜 시간 동안 느꼈던 두려움과 걱정 끝에 제이미가 무사히 살았다는 안도감 때문일까.

육중하고 어두운 색 가구들이 등불에 반질반질 빛났고, 탁자에선 은그릇이 반짝였다. 주인이 수집한 섬세한 유리 그릇과 도자기가 벽난로 위를 장식한 모습이 그 앞에 누운 피투성이에 후줄근한 남자와 기이한 대조를 이루었다.

누구 하나 이게 무슨 일인지 질문하지 않았다. 우리는 마커스 경의 손님이었고, 애너벨 부인은 자정에 들어와 카펫 위에 피를 흘리는 손님을 맞는 게 별일 아닌 것처럼 행동했다. 그렇다면 예전에도 이런 손님을 맞아 본 적이 있다는 뜻이리라.

"아주 고약하군."

마커스 경은 전쟁터를 누비던 경험을 떠올리며 제이미의 망가진 손을 살펴보았다.

"아주 아프겠어. 그래도 죽을 정도는 아니잖소?"

그는 허리를 펴고는 나에게 은근한 어조로 물었다.

"부인이 한 이야기만 들었을 땐, 이보다 더 나쁠 거라고 생각했거든. 하지만 갈비뼈와 손을 제외하면 다른 곳은 부러진 데가 없고, 나머지 상처는 잘 나을 거요. 운이 좋았던 것 같소, 젊은이."

침대 위에 드러누운 형상에서 희미한 피식거림이 들렸다.

"행운이라 부를 만하죠. 놈들은 아침에 절 목매달려고 했으니까요."

제이미는 베개에서 초조하게 고개를 움직이며 마커스 경을 애써 올려다보았다.

"알고 계셨습니까…… 경께서도?"

그는 마커스 경의 수놓인 조끼와 코트 소매를 장식한 은사와 비둘기, 장미 무늬를 눈여겨보고는 경칭을 덧붙였다.

마커스 맥라노흐는 그런 경칭을 굳이 붙일 필요 없다는 듯 손을 저었다.

"음, 교수형 집행관에게 자네를 심하게 대했다는 걸 들키고 싶지 않은 모양이었더군. 그래서 안 보이는 데 상처를 냈겠지만, 등쪽 상처는 좀 심했어."

마커스 경은 이렇게 말하며 피 묻은 린트천을 떼고 새로운 천으로 갈아 주었다.

"네. 놈은 약간 제정신이 아니었거든요…… 그때……."

제이미는 애써 말을 하려다가 결국 제대로 말을 잇지도 못한 채 포기하고는 불가로 고개를 돌리고 눈을 감았다.

"맙소사, 피곤하네요."

아까 부탁했던 부목을 하인이 대령할 때까지, 우리는 잠시 제이미를 쉬게 두었다. 이윽고 부목을 받아 든 나는 그의 망가진 오른손을 조심스럽게 들고 촛불에 비추어 검사했다.

손을 맞추어야 한다. 그것도 가급적 빨리. 다친 근육 때문에 이미 손가락이 굽고 있었다. 나는 망가진 곳을 모두 살펴보며 절망을 느꼈다. 하지만 제이미가 이 손을 언젠가 다시 사용하려면, 치료해 봐야 할 것이다.

애너벨 부인은 내가 손을 검사하는 동안 뒤에 물러서 있었다. 하지만 내가 손을 내리자, 앞으로 다가와 작은 의료품 상자를 열였다.

"등골나무가 필요할 것 같아요. 벚나무 껍질도요. 그리고 혹시…… 거머리도 필요한가요?"

그녀는 제이미를 미심쩍게 바라보며 덧붙였다. 그리고 곱게 가꾼 손을 작은 단지 위로 뻗었는데, 뚜껑 달린 단지를 열자 안에는 희뿌연 액체가 가득했다.

나는 몸을 부르르 떨며 고개를 저었다.

"아뇨, 그건 필요 없을 것 같아요. 지금은요. 정말 필요한 건…… 혹시 아편 같은 거 있으세요?"

나는 그녀 옆에 무릎을 꿇고 앉아 상자 속 내용물을 자세히 들여다보았다.

"아, 있어요!"

그녀는 자그마한 녹색 병에 곧바로 손을 뻗더니, 라벨을 읽었다.

"양귀비꽃. 이거면 될까요?"

"아주 좋아요."

나는 병을 고맙게 받아 들었다. 그리고 잔에 냄새 나는 용액을 조금 따르면서 제이미에게 활기차게 말했다.

"잠깐 앉아서 이걸 마셔요. 그러면 잠들어서 오랫동안 깨어나지 않을 거예요."

솔직히 말해서, 위스키를 잔뜩 마신 사람에게 또 아편까지 투여한다는 게 바람직하다곤 생각하지 않았다. 하지만 그렇다고 제이미가 정신이 있는 동안 손을 짜 맞춘다는 건 생각조차 할 수 없는 일이다. 나는 병의 내용물을 좀 더 따랐다.

하지만 제이미는 성한 손으로 내 팔을 잡더니, 단호하게 말했다.

"마약은 안 할래요. 그냥 위스키나 좀 더 줘요."

그는 잠시 주저하며 터진 입술을 혀로 쓸어 보더니 덧붙였다.

"혹시 물고 있을 게 있으면 좋은데."

이 말을 들은 마커스 경은 구석에 있던 고운 광택의 셰러턴식 책상에 가서 내용물을 뒤지기 시작했다. 그리고 잠시 후 닳고 닳은 가죽 조각을 갖고 돌아왔다. 자세히 살펴보니, 두꺼운 가죽 조각 위로 수십 개의 반원형 자국이 겹쳐져 있었다. 잇자국이구나. 나는 심하게 놀랐다.

마커스 경이 설명해 주었다.

"이건 내가 세인트 시몬에서 썼던 거요. 머스킷 총탄을 다리에서 파낼 때 이걸 물고 버텼지."

나는 입을 벌리고 가죽을 바라보기만 했다. 제이미는 감사의 의미로 고개를 끄덕이고는 가죽을 받아다 잇자국을 엄지로 매만졌다. 나는 놀란 채로 천천히 말했다.

"그럼 내가 손가락 뼈 아홉 개를 맞출 동안 멀쩡히 **깨어 있겠다**는 소린가요?"

"응."

그는 짧게 말한 다음 잇새에 가죽을 물고 시험 삼아 물어뜯었다. 그리고 앞뒤로 움직이며 편안하게 물 자리를 찾았다.

이 무슨 말도 안 되는 행동이란 말인가. 참을 수가 없어서 이제껏 위태롭게 잡아 오던 자제력이 뚝 끊어지고 말았다. 나는 제이미에게 마구 소리쳤다.

"지랄맞은 영웅 놀음 따위 집어치워! 여기서 당신이 당한 일을 모르는 사람이 어디 있다고 이래! 쓸데없이 참을성을 증명할 필요 따윈 없다고! 당신이 책임지고 사사건건 지시하지 않으면 우리가 아무것도 못 하는 사람인 줄 알아? 대체 네가 뭔데 이래? 빌어먹을 존 웨인이야, 뭐야!"

어색한 침묵이 흘렀다. 제이미는 입을 멍하니 벌리고 나를 바라보다가, 마침내 부드러운 목소리로 말문을 열었다.

"클레어, 우리는 지금 웬트워스 교도소에서 3킬로미터밖에 떨어져 있지 않아요. 난 내일 아침이면 교수형에 당할 처지고요. 랜들에게 무슨 일이 일어났든, 잉글랜드인들은 내가 사라졌다는 걸 곧 알아챌 거라고요."

나는 입술을 깨물었다. 제이미의 말이 사실이었다. 내가 무심코 죄수들을 풀어 주는 바람에 한동안 상황이 어지러워지긴 했지만, 결국 죄수를 집계한 다음 수색이 시작될 것이다. 그리고 내가 선택한 이색적인 탈출 방법 덕분에, 엘드리지 저택에 곧 이목이 집중되겠지.

제이미는 조용한 목소리로 말을 이었다.

"운이 좋다면, 우리가 떠날 때까지 눈이 내려 주겠죠. 그러면 수색이 지연될 거예요. 하지만 그렇지 않으면……."

그는 어깨를 으쓱이며 불꽃을 가만히 바라보았다.

"클레어, 놈들에게 또다시 잡혀갈 수는 없어요. 여기서 약을 먹고 힘없이 누워 있다가 혹시라도 놈들이 온다면 잡혀가겠죠. 정신을 차려 보니 또 감옥에 묶여 있게 된다면…… 클레어, 그건 견딜 수가 없다고요."

내 아래쪽 속눈썹에 눈물이 글썽였다. 눈을 깜빡거리다 혹시 눈물이 뺨으로 흐를세라, 나는 눈을 커다랗게 뜨고 제이미를 바라보았다.

그는 벽난로의 열기를 받으며 눈을 감았다. 하얀 뺨 위로 일렁이는 불빛이 비쳐 언뜻 보면 건강한 혈색이 돌아온 것 같았다. 마른침을 삼키는 제이미의 목울대가 일렁였다.

"울지 말아요, 새서나흐."

너무나 나직하게 흘러나오는 목소리는 거의 들리지 않았다. 그는 성한 손을 뻗어 내 다리를 토닥이며 애써 안심시켰다.

"난 우리가 충분히 안전하다고 생각해요. 우리가 잡힐 것 같았다면 이 귀중한 마지막 시간을 필요도 없는 손 고치는 데 낭비하지 않았을 거라고요. 가서 머타를 데려와요. 그런 다음에 나에게 술 한 잔 주고 시작하자고요."

탁자에 의료 도구들을 바삐 준비해 놓느라, 제이미가 머타에게 뭐라 하는지는 듣지 못했다. 다만 두 남자가 머리를 잠시 맞대더니, 머타가 튼튼한 손을 들어 제이미의 귓가를 부드럽게 만지는 모습이 보였다. 그 부분은 제이미에게 얼마 남지 않은 성한 곳이었다.

머타는 짧게 고개를 끄덕여 작별 인사를 하고는 문 쪽으로 슬그머니 걸어갔다. 징두리판벽을 따라 눈에 띄지 않게 쏜살같이 움직이는 모습이 꼭 쥐 같아 보이네. 나는 머타가 현관으로 다가갈 때 뒤에 서서, 그가 밖으로 몰래 나가기 직전에 플래드를 붙잡았다.

"제이미가 뭐랬어요? 지금 어디 가세요?"

나는 사납게 물었다. 다부진 몸집에 검은 모습으로, 머타는 잠시 머뭇대다가 평이한 목소리로 말했다.

"난 젊은 압살롬과 웬트워스 쪽으로 가서 그쪽을 망볼 생각이야. 빨간 코트 놈들이 이쪽으로 오면 내가 여기서 쳐부수려고. 여유가 있으면 당신과 제이미가 둘 다 숨는 모습을 봐 둔 다음에, 말 세 마리를 끌고 쫓아오는 놈들의 시선을 이 저택에서 꾀어내려고 해. 이곳에는 지하실이 있더군. 수색이 그리 철저하지 않다면 거기 숨어도 될 거야."

"숨을 시간이 없다면요?"

나는 대답해 주지 않으면 어디 두고 보라는 듯 눈을 가늘게 떴다. 그는 곧바로 대답했다.

"그럼 내가 제이미를 죽인 다음에 당신을 데리고 떠나기로 했어. 원하든 원치 않든 말이야."

머타는 악랄한 미소를 지으며 말하더니 이내 돌아서서 떠나려 했다.

"잠깐만요!"

내가 날카롭게 소리치자 그가 걸음을 멈추었다.

"혹시 남는 단검 있으세요?"

그는 지저분한 눈썹을 휙 치켜떴지만, 손으로는 주저 없이 허리띠를 더듬었다.

"여기서 칼이 필요하다고? 뭐 하러?"

그는 화려하고 고요한 현관 장식을 힐끗 바라보았다. 그곳 천장은 애덤 양식으로 꾸미고 주름무늬 널빤지 장식을 붙여 놓았다.

단검을 넣어 두었던 주머니는 쓸 수 없을 만큼 갈기갈기 찢어져 있었다. 나는 단검을 받아 들어 집시 여인들처럼 드레스 등 부분과 보디스 사이에 넣었다. 그리고 태연하게 대답했다.

"사람 일은 어찌 될지 모르잖아요?"

이제 모든 준비가 되었다. 나는 최대한 부드럽게 손을 살피며 얼마나 다쳤는지, 또 뭘 해야 하는지 결정했다. 내가 뼈와 관절을 천천히 더듬어 가면서 어디에 골절과 탈구가 일어났는지 알아보는 동안 제이미는 눈을 감고 있었다. 하지만 특히 상처가 심한 부위를 만지자 짧게 숨을 들이켰다.

"미안해요."

나는 작은 목소리로 사과한 다음, 제이미의 덜 다친 손도 잡고서 성한 손과 다친 손의 손가락을 조심스레 더듬어 비교했다. 엑스레이도 없고 날 지도해 줄 전문가도 없는 상황이라, 오로지 나의 감각에 의존해서 부서진 뼈를 찾아 맞추어야 했다.

첫 번째 관절은 문제가 없었다. 하지만 두 번째 지골에는 금이 간 것 같았다. 나는 금의 길이와 방향을 알아보려고 좀 더 세게 눌렀다. 다친 손은 내 손 안에서 움직임이 없었지만, 성한 손은 무의식적으로 조금 주먹을 쥐었다.

"미안해요."

나는 다시 속삭여 사과했다. 그러자 성한 손이 갑자기 내 손에서 빠져나갔다. 제이미는 가죽 재갈을 뱉으며 우스움과 짜증이 동시에 밴 표정으로 나를 바라보았다.

"새서나흐, 날 아프게 할 때마다 사과하려면 밤늦도록 치료해도 끝이 없겠네요. 게다가 벌써 시간이 많이 지체됐다고요."

내 표정이 정말 찌들어 보였나 보다. 제이미는 나를 달래려 손을 뻗었다가 이내 그 동작에 찡그리며 멈췄다. 하지만 고통을 애써 참으며 단호하게 말했다.

"날 아프게 하고 싶지 않은 마음 알아요. 하지만 지금 당신은 나보다도 선택지가 없다고요. 둘 중 하나라도 아프지 말아야죠. 둘 다 아플 필요 없잖아요. 그러니 할 일을 해요. 난 정 힘들면 소리를 지를 테니."

그는 가죽 재갈을 다시 물면서 나에게 악문 이를 짐짓 사납게 드러내더니, 일부러 느릿느릿 눈을 모았다. 그 모습이 멍청한 호랑이처럼 보여서, 그만 나도 모르게 히스테릭하다 싶은 웃음을 터뜨렸다.

그러다 제이미 뒤편에 서 있던 애너벨 부인과 하인들이 놀란 표정을 짓는 바람에, 나는 얼굴이 새빨개져서 손으로 입을 틀어막았다. 저들은 그의 얼굴을 보지 못했으니까. 하지만 침대 머리맡에 앉아 있던 마커스 경은 그 모습을 슬쩍 보고는 삽 모양 턱수염이 드리워진 입으로 빙긋 웃었다.

제이미는 다시 가죽을 뱉고 말했다.

"혹시 잉글랜드 놈들이 손 접골을 끝낸 다음에 쳐들어온다면, 그땐 제발 날 교도소로 끌고 가 달라고 먼저 빌 것 같네요."

나는 가죽 재갈을 들어서 그의 잇새에 넣어 준 다음 머리를 아래로 밀었다.

"잘난 척에다, 빌어먹을 영웅 놀이를 하더니, 이젠 광대 짓까지 하는군요."

하지만 제이미는 내 마음을 한결 편하게 해 주어서 나는 더 차분하게 일할 수 있었다. 그가 찡그리고 경련을 일으킬 때마다 계속 의식이야 하겠지만, 그래도 너무 마음 아파하지는 않게 되었으니.

나는 온 정신을 손끝에 집중하면서, 각각의 손상 지점을 파악하고 부서진 뼈를 다시 맞출 최선의 방법을 택하며 작업에 몰두하기 시작했다. 다행히 엄지의 손상은 그중 제일 덜했다. 첫 번째 관절이 살짝 골절되었을 뿐이니 깨끗하게 낫겠지. 하지만 네 번째 손가락의 두 번째 관절은 완전히 부서졌다. 엄지와 집게 사이로 뼛조각이 뭉클하게 뭉개지는 느낌이 났고, 제이미는 신음을 흘렸다. 이 관절에는 부목을 댄 다음 잘 낫기를 바라는 수밖에 없었다.

가운뎃손가락의 복합 골절은 최악의 상황이었다. 찢어진 살 사이로 튀어나온 뼈를 다시 넣으면서 손가락을 곧게 당겨야 했다. 난 예전에도 이런 수술을 본 적이 있었다. 하지만 그땐 전신 마취 상태에서 엑스레이 사진을 보면서 수술을 진행했었다.

지금까지의 과정은 으깨지고 절단 난 손을 어떻게 짜 맞출 것인가라는 기계적인 문제만이 아니었다. 왜 의사들이 좀처럼 자기 가족을 직접 치료하는 일이 좀처럼 없는지 나는 뼈저리게 깨달았다. 의사의 일 중에서는 무자비하게 작업해야만 성공적으로 끝낼 수 있는 일이 있다. 치유의 과정에서는 냉정한 마음으로 고통을 가해야 할 때가 있다.

마커스 경은 소리 없이 침대 옆에 의자를 가져와 앉았다. 그는 내가 붕대 감기를 마치자 커다란 몸으로 편안히 의자에 앉은 다음 제이미의 성한 손을 자기 손으로 잡았다.

"잡고 싶으면 마음껏 잡으라고, 젊은이."

이제껏 무시무시한 숲속의 야만인 같았던 맥라노흐는 곰 가죽 망토를 벗고 헝클어진 머리카락을 뒤로 단정히 묶어 땋자 차분한 옷차림의 중년 신사로 변했다. 잘 다듬은 삽 모양 수염과 군기가 단단히 든 모습을 보자, 지금 하려는 치료 때문에 긴장이 되면서도 그의 존재가 든든하게 느껴졌다.

나는 심호흡을 하고서 기도했다. 부디, 냉정해지기를.

작업은 나름의 매력이 있기는 했지만, 길고 끔찍하며 신경이 곤두서는 과정이었다. 간단한 골절을 치료하고 두 손가락에 부목을 대는 과정은 꽤 쉬웠다. 하지만 다른 상처는 쉽지 않았다. 내가 가운뎃손가락을 잡고서 부러진 뼈 끝을 피부 속으로 세게 잡아당기자, 제이미는 정말로 비명을 질렀다. 그것도 아주 크게. 나는 불안한 마음에 잠시 주저했지만, 마커스 경은 조용하고도 다급하게 말했다.

"계속하라고, 아가씨!"

문득 제니의 아기가 태어났던 날 밤, 제이미가 했던 말이 떠올랐다. "내 고통은 견딜 수 있어요. 하지만 난 당신이 고통받는 걸 견딜 수는 없어요. 내가 당하는 것보다 더 힘들 테니까요." 그 말이 옳았다. 정말 힘들었다. 우리 각자가 견딜 힘이 있기를 나는 빌 뿐이었다.

제이미는 내게서 고개를 돌리고 있었지만, 가죽 조각을 더욱 세게 문 나머지 턱 근육이 불끈 뭉쳤다. 나 역시 이를 악물고 치료를 이어 갔다. 날카로운 뼈 끝이 느릿느릿 피부 속으로 사라지면서 손가락이 괴로운 듯 주저하며 펴졌다. 우리 둘 다 몸을 부르르 떨었다.

치료하는 과정에 어찌나 몰두했던지 나는 다른 것이 전혀 의식되지 않기에 이르렀다. 제이미는 가끔 신음을 흘렸고, 그가 구역질을 하는 동안 두 번 작업을 멈춰야 했다. 교도소에서는 음식을 거의 먹지 않았기 때문에 토하는 것이라 봤자 위스키가 전부였다. 하지만 나머지 과정 동안 제이미는 낮은 목소리로 끊임없이 게일어를 중얼거리면서 마커스 경의 무릎에 이마를 세게 눌렀다. 가죽 재갈을 물고 있어서 그게 욕인지 기도인지는 알 수 없었다.

마침내 다섯 손가락 모두 새 핀처럼 쫙 펴지게 되었다. 다들 묶어 놓은 부목 안에서 막대기처럼 뻣뻣해졌다. 감염이 될까 두려웠고,

특히 세 번째 손가락이 불안했지만 다른 곳은 분명히 잘 나을 것 같았다. 다행히도 심하게 손상된 관절은 하나뿐이었다. 아마 제이미의 네 번째 손가락은 뻣뻣해지겠지만, 다른 손가락은 시간이 지나면 제대로 작동할 것이다. 금이 간 중수골과 자상에는 소독을 하고 습포제를 바른 다음 파상풍에 걸리지 않기를 기도하는 것 외에는 달리 할 것이 없었다. 밤새 긴장한 탓에 나는 온몸을 덜덜 떨며 뒤로 물러섰다. 벽난로의 열기가 닿은 등 부분에서 흐른 땀으로 보디스가 흠뻑 젖어 있었다.

애너벨 부인은 곧바로 곁으로 다가와 나를 의자에 앉힌 다음 위스키를 탄 차 한 잔을 덜덜 떨리는 손에 쥐여 주었다. 마커스 경은 어느 의사라도 좋아할 만큼 훌륭한 수술실 도우미의 본분을 다하여 제이미의 묶어 두었던 팔을 푼 다음, 끈이 깊이 파고든 살의 자국을 문질러 주었다. 그의 손은 제이미가 하도 힘주어 쥔 나머지 새빨갛게 변해 있었다.

나도 모르게 깜빡 졸았나 보다. 갑자기 고개가 확 떨어지면서 내 머리가 목 위에서 휘청였다. 애너벨 부인은 부드러운 손으로 내 팔을 잡아 억지로 일으켰다.

"이리 와요, 자기. 너무 무리했어요. 부인도 다친 데가 있으니 치료를 해야지. 그리고 좀 자요."

나는 최대한 정중하게 고개를 저었다.

"아뇨, 그럴 수 없어요. 마저 치료를 끝내야……."

나는 말을 채 잇지 못하고 머릿속이 아득해지고 말았다. 마커스 경은 내 손에 든 식초병과 헝겊을 부드럽게 가져갔다.

"나머지는 내가 하지. 알겠지만 나도 전장에서 치료 경험이 좀 있소."

그는 담요를 젖히고 제이미의 채찍 자국에서 피를 닦아 내기 시작했다. 빠르고도 부드러운 손놀림은 인상적이었다. 나의 시선을 알아챈 마커스 경은 씩 웃으면서 턱수염을 즐겁게 들썩였다.

"나도 소싯적엔 몸에 난 채찍 자국을 닦아 본 적이 많지. 직접 때려 본 적도 있고. 이런 건 아무것도 아니오, 며칠만 지나면 낫는다고."

그 말이 맞다는 걸 알기에, 나는 간이침대 머리맡으로 걸어갔다. 제이미는 상처에 닿는 따끔한 소독약 느낌에 살짝 얼굴을 찌푸린 채 깨어 있었다. 하지만 눈꺼풀은 무거웠고 파란 눈에는 고통과 걱정이 그득했다.

"가서 자요, 새서나흐. 나도 잘게요."

과연 제이미가 잘까. 모르겠다. 하지만 나는 잠들 수 없을 게 뻔했고, 잔다 하더라도 오래지 않아 깨어나겠지. 지친 채 돌아서자 다리에 난 상처가 타는 듯이 아파 오기 시작했다. 압살롬이 오두막에서 내 상처를 소독해 주기는 했지만, 여기엔 연고를 발라야 했다.

나는 멍하니 고개를 끄덕이고는 내 팔을 잡는 애너벨 부인의 권유에 대답하며 돌아섰다.

그렇게 계단을 반쯤 올라가다가 마커스 경에게 미처 말하지 못한 사항이 떠올랐다. 상처에 붕대를 감는 법을 알려 주어야 했다. 어깨에 난 깊은 상처는 잘 묶고 덧대야 한다. 그래야 우리가 탈출할 때 셔츠를 입을 수 있을 테니까. 하지만 가벼운 채찍질 자국은 딱지가 지도록 그대로 내버려 두어야 한다. 나는 애너벨 부인이 안내해 준 손님방을 빠르게 본 다음 잠시 실례하겠다는 말을 남기고 다시 응접실로 비틀비틀 돌아갔다.

나는 그늘진 입구에서 멈춰 섰고, 내 뒤에 애너벨 부인이 따라왔다. 제이미는 지금 눈을 감고 있었다. 피곤한 몸에 위스키 기운이 돌아서 졸음에 빠진 것 같았다. 이제 벽난로가 충분히 따뜻해졌기에 담요는 필요가 없어서 걷어 놓았다.

마커스 경은 헝겊을 집으려고 침대를 가로질러 손을 뻗다가, 제이미의 벗은 엉덩이에 무심코 손을 얹었다. 순간, 전기 충격을 받은 듯한 반응이 벌어졌다. 제이미는 등을 격하게 구부리더니 엉덩이 근육을 빠듯하게 움찔 모으며 무의식적으로 저항하는 소리를 질렀다. 그리고 갈비뼈가 부서졌는데도 불구하고 뒤로 벌떡 몸을 일으켜 마커스 경을 노려보았다.

마커스 경은 깜짝 놀라서 멍하니 선 채 그를 바라보다가, 앞으로 몸을 굽히고 제이미의 팔을 잡아 다시 얼굴을 아래로 부드럽게 돌렸다. 그리고 신중한 자세로 제이미의 살에 한 손가락을 아주 조심스레 갖다 댔다. 그가 손가락을 비비자, 벽난로 불빛에 엷은 기름막이 보였다.

“아.”

그는 감정이 드러나지 않은 감탄사를 뱉었다. 나이 든 군인다운 태도로, 그는 담요를 제이미의 허리까지 올려 주었다. 담요가 덮히자 제이미의 굳었던 어깨가 살짝 긴장을 풀었다.

마커스 경은 제이미의 머리맡에 다정하게 앉아 위스키를 두 잔 더 따랐다.

“하기 전에 기름칠할 생각은 했군.”

그는 이렇게 말하며 제이미에게 잔을 하나 건네주었고, 제이미는 힘겹게 몸을 일으켜 잔을 받아 들고는 건성으로 말했다.

“아, 그랬죠. 근데 저를 위한 것 같지는 않았어요.”

마커스 경은 자기 몫의 위스키를 마시고는 입맛을 다시며 가만히 생각에 잠겼다. 잠시 동안 장작이 타는 소리 외에는 적막이 흘렀지만, 애너벨 부인도 나도 돌아갈 마음 없이 그 자리에 서 있었다.

문득 마커스 경이 디켄터를 바라본 채 말했다.

“자네에게 위안이 될 만한 소식인지는 모르겠지만, 놈은 죽었네.”

“확실합니까?”

제이미의 어조는 어떤 마음인지 파악할 수가 없었다.

"반 톤짜리 짐승 서른 마리한테 짓밟힌 다음에도 살아남을 수 있는 사람이 얼마나 되겠나. 그놈은 어디서 소음이 나는 건지 알아보려고 복도로 나왔다가 소 떼를 보고 얼른 돌아가려 했지. 그런데 소뿔에 옷소매가 걸려서 끌려 나가고 말았어. 그놈이 벽을 따라 아래로 딸려 가는 걸 봤네. 플레처 경과 나는 그때 길에서 벗어나 계단에 있었거든. 물론 플레처 경은 드물게 흥분해서 부하를 시켜 뒤쫓아 가게 했지만, 부하들 역시 근처에 가지도 못했다네. 소들이 죄다 뿔로 받으면서 밀쳐 대는 바람에 횃불들이 벽에서 마구 떨어졌거든. 아, 진짜, 자네도 그걸 봤어야 했는데!"

마커스 경은 디켄터의 목 부분을 움켜쥐며 그 기억에 폭소를 터뜨렸다.

"자네 아내는 참으로 보기 드문 여자야. 정말 그렇고말고!"

그는 피식 웃으며 술을 또 따라 벌컥벌컥 마셨다. 하지만 마시면서도 웃음이 계속 터져 목멘 소리를 내더니, 결국 가슴을 두드리면서 말을 이었다.

"어쨌든 우리가 소 떼를 전부 치우고 나니, 피로 곤죽이 된 모습밖에 남지 않았더군. 플레처 경이 그놈을 데려가긴 했지만, 숨이 붙어 있었더라도 오래가진 못했을 거야. 술을 좀 더 들겠나?"

"네, 감사합니다."

또 짧은 침묵이 이어지다가, 드디어 제이미가 입을 열었다.

"솔직히 제게 큰 위안이 된다고는 할 수 없지만, 그래도 말씀해 주셔서 감사합니다."

마커스 경은 빈틈없는 눈초리로 그를 바라보다가, 불쑥 말했다.

"으흠 그건 잊을 수 없는 일이긴 하지. 굳이 애써 잊으려 하지 말게. 할 수 있다면 다른 상처들처럼 시간이 지나며 낫도록 내버려 두게. 괜히 건드리지 말고. 그러면 깨끗하게 아물 테니까."

그는 노장다운 기색으로 울퉁불퉁한 팔뚝을 들었다. 일하느라 걷어 올렸던 소매 아래로 팔꿈치부터 손목까지 지그재그로 난 기다란 흉터가 보였다.

"흉터는 신경 쓸 게 아니야."

"아, 그렇죠. 하지만 신경이 쓰이는 흉터도 있어요."

뭔가 떠오른 듯 제이미는 애써 몸을 옆으로 돌렸다. 마커스 경은 소리를 지르며 잔을 내려놓았다.

"어이, 젊은이, 조심하라고! 그러다가 자칫하면 갈비뼈가 폐를 찌르는 수가 있어."

그는 제이미를 도와 오른쪽 팔꿈치로 균형을 잡게 해 준 다음, 그 뒤로 담요를 뭉쳐 지탱했다. 제이미는 거칠게 숨을 쉬며 말했다.

"작은 칼이 필요합니다. 작고 날카로운 걸로요."

마커스 경은 별말 없이 광택 나는 프랑스산 호두나무 수납장으로 다가가 엄청나게 달그닥거리는 소리를 내며 서랍을 뒤졌다. 그리고 마침내 진주 손잡이가 달린 과도를 갖고 돌아와 칼을 제이미의 성한 왼손에 쥐여 준 다음 투덜대며 자리에 앉아 술잔을 들었다.

"흉터는 이만하면 충분하지 않은가? 또 내고 싶단 말이야?"

"하나만 더요."

제이미는 팔꿈치로 불안하게 균형을 잡은 자세로 턱을 가슴팍에 붙였다. 그리고 왼쪽 가슴 아래로 면도날처럼 날카로운 과도를 겨누었다. 마커스 경은 살짝 불안정하긴 해도 번개처럼 손을 뻗어 제이미의 손목을 잡았다.

"내가 하는 게 낫겠네. 이러다 칼 위로 넘어지겠어."

잠시 후, 제이미는 마지못해 칼을 건네고 뭉쳐진 담요에 기대 누웠다. 그리고 유두 아래 5센티미터쯤 되는 가슴 부위를 만졌다.

"여깁니다."

마커스 경은 수납장 위에 있던 등불을 들고는 본인이 앉던 의자에 놓았다. 지금 내가 선 곳에서는 그가 무엇을 보는지 알 수 없었다. 제이미의 가슴에는 작고 붉게 화상이 난 듯했고, 무늬는 대략 원형이었다. 마커스 경은 다시금 위스키 잔을 들어 조심스레 마신 다음 등불 옆에 두고서 칼끝을 제이미의 가슴에 눌렀다. 나도 모르게 움직였나 보다. 애너벨 부인이 내 소매를 붙잡고 조심하라고 중얼거렸기 때문이다. 안으로 들어간 칼끝이 갑자기 홱 비틀렸다. 마치 잘 익은 복숭아에서 상한 부위를 도려내는 듯한 재빠른 움직임이었다.

제이미는 한 번 신음을 냈고, 잠시 후 그의 배 옆으로 붉은 핏줄기가 흘러내려 담요를 물들였다. 그는 뒹굴어 엎드리고 상처를 매트리스에 눌렀다.

마커스 경은 과도를 내려놓고 조언을 했다.

"몸이 좀 괜찮아지는 대로 아내를 데리고 침대에 눕도록 하게. 그리고 아내에게 위로해 달라고 해. 여자들은 그런 걸 좋아하더군."

그는 씩 웃으며 어두운 문가를 바라보았다.

"왜 그런지는 도통 모르겠지만."

애너벨 부인이 조용히 말했다.

"이제 가요. 남편은 잠시 혼자 있는 게 좋겠어요."

나는 마커스 경이 혼자서도 붕대를 감을 수 있을 거라 생각한 다음, 애너벨 부인을 따라 내 방으로 이어지는 좁은 계단을 비틀비틀 올라갔다.

꿈을 꾸다 깨어났다. 끝없이 이어진 구불구불한 계단이 나오고, 아래층에는 공포가 도사리고 있는 꿈이었다. 피로 때문에 등이 떨어지지 않고 다리가 아팠지만, 나는 빌려 입은 잠옷 차림으로 앉아

촛불과 부싯돌 상자를 더듬었다. 제이미와 멀리 떨어져 있어서 불안했으니까. 나를 필요로 하면 어떡하지? 혹시 잉글랜드 군인들이 왔다면? 제이미는 저 아래에 무장도 하지 않은 채로 있는데? 나는 차가운 창틀에 얼굴을 기대고, 쉴 새 없이 윙윙 불어 대며 유리창에 부딪치는 눈발을 느끼며 안심했다. 폭풍이 이어지는 동안에는 안전할 것이다. 그러다 결국 잠옷 자락을 끌어 올리고 촛불과 단검을 챙긴 다음, 계단으로 향했다.

장작 타는 소리를 제외하면 집 안은 조용했다. 제이미는 잠든 채였다. 잠들지 않았다 해도, 눈을 감은 채 불 쪽으로 고개를 돌리고 있었다. 나는 그를 깨우지 않으려고 벽난로 앞에 깔아 둔 러그에 조용히 앉았다. 웬트워스 지하 감옥에서 맞이했던 절망적인 순간 이후, 단 둘이 있는 건 지금이 처음이었다. 그 순간이 마치 오래전처럼 느껴졌다. 나는 낯선 이를 살피듯 제이미를 조심스레 살펴보았다.

전반적으로 봤을 때 신체의 손상은 심하지 않은 듯했지만, 걱정은 여전했다. 수술하는 동안 그가 마신 위스키는 힘 좋은 말이라도 나가떨어질 정도였고, 두어 번 토하긴 했지만 상당량의 알코올이 아직도 체내에 남아 있었다.

물론 이토록 용감무쌍한 모습을 보여 준 인물은 제이미가 처음이 아니었다. 야전 병원 내에서 부상당한 군인들을 많이 봤으니까. 그땐 환자들의 병상을 자주 옮겨야 한다는 규칙이 있었다. 간호사들이 그들과 쉽게 친해졌기 때문이다. 하지만 가끔 말을 거의 안 하거나 반대로 너무 많이 농담을 늘어놓는 환자들이 있었는데, 알고 보면 그런 이들이야말로 다른 이들보다 고통과 외로움에 더욱 극심하게 사로잡혀 있었다.

그런 환자들을 대할 때는 어떻게 해야 하는지 대충은 안다. 시간이 있다면, 그리고 환자 본인이 어둠을 물리치고자 말을 할 줄 아는 사람이라면 옆에 앉아서 들어주기만 하면 된다. 만약 말이 없는 사람이라면 오가며 그들을 어루만져 주면서 무방비해지는 때가 언제인지 지켜보면 된다. 그런 때가 오면 그들의 속마음을 끌어낸 다음 마음속에 있는 악마와 싸워 이기도록 붙잡아 주는 것이다. 만약 시간이 있다면 말이다. 하지만 시간이 없다면, 환자에게 모르핀을 투여한 다음, 나 말고도 누군가 이야기를 들어줄 사람을 얻기를 바라도록 기도하고 나는 상처가 보이는 다른 환자를 돌보러 가게 되곤 했다.

제이미는 조만간 누군가에게 이야기를 하게 되리라. 시간이 있으니까. 하지만 난 그게 내가 아니기를 바랐다.

그는 허리까지 담요를 덮고 있어서 나는 고개를 숙이고 등을 살펴보았다. 바라본 광경은 놀라웠다. 부어오른 상처들은 손바닥 하나 너비만큼 떨어져 있었는데, 그 모양이 어찌나 규칙적이던지 보면 흠칫 놀랄 수밖에 없었다. 이 상처가 나는 동안 제이미는 문지기처럼 가만히 서 있었겠지. 슬쩍 보니 손목에는 묶인 자국이 없었다. 저항하지 않겠다는 약속을 지켰던 것이다. 미동도 없이 묵묵히 시련을 견디면서, 내 목숨을 구하려고 합의한 몸값을 지불했구나.

나는 소맷자락으로 눈을 닦았다. 제이미는 내가 엎드린 몸을 내려다보며 질질 짜고 있으면 좋아하지 않을 테니까. 그러나 자세를 옮기다가 치맛자락을 조용히 사각대고 말았다.

제이미는 그 소리에 눈을 떴지만, 크게 놀란 것 같지는 않았다. 그는 나를 보고 미소를 지었다. 비록 희미하고 피곤한 기색이 묻었어도 진짜 미소였다. 나는 무어라 말을 꺼내려다가 문득 무슨 말을 해야 할지 알 수 없어졌다. 고맙다는 말은 차마 할 수 없었다. "어때요?"라고 묻자니 우습기만 했다. 엄청 아플 게 뻔하지 않은가.

내가 어떡할까 고민하는 동안, 제이미가 먼저 입을 열었다.

"클레어? 내 사랑, 어디 아프지는 않아요?"

"내가 아프지 않냐고요? 세상에, 제이미!"

눈물이 그렁그렁해져서 나는 세차게 눈을 깜빡이며 코를 훌쩍였다. 제이미는 마치 쇠사슬에 묶인 것처럼 천천히 성한 손을 들어 내 머리를 쓰다듬었다. 그리고 나를 자기에게로 끌어당겼지만, 나는 이제야 처음으로 지금 내 모습이 어떻게 보일까 의식하고 말았다. 얼굴은 다 긁히고 나무 수액을 덕지덕지 묻힌 데다, 뻣뻣한 머리카락에는 온갖 물질이 뒤범벅된 상황 아니던가.

"이리 와요. 잠깐 안아 보고 싶어."

"나 지금 피랑 토사물 범벅이에요."

나는 고개를 저으며 머리를 정리하려 했지만 헛수고였다.

제이미는 끄응 소리를 냈다. 웃고 싶었지만 갈비뼈가 부러져서 희미한 숨밖에 나오지 않는 모양이었다.

"성모님 맙소사, 새서나흐, 그건 내가 피 흘리고 토해서 그런 거잖아요. 이리 와요."

내 어깨를 감싸안는 제이미의 팔은 포근했다. 나는 그와 함께 베개를 벤 채, 함께 말없이 불가에 앉아서 서로에게 힘과 평안함을 얻었다. 그의 손가락은 내 턱 아래 상처를 조심스레 쓰다듬었다.

"다시는 당신을 못 보는 줄 알았어요, 새서나흐. 당신이 여기 있어서 다행이야."

위스키를 마시고 비명을 질러 댄 탓에, 그의 목소리는 낮고 쉬어 있었다. 나는 일어나 앉았다.

"다시는 못 볼 줄 알았다니! 왜? 내가 당신을 구출할 거란 생각을 안 했다고?"

그는 비뚜름히 미소를 지었다.

"음, 맞아요. 당신이 날 구해 줄 줄은 몰랐어. 하지만 구해 달라고 했다면, 고집을 부리고 안 갔겠죠."

나는 너무 화가 났다.

"내가 고집을 부렸다고? 정작 고집을 부린 게 누군데!"

잠시 침묵이 흘렀고, 분위기는 살짝 어색해졌다. 의학적 관점으로 따지자면, 지금 물어 봐야 할 것들이 있었다. 하지만 개인적인 관점에서 보자면 다소 민감한 질문이었다. 하지만 마침내 나는 마음을 먹고 물었다.

"기분이 어때요?"

제이미는 눈을 감았다. 촛불에 비친 그의 얼굴은 그늘지고 움푹 패어 있었지만, 붕대를 감은 넓은 등의 근육은 긴장감을 드러냈다. 멍을 단 커다란 입이 실룩이더니, 미소인지 찡그림인지 알 수 없는 표정이 드러났다.

"모르겠어요, 새서나흐. 이런 기분은 처음이라서. 한꺼번에 온갖 것을 하고 싶은 마음이 들어요. 하지만 마음속에서 전쟁이 일어나고 있고, 내 몸은 말을 듣지 않네요. 당장 여기서 나가서 있는 힘껏 달리고 싶어요. 누군가를 때리고 싶어요. 제길, 때리고 싶다고! 웬트워스 교도소를 완전히 불태우고 싶어. 자고 싶어."

"교도소는 돌로 지었으니 타지 않을 거예요. 그냥 좀 자는 게 낫겠어요."

나는 사실을 말했다. 제이미는 성한 손으로 내 손을 더듬어 찾고는, 눈을 감은 채로 입매를 다소 누그러뜨렸다.

"당신을 품에 으스러지도록 안고 입맞춤하고 싶어. 다시는 보내주지 않을 마음으로. 침대로 데려가서 매춘부를 대하듯 막 대하고 싶어. 내가 존재한다는 것도 잊어 버릴 때까지. 그리고 당신 무릎에 머리를 파묻고 아이처럼 울고 싶어."

제이미는 한쪽 입가를 올리고는 파란 눈을 가늘게 떴다.

"안타깝게도, 머리를 파묻고 우는 것 빼고는 할 수 없겠죠. 하다간 기절하거나 또 토할 테니까."

"음, 그렇다면 어서 머리를 내 무릎에 대야겠네요. 그리고 나머지는 앞으로 할 일로 기억해 둬요."

나는 살짝 웃으면서 대답했다. 자세를 약간 바꾸어야 했기에, 제이미는 움직이다가 또 토할 뻔했지만 마침내 나는 침대에 앉아서 등을 벽에 대고 그의 머리를 내 허벅지에 놓았다.

"마커스 경이 당신 가슴에서 뭘 잘라 냈어요?"

그의 대답이 없자, 나는 조용히 물었다.

"낙인이었나요?"

밝은 색 머리카락을 움직여 고개를 살짝 끄덕인 제이미는 짧게 웃었다.

"자기의 이니셜을 찍었어요. 그놈이 낸 채찍 자국을 평생 갖고 다니는 것으로도 충분한데, 거기다 이름까지 새기다니. 내가 무슨 그림도 아니고."

그의 머리가 내 허벅지 위에 묵직하게 얹혔다. 마침내 호흡도 나른하게 풀어졌다. 손에 감긴 흰 붕대는 검은 담요와 대비되어 으스스하게 보였다. 달콤한 기름을 발라 반들거리는 어깨에 난 화상 자국을 나는 부드럽게 쓸었다.

"제이미."

"으응?"

"많이 아팠어요?"

그는 깜짝 놀라 붕대를 바라보던 시선을 내게로 슬쩍 돌렸다. 그러더니 눈을 감고서 덜덜 떨기 시작했다. 난 너무 놀랐다. 방금 혹시 견딜 수 없는 기억을 건드렸던 걸까. 그런데 알고 보니 제이미는 눈물이 맺힐 정도로 심하게 웃고 있었다. 마침내 그는 숨을 헐떡이며 말했다.

"새서나흐, 내 몸에 상처 없고 화상 없고 멍들지 않은 곳은 아마 가로세로 15센티미터 정도밖에 안 될걸요? 내가 아플까요, 안 아플까요?"

그가 다시 몸을 흔들며 웃는 바람에, 펠트 매트리스가 흔들리며 삐걱거렸다.

나는 좀 기분이 상해서 말했다.

"내 말은—"

하지만 제이미는 성한 손으로 내 손을 잡고서 입술로 가져갔다. 그리고 고개를 돌려 나를 바라보았다.

"무슨 말인지 알아요, 새서나흐. 그래도 걱정하지 말아요. 가로세로 15센티미터 부분은 내 다리 사이니까. 거긴 안 다쳤어요."

농담을 다 하다니, 그의 노력이 가상하긴 했지만 한편으로 어이가 없기도 했다. 나는 그의 입을 가볍게 때렸다.

"취했구나, 제임스 프레이저."

그리고 잠시 후에 되물었다.

"그런데 가로세로 15센티미터밖에 안 됐었나?"

"아, 으음. 그럼 가로세로 18센티미터라고 하죠. 아, 나 좀 그만 웃겨요. 갈비뼈가 너무 아프다고요."

나는 치맛자락으로 그의 눈을 닦아 준 다음 무릎으로 머리를 받치고 물을 한 모금 먹였다.

"어쨌든, 내 말뜻은 그게 아니었어요."

다시금 분위기가 심각해졌다. 제이미는 내 손을 다시 잡아 꼭 쥐었다.

"알아요. 그걸 빙빙 돌려 말할 필요 없어요."

그는 조심스럽게 숨을 몰아쉬다가 아픈지 움찔했다. 그리고 눈을 감았다.

"내 생각이 맞더라고요. 채찍질보다는 덜 아팠어요. 하지만 채찍질이 차라리 훨씬 재미있었죠."

그의 한쪽 입가에 씁쓸한 미소가 스쳐 지나갔다.

"적어도 당분간은 변비 걱정은 없겠죠."

나는 그 말에 움찔했고, 제이미는 이를 악물며 짧고 거친 숨을 몰아쉬었다.

"미안해요, 새서나흐. 난…… 내가 이토록 마음 쓰게 될 거라곤 생각 못 했어요. 당신이 물어봤던 건, 그건, 괜찮아요. 아프지 않았어요."

나 역시 목소리를 평이하고 아무렇지 않게 내려고 애썼다.

"말하고 싶지 않으면 안 해도 돼요. 하지만 말해서 마음이 편해진다면……."

나는 말꼬리를 흐렸고, 이어서 민망한 침묵이 흘렀다.

"말하고 싶지 않아."

제이미의 목소리가 갑자기 쓰라리고 단호해졌다.

"다시는 생각하고 싶지 않지만, 스스로 목을 따서 죽어 버리지 않는 한, 계속 생각하게 되겠죠. 아니, 그 일을 당신에게 말하고 싶지 않아요. 당신이 듣고 싶어 하는 마음 이상으로 난 말하고 싶지 않다고……. 하지만 이러다 답답해서 죽어 버리기 전에 전부 털어놔야 할 때가 오겠죠."

이제 그의 말은 쓰라림을 확 내뱉듯 흘러나왔다.

"그놈은 내가 땅을 기며 애원하길 바라더라고요. 제길, 그래서 그렇게 했죠. 내가 언젠가 말한 적이 있었죠, 새서나흐. 남을 해칠 마음이 있다면 누구든 망가뜨릴 수 있다고요. 뭐, 놈에게는 그런 마음이 있었어요. 나더러 땅을 기어다니면서 애원하게 만들었다고요. 게다가 그보다 더 심한 짓도 시켰어요. 끝나기도 전에 난 간절히 죽고 싶어졌죠."

제이미는 오랫동안 말없이 불꽃을 바라보더니, 깊은 한숨을 내쉬며 고통에 얼굴을 찌푸렸다.

"새서나흐, 당신이 내 마음을 편하게 해 줄 수 있다면 얼마나 좋을까. 지금 내 마음은 전혀 편하지 않거든요. 하지만 그건 독이 든 가시 같은 게 아니에요. 가시라면 단단히 잡고서 깨끗하게 뽑아낼 수 있을 테니."

제이미는 성한 손을 내 무릎에 얹었다. 힘을 주어 쫙 편 손가락이 불빛에 번들거렸다.

"어디 부러진 것 같은 기분도 아니에요. 당신이 내 손을 고쳤듯이 내 마음도 조금씩 고칠 수만 있다면, 난 기꺼이 이 고통을 감당할 텐데."

그는 다시금 주먹을 불끈 쥐어 내 다리에 올리고는 눈살을 찌푸리며 바라보았다.

"이건…… 설명하기 어려운데요. 그러니까…… 말하자면…… 사람마다 마음속에 작은 방이 있는 것과 같아요. 그 공간은 나만의 작은 요새고, 인생의 가장 은밀한 공간인 거죠. 마치 영혼처럼, 나라는 존재를 다른 사람과 다르게 오롯이 나답게 만드는 부분인 것처럼요."

그는 골똘히 생각에 잠긴 채, 혀로 부어오른 입술을 무심코 더듬었다.

"사람들은 보통 이런 자신만의 모습을 남에게 보여 주지 않아요. 아주 사랑하는 사람에게만 가끔 보여 줄 뿐이죠."

주먹 쥔 손이 다시 풀리면서 내 무릎을 가만히 잡았다. 제이미는 눈을 다시 감았다. 불빛이 어른거리는 눈꺼풀은 꼭 감겨 있었다.

"지금 난…… 나만의 요새가 폭약에 날아가 버린 것 같아요. 남은 건 재와 연기 나는 골조뿐이고 아무것도 없어요. 거기에 살고 있던 벌거벗은 작은 존재가 이제는 허허벌판에 드러나 가냘프게 소리치고 두려움에 떨며 훌쩍이고 있는 것 같아요. 풀잎이나 나뭇잎으로 몸을 가리려고 해도…… 아무것도…… 할 수 없는 상태 같아요."

제이미의 목소리가 뚝뚝 끊어지면서, 그는 내 치마폭 속으로 고개를 돌려 얼굴을 가렸다. 나는 어쩔 줄 모른 채로 그의 머리카락을 쓰다듬기만 했다.

그 순간, 그는 고개를 번쩍 들었다. 얼굴은 뼈를 따라 부서질 것처럼 팽팽하게 긴장했다.

"이제껏 살면서 몇 번 죽을 뻔한 적이 있었지만요, 클레어, 정말로 죽고 싶었던 적은 없었어요. 그런데 이번에는 죽고 싶더라고요. 난……."

그의 목소리가 갈라지면서 더는 말이 없었다. 다만 내 무릎을 세차게 잡았을 뿐이다. 그러다 다시 입을 열자, 높고도 묘하게 숨 가쁜 소리가 들려왔다.

"클레어, 나를 잠깐만, 클레어, 안아 줘. 다시 떨기 시작하면, 멈출 수가 없을 거야. 클레어, 안아 줘!"

실제로 제이미는 격하게 떨기 시작했다. 그 떨림에 부러진 갈비뼈가 충격을 받자 그는 신음을 냈다. 내가 그를 끌어안다가 다치게 할까 봐 무서웠지만, 더 무서운 건 이 떨림이 계속되는 상황이었다.

나는 그를 감싸고 앉아, 어깨를 꼭 끌어안고 있는 힘껏 붙잡은 채 몸을 앞뒤로 흔들었다. 마치 편안한 리듬에 맞추어 부들부들 일어나는 경련을 잠재울 수 있다는 것처럼. 나는 한 손을 그의 목덜미에 대고 손가락으로 불거진 근육 속을 꽉 잡았다. 이렇게 잡아서 긴장을 풀게 하려는 마음으로, 두개골 아랫부분에 난 깊은 굴곡을 주물렀다. 마침내 떨림이 가라앉더니, 제이미는 지친 채 내 허벅지 위로 고개를 떨구었다.

잠시 후, 평상시와 같은 목소리가 들렸다.

"미안해요. 계속 이러려던 건 아니었어요. 정말로 심하게 아팠고, 너무 심하게 취해서 그래요. 지금 전혀 자제를 못 하겠어."

아무리 둘만 있는 자리라 해도, 스코틀랜드인이 취했다고 인정한다는 건 아주 드문 일 아니던가. 이런 말을 하다니, 정말로 심하게 아프구나.

"당신은 자야 해요. 절실하게 수면이 필요해요."

나는 부드럽게 말하며 그의 목 뒤를 계속 주물렀다. 늙은 앨릭이 내게 알려 준 대로, 최선을 다해 손가락으로 부드럽게 압박을 가해서 결국 간신히 그를 다시 잠으로 이끌었다.

"추워."

제이미가 중얼거렸다. 벽난로 불길은 제법 따스했고, 침대 위로 담요를 여러 겹 덮어 놓았지만 그의 손가락은 만져 보니 그저 싸늘했다.

"심한 충격을 받아서 그래요. 피를 무지하게 많이 흘렸거든요."

나는 있는 그대로 말했다. 주위를 둘러보았지만, 맥라노흐 부부와 하인들은 모두 자러 갔다. 머타는 아직도 눈 내리는 바깥에서 웬트워스 교도소 쪽을 바라보며 혹시 누가 기습을 하지는 않는지 지켜보고 있겠지. 누군가 나더러 예의범절을 지키라고 말할지 모르겠지만, 나는 그런 의견을 가볍게 떨치고는 일어서서 잠옷을 벗은 다음 담요 속으로 들어갔다.

그리고 최대한 부드럽게 제이미의 몸에 내 몸을 대고 온기를 나누어 주었다. 그는 고개를 돌리더니 소년처럼 내 어깨에 얼굴을 묻었다. 나는 그의 머리카락을 쓰다듬으며 부드럽게 어르면서, 상처 난 곳을 피해 목 뒤에 툭 불거진 근육을 주물렀다.

"이제 코 자야지. 어서 자자."

나는 제니와 그녀의 아들을 떠올리며 말했다.

제이미는 재미있다는 듯이 작게 끙끙댔다.

"우리 엄마도 나한테 그렇게 말하곤 했었는데. 어렸을 때."

그는 이렇게 말하더니 잠시 후 내 어깨에 대고 물었다.

"새서나흐."

"응?"

"근데 대체 존 웨인이 누구죠?"

"당신이요. 어서 자요."

37
탈출

아침이 되자 제이미의 혈색은 한결 좋아졌다. 물론 밤새 멍은 더 짙어져서 얼굴이 상당히 얼룩덜룩해지긴 했다. 그는 한숨을 푹 쉬다가 괴로운 신음과 함께 몸을 뻣뻣히 굳히고는, 훨씬 더 조심스럽게 숨을 쉬었다.

"오늘은 기분이 좀 어때요?"

나는 그의 이마에 한 손을 댔다. 땀을 많이 흘렸지만 지금은 시원했다. 다행히도 열은 없었다.

그는 여전히 눈을 감은 채로 얼굴을 찌푸렸다.

"새서나흐, 기분이랄 게 뭐 있나요. 그저 아프지."

그는 성한 손을 뻗어서 더듬었다.

"나 좀 일으켜 줘요. 온몸이 푸딩처럼 굳었어."

오전 중반쯤 눈이 그쳤다. 하늘은 여전히 양털처럼 잿빛이었고, 언제라도 눈발이 휘날릴 것처럼 위협적이지만 웬트워스 교도소에서 수색을 나올지도 모른다는 생각이 더욱 큰 위협이었기에 우리는 오후가 되기 전에 어서 엘드리지 저택을 떠날 마음이었다. 추운 날씨에 대비해 망토를 두껍게 두르고, 머타와 제이미는 망토 속에 잔뜩 무장을 했다. 나는 하나밖에 없는 단검을 잘 숨겨 두었다. 그리고 정말이지 원치 않았지만, 최악의 경우 둘에게 납치당한 잉글랜드인 인질로 위장하기로 했다. 당연히 나는 언쟁을 벌였다.

"하지만 그들은 날 교도소에서 봤을 거라고요. 플레처 경은 내가 누군지 알아요."

"그렇지."

머타는 애너벨 부인의 광택 나는 탁자 위에 탄환과 와딩, 화약과 패치, 막대기와 주머니를 단정하게 늘어놓은 채 조심스럽게 권총을 장전했다. 그러면서 고개를 슬쩍 들어 검은 눈초리로 나를 지그시 노려보았다.

"그게 바로 중요한 점이야, 아가씨. 우리는 무슨 일이 있어도 당신을 웬트워스 교도소에 못 가게 막아야 해. 우리와 같이 거기 들어가는 건 모두에게 아무런 도움이 되지 않아."

그는 짧은 막대기를 소용돌이 장식이 잔뜩 새겨진 커다란 권총의 주둥이에 넣고서 충전재를 간결하고 세차게 내려쳐 넣었다.

"플레처 경은 절대로 직접 사냥을 나오지 않아. 오늘 같은 날은 더더욱. 우리가 빨간 코트를 마주친다 해도, 당신을 알아볼 사람은 없을 거야. 만약 발각된다면, 우리가 강제로 끌고 왔다고 해. 그리고 나 같은 스코틀랜드 불한당이나 여기 오합지졸 같은 녀석과는 아무런 상관도 없다고 딱 잡아떼란 말이야."

그는 고갯짓으로 제이미를 가리켰다. 제이미는 지금 조심스럽게 의자에 앉아서 따뜻한 빵과 우유를 들고 있었다.

마커스 경과 나는 제이미의 엉덩이와 허벅지를 리넨 붕대로 최대한 두껍게 감싼 다음, 그 위로 낡은 속바지와 바지를 입혔다. 혹시 피가 배어 나와도 잘 안 보이도록 최대한 짙은 색 바지를 골랐다. 애너벨 부인은 제이미의 넓은 어깨와 그 위에 감은 두꺼운 붕대에 맞도록 남편의 셔츠를 뜯었다. 그럼에도 셔츠의 단추가 잘 맞지 않아서 가슴에 두른 붕대 끝이 살짝 엿보였다. 게다가 제이미는 머리 빗기도 거부했다. 두피도 아프다는 이유에서였다. 그래서 한쪽 눈을 악당처럼 질끈 감고 멍 들고 부어오른 얼굴 위로 새빨간 머리털이 삐죽 솟은 지금 꼴은 털이 부숭부숭한 야만인이나 다름없었다.

마커스 경이 끼어들었다.

"만약 잡히거든, 부인은 내 손님이라고 그들에게 말하시오. 이 영지 근처에서 말을 타고 가다가 납치되었다고 말이오. 내가 확인할 수 있도록 엘드리지로 데려다달라고 하시오. 그럼 그들도 넘어올 거요. 당신이 런던에서 온 애너벨의 친구라고 하겠소."

"그런 다음에 플레처 경이 안부를 전하러 오기 전에 안전하게 여기서 내보내 드릴게요."

애너벨도 태연하게 덧붙였다.

마커스 경은 우리에게 헥터와 압살롬을 호위로 붙여 주겠다고 제안했지만, 머타는 혹시라도 잉글랜드군과 마주친다면 엘드리지까지 엮일 위험이 있다고 지적했다. 그래서 우리 셋은 딩웰을 향해 가는 길 위로 꼭 붙어서 추위를 뚫고 이동하게 되었다. 나는 엘드리지 장원의 주인장이 써 준 문서를 두툼한 지갑과 함께 받아 들었다. 돈이든 문서든, 아니면 둘 다든 영불 해협을 건너려는 우리의 여행을 보장해 줄 것이다.

눈길을 헤치고 가는 길은 힘들었다. 30센티미터 조금 안 되게 쌓인 하얀 눈은 무시무시한 함정이 되어 바위와 구덩이를 비롯한 온갖 장애물을 숨겨 말의 앞길을 미끄럽고도 위험하게 만들었다. 매 걸음마다 눈과 진흙 덩이가 날아오르며 말의 배와 다리에 튀었고, 말의 입김은 얼어붙은 공기 속으로 뿌연 연기처럼 사라졌다.

머타는 앞장서서 길을 알려 주는 희미한 흔적을 따라 걸었다. 나는 제이미가 의식을 잃으면 도와주려고 나란히 말을 몰았다. 사실 제이미는 정신을 거의 잃은 상태였지만, 의지를 발휘하여 말을 붙잡고 있었다. 왼손은 빈 채로 안장의 앞 테에 달아 두고 망토로 가린 권총에 얹어 둔 채로 말이다.

우리는 농장 일꾼들이 묵는 오두막 두 군데를 지났다. 초가지붕에서는 연기가 피어올랐지만, 주민들과 가축은 모두 안에서 추위를 피하고 있는 듯 보이지 않았다. 가끔 물동이나 건초를 들고서 오두막을 나와 헛간으로 가는 사람이 하나씩 보였을 뿐, 길은 인적이 드물었다.

이윽고 우리는 엘드리지에서 3킬로미터 떨어진 웬트워스성의 그늘 아래를 지나게 되었다. 성은 언덕 한쪽에 우울하게 도사리고 있었다. 길은 여기서부터 좋아졌다. 제아무리 악천후가 심해도 이곳을 지나는 사람은 언제나 있었기 때문이다.

우리의 여행은 점심시간과 맞추어 이루어졌다. 부디 보초들이 패스티와 에일을 먹느라 자리를 비웠기를 바라는 마음이었다. 우리는 정문으로 이어지는 짧은 길을 천천히 터벅터벅 지나며 이토록 날씨가 좋지 않은 날 길을 떠난 불운한 여행자인 척 굴었다.

일단 웬트워스 교도소를 지나자, 우리는 자그마한 소나무 숲에 자리를 잡고 말을 잠시 쉬게 두었다. 머타는 고개를 숙이고 슬라우치 모자를 써서 머리색을 가린 제이미를 가만히 바라보았다.

"괜찮으냐? 네 녀석이 왜 말이 없나 싶어서."

제이미는 고개를 들었다. 얼굴은 창백했고, 차가운 바람이 부는데도 목에 땀방울이 흘렀다. 하지만 그는 애써 어설프게 웃었다.

"괜찮아지겠죠."

"지금은 좀 어때요?"

나는 불안하게 물었다. 그는 평소에 보여 주던 꼿꼿한 기품도 그다지 보이지 못하고 안장에 수그려 앉아 있었다. 그는 날 보고 다시금 어설프게 웃었다.

"어디가 제일 아픈지 생각 중이에요. 갈비뼈도 아프고, 손도 아프고, 엉덩이도 아파서요. 그중 하나를 고르려고 계속 생각하다 보면 등 생각은 안 하게 되거든요."

제이미는 마커스 경이 사려 깊게 제공한 위스키 병을 쭉 들이켜고 몸서리를 친 다음 내게 건네주었다. 그 술은 내가 리오흐성으로 가던 길에 마셨던 생 위스키보다는 훨씬 질이 좋았지만 그만큼 더 독했다. 길을 따라 달려가는 동안, 배 속에서 자그마한 불길이 화르륵 일었다.

말들이 발굽으로 눈을 차며 완만한 비탈길을 힘들여 오르던 중이었다. 문득 머타의 고개가 홱 돌아갔다. 그의 시선을 따라가 보니, 언덕 꼭대기에 말을 탄 빨간 코트 네 명이 보였다.

이제는 어쩔 수 없었다. 그들은 우리를 보았고, 이어서 언덕 아래로 고함치며 멈춰 서란 소리가 울려 퍼졌다. 도망칠 곳은 없었다. 이제는 허세를 부려 볼 수밖에. 머타는 뒤도 돌아보지 않고 앞으로 말을 달려 그들에게 향했다.

무리 중에 있던 상병은 중년의 직업 군인으로, 겨울용 방한 코트를 입은 몸을 꼿꼿이 세우고 있었다. 그는 내게 정중하게 인사한 다음 제이미를 바라보았다.

"죄송합니다, 선생님, 그리고 부인. 우리는 이 길을 지나는 모든 일행을 세우고 최근 웬트워스 교도소에서 탈옥한 죄수들에 대해 자세히 물어보라는 명령을 받았습니다."

죄수들이라. 그렇다면 내가 어제 제이미 말고도 여러 명을 풀어준 모양이로구나. 여러 가지 이유로 나는 기뻤다. 일단, 탈옥수가 여러 명이니까 수색대 인력도 분산될 것이다. 우리가 셋에 저들이 넷이라면, 예상보다 운이 좋았다.

제이미는 대답하지 않고 앞으로 몸을 숙이며 고개를 축 늘어뜨렸다. 하지만 모자 챙 아래로 번쩍이는 눈빛이 보였다. 제이미는 의식을 잃은 것이 아니었다. 저 중에 틀림없이 아는 군인이 있는 것이다. 그러니 말을 했다가는 발각되겠지.

머타는 말을 조금 앞으로 몰아 나와 군인 사이에 서더니, 비굴한 태도로 자기 앞머리를 잡아당기며 말했다.

"아, 우리 주인님께서는 지금 보시다시피 몸이 좀 안 좋으십니다. 혹시 발라로 가는 길을 알려 주실 수 있으십니까? 이 길이 맞는지 도통 확신이 안 서네요."

나는 머타가 대체 무슨 일을 꾸미고 있는 걸까 의아했다가 그와 눈이 마주쳤다. 머타의 눈빛은 뒤편 아래를 슬쩍 보고 다시 군인을 바라보았다. 그 시선이 어찌나 빨랐던지 군인은 머타가 항상 얼빠진 상태로 상대의 말을 듣는구나 생각했을 것이다. 제이미가 혹시 안장에서 떨어질 위험이라도 있는 걸까? 보닛을 고쳐 쓰는 척하면서 어깨 너머로 슬쩍 머타가 가리킨 방향을 본 순간, 나는 충격으로 그만 굳어 버릴 뻔했다.

제이미는 똑바로 앉아서 고개를 숙이고 얼굴을 가리고 있었다. 하지만 발 아래 등자 끝으로 피가 부드럽게 뚝뚝 떨어져서, 눈 위로 모락모락 김이 오르는 빨간 구덩이가 생기는 게 아닌가.

머타는 아주 멍청한 척 연기하면서 군인들을 언덕 꼭대기까지 데려갔고, 그제서야 군인은 언덕 반대편 아래로 뻗은 길이 딩웰로 향하는 도로 중 유일하게 보이는 도로라는 걸 알려 줄 수 있었다. 그 길은 발라를 지나 이곳에서 3킬로미터 떨어진 해안까지 곧바로 뻗어 있었다.

나는 급히 말에서 내린 다음 말굴레 끈을 확 잡아당겼다. 그리고 눈밭을 허우적대면서 제이미의 말 아래 눈을 마구 차며 핏자국을 지웠다. 위를 슬쩍 쳐다보니 군인들은 여전히 머타와 입씨름을 벌이고 있었지만, 그중 하나는 우리가 혹시나 멀어지지 않았나 살펴보려는 듯 이쪽을 쳐다보았다. 나는 명랑하게 손을 흔들었고, 군인이 고개를 돌리자마자 쭈그려 앉아서 입고 있던 세 겹의 페티코트

중 하나를 찢었다. 그리고 제이미의 망토를 확 들추고 그의 허벅지 아래에 페티코트를 뭉쳐 넣었다. 제이미는 고통스러워했지만, 난 무시했다. 그다음 망토를 잘 덮어 주고 재빨리 내 말에 올라타 고삐를 다시 만지작거릴 때쯤, 딱 맞추어 머타와 잉글랜드 군인들이 돌아왔다.

"이게 좀 느슨했던 것 같아서요."

나는 가까이 있던 빨간 코트에게 눈을 깜빡이며 천연덕스럽게 설명했다.

"그래요? 그럼 선생님은 왜 숙녀분을 돕지 않으셨지요?"

군인은 제이미에게 물었다.

"제 남편은 몸이 안 좋아요. 이 정도는 제가 할 수 있답니다. 신경 써 주셔서 고마워요."

내가 말했지만, 상병은 관심을 거두지 않았다.

"아프시다고요? 어디가 아프십니까?"

그는 슬라우치 모자 아래로 보이는 제이미의 창백한 얼굴을 유심히 바라보며 말을 앞으로 몰았다.

"안색이 참 안 좋아 보시네요. 그건 알겠습니다. 모자를 벗어 보실까요. 얼굴은 왜 그러십니까?"

순간, 제이미는 망토 자락 사이로 총을 쏘았다. 빨간 코트는 불과 2미터 앞에 있었고, 가슴에 난 핏자국이 내 손 넓이보다 더 커지기 전에 안장에서 떨어져 옆으로 넘어졌다.

머타는 상병이 땅에 떨어지기도 전에 이미 양손에 권총을 하나씩 빼 들었다. 갑자기 들려온 소음과 움직임에 머타가 탄 말이 옆걸음질을 치는 동시에 쏜 첫 번째 총알은 빗나갔다. 하지만 두 번째 총알은 명중해서 군인 하나의 팔 위쪽을 찢었고, 빠르게 피에 젖어 가는 소매 위로 찢어진 천 뭉치 자락이 펄럭였다. 그는 안장에 그대로 앉아서 한 손으로 검을 빼 들려 했지만, 머타는 이미 망토 자락 아래에서 새로운 무기를 꺼내 들었다.

남은 병사 두 명 중 하나는 말을 돌려 눈길을 미끄러지며 도망쳤다. 아마도 도움을 요청하러 교도소로 돌아가는 것이겠지.

"클레어!"

위에서 외치는 소리가 들렸다. 깜짝 놀라 올려다보자, 제이미가 도망치는 병사를 향해 손짓했다.

"저놈을 막아!"

그는 때마침 두 번째 총을 내게 던지고는, 칼을 빼 들고 이쪽으로 돌진하는 마지막 군인과 맞붙었다.

내가 탄 말은 전투 훈련을 받았다. 그래서 갑자기 들린 소음에 발길질을 해 대고 발을 굴렀지만, 귀를 머리에 납작하게 대고 총소리에 도망가지 않은 채 내가 등자를 더듬을 때도 가만히 있었다. 이 싸움판에서 벗어나게 되어 기뻤던지, 말은 내가 올라타자마자 땅을 박차고 달렸다. 우리는 도망치는 병사를 빠른 속도로 뒤쫓아 갔다.

날 태운 말은 눈 때문에 빨리 달릴 수 없었지만, 그건 병사 쪽도 마찬가지였다. 하지만 내 말이 더 좋았던 데다, 앞서가는 병사가 새로 내린 눈밭에 힘겹게 내놓은 길을 다소 편하게 따라갈 수 있었다. 그렇게 차츰차츰 그를 따라잡았지만, 뒤쫓는 것만으로는 충분하지 않다는 게 보였다. 그는 이제 오르막길을 달려야 했다. 만약 내가 오른쪽으로 달린다면, 평지에서 빨리 달려 시간을 벌어서 반대편에 미리 도착해 그의 앞길을 막을 수 있을 터였다. 나는 고삐를 당기고 몸을 확 기울여 자리에서 떨어지지 않게 단단히 힘을 주었고, 말은 아주 험하게 방향을 틀어 다시 발길을 정돈한 다음 앞으로 쏜살같이 나아갔다.

결국 그를 따라잡을 수는 없었지만, 그래도 우리 사이를 9미터도 되지 않게 줄였다. 만약 무한정 달릴 수만 있다면 정말 따라잡을 수도 있을 것이다. 하지만 내겐 그럴 여유가 없었다. 1킬로미터 남짓

한 앞에 교도소 벽이 나타났으니까. 가까이 가면 갈수록 교도소에서는 우리가 보이겠지.

나는 말을 세우고 바닥에 내렸다. 전투 훈련을 받았든 아니든, 내가 말 등에 앉아 총을 쏜다면 말이 어떤 반응을 보일지 알 수 없었다. 말이 동상처럼 가만히 서 있어 준다 해도 내가 제대로 과녁을 조준할는지도 역시 알 수 없었다. 이윽고 나는 눈 위에 무릎을 꿇은 다음 팔꿈치를 대고 힘을 주었다. 그리고 제이미가 보여 준 대로 팔에 권총을 걸쳤다.

"이걸 이렇게 들고, 조준하라고 했어. 그리고 방아쇠를 당기라고."

그렇게 제이미가 말한 대로 했다.

정말 놀랍게도 나는 도망치는 말을 맞췄다. 말은 쭉 미끄러지더니 한쪽 무릎을 꿇고 눈보라를 날리며 굴러 넘어졌다. 권총의 반동에 팔이 얼얼했지만, 아픈 곳을 문지르며 일어서서 쓰러진 병사를 바라보았다.

그는 부상을 입었다. 어떻게든 일어나려고 애썼지만 계속 눈밭에 고꾸라졌다. 그의 말은 어깨에 피를 흘리면서 고삐를 떨구고는 비틀거리며 도망쳤다.

그때 무슨 생각이었는지는 나중에서야 깨달았지만, 병사에게 가까이 다가간 순간 살려 둘 수 없다는 것은 알고 있었다. 이곳은 교도소 근처였고, 다른 순찰대원이 탈옥수를 찾고 있으니 머지않아 발견될 테니까. 산 채로 발견된다면 당연히 우리에 대해 설명하겠지. 그렇다면 만일의 경우를 대비해서 꾸며 두었던 인질극 이야기는 허사가 된다! 그뿐만이 아니라, 우리가 어느 쪽으로 가고 있었는지도 이야기할 것이다. 해안까지 가려면 아직도 5킬로미터는 가야 했다. 이렇게 눈 내리는 날씨에는 두 시간이 걸릴 것이다. 게다가 일단 그곳에 도착하면 배도 찾아야 했다. 그러니 이 지가 누구에게도 우리 이야기를 하게 둘 수는 없었다.

내가 다가가자 그는 팔꿈치를 버둥대며 안간힘을 썼다. 그런데 나를 보자 눈을 둥그렇게 뜨고 놀라더니 이내 안심했다. 나는 여자였으니까. 그래서 무섭지 않다는 거다.

좀 더 세상 물정을 아는 남자였다면 내가 여자든 남자든 이보다는 더 걱정했겠지만, 이 군인은 아직 소년이었다. 열여섯은 넘었을까. 그 생각에 너무 충격을 받아 나는 속이 뒤집히는 것만 같았다. 윗입술에는 콧수염이 듬성듬성 생기기 시작했지만, 여드름이 얼룩덜룩한 뺨은 아직 둥글고 앳되기만 할 뿐인데.

소년은 입을 열었지만 고통스러운 신음만이 흘러나왔다. 손을 댄 옆구리를 보니, 바지와 코트 사이로 배어 나온 피가 보였다. 장기 손상을 입었구나. 말발굽에 밟혔던 거다.

어쩌면 그냥 내버려 둬도 죽을지 몰라. 하지만 그 희망을 믿고 지나칠 수는 없었다.

오른손에 든 단검은 망토 아래에 숨겨져 보이지 않았다. 나는 왼손으로 그의 이마를 짚었다. 이 손을 이제껏 수백 명의 남자의 머리에 얹어 왔었다. 그래서 언제나 환자에게 위안을 주고, 상태를 검사하고, 앞으로 무슨 일이 닥치든 마음을 안정시켜 주었다. 그러면 환자들은 나를 가만히 올려다보곤 했다. 지금 이 소년처럼, 희망과 신뢰를 품고서.

목을 자를 수는 없었다. 나는 그의 옆에 무릎을 꿇고, 부드럽게 고개를 나와 반대 방향으로 돌렸다. 루퍼트가 알려 주었던, 빠르게 사람을 죽이는 기술은 모두 상대방의 저항을 염두에 두고 알려 준 방법이었다. 하지만 소년의 머리를 최대한 앞으로 숙이고 단도를 두개골 아래 목에 푹 찔렀을 때, 그는 아무런 저항이 없었다.

나는 소년을 눈밭에 엎드린 채 내버려 두고 일행과 합류하러 떠났다.

—

다루기 힘든 짐 같은 제이미는 아래 벤치에 눕혀 담요를 덮어 주고, 머타와 나는 크리스타벨호號의 갑판에서 만나 폭풍우가 몰아치는 하늘을 바라보았다.

"바람이 상당히 꾸준하게 부니 좋네요."

나는 젖은 손가락을 높이 들고 희망차게 말했다.

머타는 우울한 기색으로 구름을 쓱 살펴보았다. 항구 위에 불룩하게 드리워진 먹구름은 품고 있던 눈을 바닷속에 마구 뿌렸고, 눈은 차가운 파도 속으로 녹아들었다.

"아, 그렇지. 순조롭게 배를 타게 되기를 바라야겠지. 만약 아니라면, 곧 시체를 치워야 할지도 몰라."

30분 후, 배가 영국 해협의 거친 물살 위로 항해를 시작하자 나는 머타의 말뜻을 비로소 알아챘다.

"뱃멀미라고요? 스코틀랜드 남자가 무슨 뱃멀미를 한다는 거예요!"

내가 믿을 수 없다는 듯 소리치자, 머타는 짜증을 냈다.

"그럼 그 녀석은 머리만 빨간 미개인인가 보지. 어쨌든 내가 알기론 녀석이 썩은 생선처럼 시퍼렇게 질려서 안에 든 걸 막 토하고 있다고. 내려가서 녀석이 갈비뼈를 토해 내지 않게 좀 도와주지 않겠나?"

"어휴, 정말."

나는 머타에게 대꾸했다. 아래층 선실은 기분 좋게 있을 만한 곳이 아니라서, 우리는 잠시 신선한 공기를 마시려고 갑판 난간에 서 있던 참이었다.

"제이미는 자기가 뱃멀미를 할 줄 알았을 텐데, 대체 왜 배를 타겠다고 한 거죠?"

머타는 흉악한 눈초리를 깜빡이지도 않고 말했다.

"그야 자기의 상태를 보아하니 우리가 절대로 육로를 통해 이동할 수 없다는 걸 너무 잘 알았기 때문이지. 본인 때문에 잉글랜드 놈들이 맥라노흐에게도 피해를 끼칠까 봐 엘드리지에는 머물 수 없었고."

"그래서 대신 조용히 바다에서 자살하기로 한 거군요."

나는 씁쓸하게 말했다.

"그래. 녀석은 이렇게 하면 그래도 자기만 죽을 거라고 생각한 모양이야. 다른 이들도 같이 죽지는 않겠구나 싶었던 게지. 이타적인 마음씨 아닌가. 물론 조용히 죽지는 않겠지만."

머타는 이렇게 덧붙이며 아래층에서 들려오는 분명한 소리에 대답하듯 배 안 계단으로 몸을 돌렸다.

그리고 한두 시간 후, 나는 뺨과 이마에 눅눅하게 달라붙은 머리카락을 쓸어 올리며 제이미에게 말했다.

"축하해요. 당신은 의학사에 한 획을 그을 거예요. 뱃멀미로 죽은 최초의 인간으로 말이죠."

"아, 잘됐네요. 이렇게 죽으면 개죽음이 될까 봐 너무 싫었거든요."

제이미는 엉망이 된 베개와 담요에 대고 중얼거렸다. 그러다 갑자기 몸을 한쪽으로 돌렸다.

"맙소사, 또 시작이네."

머타와 나는 다시금 각자 맡은 자리로 벌떡 움직였다. 커다란 남자가 무자비하게 발작을 일으키는 동안 꼼짝 못 하게 잡는 일은 약한 사람이 할 일이 아니었다.

발작이 지난 후, 나는 제이미의 맥박을 다시 재고 축축한 이마에 손을 얹었다. 머타는 내 표정을 알아채고는 맨 위 갑판으로 이어진 통로를 말없이 따라왔다.

"별로 좋지 않군. 그렇지?"

조용히 묻는 말에 나는 땀에 젖은 머리칼을 칼바람에 말리며 힘없이 말했다.

"모르겠어요. 솔직히 뱃멀미로 죽는 사람이 있다는 말은 들어 본 적이 없지만, 지금 제이미는 피를 토하고 있거든요."

자그마한 머타의 손이 난간을 꽉 쥐었다. 햇볕에 그을린 피부 사이로 하얗게 손마디가 튀어나왔다.

"갈비뼈가 부러진 끝이 날카로워서 장기를 손상시킨 건지, 아니면 구토 때문에 속이 쓰려 그런 건지 모르겠어요. 어느 쪽이든 좋은 징조는 아니에요. 맥박도 훨씬 약하고 불규칙해졌어요. 그러면 심장에 무리가 가거든요."

"녀석은 사자 같은 심장을 지녔어."

머타의 말은 조용하게 들려왔다. 그래서 내가 들은 말이 맞는지 처음에는 확신할 수도 없었다. 머타의 눈에 고인 듯한 눈물은 사실은 소금기 어린 바람 때문이었을지도 모른다. 그는 불쑥 내게 고개를 돌렸다.

"그리고 머리는 황소처럼 단단하지. 혹시 애너벨 부인이 준 아편이 있나?"

"네, 다 가져왔어요. 하지만 제이미는 안 먹을 거예요. 자고 싶지 않다고 했잖아요."

"아, 그랬지. 하지만 사람은 대개 원하는 것만 받으며 살 수는 없는 법이야. 녀석이라고 다를 게 뭐 있겠어? 가자고."

나는 걱정스러운 마음으로 머타를 따라 아래층 선실로 들어갔다.

"제이미가 그걸 토하지 않을 수 있을지 모르겠어요."

"나한테 맡겨. 병을 가지고 와서 나랑 같이 녀석을 일으키자고."

제이미는 반쯤 정신을 잃었으면서도 칸막이 벽에 기대게 하려는 우리의 손짓에 마구 저항했다. 그는 가냘프지만 정확한 발음으로 말했다.

"난 죽을 거예요. 빠르면 빠를수록 좋아. 저리 가요. 날 그냥 편안히 가게 내버려 두라고."

머타는 제이미의 불타는 듯한 머리카락을 꽉 움켜쥐더니, 제이미의 고개를 억지로 들어 올리고 입술에 병을 댔다.

"이걸 마셔라, 우리 귀여운 쥐새끼 같은 녀석아. 안 그럼 목을 꺾어 버릴 테니. 마셨으면 반드시 삼키도록 해. 내가 네놈 코랑 입을 막고 있어 주마. 이번엔 토하더라도 귓구멍으로 나왔으면 나왔지 코랑 입으로는 못 나오게 할 테다."

우리는 한뜻으로 힘을 모아 병 속의 내용물을 느리고도 거침없이 랄리브로흐의 젊은 영주님 입에 넣었다. 숨이 막혀 캑캑대면서도 제이미는 남자답게 최대한 아편을 마셨고, 이내 새파래진 얼굴로 숨을 헐떡이며 칸막이 벽에 스르르 몸을 미끄러뜨렸다. 머타는 구역질이 울컥 일 듯할 때마다 제이미의 코를 악독한 손길로 꽉 잡아 구토를 방지했다. 그럴 때마다 다 구토를 막은 것은 아니었지만, 어쨌든 이런 처방 덕분에 점차 아편이 환자의 혈류에 섞이게 되었다. 마침내 우리는 축 늘어진 제이미를 침대에 눕혔다. 머리카락과 눈썹, 속눈썹 말고는 그저 창백한 모습이었다.

잠시 후, 갑판에 서 있던 나의 옆으로 머타가 다가왔다.

"보세요."

나는 어딘가를 가리키며 말했다. 구름 아래 은은한 햇빛을 받아 빛나는 석양의 희미한 빛이 저 앞에 보이는 프랑스 해안의 바위를 물들이고 있었다.

"선장님이 그러는데, 서너 시간 후면 도착한다더군요."

"아무리 빨라도 빠른 게 아니지."

머타는 눈앞의 기다란 갈색 머리카락을 넘기며 말했다. 그는 나를 바라보았고, 이제껏 그저 우울하게만 보였던 얼굴에 떠오른 것

중 미소와 가장 비슷한 표정을 지었다.

그리하여 두 명의 건장한 수사가 든 널빤지 위에 엎드린 짐짝 같은 제이미의 뒤를 따라, 우리는 생트 안 드 보프레 수도원의 육중한 문 안으로 들어갔다.

38
수도원

수도원은 12세기에 지어진 거대한 건물이었다. 그곳은 바다의 거센 폭풍과 육지의 침입자들이 벌이는 습격에 모두 저항하기에 알맞은 성벽으로 둘러싸였다. 하지만 이제는 전보다 평화로운 시대라 개방된 수도원 정문은 근처 마을에서 쉽게 드나들 수 있었고, 손님용 건물의 작은 석조 방은 태피스트리와 포근한 가구들로 꾸며 한층 분위기가 부드러워졌다.

방에 있던 나는 쿠션을 댄 의자에서 일어났다. 수도원장에겐 어떻게 인사해야 하는 걸까. 무릎을 꿇고 반지에 입을 맞추어야 하나? 그건 교황님에게만 하는 인사법이던가? 결국 난 공손히 예를 갖추어 절하기로 했다.

제이미의 치켜올라간 눈꼬리는 프레이저 가문에서 물려받은 게 분명했다. 굳세 보이는 턱선 역시 마찬가지였다. 비록 지금 나를 바라보는 수도원장의 턱선은 검은 수염에 가려져 있지만 말이다.

알렉산더 수도원장 역시 조카처럼 입이 컸다. 하지만 그는 제이미만큼 많이 웃는 것 같지는 않았다. 반갑고 따스한 미소로 나를 맞이하긴 했지만, 치켜올라간 눈꼬리 안으로 파랗게 빛나는 눈동자는 냉정하고도 사색적이었다. 그는 제이미보다 키가 훨씬 작아서 나 정도밖에 안 되었지만, 수도복을 입은 다부진 몸집과 걸음걸이는 전사와도 같았다. 어쩌면 한때는 사제이자 전사로 싸우기도 했을 것 같았다.

"어서 오시지요, 나의 조카며느리님."

그는 고개를 숙이며 말했다. 나는 그 인사에 살짝 놀랐지만 역시 허리를 굽혀 진심으로 인사했다.

"환대해 주셔서 감사합니다. 그런데 혹시 제이미를 보셨나요?"

수도사들은 목욕을 시키겠다며 제이미를 데려갔다. 그건 내가 굳이 옆에서 도우려 하지 않는 게 나을 것 같았다.

수도원장은 고개를 끄덕였다. 그의 교양 있는 영어에는 희미하게 스코틀랜드 억양이 섞여 들렸다.

"오, 그래요. 이미 만났지요. 앰브로즈 수사에게 상처를 돌보도록 시켰습니다. 걱정하지 말아요, 마담. 앰브로즈 수사는 더없이 유능한 치료사입니다."

그는 사람을 솔직하게 평가하는 기색으로 나를 바라보았는데, 그 분위기가 조카와 심란할 정도로 비슷했다.

"머타 말로는 그대 역시 유능한 치료사라 들었습니다."

"맞습니다."

나는 거리낌없이 말했다. 도발적인 대답에 그는 진심으로 웃으며 나를 가만히 바라보았다.

"내가 보니 그대는 가식을 범하는 죄는 짓지 않는 분이군요."

"네. 대신 다른 죄를 많이 짓는답니다."

나도 미소를 지으며 대답했다.

"우리 모두 그렇지요. 앰브로즈 수사는 그대와 무척 이야기하고 싶어 할 겁니다."

"머타가 혹시…… 그간 있었던 일을 전해 드렸나요?"

내가 머뭇대며 묻자, 웃고 있던 수도원장은 입을 다물었다.

"그랬습니다. 본인이 아는 만큼은 이야기해 주었죠."

그는 마치 내가 더 많은 이야기를 들려주지 않을까 기대하듯 기다렸지만, 나는 아무 말도 하지 않았다.

내게 물어보고 싶은 기색이 역력했지만, 그는 친절하게도 나에게 대답을 강요하지 않았다. 그저 손을 들어 강복하고는 자리를 뜨면서 다시 한번 말했다.

"여기 잘 오셨습니다. 수사에게 음식을 드리라 명하겠습니다. 그리고 세면도구도요."

그는 나에게 성호를 그었다. 그건 작별의 인사였을까, 아니면 더러움을 물리치려는 의도였을까. 어쨌든 그는 갈색 수도복 자락을 휘날리며 떠났다.

문득 너무나 피곤해져 침대에 주저앉았다. 과연 식사를 하고 씻을 만큼 제정신으로 깨어 있을 수 있을까. 계속 그런 생각을 하다가 결국 베개에 머리를 뉘었다.

끔찍한 악몽을 꾸었다. 제이미는 단단한 돌담으로 가로막힌 옆방에 있었고, 방 사이에 따로 난 문도 없었다. 그가 계속 지르는 비명이 들렸지만 갈 수가 없었다. 대신 필사적으로 벽을 쾅쾅 두드렸지만, 마치 수면을 때린 것처럼 돌 속으로 내 손이 쑥 들어갈 뿐이었다.

"아야!"

나는 좁은 간이침대에 일어나 앉은 채, 침대 옆쪽의 단단한 돌벽을 때렸던 손을 움켜잡았다. 그리고 앞뒤로 몸을 흔들며 욱신거리는 손을 허벅지 사이에 꽉 끼웠다. 그러다 비명이 여전히 들려온다는 사실을 깨달았다.

내가 복도로 나가자마자 비명은 멈췄다. 제이미의 방 문은 열려 있었고, 그 사이로 깜빡이는 불빛이 복도로 환하게 쏟아졌다.

처음 보는 수사 하나가 제이미를 꽉 붙잡고 있었다. 제이미의 등에 감은 붕대 위로 새빨간 피가 스며들었고, 어깨는 오싹한 듯 마구 떨었다.

"악몽을 꿨습니다."

수사는 문가에 선 날 보고 설명했다. 그는 제이미를 내 품에 안겨 주고 탁자에서 천과 물동이를 집어 들었다.

제이미는 여전히 덜덜 떨었고, 얼굴은 땀으로 번들거렸다. 눈을 감은 그는 거칠게 숨을 쉬면서 쉰 목소리로 헐떡였다. 수사는 내 옆에 앉아 그의 얼굴을 부드럽게 닦아 주고 땀에 젖은 무성한 머리카락을 관자놀이에서 넘겨 주었다.

"아내분 되시는군요. 제가 보기에 남편분은 곧 나으실 겁니다."

일이 분쯤 지나자 떨림이 누그러지기 시작하더니, 제이미는 한숨을 쉬며 눈을 떴다.

"난 괜찮아, 클레어, 정말 괜찮아, 지금은. 근데 제발, 저 고약한 냄새 좀 없애 줘!"

그제야 나는 이 방에 감도는 향기를 알아차렸다. 가볍고 톡 쏘는 꽃향기는 아주 흔한 향이라서 이제껏 알아채지 못했지만, 바로 라벤더 향이었다. 비누와 화장수에 많이 쓰는 향. 이걸 마지막으로 맡아 봤던 때가 바로 웬트워스 교도소의 지하 감옥이었지. 조너선 랜들 대위의 몸과 리넨 천에 뿌렸던 향수였다.

향기가 나오는 곳은 허브 향이 나는 오일이 담긴 작은 금속 잔이었다. 장미가 양각된 묵직한 철제 받침대에 잔을 놓고 아래에 촛불을 켜서 향을 피운 것이었다.

환자의 마음을 달래 주기 위한 용도였지만, 의도와는 달리 역효과가 나고 말았다. 수사가 준 물컵을 든 제이미는 혼자 앉아 한결 편하게 숨을 쉬었다. 하지만 얼굴은 여전히 창백했고, 입가는 불안하게 실룩거렸다.

나는 프란치스코회 수사에게 제이미가 시키는 대로 해 달라고 고갯짓으로 부탁했다. 그는 얼른 여러 겹 겹친 수건으로 뜨거운 오일 잔을 감싼 다음 복도로 가지고 나갔다.

제이미는 안도의 한숨을 내쉬고 나서 갈비뼈에 통증을 느끼고 얼굴을 찌푸렸다.

"등의 상처가 약간 벌어졌어요. 심하지는 않지만요."

나는 그를 살짝 돌려서 붕대를 살피고 말했다.

"알아요. 자다가 돌아누웠나 봐요."

제이미가 편하게 옆으로 누워 잘 수 있도록 접어서 받쳐 둔 담요 뭉치가 바닥에 떨어져 있었다. 나는 담요를 들어 침대 옆쪽에 놔 주었다.

"이것 때문에 악몽을 꿨나 봐요. 채찍질을 당하는 꿈이었거든요."

제이미는 몸을 부르르 떨며 물을 한 모금 마시고는 내게 컵을 내밀었다.

"혹시 있으면, 좀 더 센 걸 마시고 싶어요."

그러자 때맞춰 우리를 방문한 수사가 고맙게도 한 손에는 와인병을, 다른 손에는 양귀비 시럽이 담긴 작은 병을 들고 문으로 들어왔다.

"술이 좋겠습니까, 아니면 아편이 좋겠습니까? 망각에 좋은 쪽으로 선택하십시오."

그는 미소를 지으며 제이미에게 병 두 개를 들어 보였다.

"괜찮으시다면 와인을 마시겠습니다. 하루치 꿈은 다 꿨거든요."

제이미는 비뚜름히 웃으며 대답했다. 그가 천천히 와인을 마시는 동안, 프란치스코회 수사는 나를 도와 피 묻은 붕대를 갈고 신선한 천수국 기름을 상처에 발랐다. 제이미가 다시 잠들도록 침대에 누인 다음 등을 단단히 받치고 이불을 덮자, 우리를 방문한 수사는 떠나려고 돌아섰다.

그는 침대 옆을 지나며 제이미에게 허리를 굽히고 그의 머리에 성호를 그었다.

"편히 쉬십시오."

"고맙습니다, 신부님."

제이미는 몽롱한 목소리로 대답했다. 벌써 반쯤 잠든 모양이었다. 이제 아침까지는 제이미의 곁에 내가 없어도 된다는 걸 확인하고, 나는 우리를 방문했다 떠나려는 수사의 어깨를 살짝 건드린 다음 복도로 그를 따라나섰다.

"고맙습니다. 도와주셔서 어찌나 감사한지 모르겠어요."

수사는 감사의 말에 우아한 손을 내저었다.

"저야말로 여러분을 도울 수 있어서 좋았습니다."

그는 아주 훌륭한 영어를 구사했지만, 희미하게 프랑스 억양이 배어 있었다.

"성 자일스 예배당으로 가는 길에 손님용 건물을 지나다가 비명을 들었거든요."

나는 비명을 떠올리며 얼굴을 찡그렸다. 목쉰 소리로 무시무시하게 지르던 비명을 다시는 듣고 싶지 않았다. 복도 끝 창문을 슬쩍 보니, 덧창 뒤에는 아직도 새벽빛의 기미는 보이지 않았다.

"예배당에 가시는 길이셨다고요? 하지만 새벽 미사는 본당에서 드리지 않나요? 그리고 아직 때도 좀 이르고요."

수사는 미소를 지었다. 그는 30대 초반쯤 되는 꽤 젊은 사제였지만, 부드러운 갈색 머리카락에는 희끗희끗한 기색이 있었다. 짧은 머리카락은 단정하게 삭발했고, 갈색 턱수염은 단정하게 다듬어 뾰족한 끝부분이 깊이 말아 둔 수도복 목깃에 살짝 스쳤다.

"새벽 미사를 드리기엔 이른 시각이지요. 제가 이 시간에 예배당에 가는 이유는 성체 조배를 올릴 차례이기 때문입니다."

그는 제이미의 방을 슬쩍 돌아보았다. 안에 보이는 양초시계는 2시 반쯤 되었다.

"사실 지금 많이 늦었습니다. 제 앞 시간을 맡았던 바르톨로메 수사가 어서 자고 싶어 할 테니 가 보겠습니다."

그는 손을 들어 재빨리 나에게 축복한 다음 샌들 신은 발을 돌려 복도 끝에 있는 여닫이문 밖으로 나갔다. 나는 미처 그의 이름을 물을 새도 없었다.

다시 제이미의 침실에 들어가 상태를 살펴보았다. 그는 얕은 숨을 쉬면서 이마를 살짝 찌푸린 채 잠들어 있었다. 시험 삼아 손으로 그의 머리카락을 살짝 쓸어 보았다. 그러자 이맛살이 살짝 펴졌다가 다시 잡혔다. 나는 한숨을 쉬고서 이불을 단단히 여며 주었다.

———

아침이 되자 난 기분이 훨씬 좋아졌지만, 잠을 설쳤던 제이미는 퀭한 눈으로 초조해 보였다. 그는 아침 식사로 내온 코들*이나 육수를 단호하게 거절했고, 내가 손에 난 상처를 확인하려 하자 벌컥 짜증을 냈다.

"아, 정말! 클레어, 나 좀 가만히 내버려 두라고! 쿡쿡 찔러대는 거 더는 못 참겠어!"

그는 얼굴을 찌푸리며 손을 홱 뺐다. 나는 말없이 돌아서서 수납장 위에 둔 약단지와 약병을 가지런히 정리하는 데 몰두했다. 약병

* 와인이나 술에 빵과 계란, 설탕 등을 넣어 따뜻하게 끓인 환자식.

을 기능별로 작게 분류하자. 천수국 기름과 포플러 연고는 진정제고, 버드나무 껍질과 벚나무 껍질, 캐모마일은 차로 쓰고, 고추나물과 마늘, 서양톱풀은 소독제다.

"클레어."

돌아보니 제이미가 침대에 앉아 부끄러운 표정으로 나를 보고 있었다.

"미안해요, 새서나흐. 속이 뒤틀려요. 그래서 오늘 아침 기분이 너무 안 좋아요. 그렇다고 당신한테 소리칠 것까진 없었는데. 용서해 줄래요?"

나는 재빨리 그에게 다가가 가볍게 안아 주었다.

"용서하고 말고 할 게 없다는 거 알잖아요. 하지만 속이 뒤틀리다니, 무슨 말이에요?"

이런 생각이 한두 번 든 건 아니었지만, 지금 더욱 실감이 났다. 친밀함과 로맨스는 같은 말이 아니다.

제이미는 얼굴을 찡그리며 몸을 앞으로 살짝 숙이더니 두 팔로 배를 부여잡았다.

"그러니까, 나를 잠시 혼자 있게 해 줬으면 좋겠어요. 그래도 괜찮겠어요?"

나는 그의 말대로 서둘러 밖으로 나와 아침을 먹으러 갔다.

잠시 후, 식당에서 돌아오는 길에 성 프란치스코 수도회의 검은 수사복을 입은 단정한 수사가 안뜰을 가로질러 회랑 쪽으로 가는 모습이 보였다. 나는 급히 그를 따라잡았다.

"신부님!"

내가 부르는 소리에 그는 돌아서더니 나를 보고 미소를 지었다.

"안녕하세요, 마담 프레이저. 이 이름이 맞으시죠? 오늘 아침 부군께서는 좀 어떠신지요?"

나는 내 말대로 되기를 속으로 바라며 대답했다.

"나아졌어요. 어젯밤 도와주셔서 감사하다는 말씀을 다시 드리고 싶었어요. 제가 성함을 여쭙기도 전에 떠나셨더라고요."

그는 맑은 헤이즐넛 빛깔 눈동자를 반짝이며 가슴에 손을 얹고 내게 절했다.

"프랑수아 앙셀름 메리쾨르 다르마냑이라고 합니다, 마담. 태어날 때는 그 이름이었지요. 지금은 앙셀름 신부라고만 합니다만."

"메리쾨르라. 그럼 즐거운 마음을 지니신 앙셀름 신부님이시군요?"*

나는 웃으며 그의 이름으로 말장난을 쳤다. 그는 수백 년 후의 프랑스인과 다를 바 없는 몸짓으로 어깨를 으쓱였다.

"즐거운 마음을 갖도록 최선을 다하겠습니다."

이렇게 대답한 그는 아이러니하게 입매를 비틀며 미소를 지었다. 나는 회랑 쪽을 슬쩍 보며 말했다.

"바쁘신 신부님을 붙잡아 둘 마음은 없었습니다. 그저 도와주셔서 고맙다는 말씀을 드리려던 것이었어요."

"아뇨, 저는 전혀 바쁘지 않습니다, 마담. 사실은 해야 할 일을 미적거리는 중입니다. 죄 중 가장 큰 게으름을 부리고 있었지요."

"어떤 일을 하시는데요?"

나는 궁금해졌다. 앙셀름 신부는 분명히 이 수도원의 방문객이었다. 그가 입은 프란치스코회 수사복은 베네딕트회 수사들 사이에서 까만 잉크 얼룩처럼 눈에 띄었다. 이곳에는 그와 같은 방문객이 여럿 있다고, 우리를 보살펴 주던 수사들 중 폴리도르 수사가 말해 주었다. 그런 방문객들은 주로 학자로, 유명한 수도원 도서관에 보관된 서적을 참고하기 위해 왔다고 했다. 앙셀름 신부 역시 그런 듯했다. 그는 몇 달 동안 헤로도토스의 저서를 번역 중이었다.

* 메리쾨르(Mericoeur)는 'merry coeur'로 들릴 수 있으며, 메리(merry)는 영어로 '즐거운', 쾨르(coeur)는 프랑스어로 '심장' 또는 '마음'을 뜻한다.

"도서관에 가 보셨습니까?"
내가 고개를 젓자, 그가 권했다.
"안 가 보셨다면 같이 가시지요. 아주 대단한 곳입니다. 시어른이신 수도원장께서도 당신이 들어가신다 하여 반대하지 않으실 겁니다."
도서관이 보고 싶은 마음도 있었고, 다시 손님용 숙소에서 홀로 머물고 싶지 않았기에 나는 망설이지 않고 그를 따라갔다.
도서관은 아름다웠다. 높은 천장을 향해 우뚝 솟은 고딕 양식의 기둥은 첨두아치와 이어져 여러 조각을 이어 붙인 듯한 천장을 받치고 있었다. 기둥 사이의 공간에는 천장까지 닿는 기다란 창문이 늘어서서 도서관을 환하게 밝혔다. 대부분 투명한 유리창이었지만, 개중에는 독특하게 단순한 스테인드글라스로 성서의 장면을 재현해 놓은 창문도 있었다. 나는 구부정하게 서 있는 수도사들을 지나치다가, 잠시 멈춰 서서 〈이집트로의 피난〉*을 감탄하며 바라보았다.
서가를 보니 내가 살던 현대와 다르지 않게 책들이 나란히 꽂힌 형태였다. 하지만 그중에는 고서의 표지를 보호하기 위해 반듯이 눕혀 놓은 서가도 있었다. 심지어 앞부분에 유리를 댄 서가에는 돌돌 말린 양피지들이 잔뜩 들어 있기도 했다. 도서관은 전체적으로 무언의 환호성을 지르는 것 같은 분위기로, 소중히 간직하고 있던 책들이 표지를 통해 소리 없이 노래하고 있는 것만 같았다. 나는 편안해진 마음으로 도서관을 떠나, 앙셀름 신부와 조용히 안뜰을 느릿느릿 거닐었다.
그러면서 전날 밤 받았던 도움에 다시금 감사를 표하려 했지만, 그는 어깨를 으쓱이며 인사를 받지 않았다.

* 예수 탄생 일화 중 마지막 장면으로, 성가족이 죽음을 피해 이집트로 탈출하는 이야기.

"이제 그만 잊어 주십시오, 자매님. 오늘 부군께서는 좀 좋아지셨기를 바랍니다만."

"저도 그래요."

난 그 점을 더는 깊이 생각하고 싶지 않은 마음으로 이렇게만 대꾸한 다음 물었다.

"그런데 성체 조배란 뭔가요? 어젯밤에 성체 조배를 가신다고 하셨잖아요."

그는 놀라서 물었다.

"자매님은 천주교 신자가 아니십니까? 아, 잠깐 잊었습니다. 자매님은 잉글랜드 분이시지요. 그렇다면 당연히 개신교도시겠군요."

"믿음에 관해서라면, 솔직히 저는 그 어느 쪽도 아닌 것 같아요. 하지만 엄밀히 말하면 당연히 천주교 신자겠지요."

"엄밀히 말하다니요?"

수사의 매끈한 눈썹은 놀란 기색으로 치켜 올라갔다. 베인 신부에게 당한 일이 있어 조심스러운 마음에 망설였지만, 그래도 이분은 내 얼굴에 십자가를 흔들 것 같지는 않았다.

나는 포석 사이에 난 작은 잡초를 뽑으려 허리를 숙이면서 말했다. "그게요, 저는 천주교 신자로 세례를 받기는 했답니다. 하지만 제가 다섯 살 때 부모님이 돌아가셔서, 삼촌과 함께 살게 되었죠. 램버트 삼촌은……."

잠시 말을 멈추고 지식욕이 왕성했던 램버트 삼촌을 떠올려 보았다. 삼촌은 쾌활한 냉소주의자로, 모든 종교란 그저 문화권을 구분할 때 쓰는 하나의 지표라고 여겼다. 나는 이렇게 결론을 내렸다.

"음, 삼촌은 신앙적으로 보자면 모두 다 믿으면서도 아무것도 믿지 않는 분이었어요. 모든 종교를 다 아셨지만, 특정 종교를 믿지 않으셨거든요. 그래서 저도 종교 교육을 더는 받지 않았답니다. 그리고 제…… 첫 남편은 천주교 신자였지만, 안타깝게도 그리 열심인 사람은 아니었어요. 그러니 저는 종교가 없다고 할 수 있죠."

나는 그를 조심스럽게 바라보았지만, 나의 고백에 그는 놀라기는커녕 진심으로 웃었다. 그는 나의 말을 가만히 곱씹었다.

"모두 다 믿으면서도 아무것도 믿지 않는다라. 그거 정말 마음에 드는군요. 하지만 안타깝게도 자매님은 거기에 해당하지 않으십니다. 한번 성모 마리아의 교회 신도가 되셨다면, 영원히 그분의 자녀가 되는 것이니까요. 아무리 자신의 신앙에 대해 잘 모르더라도, 자매님은 교황님과 마찬가지로 천주교 신자인 겁니다."

그는 하늘을 슬쩍 바라보았다. 구름이 끼었지만 오리나무의 이파리들은 흔들리지 않았다.

"바람이 잦아들었군요. 저는 맑은 공기를 마시며 머리를 식히려고 잠시 산책할까 합니다. 저와 같이 가지 않으시겠습니까? 자매님도 맑은 공기를 마시며 운동하셔야 합니다. 그러면 제가 그 기회를 잡아서 자매님께 영적인 유익함을 드릴 수도 있을 것 같습니다. 성체 조배 의식에 대해서 깨우쳐 드릴 수도 있고 말입니다."

"일석삼조로군요?"

나는 건성으로 말했다. 깨우침엔 별 관심 없었지만, 맑은 공기는 마시고 싶은 마음에 나는 별말 없이 망토를 집어 들었다.

앙셀름 신부는 나를 데리고 조용하고 어두운 예배당 입구를 지났다. 그 안에서 고개를 숙이고 기도 중인 이들을 슬쩍 바라보며, 그는 회랑을 지나 정원 끝으로 나를 데리고 갔다.

성당 안에서 기도하는 수도사들을 방해하지 않을 만큼 거리가 멀어지자, 그는 입을 열었다.

"성체 조배란 아주 단순한 개념입니다. 성경에 나오는 겟세마니 이야기를 아시잖습니까. 우리 주님께서 재판을 받으시고 십자가에 못 박히실 때를 기다리며, 그분과 같이 깨어 있어야 할 동료들은 모두 잠들었던 것 말입니다."

그러자 단번에 이해가 되었다.

"아, 맞아요. 예수께서는 '너희는 나와 함께 단 한 시간도 깨어 있을 수 없단 말이냐?'라고 말씀하셨죠. 그렇다면 지금 하시는 게 바로 그거로군요. 그 한 시간 동안 그분과 함께 깨어 있는 것이네요. 그때의 일을 만회하기 위해서요."

그 생각이 마음에 들었다. 그래서 성당 안의 어둠이 문득 누군가와 함께하는 포근한 공간으로 여겨졌다.

"그렇습니다, 마담. 아주 간단한 개념이죠. 우리는 돌아가면서 깨어 있기에, 제단 위 성체는 언제나 혼자가 아니게 됩니다."

그는 고개를 끄덕였다. 나는 궁금한 마음으로 물었다.

"하지만 깨어 있기 힘들지 않으신가요? 아니면 언제나 밤에는 깨어 계시나요?"

그는 고개를 끄덕였다. 부드러운 갈색 머리카락이 함께 가벼이 나부꼈다. 단정히 깎은 머리는 잔머리가 마치 이끼처럼 그 위를 덮고 있어서 좀 다듬어야 할 것 같았다.

"성체 조배를 하는 이들은 저마다 가장 좋은 시간을 고르지요. 저는 그게 새벽 2시입니다."

그는 나를 바라보며 살짝 머뭇거렸다. 지금부터 하려는 말을 듣고 내가 어떤 반응을 보일지 알 수 없다는 듯했다.

"제게 그 시각은……."

그는 잠시 말을 멈추었다.

"마치 멈추어 있는 것 같습니다. 신체의 모든 체액, 말하자면 인간을 구성하는 피와 담즙과 숨 말이지요. 그런 것들이 한꺼번에 조화를 이루어 일하는 것 같거든요."

앙셀름 신부는 미소를 지었다. 살짝 구부러진 치아가 보였지만, 그것만 제외하면 그의 외모는 완벽하기 그지없었다.

"그래서 마치 한꺼번에 멈춘 것도 같지요. 저는 가끔 그 순간은 탄생의 순간 혹은 죽음의 순간과 같은 게 아닐까 생각합니다. 이런 순간은 남자마다 다 다르겠지만요. 물론 여성분들께도 마찬가지고요."

그는 내게 정중하게 고개를 끄덕이며 덧붙였다.

"하지만 바로 그 순간, 그 짧은 찰나 동안 모든 게 가능한 것처럼 보입니다. 내 자신의 삶의 한계를 넘나들 수 있고, 그 한계라는 게 사실은 아무것도 아니라는 걸 깨닫게 되지요. 시간이 멈춘 그 순간, 그때만큼은 어떤 모험도 수행할 수 있고, 완벽하게 해낸 후에 다시금 스스로의 모습으로, 방금 전에 떠났던 그 상태 그대로 조금도 변하지 않은 세상으로 되돌아올 수 있다는 사실을 알 것만 같지요. 그건 마치……."

그는 잠시 머뭇거리면서 조심스레 말을 골랐다.

"마치 모든 것이 가능하다는, 갑자기 아무것도 필요하지 않다는 점을 알게 되는 것 같습니다."

"하지만…… 그 시간에 실제로 뭔가를 하시나요? 어, 그러니까, 기도 같은 거?"

"저 말입니까? 음, 저는 앉아서 그분을 봅니다."

그는 천천히 말했다. 얇은 입술 위로 커다란 미소가 피어올랐다.

"그러면 그분도 저를 보시지요."

방으로 돌아오자, 제이미는 일어나 앉아 있었다. 그는 내 어깨에 기대어 복도를 짧게 한 번 걸었다. 하지만 별로 움직이지 않았는데도 얼굴이 창백해지며 땀을 흘려서, 내가 다시 방으로 데려와 이불을 덮어 주어도 별 항의하지 않고 고분고분 침대에 누웠다.

제이미에게 육수와 우유를 조금 주었지만, 그는 피곤한 기색으로 고개를 저었다.

"식욕이 없어요, 새서나흐. 뭘 먹었다가는 또 아플 것 같아요."

나는 그를 다그치지 않고 묵묵히 육수를 치웠다.

하지만 저녁 식사 때는 좀 더 고집을 부려서 억지로 수프를 몇 스푼 먹이는 데 성공했다. 제이미는 그럭저럭 국물을 삼키기는 했지만 소화시키지는 못했다.

"미안해요, 새서나흐. 나란 놈이 정말 역겨워."

그는 나중에 조용히 말했다.

"상관없어요, 제이미. 그리고 당신은 역겹지 않아."

나는 대야를 문밖에 두고 그의 옆에 앉아서 이마에 흘러내린 머리카락을 쓸어 주었다.

"걱정하지 말아요. 뱃멀미 기운이 아직도 남아서 속이 좋지 않은 것뿐이니까. 내가 너무 이른 시기에 음식을 먹으라고 했나 봐요. 가만 놔두면 알아서 나을 거예요."

제이미는 눈을 감고 내 손길 아래로 한숨을 쉬더니, 건성으로 말했다.

"괜찮아지겠죠. 오늘은 뭘 했나요, 새서나흐?"

그는 안절부절못하고 불편한 기색이 역력했지만, 내가 오늘 도서관과 성당, 포도주 짜는 곳과 약초밭 등등을 탐험했다고 말하자 조금 편안해졌다. 약초밭에서는 그 유명한 앰브로즈 수사를 만났다는 이야기를 나는 열띠게 늘어놓았다.

"그분 정말 대단하더라고요. 아, 맞다. 당신은 이미 만났었죠."

앰브로즈 수사는 키가 무척 컸는데, 심지어 제이미보다도 장신이었다. 빼빼 마른 몸통에 길고 축 처진 얼굴이 꼭 바셋하운드 같은 사람으로, 가느다랗고 긴 손가락이 모두 환한 초록색으로 물들어 있었다.

"그분은 뭐든지 자라게 할 수 있는 것 같더라고요. 그곳에는 온갖 종류의 기본적인 약초가 다 있고요, 아주 작은 온실도 있어요. 그곳은 너무 작아서 수사님이 들어가면 똑바로 서지도 못한다더군요. 그 안에는 이 계절에 자랄 수 없거나, 아예 이 지역에서는 나지 않는 다른 대륙의 식물도 자라고, 아니면 다른 곳에서는 찾아볼 수 없는 식물도 있대요. 수입산 향신료와 마약 원료도 있고요."

마약 이야기를 하자 지난 밤이 생각났다. 나는 창밖을 힐끗 내다보았다. 겨울날의 황혼은 이른 시각부터 찾아와, 바깥은 벌써 완전히 어두워졌다. 마구간을 맡았거나 야외 작업을 하는 수도사들은 이리저리 흔들리는 등불을 손에 들고 일과를 하러 돌아다녔다.

"어두워지고 있네요. 혼자서 잘 수 있겠어요? 앰브로즈 수사님이 잠을 잘 오게 하는 약을 몇 가지 갖고 있어요."

제이미의 눈에는 피곤함이 덕지덕지 묻었지만, 그는 고개를 저었다.

"아뇨, 새서나흐. 난 아무것도 필요 없어요. 잠이 들면…… 아니, 난 책을 좀 읽을게요."

앙셀름 수사는 도서관에서 철학과 역사책을 제이미에게 갖다주었다. 그는 탁자에 있던 타키투스의 책에 손을 뻗었다.

"잠을 자야 해요, 제이미."

나는 그를 지켜보며 부드럽게 말했다. 그는 베개에 기대어 책을 폈지만, 눈빛은 멍하니 그 위의 벽을 향해 있었다.

"내가 무슨 꿈을 꿨는지 이야기 안 했죠?"

그가 갑자기 말했다.

"채찍질당하는 꿈을 꾼다고 했었어요."

그의 표정이 마음에 들지 않았다. 멍든 얼굴은 이미 창백했는데, 지금은 축축한 땀으로 엷게 빛나고 있었다.

"맞아요. 고개를 들면 내 손목을 파고드는 밧줄이 보여요. 두 손은 거의 시커멓게 변했고, 움직일 때마다 밧줄이 뼈를 긁었죠. 얼굴을 기둥에 대고 있었어요. 그러면 채찍 끝에 달린 납추의 느낌이 나요. 어깨의 살을 파고드는 느낌이요. 채찍질이 이쯤에서 멈춰야 할 텐데, 계속돼요. 그때, 그놈이 멈출 생각이 없다는 걸 깨달았죠. 채찍 끝이 내 살점을 계속 물어뜯었어요. 피가…… 내 피가 옆구리와 등을 타고 흘러내리면서 킬트로 스며들었죠. 너무 추웠어요.

그러다 고개를 다시 드니까, 이젠 내 손에서 살점이 떨어져 나가고 있더라고요. 뼈가 나무 기둥을 막 긁어서 그 뒤에 팬 자국을 남겼고요. 팔뼈가 다 드러나고, 이제 뼈에 붙은 거라고는 날 묶은 밧줄뿐이었어요. 그때 비명을 지르기 시작했던 것 같아요. 그놈이 나를 때렸을 때 묘하게 덜거덕거리는 소리가 들렸어요. 잠시 후에 그게 무슨 소린지 알게 됐죠. 놈이 내 뼈에서 살을 다 발라내는 바람에, 이젠 납추는 내 앙상한 갈비뼈를 때려 대고 있었던 거예요. 그래서 난 내가 죽었다는 걸 알게 됐죠. 하지만 상관없었어요. 놈은 계속 날 때리고 또 때렸고, 채찍질은 멈추지 않았어요. 그렇게 놈은 내가 산산조각 나서 기둥에서 폭삭 주저앉을 때까지 매질했어요. 그런데도 멈추지 않았고……."

제이미를 붙잡고 진정시키려고 했지만, 그는 벌써 말을 멈추었다. 성한 손으로는 책 끝을 꽉 쥐고 있었다. 단단히 악문 치아는 찢어진 아랫입술을 세게 깨물고 있었다.

"제이미, 오늘 밤 같이 있어 줄게요. 내가 바닥에 요를 깔고 자면 돼요."

"싫어."

그는 힘없이 대답했지만, 그 말 속에 담긴 기본적인 고집은 알아들을 수 있었다.

"내가 혼자서 잘해 볼게요. 지금은 졸립지 않아요. 가서 저녁을 먹어요, 새서나흐. 나는…… 책을 좀 읽을게요."

그는 책장으로 고개를 숙였다. 잠시 힘없이 그를 바라보다, 나는 저녁을 먹으려고 방을 나섰다.

제이미의 병세는 점점 더 걱정스러워졌다. 구역질은 지속되었고, 그는 거의 먹지 못하고 먹더라도 계속 토하기만 했다. 그는 점점 더 창백해지고 무기력해지면서 이제 만사에 흥미를 보이지 않았다. 밤에는 잠을 거의 자지 못해서 낮 시간에는 잠만 잤다. 그리고 대체 무슨 악몽을 꾸는 건지는 몰라도, 나와 같은 방을 쓰는 걸 여전히 거부했다. 그래서 제이미가 깨어 있는 밤이라고 해서 내가 잠들지 못하지는 않았다.

제이미가 같이 있기를 허락한다 하더라도, 내 쪽에서 그의 누운 자리를 맴돌고 싶지 않았다. 그래서 나는 대부분의 시간을 앰브로즈 수사와 함께 약초밭이나 건조실에서 보내거나, 수도원 부지를 한가로이 산책하며 앙셀름 신부와 대화했다. 그는 그 시간을 은근히 교리문답을 할 기회로 사용하여, 나에게 기본적인 천주교 교리를 가르치려 했다. 물론 나는 그에게 기본적으로 불가지론을 줄기차게 고수했지만 말이다.

"우리 자매님, 제가 어제 말씀드린 죄가 성립하는 조건을 기억하고 계십니까?"

그가 마침내 물었다. 내가 도덕관념은 많이 없을지 몰라도, 기억력에는 문제가 없었기에 대답했다.

"첫째, 그것이 잘못이어야 하고, 둘째, 내가 그것에 전적으로 동의해야 한다는 것이에요."

나는 의미를 생각하지 않고 줄줄 읊었다.

"그것에 전적으로 동의한다, 자매님, 바로 그것이 은총이 생겨나는 조건이기도 합니다."

우리는 수도원의 돼지우리 울타리에 기대어 겨울 햇살을 한 줌 받으며 옹기종기 모인 커다란 갈색 돼지들을 바라보았다. 앙셀름 신부는 고개를 돌려 얼굴을 울타리에 굽힌 팔에 대었다.

"하지만 어떻게 하는 건지 모르겠어요. 분명히 은총이란 있으면서도 없는 것 아닌가요?"

나는 이렇게 항변하다가 머뭇거렸다. 무례하게 보이고 싶지는 않았으니까.

"그러니까, 제 말은요, 신부님께는 성당 제단 위에 있는 게 하느님이죠. 하지만 저에게는 제아무리 아름다운 제단 위에 있다 해도 그건 빵 덩이에 불과해요."

그는 참을 수 없다는 듯 한숨을 쉬고서 몸을 일으켜 등을 폈다.

"저는 성체 조배를 하러 가는 길에 남편분이 잠을 못 주무시는 모습을 봤습니다. 그러면 결국 자매님도 마찬가지시겠죠. 그렇다면 어차피 못 주무실 테니, 오늘 밤엔 저와 함께 가시는 게 어떨까요. 한 시간 동안 예배당에서 함께 하시죠."

나는 눈을 가늘게 떴다.

"왜요?"

그는 어깨를 으쓱였다.

"안 될 게 뭐 있겠습니까?"

나는 앙셀름 신부와의 약속을 지키려 잠자리에서 일어나는 데 별 어려움이 없었다. 잠을 자지 않았기 때문이다. 제이미 역시 마찬가지였다. 내가 복도로 머리를 내밀어 볼 때마다 반쯤 열린 제이미의 방문에서 흘러나오는 촛불 빛이 보였고, 그가 앉은 자리를 바꾸

면서 불편한 기색으로 투덜대는 소리와 책장을 넘기는 소리가 들렸다.

어차피 쉴 수 없었기에 옷도 굳이 벗지 않았다. 그래서 앙셀름 신부가 나타나 내 방문을 가볍게 두드렸을 땐 이미 갈 준비가 되어 있었다.

밤이 되면 커다란 기관들이 다들 조용해지듯, 수도원 역시 비슷하게 조용해졌다. 빠른 맥박처럼 활기차던 낮 시간의 활동은 확 줄어들었지만, 두근대는 심장처럼 느리고 조용하지만 끊임없는 움직임이 있었다. 언제나 누군가는 깨어서 조용히 복도를 오가며 불침번을 서고 사방에 생기를 주었다. 오늘은 내가 그 불침번을 설 차례였다.

성당은 어두웠다. 붉은 감실 등이 타오르는 빛과, 성자들의 성상을 둔 곳 앞에서 여전히 곧은 불꽃을 내며 타오르는 선명한 하얀 봉헌 초 불빛 몇 개만이 보였을 뿐이다.

나는 앙셀름 신부를 따라 짧은 중앙 통로를 걸었다. 자그만한 체구의 바르톨로메 수사가 앞을 향해 무릎 꿇고 고개를 숙이고 있었다. 그는 우리가 들어오며 낸 작은 소음에도 돌아보지 않고 미동도 없이 허리를 굽히고 조배를 했다.

성체 자체는 아주 장엄한 성합에 넣어져 보이지 않았다. 30센티미터가 넘는 길이의 찬란한 금빛 성합이 제단에 고요하게 놓여, 그 안의 보잘것없는 빵 조각 하나를 지키고 있었다.

나는 다소 어색한 기분으로 앙셀름이 가리킨 성당 앞쪽 좌석에 앉았다. 천사와 꽃, 악마가 조각된 좌석은 등받이 나무판자 쪽으로 접어지는 구조라 쉽게 드나들 수 있었다. 앙셀름 신부가 자리를 잡자 내 뒤쪽의 낮은 좌석이 희미하게 삐걱대는 소리가 들렸다.

"이제 저는 뭘 하면 되나요?"

밤의 고요함을 깨뜨릴세라, 나는 목소리를 낮춰 물었다.

"아무것도 안 하시면 됩니다, 자매님. 그저 그 자리에 계십시오."

그는 이렇게 간단히 대답했다.

그래서 나는 자리에 앉아 내 숨소리와 조용한 공간의 자그마한 소음을 들었다. 보통은 다른 소리에 묻혀 들리지 않는 미세한 소리들이 들렸다. 돌이 제자리를 찾는 소리, 나무가 삐걱이는 소리, 꺼지지 않는 작은 불꽃이 내는 새된 소리, 자신의 주거지에서 나와 장엄한 공간으로 들어온, 뭔지 알 수 없는 작은 생명체가 후다닥 지나는 희미한 소리들.

이곳은 평화로운 곳이었다. 그 점은 앙셀름에게 분명히 말할 수 있었다. 피곤한 데다 제이미 걱정까지 겹치긴 했어도, 마치 시계 속 용수철이 늘어지듯 몸이 점차 편안해지면서 빡빡했던 머릿속이 부드럽게 풀리기 시작했다. 몇 주 동안, 특히 지난 며칠 동안 쌓인 긴장에 지금 시각이 늦었는데도 이상하게 난 전혀 졸리지 않았다.

결국 이런 생각이 들었다. 영원에 비하면 며칠이든 몇 주든 대수겠는가? 다들 바로 이 점을 인식하고 있겠구나. 앙셀름 신부, 바르톨로메 수사, 앰브로즈 수사를 비롯한 모든 수사들이, 저 위대하신 알렉산더 수도원장까지도 모두 다 말이다.

어떤 면으론 그렇게 생각하니 위안이 되었다. 이 세상의 모든 시간에 비한다면, 특정 순간에 발생한 일이란 그다지 중요하지 않게 되겠지. 어쩌면, 이런 식으로 사람은 한 발짝 뒤로 물러나 끝없는 존재를 사색하며 잠시나마 위안을 찾는 것이 아닐까. 그 끝없는 존재의 본성이 무엇인지는 제각각 다르겠지만 말이다.

붉은 감실 등은 계속해서 타올라 부드러운 황금빛을 비추었다. 성모 마리아와 성 자일스 성상 앞에 놓인 하얀 촛불의 불꽃은 고요히 깜빡였고, 때때로 심지에서 불순물이 나올 때마다 확 타올라 잠시 밀랍이나 습기를 내뱉었다. 하지만 감실 등은 불빛을 일렁이는 기색 없이 고요하게 타올랐다.

만약 영원이란 것이 존재한다면, 적어도 개념이라도 존재한다면, 모든 것이 가능하다는 앙셀름 신부의 말이 옳을지도 모른다. 그렇다면 모든 사랑도 그럴까? 나는 프랭크를 사랑했다. 여전히 사랑하고 있다. 그리고 제이미를 사랑한다. 내 목숨보다도 더 많이. 하지만 시간과 육체라는 한계에 묶인 나는 두 사랑을 모두 간직할 수는 없다. 그렇다면 그 한계를 넘어선다면? 시간이 더는 존재하지 않거나, 멈춘 공간이라면? 앙셀름은 가능하다고 생각했다. 모든 것이 가능한 공간이 있다고. 그리고 모든 게 필요 없어진다고.

그렇다면 거기에 사랑도 존재할까? 시간과 육체라는 한계를 넘어선다면, 모든 사랑이 가능해지나? 그럴 필요가 있을까?

내 머릿속 목소리는 램 삼촌의 목소리 같았다. 나의 가족, 그리고 아이로서 품었던 그 모든 사랑은 램 삼촌뿐이었다. 삼촌은 나에게 사랑한다고 말한 적이 한 번도 없었지만 굳이 그럴 필요도 없었다. 나는 스스로가 살아 있다는 것만큼이나 삼촌이 날 사랑한다는 걸 정확히 알고 있었으니까. 사랑이 모두 존재하는 곳에선 말은 필요 없어진다. 온전하니까. 불멸하니까. 그걸로 충분하니까.

나도 모르게 어느덧 시간이 지났다. 갑자기 내 앞에 앙셀름 신부가 나타나서 깜짝 놀랐다. 그는 제단 옆에 있는 작은 문에서 들어왔다. 아까는 분명히 내 뒤에 앉아 있었는데? 뒤쪽을 슬쩍 바라보자, 이름을 알 수 없는 젊은 수사가 뒷문 근처에서 무릎을 꿇고 있었다. 앙셀름 신부는 제단 앞에 절한 다음 고갯짓으로 문을 가리켰다.

나는 성당 밖으로 나오자마자 물었다.

"나가셨어요? 하지만 신부님은, 음, 성체만 혼자 놔두고 떠나면 안 되는 거 아니었나요?"

그는 평온하게 웃었다.

"혼자 두지 않았습니다. 자매님이 계셨잖습니까."

내 존재는 치지 말아야 하는 것 아니냐고 항변하고 싶었지만 참았다. 결국, 성체 조배를 하는 공식적인 조배자 자격증 같은 게 있진 않을 테니. 그냥 사람이기만 하면 되는 것이다. 그리고 난 그 자리에 있긴 했지. 가끔은 정말 이 자리에 있는 건가 느끼지 못하기도 했지만.

다시 제이미의 방문 앞에 돌아와 보니, 방 안 촛불이 여전히 타오르며 책장 넘기는 소리가 들렸다. 멈출까 했지만 앙셀름이 계속 걸음을 이어 가서 결국 내 방으로 가고 말았다. 나는 그 앞에 서서 안녕히 주무시라 인사한 다음, 성당에 데려가 주어서 고맙다고 했다.

"그곳은…… 평온했어요."

나는 애써 적당한 말을 찾아 말했다. 그는 나를 바라보며 고개를 끄덕였다.

"그렇습니다, 마담. 정말 그렇지요."

내가 돌아서려 할 때, 그는 말을 이었다.

"제가 말씀드렸지요. 자매님께서 거기 계셨기에 성체는 혼자가 아니었다고요. 하지만 자매님은 어떠셨습니까? 혼자셨습니까?"

나는 걸음을 멈추고 잠시 그를 바라보다가 대답했다.

"아뇨. 혼자가 아니었어요."

39
한 남자의 영혼을 대속하기 위하여

아침이 되자, 나는 제이미가 무엇을 좀 먹었기를 바라며 언제나처럼 그의 상태를 확인하러 갔다. 하지만 그의 방에서 조금 떨어진 벽감에서 머타가 슬그머니 나오더니 내 앞을 가로막았다.

"뭐예요? 왜 그러세요?"

나는 불쑥 물었다. 심장이 두근거리면서 손바닥에 갑자기 땀이 찼다.

내가 심하게 겁먹어 보였는지, 머타는 안심하라는 듯 고개를 저었다. 그리고 어깨를 으쓱이며 말했다.

"아니, 녀석은 괜찮아. 낫지는 않았지만 나빠지지도 않았어."

그는 내 팔에 가볍게 손을 대고 돌려세우더니, 복도 뒤편으로 나를 데리고 갔다. 순간 난 엄청 놀라고 말았다. 머타가 일부러 나를 잡은 건 이번이 처음이었기 때문이다. 내 팔에 얹은 그의 손길은 가벼운 동시에 펠리컨의 날개처럼 강력했다.

"제이미가 뭐가 문제인데요?"

나는 따져 물었다. 자그마한 머타의 주름진 얼굴은 평소처럼 아무런 표정이 없었지만, 자글자글한 눈꺼풀 끝이 실룩이고 있었다.

"녀석은 지금 당신을 보고 싶어 하지 않아."

그 말에 나는 우뚝 멈춰 서서 잡힌 팔을 뺐다.

"왜요?"

나의 강한 물음에 머타는 신중하게 말을 고르는 듯 머뭇거렸다.

"으음, 그게……. 녀석은 당신이 자기를 여기 남겨 두고 스코틀랜드로 돌아가는 게 좋겠다고 마음먹었어. 그 앤……."

머타가 미처 나머지 말을 하기도 전에 나는 무례하게도 그를 밀치고 지나갔다.

묵직한 문이 뒤에서 부드럽게 턱 닫혔다. 제이미는 침대 위에서 엎드려 졸고 있었다. 이불을 덮지 않은 몸에는 견습 수도사가 입는 짧은 가운만을 걸쳤을 뿐이었다. 한쪽에 놓아 둔 숯 화로는 연기가 나긴 했어도 방을 따스하게 데웠다.

내가 손을 대자 제이미는 화들짝 놀랐다. 잠기운이 그득한 눈은 푹 꺼져 있었고 얼굴은 아직도 꿈에서 덜 깬 상태였다. 그는 절망에 가까운 표정으로 눈을 감고 베개에 얼굴을 파묻었다.

속이 뒤틀리는 것 같았지만 겉으로는 애써 티를 내지 않으면서, 나는 조용히 의자를 가져다가 그의 머리맡에 앉았다.

"만지지 않을게요. 하지만 나랑 얘기 좀 해요."

제이미가 방어하듯 어깨를 굽힌 채로 움직이지 않는 동안, 나는 몇 분이나 기다렸다. 결국 그는 한숨을 쉬고서 일어나 앉았다. 아픈 기색을 내비치며 느릿하게 움직인 제이미는 다리를 침대 바깥으로 늘어뜨렸다. 그리고 나를 쳐다보지도 못하고 가만히 말했다.

"응, 그래요. 말을 해야 할 것 같네. 진작 말했어야 했는데…… 하지만 난 겁쟁이라서, 말할 필요가 없기를 바랐거든요."

씁쓸한 목소리로, 그는 고개를 숙인 채 두 손으로 무릎을 느슨히 감쌌다.

"스스로를 겁쟁이라고 생각한 적은 없었는데, 이제는 그렇게 됐네요. 랜들이 날 죽이게 놔뒀어야 했는데, 그러지 못했어요. 난 살 이유가 없지만, 그렇다고 죽을 만큼 용감하지도 않아요."

제이미의 목소리가 점점 줄어들더니, 이제는 너무나 작은 소리로 말해서 귀에 들리지조차 않았다.

"당신을 마지막으로 보고…… 말해야겠다고는 생각했는데……. 하지만…… 클레어, 내 사랑……. 아, 내 사랑."

그는 침대 위에서 베개를 집어 들더니 그걸 보호하기라도 하는 듯 꼭 끌어안았다. 나에게서 차마 찾을 수 없는 위안을 베개에게서 대신 얻는 것 같았다. 베개에 이마를 잠시 댄 채 기운을 모은 제이미는 여전히 고개를 숙이고 조용히 말했다.

"당신이 날 두고 웬트워스를 떠났을 때, 클레어, 바깥 돌바닥에서 멀어져 가는 당신 발소리를 들었어요. 그때 속으로 생각했죠. 이제 클레어를 생각해야지. 그녀를 기억해야지. 피부의 감촉과 머리카락의 향기와 내 입술에 와닿던 그녀의 입술 느낌을 기억하자. 저 문이 다시 열릴 때까지 생각하자. 그리고 내일도 생각하자, 교수대에 섰을 때, 마지막까지 용기를 내도록. 그리고 저 문이 열리고, 내가 죽으러 이곳을 떠날 시간 동안에는……."

커다란 두 손이 주먹을 잠깐 쥐었다가 다시 힘을 풀었다.

"그 사이엔 아무 생각도 하지 말자고 다짐했어요."

제이미는 조용히 말을 맺었다.

좁은 지하 감옥에서 제이미는 눈을 감고 앉아 기다리고 있었다 했다. 가만히 앉아 있는 동안엔 고통이 심하지 않았지만, 곧 더 심해지리라는 걸 알고 있었다. 고통이 두렵긴 했지만, 예전에도 이런 고통을 견딘 적이 있었다. 고통이 어떨지, 자신의 반응은 어떨지 충분히 알고 있었기에, 인내심을 갖고 견디기로 했다. 그저 그 고통이 자신의 힘을 너무 빨리 넘어서지 않기만을 바라면서. 곧 신체에 모독이 가해지겠지만, 그것 역시 별것 아닌 혐오일 뿐 견디면 된다고 생각했다. 절망은 나름의 마취제가 되어 주었다.

방에는 창문이 없어서 시간을 판단할 수가 없었다. 지하 감옥에 끌려온 건 오후 늦게였지만, 본인의 시간 감각 역시 믿을 수는 없었다. 새벽이 되려면 몇 시간이나 걸릴까? 여섯 시간? 여덟 시간? 열 시간? 다 끝나려면 얼마나 될까? 제이미는 문득 씁쓸한 웃음기를 흘렸다고 했다. 적어도 랜들 덕분에 죽음이 반가워지겠군.

문이 열렸다. 그는 고개를 들었다. 무슨 기대를 품어서였을까. 그곳에는 늘씬한 체격의 잘생긴 남자가 있었을 뿐이다. 그는 살짝 흐트러진 리넨 셔츠 차림에 머리칼을 흩날리며 문의 나무 문틀에 기대서서 이쪽을 지켜보고 있었다.

잠시 후, 랜들은 말없이 다가와 그의 앞에 섰다고 했다. 그는 제이미의 목에 잠깐 손을 얹더니, 못을 확 잡아당겨 박혔던 손을 풀어주었다. 기절할 뻔한 제이미 앞으로 브랜디 한 잔이 놓이더니, 랜들은 단호하게 제이미의 고개를 들어 올리고 그가 술을 마시게 도와주었다고 했다.

"놈은 두 손으로 내 얼굴을 들더니 내 입술에 남은 브랜디 방울을 핥았어요. 난 물러서고 싶었지만, 약속했기에 가만히 앉아 있었죠."

랜들은 잠시 제이미의 머리를 잡고서 두 눈망울을 탐색하듯 바라보다가, 이내 놓아주고 옆에 있는 탁자에 앉았다 했다.

"그놈은 한참 동안 아무 말 없이 앉아 있었어요. 한쪽 다리를 앞뒤로 흔들기만 하면서. 난 그놈이 뭘 바라는지 전혀 알 수가 없었고, 추측하고 싶지도 않았죠. 손의 통증 때문에 구역질이 나고 피곤했어요. 그렇게 시간이 지난 후 두 팔 위에 고개를 떨구고 얼굴을 돌렸어요."

제이미는 무겁게 한숨을 쉬었다.

"조금 뒤에 내 머리에 손을 얹는 느낌이 나더라고요. 하지만 난 움직이지 않았어요. 놈은 내 머리를 쓰다듬었어요. 부드럽게, 계속해서. 커다란 하인이 내쉬는 거친 숨소리와 화로에서 불이 타는 소리밖에 들리지 않았어요. 그때 난…… 잠깐 잠이 들었던 것 같아요."

그러다 깨어나 보니, 랜들은 그의 앞에 서 있었다고 했다.

"이제 좀 나아졌나?"

랜들은 아득하고도 정중한 어조로 물었다고 했다.

제이미는 말없이 고개를 끄덕이고 일어섰다. 그러자 랜들은 상처 난 손을 건드리지 않도록 조심하면서 그의 옷을 벗기고 침대로 데려갔다.

"반항하지 않겠다고 약속했지만, 그렇다고 기꺼이 할 마음도 없었죠. 그래서 난 마치 나무토막처럼 가만히 서 있었어요. 놈이 하고 싶은 대로 하게 내버려 둬야겠다고 생각했지만, 같이 뭘 할 생각은 없었던 거죠. 적어도 마음속으로는 그와 거리를 둘 작정이었어요."

그때, 랜들은 미소를 짓더니 제이미의 오른손을 움켜잡았다 했다. 갑자기 닥친 통증에 어지럽고 구역질이 치민 제이미는 침대에 주저앉고 말았다. 랜들은 그의 앞에 무릎을 꿇고 앉아, 몇 분 동안 엄청난 충격을 주면서, 마음속으로 거리를 둔다는 건 망상에 불과함을 똑똑히 알려 주었다.

"그놈은 다시 일어서더니 칼을 가져와 내 가슴을 그었어요. 이쪽에서 저쪽까지 쭉. 상처는 깊지 않았지만 피가 좀 났어요. 놈은 잠시 내 얼굴을 지켜보다가 손가락을 대고 피를 훑었어요."

제이미의 목소리는 중간중간 흔들렸고, 말은 더듬더듬 헛나왔다.

"놈은 손가락에 묻은 내 피를 핥더니, 혀를 작게 날름거렸어요. 마치 고, 고양이가 털을 핥듯이. 놈은 살짝 웃었는데, 어, 아주 상냥하게 웃더니, 내 가슴에 고개를 숙였어요. 난 묶여 있지 않았지만 움직일 수가 없었어요. 그냥…… 가만히 앉아서, 놈이 혀로…… 그건 아프지 않았어요. 하지만, 따져 보면 느낌이 너무 이상했어요. 잠시 후에 놈은 일어서서 수건으로 자기를 조심스럽게 닦더라고요."

나는 제이미의 손을 바라보았다. 내게서 얼굴을 돌리고 있었기에, 지금 그의 감정을 가장 잘 드러내는 것은 손이었다. 계속 이야기가 이어지면서, 그 손은 경련을 일으키듯 간이침대 끝을 꽉 쥐었다.

"놈은, 놈은 나한테 말했어……. 내가 맛있다고. 상처에선 피가 멈췄지만, 놈은 수건으로 가슴 상처를 심하게 문질러서 다시 벌어지게 했어."

세차게 힘이 들어간 손마디 관절은 피가 통하지 않아 새하얘졌다.

"놈은 바지 단추를 끄르더니, 다시 배어난 피를 자기 몸에 발랐어. 그리고 이젠 내 차례라고 했어."

그 후, 랜들은 제이미의 고개를 들고 토하도록 도와준 다음, 젖은 옷으로 그의 얼굴을 부드럽게 닦아 주고 브랜디로 입에 든 토사물을 헹구게 했다. 이런 식으로 몹쓸 짓을 저지른 다음 다시 부드럽게 대하기를 조금씩 반복하면서, 고통을 무기 삼아 그의 온몸과 마음의 장벽을 모두 무너뜨린 것이다.

제이미를 말리고 싶었다. 계속 이야기할 필요 없다고 말하고 싶었다. 하지만 나는 말을 하지 않으려고 입술을 깨물고 제이미에게 손대지 않으려 두 손을 꽉 주먹 쥐었다.

제이미는 나머지 부분도 말해 주었다. 그 후로 느리고 신중하게 채찍질이 이어졌고, 중간중간 키스를 했다고 했다. 이러다 더 타락할 것만 같아 필사적으로 정신을 놓으려 했을 때는, 그를 억지로 정신 차리게 하려고 화상을 입혀 무시무시한 고통을 가했다.

제이미는 내게 주저 없이 모든 걸 이야기하며 이따금 눈물을 흘렸다. 이 모든 말은 내가 참고 들어 줄 수 있는 한계를 넘어섰지만, 난 고해 성사를 듣는 신부처럼 말없이 그 이야기를 모두 들었다. 제이미는 나를 슬쩍 올려다보다 이내 고개를 돌렸다.

"제아무리 고통이 심했어도, 난 상처받는 걸 견딜 수 있었을지도 몰라요. 내가…… 이용당할 거라고 생각했고, 그것도 견딜 수 있을 거라 생각했어요. 그런데 안 되더라고……. 난…… 그놈은……."

나는 손톱을 손바닥에 꾹꾹 눌러 가며 어떻게든 입을 다물려고 했다. 제이미는 잠시 말없이 떨더니, 다시금 목소리를 내었다. 굵은 목소리는 필사적으로 침착함을 유지했다.

"놈은 그저 나를 상처 주거나 이용한 게 아니었어요. 그놈은 나와 사랑을 나누려고 했어요, 클레어. 내게 상처를 내고, 아주 심하게 고통을 주었지만, 그건 그가 사랑을 나누는 방식이었어. 게다가 나에게서 반응을 이끌어 냈어. 그 저주받을 자식이! 내가 흥분하게 만들었다고!"

제이미의 손이 주먹을 쥐더니 무력한 분노로 침대 틀을 내리쳤다. 침대 전체가 부르르 흔들렸다.

"처음…… 처음에 그놈은 날 아주 조심스럽게 대했어. 기름을 써서, 오랫동안, 나를 전체적으로 문지르고…… 온몸을 부드럽게 만졌어. 난 그의 손길에 흥분되는 걸 더는 참을 수가 없었어. 그놈이 나를 베었을 때도 피가 나지 않게 할 수 있었는데, 흥분은 참을 수가 없었어."

제이미의 지친 목소리는 절망으로 비참한 어조를 띠었다. 그는 말을 멈추더니, 내가 이 방에 들어온 후 처음으로 날 똑바로 바라보았다.

"클레어, 난 당신을 생각하고 싶지 않았어. 거기서 벌거벗고 있으면서…… 그런 식으로 있으면서…… 당신을 사랑하던 기억을 차마 떠올릴 수가 없었어. 그건 신성 모독과도 같았어. 난 당신을 내 머릿속에서 지워 버리고 싶었어, 그저…… 내가 감당해야 하는 동안만은 잊고 싶었어. 하지만 그놈은 그조차 허락하지 않았어."

제이미의 뺨은 축축하게 젖어 있었지만, 지금은 울지 않았다.

"그놈은 말을 했어. 그러는 동안 내내, 나에게 말을 걸었어. 협박할 때도 있었고, 사랑의 말을 속삭일 때도 있었지만, 당신 이야기도 했어."

"나?"

너무 오랫동안 입을 다물고 있었는지라, 긴장한 목에서 갈라진 목소리가 흘러나왔다. 제이미는 고개를 끄덕이며 다시 베개를 내려다보았다.

"응. 알겠지만 그놈은 당신을 끔찍이 질투했어."

"아니, 아니야, 몰랐어."

제이미는 다시 고개를 끄덕였다.

"아, 그랬어. 놈은 나에게 물었어. 나를 만지면서, 이렇게 물었어. '그 여자도 너한테 이렇게 해 주나? 네 여자가, 너를 이런 식으로, 어, 흥분시켜?'"

제이미의 목소리가 떨렸다.

"나는 대답하지 않았어. 할 수가 없었어. 그러자 놈은 당신이 나의 이런 모습을 본다면 어떤 기분이겠느냐고 물었어……. 이런 나를 본다면……."

그는 잠시 말을 잇지 못하고서 입술을 꽉 깨물었다.

"놈은 나에게 살짝 고통을 주다가 다시 날 애무했고, 결국 난 다시 흥분하고 말았어……. 그러면 또 심한 고통을 주면서 상처를 입히는 동안 날 가졌어. 그동안 내내 당신 이야기를 하면서, 내 눈앞에 자꾸만 당신을 떠올리도록 만들었어. 난 머릿속으로 저항했지만…… 내 정신을 그에게서 분리하려고, 몸과 마음을 떼어 내려고 했지만, 고통이 계속 치고 들어와서, 계속 느껴져서, 참을 수 있는 한계를 넘어서고 말았어. 난 노력했어, 클레어, 아, 정말 열심히 노력했는데……."

그는 두 손으로 머리를 움켜쥐었다. 손가락이 그의 관자놀이를 세차게 파고들었다. 그러다 불쑥 말을 했다.

"왜 앨릭스 맥그리거라는 젊은이가 목을 매달았는지 알겠어. 자살이 치명적인 죄라는 걸 몰랐다면 나도 그랬을 거야. 그놈은 살아서 나를 엿 먹였을지 몰라도, 천국에선 그럴 수 없을 테니까."

잠시 침묵이 흘렀다. 제이미는 어떻게든 평정심을 되찾으려 애썼다. 나는 그의 무릎에 놓인 베개가 습기로 얼룩져 있는 모습을 멍하니 바라보았고, 일어서서 베개를 바꾸어 주고 싶었다. 제이미는 여전히 발치를 내려다보며 천천히 고개를 저었다.

"그것만이…… 지금 계속 떠올라. 이젠 당신을 생각할 수가 없어, 클레어. 당신에게 입맞춤하거나 손을 잡는 것만으로도 너무 무섭고 고통이 느껴지면서 구역질이 나. 여기 누워서 당신의 손길을 받지 않으면 죽을 것 같지만, 막상 날 만지는 손길을 느끼면 수치심과 자기혐오에 토할 것 같아. 지금도 당신을 보기만 하면……."

그는 꽉 쥔 주먹 위에 이마를 대고 있었다. 손마디가 그의 눈두덩을 심하게 파고들었다. 목 힘줄이 바짝 섰고, 목소리마저 반쯤 먹먹하게 나왔다.

"클레어, 날 떠났으면 좋겠어요. 스코틀랜드로 가요. 크레이크 나 둔으로. 당신이 있던 곳으로 돌아가요. 당신의…… 남편에게. 머타가 안전하게 데려다줄 거야. 내가 말해 놨어요."

그는 잠시 말이 없었고, 나는 움직이지 않았다.

제이미는 필사적으로 용기를 그러모아 다시 고개를 들고 아주 간단하게 말했다.

"살아 있는 한 당신을 사랑할게요. 하지만 이제 난 더는 당신의 남편이 될 수 없어요. 당신에게 부족한 존재가 되고 싶지 않아."

그의 얼굴이 무너지기 시작했다.

"클레어, 온몸의 뼈가 흔들릴 정도로 당신을 너무나 원해요. 하지만, 아, 하느님, 당신을 만지기가 너무 무서워!"

나는 일어서서 제이미에게 다가가려고 했지만, 그는 불쑥 손을 내저으며 날 막았다. 반쯤 웅크린 몸 위로, 마음속으로 일어나는 극심한 갈등에 일그러진 얼굴이 보였다. 그의 목소리는 목 졸린 사람처럼 숨이 모자라게 들렸다.

"클레어…… 제발 부탁이에요. 제발 가 줘요. 난 무척 아플 거야. 당신에게 이런 모습 보여 주고 싶지 않아요. 제발."

그의 목소리에 실린 간절함이 느껴졌다. 적어도 이런 모욕을 그에게 주어서는 안 되었다. 나는 일어서서, 간호사로 일한 후 처음으로 아픈 환자를 혼자 있도록 내버려 두었다. 무기력하고 외로운 채로.

멍하니 제이미의 방에서 나온 나는 하얀 돌담에 기대었다. 단단한 돌에 달아오른 뺨을 식히며, 나를 바라보는 머타와 윌리엄 수사의 눈초리를 무시했다. **아, 하느님**, 이라고 말했어. **아, 하느님, 당신을 만지기가 너무 무서워**, 라고.

이윽고 나는 몸을 꼿꼿이 세우고 아무런 도움 없이 홀로 섰다. 혼자 서는 게 뭐 어때서? 내게 또 다른 이란 없단 말이야.

시간이 더디게 흘러가는 시각, 나는 성 자일스 예배당의 복도에 무릎을 꿇었다. 앙셀름은 평소대로 우아한 어깨를 펴고 그곳에 있었지만, 다른 이들은 없었다. 그는 움직이거나 나를 돌아보지 않았고, 성당의 살아 있는 침묵만이 나를 감쌌다.

나는 잠시 무릎을 꿇고서 조용한 어둠으로 두 팔을 뻗고 마음을 느긋하게 놓았다. 그러다 밤의 리듬에 맞추어 느려진 심장 박동이 느껴졌을 때야 다시 슬그머니 뒷좌석에 들어갔다.

하지만 이젠 뭘 어떻게 시작해야 할지 몰라 앉은 자리에서 몸이 굳고 말았다. 나는 형식도 의식도 모르고, 다른 수사들이 성스러운 대화에 깊숙이 빠져들 수 있게 도와주는 미사의 순서에도 문외한이었다. 결국 나는 조용히 속으로 불쑥 말했다. 도와주세요. 제발요.

그러고서 침묵이 파도처럼 밀려들도록 마음을 놓았다. 침묵은 마치 추위를 막아 주는 망토의 주름처럼 날 뒤덮었다. 그렇게 난 앙셀름 신부가 말한 대로 기다렸다. 시간을 계산하지 않고 흘려보내면서.

성당 뒤편에는 작은 탁자가 있었다. 리넨 천으로 덮인 성수반이 있었고, 그 옆에는 성경 한 권과 영성을 위한 책 두세 권도 놓여 있었다. 침묵을 견딜 수 없는 이들을 위한 것이겠지.

나 역시 침묵이 너무 벅찼던지라, 일어나서 성경을 가지고 장궤틀*로 왔다. 혼란과 고민에 빠질 때마다 성경을 아무 데나 펴서 나온 구절로 앞날을 점친 사람이 내가 처음일 리도 없을 테니. 촛불빛은 성경을 읽기에 충분해서, 나는 얇은 페이지를 조심스레 넘기며 눈을 가늘게 뜨고 검은 활자로 이루어진 선을 바라보았다.

"……주님의 손이 아스돗인들을 짓눌러 망하게 하셨다. 그분께서 아스돗과 그 지역을 종기로 치신 것이다."**

그랬겠지. 그런데 종기는 뜬금없이 뭐냔 말이야? 시편으로 가 보자.

"그러나 저는 인간이 아닌 구더기……. 저는 물처럼 엎질러지고

* 성당에서 쓰는 기도 의자.

** 사무엘기 5장 6절.

제 뼈는 다 어그러졌으며 제 마음은 밀랍처럼 속에서 녹아내립니다."*

아, 그래. 상당히 괜찮은 진단이네. 좀 참을성이 없긴 하지만. 그런데 이걸 고칠 치료법이 있긴 했을까?

"그러나 주님, 당신께서는 멀리 계시지 마십시오. 저의 힘이시여, 어서 저를 도와주십시오. 저의 생명을 칼에서, 저의 목숨을 개들의 발에서 구해 주십시오."**

으음.

나는 욥기를 읽어 보기로 했다. 제이미가 제일 좋아하는 부분이었다. 현재 상황에서 성서의 욥만큼 도움되는 조언을 할 만한 인물은 또 없겠지…….

"다만 그의 몸은 본인의 아픔만을 느끼고 그의 영혼은 자신만을 애통해합니다."***

음, 이거야. 나는 페이지를 넘겼다.

"그는 자면서 고통을 당하고 뼈마디가 끊임없이 쑤시는 형벌을 받아……. 그의 살은 말라 마침내 볼 수조차 없고 보이지 않던 그의 뼈들은 앙상하게 드러납니다."****

딱 맞네. 다음은 뭐지?

"그리하여 그의 목숨은 구렁에, 그의 생명은 죽음의 사자에게 가까이 갑니다."*****

별로 좋은 내용이 아니었지만, 다음 구절을 보니 약간 힘이 났다.

"사람에게 바른 것을 알려 주려고 그 옆의 천사가, 천 명 가운데

* 시편 22편 6절과 14절.
** 시편 22편 20절.
*** 욥기 14장 22절.
**** 욥기 33장 19절과 21절.
***** 욥기 33장 22절.

한 중재자가 그를 불쌍히 여겨 '그가 구렁으로 내려가지 않게 해 주십시오. 제가 그를 위한 몸값을 구했습니다' 하고 말한다면 그의 살은 젊음의 탄력을 되찾고 한창이던 때로 돌아갑니다."*

그렇다면 그 몸값이란 무엇인가? 한 남자의 영혼을 살 수 있는, 그래서 개 같은 놈의 손아귀로부터 내 남편을 구할 수 있는 몸값은 얼마란 말인가?

나는 성서를 덮고 눈을 감았다. 읽은 구절은 나의 다급한 바람과 흐릿하게 뒤섞였다. 그러다 제이미의 이름을 말했을 때, 어마어마한 비참함이 나를 덮쳤다. 하지만 내가 계속해서 "오, 주님, 당신의 손에 주의 종 제임스의 영혼을 맡기나이다"라고 되뇌이자, 긴장이 풀리며 자그마한 평안이 느껴졌다.

문득, 제이미가 차라리 죽는 편이 낫지 않을까 하는 생각도 들었다. 그는 죽고 싶다고 말했지. 만약 내가 그의 바람대로 내버려 둔다면, 곧 죽으리라는 점은 분명했다. 고문과 질병의 후유증 때문이든, 교수형을 당해서든, 아니면 후에 있을 전투에서라도. 제이미 역시 그 점을 분명히 알고 있겠지. 그렇다면 그 말대로 해 줘야 할까?

아니, 미쳤어? 내가 그렇게 할 줄 알고? 나는 속으로 되뇌었다. 내가 그렇게 해 줄 것 같냐고! 나는 제단 위에서 황금빛으로 빛나는 성합을 향해 속으로 사납게 속삭이며 다시 성서를 폈다.

얼마 후, 나는 내가 물은 적 없었던 질문에 대답했음을 깨달았다. 괴로움에 잠 못 이루다 무아지경에 빠져, 무언가 내가 물었던 것이다. 무슨 질문이었는지는 모르겠지만, 나는 생각 없이 대답했다.

"네, 그럴게요."

갑자기 모든 생각을 멈춘 채, 나는 울려 퍼지는 침묵에 귀를 기울였다. 그러다 좀 더 주의 깊게, 반복해서, 소리 없이 대답했다.

* 욥기 33장 23절부터 25절.

"네, 네, 그럴게요."

문득 스치는 생각이 있었다. '죄가 성립하는 조건은 이겁니다. 첫째, 그것이 잘못이어야 하고, 둘째, 내가 그것에 전적으로 동의해야 한다는 것이지요……. 그것이 은총이 생겨나는 조건이기도 합니다.' 앙셀름 신부의 조용한 목소리가 메아리처럼 울렸다.

마치 내 손에 보이지 않는 작은 물체를 쥔 느낌이었다. 오팔처럼 귀하고, 옥처럼 매끈하고, 강의 돌처럼 묵직하고, 새알보다 깨지기 쉬운 어떤 물체를. 무한히 고요하며, 창조의 뿌리처럼 생생한 것을. 선물이 아니라, 신뢰인 것을. 너무나 소중하게 아끼고 싶고, 부드럽게 지켜 주고 싶은 것을.

성경의 말씀은 스스로 말하다가 천장의 신음하는 그림자 속으로 사라졌다.

나는 절대적인 존재에게 무릎을 꿇은 다음, 시간이 멈추는 순간의 영원성 속에서 답을 받았음을 확신하며 성당을 떠났다. 하지만 그 답이 무언지는 알 수 없었다. 아는 것이라고는 내가 품은 것이 인간의 영혼이라는 것뿐이다. 나의 것인지, 아니면 다른 이의 것인지는 알 수 없었다.

하지만 다음 날 아침에 벌어진 사건은 기도의 응답으로 보이지는 않았다. 평상시처럼 눈을 뜨자, 평수사 하나가 내 머리맡에 서서 제이미가 열에 시달리고 있다는 소식을 전했다.

"이런 지 얼마나 됐나요?"

나는 이마와 등, 겨드랑이와 사타구니에 전문적인 기색으로 손을 얹어 보며 물었다. 땀이 나 몸을 식혀 준 흔적은 없었다. 질긴 양피지처럼 말라 늘어진 피부가 열에 마구 시달리고 있을 뿐이었다.

제이미는 의식이 있었지만 눈꺼풀이 무겁고 몸을 가누지 못하는 상태였다. 열의 원인은 분명했다. 부서진 오른손은 부풀어 올랐고, 붕대를 적신 고름에서 악취가 났다. 불길해 보이는 붉은 줄무늬가 손목 위로 뻗어 올라 있었다. 패혈증이구나. 곪아 더러워진 혈액 중독으로, 죽을 수도 있는 감염이다.

나를 데리러 온 평수사가 말했다.

"아침 미사를 마치고 와서 봤는데 이렇게 되셨습니다. 물을 드렸지만, 새벽이 바로 지나자마자 토하시더라고요."

"그럼 즉시 저를 부르셨어야죠. 아니, 이젠 됐어요. 뜨거운 물과 라즈베리 이파리를 가져다주시고, 폴리도르 수사님을 최대한 빨리 불러 주세요."

그는 내게 아침 식사도 가져다줄 수 있는지 알아보겠다고 말했지만, 나는 그런 건 됐다고 손을 저으며 물이 담긴 백랍 주전자를 집어 들었다.

폴리도르 수사가 왔을 즈음에는 시트를 물에 적셔서 제이미의 뜨거운 피부에 덮어 준 상태였다. 이제껏 어떻게든 제이미에게 물을 먹여 보려고 했지만 체내에서 격렬하게 거부했기 때문이었다.

그러면서 동시에 피부에 화상을 입지 않을 정도로 물을 끓여서 감염된 손을 담갔다. 지금은 설파제나 현대의 항생제가 없는 상황이니, 열이야말로 박테리아 감염을 저지할 유일한 대비책이었다. 환자의 몸에서도 고열을 내면서 최선을 다해 박테리아를 죽이고 있었지만, 열 자체도 몸에 심각한 위협이 되었다. 근육을 손상시키고 뇌세포를 파괴하기 때문이다. 이럴 때의 방법은 감염이 된 부분에만 충분히 열을 가하는 동시에 세포 손상을 막을 수 있도록 나머지 몸을 시원하게 유지하며, 정상적으로 몸이 기능하도록 수분을 충분히 공급하는 것이다. 빌어먹게 까다로운 삼중 균형 잡기로구나. 나는 암담하게 생각했다.

제이미의 정신 상태도, 몸의 불편함도 이젠 상관없었다. 감염이 멎고 열이 떨어지기 전까지는 어떻게든 그를 살리는 것에만 집중해야 했다. 다른 건 아무래도 좋았다.

둘째 날 오후, 제이미는 환각을 보기 시작했다. 우리는 그가 바닥에 몸을 던지지 못하게 하려고 부드러운 헝겊으로 묶었다. 마침내, 열병을 없애기 위한 필사적인 조치로 나는 평수사 하나에게 커다란 바구니 가득 눈을 담아 오라 시킨 다음, 그의 온몸에 눈을 대었다. 그러자 제이미는 격렬한 발작을 일으켜서 지치고 녹초가 되었지만, 잠시나마 체온은 떨어졌다.

안타깝게도 눈 치료는 한 시간 간격으로 반복되어야 했다. 해 질 무렵, 방안은 마치 늪같이 변했다. 축축한 시트가 잔뜩 쌓인 가운데 눈 녹은 물웅덩이가 가득했고, 구석진 화로에서는 늪지대의 가스 같은 증기가 피어올랐다. 앙셀름 신부를 비롯하여 여러 평수사들이 도와주었지만 폴리도르 수사와 나 역시 물과 땀에 흠뻑 젖었고, 눈 때문에 오들오들 떤 채 거의 초주검이 되었다. 삼잎국화와 히드라스티스, 개박하와 우슬초 등등 온갖 해열제를 다 써 보았지만 효과는 없었다. 버드나무 껍질 차는 살리신산이 들어 있으니 도움이 될 수도 있겠지만 열을 내릴 만큼 많은 양을 섭취할 수는 없었다.

제이미가 제정신으로 돌아오는 상황은 점점 드물어졌다. 그리고 정신이 들 때마다 그는 죽게 내버려 달라고 했다. 그럴 때마다 나는 전날 밤에 말했듯 미쳤냐고, 내가 그렇게 해 줄 줄 아느냐고 짧게 대답하고는 하던 치료를 계속했다.

해가 질 무렵, 복도에 누군가가 다가오는 소리가 들렸다. 문이 열리며 나타난 이들은 제이미의 삼촌인 수도원장 알렉산더였다. 그는 앙셀름 신부와 다른 세 명의 수사를 데리고 들어왔는데, 그중 하나는 작은 삼나무 상자를 들고 있었다. 수도원장은 내게 다가와 짧게 강복한 다음 내 손을 잡았다.

"우리는 이 애에게 성유를 바를 겁니다. 겁먹지 마십시오."

그는 낮고 온화한 목소리로 말한 다음 침대로 돌아섰다. 나는 급히 앙셀름 신부를 바라보며 이게 무엇이냐고 눈빛으로 말했다.

"병자 성사입니다."

그는 침대에 둘러선 수사들을 방해하지 않으려고 내게 가까이 다가와 낮은 목소리로 설명했다.

"마지막 성유를 바르는 겁니다."

"마지막 성유라니요! 그건 죽을 사람에게 하는 거잖아요!"

"쉬잇."

그는 나를 침대에서 더욱 멀찍이 떼어 내며 말했다.

"사실은 죽음을 목전에 둔 사람들에게 주로 합니다만, 아픈 이들을 위한 성사이니 병자 성사로 부르는 게 적절하지요."

수사들은 제이미의 상처 난 어깨가 되도록 아프지 않게 조심하면서 그를 부드럽게 돌려 똑바로 눕혔다.

"병자 성사의 목적은 두 가지입니다."

성사 준비가 진행되는 동안 앙셀름은 내 귓가에 속삭이며 설명을 이어 갔다.

"첫째로는 치유의 성사지요. 우리는 하느님께서 뜻하시는 대로 병자가 건강을 회복하기를 기도합니다. 축성된 기름인 성유는 생명과 치유의 상징으로 사용되지요."

"그럼 두 번째 목적은요?"

나는 알면서도 물었다. 앙셀름은 고개를 끄덕였다.

"하느님께서 병자가 회복하기를 원치 않으신다면, 그의 죄를 사하여 주시고 영혼을 평안히 떠나가게 해 달라고 기도하지요."

그는 항의하듯 꽉 쥔 내 손을 보고 경고하듯 내 팔에 손을 얹었다.

"이것은 교회의 마지막 의식입니다. 환자는 이 성사를 받을 권리가 있습니다. 그러면 환자는 어떻게든 평안을 얻게 될 겁니다."

이제 준비가 되었다. 제이미는 등을 대고 누워, 허리에 단정하게 천을 덮고 있었다. 머리맡과 발치에 놓인 촛불을 보자 무덤의 불빛이 떠올라 너무나도 불쾌했다. 알렉산더 수도원장은 침대 옆에 앉았고, 옆에는 뚜껑 덮인 성합과 작은 은제 성수 병과 성유 병 두 개가 놓인 쟁반을 들고 양쪽 팔에 하얀 천을 늘어뜨린 수사 하나가 섰다. 저 모습은 꼭 와인 따르는 웨이터 같네. 나는 심술궂게 생각했다. 이 모든 절차가 신경에 거슬렸다.

의식은 라틴어로 진행되었다. 무슨 뜻인지 몰라도 부드럽게 주고받는 속삭임이 아름답게 들려왔다. 앙셀름은 의식의 의미를 내게 조용히 속삭여 주기도 했다. 하지만 어떤 의식은 설명이 없어도 뭔지 알 수 있었다. 일정 시점에 이르자, 수도원장은 폴리도르 수사에게 손짓했고, 수사는 앞으로 나와 제이미의 코에 작은 병을 대었다. 거기엔 암모니아 아니면 다른 자극제 용액이 들어 있었다. 제이미는 여전히 눈을 감고 있었지만 몸을 움찔하더니 고개를 홱 돌렸기 때문이다.

"왜 저이를 깨우려는 거죠?"

"가능하면, 환자는 의식이 있는 상태에서 일평생 저지른 죄를 참회한다는 말에 동의해야 하기 때문입니다. 그리고 만약 환자가 받을 수 있다면, 수도원장께서 그에게 성찬을 주실 것입니다."

수도원장은 제이미의 뺨을 부드럽게 쓰다듬으며 그의 고개를 약병 쪽으로 돌리면서 조용히 말했다. 이제 언어는 라틴어가 아니라 가족 특유의 억센 스코틀랜드 사투리였고, 목소리는 온화했다.

"제이미! 제이미, 이 녀석아! 나다, 앨릭스 삼촌이야. 네 옆에 있다. 잠깐 일어나 봐야 한다. 잠깐이라도 괜찮아. 내가 이제부터 죄를 사해 줄 거야. 그리고 우리 주님의 성찬을 줄게. 이걸 조금만 마셔 봐라. 그리고 대답을 할 수 있으면 해 봐."

폴리도르 수사는 제이미의 입술에 잔을 대고 조심스레 한 번에

한 방울씩 부어서 바싹 마른 혀와 목을 축이도록 했다. 제이미는 여전히 고열에 시달리고 있었지만, 눈을 뜨고 간신히 정신을 차렸다.

수도원장은 계속 영어로 질문했지만, 억양이 너무 낯아서 거의 알아들을 수가 없었다.

"사탄과 그 모든 악한 일을 버리겠느냐?"

"너는 우리 주 예수 그리스도의 부활하심을 믿느냐?"

이런 질문이 이어지는 가운데, 모든 질문마다 제이미는 "네"라고 거친 목소리로 대답했다.

성사가 끝나자 제이미는 다시 한숨을 쉬며 눈을 감았다. 호흡할 때마다 갈비뼈가 함께 움직이는 모습이 보였다. 구토와 고열에 시달려 몹시 쇠약해진 상태였다. 수도원장은 성수와 성유 병을 차례로 가져다가 제이미의 몸에 성호를 그은 다음 이마와 입술, 코와 귀와 눈꺼풀에 각각 성수를 발랐다. 그리고 심장 위, 가슴의 움푹 팬 곳과 각 손바닥, 각 발바닥에 성유를 발랐다. 그는 제이미의 상한 손을 극도로 조심하며 들어 올리고 상처 위에 가볍게 성유를 바른 다음 제이미의 가슴 위에 내려놓았다. 칼자국이 시퍼렇게 난 자리 바로 아래였다.

성유를 바르는 과정은 빠르고도 무척 부드럽게 진행되었다. 수도원장은 엄지를 빠르게 놀려 깃털처럼 부드럽게 성유를 발랐다. '미신적인 술수일 뿐이야'라고 나의 이성이 말했지만, 기도하는 수사들의 얼굴에 비친 사랑에 나는 깊은 감동을 받았다. 다시금 눈을 뜬 제이미는 아주 침착해 보였다. 우리가 랄리브로흐를 떠난 후, 처음으로 평온해 보이는 얼굴이었다.

짧은 라틴어 기도를 마지막으로 성사가 끝났다. 수도원장은 제이미의 머리에 손을 얹고 영어로 기도했다.

"주님, 우리는 주의 종 제임스의 영혼을 주님의 손에 맡깁니다. 바라옵건대, 주의 뜻이라면 그를 고쳐 주시고, 영혼을 굳세게 하시며, 은총을 가득 내려 주시고, 영원토록 주님의 평안을 알게 하소서."

"아멘."

수사들이 화답했다. 나도 입을 모았다.

날이 저물자, 제이미는 차츰차츰 의식을 잃기 시작했다. 그의 체력이 너무 약해져서, 가끔 그를 깨워 죽지 않도록 물을 몇 모금 먹이는 것이 고작이었다. 거칠게 흔들면 눈을 게슴츠레 뜨기는 했지만, 갈라지고 벗겨진 입술에서는 더는 말이 나오지 않았다. 게다가 더 이상 우리를 알아보지 못했다. 눈동자의 초점은 어딘가를 빤히 바라보다가 다시 눈꺼풀이 스르르 감기며 신음과 함께 고개를 돌릴 뿐이었다.

나는 침대 옆에 서서 제이미를 내려다보았다. 낮 동안 너무나 혹독한 시간을 보냈던지라, 지금 느껴지는 것이라고는 둔감한 절망이 고작이었다. 폴리도르 수사가 나를 부드럽게 건드리는 손길에, 나는 멍한 상념에서 빠져나왔다. 그는 나를 단호하게 문으로 이끌었다.

"이제 더는 할 일이 없으십니다. 가서 쉬십시오."

"하지만……."

나는 무어라 말을 하려다가 그만두었다. 그의 말이 옳았으니까. 우리는 할 수 있는 걸 다했다. 열이 저절로 떨어지면 좋겠지만, 아니라면 제이미는 죽을 것이다. 아무리 튼튼한 몸이라도 하루 이틀 이상 지속되는 고열을 견딜 수는 없다. 제이미가 그 열을 버티고 이겨 낼 만한 힘은 이제 없어 보였다.

폴리도르 수사가 말했다.

"제가 옆에 있겠습니다. 가서 쉬십시오. 혹시 무슨 일이 있으면 부르겠습니다……."

그는 말을 다 잇지도 않고 내 방 쪽으로 부드럽게 손짓했다.

방에 들어온 나는 침대 위에 누워 불빛이 비치는 천장을 응시했다. 눈은 건조한 데다 열이 났고, 목도 열감기에 걸린 것처럼 쓰라렸다. 나의 기도의 대답이 이것일까? 우리가 함께 여기서 죽는 것이란 말이야?

마침내 나는 일어서서 문 옆 탁자에 놓인 주전자와 대야를 들었다. 그리고 무거운 도자기 접시를 방바닥 중앙에 놓은 다음 조심스럽게 물을 따랐다. 접시 위로 쏟아진 물은 두꺼운 테두리 위로 공기 방울을 뿜어냈다.

방으로 돌아오기 전, 나는 앰브로즈 수사의 허브 저장실에 잠깐 들렀었다. 거기서 가져온 작은 허브 꾸러미를 풀고, 안에 든 것을 화로에 뿌렸다. 몰약 이파리에서 향기로운 연기가 올라왔고, 장뇌 부스러기는 빨간 숯불 사이에서 파란 혀를 자그맣게 날름대며 타올랐다.

나는 거울 같은 물웅덩이 뒤에 촛대를 놓고, 그 앞에 앉아 유령을 소환했다.

석조 복도는 차갑고 어두웠다. 천장에 매달린 기름 등불 안으로 희미하게 깜빡이는 불꽃은 이따금 화르르 타올랐다. 등불을 지날 때마다 나의 그림자는 발 앞으로 뻗어 나가며 쭉 길어졌다가 어둠 속으로 먼저 사라졌다.

날씨는 추웠지만 나는 맨발에 조악한 하얀 면 잠옷만을 걸쳤다. 잠옷 안에서 자그마한 봉투가 온기를 뿜어내고 있었지만, 돌바닥의 한기가 발과 다리로 스멀스멀 올라왔다.

나는 문을 한 번 작게 두드린 다음, 대답을 기다리지 않고 육중한 문을 밀어젖혔다.

로저 수사는 제이미의 침대 옆에 앉아 고개를 숙인 채 묵주에 대고 중얼거렸다. 그는 나무 묵주를 달그락거리며 이쪽을 올려보았지만, 날 알아보기 전 그의 입술은 몇 초 동안 조용히 계속 움직이며 성모송을 마쳤다.

로저 수사는 나를 맞이하러 문가로 나와 조용히 말을 걸었다. 하지만 그가 자리에 앉아 소리쳤더라도, 침대 위에 미동 없이 누운 제이미에게 전혀 방해가 되지 않았을 것이었다.

"변한 건 없습니다. 방금 손을 넣은 대야에 깨끗한 물을 갈아 넣었습니다."

몇 방울의 물이 화로 위에 방금 올려놓은 작은 백랍 주전자 표면에 맺혀 있었다.

나는 고개를 끄덕이고는 고맙다는 표시로 그의 팔에 손을 얹었다. 한 시간 동안 상상 속에 빠졌다가 사람을 만지자, 놀라우리만큼 단단하고 따스한 형체가 묘하게도 위안이 되었다.

"괜찮으시다면 남편과 둘이서만 있고 싶어요."

"물론입니다. 저는 예배당에 가 있겠습니다. 아니면 혹시 모르니 근처에 있을 수도 있습니다만……."

그는 주저하며 말꼬리를 흐렸다. 나는 애써 미소를 지어 그를 안심시켰다.

"아니에요. 예배당에 가세요. 아니, 주무시러 가세요. 전 잘 수가 없거든요. 아침까지 여기 있으려고 해요. 도움이 필요하면 사람을 보내 수사님을 부를게요."

로저 수사는 여전히 의심스러운 눈초리로 침대를 슬쩍 돌아보았다. 하지만 지금은 밤이 매우 깊은 데다, 그의 상냥한 갈색 눈 밑에는 피로한 기색이 짙게 드리워져 있었다.

이윽고 육중한 문이 돌쩌귀를 삐걱이며 닫히자, 나는 제이미와 단둘이 남았다. 혼자가 되어 겁도 난 데다, 사실 지금 마음먹고 하려는 일에 스스로도 너무나 심하게 자신이 없었다.

침대 발치에 서서 잠시 제이미를 내려다보았다. 화로의 불빛과 방 한쪽에 놓인 탁자 위에 세워진 거의 1미터 가까운 높이의 거대한 촛대 두 개의 불빛이 방 안을 어둑하게 밝혔다. 제이미는 벌거벗은 상태였고, 고열로 상해서 움푹 팬 몸은 희미한 불빛에 더욱 도드라져 보였다. 갈비뼈에 난 온갖 색깔의 멍이 피부를 물들인 모습은 곰팡이가 난 것 같았다.

사람은 죽어 가며 희미한 녹색 빛깔을 띠게 된다. 처음에 턱 가장자리에 살짝 비치던 푸르스름한 빛은 점점 얼굴에 창백하게 퍼지기 시작하다가 생명력이 다하면서 가슴 아래로 번진다. 난 그 빛깔을 여러 번 보았다. 죽어 가던 과정이 멈추어 반전되면서 피부에 다시금 혈색이 돌아 사람이 살아나는 것을 본 적도 몇 번 있다. 하지만 대개는…….

나는 몸을 부르르 떨며 돌아섰다.

이제 옷자락에 손을 넣어 앰브로즈 수사의 어두운 작업실을 몰래 방문해 꺼내 온 물건들을 탁자 위에 올려놓았다. 암모니아 액이 든 병, 말린 라벤더 한 봉지, 길초근 증류액, 활짝 핀 꽃 모양의 작은 금속 향로, 달콤한 향이 나고 끈적한 송진을 묻힌 아편 두 알. 그리고 칼 한 자루.

방은 화로 연기가 자욱하니 가득했다. 하나밖에 없는 창문 위에는 두꺼운 태피스트리를 덮어 두었는데, 그건 성 세바스티아누스의 처형 장면이 그려진 것이었다. 나는 위쪽을 바라보는 성 세바스티아누스의 얼굴과 화살 꽂힌 몸통을 바라보면서, 병실에 죽어 가는 성자 그림을 걸어 둔 사람은 대체 사고방식이 어떤 건지 다시금 의

아해졌다.

위에 표현된 그림이야 어쨌든, 태피스트리의 재질은 두꺼운 실크와 양모라서 강한 외풍은 모두 차단해 주었다. 나는 태피스트리 아래쪽을 살짝 걷어 올려 석조 아치 아래로 숯 연기를 내보냈다. 차갑고 습한 공기가 밀려 들어 환기가 되면서, 내가 반사된 수면을 바라보며 기억을 떠올렸을 때부터 시작되었던 두통이 확실히 가라앉았다.

뒤에서 희미한 신음이 들렸다. 제이미가 찬 바람에 몸을 뒤척이고 있었다. 잘됐네. 완전히 의식을 잃은 건 아니라는 뜻이니.

나는 태피스트리를 다시 창 위로 내린 다음 향로를 들었다. 아편 알갱이 하나를 못에 꽂은 다음 촛대에 꽂힌 밀랍 초로 불을 붙였다. 그 아편을 제이미의 머리맡 작은 탁자에 둔 다음, 나는 그 향을 들이마시지 않도록 조심했다.

시간은 얼마 없었다. 제이미가 아편 연기를 너무 많이 마셔서 깨어나지도 못하게 되기 전에 얼른 준비를 마쳐야 했다.

나는 잠옷 앞자락을 풀고 라벤더와 길초근을 두 손 가득 쥐어 내 몸에 문질렀다. 기분 좋고 톡 쏘는 향은 독특하고 상당히 산뜻했다. 냄새를 맡고 있자니 이런 향수를 뿌렸던 남자가 어렴풋이 떠올랐다. 그리고 그의 뒤에 겹쳐 보이던 남자도. 내게 그 향기는 현재의 공포와 잃어버린 사랑의 혼란스러운 이미지를 불러일으켰다.

제이미는 이 냄새를 맡으며 고통에 파도처럼 휩쓸려 보냈던 분노의 시간을 기억해 낼 것이다. 나는 심호흡을 하며 용기를 낸 다음, 암모니아수 병을 들고 잠시 침대 옆에 섰다. 그리고 수척하고 텁수룩한 얼굴을 내려다보았다. 제이미는 기껏해야 하루 정도 더 살겠지. 적어도 몇 시간은 버틸 것이다.

"좋아, 이 망할 스코틀랜드 자식아. 네놈이 얼마나 고집스러운지 볼까."

나는 조용히 말하며 대야에 담겨 있던 그의 손을 들어 올렸다. 다친 손에서는 물이 뚝뚝 떨어졌다. 나는 대야를 옆으로 치웠다.

이윽고 암모니아수 병을 열고 그의 코밑에 대고 흔들었다. 제이미는 콧김을 뿜으며 고개를 돌리려고 했지만, 눈을 뜨지는 않았다. 나는 손가락으로 그의 뒷머리를 잡고 고개를 돌리지 못하게 한 다음 다시 얼굴에 병을 갖다 댔다. 그는 고개를 저으며 선잠에서 깨어나려는 황소처럼 좌우로 천천히 머리를 흔들더니, 눈을 살짝 뜨기 시작했다.

"아직 안 끝났어, 프레이저."

랜들 특유의 딱딱 끊어지는 리드미컬한 자음 발음을 최대한 흉내 내며 나는 그의 귓가에 속삭였다.

제이미는 신음하며 어깨를 움츠렸다. 나는 그의 두 어깨를 움켜쥐고 거칠게 흔들었다. 피부가 어찌나 뜨겁던지 그만 손을 놓을 뻔했다.

"일어나, 이 스코틀랜드 새끼야! 난 아직 너랑 볼일이 안 끝났다고!"

그러자 제이미는 팔꿈치로 힘겹게 몸을 일으키기 시작했다. 시키는 대로 하려고 처연하게 노력하는 모습에 마음이 찢어지는 것만 같았다. 그는 아직도 머리를 앞뒤로 흔들고 있었지만, 갈라진 입술에서는 "제발, 아직은 안 돼" 같은 소리를 계속해서 중얼거렸다.

힘이 없었던지라, 그는 한쪽으로 무너지면서 다시 베개 위에 쓰러져 엎드렸다. 이제 방은 아편 연기로 가득 차서 나는 약간 어지러웠다.

나는 이를 악물고, 제이미의 엉덩이 사이에 손을 넣어 둥근 살집을 꽉 움켜쥐었다. 그는 새된 숨소리를 내며 비명을 지르더니 고통스레 옆으로 굴렀고, 두 손을 두 다리 사이에 낀 채 몸을 둥글게 말았다.

아까 나는 내 방에서 거울처럼 맑은 수면 위를 배회하며 한 시간 동안 기억을 떠올렸다. 블랙 잭 랜들과 그의 6대손 프랭크는 서로 아주 달랐지만, 신체적 외양만큼은 놀랍도록 유사했다.

프랭크를 생각하자 마음이 무너지는 것만 같았다. 그의 얼굴과 목소리, 습관적인 동작과 나와 사랑을 나누던 방식을 떠올리기가 너무나 힘겨웠다. 환상열석에서 돌아가지 않겠다고 마음먹은 후, 프랭크를 마음속에서 지워 버리려고 애썼다. 하지만 그는 항상 내 마음 깊은 곳에서 그림자처럼 머무는 존재였다.

프랭크를 배신한다는 생각에 역겨웠지만, 게일리스가 보여 주었던 것처럼 마음을 맑게 하고 촛불의 불꽃에 집중했다. 그리고 약초의 떫은 향기를 들이마시며 마음을 가라앉힌 후 그림자 속에서 그의 모습을 다시 소환했다. 울지 않으면서 그의 얼굴선을 보고, 다시금 그의 손길을 느꼈다.

그 어둠 속에는 똑같은 손과 똑같은 얼굴을 한 또 다른 남자가 있었다. 촛불의 불꽃으로 두 눈을 가득 일렁이며, 나는 그 남자 역시 소환했다. 그래서 보고 들으며 두 남자의 닮은 점과 다른 점을 파악하고 만들어 낸 것이…… 이걸 뭐라 해야 할까. 복제품일까. 겉껍질일까. 아니면 인물화나 가면이라고 해야 할까. 무엇이라 부르든 상관없다. 나는 어두운 얼굴과 속삭이듯 작은 목소리, 애정 가득한 손길을 소환하여 혼수상태에 빠진 정신을 속일 것이었다. 모든 준비를 마치자, 나는 마녀 게일리스 덩컨의 영혼을 위해서 기도하며 방에서 나왔던 것이다.

제이미는 이제 등을 대고 누워, 상처에서 고통을 느끼고 살짝 몸을 비틀어 댔다. 그의 두 눈은 멍하니 어딘가를 바라보았지만, 이쪽을 알아보는 기색은 없었다.

나는 너무나 잘 아는 방식으로 그를 애무했다. 프랭크가 하던 대로, 가슴에서 등으로 손을 옮기며 갈비뼈의 선을 가볍게 어루만지다가 아픈 멍을 세게 눌렀다. 분명히 랜들도 이런 짓을 했을 테니까. 그리고 앞으로 고개를 숙여 천천히 그의 귓가를 혀로 핥아 가며, 피부를 맛보고 탐색하다가 속삭였다.

"나와 싸워! 맞서 싸우라고, 이 더러운 자식아!"

제이미의 근육이 죄어들고 턱에 힘이 들어갔지만, 그는 멍하니 위를 바라보기만 했다. 그렇다면 어쩔 수 없구나. 결국 칼을 써야겠지. 이러다 어떤 위험이 닥칠지 잘 알고는 있었지만, 이대로 가만히 앉아서 제이미를 죽게 놔두느니 차라리 자살하는 편이 나았다.

나는 탁자에서 칼을 꺼내 그의 가슴을 세차게 그었다. 나은지 얼마 안 되는 흉터 자국을 따라서. 제이미는 충격을 받아 숨을 헐떡이며 등을 구부렸다. 나는 수건을 움켜쥐고 상처를 잽싸게 문질렀다. 그리고 주저하기 전에 억지로 손가락을 그의 가슴에 대고 핏덩이를 문댄 다음 그의 입술에 야만스럽게 발랐다. 이건 내가 굳이 생각해낼 필요도 없는 행동이었다. 제이미에게 들어서 알고 있었으니까. 그리고 다시 그에게 고개를 숙여 속삭였다.

"이제 내게 키스해."

미처 마음의 준비를 할 새도 없던 순간, 제이미는 침대에서 벌떡 일어나면서 나를 방 저편으로 세차게 내던졌다. 나는 비틀거리다가 탁자에 부딪쳐 넘어지면서 거대한 촛대를 흔들었다. 촛불 심지가 흔들리다 꺼지자 어둠이 확 들이닥쳤다.

탁자 가장자리에 등이 찍혔지만, 제이미가 나를 향해 달려드는 바람에 빠르게 몸을 피했다. 불분명한 으르렁 소리를 내며, 그는 두 팔을 뻗고 나를 뒤쫓았다.

제이미는 예상보다 빠르고 강했지만, 어설픈 걸음으로 비틀거리며 여기저기 부딪쳤다. 그가 잠시 나를 화로와 탁자 사이에 몰아넣고 날 잡으려 했다. 목구멍에서 거친 숨소리를 내며, 그는 왼손으로 내 얼굴을 후려쳤다. 평소의 힘과 유연성이 실린 타격이었다면 나는 죽었을 것이다. 그러나 지금은 한쪽으로 휙 밀려났을 뿐이었다. 이어서 그의 주먹이 내 이마를 치자, 나는 약간 아찔한 상태로 바닥에 나동그라졌다.

이제 나는 탁자 밑으로 기어 들어갔다. 제이미는 나에게 손을 뻗다가 균형을 잃고 화로에 부딪쳤다. 이글거리는 숯덩이가 돌바닥에 흩어졌다. 그는 뜨거운 숯 조각 위에 그만 무릎을 꿇다가 비명을 질렀다. 나는 침대에서 베개를 집어 들고는 시트 위로 쭉 뻗은 불꽃을 껐다. 불을 끄느라 너무 몰두한 나머지, 제이미가 다가오는 것도 알아채지 못했다. 그에게 머리를 한 방 맞은 나는 사지를 뻗으며 쓰러졌다.

한 손으로 침대 다리를 잡고 몸을 일으키려다가 그만 침대가 뒤집어졌다. 나는 잠시 침대를 방패막이 삼아 그 뒤에 숨어서 애써 정신을 추슬렀다. 제이미는 숨을 헐떡이며 중간중간 게일어 욕설을 아무렇게나 내뱉었고, 희끄무레한 어둠 속에서 나를 찾고 있었다. 그러다 드디어 나를 보고서는 희미한 빛 가운데서 광기 어린 눈빛을 빛내며 침대 위로 몸을 던졌다.

그다음엔 무슨 일이 일어났는지 자세히 설명하기 어렵다. 모든 게 여러 번 일어났기 때문이고, 그 순간들은 모두 내 기억 속에서 겹쳐졌기 때문이다. 제이미가 열이 끓어오르는 손으로 내 목을 단 한 번 졸랐던 것 같지만, 그 찰나가 마치 영원히 이어지는 것만 같았다. 사실, 모든 게 수십 번도 더 일어났다. 매번 나는 그의 손아귀를 풀고 그의 몸을 밀치며 다시 도망쳤고, 부서진 가구 사이로 몸을 피하고 숙였다. 그러다 다시금 제이미가 나를 따라왔고, 분노에 사로잡혀 죽을 고비에서 일어난 남자는 욕설을 퍼붓고 흐느껴 울며 비틀비틀 걷고 사납게 휘청였다.

화로에서 내동댕이쳐진 숯은 순식간에 꺼졌다. 칠흑같이 캄캄해진 방 안엔 악마들이 득시글거렸다. 마지막으로 사그라드는 불빛 너머로, 벽에 기대 웅크려 앉은 제이미가 보였다. 불길 같은 빨간 머리칼을 하고 피로 온몸을 물들인 채, 떡 진 체모 위로 음경을 삐죽 세우고, 해골같이 하얀 얼굴에 박힌 푸른 눈엔 살의를 가득 담고 있었다.

그 모습은 마치 안개를 뚫고 용선을 타고 와 고대 스코틀랜드 해안에 들이닥쳐 살인과 약탈과 방화를 저지르던 북방의 악마 같았다. 마지막 힘 한 방울까지 짜내 살육을 일삼던 이들. 마지막 힘을 다해 강간을 저지르며 정복지 여인들의 배 속에 그들의 사나운 씨앗을 뿌리던 이들.

내가 피워 둔 작은 향에선 빛이 나지 않았지만, 역겨운 아편의 향기가 폐를 틀어막았다. 숯불은 꺼졌는데도 어둠 속에서 불빛이 보였다. 색색의 불빛이 나의 시야 저편에서 둥둥 떠올랐다.

점점 움직이기 어려워졌다. 나는 괴물 물고기에게 쫓겨 허벅지 깊이의 물속을 헤치는 것만 같았다. 무릎을 높이 들어 올려 느릿느릿 달리는 동안 물이 얼굴에 튀는 느낌마저 들었다.

애써 꿈을 떨치고 정신을 차리자, 정말로 손과 얼굴이 축축했다. 그건 눈물이 아니라 피, 그리고 어둠 속에서 내가 힘겹게 몸싸움을 벌인 악몽 속 괴물의 땀이었다.

땀이라. 땀에 대해 뭔가 기억해야 하는데 기억이 나지 않았다. 순간, 내 팔을 꽉 잡는 손이 느껴져서 얼른 잡아 뺐다. 내 피부 위로 미끄러운 물기가 남았다.

뽕나무 덤불을 빙빙 돌며 원숭이가 족제비를 쫓아다녔다. 그런데 뭔가 잘못되었는지, 족제비가 쫓고 있는 건 바로 나였다. 족제비는 날카롭고 하얀 이빨로 내 팔뚝을 콱 물었다. 족제비를 내리치자 이빨이 떨어져 나갔지만, 놈의 발톱이…… 뽕나무 덤불을 계속 빙빙 돌면서…….

악마는 나를 벽에 일으켜 올렸다. 머리 뒤로 돌이 느껴졌다. 움켜쥔 손가락 사이도 온통 돌이었다. 돌처럼 딱딱한 몸이 나를 세차게 밀치고, 앙상한 무릎이 내 무릎 사이로 들어와, 뼈와 돌이, 나의…… 다리 사이로, 더 단단한 돌 같은…… 아아. 삶의 단단함 속에 존재하는 부드러움, 열기 속에서 느껴지는 기분 좋은 시원함, 슬픔 속에 깃든 편안함…….

우리는 함께 얽혀 바닥으로 떨어지며, 계속 구르고 굴러, 벽에서 떨어진 태피스트리 주름과 서로 얽혀 들며 창문에서 들어오는 찬 바람에 몸을 씻었다. 그러자 광기의 안개가 서서히 걷히기 시작했다.

우리는 결국 가구에 쾅 부딪쳐서 둘 다 가만히 누웠다. 내 가슴을 단단히 잡은 제이미의 손가락이 멍들도록 가슴살을 파고들었다. 내 얼굴에 뚝뚝 떨어지는 이 느낌은 땀일까 눈물일까. 알 수 없었던 나는 눈을 떠 보았다. 제이미는 달빛에 비친 멍한 얼굴로 나를 내려다보고 있었지만, 둥그렇게 뜬 눈에는 초점이 없었다. 이윽고 그의 손이 펴졌다. 손가락 하나가 부드럽게 내 가슴 선을 훑었다. 둔덕에서 유두까지, 계속해서 어루만지는 그 손끝. 그의 손은 내 가슴을 살며시 쥐더니, 손가락을 불가사리처럼 쫙 폈다가 젖먹이 어린애처럼 부드럽게 쥐었다.

"어, 엄마?"

목소리가 들렸다. 목 뒤로 머리털이 쭈뼛 섰다. 그건 어린 소년의 높고 맑은 목소리였다.

"엄마?"

찬 공기가 우리 위로 내려앉더니, 눈송이를 휘날리며 해로운 연기를 쓸어 갔다. 나는 손을 뻗어 그의 차가운 뺨을 손바닥으로 감쌌다.

"제이미, 우리 아가."

나는 멍든 목으로 속삭였다.

"이리 오렴. 코 자야지. 어서 자자."

그의 얼굴이 덜덜 떨리더니 이내 일그러졌다. 나는 커다란 남자의 몸을 꽉 안았고, 제이미의 격한 흐느낌에 맞추어 우리 둘은 함께 몸을 떨었다.

참으로 운이 좋게도, 아침에 우리를 발견한 건 침착한 성격을 지닌 윌리엄 수사였다. 문이 열리는 소리에 나는 완전히 지친 채로 깨어났고, 윌리엄 수사가 목을 크게 가다듬는 소리에 정신이 번쩍 들었다. 이윽고 그는 부드러운 요크셔 말씨로 느릿느릿 인사했다.

"여러분, 안녕하세요."

내 가슴에 묵직하게 누운 것은 제이미였다. 말라붙은 머리카락은 내 가슴 위로 구릿빛 줄을 그리며 온통 헝클어져 있었는데, 그 모습이 마치 국화 이파리 같았다. 흉골을 누르는 뺨은 따뜻했고 땀으로 끈적였지만, 손에 닿는 등과 팔은 내 허벅지만큼 차가웠다. 겨울 공기가 우리에게 세차게 몰아치고 있었기 때문이다.

커튼 없는 창문으로 비치는 햇살에 엉망이 된 방 안이 적나라하게 보였다. 어젯밤에도 이럴 거라 어렴풋이 생각하긴 했었지. 부서진 가구와 그릇이 바닥에 널렸고, 갈가리 찢어진 벽걸이와 흩어진 침대보 사이로 거대한 촛대 두 개가 통나무처럼 쓰러져 있었다. 내 등을 아프도록 누르는 자국의 무늬로 보아, 나는 지금 성 세바스티아누스가 인간 과녁판이 되어 무심하게 화살로 처형당하는 모습의 태피스트리 위에 누워 있었다. 그렇다면 수도원 재산을 크게 축내지는 않았구나.

윌리엄 수사는 항아리와 대야를 든 채로 문가에 꼼짝도 하지 않고 섰다. 그리고 아주 정확성을 기해, 제이미의 왼쪽 눈썹에 시선을 고정하고 물었다.

"그런데 오늘 기분은 좀 어떠십니까?"

이어서 다소 긴 침묵이 이어졌다. 그동안 제이미는 신중하게 움직이지 않으면서, 내 몸을 안 보이도록 담요로 가렸다. 그리고 마침내 계시를 내리듯 쉰 목소리로 대답했다.

"배고파요."

윌리엄 수사는 여전히 그의 눈썹만을 열심히 응시하며 말했다.

"아, 잘됐군요. 제가 조세프 형제에게 가서 전하겠습니다."

이윽고 소리 없이 문이 닫히자, 나는 넌지시 말했다.

"움직이지 않은 건 잘했네요. 우리 때문에 윌리엄 수사님이 불건전한 생각을 하시면 우리 책임일 거 아녜요."

제이미의 진하고 푸른 눈동자가 나를 내려다보더니, 신중한 목소리로 대답했다.

"아, 뭐. 내 엉덩이 좀 보셨다고 수도회 수사님이 타락하지는 않겠죠. 적어도 지금 상태로는 아닐걸요. 하지만 당신 엉덩이라면……."

그는 잠시 말을 멈추고 목을 가다듬었다.

"내 엉덩이가 뭐요?"

내가 다그치자, 그는 밝은 빛깔 머리카락을 천천히 숙여 내 어깨에 입맞춤했다.

"당신 엉덩이라면 주교님이라도 타락하겠죠."

"으으음."

내 목에서 나는 소리를 듣자, 나도 이제는 스코틀랜드인 특유의 목구멍 소리를 꽤 잘 내게 된 것 같았다.

"그건 그렇고, 일단은 당신이 지금 몸을 움직여야 해요. 윌리엄 수사가 눈치껏 자리를 피해 준 것도 오래가진 않을 테니까요."

제이미는 조심스럽게 내 머리 옆으로 고개를 숙인 다음 머리를 주름진 태피스트리 위에 대었다. 그는 곁눈질로 나를 보았다.

"어젯밤 어디까지가 꿈이고 어디까지가 현실이었는지 모르겠어요."

그의 손이 무심코 가슴에 난 상처로 향했다.

"지금 생각나는 것의 반만이라도 실제로 일어났다면, 난 당장 죽고도 남아야 해요."

"그렇지만 안 죽었어요. 내가 봤어요."

나는 잠시 주저하다가 물었다.

"혹시 죽고 싶어요?"

제이미는 눈을 반쯤 감고 천천히 미소를 지었다.

"아뇨. 새서나흐. 죽고 싶지 않아요."

그의 얼굴은 아주 수척했고 병세와 피로로 어두웠지만, 그래도 평온한 기색에 입가의 주름도 매끈했고 파란 눈동자는 맑았다.

"하지만 죽고 싶든 아니든, 몸 상태만 보면 정말로 죽을 것 같아요. 지금 죽지는 않겠다는 생각이 드는 이유는 배고프다는 것밖에 없거든요. 죽어 가는 중이라면 배고프지는 않을 테니까. 안 그래요? 뭐 하러 식사를 하고 싶겠어요. 쓸데없이."

제이미의 한쪽 눈은 완전히 감겼지만, 다른 쪽 눈은 반쯤 뜬 채로 나를 빤히 쳐다보며 슬쩍 재미있어하는 표정을 지어 보였다.

"일어설 수 있겠어요?"

내 질문에 그는 조심스럽게 생각했다.

"지금 목숨이 달린 문제라면, 고개 정도는 들어 볼 수 있겠네요. 하지만 일어선다? 그건 못 해요."

나는 한숨을 쉬면서 그의 밑에서 꿈틀대며 기어 나왔다. 그리고 침대를 바로 놓은 다음 그를 똑바로 들어 올리려 애썼다. 제이미는 겨우 몇 초 서 있다가 눈을 까뒤집더니 침대로 쓰러졌다. 나는 미친 듯이 목의 맥박을 더듬어 찾았다. 다행히도, 목덜미 아랫부분에 있는 세모꼴 상처 바로 아래에서 느리지만 강하게 뛰는 맥이 있었다.

단순히 지쳐서 이런 거구나. 한 달간 투옥되면서 극심한 신체와 정신의 스트레스를 받고, 굶주림과 부상, 질병과 고열로 일주일을 고생한다면, 제아무리 튼튼한 몸이라도 결국 체력이 고갈되기 마련이다.

나는 고개를 저으며 말했다.

"사자의 심장에 황소의 머리라. 그런데 안타깝게도 코뿔소의 가죽은 갖질 못했구나."

나는 그의 어깨에 새로이 난 핏자국을 만졌다. 그때, 제이미가 한쪽 눈을 떴다.

"코뿔소가 뭐죠?"

"기절한 줄 알았는데 아니었군요!"

"기절했어요. 지금도 마찬가지고요. 머리가 팽이처럼 빙빙 도네요."

나는 그에게 담요를 덮었다.

"지금 당신에게 필요한 건 음식과 휴식이에요."

"그렇다면 지금 당신에게 필요한 건 옷이겠네요."

그는 다시 눈을 감고서 곧바로 잠에 빠져들었다.

40
속죄

잠자리에 들었던 기억은 없지만, 깨어나 보니 침대인 걸 보면 자긴 잤나 보다. 앙셀름 신부는 창가에 앉아 책을 읽고 있었다.

"제이미는요?"

내가 갈라진 목소리로 묻자, 앙셀름 신부는 책을 덮고서 탁자 위에 있는 양초시계를 슬쩍 바라보며 대답했다.

"자고 있습니다. 자매님처럼요. 자매님은 천사의 가호를 받으며 무려 서른여섯 시간을 주무셨습니다."

그는 토기 항아리를 컵에 기울여 내게 건넸다. 아주 잠깐, 나는 양치질도 하지 않고 침대에 누워 와인을 마시는 행위란 타락의 결정체가 아닌가 생각했지만, 지금처럼 수도원 안에서 수사복을 입은 프란치스코회 신부를 옆에 두고 마신다면 그래도 많이 타락한 건 아니란 생각도 들었다. 그리고 와인을 마시니 입안에 느껴지는 이끼 같은 이물감이 싹 사라졌다.

나는 침대 옆으로 발을 돌리고 늘어뜨린 채로 앉았지만 비틀거렸다. 앙셀름은 내 팔을 잡고 다시 베개에 뉘었는데, 갑자기 그의 눈이 네 개로 보이더니 코와 입늘이 필요 이상으로 많아 보였다.

"좀 어지럽네요."

나는 눈을 감고 말했다가, 잠시 후에 한쪽 눈을 떠 보았다. 이러니 좀 나았다. 적어도 이젠 앙셀름 신부가 흐릿하게나마 하나로 보였으니까.

앙셀름은 걱정스러운 표정으로 나를 굽어보았다.

"앰브로즈 수사님과 폴리도르 수사님 중 누굴 모셔 올까요, 마담? 안타깝게도 저는 의학적 기술이 거의 없습니다."

"아뇨, 아무것도 필요 없어요. 갑자기 몸을 일으켜서 그래요."

나는 다시금 천천히 몸을 일으켰다. 이번에는 방 안의 사물들이 아까보다는 덜 움직였다. 어지러운 가운데서도 서서히 수많은 멍과 쓰라린 상처들이 느껴졌다. 그래서 얼굴이 찌푸려졌다.

"아, 자매님. 제가 보기에는 말입니다……."

앙셀름은 문 옆에 가만히 서서 언제라도 도움을 청하러 갈 준비를 했다. 그는 아주 놀란 것 같았다. 나는 탁자에 둔 거울에 손을 뻗으려다가 이내 마음을 바꿨다. 지금은 내 얼굴을 볼 마음의 준비가 되지 않았다. 그래서 대신 와인 병을 들었다.

앙셀름은 천천히 방 안으로 돌아와 나를 지켜보며 섰다. 일단 내가 이젠 쓰러지지 않으리라는 확신이 들자, 그는 다시 앉았다. 나는 천천히 와인을 마시며 머릿속을 정리하면서 아편 때문에 꾸었던 꿈의 후유증을 애써 떨치려 했다. 우리는 살았구나. 결국 살았어. 둘 다.

나의 꿈은 폭력과 피가 가득하고 혼란스럽기만 했다. 계속해서 제이미가 죽거나 죽어 가는 꿈을 꾸었다. 그리고 안개 속 어딘가에선 눈밭에 누운 소년의 형상이 나타났다. 놀란 표정을 지은 동그란 얼굴은 멍들고 얻어맞은 제이미의 얼굴과 교차되었다. 가끔은 프랭크의 얼굴 위로 보송보송하고 애처로운 콧수염을 단 형상이 나타나는 것 같기도 했다. 나는 이 셋을 모두 죽였던 걸 똑똑히 기억했다.

마치 칼부림과 살육을 저지르며 이 밤을 보낸 느낌이 들었고, 근육마다 둔한 감각과 함께 통증이 느껴졌다.

앙셀름은 여전히 가만히 앉아 무릎에 손을 얹은 채로 나를 참을성 있게 지켜보았다.

"부탁드리고 싶은 게 있어요, 신부님."

내 말에 그는 즉시 일어서서 뭐든 도우려는 마음으로 병에 손을 뻗었다.

"그럼요. 와인을 더 드릴까요?"

난 맥없이 웃었다.

"네. 하지만 지금은 말고요. 지금은 신부님께 고해 성사를 하고 싶어요."

그는 깜짝 놀랐지만, 이내 전문가다운 침착함으로 무장했다.

"아, 물론입니다, 우리 자매님. 원한다면 그러시죠. 하지만 사실을 말씀드리자면, 제라르 신부님을 모셔 오는 게 더 좋지 않겠습니까? 그분은 고해 성사를 잘하시기로 명성이 높으십니다."

그는 프랑스인 특유의 몸짓으로 어깨를 으쓱였다.

"반면에 저는 말입니다, 물론 저도 고해 성사를 할 수 있습니다만, 사실 거의 해 본 적이 없습니다. 못난 학자일 뿐이라서요."

하지만 나는 단호하게 말했다.

"신부님이 해 주시길 바랍니다. 그리고 당장 하고 싶어요."

그는 체념의 한숨을 쉬고는 영대*를 가지러 갔다. 그리고 자주색 비단 영대를 곧게 펼쳐 목에 걸고 검은 수사복 앞섶에 매끈하게 늘어뜨린 다음 의자를 가져와 앉았다. 나에게 짧게 강복한 그는 편하게 앉아 고해를 기다렸다.

그래서 나는 이야기를 시작했다. 모두 다 말이다. 내가 누구고,

* 보통 비단으로 만든 좁고 긴 띠로, 성직자들이 예식을 수행할 때 입는 제복 중의 하나.

어디서 왔는지, 또 프랭크와 제이미에 대해서. 창백하고 여드름 난 어린 잉글랜드 용기병이 눈 속에서 죽어 간 이야기까지.

내가 말할 동안, 앙셀름은 표정의 변화가 거의 없었다. 다만 동그란 갈색 눈을 더욱 둥그렇게 떴을 뿐이었다. 마침내 이야기를 마치자, 그는 눈을 한두 번 깜빡이며 무슨 말을 할 것처럼 입을 열었다가 다시 닫고서는 생각을 털어 버리려는 듯 고개를 저었다.

"그렇죠. 그 마음 알아요."

나는 참을성 있게 입을 열었다. 그리고 목을 다시 가다듬었다. 지금 목소리가 갈라져서 마치 황소개구리가 우는 것처럼 들렸다.

"이런 이야기를 들어 보신 적 없으시겠죠. 상상도 해 보신 적 없으실 테고요. 이제 제가 왜 고해 성사로 이 이야기를 들어 주십사 했는지 아시겠죠?"

그는 약간 얼떨떨한 듯 고개를 끄덕였다.

"네, 그래요. 확실히 그렇습니다. 만약에…… 아니, 그 말씀이 맞아요. 물론 제가 누구에게도 말하기를 원치 않으셨을 테니까요. 그리고 고해 성사에서 나온 이야기이기 때문에, 제가 믿을 수밖에 없을 거라 예상하셨겠지요. 하지만……."

그는 머리를 긁적이다가 고개를 들고 나를 보았다. 그 얼굴에 커다란 미소가 천천히 퍼지기 시작하더니, 그는 작게 감탄했다.

"하지만 정말 신기하군요! 참 특이하고도, 참으로 멋지지 않습니까!"

"'멋지다'는 데는 제가 동의하기 어렵겠네요. 하지만 '특이하다'는 건 인정해요."

나는 떨떠름하게 말하다가, 기침을 한 다음 와인에 손을 뻗었다.

"하지만 이건…… 기적이 아닌가."

그는 혼잣말하듯 중얼거렸다. 나는 한숨을 쉬며 대답했다.

"정 그러시다면 그렇게 생각하세요. 어쨌든 제가 알고 싶은 건 이

거예요. 이제 전 어떡하나요? 저는 살인죄를 지은 건가요? 혹시 간음죄도 지은 건가요? 양쪽 모두 다 저는 어쩔 수가 없었지만, 그래도 알고 싶어요. 게다가 제가 여기 와 버렸으니, 어떻게 행동해야 할까요? 제가 혹시…… 알고 있는 지식을 이용해서 역사를 바꿀 수도 있나요? 아니, 바꿔야 하나요? 만약 그런 일이 가능하다 해도, 제게 그럴 권리가 있을까요?"

앙셀름은 의자를 뒤로 젖혀 흔들면서 생각에 잠겼다. 그러다 양쪽 검지손가락을 들어 맞대고 그 끝을 오랫동안 바라보았다. 마침내, 그는 고개를 저으며 내게 미소를 지었다.

"모르겠습니다, 아름다운 친구분. 아시겠지만, 고해 성사에서 알게 될 상황에 대해 우리가 모두 준비되어 있는 건 아니라서 말입니다. 저는 생각을 좀 해 보고, 기도를 해야겠습니다. 예, 이건 참으로 기도해야 할 문제이지요. 오늘 밤 제가 맡은 성체 조배 시간에 자매님의 상황에 대해서 숙고해 보겠습니다. 그리고 내일쯤 조언을 해 드리지요."

그는 내게 무릎을 꿇으라 부드럽게 손짓했다.

"하지만 지금은 당신의 죄를 사하겠습니다. 자매님의 죄가 무엇이든, 사함을 받았다는 믿음을 가지십시오."

그는 한 손을 들어 축복하고, 다른 손을 내 머리에 얹었다.

"테 압솔보, 인 노미네 파트리, 엣 필리이……."*

이윽고 그는 나를 일으켜 세웠다.

"감사합니다, 신부님."

나는 신자가 아니면서도 그에게 내 말을 진지하게 믿어 달라 강요하려고 고해 성사를 이용했다. 그런데 놀랍게도 마음속의 짐이 어쩐지 가벼워진 느낌이었다. 누군가에게 진실을 이야기할 때 으레

* Te absolvo, in nomine Patri, et Filii, 라틴어로 '성부와 성자와 성령의 이름으로 당신의 죄를 용서합니다'라는 뜻.

따라오는 안도감인 걸까.

그는 손을 흔들어 작별 인사를 했다.

"그럼 내일 뵙겠습니다, 마담. 지금은 쉬실 수 있으면 더 쉬시지요."

그는 영대를 돌돌 말아 네모꼴로 접은 다음 문으로 향했다. 그러다 문가에서 잠시 멈칫하고는 나를 돌아보며 웃었다. 두 눈은 마치 어린아이가 흥분하듯 반짝였다.

"혹시 내일…… 괜찮으시다면…… 그곳이 어떤지 이야기해 주실 수 있겠습니까?"

나는 마주 웃어 주었다.

"네, 신부님. 말씀드릴게요."

앙셀름이 떠난 후, 나는 비틀비틀 복도를 지나 제이미를 보러 갔다. 그의 상태는 이제껏 무수히 봐 왔던 시체보다도 훨씬 나빠 보였지만, 가슴이 규칙적으로 오르락내리락하고 있었고, 불길하게 새파랬던 피부는 옅어졌다.

"몇 시간마다 잠깐 깨워서 육수를 몇 술 먹였습니다."

로저 수사는 내 팔꿈치를 잡고 부드럽게 말했다. 그는 환자를 보던 시선을 나에게로 옮기더니, 날 살펴보고 눈에 띄게 움찔했다. 아, 머리를 빗고 올 걸 그랬군.

"어, 혹시 부인께서도…… 육수를 좀 드시겠습니까?"

"아뇨, 괜찮습니다. 저는…… 좀 더 자야 할 것 같아요."

더는 죄책감과 우울함에 시달리지 않았지만, 나른하고 만족스러운 피곤함이 온몸에 퍼지고 있었다. 고해 성사의 영향인지 와인의 영향인지 모르겠지만, 어느덧 놀랍게도 그저 잠들어 망각에 빠지고 싶었다.

몸을 숙여 제이미를 만져 보았다. 몸은 따스했지만, 열은 전혀 없었다. 나는 그의 머리카락을 부드럽게 쓰다듬고 헝클어진 머리카락을 매만져 주었다. 그러자 제이미의 입가가 잠깐 실룩이더니 다시금 제자리로 돌아갔다. 분명히 움직였어. 내가 확실히 봤어.

———

차갑고 습한 하늘은 지평선을 잿빛 공허로 가득 채웠다. 흐릿하고 공허한 대기에 언덕에서 올라오는 회색빛 안개가 어우러지고 지난주에 왔던 눈이 우울하게 뒤덮이자, 수도원은 마치 더러운 솜뭉치 안에 싸인 것 같았다. 심지어 수도원 안의 거주자들도 겨울의 침묵에 짓눌렸다. 예배당의 찬미 시간에 나오는 성가도 먹먹하니 잘 들리지 않았고, 두꺼운 돌담은 모든 소리를 흡수해서 일상생활의 소음조차 단단히 틀어막은 것 같았다.

제이미는 거의 이틀을 잤다. 중간중간 잠깐 깨어 육수나 와인을 조금 마셨을 뿐이다. 하지만 일단 잠에서 깨어나자 그는 여타의 건강한 젊은 남자들과 비슷한 방식으로 치유되기 시작했고, 그러면서 어렵사리 되찾은 힘과 독립성을 삽시간에 박탈당했다. 다시 말해, 약 24시간 동안은 애지중지 시중을 받는 걸 즐기다가, 그 후에는 점차 지루하다며 가만히 있지 못하고 마구 성질과 짜증을 부리며 심술궂게 화를 내다가 결국은 성질이 아주 더러워지게 되었다.

어깨의 상처가 쑤신다, 다리에 난 흉터가 간지럽다, 엎드려 있는 게 지겹다, 방이 너무 덥다, 손이 아프다, 화로의 연기에 눈이 매워서 책을 못 읽겠다, 육수나 죽이나 우유는 물려서 못 먹겠다, 고기를 달라 등등, 그는 불평이 참 많았다.

이런 증상이 건강을 회복하는 과정임을 나는 알아보았고, 그래서 기뻤지만 전부 참아 낼 마음가짐은 갖추지 못했다. 그래도 창문을 열고, 시트를 갈고, 등에 천수국 연고를 바르고, 알로에즙으로 다리를 문질렀다. 그런 다음 식사 담당 수사를 불러 육수를 더 주문했다.

"이따위 물 같은 거 이젠 안 먹고 싶다고! 음식을 줘!"

제이미가 짜증스레 쟁반을 밀치자, 그릇을 감싼 냅킨에 국물이 흘러서 튀었다.

나는 팔짱을 끼고 그를 노려보았다. 새파랗고 거만한 눈빛도 나를 노려보았다. 그는 막대기처럼 마른 나머지 턱선과 광대뼈가 피부에서 툭 불거져 나왔다. 잘 낫고 있긴 했지만, 상한 위장 신경이 회복되려면 좀 더 있어야 했다. 지금은 육수와 우유밖에 소화시킬 수 없었다.

"내가 먹어도 된다고 할 때 먹어. 그 전엔 안 돼."

"지금 먹는다니까! 나한테 먹으라 마라 할 권리가 당신한테 있는 줄 알아?"

"그래, 있어! 있어도 차고 넘치게 있다고! 잊었나 본데, 내가 여기 의사거든?"

제이미는 발을 휙 돌려 침대 밖으로 뻗었다. 분명히 걸을 마음이었다. 나는 그의 가슴에 손을 얹어 뒤로 민 다음 쏘아붙였다.

"당신 일은 침대에 누워서 시키는 대로 하는 거야. 제발 좀 한 번이라도 말을 들어. 아직 일어서면 안 돼. 그리고 딱딱한 음식도 아직 못 먹어. 로저 수사님 말로는 오늘 아침에도 토했다던데."

"로저 수사님은 본인 일이나 신경 쓰시라고 해. 당신도 상관 마."

그는 이를 악물고 말하더니 애써 뒤로 물러섰다. 그리고 손을 뻗어 탁자 가장자리를 잡더니, 어마어마한 노력을 들여 두 발로 일어나 휘청거리며 섰다.

"당장 눕지 못해? 그러다 넘어져!"

제이미는 흠칫 놀랄 정도로 창백한 낯빛을 보이며 그저 서 있는 것뿐인데도 식은땀을 흘렸다.

"싫어. 누워도 내가 눕고 싶을 때 누워."

이번에 난 정말로 화가 났다.

"아, 그러셔? 근데 대체 당신의 비참한 삶을 누가 살려 줬다고 생각해? 당신 혼자서 살아났어? 어?"

나는 그의 팔을 잡고 침대로 돌리려 했지만, 그는 날 뿌리쳤다.

"누가 살려 달랬어? 내가 그냥 놔두라고 했잖아, 아니야? 기껏 살려 놓고서 이젠 굶겨 죽이려고 하다니, 이럴 거면 왜 살려 준 거야? 날 보면서 재미있으려고?"

이건 너무 심하잖아.

"이 배은망덕한 자식아!"

"잔소리 그만해!"

나는 몸을 꼿꼿이 세우고 으름장을 놓듯 침대를 가리켰다. 그리고 수년간 간호사로 근무하며 터득한 모든 권위를 발휘해 말했다.

"당장 저 침대에 누워, 황소같이 고집 센 머저리……."

"머저리 뭐? 머저리 스코틀랜드인이라고 하려고?"

제이미는 딱 잘라 말했다. 그리고 문으로 한 걸음 다가서다가 넘어질 뻔할 찰나에 의자를 붙잡았다. 그는 의자에 털썩 주저앉아 불안하게 몸을 가누었고, 눈빛은 멍하니 초점이 살짝 사라졌다. 나는 주먹을 불끈 쥐고 그를 노려보았다.

"좋아, 맘대로 해! 내가 빵과 고기를 주문할 테니까 어디 먹어 봐. 그리고 바닥에 토한 다음에는 네가 직접 엎드려서 무릎 꿇고 청소해 봐! 난 안 해 줄 거야. 혹시라도 로저 수사님이 한다면, 내가 그분 껍질을 산 채로 벗겨 버릴 거라고 전해!"

나는 복도로 쿵쿵대며 나온 다음 문을 쾅 닫았다. 그 바람에 반대편에 있던 도자기 대야가 문에 부딪치고 말았다. 정신을 차려 보니 복도에 서서 이쪽을 흥미롭게 지켜보는 사람들이 있었다. 로저 수사와 머타는 이 소란에 정신이 팔린 게 분명한 표정으로 나란히 서서, 빨갛게 상기된 내 얼굴과 씩씩대는 가슴팍을 바라보았다. 로저 수사는 당황한 듯했지만, 머타는 방 안에서 줄줄이 이어지는 제이미의 외설적인 게일어 욕설을 듣자 찌푸린 얼굴 위로 천천히 미소를 지었다.

"저걸 보니 녀석은 나았군."

그는 만족스럽게 말했다. 복도 벽에 기대섰던 내 얼굴 위에도 나도 모르게 대답하듯 천천히 미소가 지어졌다.

"음, 그래요. 나아지고 있어요."

———

약초밭에서 아침나절을 보낸 후 본관으로 돌아오는 길에 도서관 회랑에서 나오는 앙셀름을 만났다. 날 보자 그는 얼굴을 환하게 밝히면서 서둘러 내가 선 안뜰로 다가왔다. 우리는 수도원을 함께 거닐며 대화를 시작했다.

"자매님의 문제는 아주 흥미롭습니다."

그는 벽 근처의 덤불에서 나뭇가지 하나를 꺾으며 말했다. 그는 가지의 겨울눈을 찬찬히 살펴보더니, 옆으로 던진 다음 하늘을 올려다보았다. 옅은 구름층 사이를 뚫고 나온 약한 햇살이 비쳤다.

"따뜻해지긴 했지만, 아직도 봄이 되려면 멀었군요. 그래도 오늘은 잉어가 활발하게 돌아다닐 겁니다. 양어장으로 가 보시지요."

양어장이라. 나는 섬세하게 장식된 건물일 거라고 상상했건만, 알고 보니 양어장은 실용적으로 돌을 깔아 만든 웅덩이에 불과했고, 편리하게도 주방 옆에 있었다. 잉어로 채운 양어장은 금요일과 금육일에 먹을 생선이 공급되는 곳이었다. 보통은 바다에서 잡은 해덕이나 청어, 가자미를 먹지만, 날씨가 너무 나빠 고기를 잡지 못할 때면 잉어를 먹는 것이다.

앙셀름의 말대로 물고기들은 활기가 넘쳤다. 통통한 방추 모양

생선들이 서로의 사이를 미끄러지듯 지나갔다. 하얀 비늘 위로 저 하늘의 구름이 어른거렸고, 역동적인 몸짓에 양어장 돌벽 옆으로 작은 파도가 치기도 했다. 우리의 그림자가 물 위에 비치자, 잉어들은 북쪽으로 향한 나침반 바늘처럼 우리를 향해 일제히 다가왔다.

"잉어들은 사람을 보면 먹이를 받을 기대를 하거든요. 이 녀석들을 실망시키면 안 되죠. 잠시만 기다리십시오, 마담."

그는 쏜살같이 주방으로 가서 상한 빵 두 덩이를 가지고 금방 돌아왔다. 우리는 양어장 가장자리에 서서 빵 덩이를 조금씩 찢어 끝도 없이 밀려드는 배고픈 잉어들의 입으로 던져 주었다.

"자매님이 처한 기묘한 상황에는 두 가지 면이 있습니다."

앙셀름은 빵 덩이를 찢는 데 열중하며 말했다. 그는 나를 슬쩍 곁눈질로 바라보더니 갑자기 환한 미소를 지었다. 그리고 놀랍다는 기색으로 고개를 저었다.

"아시겠지만, 아직도 잘 믿어지지 않습니다. 정말 놀라운 일이니까요! 하느님께서는 참으로 좋으시지 않습니까. 제게 이런 걸 다 알려 주시다니요."

나는 살짝 떨떠름하게 말했다.

"아, 신부님이라도 좋게 생각하시니 잘됐네요. 주님께서 그만큼 제게 선하게 대해 주셨는지는 잘 모르겠어서요."

"정말입니까? 저는 자매님께도 역시 선하게 대하셨다고 생각합니다만."

앙셀름은 손가락 사이로 빵을 으스러뜨리며 웅크려 앉았다.

"이 상황 때문에 자매님께서 개인적인 어려움을 적지 않게 겪으신 것은 사실이지만……."

"제 상황을 그렇게도 표현하실 수 있으시군요."

나는 투덜대었다.

"하지만 그것 또한 하느님의 은총을 나타내는 표시라고 여길 수도 있습니다."

그는 내가 빈정대는 말을 무시한 채 설명을 이어 갔다. 환한 갈색 눈동자는 나를 골똘히 바라보았다.

"저는 성체 앞에 무릎을 꿇고 기도했습니다. 저를 인도해 주십사 말입니다. 그렇게 고요한 예배당에 앉아 있자니, 자매님이 난파선에 탄 여행자처럼 보였습니다. 제가 보기에도 난파선이라는 게 자매님의 현재 상황과 비슷한 점이 많습니다. 아닙니까? 이렇게 가정해 보십시오, 마담. 어떤 사람이 갑자기 낯선 땅에 떨어져서, 친구도 지인도 없는 곳에서, 새로운 땅에서 찾을 수 있는 것 말고는 아무런 자원도 얻지 못하는 상태라고 말입니다. 이런 상황이야말로 참으로 재앙이겠지만, 한편으로는 커다란 기회와 축복을 받을 가능성이 열린 것이기도 합니다. 만약 이 새로운 땅이 풍요롭다면 어떻겠습니까? 새로운 친구를 사귀고, 새로운 삶을 시작할 수 있겠지요."

"네, 그렇지만……."

내가 입을 열었지만, 그는 손가락을 들어 나를 조용히 시키고서 힘차게 말했다.

"그러므로, 이전의 삶을 빼앗기긴 했어도 그건 아마 하느님께서 자매님께 다른 삶을 주는 것이 더 큰 축복이겠다고 생각하셨던 게 아닐까요. 더 풍성하고 가득한 삶으로 말입니다."

"아, 네, 참 온갖 일이 가득한 삶이긴 해요. 하지만……."

나는 일면 수긍했다.

그는 얼굴을 찌푸리며 말을 이었다.

"자, 교회법의 관점으로 보자면 자매님의 결혼은 어렵게 생각할 게 없습니다. 둘 다 교회에서 성사로 이루어진 유효한 결혼이었습니다. 그리고 엄밀히 말해서, 여기 계신 젊은 신사분과의 결혼이 랜들 씨와의 결혼보다 앞선 것 아닙니까."

나는 동의하면서도 마저 말을 이었다.

"네, 엄밀히 말하면 그렇죠. 하지만 제 인생에서 앞서 일어나지는 않았잖아요. 저는 교회법이 이런 우발적인 경우까지 염두에 두고 만들어진 건 아니라고 생각해요."

앙셀름은 웃었다. 가벼운 바람에 그의 뾰족한 턱수염 끝이 파르르 떨렸다.

"그 말씀이 지당하십니다, 자매님. 지당하고말고요. 하지만 제가 말씀드리고자 하는 건, 법을 엄격하게 적용해서 본다 해도, 자매님이 그 두 남자분에게 한 행동은 도덕적인 죄도 법률상의 죄도 다 아니라는 점입니다. 제가 앞서 말씀드렸지요. 자매님의 처하신 상황에는 두 가지 측면이 있다고요. 이제껏 하신 것과, 또 앞으로 하시려는 것 말입니다."

그는 손을 들어 내 손을 잡은 다음, 나를 자기 옆에 앉혔다. 이제 우리는 눈높이가 같아졌다.

"제가 자매님의 고해 성사를 들었을 때, 자매님이 제게 물어보신 것이 그것 아닙니까? 본인이 한 행동은 무엇이며, 또 앞으로 어떻게 해야 하는지?"

"네, 맞아요. 그러면 신부님께서는 제가 잘못한 게 아무것도 없다는 말씀이세요? 하지만 저는……."

앙셀름은 다시금 내 말을 끊고 단호하게 말했다. 이런 모습은 두 걸 매켄지만큼 심한 것 같네.

"네, 잘못하신 게 아무것도 없습니다. 아시다시피, 하느님의 율법과 양심에 따라서 철저하게 행동하기란 가능하지만, 그렇다 해도 어려움과 비극을 마주할 수밖에 없지요. 우리는 왜 선하신 주님께서 세상에 악이 존재하게 두시는지 여전히 이해할 수 없다는 고통스러운 진실 속에 살아갑니다. 그렇지만 우리는 이것이 사실이라는 그분의 말씀 역시 갖고 있습니다. 주님께서는 성경에서 말씀하셨죠. '나는 행복을 주는 이요, 불행을 일으키는 이다'라고요. 결과적으로, 때로는 제아무리 선한 사람이라 해도, 아주 착한 사람이라 해도……."

그는 명상하듯 덧붙였다.

"살면서 큰 혼란과 어려움에 직면하게 됩니다. 예를 들어, 자매님이 죽일 수밖에 없었던 소년을 볼까요."

내가 무어라 입을 열려 했지만, 그는 손을 들어 막았다.

"아니, 제 말 정확히 들어 주십시오. 그토록 위급한 상황이었으니, 자매님은 그 애를 죽일 수밖에 없었습니다. 생명의 거룩함을 가르치는 교회에서도 본인과 가족을 지키기 위해서라면 방어가 필요함을 인정합니다. 그리고 저 역시 자매님 부군의 초기 상태를 보았습니다."

그는 손님용 구역을 돌아보며 말했다.

"그러니 자매님께서 폭력을 택하실 수밖에 없다는 점은 의심치 않습니다. 그렇다면, 자매님은 스스로 죄책감을 느낄 것이 아무것도 없습니다. 물론 그 행동에 연민과 후회는 느끼실 수 있지요. 왜냐하면 자매님은 대단한 동정심과 감정을 지니셨으니까요."

앙셀름은 그러모은 나의 무릎 위에 놓은 손을 살며시 쓰다듬었다.

"때로 우리가 최선을 다한 결과가 더없이 후회스럽게 나타날 때도 있습니다. 그럼에도 다시 그 순간으로 되돌아간다 한들 다른 선택지가 없는 상황이 분명 존재합니다. 우리는 그 소년을 향하신 하느님의 계획이 무엇이었을지 알지 못합니다. 아마도 그때 소년이 주님의 품에 가는 것이 그분의 뜻이었을지도 모르지요. 하지만 자매님은 하느님이 아니지 않습니까. 그러니 스스로의 행동을 예상하는 데는 한계가 있습니다."

모퉁이를 돌아 찬 바람이 불어오자 나는 몸을 부르르 떨며 숄을 여몄다. 앙셀름은 나를 보고 양어장으로 손짓했다.

"이곳 물은 따뜻합니다, 마담. 혹시 발을 담그시면 어떻겠습니까?"

"따뜻하다고요?"

나는 믿을 수 없는 마음으로 물을 응시했다. 이제 보니 웅덩이 가장자리에는 얼어붙은 곳이 하나도 없었다. 교회 바깥 성수반에는 얼음이 끼었는데. 게다가 이 양어장을 이룬 돌 틈에서 자란 수초가 물속에서 하늘하늘 떠다니기도 했다.

앙셀름은 예시를 보이듯 본인의 가죽 샌들을 벗었다. 그의 얼굴과 목소리는 교양이 있었지만, 손과 발은 노르망디 지역 농부처럼 넓적하고 투박했다. 그는 수사복 옷자락을 무릎까지 걷은 다음 웅덩이에 발을 담갔다. 잉어들은 화들짝 도망쳤다가 곧바로 돌아와서는 호기심 어린 기색으로 새로 들어온 물체를 코로 지분거렸다.

"물지는 않죠?"

나는 무수히 몰려든 잉어들의 게걸스러운 입을 바라보며 미심쩍게 물었다.

"조금도 물지 않습니다. 전혀요. 녀석들은 이렇다 할 이빨이 없습니다."

나도 샌들을 벗고 조심스럽게 물에 발을 넣었다. 놀랍게도 수온은 기분 좋게 따스했다. 너무 뜨겁지는 않았지만, 습하고 쌀쌀한 날씨와는 대조되는 포근함이었다.

"오, 좋네요!"

나는 즐겁게 발가락을 꼼지락거렸다. 그러자 잉어들은 상당히 경악했다.

"수도원 근처에는 온천이 몇 군데 있습니다. 땅에서 거품이 일며 올라오는 뜨거운 물인데, 대단한 치유의 힘이 있지요."

그는 웅덩이의 저 끝을 가리켰다. 그곳에는 하늘거리는 수초 사이로 반쯤 가려진 작은 바위 구멍이 보였다.

"가까운 온천에서 뜨거운 물을 여기로 조금 끌어왔습니다. 그래서 주방장은 사시사철 신선한 물고기를 식탁에 올릴 수가 있습니다. 보통 겨울 날씨는 고기잡이에 상당히 나쁘니 말입니다."

우리는 한동안 기분 좋은 침묵을 지키며 족욕을 즐겼다. 발 사이로 묵직한 잉어들이 휙휙 지나갔고, 때로는 우리 다리를 놀라우리만큼 세차게 치고 가기도 했다. 태양은 구름 사이에서 다시 나와, 약하긴 해도 따스함이 느껴질 정도로 지면에 내리쬐었다. 앙셀름은 눈을 감고 얼굴 위로 햇볕을 받았다. 그러다 눈을 뜨지 않고 다시 입을 열었다.

"자매님의 첫 번째 남편, 성함이 프랭크라 했던가요? 그분 역시 하느님께 저주받았다 싶을 정도로 힘겨운 시간을 보내고 계시겠지요. 그 점 역시 자매님이 후회하신다 한들 어쩔 수 없는 것입니다."

"하지만 저는 그 점에 선택지가 있었어요. 저는, 어쩌면 돌아갈 수 있었다고요."

내가 항변하자 앙셀름은 한쪽 눈을 뜨고 회의적인 눈초리를 보였다.

"그렇지요. 어쩌면요. 하지만 어쩌면 안 될 수도 있었습니다. 목숨을 걸어야 할 일을 주저했다 해서 자책하실 필요는 없습니다."

"그건 목숨을 걸어야 할 일은 아니었어요."

나는 흑백 얼룩 잉어에게 발가락을 튕기며 말했다.

"적어도 전적으로 위험하지는 않았을지도 모르죠. 그건…… 음, 다소 무서워서 그런 것도 있었지만요, 주된 이유는요, 제가…… 제이미를 두고 갈 수 없었기 때문이에요……. 그럴 수가 없었어요."

나는 힘없이 어깨를 으쓱였다. 앙셀름은 미소를 지으며 두 눈을 떴다.

"좋은 결혼이란 하느님께서 주시는 가장 좋은 선물이지요. 자매님께서 그 선물을 알아보고 받아들일 만큼 지혜로운 분이신데, 그걸 어찌 비난하겠습니까. 그리고 생각해 보십시오……."

그가 고개를 한쪽으로 기울이는 모습이 꼭 갈색 참새 같았다.

"자매님은 근 1년 동안 살던 곳에 가지 않으셨지요. 자매님의 첫 번째 남편은 아내를 잃은 상실감에서 이제 서서히 회복되기 시작하셨을 겁니다. 물론 그분은 자매님을 사랑하셨겠지만, 상실이란 모든 사람에게 흔히 나타나는 일이며, 우리는 스스로를 위해 극복하는 방법도 알고 있습니다. 그분은 어쩌면 지금쯤 새로운 삶을 시작하셨을지도 모르지요. 자매님이 절실하게 필요하고, 자매님이 사랑하고, 또 거룩한 혼인으로 묶인 분을 버리고, 다시 돌아가 이 새로운 삶을 파괴하는 것이 과연 좋을까요? 특히 의무감 때문에 원래의 자리로 돌아갔어도, 마음이 다른 곳에 가 있다고 느끼는 경우 그건 답이 아닙니다."

앙셀름은 단호하게 고개를 저었다.

"남자는 두 주인을 섬길 수 없는 법이지요. 여자 역시 다르지 않습니다. 만약 예전 결혼이 자매님께 유일하게 유효한 결혼이었고, 그리고 지금 함께하시는 분이……."

그는 다시 손님용 구역으로 고갯짓을 하며 말을 이었다.

"그저 옳지 못한 애정의 관계였다면, 자매님의 의무는 돌아가는 것이겠지요. 하지만 이 신사분과의 결혼 역시 하느님께서 맺어 주신 것이니, 부군에게 아내의 의무를 다하셔도 좋다고 생각합니다. 자, 그럼 이제 두 번째 측면, 즉 앞으로 어떻게 할 것인가에 대해서 살펴보지요. 그건 좀 논의가 필요하겠습니다."

그는 물에서 발을 빼 수사복 자락으로 닦았다.

"이 이야기는 수도원 주방에 가서 계속할까요? 거기 가면 에울로지오 형제에게 부탁해서 따뜻한 음료를 마실 수도 있잖습니까."

나는 떨어진 빵 조각을 발견하고는 잉어에게 던져 준 다음 몸을 굽혀 샌들을 신었다.

"이 문제를 이야기할 분이 있어서 얼마나 다행스러운지 모르겠어요. 그리고 전 아직도 신부님이 정말 제 말을 믿으신다는 생각이 들지 않아요."

그는 어깨를 으쓱이더니, 내가 발등 위로 샌들의 거친 끈을 매는 동안 친절하게도 쓰러지지 않도록 잡아 주었다.

"자매님, 저는 다섯 개의 빵과 물고기 두 마리로 오천 명을 먹이신 분을 섬기는 사람입니다."

그는 웃으면서 아직도 빵 덩이를 먹으려고 맴도는 잉어가 일으킨 소용돌이 쪽을 고개로 가리켰다.

"병자를 고치시고 죽은 자를 살리신 분을 섬긴단 말입니다. 영원의 주인 되시는 분께서 그분의 뜻대로 젊은 여인 하나를 땅의 돌 사이에서 불러내셨다고 하여 제가 놀랄 것 같습니까?"

뭐, 바빌론의 대탕녀 취급을 받는 것보다야 이 대답이 훨씬 낫지 않을까.

수도원의 주방은 따스한 동굴 같았다. 아치형 천장은 수 세기에 걸쳐 기름이 자욱한 연기를 받아 검은 때가 끼었다. 에울로지오 형제는 옆구리에 반죽 통을 들고서 앙셀름 신부에게 인사하고는 평수사 하나에게 가서 우리에게 먹을 것을 주라고 프랑스어로 말했다. 우리는 한적한 자리를 골라 앉아 맥주 두 잔과 따끈한 패스티 한 접시를 받았다. 나는 앙셀름 신부 쪽으로 접시를 밀었지만, 그는 대화에 너무 몰두한 나머지 음식에 별 관심이 없었다.

나는 말을 신중하게 골랐다.

"이렇게 말하면 어떨까요. 어떤 특정 집단 사람들이 피해를 본다는 사실을 알고 있다면, 그걸 피하도록 알려 주어야 한다는 의무를 제가 느껴야 할까요?"

앙셀름은 반사적으로 코를 소매로 문질렀다. 주방의 열기 때문에 코가 시큰거리기 시작했다.

"원칙적으로는 그렇습니다. 하지만 그건 여러 사항에 따라 달라진다고도 볼 수 있겠지요. 그걸 알려 줌으로써 내가 지게 될 위험 부담은 무엇인지, 또 다른 의무는 무엇이 있는지 등입니다. 그리고 성공할 확률은 얼마나 됩니까?"

"전혀 모르겠어요. 그중 하나라도 알 만한 게 없네요. 물론 의무가 있다는 건 알아요. 그러니까, 제겐 제이미가 있으니까요. 제이미 역시 피해를 볼 사람 중 하나예요."

그는 김이 모락모락 나는 패스티를 한 조각 떼어 나에게 건네주었다. 하지만 나는 빵을 먹지 않고, 다만 맥주잔 표면을 가만히 바라보았을 뿐이다.

"제가 죽인 남자는 두 명이에요. 만약 제가 죽이지 않았다면, 아이를 낳을 수도 있던 사람들이죠. 어쩌면 이미 자녀가 있을지도 모르고요."

나는 잔을 쥐고서 힘없이 손짓하며 말을 이어 갔다.

"그들이 앞으로 뭘 했을지 누가 알겠어요? 제가 어쩌면 미래에 영향을 준 것일지도…… 아니, 분명히 미래에 영향을 줬죠. 그래서 어떤 일이 벌어질지 모른다는 점이 너무나 무서워요."

"으음."

앙셀름은 생각에 잠긴 듯 중얼거리더니 지나가는 평수사에게 손짓했다. 그는 서둘러 신선한 패스티와 에일을 더 가져오더니, 말하지 않아도 잔을 둘 다 채워 주었다.

"자매님은 생명을 앗아 가기도 하셨지만, 또 살려 주기도 하셨지요. 자매님의 개입이 없었다면 얼마나 많은 병자가 죽었겠습니까? 그 역시 미래에 영향을 미치겠지요. 만약 자매님이 구해 준 사람이 커다란 악행을 저지른다면 어떻습니까? 그게 자매님 잘못일까요? 그럴 거란 이유로 그자를 죽게 내버려 두었어야 할까요? 아니잖습니까."

그는 말을 강조하듯 탁자에 백랍 잔을 탁 놓았다.

"자매님은 미래에 영향을 끼칠까 봐 여기서 무슨 행동을 하든 두렵다고 말씀하십니다만, 그건 비논리적입니다, 마담. **모든 사람**의 행동은 미래에 영향을 미치기 마련입니다. 만약 자매님께서 원래 위치에 그대로 계셨다 해도, 자매님의 행동은 여전히 그 후에 일어날 상황에 영향을 미쳤겠지요. 지금 못지않게 말입니다. 자매님은 그때나 지금이나 같은 책임이 있으신 겁니다. 모든 사람이 어느 시대에나 다 마찬가지죠. 유일한 차이점이 있다면, 자매님은 자신의 행동이 어떤 영향을 미치는지 더 정확하게 볼 수 있는 위치에 있다는 것이겠습니다. 하지만 그조차 아닐 수도 있고요."

앙셀름은 고개를 저으며 탁자 건너편을 가만히 바라보았다.

"주님의 길은 우리에게 보이지 않습니다. 거기에는 다 그럴 만한 이유가 있기 마련이고요. 자매님 말이 맞습니다. 교회법은 자매님의 경우까지 염두에 두고 만들어진 건 아니지요. 그렇기에 자매님은 본인의 양심과 하느님의 법 외에는 달리 인도받을 데가 없단 말입니다. 저는 자매님이 해야 할 일과 하지 말아야 할 일이 뭔지 말씀드릴 수가 없습니다.

자매님께는 선택의 자유가 있는 것이지요. 이 세상 사람들도 다 마찬가지입니다. 제 생각에는, 역사란 이런 모든 행동의 집합체입니다. 어떤 사람들은 하느님의 선택을 받아 많은 이들의 운명에 영향을 끼치게 됩니다. 자매님도 그중 하나일 수 있습니다. 아닐 수도 있고요. 저는 자매님이 왜 여기 왔는지 모르겠습니다. 자매님도 모르시듯이요. 아마 우리 둘 다 앞으로도 모르지 않을까 싶습니다."

그는 이쯤에서 우스꽝스럽게 눈을 흘겼다.

"가끔은 저도 왜 여기 있는지 모르겠거든요!"

내가 웃자, 앙셀름도 따라 웃었다. 그는 거친 널빤지 탁자를 가로질러 내게 몸을 숙이고 이쪽을 빤히 바라보았다.

"자매님이 알고 계신 미래의 지식은 도구입니다. 난파당한 조난

자가 칼이나 낚싯줄을 지닌 것처럼 주어진 것이지요. 자매님께서 최선을 다하여 하느님의 율법에 맞춰 지식을 이용하시는 한, 그건 비도덕적이지 않습니다."

그는 잠시 말을 멈추고 심호흡을 한 다음 확 터뜨리듯 한숨을 쉬며 비단결 같은 콧수염을 흩날렸다. 그리고 미소를 지었다.

"그러니 자매님, 제가 말씀드릴 수 있는 건 이것뿐입니다. 마음이 괴로운 분들이 제게 조언을 구하러 오실 때도 항상 드리는 말씀인데, 하느님을 믿고 앞길을 인도해 달라고 기도하십시오."

그는 신선한 패스티를 내 쪽으로 밀었다.

"하지만 앞으로 뭘 하시든, 체력이 필요하실 겁니다. 그러니 마지막 조언을 드리자면, 마음에 의심이 들 때는 일단 뭘 드십시오."

저녁이 되어 제이미의 방에 들어가자, 그는 팔을 베고 자는 중이었다. 쟁반 위에는 빈 육수 그릇이 가지런히 놓여 있었고, 옆에는 손대지 않은 빵과 고기가 보였다. 나는 순수한 모습으로 꿈을 꾸는 듯한 제이미의 얼굴과 쟁반을 번갈아 바라보았다. 그리고 빵을 만져 보았다. 촉촉한 표면에 손가락이 살짝 들어가는 걸 보니, 갓 구운 것이었다.

나는 제이미를 자게 두고 로저 수사를 찾아갔다. 그는 식료품 저장실에 있었다.

"제이미가 빵과 고기를 먹었나요?"

나는 밑도 끝도 없이 대뜸 물었다. 로저 수사는 솜털 같은 턱수염 사이로 미소를 지었다.

"네."

"그걸 소화시키던가요?"

"아뇨."

나는 눈을 가늘게 뜨고 그를 바라보았다.

"설마 제이미가 토한 걸 수사님이 치우신 건 아니시죠?"

그의 턱수염 위의 토실토실한 분홍빛 뺨에 재미있다는 기색이 번졌다.

"제가요? 아뇨. 만일을 대비하여 부군께서는 이미 대야를 준비해 놓고 계시던걸요."

"잔머리는 기가 막히게 돌아가는 스코틀랜드 인간이죠."

나는 기가 막혔지만 웃었다. 그리고 제이미의 방으로 돌아와 그의 이마에 가볍게 입을 맞추었다. 그는 몸을 슬쩍 뒤척였지만 잠에서 깨지는 않았다. 나는 앙셀름 신부의 충고를 받아들여, 신선한 빵과 고기가 담긴 쟁반을 가지고 내 방으로 돌아와 저녁을 먹었다.

피곤하고 분노하고 있을 제이미에게 회복할 시간을 좀 줘야겠다고 생각하고, 나는 다음 날 내 방에 틀어박혀 앰브로즈 수사가 준 약초학 서적을 읽었다. 그리고 점심을 먹은 후 고집불통인 나의 환자를 보러 갔다. 그런데 방에 가 보자, 제이미는 온데간데없고 머타가 벽에 기댄 채 앉아 있는 게 아니겠는가. 그는 어안이 벙벙한 표정이었다.

"제이미는 어디 있어요?"

나는 방 안을 멍하니 둘러보며 말했다.

머타는 엄지로 창문을 휙 가리켰다. 바깥은 추운 데다 등불을 켜야 할 정도로 어둑했다. 열린 창문으로 싸늘한 바람이 불어와 접시에 담긴 불꽃이 펄럭였다.

"**나갔다고요**? 어디로요? 왜요? 옷은 대체 뭘 입고요?"

나는 믿을 수가 없었다. 제이미는 지난 며칠 동안 벌거벗은 채로 지냈다. 방은 따뜻했고 아직 덜 나은 상처에 뭔가 닿기라도 하면 아파 했기 때문이다. 로저 수사의 부축을 받아 잠시 바깥출입을 할 때는 수도복 겉옷을 입었지만, 지금 그 겉옷은 침대 발치에 단정하게 개켜져 있었다.

머타는 의자를 앞뒤로 흔들며 올빼미 같은 눈으로 날 바라보았다.

"대체 질문이 몇 개야? 네 갠가?"

그는 손을 하나 들더니 우선 검지를 올리며 말했다.

"첫 번째 대답은, 그래. 나갔어."

이제 중지가 올라갔다.

"두 번째 대답. 어디로 가냐고? 그걸 내가 어떻게 알아."

다음번 손가락과 마지막 손가락은 동시에 올라갔다.

"세 번째 대답. 왜 나갔냐고? 녀석은 방 안에 갇혀 있기 지겹다고 했거든."

새끼손가락이 잠깐 흔들렸다.

"네 번째 대답. 옷을 뭘 입었는지도 모르지. 내가 마지막으로 봤을 때는 아무것도 안 입고 있었으니까."

머타는 네 손가락을 모두 접고는 이제 엄지를 내밀었다.

"묻진 않았지만 대답은 해 주지. 나간 지 한 시간쯤 됐어."

나는 어쩔 줄 몰라 분통을 터뜨렸다. 하지만 범인이 부재중이었기 때문에, 대신 머타에게 마구 쏘아붙였다.

"바깥이 얼마나 추운지 몰라서 이러세요? 얼어 죽을 지경이라고요! 눈도 올 텐데! 왜 막지 않으셨어요? 그리고 아무것도 안 입었다니 그건 또 무슨 소리예요?"

하지만 자그마한 남자는 그저 태연했다.

"아, 날씨야 나도 알지. 녀석도 눈이 멀지 않았으니 알겠지. 왜 안 막았냐고? 당연히 난 막았어."

그는 침대에 개켜 둔 겉옷에 고갯짓했다.

"녀석이 나가겠다고 했을 때, 나갈 만한 날씨가 아니라고 말은 했어. 내가 나가게 뒀을 줄 알아? 내 목을 걸고 아니라고 맹세하겠어. 난 녀석의 옷을 집어 든 다음 문에 등을 대고 말했지. 나를 꺾고 갈 마음이 아니라면 나갈 생각 하지 말라고."

그 순간, 머타는 말을 멈추더니 뜬금없이 말했다.

"엘런 매켄지는 세상에서 제일 아름다운 미소를 지닌 여자였지. 그 미소를 보기만 해도 남자들이 흐물흐물 녹아내렸다고."

"그래서 엘런 매켄지의 멍청한 아들을 얼어 죽도록 내보냈단 말인가요? 어머니의 미소가 갑자기 여기서 왜 나와요?"

나는 참지 못하고 말했다. 머타는 가만히 생각에 잠긴 듯 코를 문질렀다.

"으음, 내가 죽어도 못 나가게 할 거라고 말하니까, 제이미 녀석이 잠시 나를 바라보더군. 그러더니 제 엄마랑 똑같은 미소를 나에게 짓고서, 난데없이 홀딱 벗은 채로 창문으로 훌쩍 뛰어내리지 뭔가. 내가 창문에 갔을 땐 이미 사라지고 없었어."

나는 천장으로 눈을 뒤집었다. 머타는 계속 말했다.

"어디로 갔는지는 대충 알겠더라고. 알려 줄 테니까 제이미 걱정은 안 해도 돼."

나는 이를 악물고 중얼거리며 마구간 쪽으로 걷기 시작했다.

"그렇죠! 나도 제이미 걱정 안 해요! 걱정해야 할 건 제이미겠죠! 어디 잡히기만 해 봐라!"

내륙으로 향하는 대로는 하나밖에 없었다. 나는 빠른 속도로 말을 타고 달리며 지나는 들판을 주시했다. 프랑스의 이 지역은 풍요로운 농경지로, 다행히 숲은 대부분 개간되었다. 늑대나 곰은 내륙 안쪽에 있을 테니 큰 위험은 없을 것이다.

때마침 수도원 정문에서 2킬로미터도 못 간 곳에서 제이미를 발견했다. 그는 길가에 드문드문 세워 둔 고대 로마 시대의 표지석 위에 앉아 있었다.

제이미는 맨발이었지만, 짧은 조끼와 얇은 반바지를 갖춰 입고 있었다. 옷의 얼룩으로 보아 마구간지기 청년들이 입는 옷이었다.

나는 고삐를 잡고 멈춰 서서 안장 머리에 기댄 채 잠시 그를 내려다보았다.

"코가 새파래졌어."

나는 아무렇지 않게 말했다. 그리고 아래를 내려다보았다.

"발도 새파래졌네."

제이미는 씩 웃으며 손등으로 코를 훔쳤다.

"내 불알도 그런데. 와서 좀 따뜻하게 해 줄래요?"

추운지 안 추운지 모르겠지만, 확실히 기분은 좋은 상태로구나. 나는 말에서 슬그머니 내려 그의 앞에 서서 고개를 저었다.

"전혀 소용없네. 그렇지?"

"뭐가?"

그는 낡은 반바지에 손을 비비며 물었다.

"당신한테 화내 봐야 소용없다고. 폐렴에 걸리든, 곰에게 잡아먹히든, 내가 죽을 만큼 걱정하든 말든, 당신은 신경도 안 쓰잖아. 안 그래?"

"음, 곰은 신경 쓰지 않아도 되는데. 겨울잠을 자잖아요."

나는 화가 치밀어 제이미에게 손을 휘둘렀다. 뺨을 후려칠 작정이었다. 하지만 그는 내 손목을 힘들이지 않고 잡으며 날 비웃었다. 잠시 헛된 몸싸움을 벌이다가, 난 그만 포기하고 웃고 말았다.

"지금 갈까? 아니면 뭘 더 해 보이고 싶어?"

그는 수도원으로 이어진 길을 턱짓으로 가리켰다.

"저기 있는 커다란 떡갈나무까지 말을 타고 가서 기다려 줘요. 그럼 내가 혼자서 걸어가 볼게."

목구멍까지 부글부글 끓어오르는 말이 몇 가지 있었지만, 나는 혀를 깨물어 참고서 말에 올라탔다. 그리고 떡갈나무에 가서 내린 다음 길을 바라보았다. 하지만 잠시 후, 나는 제이미가 힘겹게 걷는 꼴을 차마 볼 수 없다는 사실을 깨달았다. 그가 처음으로 넘어지자, 난 장갑 낀 손으로 고삐를 꾹 움켜쥔 다음 마음을 굳게 먹고 등을 돌린 채 기다렸다.

우리는 가까스로 손님용 숙소로 돌아왔다. 복도를 지날 때, 제이미는 심하게 비틀거려 내 어깨에 팔을 두르고 부축을 받아야 했다. 그러다 복도에 걱정스레 숨어 지켜보던 로저 수사를 발견하고, 그에게 얼른 가서 보온 팬을 가져오라고 시켰다. 그동안 나는 잘 걷지도 못하는 남편을 방으로 인도한 다음 그를 침대에 털썩 내려놓았다. 그는 충격에 투덜거렸지만 가만히 누워 눈을 감았고, 나는 그의 몸에서 더러운 옷을 벗겼다.

"자, 이제 들어가요."

그는 내가 들어 준 이불 속으로 고분고분 굴러 들어갔다. 나는 침대 발치에 서둘러 보온 팬을 넣은 다음 앞뒤로 다렸다. 냄비를 치우자 제이미는 긴 다리를 쭉 뻗고 행복한 한숨을 쉬며 긴장을 풀고 발을 감싼 따스한 온기를 즐겼다.

나는 조용히 방을 돌아다니며 떨어진 옷을 줍고 다소 어지럽혀진 탁자 위를 정리하고, 화로에 숯을 새로 넣고, 연기에 달콤한 향을 주려고 목향을 조금 넣었다. 제이미가 잔다고 생각하고 있었던 지라, 그가 뒤에서 나를 부르자 깜짝 놀라고 말았다.

"클레어."

"응?"

"사랑해요."

"아."

나는 약간 놀랐지만, 솔직히 기뻤다.

"나도 사랑해요."

"랜들이 끝까지 갔을 때, 그놈이 바라던 말이 이거였어요."

난 이 말에 더욱 놀라고 말았다. 그래서 조심스레 물었다.

"그래요?"

"응."

제이미는 열린 창문을 빤히 바라보았다. 바깥으로 보이는 깊고 고른 회색빛 하늘에는 눈구름이 가득했다.

"나는 바닥에 누워 있었어요. 그놈은 내 옆에 누웠고. 그때쯤엔 그놈도 벌거벗은 채였고, 우리 둘 다 피와 온갖 것을 온몸에 덕지덕지 묻히고 있었죠. 머리를 들려는데 피가 말라붙어서 돌바닥에 뺨이 붙어 버렸던 기억이 나네요."

옛 기억을 떠올리며 멍해진 눈빛을 하고서 그는 눈살을 찌푸렸다.

"난 그때 넋이 나가 있었어요. 그래서 그다지 고통을 느끼지도 않았죠. 너무 피곤하기만 하고, 모든 게 그저 아득하고 좀 비현실적이었어요."

"오히려 다행이었네요."

내가 약간 신랄하게 말하자, 제이미는 슬쩍 웃었다.

"그래, 오히려 다행이었죠. 나는 정신 못 차리고 반쯤 기절한 상태였던 것 같아요. 그래서 그놈과 얼마나 누워 있었는지 잘 모르겠어요. 하지만 다시 정신이 들었을 땐 놈이 나를 꽉 끌어안고 있더라고요."

다음에 이어질 부분을 말하기 어려운 듯, 그는 망설였다.

"그때까진 놈에게 저항하지 않았어요. 하지만 나는 너무 피곤했고, 또 하라면 못 견딜 것 같아서…… 어쨌든 품에서 빠져나가려고 버둥댔죠. 진짜 저항했다기보다는 그냥 몸을 떼려고 한 거죠. 그랬더니 놈은 두 팔로 내 목을 그러안고는 날 끌어당기더니, 내 어깨에 얼굴을 묻더라고요. 이어서 우는 게 느껴졌어요. 무슨 말을 하는 긴지는 알 수 없었다가, 조금 있으니까 알겠더라고요. 이렇게 말했거든요. '사랑해, 사랑해'라고 계속해서. 눈물이랑 침이 내 가슴에 줄줄 흐르더라고요."

제이미는 잠깐 몸서리를 쳤다. 추워서, 또 그때의 기억을 떠올려서. 이윽고 그가 내쉰 긴 한숨에 천장 근처에서 소용돌이치는 향기로운 연기가 흩어졌다.

"내가 왜 그랬는지는 지금도 모르겠지만, 나는 그놈을 안아 줬어요. 그리고 잠깐 가만히 누워 있었죠. 그놈은 마침내 울음을 그치더니, 나에게 키스하면서 쓰다듬었어요. 그리곤 이렇게 속삭였죠. '너도 날 사랑한다고 말해 줘'라고."

제이미는 희미하게 웃으면서 그때의 기억을 떠올렸다.

"하지만 안 했어요. 왜 그랬는지는 모르겠지만. 당시엔 그놈이 시킨다면 뭐든 했을 상태였거든요. 부츠를 핥으며 스코틀랜드의 왕이라고 부르라면 불렀을 텐데. 그땐 무슨 생각이었는지 기억조차 안 나요. 그냥…… 안 했어."

그는 한숨을 쉬면서 성한 손을 움찔거리며 이불을 그러쥐었다.

"그랬더니 나에게 또 그 짓을 하더라고요. 세차게. 그러면서 계속 말했어요. '너도 날 사랑한다고 말해, 앨릭스. 날 사랑한다고 말하란 말이야'라고."

"당신을 앨릭스라고 불렀다고요?"

나는 참지 못하고 물었다.

"응. 그놈이 내 두 번째 이름을 어떻게 알았을까 궁금했던 기억도 나네요. 근데 안다고 해도 그렇지, 왜 그 이름을 부를까 궁금해할 생각은 못 했어요."

그는 어깨를 으쓱이며 말을 이었다.

"어쨌든, 나는 움직이지도 않고 말도 안 했어요. 그놈은 일을 마치자마자 미친 것처럼 벌떡 일어나더니, 뭔지는 모르겠지만 나를 뭔가로 때리기 시작했어요. 그러면서 막 욕을 하고 소리를 지르더라고요. '너도 날 사랑하잖아! 어서 말해! 그게 사실이잖아!' 나는 머리 위로 팔을 올리고 막으려고 하다가, 잠시 후에 또 기절했던 것 같아요. 왜냐하면 어깨에 느껴지던 고통을 마지막으로 기억이 안 나거든요. 어렴풋이 소 울음소리를 들었던 것 말고는. 그러다 다시 정신을 차려 보니 말 등에 엎어져서 흔들리고 있다가, 또 정신을 잃었어요. 그리고 마지막으로 깨어났을 때는 엘드리지 저택의 벽난로에 누워 있더라고요. 당신이 나를 내려다보고 있었고요."

제이미는 다시 눈을 감았다. 이제 그의 목소리는 꿈꾸는 듯 무심하게 들려왔다.

"만약 내가…… 시키는 대로 말했다면…… 놈은 날 죽였을 거야."

어떤 사람들은 괴물이 나오는 악몽을 꾼다. 하지만 나의 악몽은 가계도였다. 가느다란 검은 가지들이 이어지며, 그 줄기마다 연도를 주렁주렁 단 가계도라는 악몽. 검은 선들은 뱀처럼 구불구불 이어지며, 턱처럼 달린 괄호마다 죽음을 물고 있다. 다시금 프랭크의 목소리가 들려왔다. '그분은 대위로 복무했어. 집안의 차남이었으니 입대는 현명한 선택이었지. 조너선의 남동생은 집안 전통을 따라서 목사보가 되었지만 아직 남동생에 대한 건 많이 알아내지 못했어…….'

나 역시 그에 대한 건 많이 알지 못한다. 오로지 이름만 알 뿐. 가계도에 있는 이름은 세 개였다. 조지프 랜들과 메리 랜들의 아들들. 난 그걸 여러 번 봤었다. 장남 윌리엄, 차남 조너선. 그리고 삼남 알렉산더. 애칭은 바로 앨릭스.

제이미가 다시 입을 열어 나를 상념에서 깨웠다.

"새서나흐."

"응?"

"내가 전에 말했잖아요. 마음속에 나만의 요새가 있다고."

"응. 기억나요."

제이미는 눈을 뜨지도 않고 미소를 짓더니, 나에게 손을 뻗었다.

"음, 이제는 기댈 벽 정도는 지었어요. 비를 피할 지붕도."

피곤하지만 평화롭고도 궁금한 마음으로 잠자리에 들었다. 제이미는 회복될 거야. 회복되지 못할 거라 생각했을 땐, 다음 한 시간만 버텨 주기만을, 다음 식사 때까지만 살아 주기를, 다음 약을 바를 때까지만 견뎌 주기만을 바랐었지. 하지만 지금은 미래를 생각해야 할 때가 왔다.

수도원은 피난처였지만, 오래 머물 곳은 아니었다. 수도사들이 제아무리 친절하다 해도, 우리가 무한정 머물 수는 없었다. 스코틀랜드와 잉글랜드는 너무 위험했다. 러버트 경이 도와준다면 모르겠지만. 그러나 지금 상황에서는 요원한 일이었다. 우리의 미래는 이제 브리튼섬이 아닌 유럽 대륙에서 찾아야 했다. 제이미가 뱃멀미를 한다는 사실을 알았기 때문에, 왜 미국으로 가지 않으려 하는지 이해가 갔다. 석 달 동안 구토를 하며 보낸다는 건 누가 봐도 겁날 일이니까. 그럼 남은 선택지는 뭘까?

아마도 프랑스에 머무는 것이겠지. 우리는 둘 다 프랑스어를 유창하게 했다. 제이미는 거기에 더해 스페인어와 독일어, 혹은 이탈리아어까지 할 줄 안다. 하지만 나는 언어적 재능이 별로 없었다. 그리고 프레이저 가문은 이곳에 인맥이 많았다. 우리는 아마 친척이나 친지가 소유한 땅에 터전을 잡고, 평화로운 전원생활을 누릴 수 있을 것이다. 그건 아주 매력적인 생각이었다.

그러나 언제나처럼 시간이란 문제가 있었다. 지금은 1744년 초로, 새해가 겨우 2주 남짓 지났다. 1745년이 되면 보니 프린스 찰리는 프랑스에서 스코틀랜드로 배를 타고 와서 아버지의 왕위를 되찾으려 하겠지. 그와 더불어 재앙이 닥치리라. 전쟁과 살육이 일어나고, 하일랜드 씨족들이 무너지며, 그와 함께 제이미가, 또 내가 소중히 여겼던 모든 것이 무참히 파괴되리라.

지금부터 그때까지는 약 1년이 남았다. 1년이라. 뭐든지 일어날 수 있는 시간이다. 재앙을 방지할 준비를 차근차근 밟을 시간이기도 하다. 하지만 어떻게, 무슨 방법으로? 알 수는 없었지만, 그렇다고 아무런 조치도 취하지 않는다면 결과가 어찌 될지는 뻔했다.

앞으로의 일이 변할 수 있을까? 그럴지도. 왼손 네 번째 손가락에 낀 금반지를 무심코 어루만졌다. 웬트워스 교도소 지하 감옥에서 분노와 공포에 사로잡혀 내가 조너선 랜들에게 했던 말을 떠올려 보았다.

"너에게 앎의 저주를 내리노라, 잭 랜들. 지금부터 네가 죽을 시기를 알려 주겠다."

난 그에게 죽는 날짜를 알려 주었다. 1745년 4월 16일. 프랭크가 훌륭한 서체로 써 내려간 검은 잉크 가계도의 날짜를 그에게 말해 주었지. 조너선 랜들은 잉글랜드가 일으킨 살육의 현장에 휘말려, 컬로든 전투에서 죽게 되어 있었다.

하지만 역사는 바뀌었다. 그는 저주를 받고서 몇 시간 후, 내가 복수하려고 보낸 소 떼의 발굽에 짓밟혀 죽었다.

게다가 자녀가 없는 미혼 남성으로 죽었다. 사실이야 어쨌든, 내가 알기론 그랬다. 그 가계도, 빌어먹을 가계도! 거기엔 결혼 날짜가 적혀 있었다. 1744년쯤이었다. 그리고 프랭크의 5대조 선조는 그 후에 태어나게 되어 있었다. 만약 잭 랜들이 죽고 아이가 없다면, 프랭크는 대체 어떻게 태어난 걸까? 그런데도 프랭크의 반지는 여전히 내 손에 끼워져 있었다. 그러니 프랭크는 존재했었고, 존재할 것이다. 나는 그 생각에 위안을 얻으며, 어둠 속에서 반지를 문질렀다. 마치 그 안에 반지의 요정이 들어 있어 내게 조언을 해 주기라도 할 것처럼.

그러다 까무룩 잠이 들었던 나는 작게 비명을 지르며 깨어났다.

"쉿. 나예요."

커다란 손이 내 입에서 떨어졌다. 촛불이 꺼진 상태의 방은 칠흑처럼 어두웠다. 나는 필사적으로 손을 더듬다가 뭔가 단단한 것을 쳤다.

"침대에서 나오면 어떡해요!"

나는 아직도 잠에 취한 채로 소리쳤다. 그러다가 부드럽고 차가운 살에 손끝이 쭉 미끄러졌다.

"몸이 너무 차갑잖아!"

그는 좀 언짢은 듯 대답했다.

"음, 당연히 차갑죠. 옷을 하나도 안 입었으니까. 복도도 지독하게 춥더라고요. 나 좀 같이 누우면 안 돼요?"

나는 좁은 침대에서 최대한 몸을 움직여 자리를 만들었고, 제이미는 알몸으로 내 옆에 슬며시 누워서 나를 꽉 껴안고 온기를 느꼈다. 그의 숨결은 고르지 못했다. 지금 보니 이렇게 떠는 건 추워서도 그렇지만 몸이 약해서인 것 같았다.

그는 내 품에 더 파고들며 한숨을 쉬었다.

"어휴, 당신은 정말 따뜻해. 이렇게 안고 있으니 좋네요, 새서나흐."

여기엔 대체 왜 온 거냐고 구태여 묻지는 않았다. 이유는 명백해지고 있었으니까. 정말 할 거냐고 묻지도 않았다. 나 역시 이래도 될까 의심이 들었지만, 혹시라도 말이 씨가 될까 봐 무서워서 입에 담지는 않았다. 나는 다친 손을 건드리지 않으려고 조심하며 그를 향해 돌아누웠다.

갑자기 결합된 순간은 정말 놀라웠지만, 신기하게도 그 급박하게 이루어진 결합은 곧바로 익숙하게 다가왔다. 제이미는 만족스러운 한숨을 깊이 쉬었다. 어쩌면 안도감이었을지도 모른다. 우리는 잠시 가만히 누웠다. 움직이기라도 하면 연약하게 결합된 우리 사이가 흐트러질까 봐 두려운 것처럼. 제이미의 성한 손은 나를 천천히 애무하며 어둠 속에서 이리저리 더듬어 갔다. 손가락은 고양이의 수염처럼 쫙 펴진 채로 작은 떨림에도 민감하게 반응했다. 내 몸에 맞닿은 채 한번 움직여 보는 그의 몸짓은 질문 같았다. 그리고 나는 같은 언어로 그에게 대답했다.

그렇게 우리는 느린 움직임으로 섬세한 게임을 시작했다. 제이미의 욕망과 약함 사이에서, 몸에 느껴지는 고통과 커지는 쾌락 사이에서 균형을 잡는 행위였다. 어둠 속을 한참 움직이다 문득 이런 생각이 들었다. 앙셀름 신부님께 말해야겠어. 시간을 멈추는 방법은 또 있는 것 같다고 말이야. 그러다 말하지 말아야겠다는 생각이 이어졌다. 이건 사제에게 허락된 방법이 아니니까.

나는 상처 난 등에 살며시 손을 얹고서 제이미를 단단히 안았다. 그는 우리의 리듬을 조절했지만, 움직임의 강도는 나에게 맡겼다. 우리 둘 다 숨소리 외에는 끝까지 아무 소리도 내지 않았다. 그가 지치는 기색이 느껴지자, 나는 그를 단단히 붙잡고 나에게 끌어당겨 엉덩이를 흔들어 그를 깊숙이 받아들이며 절정으로 이끌었다.

"지금이야, 어서 와. 지금!"

내가 속삭이자, 제이미는 이마를 나에게 힘껏 맞대고 떨리는 한숨을 내쉬며 몸을 풀었다.

빅토리아 시대 사람들은 섹스를 가리켜 '작은 죽음'이라고 일컬었다. 거기엔 그럴 만한 이유가 있었다. 제이미는 몸을 무겁게 축 늘어뜨렸다. 내 갈비뼈 위로 느껴지는 느린 심장 박동이 없었더라면 그가 죽었을 거라고 여겼을지도 모르겠다. 아주 오랜 시간이 지나고서야 그는 몸을 움직이며 내 어깨에 무어라 중얼거렸다.

"뭐라고 했어요?"

그는 고개를 돌려서 내 귓가 바로 밑에 입을 대었다. 목덜미로 따스한 숨결이 느껴지더니, 속삭임이 들려왔다.

"뭐라고 했냐면, 손이 갑자기 하나도 안 아프다고 했어요."

그는 성한 손으로 내 얼굴을 살며시 훑으며 뺨에 어린 축축한 물기를 부드럽게 닦았다.

"나 때문에 무서웠어요?"

"응. 너무 이른 게 아닌가 싶어서."

어둠 속에서 제이미는 부드럽게 웃었다.

"이르긴 하죠. 죽는 줄 알았으니까. 나도 무섭긴 했어요. 하지만 손이 너무 아파서 잠에서 깨니까 다시 잘 수가 없었어요. 그래서 이리저리 뒤척이다가, 당신이 보고 싶었어. 당신 생각을 하면 할수록, 너무 원하게 되더라고요. 그래서 아무 생각 없이 복도로 나왔다가 반쯤 와서야 지금 내가 여긴 왜 왔는지, 뭘 하려는 건지 걱정이 들긴 했는데, 일단 생각을 시작하니까……."

그는 말을 멈추고 내 뺨을 쓰다듬었다.

"음, 난 별로 좋은 인간은 아니지만요, 새서나흐. 그래도 겁쟁이는 아니라고요."

나는 고개를 돌려 그의 입맞춤을 받았다. 순간, 제이미의 배가 커다랗게 꼬르륵댔다.

"웃지 말아요, 내가 배고파 죽겠는 건 다 당신 잘못이잖아. 소고기 국물과 맥주만 먹고도 지금껏 살아남은 게 용한데."

그가 투덜대자, 나는 계속 웃으면서 말했다.

"좋아. 당신이 이겼어요. 내일 아침에는 달걀 하나를 추가하죠."

"하. 역시 내가 잘 꼬시면 먹을 걸 줄 줄 알았다니까."

그는 낮고 만족스러운 목소리로 말했다.

우리는 그렇게 서로를 꼭 안고서, 얼굴을 맞대고 잠들었다.

41
지구의 자궁에서

그 후로 2주 동안 제이미는 계속 회복되었고, 나는 계속 고민에 빠졌다. 언젠가는 로마로 가야 할 것만 같았다. 거기에는 왕위 요구자의 임시 정부가 있으니까. 하지만 가서…… 뭘 할 건데? 그러다 또 어떤 때는 그냥 아무도 모르는 안전한 장소에 가서 평화롭게 살고 싶기만 했다.

오늘은 따스하고 화창한 날이었다. 수도원의 가고일 조각상 코끝에 달린 고드름에서 물방울이 쉴 새 없이 떨어져 처마 밑 눈밭에 이지러진 구덩이를 깊숙이 남겼다. 제이미의 방문은 살짝 열려 있었고 창문의 커튼도 걷어 두었다. 연기와 병기가 뒤섞인 수증기를 환기시켜야 했기 때문이다.

제이미가 잠들었다면 깨우고 싶지 않았기에, 나는 문설주 사이로 조심스레 고개를 넣었다. 그런데 좁은 침대는 텅 비어 있었다. 그는 문 쪽으로 등을 돌린 채 열어 둔 창가 옆에 앉아 있었다. 그래서 얼굴이 보이지 않았다.

지금은 애처로울 정도로 몸이 말랐지만, 거친 천으로 만든 견습 수도사복을 걸친 어깨는 넓고 곧았다. 그리고 우아한 근육 역시 돌아오고 있었다. 그는 이제 떨지 않고 굳건히 앉아, 등을 곧게 펴고 다리를 의자 아래로 구부려 모은 모습이었다. 이제 몸 선은 단단하고 조화를 이루었다. 그는 멀쩡한 왼손으로 오른쪽 손목을 붙잡고서 오른손을 햇살에 천천히 돌려보고 있었다.

탁자 위에 쌓인 천 조각 더미를 보니, 제이미는 다친 손에 감았던 붕대를 풀고 손을 자세히 검사하는 중이었다. 나는 움직이지 않고 문가에 그대로 섰다. 그가 조심스럽게 손을 앞뒤로 돌리는 동안, 여기서도 손 모양이 똑똑히 보였다.

손바닥에 난 못 자국은 이제 아주 작아졌고 잘 아물었다. 그걸 보자 기뻤다. 상처는 이제 분홍빛 작은 굳은살에 지나지 않았고, 그마저도 점차 희미해질 것이다. 하지만 손등의 상태는 그리 좋지 못했다. 감염에 손상된 상처 부위는 6펜스 동전 크기로 남아 여전히 딱지가 붙었고 새로운 흉터 때문에 생살이 보였다.

중지 역시 마찬가지였다. 첫 번째 관절 바로 아래에서 손마디까지 이어지는 분홍색 흉터 조직은 들쭉날쭉한 선을 이루었다. 부목을 뗀 엄지와 검지는 곧게 뻗었지만, 새끼손가락은 심하게 뒤틀려 있었다. 내가 제대로 맞추지 못했던 게 분명했다. 약지는 이상하게 맞추어져서 그가 탁자 위에 손을 곧게 펴자 살짝 위로 들렸다.

그는 손바닥을 위로 돌린 다음 손가락을 부드럽게 움직여 보기 시작했다. 3센티미터 이상 구부러지는 손가락은 하나도 없었다. 게다가 약지는 전혀 구부러지지 않았다. 내가 걱정했던 대로, 두 번째 관절이 아예 굳어 버린 것이다.

그는 손을 얼굴 앞에 들고 이리저리 돌리며 뻣뻣하고 일그러진 손가락과 햇빛을 받아 한층 적나라하게 보이는 흉한 상처를 바라보았다. 그러다 갑자기 고개를 숙여 다친 손을 가슴에 보호하듯 안았다. 아무 소리도 내지 않았지만, 그의 넓은 어깨가 잠깐 떨렸다.

"제이미."

나는 재빨리 그에게 다가가 옆에 무릎을 꿇고서 그의 무릎에 가만히 손을 얹었다.

"제이미, 미안해요. 최선을 다했지만 어쩔 수 없었어요."

그는 깜짝 놀라 나를 내려다보았다. 촘촘한 적갈색 속눈썹에 맺힌 눈물이 햇빛을 받아 반짝였지만, 그는 손등으로 얼른 훔쳤다.

갑자기 내가 나타나서 깜짝 놀란 표정으로, 그는 마른침을 꿀꺽 삼키고 말했다.

"응? 미안하다고? 뭐가 미안한데요, 새서나흐?"

"당신 손이요."

나는 손을 뻗어 비뚤어진 손가락을 가볍게 더듬으면서 손등에 난 부푼 상처를 어루만졌다. 그리고 불안한 마음으로 그를 안심시켰다.

"곧 나을 거예요. 정말이에요. 아직은 뻣뻣하고 잘 쓸 수 없어 보이겠지만, 부목을 너무 오래 대서 그런 거예요. 뼈도 아직 완전히 붙지 않았고요. 운동법이랑 마사지 방법을 알려 줄게요. 곧 기능을 많이 되찾게 될 테니까. 솔직하게 말하면……."

제이미는 내 뺨에 성한 손을 대어 말을 가로막았다.

"그게 무슨 말이에요……?"

그는 입을 열려다가 말더니, 믿을 수 없다는 듯 고개를 저었다.

"아니 설마……?"

그는 다시금 입을 다물더니, 비뚜름히 웃으며 이내 말을 시작했다.

"새서나흐, 혹시 내가 손가락 하나 못 쓰게 됐다고, 손에 상처 좀 났다고 슬퍼서 이러는 것 같아요? 내가 허영심이 좀 강하긴 하지만, 그렇게 심하진 않은데."

"하지만 당신이……."

나는 다시 입을 열었지만, 그는 내 양손을 잡고 일어나 나를 끌어당겼다. 나는 손을 뻗어 그의 뺨에 흘러내린 눈물 한 줄기를 어루만졌다. 엄지에 작은 물방울이 따스하게 스며들었다.

"기뻐서 울었어요, 나의 새서나흐."

제이미는 조용히 말했다. 그는 천천히 손을 뻗어 내 얼굴을 두 손으로 잡았다.

"그리고 손이 둘 다 붙어 있어서 하느님께 감사드렸던 거예요. 이렇게 당신을 두 손으로 잡을 수 있어서. 당신을 돌봐 주고, 사랑해 줄 수 있어서. 당신 덕분에 내가 어디 없어진 데 없이 성한 남자로 살아갈 수 있어서 하느님께 감사드리고 있었다고요."

나도 손을 들어 그의 얼굴을 잡았다.

"당연히 성한 몸으로 살지, 그럼 어떤 모습으로 사는데요?"

이렇게 물었다가 떠오르는 기억이 있었다. 리오흐성에 있던 비턴의 진료실에는 사람을 써는 온갖 종류의 톱이며 칼이 보관되어 있었지. 그제야 난 깨달았다. 응급 상황에 직면했을 때 취할 수 있는 조치가 또 있었는데 잊었구나. 항생제가 생기기 이전 시대에 심하게 감염된 상처를 치료하는 주된 방법은, 아니, 유일한 방법은 바로 그 부분을 절단하는 것이었다.

"아, 제이미."

그 생각에 다리가 풀린 나는 그만 의자에 털썩 주저앉고 말았다. 여전히 멍한 상태로, 나는 그를 올려다보았다.

"난 한 번도 절단해야겠다는 생각을 해 본 적이 없어요. 제이미, 만약 그 생각이 났었다면 아마 절단했을지도 모르죠. 당신 생명을 구하기 위해서."

"그러면…… 그런 식으로 치료하지 않아요……? 당신이 살던 시대에서는?"

나는 고개를 저었다.

"안 해요. 감염을 막는 약이 있거든요. 그래서 생각을 못 했어요."

그러다 난 깜짝 놀라서 그를 다시 바라보았다.

"설마, 그럴 거라 생각했어요?"

제이미는 고개를 끄덕였다.

"예상했었죠. 그래서 그때 날 죽게 놔두라고 했던 거였어요. 머릿속이 곤죽이 된 상황에서 그 생각이 들어서……. 그리고 그때만큼은 손이 잘린 상태를 견디며 살 수는 없을 거라 생각했거든요. 알다시피 이안도 이런 경험을 했으니까."

나는 큰 충격을 받았다.

"아니, 정말로요? 산탄을 맞아 다리를 잃었다고 해서, 자세한 이야기는 물을 생각을 안 했어요."

"응. 산탄총에 맞은 상처가 심해져서 자른 거예요. 의사들이 패혈증을 막으려고 다리를 잘랐거든요."

제이미는 잠시 말이 없다가, 뻣뻣한 약지를 잡아당기며 머뭇머뭇 입을 열었다.

"모든 상황을 고려해 보면, 이안은 아주 잘 살고 있지만…… 나는 이안을 잘 아니까. 이안은 제니 때문에 그만큼 잘 사는 거예요. 제니가…… 이안을 온전히 지켜 주니까."

그는 나를 보고 멋쩍게 웃었다.

"그리고 당신은 나를 온전하게 지켜 주죠. 여자들이 왜 이렇게 우리에게 신경 쓰는 건진 도통 모르겠지만."

"그건, 여자들이 그러는 걸 좋아해서 그렇죠."

내가 조용히 말하자 제이미는 나직하게 웃고는 나를 끌어안았다.

"응. 하느님만이 이유를 아시겠지요."

우리는 잠시 서로를 안은 채 가만히 서 있었다. 나는 이마를 그의 가슴에 대고 두 팔로 등을 감싸 안았다. 느리지만 강하게 뛰는 그의 심장이 느껴졌다. 그러다 제이미는 몸을 움직이고 나를 떼어 냈다.

"보여 줄 게 있어요."

그는 돌아서서 탁자의 작은 서랍을 열고 접은 편지를 꺼내 내게 주었다.

그건 알렉산더 수도원장이 자신의 조카인 제임스 프레이저를 추천하는 소개장이었다. 수신인은 슈발리에-생 조르주. 다시 말해 스코틀랜드 국왕 제임스 폐하로, 수도원장은 조카를 아주 능숙한 언어학자이자 번역가라고 소개하고 있었다.

제이미는 내가 편지를 접는 모습을 바라보며 말했다.

"여기도 하나의 선택지죠. 우리는 갈 곳이 필요하니까. 하지만 당신이 크레이크 나 둔에서 해 줬던 이야기 말인데요. 그거 진짜잖아요?"

나는 심호흡을 하고서 고개를 끄덕였다.

"진짜예요."

그는 내게서 편지를 받아 들고는 무릎 위에 둔 채 골똘히 생각에 잠겨 두드렸다. 이내 그는 편지를 흔들었다.

"그렇다면 이건 좀 위험하다고 할 수 있겠네요."

"그럴 수 있죠."

제이미는 양피지 편지를 서랍에 넣고서 잠시 앉아 빤히 바라보았다. 이윽고 고개를 들었을 땐, 검푸른 눈동자가 나를 지그시 쳐다보았다. 그는 내 빰에 손을 대고 조용히 말했다.

"클레어, 내 삶은 당신의 것이라는 말은 진심이에요. 우리가 무엇을 할지, 다음엔 어디로 갈지 정하는 건 당신이 해요. 프랑스든, 이탈리아든, 아니면 다시 스코틀랜드로 가든 상관없어요. 당신을 처음 봤을 때부터 내 마음은 당신의 것이었어요. 당신은 내 영혼과 몸을 양손에 넣고 안전하게 지켜 왔죠. 우리는 당신이 정한 곳으로 갈 거예요."

그때, 문을 가볍게 두드리는 소리가 들려왔다. 우리는 마치 이루어질 수 없는 연인처럼 후다닥 물러섰다. 나는 머리카락을 급히 정돈하면서 생각했다. 수도원이란 곳은 요양하기엔 훌륭한 곳이지만 낭만적인 휴양지로서는 다소 부족하구나.

제이미의 들어오라는 목소리에 평수사 하나가 방으로 들어오더니, 커다란 가죽 안장 가방을 탁자 위에 올려놓고 씩 웃으며 말했다.

"엘드리지 장원의 맥라노흐 님께서 보내셨습니다. 브로흐 투어러흐의 마님께요."

그가 꾸벅 절하고 떠난 자리에 희미한 바닷물 냄새와 찬 공기가 남았다.

맥라노흐가 뭘 보냈을까 궁금한 마음에 나는 가죽끈을 풀었다. 안에는 세 가지가 들어 있었다. 수신자도 발신자도 없는 쪽지 하나, 제이미 이름이 적힌 작은 꾸러미 하나, 그리고 무두질한 늑대 가죽이었다. 가죽에선 아직도 무두질한 냄새가 강하게 풍겼다.

쪽지에는 이렇게 적혀 있었다. '훌륭한 아내는 귀한 진주만큼 소중하니, 그녀의 가치는 루비보다 높다.'

제이미는 다른 꾸러미를 열어 보았다. 그는 한 손에 작고 반짝이는 것을 들고서 늑대 가죽을 궁금한 눈빛으로 바라보았다.

"이거 좀 이상하네요. 마커스 경이 당신에게 늑대 가죽을 보냈어요. 나한테는 진주 팔찌를 보냈고요. 혹시 받는 사람을 잘못 쓴 거 아닐까요?"

팔찌는 예뻤다. 커다란 바로크 진주를 한 줄로 꿰어 꼬인 금 사슬로 묶는 구조였다. 나는 팔찌를 감탄하며 바라보았다.

"아뇨. 제대로 보낸 것 맞아요. 팔찌는 우리가 결혼했을 때 당신이 내게 준 목걸이와 한 세트예요. 그분은 그 목걸이를 당신 어머니에게 드렸다더군요. 알고 있었어요?"

"아뇨. 몰랐어요."

그는 나직하게 말하며 진주를 만졌다. 그의 입가에 미소가 슬쩍 스쳤다.

"아버지는 앞으로 내 아내 될 여자가 누군지는 몰라도, 아내에게 주라며 물려주셨어요. 하지만 이게 어디서 났는지는 말씀 안 해 주셨죠."

마커스 경이 우리를 도와준 날 밤, 우리가 느닷없이 집으로 들이닥쳤을 때 그가 지었던 표정이 떠올랐다. 그리고 다음 날 떠났을 때의 표정도. 제이미의 얼굴을 보니, 그 역시 어쩌면 자기 아버지가 되었을지도 모르는 맥라노흐 남작을 떠올리는 모양이었다. 그는 내 손을 잡더니, 손목에 팔찌를 채웠다.

"이건 내 것이 아니잖아요!"

내가 항의했지만, 그는 단호하게 말했다.

"아뇨. 당신 거예요. 존경받는 유부녀에게 보석을 보내는 건 남자가 하기에 적절한 행동이 아니라서, 대신 나에게 준 거예요. 하지만 분명히 당신 하라고 보낸 거죠."

그는 나를 보며 씩 웃었다.

"그리고 이건 내 손목에 맞지도 않아요. 지금처럼 빼빼 말랐는데도요."

그는 늑대 가죽 뭉치를 들고 흔들었다.

"그런데 맥라노흐는 대체 왜 이걸 당신에게 보냈을까요?"

그는 덥수룩한 늑대 가죽을 어깨에 둘렀고, 난 그 모습에 날카롭게 비명을 지르며 질겁했다. 머리 가죽까지 조심스럽게 가죽을 벗겨서 무두질해 놓은 데다, 노란색 유리 눈까지 박아 놓은 늑대는 제이미의 어깨 위에서 나를 무섭게 노려보고 있었다.

"윽! 살아 있을 때랑 똑같이 생겼네!"

제이미는 내가 보는 곳으로 고개를 돌리더니, 으르렁대는 늑대 얼굴을 정면으로 바라보게 되었다. 그는 깜짝 놀라 소리를 지르며 가죽을 휙 잡아 방 저편으로 던졌다.

"하느님, 맙소사."

그는 성호를 그으며 중얼거렸다. 방에 널브러진 늑대 가죽은 촛불 빛에 사악하게 눈을 빛내며 우리를 노려보았다.

"그게 무슨 소리예요, 새서나흐? 살아 있을 때랑 똑같다니? 저 늑대랑 친구였어요?"

그는 눈을 가늘게 뜨고 가죽을 바라보며 물었다.

그래서 나는 이제껏 말할 기회가 없었던 여러 사건을 다 말해 주었다. 저 늑대와 또 다른 늑대들이 공격한 이야기, 헥터와 눈 내리던 밤, 오두막 안에서 곰 가죽을 두르고 있던 마커스 경을 만나 벌였던 논쟁, 머타의 등장과 소 떼, 눈보라 치던 밤 분홍빛 안개 속에서 언덕 비탈에 나가 제이미가 죽었는지 살았는지 보려고 하염없이 기다리던 일까지 모두 다.

예전이나 지금처럼 말랐을 때나, 제이미의 가슴은 한결같이 넓었고 두 팔은 따스하고 단단했다. 내가 흐느껴 우는 동안 그는 내 얼굴을 자기 어깨에 대고 부드럽게 날 얼렀다. 나는 어떻게든 마음을 추스르려 했지만, 그럴수록 제이미는 날 세차게 껴안고 머리카락에 입술을 묻으며 작고 부드러운 말을 속삭였다. 결국 나는 포기하고 마치 아이처럼 목놓아 울었다. 어찌나 심하게 울었던지 몸을 축 늘어뜨리고 힘 빠진 채로 딸꾹질을 다 했다.

"생각해 보니, 당신에게 작은 선물이 있어요, 새서나흐."

그는 내 머리카락을 매만지며 말했다. 나는 코를 훌쩍이고 치맛자락으로 닦았다. 달리 닦을 것이 없었으니까.

"미안해요. 나는 아무것도 줄 게 없는데."

나는 이렇게 말하며 제이미가 일어나 흐트러진 침대보를 뒤지는 모습을 바라보았다. 분명히 손수건을 찾고 있구나. 나는 코를 더욱 훌쩍이며 생각했다.

"아니, 이제껏 내 생명도 구해 주고, 남자로서 자존심도 찾게 해 주고, 오른손도 고쳐 줬는데 아무것도 줄 게 없다고요? 더 있다면 그게 뭘지 참 궁금하네요, 모 니인 논."

그는 떨떠름하게 말하더니, 한 손에 견습 수사복을 들고 일어섰다.

"옷을 벗어요."

나는 기가 막혀서 입을 벌렸다.

"뭐라고요?"

"옷을 벗으라고요, 새서나흐. 그리고 이걸 입어요."

그는 수사복을 건네주면서 씩 웃었다.

"내 앞에서 부끄러워서 그런가요? 그럼 등을 돌리고 있을게요."

나는 몸을 두른 거친 천을 움켜쥐고 제이미를 따라 어두운 계단을 내려갔다. 이게 벌써 세 번째 계단이자, 제일 좁은 길이었다. 그가 든 등불은 50센티미터 폭도 안 되는 돌길을 비추었다. 좁고 캄캄한 통로로 내려갈수록 땅속으로 삼켜지는 느낌이었다.

"어디로 가는 건지 확실히 알고 있죠?"

질문하는 나의 목소리가 계단에 메아리쳤는데, 신기하게도 물속에서 말하는 것처럼 은은하게 들렸다.

"음, 여기서 길을 어떻게 잘못 들겠어요?"

우리는 또 다른 층계참에 도착했다. 하지만 제이미의 말이 옳았다. 길은 단 한 방향, 바로 아래로만 향하고 있었으니까.

계단을 끝까지 내려가자, 드디어 문이 나왔다. 문 앞으로는 작은 공간이 있었는데, 겉보기로는 산의 단단한 면을 깎아 만든 곳 같았다. 거기에는 커다랗고 낮은 떡갈나무 널빤지 문이 놋쇠 경첩에 달려 있었다. 널빤지는 오래되어 회색으로 변했어도 여전히 단단했고, 바닥은 깨끗하게 청소해 놓았다. 수도원의 이 구역도 아직 사용하고 있다는 뜻이었다. 그렇다면 여긴 와인 저장고일까?

문 옆에 있는 돌출 촛대에는 사용감이 묻어나는 반쯤 탄 횃불이 있었다. 제이미는 근처에 준비된 종이 무더기에서 종이를 하나 들어 횃불을 붙였다. 그리고 잠겨 있지 않은 문을 열어 안으로 들어간 다음, 내가 들어오도록 잡아 주었다.

처음엔 안에 아무것도 보이지 않았다. 다만 제이미가 든 등불 빛만 보였을 뿐, 사방은 암흑이었다. 등불은 까딱이면서 점점 멀어져갔다. 나는 가만히 서서 움직이는 등불 빛을 눈으로 따라갔다. 몇 미터마다 제이미는 멈추며 가다 서기를 반복했고, 그의 자취를 따라 불꽃이 느릿느릿 피어오르며 작고 붉은 빛으로 타올랐다. 점점 눈이 어둠에 익숙해지자, 불꽃은 돌기둥에 있던 일련의 등불이라는 게 보였다. 그 빛은 암흑을 봉화처럼 비추었다.

그곳은 동굴이었다. 처음에는 등불 너머로 묘하게 일렁이는 희미한 빛을 보며 수정 동굴인 줄 알았다. 하지만 첫 번째 기둥으로 다가가 그 너머를 바라보니 무언가 보였다.

그건 맑고 검은 호수였다. 투명한 물은 검고 고운 화산 모래 위에서 유리처럼 은은히 빛나며 등불의 붉은 빛을 반사했다. 공기는 습하고 따스하며 습기로 눅눅했다. 시원한 동굴 벽 안에 가득한 습기는 돌기둥에서 물방울이 되어 주르르 흘렀다.

온천이구나. 희미한 유황의 향이 코를 찔렀다. 그렇다면 유황 온천이구나. 수도원 근처 지표에서 온천이 솟는다는 앙셀름의 말이 떠올랐다. 이 물에는 치유의 힘이 있기로 유명하댔지.

제이미는 내 뒤에 서서 붉은 빛깔이 뒤섞여 부드럽게 피어오르는 온천을 바라보았다. 그는 자랑스럽게 물었다.

"뜨거운 목욕, 마음에 들어요?"

"예수고 루스벨트고 이걸 어떻게 참겠어."

"오, 마음에 드는군요. 그럼 들어가요."

그는 깜짝 선물이 성공해서 기분 좋게 웃었다.

제이미는 자기 옷을 벗어 던진 다음 어둠 속에서 희미하게 빛난 채로 섰다. 그의 몸 위로 물에 비친 반짝이는 붉은 빛이 드리워졌다. 동굴의 아치형 천장은 등불 빛을 삼키는 듯해서, 불빛은 몇 미터 닿지도 못하고 어둠에 가려졌다.

나는 좀 머뭇거리다가 견습 수사복을 스르르 벗었다.

"얼마나 뜨거워요?"

"많이 뜨거워요. 걱정하지 말아요. 화상을 입지는 않으니까. 하지만 한 시간 넘게 있다가는 수프에 담근 고기처럼 살이 뼈에서 분리될지도 모르죠."

"그것참 멋진 생각이네요."

나는 옷을 벗어 던졌다.

나는 그의 곧고 가냘픈 몸을 따라 조심스럽게 물속으로 발을 디뎠다. 돌바닥에는 계단이 나 있었고, 물속으로 내려가는 길에는 벽을 따라 매듭을 진 밧줄이 있어서 잡을 수 있었다.

엉덩이 위까지 물속에 들어가자 열기가 몸을 훅 감싸며 배 속이 기분 좋게 찌르르 떨렸다. 계단 맨 아래에 깔린 깨끗하고 검은 모래 위에 서자, 물은 내 어깨 바로 아래까지 차올라 그물 낚시에 쓰는 유리 낚시찌처럼 가슴이 둥둥 떴다. 피부는 열기로 홍조가 일었고, 머리숱이 많은 목 뒤로 작게 땀이 맺히기 시작했다. 정말 행복하구나.

온천의 표면은 매끄럽고 물결도 없었지만, 물은 고요하지 않았다. 물속에 잠긴 몸을 통해 작은 움직임이 느껴졌다. 물살이 지나가는 느낌이 마치 신경 자극 같았다. 믿을 수 없을 정도로 기분 좋은 열기와 더불어 그런 자극적인 느낌 덕에 잠시 나는 이 온천이 살아 있다고, 그래서 따스하게 나를 환영하는 이 온천 전체가 내게 손을 뻗어 어루만지고 안아 준다는 생각마저 들었다. 앙셀름은 온천에 치유의 힘이 있다고 했었지. 그 말을 의심하고 싶지 않았다.

제이미는 물살을 가르며 내 뒤로 다가왔다. 날 둘러 안은 그는 내 가슴을 두 손으로 쥐고서 가슴골 위로 뜨거운 물을 부드럽게 끼얹었다.

“마음에 들어요, 모 니인 돈?”

그는 고개를 숙여 내 어깨에 입 맞추었다.

나는 발을 둥둥 띄우고 그의 품에 기댔다.

“정말 멋져요! 8월 이후로 온몸을 따뜻한 물에 담갔던 적은 처음이거든요.”

그는 물속에서 천천히 뒤로 물러서면서 나를 끌었다. 우리가 움직이면서 내 다리 사이로 분출된 물이 흘러가며 어마어마하게 따스한 기운이 내 다리를 어루만지듯 지났다.

이윽고 그는 멈춰 서서 나를 돌려세우고 단단한 나무 위에 날 부드럽게 세웠다. 그늘진 수중 광선 아래에서 앞이 잘 보이지는 않았지만, 암벽 틈으로 자리 잡은 널빤지가 보였다. 그는 내 옆자리에 앉아서 우리 뒤에 있는 바위 난간에 팔을 뻗었다.

“앰브로즈 수사가 며칠 전에 나를 여기 데리고 왔어요. 딱지를 좀 부드럽게 하려고요. 기분 정말 좋지 않아요?”

“좋다는 말로 부족해요.”

물의 부력이 어찌나 강하던지 벤치를 잡은 손을 놓으면 떠내려갈 것 같았다. 나는 천장의 검은 그림자를 올려다보았다.

“이 동굴에 사는 생명체가 있나요? 예를 들면, 박쥐라던가? 아니면 물고기?”

제이미는 고개를 저었다.

“샘의 정령밖에 없겠지요, 새서나흐. 저 뒤의 땅에 난 좁은 틈에서 물이 솟아나거든요.”

그는 동굴 뒤쪽의 스틱스강처럼 어두운 암흑 쪽으로 고갯짓을 했다.

“그리고 바위에 난 작은 구멍에서도 조금씩 나오죠. 하지만 바깥으로 통하는 진짜 출구는 수도원과 연결된 저 문밖에 없어요.”

"샘의 정령이라고요? 약간 이교도적 사상 아닌가요? 수도원에선 하지 말아야 할 말이네요."

내가 재미있어하며 말하자, 제이미는 느긋하게 기지개를 켰다. 긴 다리가 유리 같은 수면 아래로 마치 수초의 줄기처럼 흔들렸다.

"음, 뭐라 하든 말이죠, 이 샘은 수도원보다 훨씬 오래됐어요."

"그래요. 그건 알겠어요."

매끈하고 검은 화산암으로 이루어진 동굴 벽은 검은 유리 같았고, 온천의 습기 덕에 미끄러웠다. 방 전체는 묘하게 살아 있는 것 같으면서도 생명체라곤 하나도 없는 물로 반쯤 찬 거대한 거품 같았다. 마치 우리가 지구의 자궁 같은 중심부에 안겨 있는 느낌이랄까. 그래서 바위에 귀를 갖다 대면 가까이 있는 거대한 심장의 한없이 느린 박동이 들릴 것만 같았다.

우리는 오랫동안 아주 조용히 있었다. 동굴의 보이지 않는 물살을 타고 둥둥 뜬 것처럼, 또 꿈결에 잠긴 것처럼 있으면서 이따금 서로의 몸을 스쳤을 뿐이다.

그러다 마침내 입을 연 순간, 내 목소리는 느리고도 몽환적으로 나왔다.

"나, 결정했어요."

"아. 그럼 로마로 가나요?"

제이미의 목소리가 저 멀리서 아득하게 들리는 것만 같았다.

"그래요. 잘은 모르겠지만, 일단 가면……."

"상관없어요. 할 수 있는 걸 하겠죠."

그의 손이 나를 향해 뻗어 왔다. 너무나 느릿하게 다가오는 손은 내게 영영 닿지 않을 것만 같았다.

제이미는 나를 끌어안았다. 예민한 가슴 끝이 그의 가슴에 스쳤다. 물은 따스할 뿐만 아니라 묵직하다 못해 미끌거릴 정도였고, 그의 손은 내 등을 지나 엉덩이를 감싸더니 날 들어 올렸다.

삽입은 놀라운 감각으로 다가왔다. 우리의 피부는 뜨겁고도 미끄러워서, 서로에게 물결치듯 다가가면서도 감촉이나 압박이 거의 느껴지지 않았지만, 내 안을 파고드는 그의 분신은 단단하고도 친밀했다. 그것은 마치 아무렇게나 자궁 속을 떠다니는 태아의 탯줄처럼 이 물속 세상의 고정점이 되어 주었다. 그의 삽입과 함께 불쑥 밀려 들어온 뜨거운 물 때문에 놀란 탄성이 작게 나왔다. 하지만 이어서 쾌락이 깃든 약한 한숨과 함께 나를 잡아 준 고정점으로 나도 단단히 자리를 잡았다.

"아, 이거 마음에 드네."

그가 나른하게 말했다.

"뭐가요?"

"당신이 낸 소리요. 작은 비명."

여기서 더 얼굴을 붉힐 수는 없었다. 내 피부는 이미 달아오를 대로 달아 올라 있었으니까. 대신 머리카락을 앞쪽으로 밀어서 얼굴을 가렸다. 수면에 끌린 머리카락은 곱슬기가 풀렸다.

"미안해요. 시끄럽게 굴 마음은 아니었어요."

그러자 제이미는 웃었다. 그의 굵은 웃음소리가 천장 기둥에 부드럽게 울려 퍼졌다.

"말했잖아요. 마음에 든다고. 정말인데. 당신과 잘 때 제일 좋아하는 점 중 하나라고요, 새서나흐. 당신이 내는 소리가 정말 좋아요."

그는 나를 더 가까이 끌어안았다. 이제 내 이마는 그의 목에 기대게 되었다. 순간, 우리 사이로 습기가 확 솟구쳐 올랐다. 유황 성분이 가득한 물은 미끄러웠다. 그가 엉덩이를 슬쩍 움직이자, 나는 숨을 반쯤 헐떡이며 들이쉬었다. 제이미는 나지막하게 말했다.

"그래요, 바로 그런 소리. 아니면…… 그 비슷한?"

"으윽."

내 소리에 그는 다시 웃었지만, 하반신을 계속 움직여 댔다.

"내가 제일 많이 생각했던 게 그거였어요."

그는 두 손으로 천천히 내 등을 쓰다듬으며 엉덩이 둔덕을 어루만졌다.

"감옥에 있을 때, 밤마다 말이죠. 사슬에 묶여서 열 명이 넘는 남자들과 한방에서 자면서 코 골고 방귀 끼고 신음하는 소리를 들으면서 생각했어요. 내가 사랑해 줄 때마다 당신이 내는 이런 작고 부드러운 소리들을요. 그리고 내가 처음으로 당신을 가졌을 때, 당신이 행위에 몰두하면서 냈던 작은 신음도요."

호흡이 단연 빨라지기 시작했다. 미네랄 가득한 진한 물의 도움을 받아, 나는 기름칠한 깃털처럼 둥둥 떠 있었다. 다만 떠내려가지 않도록 제이미의 둥근 어깨 근육을 꼭 잡고 하반신을 아늑하고 단단하게 결합하고 있었을 뿐이다.

귓가에 속삭이는 그의 목소리가 뜨거웠다.

"내가 당신을 맹렬하게 탐할 때, 내 밑에서 도망치고 싶은 것처럼 발버둥 치며 힘없이 우는 소리는 훨씬 더 좋아요. 사실은 나에게 더 가까이 오고 싶어 발버둥 친다는 걸 아니까요. 나랑 같은 싸움을 하고 있는 거죠."

그의 손은 송어를 간지럽히듯 느릿느릿 부드럽게 나의 몸을 탐험했다. 엉덩이 골 깊숙이 들어간 손은 아래로 쓱 미끄러지며 더듬어 가더니 우리가 결합한 부분을, 늘어진 채 애원하는 그곳을 어루만졌다. 나는 몸을 떨면서 원치 않게 헐떡이고 말았다.

"아니면 내가 어쩔 줄 모르고 당신에게 들어갈 때, 당신은 날 받아들이면서 한숨을 쉬어요. 그 소리가 꼭 저 하늘을 나는 벌들의 조용한 날갯짓 같죠. 그러면 당신은 작은 신음을 흘리면서 나를 평화롭게 품어요."

난 이제 목쉰 소리로 그를 불렀다. 목소리가 물에 튕겨 메아리쳤다.

“제이미, 제이미, 이제 제발.”

“아직 안 돼, 모 니인 돈.”

그의 손은 내 허리를 세차게 잡더니, 나를 다독이며 속력을 줄이고는 지그시 눌렀다. 난 다시금 신음하고 말았다.

“아직 안 돼요. 시간은 많아요. 그리고 이런 신음을 다시 듣고 싶거든요. 신음하고 흐느끼게 만들고 싶어. 원치 않더라도, 어쩔 수 없이 하게 만들고 싶어. 심장이 터지도록 헐떡이게 하고 싶어. 너무 원하는 마음으로 비명을 지르게 만들고 싶어. 그러다 마침내 내 팔에서 울음을 터뜨리게 만들고 싶어. 그러면 내가 당신을 제대로 만족시켰다는 걸 알게 되겠지.”

나의 허벅지 사이로부터 시작된 전율은 배 안쪽으로 쏜살같이 퍼져 온몸의 관절을 풀어 버렸고, 두 손은 슬며시 미끄러지며 그의 어깨를 하릴없이 놓아 버렸다. 등이 휘고, 매끄러운 가슴이 단단하고 둥글어지다가 이내 그의 가슴에 납작하게 눌렸다. 나는 뜨거운 암흑 속에서 몸을 떨었고, 제이미는 내가 물에 빠지지 않도록 손으로 단단히 잡았다.

그에게 기대어 쉬는 내 몸은 마치 해파리가 된 것처럼 흐물흐물했다. 이젠 내가 무슨 소리를 내는지도 모르겠고, 알고 싶지도 않았다. 지금은 논리정연한 말을 할 수 있는 상태가 아니었다. 그러다 제이미가 다시 움직이기 시작했다. 어두운 물속 상어처럼 강력한 그 몸짓에 나는 입을 열고 말았다.

“안 돼, 제이미, 안 돼요. 더는 못 견디겠어.”

아직도 손끝에서 맥박이 두근두근 뛰었고, 내 안에서 움직이는 그의 분신은 절묘한 고문 같았다.

“아니, 견딜 수 있을 거야. 내가 당신을 사랑하니까.”

그의 목소리는 젖은 머릿결을 타고 먹먹하게 들려왔다.

"그리고 견디게 될 거야. 내가 당신을 원하거든. 하지만 이번에는 당신과 함께 가고 싶어."

제이미는 내 엉덩이를 꽉 붙잡더니 역류하는 것처럼 아래에서 쳐올렸다. 난 그만 정신을 다시 잃고 말았다. 바위에 부딪힌 유리잔처럼, 난 형체도 없이 그에게 사정없이 부스러졌고, 그는 화강암처럼 잔혹한 강인함으로 나를 맞이하며 요동치는 암흑 가운데서 나의 닻이 되어 주었다.

우리를 감싼 물처럼 뼈 없는 액체가 되어, 오직 그의 손이 빚는 대로 빚어지면서 나는 비명을 질렀다. 파도 아래 빨려 들어간 선원이 물을 토해 내며 목멘 비명을 지르는 것처럼, 그렇게 나직한 비명이었다. 그리고 제이미가 나에게 대답하듯 하릴없이 울부짖는 소리를 듣자 알게 되었다. 내가 이 남자를 제대로 만족시켰다는 사실을.

우리는 세상의 자궁 바깥으로 힘겹게 올라왔다. 축축한 온몸에서 김을 뿜으며, 와인과 열기에 고무처럼 축 늘어진 채로 말이다. 나는 첫 번째 층계참에서 무릎이 풀려 버렸고, 제이미는 나를 도와주려다가 내 옆으로 넘어지며 사정없이 몸을 구기고 말았다. 어쩔 수 없이 깔깔대며, 와인보다는 사랑에 더 취한 채로 우리는 나란히 계단을 올랐다. 두 번째 계단부터는 손과 무릎을 대고 기어갔고, 그러다 좁은 공간에서 상대를 밀쳐 대고 부딪쳐서 올라가는 걸 돕기는커녕 서로 방해만 했다. 결국 두 번째 층계참에 이르자 우리는 서로의 품으로 쓰러지고 말았다.

이곳에는 유리 없는 오래된 여닫이창이 있었다. 창문을 열자 하늘이 보이며 은색의 달빛이 우리의 몸을 비추었다. 우리는 껴안고 함께 누워, 축축한 피부를 겨울 공기에 말리며 두근거리는 서로의 심장 박동이 잦아들고 들뜬 숨이 다시금 제대로 돌아오기를 기다렸다.

하늘 높이 뜬 보름달은 창문을 가득 채울 정도로 컸다. 바다의 조수와 여인의 주기가 저 당당하게 빛나는 구체가 끌어당기는 대로 끌려가는 게 놀랍지 않았다. 그만큼 가깝고도 너무나 위압적이었으니.

하지만 나만의 주기는 저 정숙하고 태기 없는 달의 부름에 더는 응하지 않게 되었다. 달의 끌림에서 벗어났다는 걸 알게 되자, 그 사실이 내 핏속으로 위험하게 질주했다.

"당신에게 선물이 또 있어요."

나는 제이미에게 불쑥 말했다. 그는 나를 돌아보더니, 커다랗고 확신에 찬 손을 슬며시 나의 납작한 배 위에 얹으며 물었다.

"임신했어요?"

그리하여 이 세상은 새로운 가능성을 지니고 우리를 온통 둘러쌌다.

감사의 글

다음 분들에게 작가로서 감사의 마음을 전합니다.

뛰어난 편집자인 재키 캔터에게 감사드립니다. 끊임없는 열정으로 이 책의 처음부터 끝까지 모두 힘써 주신 분입니다.

정확한 판단력을 지닌 담당자 페리 놀턴에게 감사드립니다. "계속 밀고 나가면서 해야 할 이야기를 해요, 나중에 잘라야 할 부분이 있다면 우리가 자를게요"라고 조언해 주셨지요.

나의 남편 더그 왓킨스에게 감사드립니다. 남편은 때때로 내 의자 뒤에 서서 "배경이 스코틀랜드인데 어째서 '어이!(Hoot mon?)' 라고 말하는 사람이 없어?"라고 물어보곤 했죠. 그리고 아이들을 따라다니면서 "엄마는 지금 글 쓰고 있으니 가만히 두자!"라고 말해 주곤 했어요.

우리 딸 로라에게 감사합니다. 딸은 친구에게 "우리 엄마는 책을 쓰는 사람이야!"라고 당당하게 알려 주었죠.

우리 아들 새뮤얼에게 감사합니다. 엄마의 직업이 뭐냐는 질문에 아들은 "음, 엄마는 컴퓨터를 많이 봐요"라고 대답했지요.

우리 딸 제니퍼에게 감사합니다. "이제 비켜요, 엄마. 내가 키보드 쳐야 할 시간이에요!"라고 말하곤 하거든요.

나의 첫 번째 독자이자 제일가는 격려를 보내 주는 제리 오닐에게 감사드립니다. 그리고 그와 더불어 4인방이 되어 준 재닛 매코너헤이, 마거릿 J. 캠벨, 존 L. 마이어스에게 감사드립니다. 내 글을 모두 읽어 주었고, 그래서 나는 계속 글을 쓸 수 있었으니까요.

게리 호프 박사님께 감사드립니다. 제 글의 의학적 부분을 확인해 주시고 탈구된 어깨를 다시 맞추는 올바른 방법을 친절하게 설명해 주셨거든요.

전쟁사와 당대 복식에 대한 설명을 해 주신 T. 로런스 투이에게 감사드립니다.

석잠풀과 브리오니아의 차이를 설명해 준 로버트 리플에게 감사드립니다. 지금까지 알려진 모든 물망초 종류의 목록을 비롯하여 스코틀랜드에서 실제로 사시나무가 자라고 있다는 걸 알려 주셨지요.

원고 초고를 읽고 계속해 보라며 격려해 준 버지니아 키드에게 감사드립니다.

세계에서 가장 특별한 온라인 문학 포럼인 '칵테일 파티 겸 작가들의 인큐베이터(cocktail party cum writer's incubator)'의 운영자인 앨릭스 크리슬로프와 다른 여러 관리자들에게 감사드립니다.

그리고 문학 포럼의 멤버 존 스티스, 존 심슨, 존 L. 마이어스, 저드슨 제롬, 안젤리아 도먼, 질지아 콰피를 비롯한 수많은 분들께 감사드립니다. 그분들 덕에 스코틀랜드 민요와 라틴어 연시를 비롯한 웃음과 눈물을 적재적소에 쓸 수 있었답니다.

연대표

16세기에 잉글랜드에서 일어난 종교개혁 이후, 브리튼 잉글랜드 국교회와 천주교 간에 끊임없는 갈등이 일어났다. 즉위하는 왕이나 통치자가 어떤 쪽을 믿는지에 따라 정치적 탄압과 종교적 박해가 크고 작게 이어졌다.

1685년: 잉글랜드의 스튜어트 왕조 제임스 2세(그는 스코틀랜드의 왕도 겸하였는데, 스코틀랜드에서는 제임스 7세라고 칭해졌다)가 즉위한다. 제임스 2세는 천주교 신자였으나 당시 잉글랜드 의회는 개신교 신자로만 이루어져 있었다. 의원들은 제임스 2세에게 왕위를 이을 아들이 없으므로 그가 죽으면 종교 분쟁이 일어나지 않을 거라 생각하고 상황을 묵인했다.

1688년: 제임스 2세의 후계자인 왕자 제임스 프랜시스 에드워드 스튜어트가 탄생한다. 결국 같은 해에 제임스 2세는 명예혁명으로 폐위된다. 그 뒤를 이어 개신교 신자였던 제임스 2세의 딸 메리와 네덜란드인 남편인 오렌지공 윌리엄이 잉글랜드와 스코틀랜드의 왕이 된다. 이에 불만을 품은 제임스왕의 추종자들은 그 후로 여러 반란과 전쟁을 일으키는데, 이것이 바로 자코바이트 봉기의 시작이다. 자코바이트는 제임스James의 라틴어 형태인 야코부스Jakobus에서 비롯된 용어다.

1701년: 프랑스에서 망명 중인 제임스 2세가 사망한다. 유일한 적통 왕자 제임스는 스코틀랜드와 잉글랜드의 왕위를 요구한다. 자코바이트와 더불어 천주교의 지지자인 프랑스왕 루이 14세는 그를 제임스 3세라고 선언한다. 제임스는 프랑스에 거주하며 스코틀랜드와 잉글랜드의 왕위를 평생에 걸쳐 요구하였다.

1707년: 스코틀랜드의 격한 반대에도 불구하고 잉글랜드 의회는 스코틀랜드와 잉글랜드 왕국을 합병하여 그레이트브리튼 연합 왕국을 수립한다. 이에 격분한 반대 세력이 새로이 자코바이트에 합류하게 된다.

1714년: 조지 1세가 영국 왕위에 올라 하노버 왕조가 시작되었다.

1715년: 제임스 프랜시스 에드워드 스튜어트가 제1차 자코바이트 봉기를 일으켰으나 실패한다. 1719년에 재차 봉기가 일어난다.

1745년 6월: 제임스의 아들인 찰스 에드워드 스튜어트(보니 프린스 찰리)가 제2차 자코바이트 봉기인 '45년도 봉기'를 위해 프랑스에서 스코틀랜드로 건너온다.

1745년 9월: 보니 프린스 찰리는 자코바이트 군대를 이끌어 에든버러를 점령하고 스코틀랜드에 주둔한 유일한 정부군을 격파한다.

1746년 4월 16일: 컬로든 전투에서 자코바이트는 잉글랜드의 군대에 패배한다. 그 후로도 자코바이트는 20년을 더 이어 가지만, 컬로든 전투 이후로는 영국 본토에서 더는 전투가 일어나지 않았기에 자코바이트 봉기는 여기서 종말을 맞는다.

1746년 4월 이후: 다수의 자코바이트가 처형되거나 북미 대륙의 영국 식민지로 추방된다. 정부는 스코틀랜드의 씨족 체계를 체계적으로 파괴하기 위한 법을 제정한다. 법령에 따라 전통적인 하일랜드의 타탄 착용이 금지되고, 하일랜드에서 숙청이 일어남에 따라 많은 하일랜드 주민들이 토지를 몰수당하고 타지로 강제 이주된다.

아웃랜더 2

초판 1쇄 인쇄 2022년 8월 22일
초판 1쇄 발행 2022년 9월 5일

지은이 다이애나 개벌돈
옮긴이 심연희
펴낸이 정은선

책임편집 허유민
편집 김영훈 이은지 최민유
마케팅 강효경 왕인정 이선행
디자인 손주영

펴낸곳 ㈜오렌지디
출판등록 제2020－000013호
주소 서울특별시 강남구 선릉로 428
전화 02-6196－0380
팩스 02-6499-0323
ISBN 979-11-92186-87-0 03840

www.oranged.co.kr